다니엘서

THE BOOK OF DANIEL
by E. L. Doctorow

이 도서의 국립중앙도서관 출판시도서목록(CIP)은
e-CIP 홈페이지(http://www.nl.go.kr/cip.php)에서 이용하실 수 있습니다.
(CIP제어번호: CIP2010004106)

세계문학전집
054

E. L. Doctorow : The Book of Daniel

다니엘서

E. L. 닥터로 장편소설

정상준 옮김

문학동네

차례

그때 전령이 큰 소리로 외쳤다. 민족과 언어가 다른 뭇 백성들은 들으시오. 뭇 백성에게 하달되는 명령이오. 나팔과 피리와 거문고와 사현금과 칠현금과 풍수 등 갖가지 악기 소리가 나면, 느부갓네살 왕이 세운 금 신상 앞에 엎드려서 절을 하시오. 누구든지, 엎드려서 절을 하지 않는 사람은, 그 즉시 불타는 화덕 속에 던져 넣을 것이오. 그리하여 민족과 언어가 다른 뭇 백성들은, 나팔과 피리와 거문고와 사현금과 칠현금과 풍수 등 갖가지 악기 소리가 울려 퍼지자, 느부갓네살 왕이 세운 금 신상 앞에 엎드려서 절을 하였다.

—「다니엘서」 3 : 4~7

강한 음악과 함께 나는 온다, 나의 코넷과 나의 북과 함께.
나는 인정된 승자들만을 위해 행진곡을 연주하지 않는다.
나는 정복당한 자들과 살해당한 자들을 위해 행진곡을 연주한다.

—월트 휘트먼 『나 자신의 노래』

아메리카여, 나는 네게 모든 것을 주었고 이제 나는 아무것도 아니다……
나는 나 자신의 마음을 견딜 수 없다.
아메리카여, 언제 우리는 인간의 전쟁을 끝낼 것인가?
너의 원자폭탄과 함께 뒈져라.

—앨런 긴즈버그 「아메리카」

1부 현충일

1967년 현충일*

다니엘 르윈은 지나가는 차를 얻어 타고 다섯 시간도 채 걸리지 않아 뉴욕에서 매사추세츠 주의 우스터까지 왔다. 어린 아내 필리스와 8개월 된 아들 폴과 함께였다. 다니엘은 어깨에 짐처럼 멘 슬링체어에 폴을 앉혀 데리고 다녔다. 날씨는 덥고 비가 올 듯 찌뿌듯했다. 이른 아침의 차들이 그들을 궁금해했다. 무슨 말인고 하니, 지나가는 차는 얼마 안 됐지만 그들이 누구이며 어디로 가는지 궁금해하지 않고 지나치는 운전자는 많지 않았다는 뜻이다.

이 펜은 신라인(Thinline) 문구회사의 검은색 가는 사인펜이다. 이

* 미국의 전몰장병 추모일로 매년 5월 마지막 월요일.

노트는 미국 롱아일랜드 제지회사의 작문노트 79C이다. 도서관 열람실의 어두컴컴한 한쪽 구석에 다니엘이 앉아 있다. 서가에는 책이 꽂혀 있다. 나는 플로어스탠드가 어깨까지 오는 테이블에 앉아 있다. 벽널을 따라 서가가 늘어선 이 방은 정기간행물실과 연결된다. 정기간행물실은 철해놓은 신문, 전 세계에서 발행된 잡지, 학술단체 간행물들로 가득하다. 복도를 따라가면 주열람실과 서고 입구가 나온다. 위층에는 도서관 대학*의 도서관을 포함하여 각 대학 도서관들의 특별소장품실이 있다. 또 아래층에는 공립도서관 지부가 있다. 내 이야기를 계속해야겠다.

다니엘은 스물다섯 살의 키 큰 청년으로 곱슬머리를 길게 길렀다. 실제보다 나이 들어 보이지는 않지만 철테 안경을 쓴 데다 머리색과 같은 갈색 턱수염을 기른 탓인지 침착하고 주관이 뚜렷해 보인다. 솔직히 말하자. 그는 냉정하게 보인다. 그는 의식적으로 냉정해 보이도록 했다. 사실 다니엘의 겉모습에 우연한 것은 없었다. 만약 1930년대에 이런 식으로 성장했다면 그는 젊은 공산주의자가 되었을 것이다. 카페 공산주의자 말이다. 다니엘은 죄수복 같은 파란 재킷에 거친 무명바지를 입었다. 이날 브루클린 출신의 열아홉 살 난 그의 아내는 곧은 금발을 길게 땋아 늘어뜨렸다. 아내의 키는 그의 어깨에 닿았다. 그녀는 꽃무늬 나팔바지에 암녹색 판초 비옷을 입고 아기용품이 든 작은 가방을 들었다. 그녀는 자기만의 원칙에 따라 낯선 사람들에게 말을 걸고 친근하게 대하는 것을 좋아했다. 다니엘은 아내가 따라오

* 사서 양성을 위한 전문학교.

는 것을 원치 않았지만 자기가 양보하기를 잘했다고 생각했다. 얼마 기다리지 않아 그들을 태워줄 차가 나타났다. 다니엘이 창밖을 응시하는 동안 아내가 그를 대신해 이야기를 나눴다. 차들은 전부 크고 넓고 안락해 보였다. 다니엘과 필리스를 태워준 사람들은 그들을 겁내하는 대신 선심 쓰는 체를 했다. 이것저것 캐묻기도 하면서, 아기가 있긴 하지만 마리화나를 피울지도 모르는 이 어린 한 쌍을 태웠다는 사실에 즐거워하는 듯했다.

그들은 한 시쯤 우스터 9번 도로에서 내렸다. 목적지에서 2킬로미터 정도 떨어진 곳이었다. 그들은 길고 가파른 언덕을 쳐다보았다. 너무 멀어서 보이지는 않지만 언덕 위에 우스터 주립병원 정문이 있을 터였다. 다니엘은 이곳에 와본 적이 없지만 아버지의 설명은 정확했다. 다니엘의 아버지는 이곳에서 동쪽으로 64킬로미터 떨어진 보스턴 대학의 법학교수였다.

아버지는 나와 필리스의 결혼을 탐탁지 않아 했다. 어머니도 마찬가지였다. 물론 반대의 말은 하지 않았다. 세련된 자유주의자들은 그렇다. 대학을 1년도 채 다니지 못한 필리스는 부모님의 마음에 들지 않았다. 자유주의자들은 다 그렇다. 그들은 인격과 교육을 분간하지 못한다. 부모님은 우리가 서로 의지하며 늙을 때까지 아름답게 살 것이라고 믿지 않는다. 어쩌면 그들은 내 결혼에서 강렬한 성적 냄새를 맡고 그게 비위에 거슬렸는지도 모른다. 필리스는 굵은 허벅지에 커다란 가슴과 갸름하고 예쁜 얼굴을 가진, 대하기 까다로운 부류의 여자이다. 그녀의 모계 쪽 조상은 분명히 하렘에서 자랐을 것이다. 무력한 씨받이 짐승처럼 칼리프의 시중만 들었을 것이다. 거칠게 다루고 싶은 욕망을 일으키는 모래언덕 같은 몸. 어쩌면 부모님은 내가 필리스를 거칠게 다루지 않을까 걱정하는지도 모른다.

다니엘은 버스를 타고 언덕을 올라갈까 했지만 차가 막혀서 걷는 편이 더 빠를 듯했다. 필리스가 곁에서 가볍게 그의 팔을 잡았다. 그는 가슴께에 있는 슬링체어 끈에 엄지손가락을 걸고 터벅터벅 언덕을 걸어 올라갔다. 양쪽 길이 다 차들로 꽉 막혔고 흐린 대기 위로 파란 배기가스가 떠다녔다. 다니엘은 발목과 허리, 목 언저리까지 배기가스에 휘감기는 자신의 모습을 상상했다. 보도와 병원을 가르는 돌담을 따라 주유소와 드라이브인 세탁소, 세차장, 주류소매점, 피자가게 등이 죽 늘어서 있었다. 성조기가 곳곳에 휘날렸다.

언덕배기에 이르자 벽돌로 만든 작은 정류장이 보였다. 많은 사람들이 버스를 기다리고 있었다. 버스가 도착했다. 승객들이 내리고 문이 쉬익 소리를 내면서 닫혔다. 그리고 버스는 언덕 너머로 사라졌다. 정류장에서 기다리던 사람들 중 누구 하나 버스에 타려 하지 않았다. 한 여인은 몸에 꼭 끼는 스웨터에 헐렁한 긴 치마를 입고 흰 스포츠양말과 실내용 슬리퍼를 신고 있었다. 한 남자는 속옷만 입은 채였다. 다른 남자는 더러운 파란색 서지 재킷과 갈색 바지에 발가락이 삐져나온 신발을 신고 있었다. 모두들 어딘가 이상했다. 그야말로 부자연스러운 얼굴들이었다. 한 사람이 아무 이유도 없이 혼자 웃다가 멈췄다가 다시 웃다가 멈췄다. 다른 사람은 무언가를 격하게 부인하는 양 고개를 저었다. 이들은 대부분 갈색 종이봉지를 배 언저리에 꼭 말아 쥐고 있었다. 마치 그 봉지에 자기 목숨이라도 들어 있는 양 꼭 쥐고 있었다. 다니엘은 필리스의 팔을 잡았다. 두 사람이 버스정류장으로 다가가자 그 이상한 사람들은 흩어졌다가 다시 그들 주위로 몰려들었다. 주위로 몰려와 마치 비둘기들이 종종걸음 치듯 그들을 뒤따랐다. 두 사람이 지나가자 작은 정류장에서 불안한 웅성거림이 일었다. 한 사람만 빼고 모두 똑같이 행동했다. 속옷을 입은 사내는 그들보다 앞서 달려가서는 두 사람이 병원 쪽으로 들어서자 뒤돌아 그의 어깨 너머를 바라보았다. 그는 손에 꼭 움켜쥔 봉지를 떼어내려는 듯 팔을 풍차처럼 돌리며 그들 앞을 달려갔다. 그 사내 너머로 공기를 정화시켜주는 가로수가 양 옆으로 늘어선 길을 따라가면 노란 벽돌탑이 있는 우스터 주립병원이 나왔다. 정신질환을 앓는 사람들을 위한 공공시설이었다.

그러니까 여기가 그들이 가는 곳이구나!

다트머스 성경*에서 인용: "수난의 시대에 믿음의 등대인 다니엘. 구약성경에서 다니엘서만큼 수수께끼로 가득 찬 부분도 드물다. 다니엘서에도 성경에서 흔히 하는 이야기가 일부 포함되어 있지만 전체 열두 장 중 아홉 장에 기록된 이상한 꿈과 환영은 오랫동안 해석자들을 혼란에 빠트려왔다."

현충일 전날 밤부터 이야기를 시작하는 것도 한 방법이겠다. 전화벨이 울렸을 때 다니엘과 어린 신부는 115번가의 한 아파트에서 섹스에 몰두해 있었다. 롤링스톤스의 음악이 발기한 성기의 증폭된 맥박처럼 집 안 공기를 때린다. 그리고 나는 마침내 아내의 몸 뒤쪽에서 삽입하는 데 성공했다. 흘러내린 금발은 아내의 눈을 가리고 길고 곧

* 본래 내용에서 반 정도를 추린 요약판 성경.

은 머리카락을 따라 눈물이 염주처럼 흘러내린다. 그 모습이 그녀의 젊음과 수치심을 드러낸다. 전화가 울리려는 참이다. 필리스는 몸이 굳으면 모든 금기사항을 표출한다는 특징이 있다. 긴장하고 예민해진 그녀는 우리의 성행위가 자신을 타락시킨다고 여긴다. 필리스는 브루클린의 아파트에서 자랐다. 그녀의 꽃과 같은 삶은 선택에 의한 것이며 원칙에 입각한 것이다. 평화를 사랑하는 것도 원칙이고, 긴 머리카락과 나에 대한 사랑도 원칙이다. 모든 것이 원칙에 따른 것이며 정치적인 결정이다. 그녀는 원칙에 따라 마리화나를 피우고 그곳에서 나를 만난다. 원칙을 벗어난 온갖 본능적인 믿음이 표면으로 올라오고 그녀는 자물쇠처럼 무릎을 잠근다. 그녀는 섹스의 순교자가 된다. 이러한 이유로 나는 그녀와 결혼했다. 그래서 전화는 울릴 준비를 하고, 여기 브루클린 출신의 부드러운 필리스가 또 한 번의 삽입을 겪는다. 고문자 다니엘은 두 손으로 그녀의 부드러운 엉덩이를 꽉 잡고서 그녀의 미덕, 그녀의 모성, 그녀의 진공, 그녀의 정복 가능한 몸, 그녀의 커다란 통, 그녀의 버터 관(管)을 탐색하고 머나먼 섬의 자그마한 지형, 호르몬이 형성해놓은 지질, 스탈린주의자 같은 종유석과 트로츠키주의자 같은 석순을, 위에서 아래로 자란 종유석과 아래에서 위로 자란 석순을—아, 반대인가?—탐색한다. 우리에게 강렬한 오르가슴이 찾아오려는 순간, 전화벨이 울린다. 전화벨 소리다. 전화. 나는 그것이 전화라고 믿는다.

그러나 내가 어떻게 이 장면에서 시작할 수 있겠는가. 그녀의 아름다운 목과 날카로운 코와 부드러운 살결과 폴란드계의 옅은 색 눈동자를 기록하려고? 혹은 십대 고등학교 소녀처럼 자신의 삶에 대한 지나친 장악욕을 기록하려고? 어떻게 이것이 모든 남편들이 자신들의 거친 행위에 치러야 하는 대가이겠는가. 2년이 채 되지 않은 결혼생활에서 그녀가 나를 어루만지면 마술 물감처럼 내 두려운 다정함이 여러 가지 모습으로 나타났다. 그런데 처음으로 보는 내 모습이 이렇다면 사람들이 어떻게 내게 공감하겠는가? 만약 나에 대한 신뢰가 가장 낮은 순간에 내게 들이닥친 재앙을 보여주고 싶다면, 늦었지만 서가에서 시작하는 게 어떻겠는가. 다니엘이 논문 주제를 찾아 서가를 어슬렁거리는 그 장면에서 말이다.

매사추세츠 주의 우스터 소재 우스터 주립병원은 9번 도로를 벗어나 퀸시개몬드 호수가 내려다보이는 한적한 언덕에 있다. 퀸시개몬드 호수는 물살이 잔잔해서 보트 경기장으로 유명하다. 병원은 구관과 신관으로 이루어져 있다. 뒤편 숲속에 자리한 신관은 우리의 관심사가 아니다. 신관은 노인 환자들을 위한 병원으로 계단이 없다. 금세기 초 세워진 구관은 건축적 아름다움이 정신병 치료에 도움이 되리라는 생각을 기반으로 설계되었다. 빅토리아 양식의 아름다운 건물로, 아치형 문은 떡갈나무로 만들었고 창문에는 창살이 쳐져 있다. 흥미롭게도 흔히들 생각하는 것과는 달리 이 정신병원은 만원이 아니다. 수전이 도착했을 때 이 병원은 반도 차 있지 않았다. 안정제를 사용하는 현대의 치료법 덕분에 우스터와 그 주변에 사는 정신질환자를 모두 입원시킬 필요가 없어졌기 때문이다. 오늘날에는 대개 바깥세상에서 스스로를 돌볼 수 없거나 살인 충동을 느끼는 환자들만 입원한다. 그리고 심지어 이러한 환자들에게도 가정이 있는 경우에는 주말에 집을 방문하는 프로그램을 시행하고 다른 여러 가지 혜택도 준다. 이론적으로 정상적인 환경이 환자의 치료에 도움을 준다. 이론적으로 모든 사람은 집에 가고 싶어 한다.

다니엘은 여자 휴게실에서 여동생을 발견했다. 휴게실 벽은 누런색이다. 황갈색이다. 천장도 황갈색이다. 의자는 암녹색 인조가죽에 팔걸이와 다리는 크롬관으로 되어 있다. 휴게실 양쪽에 텔레비전이 하나씩 있으며 잡지꽂이도 있다. 휴게실에는 수전 말고 다른 환자는 없었다. 흰색 유니폼에 흰색 스타킹을 신은 간호사가 다리를 모은 채 문 옆에 있는 등받이 높은 의자에 앉아 있었다. 흰색 스타킹이 그녀의 다리를 더 굵어 보이게 했다. 그녀는 머리카락을 만지작거리며 영화 잡지를 읽고 있었다. 버턴은 진정 리즈를 사랑하는가? 이 질문에 내가 굳게 믿는 바를 이야기하고 싶다. 버턴은 리즈를 사랑하지 않는다. 다만 좋아할 뿐이다. 그는 리즈에게 엄청나게 값비싼 물건을 사주고 가끔 자는 것을 즐긴다. 그는 자신의 삶과 카메라의 시선을 사랑한다. 그가 방귀만 뀌어도 대중에게는 그것이 큰 의미이다. 나는 버턴이 그야말로 굉장한 차원의 기만을 사랑한다고 생각한다. 만약 그들이 목숨이 걸린 재판을 받게 된다면, 그때 그는 리즈를 사랑할 것이다.

그들은 수전에게 환자들이 입는 허리띠도 옷깃도 없는 옷을 입히고 보들보들한 슬리퍼를 신겼다. 그리고 수전의 폭넓은 지성과 눈에 보이는 모든 것에 대한 그녀의 정직한 관심을 강조해주는 커다란 구식 철테 안경을 가져가버렸다. 가까운 것도 보이지 않게 되자 그녀는 아름다운 푸른 눈을 가늘게 뜨고 다니엘 쪽을 바라보았다. 그리고 그임을 알아차리고는 누군지 알아보려는 노력을 그만두고 머리를 다시 의자에 기댔다. 그녀는 암녹색 인조가죽 의자에 앉아 크롬관 팔걸이에 팔을 얹고 병원 슬리퍼를 신은 발을 바닥에 붙이고 있었다. 몰골이 형편없었다. 수전은 짙은 색 머리칼을 뒤쪽으로 빗어 얼굴을 훤히 드러내고 있었다. 그녀라면 절대 머리를 그렇게 빗었을 리 없다. 그녀는 언제나 가운데가르마를 타고 머리를 목뒤로 묶었다. 살갗에는 반점이 생긴 것 같았다. 몸집이 작은 편이 아닌데도 앉아 있는 그녀는 왜소해 보였다. 수전은 그를 쳐다보지도 않고 팔을 들어서 손가락을 까딱여 그를 가리켰다. 지루함과 유머러스함으로 가득한 몸짓이 다니엘의 가슴을 뛰게 했다. 그는 수전의 내뻗은 손을 두 손으로 잡았다. 오, 수전, 가엾은 수전. 넌 수전이야, 무슨 짓을 하더라도 여전히 넌 수전이야. 그렇게 생각하며 그녀의 손에 입맞춤했다. 바로 그 순간 다니엘은 그녀의 손목에 붕대가 감겨 있음을 알아차렸다. 그가 유심히 보자 수전은 손을 빼냈다.

한 10분간 다니엘은 수전 곁에 앉아 있었다. 그는 등을 굽히고 바닥을 뚫어지게 보았다. 수전은 눈을 감은 채 머리를 젖히고 앉아 있었다. 그들은 마치 종이 칠 때마다 위치를 바꾸는 시계 장치 같았다. 그는 그것이 무엇인지 알았다. 그것은 압도당하는 느낌이었다. 너는 숨이 막혔다. 그 고통스러운 느낌. 과거에도 그런 상태에 빠진 적이 있었다. 사람들이 재미있다는 듯 너를 보고 복도에서 말을 걸었다. 너는 어떻게 해야 할지 몰랐다. 무엇인가 파괴되고 의도는 산산조각나고 살아 있다는 사실에서 기대할 수 있는 것들을 모두 잊게 된다. 너는 웃을 수 없었다. 스스로에게 공포를 느끼고 그 공포는 너무나 순수한 것이어서 거울을 한 번만 봐도 심장이 말라버리고 눈은 새까맣게 타버렸다.

다니엘이 한숨을 내쉬었던 모양이다. 수전이 가볍게 등을 두드렸다. "그들은 여전히 우리를 엿 먹이고 있어." 그녀가 말했다. "안녕, 다니엘. 넌 이해할 거야."

그는 정신을 차리고 들었다. 수전이 안녕(good bye)이라고 했는지 착한 아이(good boy)라고 했는지 확신할 수 없었다. 얼마 동안 그곳에 있었지만 그녀는 아무 말도 건네지 않았고 그가 그곳에 있다는 사실조차 모른 척했다. 다니엘은 어깨를 창문틀에 기댄 채 밖을 내다보았다. 창문에 창살이 있었다. 필리스가 언덕 아래에서 폴과 놀고 있었다. 언덕배기에는 벽돌담이 있었고 그 담 안쪽에는 파스텔 색조의 차가 가득 들어찬 주차장이 있었다. 짙푸른 색 시보레가 눈에 들어왔다. 아버지 차였다. 차는 곧 병원 출입구의 주랑현관에 가려져 보이지 않았다.

많은 말을 하지 않고도, 심지어 그가 그곳에 있다는 사실에 개의치 않고도 수전은 그의 마음속에서 진저리나는 가족 감정을 불러일으킬 수 있었다. 그의 아내는 거기 속하지 않으며 그의 아이 역시 당치 않은 존재였다. 가족이라는 감정, 이 고아 같은 상태는 자신들만의 것이라는 사실, 그리고 그것이 다른 모든 것을 지워버리고 다른 모든 사람들과 그들을 분리시킨다는 사실, 그가 어떻게 부인하려 해도 그 감정에는 변함이 없었다. 실제로 나는 그것을 부인하려고 애쓰지 않는다. 그러나 내가 할 수만 있다면 내게는 나만의 방식대로 그 감정을 품고 살아갈 권리가 있다. 우리 가족의 운명적인 속성인 단호함이 수전에게도 있었다. 그녀는 어린아이였을 때도 늘 자신의 견해를 주장했다.

도덕주의자, 심판관. 이것은 옳고 저것은 그르다. 이것은 좋고 저것은 나쁘다. 개인적인 삶을 아무렇지도 않게 내보이고 자신이 원하는 것을 부끄러워하지 않으며 대부분의 사람들처럼 분별력 있게 삶을 관리하지 않았다. 수전은 도덕적인 면에서 대단히 개방적이었다. 시끄럽고 똑똑하고 거슬릴 정도로 정직한 소녀였다. 그리고 모든 것이 잘못되었다고 생각했다. 언제나 잘못되었다고 생각했다. 정치에서 마약으로, 마약에서 다시 섹스로 돌아갔다. 섹스 이전에는 분노에 사로잡혔으며 분노 이전에는 신에 대한 믿음에 빠져 있었다. 사소한 예가 있다. 오래전 1954년 6월의 어느 날 저녁, 정확히 말하면 6월 22일 밤 열시에 수전은 내게 신에 대해 이야기했다. 양키스와 보스턴 레드삭스의 야간경기가 있던 밤이었다. 양키스의 투수는 알리 레이놀즈였고 7회 초 점수는 0대 0이었다. 보스턴은 원 아웃 상황에 주자는 1루에 있었다. 짐 피어솔이 등장했고, 볼 카운트는 원 스트라이크 스리 볼이었다. 레이놀즈가 로진백*을 집어들었다. 멜 앨런은 사구가 항상 말썽이라고 말하는 중이었다. 그중에 짧게 삐삐거리는 소리가 났다. 텔레비전에서 정각을 알릴 때 나오는 소리였다. 그 순간 여덟 살이던 수전과 열세 살이던 나는 서로의 얼굴을 볼 수 없었다. 알리 레이놀즈가 로진백을 떨어트렸고 모자챙을 잡아당기며 포수의 신호를 받으려고 몸을 굽혔다. 바로 그때 수전은 신이 있다고 말했다.

"신은 그들 모두를 벌할 거야." 수전이 속삭이듯 말했다. "한 사람도 안 남기고 없애버릴 거야."

---

* 공이 미끄러지는 것을 막기 위해 바르는 송진가루 주머니.

아, 수전, 내 동생 수전, 대체 무슨 짓을 한 거니? 도덕주의로 무장한 국제선전집단의 바보 같으니! 그들이 널 도덕에 미친 정신병자로 만들어놓았어! 네 머리카락을 망치고 철테 안경을 벗기고 환자복을 입혔어. 오, 그들이 너한테 한 짓을 봐, 그들이 해놓은 짓을 봐.

성경에 나타난 신의 속성과 기능

수전이 어릴 적에 말했듯 성경에서 신이 하는 일이란 인간들에게 벌을 주는 것이다. 신은 인간들을 처리한다. 신은 엄청난 정의를 행한다. 오, 저주와 경고. 역병, 이산(離散), 파멸, 타살(打殺). 제물로 바쳐지고 갈기갈기 찢긴다. 홍수. 불. 흥미롭게도 성경의 등장인물로서 신은 곧잘 인간이 자신을 인정하는지에 마음을 쓰는 것처럼 보인다. 신은 자신의 권위를 인정하는 자에게는 보상을, 인정하지 않는 자에게는 벌을 주면서 끊임없이 자신의 권위를 선언한다. 신은 기상천외한 속임수를 쓴다. 신은 자신의 전령이 된 자나 자신의 기적을 전하는 자, 이스라엘 백성을 이끄는 자 등 천성적으로 덕 있는 사람이 받은 도움을 열거한다. 각 시대는 시련을 통해 신을 인정한다. 다시 말해 각 세대는 신의 존재가 주는 교훈을 새롭게 배워야 한다. 성경의 드라마는 항상 그 교훈을 깨우친 자들과 깨우치지 못한 자들 사이의 갈등이 주축이다. 또는 깨우칠 잠재력이 있어 보이는 자들을 시험하는 내용이다. 이러한 맥락에서 잠시 다니엘*의 생애를 떠올려보는 일도 유익할 것이다. 다니엘은 단지 외경에나 나올 법한 인물(또는 인물들)

은 아니지만 성경에서 크게 대수롭지 않은 인물임에는 분명하다. 그는 알렉산드리아 제국 시대 이후 특별한 기쁨 없이 몇몇 왕을 위해 일했다. 다니엘을 비롯한 유대인들에게는 힘든 시기였다. 그들은 자신들에게 명백히 적대적인 환경에서 사는 이류시민이었기 때문이다. 그러나 이방인 왕과 현명한 유대인 신하가 특이하게 공생하는 상황에서, 다니엘은 밤에 나타나는 꿈과 환영과 유령을 해석해줌으로써 지배자가 자기 민족을 난폭하게 다루는 것을 막았다. 고대 지배자들은 지위의 특성상 밤에 나타나는 꿈과 환영과 유령을 위험한 것으로 생각했다. 특히 왕(느부갓네살, 벨사살, 고레스)은 이해할 수 없는 꿈 때문에 고통 받았다. 왕은 마법사, 점성술사, 예언자, 칼데아 현인 같은 여러 가신들에게 자문을 구했다. 그러나 가신들은 한결같이 해몽에 실패한다. 왕은 마지막으로 유대인 다니엘을 불렀다. 다니엘은 겸손하고 용감하다. 현명하다기보다는 신에게 충실한 인물이다. 그는 기도와 믿음으로써 신에게 도움을 얻어 왕의 꿈을 해몽해 목숨을 지킨다. 어떤 때는 머리 나쁜 느부갓네살 왕이 꿈의 내용을 잊어버려 해몽하기 전에 먼저 꿈을 재구성해야 했다. 그는 자신의 지혜 덕에 이전에 요셉과 모세가 그랬듯 높은 관직을 받는다. 그러나 그 직책은 결코 한직이 아니다. 우리는 뚱뚱하고 돈 많은 주정뱅이가 밤마다 찰리 채플린을 집으로 데려왔다가 다음 날 아침 술이 깨면 다시 쫓아버리는 모습을 상상해볼 수 있다. 마치 방향은 상당히 일정하지만 교류인 전류처럼 말이다. 어느 날 교활한 칼데아인들은 다니엘의 세 친구를 신

* 구약성경 「다니엘서」에 나오는 이스라엘의 예언자. 경건함과 지혜로움으로 바빌론에 끌려간 유대인들을 구했다.

성모독으로 고소한다. 왕은 이들을 불타는 용광로에 넣어 처형하라고 판결한다. 신이 그것을 보고 그들을 용광로에서 살려주기는 하지만 다니엘은 큰 부담을 느꼈을 것이다. 한편 다니엘 역시 세 친구와 동일한 죄목으로 사자 굴에 던져지지만 하룻밤 뒤 상처 하나 없이 살아 나오기도 한다. 그는 대결의 삶을 살았다. 그는 사람들 앞에서 왕을 여러 번 모욕한다. 왕이여, 자업자득이구려. "하느님이 이미 왕의 나라의 시대를 계산하셔서 그것이 끝나게 하셨다는 것이고, 왕이 저울에 달리셨는데 무게가 부족함이 드러났다는 것이고."* 이는 큰 소리와 밝은 빛에 예민한 사람이 감당하기에 적당한 일은 아니다. 세 왕의 통치를 견뎌냈지만 개인적으로 치른 대가는 컸다. 그는 말년에 통찰력이 흐트러지고 종말론적이고 신경질적으로 변한다. 어느 날 밤 그는 기이한 괴수들과 바다와 하늘과 불과 폭풍우와 함께 왕좌에 앉은 '예부터 계신 분'이 나오는 꿈을 꾸고 고통스러워한다. 역설적이게도 그는 자기 꿈의 의미는 알지 못한다. "나 다니엘은 마음속이 괴롭고 머리의 환상들이 나를 번민하게 해서 (……) 나 다니엘은 이 생각 때문에 고민하여 얼굴색이 변하였지만 이 일을 마음에 간직하였다."**

수난의 시대에 믿음의 등불인 다니엘에 대해서는 그만 이야기하자(성경을 읽으려면 절망에 빠져야 한다). 어른 다섯 명이 현충일에 스물한 살짜리 처녀를 주립 정신병원에서 퇴원시키려고 노력중이다. 사실 평일이 아니어서 불가능한 일이다. 수전의 기록을 처리하고 퇴원을 결정하고 넘겨줄 사람이 병원에 없다. 수전이 병원에서 나가도 좋

* 「다니엘서」 5:26~27.
** 「다니엘서」 7:15, 28.

다고 말할 수 있는 사람이 없다. 나는 화가 나서 소리친다. "그냥 데리고 나가요!" 그러나 그렇게 하지 못한다. 보스턴 대학 법학교수 로버트 르윈은 그렇게 하지 않을 것이다. 그의 아내 리사는 내게 진정하라고 말한다. 그리고 두버스타인 박사, 그 악명 높은 앨런 두버스타인 박사는 공중전화 박스에서 쓸데없이 전화를 걸고 있다. 그는 키가 작고 말랐으며 목소리 톤이 높다. 2차 세계대전 때 얼굴에 총상을 입어 성형수술을 받았다. 뻣뻣한 머리카락은 머리 가죽에 심은 것처럼 보인다. 피부는 회반죽 같고 눈썹이 없다. 그는 신이 실수로 빚은 얼굴에 파이프를 물린다. 줄무늬 넥타이는 얼룩져 있고 갈색 멋쟁이 구두는 닦지 않아 지저분하다.

"아무런 문제도 없을 거요." 그는 입원 수속을 담당하는 간호사에게 강력하게 말한다. "밖에 구급차를 대기시켜놓았소. 시간당 35달러나 내야 한단 말이오."

"어쩔 수 없어요." 간호사가 말한다. 간호사는 몸집이 크고 명랑하다. 매사추세츠 주 경찰이 고속도로 외곽에서 수전을 발견해 이곳에 입원시켰다. 그래서 수전은 현재 주의 보호 아래 있다. "이 여자 분은 절차에 따라서 병원에서 나가야 해요." 간호사는 참을성 있게 말한다. 아마 환자들에게도 같은 방식으로 말할 것이다. 목소리에 가락을 붙여서. "저도, 여러분도 그렇게는 못 해요. 입원할 때 진단 소견도 입력하지 않았다고요."

나는 주먹으로 손바닥을 치면서 로비를 서성인다. 필리스는 벤치에 앉아 있고 아이는 그녀의 다리에서 미끄럼을 탄다. 진지한 표정의 필리스는 눈으로 내 모습을 좇으며 아이를 안는다. 아이가 벗어나려고 안간힘을 쓰지만 다시 껴안는다. 사실 나는 수전을 강제로 구출할 마음은 없다. 그러나 어떤 일을 수전처럼 거창한 방식으로 처리하는 능력이 있으면 좋겠다. 공적인 소동을 일으킬 수 있는 재능. 그것이 바로 우리 가족의 재능이다. 내가 바라는 점은 수전에게서 두버스타인을 떼어놓는 것이다. 어머니와 아버지도 수전에게서 떼어놓고 싶다. 수전은 여러 해 동안 두버스타인의 치료를 받았다. 언젠가 수전은 두버스타인이 매주 두 번씩 골프를 친다는 사실을 알고 나서 이 의사에 대한 존경심이 사라졌다고 말한 적이 있다. 그렇다면 왜 가는 거지, 수전? "부모의 불안을 덜어주려고." 대학생인 수전이 말했다. 부모의 불안을 덜어주려고. 이 말은 우리 둘 모두에게 죄의식을 불러일으킨다. 나는 르윈 부부를 바라본다. 창백하며 근심에 잠겨 있고 또다시 시련을 겪고 있다. 나는 죄의식을 견딜 수 없다. 나는 그들을 탓하기 시작한다. 왜 좀더 일찍 내게 연락하지 않았느냐고. 그랬다면 수전을 어제 퇴원시켰을 텐데. "도대체 나한테 뭘 숨기려는 거죠? 무슨 이유로요?"

자그마한 내 어머니 리사는 블라우스에 짧은 치마를 입고 굽 낮은 구두에 숄더백을 들었다. 그 모습에서 1945년의 여군과 새로운 패션에 끌리는 나이 들어가는 빈(Wien)의 미녀가 기묘하게 조화를 이룬다. 어머니는 벤치에서 필리스 곁에 앉아 아이를 안고 있다. 아이 할머니로서 당연한 일이지만 필리스에게는 큰 기쁨이다. 아내를 가족의 일원으로 받아들이는 행동이기 때문이다. "오, 다니엘, 어리석은 말 하지 마라. 숨기긴 뭘 숨기니. 넌 멀리 뉴욕에 있고 우리는 근처에 살아. 우리는 수전의 부모야. 제대로 하고 있었단다. 그리고 가족 중 한 사람이라도 24시간을 아낄 수 있다면 미리 알리지 않을 이유가 충분하지. 모두가 아무 일도 못 해야 되겠니?"

어머니는 이 모든 일을 아버지보다 꿋꿋하게 받아들이는 듯하다. 아버지는 여러 가지 대안을 제시하면서 두버스타인과 낮은 목소리로 이야기한다. 현충일에도 근무하는 의사들이 있어요. 선임의사를 찾아가서 말합시다. 병원에 없다면 어디 있는지 찾아내서 연락을 하자고요. 아버지는 수전을 무척 좋아한다. 그녀의 지나친 행동은 언제나 아버지를 생각에 잠기게 하는 것 같다. 현재 수전은 최악의 상태이고 이 일은 수전이 저지른 최악의 행동이다. 그는 아마도 수전과 내 삶의 형태가 점점 나빠지고 있으며 아마 우리 남매의 삶이 죽음을 향해 방향을 잡았다고 생각할 것이다.

아버지는 내 무기력한 비난을 문제 삼지 않는다. 지극히 당연한 일이다. 나는 오랫동안 수전의 안위에 대한 권리를 포기했다. 사실 내가 그들에게 왈가왈부할 처지가 아니다. 그런데도 아버지는 내게 권리를 부여한다. "밖으로 나가지." 두버스타인이 행정직원을 찾으러 간 사이 우리는 주차장에서 그를 기다린다. 여자들과 아이는 아버지의 1965년형 수동식 임팔라 안에서 문을 열어놓고 앉아 있다. 아버지와 나는 병원을 등지고 차의 라디에이터에 기대 언덕 아래를 내려다본다. 우리 뒤쪽 병원 입구 근처에는 회색과 빨간색의 멋진 구급차가 대기중이다. 운전사는 모자로 눈을 가린 채 운전석에서 잠들었다. 누런 종이 봉지를 든 환자들이 언덕에 흩어져 있다.

"우린 수전이 우울해하는 걸 알고 있었어." 아버지가 말한다. "수전이 주말에 집으로 왔으면 했지. 그런데 걔가 갈 곳이 있다는 거야. 목소리도 별로 나쁘지 않았어. 수업도 안 빠졌고. 할 일은 하고 있었지." 아버지는 매순간 늙어가는 것처럼 보인다. 아버지는 수전의 자살기도가 자신의 잘못이라고 느끼지 않을 수 없는 사람이다. 어머니 역시 그렇게 느낀다 해도 아버지처럼 기분을 드러내지는 않을 것이다. 부모님이 바로 연락하지 않은 이유는 내 반응을 우려했기 때문이다. 상황이 어떻게 흘러갈지 확신할 수 없었고, 마치 그녀의 행동이 전염이라도 될 듯 다니엘도 같은 시도를 하지 않을지 확신할 수 없었기 때문이다.

수전과 다니엘의 아버지로서 로버트 르윈이 예상할 수 있는 전부는 딸의 자살기도가 긴장감을 불러일으키리라는 사실뿐이다. 그는 자신의 유전인자에 대해서도 확신할 수 없다. 나는 이 인간에 대해 서글픈 애정을 느끼고 그의 어깨를 팔로 감싼다. 아버지는 무능한 사람이 아니다. 지독하게 열심히 일한다. 각종 위원회에 소속되어 있고 가난한 사람들을 위해 변호도 하고 학술지에 논문도 발표한다. 미국시민권협회에서는 요직을 맡고 있다. 아버지의 강의는 학생들에게 인기가 높다. 학장에게는 눈엣가시 같은 인물이며 다우 화학회사*에 반대하는 시위도 한다. 또 시간이 있을 때는 『뉴요커』를 즐겨 읽는다.

르윈 부부는 우리를 위해 한 일에 후회할 능력이 없는 사람들이다. 우리가 잔인하다 해도 말이다. 우리는 형편없는 하층계급 출신이다. 정말 밑바닥이다. 그러나 르윈 부부는 자신들에 대한 우리의 사랑 속에 깃든 악의 말고는 우리에게 악의가 없다는 사실을 분명히 알고 있

* 베트남전 당시 네이팜탄 등의 화학무기를 생산한 회사.

다. 가족 구성원 모두는 자신의 행위에 대한 신화적인 부담감이 행위의 결과보다는 훨씬 가볍다는 사실을 안다. 누이동생과 나는 돌이킬 수 없는 상처는 절대 입히지 못한다. 이것은 구원의 은총이다. 다시 회복할 수 없을 정도로 상처를 입히는 권리는 타고나는 것이다.

다니엘은 갑자기 휴일의 강력하고 감미로운 느낌에 압도당했다. 다시 해가 나려 했고 흐린 날의 따뜻하고 부드러운 바람이 얼굴을 스쳤다. 그는 가족과 함께 매사추세츠 주 우스터에서 고풍스러운 경치를 바라보며 서 있었다. 대학원 생활의 위험한 권태에서 벗어나게 해준 수전이 고마웠다. 동생은 곧 회복되리라. 그동안 드라마와 감미로운 불행, 미약하고 흩어졌던 관심의 재충전이 있었다. 로버트 르윈은 다니엘의 연민을 느끼고 따뜻하게 반응했다. 다니엘은 잘 지냈을까? 아침에 집을 나선 이후로 필리스와 다니엘이 아무것도 못 먹은 건 아닐까? 그는 자동차 사물함에서 밀키웨이 캔디바 몇 개를 꺼냈다. 그리고 슬픈 미소를 지으며 말했다. "곳곳에 밀키웨이가 있군." 한편 고속도로의 서쪽 11번 출구 근처 하워드 존슨 호텔 주차장에는 처리해야 할 수전의 차가 있었다. 두 남자는 따뜻한 오후의 편안함을 느끼며 조용히 이런저런 이야기를 나누었다. 그동안 두버스타인은 병원 당국에 수전의 퇴원 수속을 요청했지만 허사였다. 서로의 안부를 묻고 나서 르윈과 다니엘은 대화의 범위를 넓혀 나갔다. 그들은 리사와 필리스, 천진난만한 아기 등 관심 범위 안에 있는 모든 사람을 언급했다. 그렇게 관심을 보이면 구원받을 수 있다는 듯 그들은 그렇게 했다. 오후에는 축제 분위기가 무르익었다.

물론 부하린*은 천사가 아니었다. 재판 과정에서 그는 혁명투쟁이

한창인 때 왕당파 처형을 용서하는 문제에 관해 이야기했다. 스탈린 앞에 서자 그는 정치적으로 필수적인 살인과 파당적인 테러리즘을 구분할 필요를 느꼈다. 재판을 받기 10년 전인 1928년 그는 스탈린의 강제 산업화 노선을 비판하고 스탈린을 칭기즈칸에 비교했다. 1936년 9월 소집된 중앙위원회는 우익 트로츠키파의 음모를 주도한 혐의로 부하린과 톰스키, 리코프를 당에서 축출할 것을 심의했다. 부하린은 그것을 스탈린의 음모라고 했다. 그는 스탈린이 무제한적인 권력을 장악하기 위해 볼셰비키 당을 파괴할 것이고 자신과 다른 이들을 제거할 의도로 자신을 공격한다고 주장했다. 중앙위원회는 부하린의 주장을 받아들여 그를 축출하지 않기로 결정했다. 음모 혐의는 각하되었다. 1년이 지나지 않아 중앙위원회 소속 위원 98명은 체포되어 총살당했다. (우리는 이 사실을 제20회 공산당 대회에서 흐루시초프가 한 연설을 통해 알게 된다.) 그 후 부하린의 혐의가 부활되고 그는 재판을 받게 되었다.

사실 검토할 필요가 있는 다른 수수께끼가 남아 있다. 왜 러시아의 국가적인 고통이 미국인들에게 자족감을 주는가? 왜 주(州) 경찰 두 명은 하워드 존슨 호텔 여자 화장실에서 피 흘리며 죽어가고 있는 젊은 여자를 발견했을 때 근처 병원으로 데려가지 않고 공립 정신병원으로 데려갔는가? 다시 한 번 생각해보면 이 두 수수께끼는 무관하지 않을 것이다.

---

* 볼셰비키혁명 지도자로 이후 스탈린과의 권력 투쟁에 밀려 총살당했다.

처리해야 할 문제들:

1. 수전의 볼보 앞좌석에 있던 두꺼운 마분지 원통 안에서 발견한 낡은 사진 포스터.

2. 브루크라인 윈스롭 로드 67번지, 이웃집들의 양식에 따라 한 가구가 사는 것처럼 보이지만 두 가구가 살 수 있도록 지어진 집에 사는 유대인 가정에서 지난해 크리스마스에 일어난 끔찍한 사건.

3. 정신이상인 우리 할머니와 지하실에 살던 몸집 큰 흑인.

4. 르윈 부부를 떼어내는 일. 어쩌면 두 사람을 따라 고속도로나 브루크라인까지 가야 할 듯. 수전의 차에 타봐야 무슨 일이 있었는지 알 수 있음을 명심하자. 그들은 여전히 우리를 엿 먹이고 있어. 넌 이해할 거야. 착한 아이, 다니엘.

5. 네가 마땅히 해야 할 일을 한다고 생각하지 않는 한. 나는 이 사실을 분명히 하고자 한다. 너는 배신자다. 너는 유산을 천박하게 써버릴 것이다. 너는 별다른 이유 없이 배신할 수 있는 부류의 인간이다. 어느 누가 해야 할 일을 하지 않고 여기 앉아 자위나 하면서 이 모든 것을 기술하겠는가? 너는 어떻게 생각하나? 수케닉 교수가 네가 정말로 연구를 하는지 보러 올까? 수케닉 교수가 관심을 보일 거라고 생각하나? 아니면 너는 단지 또 다른 아버지를 찾고 있는가? 한 사람에게 필요한 아버지는 대체 몇 명인가? 왜 나가서 일자리를 구하지 않나? 왜 무거운 짐을 벗어버리지 않나? 왜 그토록 무거운 짐을 벗어버리지 않나? 왜 무거운 짐을 벗어버리고 수전에게 어떻게 했는지 보여주지 않나?

도서관의 정적. 의자에서 일어나 책상에 부딪치고 서둘러 서가로 가서 무엇이든 찾고 있는 이 고양이 같은 녀석은 누구인가? 컬럼비아 대학이 이런 대학원생을 필요로 하는가? 도둑처럼 서가 사이를 누비면서 눈에 띄는 것은 무엇이든 끄집어내어 참고 자료를 잔뜩 안고 비틀거리며 원래 자리로 돌아오는구나! 학교는 뭘 하고 있나! 그의 이름은 무엇인가!

6. 시내로 가서 혁명가 아티를 만나 진행중인 재정상의 속임수에 대한 의혹을 확인하는 일.

7. 아이작슨 재단. 그 문제를 가슴속에 묻어두지 않고 가슴 밖으로 끌어내지도 않고 가슴에서 털어버리지 않기가 그렇게 어려운가? 내 마음에 무슨 문제라도 있는가?

1967년의 여름이 막 시작되었다. 징병카드를 태우는 일이 파도처럼 퍼져나갈 것이다. 뉴어크와 디트로이트에서는 폭동이 일어날 것이다. 미국의 젊은이들은 금세기 베트남 승려들이 시작했던 형태의 저항을 시도할 것이다. 그들은 자신의 몸에 휘발유를 끼얹고 성냥불을 댕길 것이다. 저항하기 위해 불에 타 죽을 것이다. 그러나 나, 다니엘은 슬픔에 잠겼으며 머릿속 환영이 나를 어지럽히고 나는 그 문제를 가슴속에 묻어두고 싶지 않다.

애셔의 큼직한 손은 쇠로 된 밴드 같았다. 상냥하고 낮은 목소리로 이야기하는 사람이지만 흥분하면 엄청난 힘을 조절하지 못해 손에 힘을 주고 있다는 사실조차 몰랐다. 다니엘은 손목에 가해지는 고통의 고리를 느슨하게 하려고 손을 빼려 했지만 애셔는 오히려 손에 힘을 줘 훨씬 더 세게 잡아당겼다. "이리 와, 얘들아, 이리 와." 변호사가 말했다. 그들은 검은 먼지가 일고 껌종이와 납작해진 담배꽁초가 흩어져 있는 지하철의 가파른 계단을 힘들게 기어올랐다. 아케이드에서 팝콘과 피자와 도넛과 프레첼 등의 후끈한 냄새가 풍겨왔다. 싸구려 음식의 놀라운 향기가 애완동물가게에서 들리는 동물의 울부짖음처럼 그들을 따라왔다. 그는 언제나 그것들이 팔리고 싶어 한다고 상상했다.

"이리 와, 얘들아, 이리 와." 다니엘보다 작고 가볍고 다리가 짧은 수전은 따라가기가 힘들었다. 애셔의 햄 같은 손에 매달린 채 그녀는 계단에 발을 부딪쳤다. 땅에 닿았다가 다시 공중에 떠서 끌려왔다. "아파요!" 수전이 소리를 질렀다. 왜 애셔는 손을 그렇게 꽉 쥐었을까? 그들이 도망갈 거라고 생각했나?

"아저씨, 수전이 손 아프대요." 다니엘이 말했다. "손을 놓아주시면 아저씨보다 더 빨리 계단을 오를 수 있어요."

"뭐라고? 그래, 이 녀석들." 애셔가 말했다. 그들은 손목을 비비면서 몸집이 크고 무거운 변호사보다 수월하게 앞장서서 올라갔다. "넘어지지 않게 조심해!" 그가 뒤에서 외쳤다. "그 위에 그대로 서 있으렴."

이제 조용히 호기심에 차서 그들은 큰 덩치가 자신들에게 다가오려고 애쓰는 모습을 지켜보았다. 그들이 서 있는 지하철 입구에는 두 종류의 바람이 부딪히고 있었다. 지하에서 나오는 뜨거운 바람이 얼굴을 어루만졌고 거리에서 불어오는 매서운 바람이 등을 때렸다. 먼지와 종잇조각과 검댕이 발밑으로 날아다녔다. 바람이 매섭게 부는 추운 날이었다. 밝은 햇빛 탓에 그들은 눈도 제대로 뜨지 못했다.

애셔는 손으로 무릎을 잡고서 마지막 두 계단을 올라왔다. "오래 살 것 같지가 않아." 숨을 가다듬으려 애쓰면서 그가 말했다. 그는 지하철로 내려가는 사람들의 물결 속에서 그들을 끌어당겼다.

두 사람은 애셔가 깊은숨을 몰아쉬고 방향을 살피는 동안 건물에 기대서 있었다. 길 건너편에는 브라이언트 공원과 공립도서관이 있었다. 오른쪽은 6번가였다. "저쪽, 서쪽으로 가자." 애셔가 말했다. 그리고 다시 두 사람의 손목을 잡고 출발했다. 그들은 신호등을 기다렸다가 6번가를 건너 42번로를 따라 브로드웨이로 갔다. 귀마개를 한 신문팔이가 있었다. 바람이 세차게 불었다. 아이들은 얼굴을 옆으로 돌리고 걸었다. 다니엘은 털모자를 이마까지 내려 썼다. 콧물이 흐르고 바람 때문에 살갗이 쓰렸다. 바지 속으로 바람이 매섭게 파고들었다. 애셔의 무거운 회색 외투가 눈앞에서 움직였다. 갑자기 애셔가 손목을 놓고 수전과 다니엘을 자기 옆으로 끌어당겨 불어오는 바람을 막았다. "꼭 붙어. 이러면 걸을 수 있을 거야." 애셔가 말했다. 두 아이가 애셔의 양옆에 붙어 바람이 세차게 불어오는 6번가를 따라 걸어가는 모습은 마치 다리가 여섯 달린 괴물 같았다.

"앞으로 닥칠 우리 운명 같구나." 애셔가 바람을 향해 중얼거렸다. "마치 우리 운명이 나아가는 모습 같아." 외투에 얼굴을 묻고 다니엘은 거리의 소리를 들었다. 경적 소리, 자동차가 멈추고 출발하는 소리, 수많은 사람들이 내는 크지만 부드러운 발소리, 레코드가게에서 흘러나오는 음악 소리, 그리고 말발굽 소리. 그는 물러서서 외투 자락 주변을 내다보았다. 경찰 두 명이 멋진 갈색 말 위에 등을 곧게 세우고 늠름하게 앉아 있었다. 다니엘은 그 모습에 감탄했고, 그렇게 감탄하는 것에 죄의식을 느꼈다. 다니엘은 그들이 반동분자라는 사실을 알고 있었다.

애셔가 말했다. "이제 나한테 꼭 붙어 서서 내 말대로 해야 해. 우린 조금 늦었어. 여기서 봐도 사람들이 엄청나게 모인 걸 알겠지. 굉장한 영광이야. 자랑스러워해야 한다. 저기 올라가면 머리를 똑바로 들고 씩씩하고 늠름하게 행동하렴. 구부정하게 있지 마. 어깨를 펴고 서 있어. 모두가 너희 모습을 볼 수 있도록 말이야. 알겠지? 겁내지 마. 무슨 일이니, 수전?"

"눈에 뭐가 들어갔어요."

"시간 없어, 수전. 이리 와."

수전은 애셔가 잡아끄는데도 그 자리에 버티고 섰다. "눈에 뭐가 들어갔어요." 수전이 고집스럽게 말했다.

"눈을 꼭 감아. 저절로 나올 거야."

"아니에요! 눈이 아파요." 수전이 말했다.

애셔는 수전의 손을 놓고 소리를 지르기 시작했다. 다니엘은 모두들 신경이 곤두서 있음을 알았다. 그는 여동생의 손을 끌고 신발가게 입구로 갔다. 그곳은 바람이 불지 않았다. 다니엘은 장갑을 벗고 옷자락을 올려 주머니에서 손수건을 꺼냈다. "안경 벗어." 다니엘이 말했다. "비비지 마. 손대지 말고. 그렇지. 이제 눈 떠봐."

수전은 눈을 감은 채 빨개진 귀여운 얼굴을 찌푸렸다. "눈을 안 뜨면 눈 속에 뭐가 들어갔는지 알 수 없잖아." 다니엘이 말했다.

"눈을 못 뜨겠어."

다니엘이 웃었다. "야, 수전. 지금 네 얼굴 얼마나 웃긴지 알아?"

"아니야!"

"제발, 애들아. 늦었단다. 이건 아주 중요한 일이야. 빨리 가자. 빨리!"

"잠깐만요, 아저씨." 다니엘이 말했다. "수전은 아직 어린애예요."

이 말이 슬펐는지 수전은 울기 시작했다. 다니엘은 수전을 안고 미안하다고 말했다. 애셔는 이디시어로 무슨 말을 중얼거리다가 팔을 쳐들더니 탁 소리를 내면서 내렸다. 그러고는 걸어갔다가 다시 돌아왔다.

"이리 와, 수전. 내가 빼줄게. 집에 돌아가면 같이 놀아줄게. 모노폴리 놀이 하자." 특별대우였다. 모노폴리는 시간이 많이 걸렸다.

수전은 아픈 눈을 여러 번 깜박였다. 그러곤 눈에 들어갔던 게 없어졌다고 했다.

"하늘이 도왔구나!" 애셔가 말했다.

"나하고 노는 거야?" 수전이 궁금해했다.

"그럼." 다니엘은 수전의 눈물과 콧물을 닦아주고 자기 콧물도 닦았다.

"빨리 가자. 빨리 가, 애들아!" 애셔가 말했다.

브로드웨이에 이르자 사람들이 길을 가득 채운 탓인지 바람이 그리 매섭지 않았다. 그들은 군중 속을 걸었다. 경찰들이 말을 타고 둘씩 짝을 지어 길가에 있었다. 말을 타지 않은 경찰은 브로드웨이의 차들을 42번로로 돌리고 있었다. 그 때문에 교통이 혼잡했다. 빵빵거리는 경적 소리가 들리고 경찰들은 호루라기를 불었다. 사람들의 파도를 헤치며 애셔는 수전과 다니엘의 손목을 잡고 차들 사이로 길을 건넜다. 40번로에서 42번로까지 두 구역 전체의 교통이 통제되었다. 많은 사람들이 거리에 서 있었다. 놀라운 광경이었다. 사람들은 아래쪽 40번로의 상황에 집중하고 있었다. 연단 위에서 한 남자가 마이크를 잡고 큰 소리로 외쳤다. 트럭에 달아놓은 확성기 두 개가 사람들을 향해 외쳤지만 알아듣기가 힘들었다. 사람들은 주의를 집중했지만 군중이 확성기의 외침을 흡수하는 듯했다. 누군가가 옆 사람에게 조용히 하는 말이 확성기의 말을 방해했다. 알아들을 수 없는 메아리만 건물 사이로 울려퍼졌다. 어떤 사람들은 군중 사이에서 플래카드를 높이 쳐들고 있었다. 이따금 연설 도중 구슬이 바닥에 떨어지듯 갈채가 쏟아지면 이 플래카드들도 리듬을 타고 오르락내리락했다.

애셔는 아이들을 사람이 적은 건물 가장자리를 따라서 이끌고 갔다. 그들은 한 줄로 서서 걸어갔다. 애셔가 다니엘의 손목을 잡고 애셔 뒤의 다니엘은 수전의 손목을 잡아당겼다. "미안합니다." 애셔가 말했다. "미안합니다."

그러나 41번로에는 사람이 너무 많아서 이 전략이 통하지 않았다. 사람들은 건물 앞까지 빽빽하게 모여 있었다. 다니엘은 자기가 선 곳의 보도밖에 보이지 않았다. 애셔는 외투를 펄럭이며 길을 대각선으로 질러 사람들을 헤치고 나가려 했다. "좀 지나갑시다. 조금만 비켜주시오." 숨이 막힐 듯 더웠다. 다니엘은 사람들이 밀치는 것을 느꼈다. 애셔가 내놓은 길마저 사람들이 막아버리면 깔려 죽을 것 같았다. 누군가의 팔꿈치에 부딪쳐 모자가 비뚤어졌다. 다니엘은 두 손을 모두 쓰고 있어서 모자를 바로잡을 수 없었다. 급기야 모자가 떨어졌다.

수전이 몸을 굽혀 다니엘의 모자를 집으려다 그만 잡은 손을 놓아버렸다. 애셔는 다니엘의 손목을 계속 끌었고 수전의 모습은 군중 속으로 사라졌다.

"기다려요!" 다니엘은 애셔의 손에서 벗어나려고 애쓰며 소리쳤다. 손목이 강철 밴드로 꽉 조이는 것처럼 화끈거렸다.

"다니엘, 다니엘!" 여동생이 그를 불렀다.

그는 두려움에 사로잡혀 소리를 질렀고 그 자리에 서서 움직이지 않았다. 애셔가 손을 놓았다. 다니엘은 마치 나무 같은, 꼼짝하지 않는 바위 같은 사람들 사이를 헤치고 오던 길을 되돌아갔다. "수전!"

사람들의 화난 얼굴이 그를 내려다보았다. "쉬잇!" 그리고 조용히 하라고 속삭였다. 확성기의 목소리가 머리 위 하늘을 가득 채웠다. "이것이 소위 우리 미국의 정의입니까? 이것이 세계의 모범인 미국식 페어플레이이며 정의입니까?"

"여기 아이들이 있소!" 다니엘은 애셔가 외치는 소리를 들었다. "여기 아이들이 있소!" 다니엘의 눈앞에 수전이 나타났다. 수전은 그의 모자를 꼭 쥐고 팔을 가슴에 붙이고 있었다. 주변에는 수전의 몸만 한 공간밖에 없었다. 다니엘은 동생의 어깨를 안고 방향감각을 되찾으려 했다. 사람들이 뿜어내는 열기가 견디기 어려웠다. 그는 고개를 들어 하늘을 보았다. 왼쪽으로 건물의 지붕선이 보였다. 오른쪽으로 사람들을 헤치고 가면 인도가 나오고, 거기서 왔던 길을 되돌아가면 처음 사람들 모습이 보이던 곳으로 갈 수 있을 듯했다. 집으로 가는 길은 알고 있었다.

"이게 뭐야." 수전이 말했다. "못 움직이겠어!"

"여기 애들이 있어요!" 다니엘 옆에 서 있던 남자가 아래를 내려다보았다. "애들을 찾았어요."

곧 애셔가 그곳으로 왔고 다니엘과 수전을 다시 앞으로 끌고 갔다. "얘들이 그 아이들이오." 애셔는 계속 말했다. "길 좀 비켜주시오. 얘들이 여기 있소." 모여 있던 사람들은 마침내 이 말을 이해했다. "얘들이 나가도록 해줍시다!" 사람들이 서로에게 외쳤다. 다니엘은 앞쪽의 연단 위 장대에 걸려 있는 플래카드를 보았다. **그들을 석방하라!** 누군가가 다니엘을 들어올렸고 그는 사람들의 머리 위로 이리저리 옮겨져 바다 위에 떠있는 것처럼 앞으로 나아갔다. 다니엘은 공포에 사로잡혔다. 뒤쪽에서 수전의 목소리가 들렸다. "내려줘요!" 수전이 외쳤다. "도와줘! 오빠!"

마침내 확성기의 목소리가 브로드웨이를 가득 채웠다. "여기 애들이 있어요!" 땅에 내려온 다니엘과 수전이 비틀거리며 연단으로 올라가자 엄청나게 요란한 소리가 귓전을 때렸다. 다니엘은 어지러웠다. 그는 수전의 손을 꼭 잡았다. 얼굴이 달아오르고 숨을 제대로 쉬지 못했으며 성난 파도처럼 움직이는 수많은 머리와 수천의 목소리에 정신을 차릴 수 없었다. 다니엘과 수전은 군중을 뚫어지게 바라보았다. 수백만 개의 눈이 달린 거대한 괴물 같은 군중이 거리의 협곡에서 물결치고, 거대한 파도 같은 생명력과 소리와 분노가 연단으로 밀어닥쳤다. 섬처럼 고립되어 그는 눈에 바람을 느꼈다. 잠시 동안 그는 자신과 수전이 배반당했고 거대한 군중이 자신들을 덮쳐 어디론가 데려가 버릴 것만 같았다. 그러나 요란한 소리는 그들을 향하고 있었지만 그들이 표적은 아니었다. 그가 이해할 수 없는 신비로운 상징의 영역에 머무는 다른 사람들을 위한 것이었다. 연단 아래 그의 발치에서 애셔는 득의양양한 표정을 지었다. 애셔는 행복에 빛나는 모습으로 다니엘을 쳐다보았다. 그가 뭐라고 소리쳤지만 다니엘은 알아듣지 못했다. 연설자는 한 손으로는 다니엘의 어깨를, 다른 한 손으로는 수전의 어깨를 부드러우면서도 확고한 권위로 감싸 안으며 둘 사이에 섰다. 그러자 군중은 찬송가를 부르듯 외쳐댔다. 거대한 성가대의 외침이 건물에 부딪혀 메아리로 계속 울려나왔다. 그들을 석방하라, 그들을 석방하라, 그들을 석방하라. 다니엘과 수전은 그 자리에 꼼짝 않고 서 있었다. 두 아이는 그들을 석방하라, 그들을 석방하라, 그들을 석방하라는 구호에 맞춰 플래카드와 그들 부모의 확대된 사진이 군중의 머리 위 곳곳에서 반복해 올라갔다 내려가는 모습을 바라보았다.

아, 이봐, 이제 당신도 알겠지. 게임은 지금까지로 충분해. 당신은 똑똑한 양반이야. 이제 이야기가 어느 지점에 왔는지 알겠지, 잘난 독자 양반. 이해할 거야. 이 염병할 이야기를. 그렇지? 문학 지도를 끄집어내봐. 우리가 어디로 가는지 알 거야. 이 빌어먹을 놈아, 그렇지?

흥미로운 현상

많은 역사학자들이 전쟁이 끝난 직후 미국 사회에서 일어난 흥미로운 현상을 지적해왔다. 정부의 각종 회의에서는 격렬한 파당주의가 전시에 필수적이었던 정치적 제휴를 대신한다. 재계, 노동계, 지역사회 등 사회관계가 형성되는 큰 무대에서 폭력이 증가하고 공포와 비난이 공적인 논의를 지배하며 열정이 이성을 압도한다. 수많은 역사학자들이 이 현상을 지적했다. 그들은 이 현상의 원인을 전쟁이 끝난 뒤에도 전시의 히스테리가 지속되었기 때문이라고 한다. 불행하게도 전쟁을 수행하는 데 필요한 감정적인 열기는 수도꼭지처럼 잠가버릴 수가 없다. 적을 계속 발견해야 한다. 마음과 가슴은 소대나 분대처럼 바로 무장해제할 수 없다. 오히려 흰 증기를 뿜어내는 용광로처럼 식는 데 오래 걸린다.

1차 세계대전을 예로 들어보자. 전쟁 직후 국제 공동체에 대한 윌슨 대통령의 이상은 헨리 캐벗 로지 상원의원이 이끄는 공화당의 격렬한 파당주의와 충돌했다. 그는 1920년의 대통령 선거를 의식했다. 의회에서 윌슨의 꿈인 국제연맹이 비준을 받지 못한 것은 그 이후 유럽에서 벌어진 불행한 사태 전개를 고려할 때 아무리 관대하게 보더라도 유감스러운 일이었다. 윌슨 자신도 이 파당주의의 희생자였다. 그는 충격을 받아 왼쪽 얼굴과 몸이 마비되는 고통을 겪었다. 이것은 다수의 역사학자들에 의해 주지된 현상이다.

1919년 노동계의 상황을 보면 전례 없는 파업이 곳곳에서 일어나 수백만 노동자들이 파업에 참여했다. 대규모 파업 가운데 하나는 미국철강회사에 대항하여 미국노동자총연맹이 주도했다. 당시 철강업계의 노동자들은 겨우 생계를 유지할 정도의 최저임금을 받고 주당 평균 68시간씩 노동을 했다. 파업은 다른 공장으로 퍼져나갔고 열여덟 명의 파업 노동자가 사망하고 피켓라인을 분쇄하려고 군대가 투입되는 등 우려할 만한 폭력사태가 일어났다. 미국철강업계는 파업 노동자들을 공산주의자로 낙인찍어 국민의 지지를 차단한 다음 파업을 막았다. 보스턴에서는 경찰국이 파업에 들어갔고 캘빈 쿨리지 주지사는 인력을 교체했다. 시애틀에서는 전국에 '적색위협'을 촉발시킨 총파업이 일어났다. 이것이 첫번째 적색위협이었다. 노동절 직전 뉴욕의 우체국에서 폭탄 열여섯 개가 발견되었다. 존 D. 록펠러와 법무장관 미첼 파머를 비롯한 미국 사회의 저명인사들에게 발송되는 것이었다. 현재까지도 누가 이 폭탄에 책임이 있는지 분명히 밝혀내지 못했다. 공산주의 테러리스트나 흑인 무정부주의자, 또는 그들의 적이 계획했을 수도 있다. 그러나 그 일을 누가 계획했든 결과는 마찬가지였다. 미처 발견하지 못한 폭탄이 그해 봄 내내 터져 건물을 파괴하고 무고한 사람들을 죽이거나 불구로 만들었다. 그리고 온 나라에 공산주의자에 대한 불안이 퍼져나갔다. 러시아처럼 공산주의자들이 나라를 차지하고 여자들을 거대한 성기로 강간할지 모른다는 두려움에 사로잡혔다. 언론은 이러한 사태를 막아야 한다며 대중의 감정을 부추겨 상황을 더욱 악화시켰다. 경찰과 군인과 선원 들은 대도시의 노동절 행진을 공격했다. 이제 막 설립된 미국재향군인회는 워싱턴 주에 있는 세계산업노동자연맹 본부에 들이닥쳤다. 선동 연설을 금지하는 법률이 전국의 주 의회에서 통과되었고 수천 명이 감옥에 갇혔다. 밀워키 출신의 사회주의자 하원의원은 20년 형을 선고받았다. 1917년 통과된 간첩법과 선동법으로 수천 명이 더 감옥에 갇혔다. 유진 V. 데브스*는 말할 것도 없었다. 1920년 1월 2일 저녁, 백악관에 야심을 품

* 미국의 사회주의 노동운동가. 윌슨 대통령에 맞서 두 번의 선거에 출마했고 1918년 간첩법으로 10년 형을 선고받았다.

은 법무장관 파머는 전국에 있는 공산당 사무실을 연방정부의 이름으로 공격했다. 파머는 자신의 오른팔인 J. 에드거 후버와 함께 6천 명이 넘는 사람들을 체포했다. 일부는 외국인 공산주의자였고 일부는 그냥 외국인이었으며 일부는 그냥 공산주의자, 일부는 공산주의자도 외국인도 아닌 체포된 사람들을 만나러 온 이들이었다. 사람들은 재산을 압류당하고 수갑을 차고 쇠사슬에 묶인 채 강제로 거리를 행진해야 했으며(보스턴), 8일간 제대로 먹지도 못하고 대소변을 해결할 곳도 없이 연방정부 건물 복도에 방치되었다(디트로이트). 많은 역사학자들이 이 현상을 지적해왔다. 이러한 공격은 전국을 휩쓴 자경주의에 의심할 바 없이 공헌했다. 남부와 서부에서는 KKK단이 위세를 떨쳤다. 한밤중에 복면을 쓰고 말을 탄 채 휘두르는 폭력, 태형, 공개교수형과 화형 등이 행해졌다. 1919년 70명이 넘는 흑인들이 폭행을 당했는데 그들 중 상당수가 참전용사였다. '외국 이데올로기'에 반대하는 연설을 흔히 들을 수 있었고 '100퍼센트 미국주의'에 관한 이야기도 많았다. 테네시 주의 학교에서는 진화론을 가르치는 것이 법으로 금지되었다. 또 다른 주에서는 교과서가 애국심을 충분히 고취시키지 못하면 채택되지 않았다. 새로운 이민법은 인종차별을 양산했고 엄격한 할당제가 시행되었다. 유대인들은 국제 음모 혐의를 받았고 천주교인들은 미국에 교황을 모시려 한다는 혐의를 받았다. 곧 금주법이 시행되었고 대규모 조직범죄가 나타났다. 월드 시리즈에서 화이트 삭스는 신시내티 레즈에 일부러 패했다. 미국 정부는 매사추세츠 주의 사우스 브레인트리에서 회계 직원을 살해했다는 혐의로 이탈리아 출신 무정부주의자 사코와 반제티의 재판을 준비했다. 이 재판에 대해서는 잘 알려져 있고 역사학자들도 종종 언급하니 설명하지 않겠다. 2차 세계대전은 말할 것도 없고.

앨런 두버스타인 박사는 아이스크림을 떠먹던 숟가락으로 허공을 탐색했다. 그는 수전의 자살기도가 정치활동과 어느 정도 관련이 있다고 믿었다. 그녀가 민주사회학생연합에 속해 있다고 생각했으며 보스턴 저항운동에 적극적으로 개입했다고 확신했다. 지난겨울 수전의 치료를 중단하기로 합의했을 때 그는 수전에게 정치활동에 지나치게 힘쓰지 말라고 충고했다. 그는 복숭아 아이스크림을 먹으면서 바닐라 소다도 마셨다. 어른 다섯 명과 갓난아이 하나가 하워드 존슨 호텔 레스토랑의 창가 자리에 비좁게 끼어 앉아 있었다. 필리스는 두버스타인 옆에 앉았는데, 나는 그녀가 그의 아내라고 상상했다. 필리스가 접시의 아이스크림을 아기에게 떠먹였다. 나는 그들의 아이를 좋아하지 않았다. 아이는 빨간 뺨에 엄마처럼 옅은 색 머리카락을 가졌으며 통통했고 토한 냄새를 풍겼다.

놀랍게도 우리는 매사추세츠 고속도로 서쪽 11번 출구 근처의 하워드 존슨 레스토랑에 모두 앉아 있었다. 그러나 상황은 충분히 납득할 만했다. 우리는 경찰이 주차장에 버려둔 수전의 차를 가지러 왔다. 오후의 반이 지나갔다. 모두 배가 고팠고 갈증이 났다. 어쩌면 우리는 하워드 존슨 호텔에서 수전을 죽고 싶도록 만든 무언가를 찾아보려 했는지 모른다. 수전을 이해할 수만 있다면 돕는 것도 가능하리라 생각했다. 그런데도 나는 화가 났다. 나는 적절치 않은 일에 민감하다. 가령 식당에서 하는 결혼식 같은 것 말이다. 기쁨과 괴로움에 적절한 환경은 없다. 우리 환경은 전부 잘못되어 있다. 그것이 우리를 당황스럽게 한다. 그것이 우리 감정을 하워드 존슨 호텔 레스토랑 창가의 플라스틱 참나리처럼 만들어버린다.

"보통의 정치적인 표현도 수전은 힘들어했어요." 두버스타인이 말했다. "그녀에게 저항은 정신에 상처를 주는 행위였지요. 물론 수전의 행동은 이해가 돼요. 하지만 자기가 소화할 수 있는 것보다 더 많이 삼켰어요."

"수전은 의지가 강한 아이예요." 아버지가 조용히 말했다.

"저는 수전을 무척 신뢰합니다." 냅킨 아래에서 빨대를 찾으며 두버스타인이 말했다.

빈 테이블이 없었다. 공휴일에 몰린 손님들은 입구의 벨벳 로프 곁에 대기중인 여종업원 뒤로 늘어서 있었다. 그녀는 가슴께에 메뉴판을 들고 빈자리가 있는지 살폈다. 백금색의 머리를 틀어올렸고 40대 정도로 보였다. 그녀는 목선이 자연스럽게 늘어진 옥색 주름 드레스를 입고 심각한 표정을 짓고 있었다.

"샌드위치 안 먹을 거면 나 줘." 나는 필리스에게 말했다. 그녀가 형광색 꽃을 단 여학생처럼 연민에 차 수전의 불행을 떠올리는 것이 화가 났다. 혹시 필리스는 악명 높은 집안에 시집왔다는 사실에 가슴 설레는 기쁨과 공포를 느끼는 게 아닐까. 물론 캐물어봐야 알 수 있는 문제다.

"제 말 좀 들어보세요." 두버스타인이 말했다. "제가 이번 일의 심각성을 간과한다면 여러분을 모욕하는 거겠죠. 풀어야 할 문제가 많습니다. 하지만 수전은 뛰어난 아이예요. 과거에도 이런 적이 있었죠."

"여기다 뭘 친 거야? 케첩 뿌렸어?"

"뭐?" 필리스가 말한다.

"샌드위치에 케첩이라니."

필리스는 비참한 표정으로 나를 바라본다. 그녀는 언젠가 나는 아니더라도 가족들이 자신을 가족의 일원으로 받아들여주기를 바라고 있다. 어머니 리사가 이를 알아차린다. "케첩이 어때서." 어머니가 말한다.

"수전이 안정을 되찾을 수 있도록 합시다." 두버스타인이 아버지에게 말한다. "그러면 우리도 일상으로 돌아갈 수 있겠지요."

"왝!"

"무슨 일이냐, 다니엘." 옆에 앉은 아버지가 말한다.

"케첩을 친 샌드위치를 먹었더니. 왝!"

"다른 걸 먹으렴. 다른 거 주문할까?"

"괜찮아요, 아버지. 여기 앉아서 내 동생에 관한 역겨운 이야기를 계속 들어야지요."

내 말은 몇 볼트 되지 않지만 자극을 주는 데는 충분하다. 아이작슨가의 특징은, 그러니까 우리 가족 모두의 특징은 불친절하다는 것이다. 그렇지만 이 문제는 실질적이다. 나는 양부모를 사랑한다. 그런데 그들은 이런 비상시에 두버스타인을 택했다. 두버스타인이 그들이 택한 사람이다. 그가 원래 어디서 왔는지는 아무도 모른다. 상황은 잊어버렸지만 내게 두버스타인은 수전의 삶에 끼어든 수천의 침입자 중 하나에 불과하다. 수많은 안내자와 해석가, 상담가, 공감자와 의견 개진자 중 한 사람일 뿐이다.

"다니엘, 난 네가 사과했으면 싶구나." 어머니가 말한다.

"왜 모두들 수전과 나에 관해 뭔가를 말할 수 있는 특권이 있다고 생각하죠? 왜 내가 여기 앉아서 이 멍청이의 말을 들어야 하나요? 누가 이 사람이 필요하대요?"

"내가 두버스타인 박사한테 와달라고 했어. 우리에게 박사가 필요하다고 생각했기 때문이야. 난 수전한테 이분이 필요하다고 생각한다. 그리고 넌 예의 없이 행동하고 있고."

"아버지……"

"예의 바르게 행동하렴."

"아버지, 얘기할……"

"목소리 낮추렴, 제발. 특권 이야기를 했지. 네가 험한 말을 할 수 있는 특권은 누구한테 받았는지 궁금하구나."

르윈 부부는 예의를 인간다움의 본질로 생각한다. 예의는 대화를 가능하게 한다. 무례는 그들을 불편하게 만든다. 무례는 식탁에서의 거친 행동에서부터 자살에 이르기까지 온갖 형태로 나타나기 때문이다. 그것은 집단학살로까지 이어진다. 지금 구체적으로 언급하지는 않겠지만 이 문제는 로버트 르윈의 법에 대한 사랑과 밀접하게 연관된다. 그는 법의 구속을 받으며 살아가는 사람들의 정신 상태에는 법이 취약하다는 사실을 알고 있다. 그러나 그는 법이 진화해서 완전한 형태에 도달하는 것을 보고 싶어 한다. 그는 도덕적이기를 원한다. 그건 어머니도 마찬가지다. 어머니는 어렸을 때 나치의 추격을 피해 전 유럽을 돌아다닌 난민이다. 그렇다면 고통으로 특권을 주장하는 나는 누구인가? 부모님은 내게 모든 것을 베풀고도 한 번도 특권을 내세우지 않았다. 그런데 나는 왜 이토록 쉽게 그들을 부끄럽게 만드는가?

“이 사람은 거기서 동생을 퇴원시키지도 못해요!” 나는 그들에게 말한다. “정신병원에서 수전을 빼내오지 못한다고요. 그 애를 뒷골목에서 잡아온 건달이랑 간수 들하고 같이 있게 하잖아요.”

“동부 지역에서 가장 훌륭한 시설을 갖춘 병원에 24시간 더 머문다고 해서 자네 여동생한테 해가 되진 않을 걸세.” 두버스타인이 냉정하게 말한다. “여기 병원 관계자 한 사람과 꽤 오래 이야기했는데 우연히도 내가 자코비 병원에서 근무할 때 레지던트로 일했던 사람이더군. 물론 이 병원에 수전을 입원시킨 것 자체는 병원 측 실수야. 하지만 상황은 나아지고 있어.”

“개인적인 승리라도 거둔 듯 말씀하시는군요.”

“다니엘.” 어머니는 지갑에서 손수건을 꺼낸다. “우리 모두 힘든 상황이야. 제발, 다니엘.”

두버스타인이 말한다. “왜 자넨 수전을 도우려는 사람을 모두 미워하는가?” 그는 질문에 어울리도록 나를 날카롭게 바라본다.

“집어치워요, 엉터리 의사 선생. 골프 클럽에 가서 아이젠하워 대통령이랑 골프나 치쇼.” 이건 나 자신도 깜짝 놀랄 정도로 위트 없고 시대착오적인 반격이다. 나는 안절부절못한다. 모두의 얼굴이 창백해진다. 갓난아이까지 분위기를 알아차리고 울기 시작한다. 나는 테이블을 떠난다.

하워드 존슨 호텔 레스토랑을 떠나는 다니엘의 눈에 빈 테이블이 나기를 기다리는 사람들을 향해 걸어가는 여종업원의 엉덩이가 들어왔다. 거들에 잘 둘러싸인 대단한 엉덩이를 아직 생기 있는 다리가 받치고 있었다. 틀어올린 금발이 목 뒤에서 까닥거렸고 목덜미의 잔털은 긴장을 풀고 편안히 뒹굴었을 운 좋은 남근과의 질펀한 시간을 암시했다. 다니엘은 순간 그녀가 손가락으로 평화의 사인을 만들었다고 생각했다. 그러나 그건 두 사람이 앉을 테이블이 났음을 뜻하는 것이었다.

다니엘은 꽁지발로 서서 기다리는 배고픈 사람들을 헤치고 나왔다. 아이들이 사탕 진열장 앞에 모여 있었다. 카펫 위에 팝콘이 어지럽게 떨어져 있었다. 남자 화장실 변기는 동전을 넣고 쓰는 것이었다. 이 벽 저편에서 수전은 정맥을 끊고 정신을 잃을 때까지 변기를 지켜보았으리라. 그는 그 모습을 상상하려고 애썼다. 소변기에서 나는 물소리에 주의가 산만해졌다. 다니엘은 벽에 붙은 자판기를 보았다. 25센트를 넣으면 물티슈나 위생 처리된 호주머니용 빗, 자동차 바퀴 모양의 홍콩제 나침반, 하나는 검고 하나는 하얀 플라스틱 강아지 두 개가 맞붙은 장식용 자석 등을 뽑을 수 있었다.

그는 밖으로 나갔다. 사람들은 아이스크림콘을 먹으며 주차장을 돌아다녔다. 홈드레스 차림의 뚱뚱한 여자가 차들 사이로 불도그를 산책시켰다. 주유소 주유기 앞에는 차가 줄지어 기다리고 있었다. 늦은 오후, 이제 막 해가 저물었고 공기는 답답하고 지독한 냄새를 풍겼다. 사실 로버트 르윈과 리사 르윈은 고속도로 휴게실에 어울리는 사람들이 아니다. 그들이 이런 곳에 모습을 드러내면 오해를 불러일으킬 소지가 있다. 특히 그들의 마음이 불편할 때는 더욱 그러하다.

다니엘은 주차된 차들 사이를 걸어갔다. 볼보가 보였다. 검은색이고 온통 먼지로 뒤덮여 있었다. 낡은 스테이션 왜건과 파란색 컨버터

블 푸투라 사이에 있었다. 왜건은 아이들이 뒤쪽에서 오르락내리락해서인지 뒤쪽 차체가 내려앉아 있었고 푸투라에는 반바지에 민소매 셔츠를 입은 십대 소녀가 백미러를 보면서 컬핀으로 머리를 말고 있었다. 다니엘은 주머니에서 열쇠를 꺼냈다. 그는 왜건에서 노는 아이들의 눈에도 푸투라에 탄 소녀의 눈에도 분명히 자신이 볼보의 주인으로 보이지는 않으리라 생각했다. 그는 창문을 통해 운전석 옆자리의 체크무늬 가방을 보았다. 그 옆으로 질레트 슈퍼스테인리스 면도날을 포장했던 비닐과 종이곽이 반쯤 보였다. 이것이 다니엘이 사진을 발견하기 전까지의 상황을 묘사한 것이다. 사실 다니엘은 그저 수전의 차에 가려고 레스토랑에서 소동을 벌였다. 그 차를 확인할 필요가 있었다. 나는 어떤 부름 같은 것을 느꼈다. 그들은 여전히 우리를 엿 먹이고 있어. 수전의 눈에 드리운 오랜 고통의 거뭇한 자국이나 엄청난 일을 시도했다가 실패한 자가 남긴 잔해의 느낌은 그리 중요하지 않다. 그녀를 위해 괴로워하거나 그녀의 고통에 아파하는 것도 전혀 중요하지 않다. 또 면도날을 나가게 한 원인 가운데 하나를 내가 제공했다고 믿거나 현장을 구체적으로 상상하는 일도 그리 중요하지 않다. 수전은 화장실 문을 닫고 질레트 슈퍼스테인리스 면도날을 꺼내 정맥을 끊고 공중화장실 변기 위에서 파헤쳐진 정맥을 붙잡고, 피가 부족해서 혹은 용기가 부족해서 혹은 둘 다 부족해서 기절했을 것이다. 어쩌면 혼수상태에서 홈드레스를 입은 뚱뚱한 여자나 어린아이의 비명을 들었을 것이고 문이 열리는 것을 느꼈을지도 모른다. 그리고 나무 손잡이가 달린 마스터키를 가진 벌집 모양 머리를 한 금발의 여자가 손가락을 V자(V는 승리를 뜻하는가, 평화를 뜻하는가. 아니면 평화에 대한 승리를 뜻하는가) 모양으로 만드는 걸 봤을 수도 있다. 요컨대 엉긴 피나 연민에 집착하거나 지금 상황이 얼마나 나쁘며 과거와 비교해서 얼마나 악화되었는지를 생각하는 것은 잘못이다. 그와 마찬가지로 르윈 부부가 자신들이 평생을 바친 두 고아에게, 평화로움에 끌렸던 두 고아에게 진지하게 매료되었던 순간을 떠올리면서 지금 상황은 분명히 나쁘고 앞으로도 끝없이 악화되리라 생각하는 것도 잘못이다. 그들이 어떻게 비컨 가의 전차를 타고 우리를 보스턴으로 데려왔고 우리가 어떻게 백조 보트를 타고 코먼스 공원을 터벅터벅 걸어 폴 리비어가 묻힌 곳을 보았으며 우리가 어떻게 새뮤얼 애덤스를 보면서 새살이 돋는 것을, 평화와 역설 속에 영혼의 새살이 돋는 것을 느꼈는지는—아, 자유의 길*! 당시는 지금보다 나았다. 그때까지 희망은 시험받지 않았다—모두 핵심을 벗어난 잘못된 생각이다. 또 중요하지도 않다. 왜냐하면 수전은 나와 소통했기 때문이다. 바로 그것 때문이다. 설사 이제부터 우리의 삶에는 극단적이고 위험한 소통만 가능하다 할지라도, 어쨌든 신호가 왔다. 아니, 발작하는 영혼에서 신호가 방출되었다. 오후 내내 나를 부르는 느낌이 타버린 공기처럼 귓가로 슬며시 다가왔다. 우리, 그러니까 수전과 나만이 유일하게 남았다. 나는 일평생 혈족으로부터 탈출하려고 노력했고 내 탈출은 교묘했다. 그러나 이런저런 방식으로 삶의 모퉁이에서 그들과 마주쳤다. 인정받고자 하는 열망에 가득 찬 신은 나에게 그들의 생활이 어떠한지 물어보라고 말한다. 그들이 시원한 것을 마시고 싶어 하는지, 그들

* Freedom Trail. 주로 미국독립혁명과 관련된 보스턴의 주요 역사 유적지를 연결해놓은 보행 구간.

을 위해 내가 지금 무엇을 할 수 있는지 물어보라고 한다.

파격 세일! 재고 완전 정리!

시위 때 썼던 가로 90센티미터 세로 60센티미터 사진 포스터 한 장! 새거나 다름없음! 흑백사진 속의 인물은 아이작슨 부부 값싸고 아주 값싸고 가치 없는 역사적 호기심이 저절로 생김 집어치워 포스터를 넣은 원통 끝이 약간 해져 있고 석고 가루가 묻었음 이 역사적인 골동품으로 친구들을 즐겁게 하라 그들을 석방하라. 나는 그의 성기를 기억한다. 직시하라, 나는 한다면 한다. 그는 늘 옷을 벗은 채 면도를 했다. 그녀도 일부러 부끄럽지 않다는 듯 행동했다. 나는 그녀의 성기에 난 털을 기억한다. 숱이 적고 고르지 않았다. 야심 찬 근대성의 이론 가운데 하나. 수치심 없이 육체를 다루어라. 아이가 그것을 보도록 하라. 자연스럽고 거리낌 없도록 가르쳐라. 그들은 섹스하는 모습까지 보여주지는 않았지만 나는 여러 방식으로 그것을 알게 되었다—나는 '인식의 작은 범죄자'였다. 단지 섹스하는 모습을 보거나 소리를 듣는 데 그치지 않았다. 듣는 것은 보는 것과 마찬가지였다. 나는 언제 그들이 섹스를 하며 가끔은 언제 하려고 하는지까지 알았다. 그러나 모든 것은 이론이었다. 모든 행위에는 나름의 이유가 있었다. 그리고 그것은 이 세상 사람들의 대부분과는 다른 방식이었다. 모든 것에 더 많은 이유가 있었다. 모든 것이 계획의 일부분이었다. 내가 가졌던 생각은 삶을 훈련으로 보는 것이었다. 우리는 무언가를 달성하기 위해 훈련받고 있었다. 그것을 위해 일하며 그것을 받을 만한 가치가 있는 사람에게는 일종의 도덕적, 지적, 육체적 보상이 주어졌다. 완벽한 자에게 상(賞)을 주는 국가. 우리가 유력한 후보였다거나 혹은 이러한 완벽함을 추구하면서도 거기 다가갈 수 없다는 사실에 나는 놀라지 말아야 했다. 나는 놀라지 않았다. 나는 그것을 모두 믿었다. 믿지 않을 이유가 있겠는가? 어차피 우리는 우리였다.

마치 해변으로 떠났던 그날의 여행처럼. 하느님 맙소사. 늦은 일요일 아침 민디시 박사가 차를 몰고 우리를 데리러 왔다. 그 차를 기억한다. 1942년형 크라이슬러 뉴요커였다. 창문은 작고 차체는 높고 시트커버는 찢어져 있었다. 우리 모두 차를 타고 역 광장을 내려가서 트라이버러 다리를 건너 그랜드센트럴 공원 도로를 지나 (평범한 사람의 이름을 딴) 존스 해변으로 갔다. 차가 밀려서 오후 세 시쯤에 해변에서 20킬로미터쯤 떨어진 커다란 주차장에 도착했다. 햇볕에 달궈진 승용차와 버스가 빽빽하게 들어차 있었다. 모두 땀에 젖어 있었고 서로 투덜대고 다투거나 조용히 하라고 말했다. 민디시 박사와 그의 바보 같은 아내, 키가 거의 180센티나 되는 백치 같은 딸, 그리고 엄마와 아빠, 나와 갓난아기 수전 모두 답답한 차 안에 끼어 앉아 열기에 지쳐 있었다. 아빠가 이렇게 말했을 것이다. 아니야, 여긴 해변에서 너무 멀어, 저쪽으로 돌아서 경비원 몰래 들어가자. 그리고 말다툼이 일어나고 땀을 흘리고 불평을 늘어놓고, 아빠는 다시는 그러지 않겠다고 맹세하고 엄마는 아빠를 고문관이라고 선언하고, 이쯤 되니 민디시 부부도 화가 났다. 그 부부는 차를 세워놓고 주차장에서 해변까지 800킬로미터라 해도 걸어가고 싶어 했다. 해가 차 지붕을 달구고 갓난아기는 곤죽이 된 바나나처럼 게워내고 차멀미를 하는 후레자식 다니엘은 칭얼거리기 시작했다. (민디시는 급출발하고 급정차하면서 차를 험하게 몰았다. 돌팔이 의사인 데다 엉터리 운전사였다.) 바로 그때 아빠가 차에서 뛰어나가 기적처럼 해변 가까이 차 세울 곳을 확보했다. 경적이 울리고 다른 운전자들이 위협하는데도 폴 아이작슨은 땀을 흘리면서 경찰처럼 의기양양하게 우그러진 대형 크라이슬러를 빈 공간으로 안내했다. 그러고 나서 평범한 사람의 특이한 잔디정원을 지나 해변으로 가는 기다란 행진이 시작되었다. 정원에는 뜨거운 햇볕 아래 믿기 힘들 정도로 보기 흉한 참나리와 제라늄이 피어 있었다. 해변에는 사람들이 너무 붐벼 자리를 펼 공간도 없어 보였다. 원정대는 아이들을 이끌고 수건과 담요와 샌드위치, 보온물병과 〈일요노동자〉와 그 주에 나온 『노동자』와 〈선데이 타임스〉, 그리고 이유식병을 담은 큰 종이가방을 들고서 뜨거워서 발을 딛기도 힘든 모래밭 위로 폴을 따라 걸었다. 마침내 폴이 발견한 신비의 장소, 즉 가장 멋진 장소에 도착했다. 떠들고 헐떡거리고 빌린 파라솔을 서로 방향을 바꿔가며 펴서 세우고 나서, 우리는 바닥에 자리를 깔고 가지고 간 물건들을 정리하고 신발과 옷을 벗었다. 그렇게 땀을 흘리다가, 그러니까 이 일요일에 해변으로 가자는 멋진 생각이 든 지 몇 시간이나 지나서야 나는 바닷가에서 파도를 바라보고 있음을 깨달았다.

그리고 아빠가 말했다. "노력할 만한 가치가 있는 일이 있어."

내 부모가 옷을 벗고 돌아다녔건 질 좋은 고기를 정말 싼 가격에 샀건 공산당에 가입했건, 그 모든 행동은 이 일과 마찬가지로 진실을 알기 위한 것이었다. 진실에 다가가기 위한 행동이었다. 그것은 희생자로 살지 않겠다는 거부의 표현이었다. 그것이 그들을 정당화시켜주었다. 그들의 가난, 그들의 실패, 그들의 불행, 그리고 그들이 물려받은 삼류 가문을 정당화시켜주었다. 그들은 자존심을 지키려고 애썼다. 누군가가 험프리 보가트 영화가 싸구려 쓰레기라는 사실을 인지한다면 그 사람은 교양 있는 사람이다. 만약 누군가가 노동자 계급의 존재를 깨닫는다면 그 사람은 민주주의의 뿌리를 발견한 것이다. 그들은 사회정의를 통해 자신들의 가치를 발견했다. 사회정의를 추구한다는 것은 패자의 감정인 부러움의 감정에 얽매이지 않고 세상을 살아가는 방법이었다. 내 부모에게 사회정의의 추구란 부러움의 감정을 세상에 대한 건설적인 증오심으로 바꾸어 분출하는 수단이었다.

그들은 끝까지 버텼다. 그렇지 않은가, 다니엘? 부름이 왔을 때 그들은 응답했다. 그리고 자신들의 목숨을 바쳤다. 그렇지 않은가, 다니엘? 그래, 그들은 그렇게 했다. 그가 꺾일 것이라고 생각했던 순간이 있다. 그리고 나는 그에게 회의적이었다. 그러나 그녀는 절대적인 이기심으로, 믿기 힘들 정도의 완고한 분노에 사로잡혀 결국 제일 마지막 볼트까지 견뎌내리라는 것을 나는 알고 있었다. 그에 반해 폴은 자신의 믿음과 세계가 보이는 반응 사이에 최종적인 연결점을 찾을 수 없는 사람이었다. 로셸은 현실주의자였다. 그녀의 정치학은 결핍의 정치학이었다. 자신이 결코 얻을 수 없는 것들, 자신이 결코 갖지 못한 기회들에 관한 정치학. 만약 엄마가 가난하지 않았다면 결코 빨갱이로 살지 않았으리라. 그러나 아빠에 대해서는 그렇게 말할 수 없다. 그에게는 소위 분석적인 냉정함이 있었다. 그는 역사의 패턴에서 개인의 경험은 하찮다고 주장했다. 감옥에 있을 때는 그렇게 적어놓기까지 했다. 자본주의 경제 도구로서의 전기의자. 하지만 그는 나를 속이지 못했다. 그는 겁을 먹었다. 대부분의 지식인들처럼 그도 인격적인 자질이 부족했다. 그는 1940년대에 뉴욕 시립대학을 자퇴한 시련 따윈 겪어본 적 없는 경솔한 젊은이였다. 그를 따르는 사람도 없었다. 아빠가 어디를 가든 따르는 사람이 없었다. 그는 이기적이었다. 어쩌면 이기적인 게 아니라 하는 짓이 거칠어서 이기적으로 보였는지도 모른다. 그는 무슨 일을 하든 개인적인 힘이 배어들어 상대를 거슬리게 만들었다. 그러니까 거울 앞에 서서 혀를 쑥 내밀고 혀 상태를 확인할 때처럼. 내가 면도 크림을 엷게 바른 얼굴 위로 움직이는 면도날을 구경하는 동안 계속 이야기하며 면도를 할 때처럼. 면도가 끝나도 아빠의 턱은 그전처럼 파르스름했다. 나는 그것이 거슬렸다. 그건 의미심장한 형태의 이기적인 행위였다. 그는 사용한 면도칼을 깨끗하게 씻지 않고 그냥 내버려두었다. 그는 세면대에 털과 면도 크림이 뒤섞인 얼룩을 남겼다. 그는 샤워 꼭지를 꼭 잠그지 않아 물이 뚝뚝 떨어지게 했다. 그는 수건을 둘둘 말아놓았다. 아빠가 있었던 곳은 꼭 표식이 남아서 머물렀다는 사실을 알 수 있었다. 그는 남의 눈에 띄게 행동하는 재주가 있었다. 그 행동에는 그야말로 무엇 하나 희미한 것이 없었다. 그가 골똘히 생각하는 모습은 얼마나 아름다웠던가. 심지어 그는 숨소리조차 거칠었다. 몸을 숙이고 라디오를 고치던 모습. 그의 숨결에서 그가 얼마나 일에 집중하는지 알 수 있었다. 자신이 열심히 일하고 있으며 그 일이 얼마나 중요한지 확인하려는 것처럼. 나는 작업대 옆에서 아빠의 숨소리를 듣곤 했다. 나사를 돌리거나 전선을 땜질하는 일이 그가 다시 숨을 내쉴 수 있게 허락해주었다. 그것이 아빠가 자신이 차지한 공간에 존재하는 방식이었다. 가장자리 맨 끝까지 말이다. 그는 오랫동안 내게 관심을 보이지 않았다. 그는 자신이 내 아빠라는 사실을 이상하게 여겼다. 실제로 그렇게 여기지 않았다면 내가 왜 그렇게 생각하겠는가? 그는 자기 얼굴에 어울리지 않는 시가를 물고서 심리학자처럼 유리판을 사이에 두고 아들을 관찰했다. 어린 소년들이 자기 아빠에게 그러듯 내가 여자처럼 애교를 부렸을 때 그는 내 의도를 이해하지 못했다. 내가 화가 났을 때나 그를 즐겁게 만들었을 때 내가 원하는 것도 그는 이해하지 못했다. 안경 때문에 더 커 보이는 큰 눈으로 긴 다리를 꼬고 앉아서. 수전의 눈과 닮은 커다란 눈. 그의 여윈 모습, 그리고 내가 물려받은 큰 입과 큰 치아와 둥글고 뭉툭한 러시아인의 코. 또 팔꿈치까지—언제나 팔꿈치 바로 아래까지 걷어붙인 파란색 작업복 소매. 나는 새까만 털이 무성한 가는 팔과 피부 아래서 움직이던 근육을 기억한다. 손등에서 손가락 마디까지 털이 나 있었다. 그는 나보다 더 말랐었다. 털은 마치 전선 같았다.

그러나 이것은 인식의 작은 범죄자가 한순간 극히 민감하게 인지한 것을 묘사한 데 불과하다. 아빠는 따뜻하고 애정에 차 있었다. 나는 그의 훈계를 기억한다. 그는 내가 올바르게 자라기를 원했다. 그는 내 영혼을 위해 사회와 맞붙어 싸웠다. 문화가 나에게 끼칠 해로운 영향에 대항할 수 있도록 나를 훈련시켰다. 우리는 그런 관계였다. 아빠는 내게 영혼의 이방인으로 사는 방법을 가르쳐주었다. 그것이 훈련의 일부분이었다. 아빠는 해로운 영향을, 나쁜 귀신들을 추방해야 했다.

내가 한 번이라도 라디오에서 왜 광고를 내보내는지 궁금해한 적이 있던가? 그는 내게 아침에 먹는 시리얼 상자의 뒷면을 보여주고 광고에 대한 생각을 깨부수게 했다. 내게 광고가 무엇에 호소하는지, 광고가 사실이 아닌 것을 어떻게 믿게 하는지 알려주었다. 예를 들어 시리얼을 먹으면 운동선수가 될 수 있다는 광고의 허위를 알려주었다. 바나나처럼 우리가 먹어서는 안 되는 음식도 있었다. 그것은 극악한 착취의 산물이기 때문이었다. 아빠는 어떤 회사의 정치성향이나 노사관계의 역사를 이유로 그 회사 제품을 사지 않기도 했다. 가령 내셔널 비스킷 회사의 과자. 아빠는 내셔널 비스킷 회사를 좋아하지 않았다. 스탠더드 오일이란 회사도 좋아하지 않았다. 또 제너럴 모터스도 좋아하지 않았다. 물론 우리가 자동차를 살 형편은 아니었다. 듀퐁사가 제너럴 모터스를 소유하고 있으며 듀퐁사는 나치 독일의 이게 파르벤사와 기업연합을 맺고 있었기에 그는 제너럴 모터스를 싫어했다.

엄마는 이 모든 것을 참지 못했다. 그녀는 실용주의자였다. 아마 그녀는 아빠가 당연히 받아들여야 하는 것을 두고 그 자신과 또 내가 바보같이 시간과 노력을 허비하고 있다고 생각했을 것이다. 한 자본주의자의 배신행위를 다른 자본주의자의 배신행위와 구별하는 것은 말이 안 되는 일이었다. 엄마는 그들 모두를 경멸했고 그게 끝이었다. 그러나 아빠는 그렇지 않았다. 그는 정의와 진리의 침해가 자신의 타고난 순수성을 거스를 때마다 참지 못했다. 그러한 침해를 아빠는 마음에서 떨칠 수 없었다. 그리고 그 침해에서 특이한 종류의 쓰라린 기쁨을 얻었다. 아빠는 『누가 미국을 소유하는가』 혹은 『미국 언론의 지배자』와 같은 소책자를 내게 주었다. 내가 겨우 글자를 읽기 시작했을 때였다. 그리고 미국사 책에서 찾을 수 없는 앤드루 카네기의 석탄과 철강 경찰, 제이 굴드의 분노, 그리고 존 D. 록펠러 등에 관한 이야기를 들려주었다. 서부 개척 시기에 중국 노동자들을 값싸게 데려와 가축처럼 부렸던 일과 남부에서 흑인을 사육해 죽을 때까지 일을 시켰던 이야기도 해주었다. 또 그들에게 가한 고문에 대해서도. 존 브라운* 과 냇 터너**에 대해서도. 무신론으로 미국혁명 지도자들을 당황스럽게 했던 토머스 페인***에 대해서도 들려주었다. 톰 무니****가 어떻게 누명을 썼는지, 조 힐*****이 어떻게 처형되었는지도 들려주었고, 초기 노동운동 당시 불구가 되고 사망한 영웅들의 이야기도 들려주었다. 노동자를 돕고자 했던 사람들이 겪은 잔혹한 운명. 그리고 노조가 결성되기 전 철강 노동자와 광부의 작업환경과 임금에 대해 설명해주었다. 공장주들이 노동자들에게서 마지막 한 푼까지 쥐어짜내고자 원시적인 안전장치조차 마련하지 않은 결과로 그들이 어떻게 평생 불구로 살게 되었으며 어떻게 생매장되었는지 생생히 묘사해주었다. 헨리 포드와 해리 베넷******의 깡패들과 연좌파업에 대해서, 대공황에 대해서도 들려주었다. 대공황은 동시대의 사회주의 러시아가 국민 개개

---

* 미국의 노예제도 폐지 운동가.

** 미국의 흑인 노예 반란 지도자.

*** 미국독립혁명 당시의 국제적 혁명이론가. 이후 이신론(理神論)적 입장에서 쓴 저술로 무신론자라는 비난을 받았다.

**** 사회주의 노동운동가. 1916년 샌프란시스코에서 폭발 사건을 일으켰다는 혐의로 20여 년간 감옥에 갇혀 있었다.

***** 세계산업노동자연맹 조직가. 누명을 쓰고 1915년 사형당하여 노동운동의 순교자가 되었다.

****** 포드 자동차 회사의 인사부장으로 노조 탄압 정책을 펼쳤다.

인에게 국가의 부를 공평하게 나누어주고 모두를 먹일 때 자본주의 미국에 마름병처럼 퍼졌었다. 또 사코와 반제티에 관해 들려주었다. 스코츠버러의 청년들에 관한 이야기*도 해주었다. 아빠는 마치 피아니스트가 음계를 연주하듯 역사를 자유자재로 넘나들었다. 그는 내게 경제적 착취의 실상과 수치를, 18세기, 19세기, 20세기 노예제도의 실상과 그 수치를 읽어주었다. 또한 마르크스주의적 분석에 따라 역사상 모든 불의가 어떻게 결합하고 어떤 패턴을 가지는지, 어떻게 모든 것이 필연적으로 흘러가는지를 알려주었다. 모든 것이 서로 연결되고 모든 것이 설명되었다. 아빠는 내 만화책까지 황인종 악한, 유대인 악한, 소련인 악한이라는 숨어 있는 정형화된 인물을 인지하고 분리해내도록 가르치는 데 이용했다. 야구 같은 운동경기의 기능도 마찬가지였다. 야구의 진정한 목적은 무엇인가. 야구팬들의 경제적 계층. 그들에게 왜 야구가 필요한가. 만약 사람들이 충분한 돈과 충분한 자유를 가지고 있다면 야구 경기에 어떤 반응을 보일까. 나는 귀를 기울였다. 그것이 그의 관심에 대한 보답이었기 때문이다. "이런 일은 여전히 계속되고 있단다, 다니엘." 유명한 발언. "오늘 신문에도 이런 일은 여전히 계속되고 있어. 이 집 밖으로 나가면 여전히 계속되고 있지." 아빠는 지하실 관리인인 윌리엄스가 단지 피부 색깔 때문에 미국 사회에서 철저히 소외당했으며 내면적인 가치에 따라 자신을 개발할 기회를 얻지 못했다고 했다. "전투는 끝나지 않았어, 노동자 계급의 투쟁은 여전히 계속되고 있단다. 이 사실을 잊지 마, 다니엘." 그 당시

* 1931년 앨라배마 주 스코츠버러에서 흑인 청년들이 백인 소녀 둘을 강간했다는 혐의로 사형 혹은 종신형을 선고받은 사건. 이후 모두 무죄로 밝혀졌다.

나는 우리에게 낙인이 찍혔다고 생각했다. 왜냐하면 그들은 우리보다 훨씬 힘이 셌기 때문이다. 그리고 학교 운동장에서 하늘에 흘러가는 구름을 쳐다볼 때조차 나는 그들의 힘이 내 머릿속 생각을, 즉 무모한 아빠가 내 머릿속에 주입한 위험한 지식을 파괴하고 진압하고 그에 보복하려 한다고 생각했다.

그러나 나는 영악한 아이였고 그렇게 순진하지 않았다. 나는 관심을 끌기 위해 아빠가 알려주는 것을 받아들였다. 매주 일요일 아침이면 나와 아빠는 『노동자』의 구독을 권유하며 집집마다 찾아다녔다. 그것을 '일요일 동원'이라고 불렀다. 힘든 일이었다. 아빠는 나뿐만 아니라 모든 사람들에게 많은 이야기를 했다. 나는 아빠의 목소리만 듣고 이야기는 거의 듣지 않았다. 이제 그 목소리의 질감은 거의 기억나지 않는다. 단지 비음 섞인 노래를 부르는 듯한 소리로 자신의 이야기에 완전히 사로잡혀 몰입하던 그 표정만이 떠오른다. 맞다, 이것이 내가 그를 기억하는 방식이다. 무척 만족스러운 표정으로 이야기하면서 일종의 변증법을 개진하던 모습. 가끔 흥분하면 마치 혀가 거품 속에 있는 것처럼 듣는 사람들에게 침을 튀겼다. 그는 자신의 생각을 지나치게 개진하고 따분하리만큼 발전시켰다. 물론 나는 그 생각이 흥미로웠다. 그러나 엄마의 표정에서는 지루함이 엿보였다. 그리고 그는 과격했다! 그렇다! 아빠가 다른 사람들에게 적용하길 좋아했던 단어. 과격한 그는 또한 가장 세속적인 것에서부터 가장 심각한 것에 이르기까지 온갖 사상과 쟁점에 무차별적으로 관심을 보였다. 높거나 낮은 소리로, 심각하고 멍청하게 지치지 않고 모든 것에 같은 시간을 할애하며 방송처럼 떠들어댔다. 집에 먹을 것이 충분한지 염려하는 것은 항상 로셀의 몫이었다. 검은 테니스 코트*에 그와 같은 사람이 있었던가? 그녀는 그가 돈을 더 많이 벌기를 원했다. 가족의 신화에 의하면 현실적인 문제에서 폴 아이작슨은 어느 정도 무책임한 아이와도 같았다. 그는 믿을 수 없는 사람이었다. 그는 생계를 유지하거나 자신의 안경을 찾거나 점심을 먹으러 집으로 오는 것을 잊지 않거나 쓰레기를 바깥에 내놓거나 비 오는 날 장화를 신는 것 같은 일에 무관심했다. 엄마와 프리다 고모와 루스 고모 사이에는 늘 그의 무책임한 마음을 차지하려는 모성애 경쟁이 벌어졌다. 그의 누나들로 살아 있는 유일한 혈육인 프리다 고모와 루스 고모는 아빠가 천재라고 생각했다. 그리고 아빠가 일찍 결혼해서 가족에 대한 책임감에 압도당하는 바람에 천재성을 꽃피울 기회를 잃었다고 생각했다. 로셀은 이 점에 마음이 쓰였다. 누나들보다 자신이 그를 더 잘 돌볼 수 있음을 입증해야 했다. 그가 전쟁 전 시립대학에서 만나 전쟁중에 결혼한 여자, 그리고 결혼하기도 전에 그와 동거하러 워싱턴 D. C.로 왔던 여자, 바로 그녀 자신이 그에게 적합한 여자이며 그가 완성되도록 도울 수 있다는 사실을 입증해야 했다. 엄마는 공산주의자였지만 그 점에서는 완벽하게 부르주아였다. 그렇지 않은가. 말은 하지 않았지만 그녀는 폴이 낙오자라는 그들의 판단을 받아들였다. 그러나 누구를 비난할 것인가, 그것이 진짜 문제였다. 끝내 받지 못한 공학 학사학위. 로셀과 달리 폴은 결국 대학을 졸업하지 못했다. 그는 전쟁에 참전했고 돌아와서는 기혼자이자 아빠이자 가족의 부양자가 되었다. 그녀들의 폴이 말이

---

* 프랑스혁명을 촉발시켰던 '테니스 코트의 서약'을 말한다.

다! 누나들은 라디오 수선공이 된 폴의 운명과 폴의 정치적 견해 때문에 그녀를 절대 용서하지 않았다. 누나들은 그녀만 없었다면 폴이 자신의 급진주의를 극복했으리라고 믿었다.

무책임한 아빠에 대한 이 신화에는 나도 한몫을 했다. 사실 나는 그것을 즐겼다. 그것으로 아빠는 나처럼 어린아이가 되었다. 가끔은 로셸이 아빠와 나 둘 모두의 엄마처럼 느껴졌다. 가끔 현실의 어떤 일에서는 내가 오히려 아빠의 형처럼 느껴지기도 했다. 나는 아빠가 엄마의 규율 아래 있고, 윌리엄스가 쓰레기통을 지하실 밖으로 던질 때는 윌리엄스의 분노 아래 있으며, 또 할머니의 저주 아래에 있다고 상상했다. 바로 나처럼 말이다. 그건 사실이었고 나는 그 때문에 웃었다.

그러나 아빠가 가게에 있을 때는 정상적인 질서가 회복되었다. 아빠는 깡마르고 신경질적이고 이기적이고 믿음직스럽지 못하고 뜨겁고 급진적인 열정으로 가득 차 있었다. 자신의 믿음에 오만했으며 마르크스-레닌주의에 충실했고 눈빛은 무례하고 과격했다. 그는 나를 두렵게 만들었다. 하지만 아빠가 라디오를 고칠 때는 안도감을 느꼈다. 압박감이 사라졌고 나는 그의 몰입에서 벗어났다. 나는 형편없는 가게에 있는 아빠의 모습을 좋아했다. 언제나 가게에 가고 싶었다. 비 오는 날 엄마의 신경을 건드리면 엄마는 나를 가게로 보냈다. 혹은 점심때 아빠가 집으로 오지 않으면 엄마는 커피가 담긴 보온병과 샌드위치를 가방에 넣어 내가 점심을 먹은 후 학교로 돌아가기 전에 가게에 들르도록 했다. 또는 가끔 저녁을 먹으러 집으로 오라고 아빠를 부르러 보냈다. 나는 학교 담을 따라 174번로까지 갔고, 거기서 다시 학교 담을 따라 174번로를 내려가 이스트번 가까지 갔다. 이스트번 가를 건너서 구둣방, 우유가게, 어빙 생선가게, '완벽' 세탁소를 지나 한 블록을 가면 모리스 가가 나왔다. 그 모리스 가의 건너편, 버거 이발소와 내가 그다지 좋아하지 않는 사탕가게 사이에 아이작슨 라디오 수리판매점이 있었다.

창문에는 햇빛에 바랜 광고지가 붙어 있었다. 발목까지 내려오는 드레스를 입은 현대적인 주부가 그려진 것이었다. 그녀가 다이얼을 돌려 라디오를 튼다. 그런데 라디오를 바라보는 대신 당신을 보고 있다. 최신 유행의 머리모양을 한 그녀가 미소 짓는다. 그리 나쁘지 않은 외모에 치아가 희고 가지런하며 가슴은 풍만하다. 연녹색 옷을 입었다. 라디오는 오렌지색이다. 라디오가 놓인 탁자도 오렌지색이다. 옷, 얼굴, 미소, 모든 것이 상큼하다. 날씬하고 산뜻한 그녀는 오렌지색 라디오를 켜는 일을 즐긴다. 어쩌면 라디오가 고장 나서 충격을 받았는지도 모른다. 어쩌면 라디오를 끄는 것인지도 모르지만 그렇게 생각해본 적은 없다. 창턱에는 오래되어 끝이 말리고 색이 바랜 회색 주름종이 위에 전시용 라디오 두 대가 놓여 있다. 천으로 싸인 덮개 달린 계기반과 자동음반교체장치가 붙은 탁자용 라디오다. 창가에 있는 전시용 라디오 내부를 들여다보면 아무것도 없다. 빈 모형이다. 이곳에서 라디오를 사려는 사람은 별로 없다. 사람들은 대개 오래된 라디오를 고치기 위해 아이작슨 라디오 수리판매점에 왔다. 폴 아이작슨은 이윤을 남기지 않기 때문에 사업을 운영하는 데 아무런 어려움이 없었다. 그는 아무도 고용하지 않으므로 아무도 착취하지 않았다. 아이작슨 라디오 수리판매점은 장사가 잘 안 됐다. 가게 근처에는 주로 중하류층이나 가난한 사람들이 살고 있었다. 그들은 모두 이웃의 어느 가게가 더 싸게 파는지를 알았다. 그리고 값비싼 수리비를 감당하지도 못했다. 그는 정직했고 수리비를 비싸게 매기지도 않았다. 그래서 가계부를 정리하는 로셸이 매달 어떻게 집세를 낼지 궁리해야 했다.

가게 카운터 뒤편 공간은 대부분 작업장으로 쓰였다. 카운터 뒤에는 페인트칠을 하지 않은 합판 진열대가 있었다. 로셸이 거실에서 가져온 낡은 커튼을 단 막대기가 문을 대신했다. 그 문을 지나면 작업장이었다. 작업장에는 번호를 매긴 튜브가 쌓여 있었다. 그리고 작업대에는 꼬리표가 달린 먼지 쌓인 라디오가 있었다. 무늬가 있는 천장은 가운데 부분이 내려앉아 있었다. 나는 그곳을 사랑했다. 사방이 막힌 그곳에서 나는 안전함을 느꼈다. 아빠는 바쁘면 아무 말도 하지 않았다. 나는 수수께끼 같은 문제, 즉 기계 내부에 생긴 고장을 추적하는 일에 매료되었다. 기계는 윙윙거리거나 삑삑거리거나 탁탁거리거나 불이 들어오지 않거나 아니면 소리가 전혀 나지 않았다. 아빠가 그것을 고칠 터였다. 천천히 숨을 쉬어가며 공들여 그것을 고칠 터였다. 아빠는 가끔 내게 기계 내부의 먼지, 수년간 쌓인 먼지를 손전등 모양의 작지만 강력한 진공청소기를 써서 없애도록 했다. 그리고 자신은 문제에 몰입해서 입을 닫았다. 그 순간 역사는 패턴을 따르지 않았다. 나는 걱정할 필요가 없었다. 자본주의의 최종 단계인 제국주의는 존재하지 않았다. 튜브와 축전기와 스피커와 납땜인두와 전선만이 존재했다. 이것들은 중립적이며 이념적인 의미가 없는 기술을 요구했다. 아니다. 그게 아니다. 그는 단지 그 사실을 내게 말하지 않았을 뿐이다. 다른 아이들이 언제나 자기 아빠에 대해 느끼는 감정을 나는 그가 바쁠 때 몰래 느낄 수 있었다. 그때는 우리 투쟁에서 적대 세력을 걱정할 필요가 없었다.

그러나 가끔 아빠는 라디오를 수리하면서 방송을 들었다. 그는 논평가들이 하는 말을 듣기 좋아했다. 누구든 상관없었다. 그들은 한 번에 15분씩 이야기했다. 존 W. 밴더쿡, 레이먼드 그램 스윙, H. V. 칼텐본, 요하네스 스틸, 프랭크 킹던, 퀸시 하우, 가브리엘 히터, 풀턴 루이스 2세. 그들은 대중이 진실로 무슨 일이 벌어지는지 알고 싶어 했던 2차 세계대전을 넘어온 사람들이었다. 그들은 그야말로 산업이었다. 아빠는 일하면서 그들이 하는 말을 들었다. 그리고 고개를 저었다. 마치 목소리를 수리하려는 것처럼, 분석과 해설의 잘못을 바로잡으려는 것처럼 인두를 라디오 내부에 찔러 넣었다. 마치 그 기계가 말하는 것처럼, 거짓말 상자의 프로그램을 다시 입력하려는 것처럼 원시인처럼 인두로 튜브를 찔렀다. 나는 〈라디오 시의회〉라는 방송을 기억한다. 그는 집에서 이 방송을 들으며 곧잘 분노했다. 거기서 논의되는 문제는 늘 심각했다. 강력한 연사는 언제나 우익 쪽이었다. 사회자가 종을 치고 시작을 알리면 아빠는 앉아서 참을 수 없을 때까지 방송을 들었다. 그것은 비탄에 빠지는 의식이었다. 그럴 때마다 엄마는 이렇게 말했다. "왜 당신 속을 썩여요, 폴리? 방송국이 누구 소유인지 알잖아요. 모든 게 조작이라는 것도 알고요. 그런데 왜 속을 썩여요?" 감수성 때문에 건강을 해칠 수도 있다고 주의를 환기시킴으로써 그녀는 아빠의 자긍심에 공헌했다. 누가 전파를 소유하고 있는가? 누가 미국의 언론을 소유하는가? 누가 미국을 지배하는가? 이게 파르벤사와 거래하는 듀퐁사처럼 말이다. 언제나 증거, 증거가 충분치 않았다.

그는 증거 속에서 헤엄쳤다. 바로 그러한 단련, 그것이 아빠가 자신을 지탱하는 방식이었다. 그렇게 해야만 했다. 혁명의 긴장감을 유지하기 위해 비탄에 빠져야 했다. 그러나 로셀은 그럴 필요가 없었다. 계속 자극을 받을 필요가 없었다. 그녀는 경험으로 알았다. 그녀가 더욱 이상에 충실했다. 그녀는 나름의 방식으로 그보다 더욱 열성적인 급진주의자였다. 그러나 보다시피 폴이 자신을 채찍질하는 데 이용한 모든 것은 미국의 민주주의가 충분히 민주적이지 않다는 사실에서 비롯된 것이었다. 그는 미국의 민주주의가 더 순수하고 더 자유롭고 더 훌륭하고 더 이상적이지 않은 것에 계속 충격을 받고 모욕을 느끼고 분노했다. 확증을 찾는 사람처럼 끊임없이 그 증거를 찾았다. 아빠, 투쟁은 여전히 계속되고 있어요! 그는 어느 정도의 확증을 필요로 했을까? 자신이 가진 정의의 기준을 결코 만족시킬 수 없다고 이미 규정해놓은 체제에 그는 왜 그렇게 많은 것을 기대했을까? 그것은 그가 더 나은 체제가 있다고 믿었기 때문에 저항하기로 한 체제가 아닌가. 정말 기이했다. 그들 가운데 상당수가 그러했다. 그들은 스탈린주의자였고 자본주의 미국이 벌여놓은 빌어먹을 난장판에 격노했다. 나의 조국! 너는 왜 이상과 다른가? 재판정에서 그들은 이렇게 말하진 않으리라. **그럼 그렇지, 우리가 예상했던 대로군.** 대신 이렇게 말하리라. **당신들은 미국의 정의를 조롱하고 있소!** 이 표현은 전략 이상의 것이었다. 레닌의 조언에 따라 자신의 안위를 위해 단지 반동적인 체제를 이용하는 것 이상이었다. 그것은 바로 열정이었다.

아빠는 진정 그 사건을 전혀 예상하지 못했다. 엄마는 아마 기소당한 그날부터 놀라지 않았을 것이다. 그러나 아빠는 결코 그것을 받아들이지 못했다. 그는 자신의 이념이 선하다고 믿었으며, 그 이념이 다른 사람들에게 위협적이고 불쾌할 수 있다는 생각은 한 번도 한 적이 없었다. 이념은 그의 연장이며 그는 오직 선한 의도만을 품고 있었다. 끝없이 확증을 구하고 증거에 집착하는 이면에는 결코 아무것도 믿지 않으려는 의도가 담겨 있었다. 그는 미국이 시립대학의 카페와 같지 않다는 사실을 받아들이지 못했다. 그리고 그 사실이 증명될 때마다 그것을 잊고 있었다.

폴리. 그는 가끔 엄마의 머리를 잘라주었다. 엄마가 그의 머리를 잘랐는지는 기억나지 않는다. 그녀는 어깨에 수건을 두르고 바닥에 신문지를 깔고 부엌 중앙에 식탁 의자를 놓고 앉았다. 그는 긴 손가락으로 가위와 빗을 쥐고 그 일을 시작했다. 머리카락을 빗으로 빗어 빗 바깥으로 짧게 나오게 한 다음, 그 끝을 손가락으로 잡아 가위로 잘랐다. 빗은 하모니카처럼 입에 문 채였다. 솜씨가 꽤 좋았다. 그녀는 곱슬기 있는 드센 머리카락을 즐겨 짧게 잘랐다. 돈을 즐겨 아꼈다는 뜻이 아니다. 돈을 아끼는 일이 그녀에게 만족감을 주었다고 해야 할 것이다. 정당한 즐거움이었다. 그녀는 수수한 옷을 사서 해질 때까지 입었다. 물론 우리 모두 옷이 해질 때까지 입었다. 그녀는 늘 지나치게 큰 옷을 샀다. "엄마는 우리가 큰 옷에 익숙해지길 원했어." 나는 언젠가 이 문제에 관해 이야기하면서 수전에게 이것을 설명하려고 했다. "우리가 큰 옷에 맞게 자라길 원했던 거야." 그러나 수전은 생각이 달랐다. "엄마는 아빠 옷도 큰 걸로 샀고 엄마 옷도 마찬가지였어. 엄마는 우리 모두 부대자루처럼 보이게 옷을 입혔어. 오빠는 왜 엄마가 항상 완벽했다고 생각해? 오빠는 왜 엄마가 옷을 제대로 못 골랐다고 인정하지 못하는 거야?"

나는 엄마가 엄격하고 집에서 머리를 잘랐고 부대자루 같은 옷을 입고 통통한 뺨을 가졌고 작고 새침한 입술에 새빨간 립스틱을 바르는 것 외에는 화장을 하지 않았지만 성적 매력이 넘치는 여인이었다고 생각한다. 삶에 대한 그녀의 엄격한 평가. 엄마는 가슴과 엉덩이가 커서 코르셋을 입었다. 나는 "대니, 가서 커피 불 좀 꺼"라고 말하면서 코르셋을 입거나 벗는 엄마의 모습을 보았다. 그녀는 지나치게 청결했고 필요 이상으로 우리를 깨끗하게 씻겼다. 수전이 태어나기 전, 그녀가 일하러 다닐 때는 늦은 밤이나 주말이 되어서야 집을 청소했다. 그 보잘것없던 작은 집. 엄마가 침대보를 정리하러 올 때면 나는 목욕한 다음의 향기를 맡을 수 있었다. 그녀에게서는 깨끗한 수증기와 붉은 분 냄새가 났다. 그녀는 커튼을 만들고 리놀륨을 깔고 구세군에서 곧잘 값싼 물건을 찾아냈다. 그녀는 망치질을 하고 왁스로 광을 내고 걸레질을 했다. 또 개수대 한쪽 우묵한 곳에 빨래판을 놓고 우리 옷을 빨았다. 그녀는 활력이 넘쳤다. 로셸은 삶이라는 악랄한 기만에서 자신을 보호하기 위해 온힘을 다했다. 소득은 보호책이었다. 깨끗한 집. 진보적인 정치의식. 아이들. 그녀의 약점은 폴과 달리 뚜렷하게 드러나지 않았다. 누군가가 생존하기 위해 삶과 거래한다고 주장한다면 그의 인격은 건전하다고 할 수 있다. 그러나 사실 그녀 역시 폴과 마찬가지로 불안정했다. 그녀의 엄격한 기대에서, 그녀의 환상에 대한 거부에서, 그녀의 차갑고 독선적인 분노에서 그러했다. 마치 자신의 삶에서 중요한 무엇이 빠진 것처럼. 그녀는 결코 그것을 잊지 못했다. 일종의 약속의 배신과도 같은. 그것은 섹스는 아니었다. 섹스일 수가 없었다. 그들은 온 집이 흔들리게 섹스를 하곤 했다. 정말이지 맹렬히 섹스를 했고 늘 섹스를 했다.

엄마는 감옥에서 편지를 쓰기 시작했다.

그녀의 정치학은 이론적이거나 추상적이지 않았다. 그녀는 무엇을 관련짓는 데 어려움이 없었다. 그녀의 정치학은 할머니의 종교처럼 현재의 끔찍한 삶에 대한 저항이자 미래의 디딤대와 같은 것이었다. 금요일 밤이면 할머니는 촛불을 켜고 숄로 머리를 덮은 채 두 손으로 얼굴을 감싸고 기도했다. 손을 내렸을 때 할머니의 푸른 눈에는 눈물이 고여 있고 얼굴은 초췌했다. 엄마의 공산주의 역시 이런 것이었다. 그것은 장래에 대한 강력한 약속이었기에 많은 것을 견디게 해주었다. 엄청난 고통 속에서도 장차 태어날 아이를 위해 기꺼이 임신과 출산의 고통을 참는 여성처럼 말이다. 아이의 탄생은 고통을 견디는 일을 가치 있게 해준다. 도래할 사회주의는 고통을 견딘 사람들을 정당화시켜줄 것이다. 당신은 세상에 나가 입장을 정하고 할 일을 할 것이다. 당신이 무언가를 바라서 그렇게 하는 것이 아니라, 언젠가는 핍박자들에 대한 응징이 있을 것이며, 당신은 당신의 이름을 감내한 작은 보상을 원하기 때문이다. 할머니처럼 종교적이었다면 엄마는 공산주의를 유대교 회당의 좌석 뒤에 붙은 기념 명판으로 여겼을 것이다. 그러나 그녀는 개화되었고 독립심 강하고 대학까지 나왔다. 그녀는 독서를 좋아하고 이해력이 있으며 학교의 급진적인 모임에 가입해 활동했다. 그리고 남자친구가 군에 징집되어 다른 도시에서 복무하게 되자 그와 함께 살기 위해 집을 떠나 할머니를 분노케 했다. 엄마는 현대 여성이었다.

"로셸이라!" 나는 할머니의 힐책을 듣는다. "그년이 어떻게 그럴 수 있어!" 그러고 나서 이디시어로 말한다. "라헬*이란 이름이 싫단 말이지."

그러나 이것은 포스터 속의 부부 이야기가 아니다. 그 부부는 도망쳤다. 충분한 자금을 가지고 위조 여권을 이용해 뉴질랜드나 오스트레일리아로 갔다. 어쩌면 하늘로 갔다. 어쨌든 엄마와 아빠는 그 부부의 대역을 맡아 저지르지도 않은 범죄의 대가로 죽음의 길을 갔다. 어쩌면 엄마와 아빠가 그 범죄를 저질렀는지도 모른다. 혹은 저지르지(committ) 않은 범죄 때문에 위조 여권을 가지고 달아났는지도 모른다. 저지르다(comit)의 철자가 뭐더라?** 어쨌든 한 가지만은 확실하다. 모든 것은 포착하기 어렵다. 신도 포착하기 어렵다. 혁명의 도덕성도 포착하기 어렵다. 정의도 그렇다. 인간성도. 담배 자판기에 쓸 25센트짜리 동전도. 여기 두 사람의 포스터가 있어, 다니엘. 그래, 이제 어떻게 할 거야? 어떻게 하면 그들을 이 속에서 나오게 할 수 있지? 그리고 넌 할머니를 한두 번 언급했어. 하지만 우린 할머니에 관해 아는 게 없어. 그리고 지하실에 사는 유색인 남자에 대해서도. 모두 어쨌단 말이지? 도대체 무슨 상관이 있는 거지?

---

* 로셸의 유대식 이름.

** 올바른 철자는 commit.

픽스킬

일요일, 9월의 따뜻한 아침이다. 모두가 일찍 일어난다. 전화벨이 울린다. 나는 서둘러 씻고 옷을 챙겨 입으라는 말을 듣는다. 어른들이 옷을 입는 동안 나는 바보 같은 수전에게 아침을 먹여야 한다. 우리는 시간을 효율적으로 사용하는 협력체제를 가동중이다. 시간을 돈처럼 절약한다. 나는 이런 상황이 싫다. 엄마는 군대 지휘관처럼 우리 모두에게 명령을 내린다. 수전은 토실토실한 손으로 숟가락을 움켜쥐고 오목한 부분을 통통한 볼에 갖다댄다. 숟가락을 놓으려고 하지 않는다. 전화벨이 다시 울린다. 나는 전화를 받으라는 명령을 받는다. 어떤 사람이 일정을 알고 싶다며 걸어온 전화다. 모두 우리 집에 모일 것이다. 아홉 시 삼십 분에 사람들이 도착하기 시작한다. 민디시 박사와 그의 아내, 그의 덩치 큰 딸이 가장 먼저 도착한다. 나는 민디시를 싫어한다. 그는 진지하지 않다. 그의 말은 하나도 믿지 않는다. 그는 아빠의 가장 가까운 친구이자 우리 가족의 치과 주치의이다. 키가 크고 머리가 벗어지기 시작했고 코는 뭉툭하고 항상 면도를 하지 않는다. 눈은 작고 흐리멍덩하다. 외국인의 억양으로 말한다. 딸도 그와 똑같이 생겼다. 그를 닮아 키도 크고 코도 크다. 그러나 긴 머리는 묶어 양쪽으로 늘어뜨렸다. 그의 아내는 그 가족의 침입자처럼 보인다. 내가 문을 열자 민디시가 말한다. "음, 집사가 바뀌었군." 정말이지 우습다. 딸 린다가 내 옆을 지나면서 옆구리를 찌른다. 나는 민디시의 형편없는 농담에 미소 짓고 린다의 손가락에 몸을 움츠린다. 그러면서 그런 나 자신을 경멸한다. 열두세 살쯤 된 린다는 힘이 무척 세다.

잠시 후 나머지 사람들이 몰려오기 시작한다. 네이트 실버스타인과 학교 선생님인 그의 아내. 모피상인 실버스타인은 얼굴이 불그스름하고 쉰 목소리를 가졌다. 다음으로는 전문 음악가인 헨리 버그먼. 전공은 바이올린이지만 프랑스 호른도 잘 다뤄서 토스카니니의 NBC 교향악단에서 한 시즌 동안 연주하기도 했다. 아빠와 엄마의 친구들 중 내가 가장 좋아하는 사람은 벤 코언이다. 날씬하고 신사답고 콧수염을 길렀고 향이 좋은 파이프 담배를 피운다. 아빠가 죽으면 나는 엄마가 벤 코언과 결혼했으면 하고 바랄 것이다. 그는 과묵하지만 이야기할 때의 목소리는 늘 부드럽다. 그는 나를 깔보지 않는다. 조용하고 자주 사색에 잠긴다. 나는 그의 직업도 좋아한다. 그는 시 지하철의 동전 교환박스에서 일한다. 좋은 일자리이다. 지하 요새처럼 쇠창살 쳐진 창문이 있고 육중한 철문은 안에서 잠글 수 있다. 아주 안전하고 견고하다. 그 안에서 점심을 먹을 수 있고 일이 한가할 때면 책을 읽을 수도 있다. 동전만 바꿔주면 되니까 일도 아주 쉽다. 폭탄이 떨어져도 걱정 없고 폭풍우가 쳐도 옷이 젖을 염려가 없다. 그 일의 단 한 가지 문제점은 결코 한곳에 머물지 못한다는 것이다. 벤 코언은 항상 이동한다. 내가 그 일자리를 얻을 수 있다면 동전 교환박스가 174번로의 우리 역에 있었으면 좋겠다. 그러면 집에서 가까울 테니까.

그리고 사회복지단체에서 일하는 캔트로위츠 자매가 왔다. 한 명은 피부색이 검고 한 명은 흰 편인데 둘 다 미혼이다. 또 평소에는 거의 찾아오지 않는 사람들 즉, 나에게도 낯설고 엄마 아빠와도 별 친분이 없는 사람들이 왔다. 그렇게 모두가 모이니 스무 명 남짓 되었다. 몇몇은 아이들을 데리고 왔고 한 부부는 갓난아기를 안고 있었다. 그들 모두 누런 종이봉투에 점심을 싸왔다.

집 안이 사람들로 북적거린다. 모두 이야기를 나누고 있다. 가끔 할머니가 방에서 나와 계단 꼭대기에서 큰 소리로 욕을 퍼붓는다. 사람들은 할머니가 정신이상이라는 사실을 알기에 신경 쓰지 않으려고 애쓰는 것 같다. 로젤은 부엌에서 달걀샐러드 샌드위치를 점심으로 만든다. 따뜻하고 식욕을 자극하는 달걀 냄새가 난다. 민디시가 냉장고를 들여다본다. 표정으로 보아 엄마는 그의 존재를 성가셔한다. 나는 민디시가 엄마를 쳐다보는 눈길을 좋아하지 않았다.

아빠가 버스 회사에 전화를 걸어 약속대로 버스를 보냈는지 확인한다. 버스는 우리 집 앞에 서기로 했다. 나는 우리 집이 집결장소라는 사실이 자랑스럽다. 현관으로 나가 버스가 오는지 살펴본다. 한 아이가 내 뒤를 따른다. 나는 짐짓 과장된 몸짓으로 현관 난간을 잡고서 고개를 내밀어 길모퉁이를 내다본다.

"난 따라가는데, 너도 가니?" 그 아이가 말한다.

나는 내가 간다는 사실을 의심조차 하지 않았다. 수전은 프리다 고모가 봐주기로 했다. 길 건너 학교 운동장에서 덩치 큰 아이들이 야구를 하고 있다. 홈플레이트는 한 블록 떨어진 운동장 저편 이스트번 가의 길모퉁이에 있다. 가끔, 아주 드물게 야구공이 윅스 가의 담장까지 온다. 공이 담장을 넘어 우리 집 앞까지 오는 일은 훨씬 드물다. 공이 막 운동장 위로 학교 건물의 지붕까지 날아오르고 한 아이가 베이스를 돌고 있다. 공이 펜스를 넘어 거리까지 튀어와 우리 집 현관 앞 인도까지 굴러온다. 기적적으로 아주 먼 거리를 날아왔는데도 모양이 변하거나 흠집이 나지 않았다.

나는 공을 집어들고 길을 반쯤 건넌다. 운동장에서는 국가가 연주될 때처럼 아이들이 얼어붙은 듯이 서서 내 쪽을 보고 있다. 나는 펜스 저편으로 공을 던진다. 공이 시야에서 사라진다. 잠시 침묵이 흐른다. 얼마 뒤 공은 다시 내야에 들어가 있다. 내가 던진 공을 보이지 않던 좌익수가 받아서 내야로 던져준 모양이다. 나는 공과 전류로 연결된 듯 짜릿한 전율을 느낀다. 그리고 내가 살아 있다는 사실을 힘센 운동선수들에게 알렸음을 예민하게 느낀다.

그러는 사이 길모퉁이를 돌아 노란 스쿨버스가 나타났다. 운전기사는 집 주소를 살피느라 몸을 앞으로 숙인 채 핸들을 잡고 있다. 버스에는 벌써 사람들이 타고 있다. 버스는 우리 집을 지나쳤다가 끼익 소리를 내며 멈추고서 후진해서 돌아온다.

나는 버스의 도착을 알리고 싶다. 그러나 내가 들어가기도 전에 문이 열리고 사람들이 밖으로 나온다. 부엌에 있는 엄마에게 나도 함께 가느냐고 묻는다. 나는 확인을 원한다. 나는 엄마가 물론이라고 대답하기를 기대한다. 엄마가 "아빠한테 물어봐" 하고 쌀쌀하게 말한다. 순간 가슴이 내려앉는다.

"로셸, 제발 그렇게 말하지 마요." 아빠가 말한다. 아빠에게 물어보라고 엄마가 말할 때마다 아빠는 화를 낸다. 그는 달걀샐러드 샌드위치를 파라핀지에 싸서 암녹색 배낭에 넣는다. 아빠는 캠핑이라도 가는 것처럼 배낭을 메고 신문이나 책을 읽으며 걷기를 좋아한다. 그는 손등으로 안경을 고쳐 쓴다. "당신은 이 아이가 우리 시대 가장 뛰어난 가수가 부르는 노래를 못 들어도 상관없소? 다니엘한테 아주 좋은 추억이 될 거요. 위대한 민중예술가 폴 로브슨*의 노래를 듣는 게 아이한테 상처를 주는 끔찍한 짓이라는 말은 이해할 수 없구려."

"폴리, 내 생각은 이미 이야기했어요. 당신 뜻대로 해요."

"무슨 문제가 있나?" 치즈 조각을 씹으면서 민디시가 말한다.

"아무 문제도 없어요." 엄마가 말한다. 엄마는 마요네즈를 냉장고에 넣고 식탁을 훔치고 부엌을 나간다.

"저도 가요?" 나는 아빠에게 묻는다.

"응, 그래." 그는 짜증스럽게 말한다. 엄마의 동의 없이 진정으로 공식화되는 일은 없다. 엄마의 동의 없이 무언가를 결정했다는 사실이 우리 두 사람을 불편하게 만든다. "준비하렴." 자신은 권한이 없음을 증명하는 막연한 말을 남기고 아빠는 엄마를 따라 위층으로 올라간다. 이 말의 진정한 의미는 내가 아빠를 따라 2층으로 와서는 안 된다는 뜻이다.

나는 복도에서 기다린다. 문이 열리고 사람들이 현관으로 밀려나가고 민디시 같은 사람들은 서성거리며 잡담을 한다. 나는 이번 여행을 기대하고 있지만 위층에서 들려오는 이야기를 듣고 무엇이 문제인지 알게 된다. 우리 집은 작다.

"두려울 거 없어요, 로셸! 폭력의 가능성이 조금이라도 있을 것 같으면 애들은 물론이고 당신을 가도록 하겠소? 너무 예민하구려."

"그렇게 말하지 마요. 다니엘은 일곱 살이에요." 엄마가 말한다.

"좌우간 갑시다." 폴이 말한다. "민디시도 딸애를 데려가요. 열 명도 넘는 애들이 간단 말이오. 이번 행사의 안전을 보장하는 법원 명령

---

* 미국의 배우, 음악가이자 흑인 인권운동가. 공개적으로 소련을 지지하며 보수단체의 공격 대상이 되었다.

도 있었어요. 하느님 맙소사."

"법원의 명령이라." 로셸이 씁쓸하게 말한다.

잠시 침묵이 흐른다. "그러고도 스스로를 진보주의자라고 하는구려." 작전을 바꾸어 아빠가 말한다. 그는 반동세력과 그 세력이 어떻게 힘을 얻는지 연설을 시작한다. 엄마가 피곤한 듯 말한다. "오, 폴리, 가끔 당신은 정말 바보 같아요."

사람들이 문 앞에서 그들을 부른다. "갑시다! 자, 갑시다!"

나는 음악회에 가느냐 하는 문제보다 엄마 아빠가 보이는 갈등이 더 흥미롭다. 사실 음악회에 갈 생각을 하니 지루하다. 그러나 어떤 신비스러움이 음악회에 더해지니 갈 수 없게 되면 떼를 쓰고 싶은 마음이 생긴다.

두 사람의 이야기에 침묵이 흐르더니 엄마가 양보한다. "대니," 엄마가 계단을 내려오면서 말한다. "얇은 파란색 재킷 가지고 오렴. 그리고 신발끈 제대로 묶고 양말도 신어. 가고 싶지 않아도 화장실에도 다녀오고." 그녀는 얼굴을 찡그린 채 나를 엄하게 대한다. 입술에 빨갛게 립스틱을 칠했다. 아빠가 시가에 불을 붙이면서 엄마 뒤를 따라 내려온다.

일주일 전, 폴 로브슨은 뉴욕 주 픽스킬의 레이크랜드 야영장에서 노래를 부르기로 되어 있었다. 그러나 그 지방 사람들이 진입로를 막고 야영장 의자를 불태우고 청중들을 공격해서 음악회는 무산되었다. 그 후 일주일간 항의 모임이 잇따르고 법원이 명령을 내리자 로브슨은 픽스킬에서 다시 공연을 하려고 했다. 그는 공산주의자였다. 그것도 긍지를 가진 흑인 공산주의자였다. 수천 명이 시골 들판에 앉아 그의 노래를 듣고자 한다. 사람들은 공연에 참석함으로써 그가 노래를 부를 권리와 자신들이 노래를 들을 권리를 증명하고자 한다. 듀이 주지사는 경찰을 동원해 공연장을 보호하겠다고 했다. 정치적 신념 때문에(포스터나 진 데니스*처럼) 사람들이 감옥에 가던 시기, 그러니까 마녀사냥의 시기에 열린 이 공연은 이후 자유집회의 권리를 선언한 승리의 순간이 될 것이었다. 진보주의 세력과 개화된 세력의 위대한 순간이 될 것이었다.

이 모든 사실을 나는 버스 안에서 알게 된다. 아빠가 이야기해주었다. 그는 유쾌하고 행복하다. 모두들 공연을 기대하면서 로브슨의 노래를 부른다. 아주 즐겁다. 엄마가 허락해줘서 기쁘다. 버스는 브롱크스를 따라 올라가다 밴 코틀랜트 공원을 지나 소밀리버 파크웨이를 타고 북쪽으로 달린다. 모두 〈탄광의 용사들〉을 부른다. 우리는 삽을 들고 탄광으로 행진하는 용사들이다. 노래를 부르지 않는 건 엄마뿐이다. 나는 창가 쪽에 엄마 무릎 위에 앉아 있다. 옆자리에서 아빠가 노래를 부른다. 버스 전체에 노랫소리가 울려 퍼진다. 리듬에 맞춰 버스가 떠오르는 것 같다. 버스 창문이 빗방울 자국에 얼룩져 있다.

버스는 오랫동안 달린다. 내 눈은 뒤쪽으로 사라지는 경치를 구경하느라 피곤하다. 픽스킬에 도착하기 직전에 노래가 멈춘다. 버스에 탄 사람들이 조용하다. 길가에 선 사람들이 소리를 지르고 주먹을 흔드는 모습이 보인다. 경찰들이 그들을 저지한다. "유대인 놈들, 돌아가지 못해!" 누군가 우리 버스를 향해 소리친다. 군대 음악이 들린다.

---

* 각각 당시 미국 공산당의 당수와 당비서.

나는 로브슨의 공연에 밴드가 동원되는 줄 몰랐다. 그런데 아빠가 일어서서 버스의 백미러를 들여다보고는 미국재향군인회 밴드라고 말한다. 그들이 공연에 항의하는 행진을 하고 있다.

공연장은 덥고 불쾌하다. 시간이 많이 지났는데도 공연은 시작되지 않는다. 달걀샐러드 샌드위치는 이미 오래전에 먹어치웠고 다시 배가 고프다. 군중이 어마어마하다. 나는 엄마 아빠 사이에 앉는다. 그들 주위에는 친구들이 앉아 있다. 그리고 그 주위에는 수천 명의 사람들이 있다. 안 좋은 일이 일어나려고 했으면 벌써 일어났을 거라고 모두가 결론을 내린다. 이렇게 우호적인 군중 속에서 어떤 나쁜 일이 생길 거라고는 상상할 수 없다. 그들은 군대와 같다. 사람들은 침착하다. 마음 놓고 서로 농담을 나눈다. 아빠는 큰 소리로 책을 읽는다. 재미있는 내용인지 모두가 웃고 한마디씩 한다. 엄마가 미소를 짓는다. 엄마는 풀밭에 다리를 포개고 앉아 있다. 긴 주름치마가 다리를 부드럽게 덮는다. 엄마가 나를 옆으로 안는다. 아빠는 시가를 흔들면서 이야기 중이다. 쉬지 않고 이야기한다. 이따금 안경을 코 위로 고쳐 쓴다. 아빠 옆에 앉은 벤 코언은 파이프 담배를 손에 쥐고 경청한다. 민디시 박사도 아빠의 말을 듣는다. 모피상 네이트 실버스타인도 듣고 있다. 모두가 아빠에게 존경심을 품고 있다. 아니, 존경한다기보다는 아빠를 좋아한다. 아빠에 대한 호감과 아빠의 에너지에 대한 존경심. 그는 지칠 줄 모르며 활력에 차 들떠 있으며 계속 생각을 말하고 가설을 세운다.

마침내 멀리서 고함과 환호 소리가 들리고 로브슨이 나타나자 엄청난 함성이 터진다. 그가 잘 보이지 않는다. 멀리 보이는 작은 모습보다 그의 목소리가 더 크다. 믿기 힘들 정도로 깊이 울리는 목소리가 우리 지하실에 사는 윌리엄스를 떠올리게 한다. 두 사람 모두 흑인이다. 윌리엄스는 왜 우리와 함께 오지 않았을까. 로브슨이 영가를 부른다. 〈올드 맨 리버〉를 부른다. 〈탄광의 용사들〉을 부른다. 조 힐을 어젯밤 꿈에서 보았네, 그는 우리처럼 살아 있네를 노래한다. 피아니스트와 함께 왔다. 나는 피아니스트가 로브슨의 집 지하실에 사는지 궁금하다.

음악회가 끝나고 우리는 모두 격렬하게 환호를 보낸다. 버스로 걸어가면서 모두가 열심히 이야기를 나눈다. 고양된 정서를 경험한 행복한 날이다. 그런데 주차장에 이르자 엄마가 내 손을 꼭 쥔다. 그리고 모두가 바삐 서두른다.

버스와 차들이 줄지어 떠난다. 픽스킬의 경찰들이 교통정리를 한다. "우리가 왔던 길이 아닌데." 아빠 뒷좌석에서 민디시가 몸을 앞으로 숙이고 말한다. 아빠가 궁금한 듯이 앉은 자세에서 몸을 일으킨다. 우리는 숲을 지나 좁고 꼬불꼬불한 길을 따라 산 위로 간다. 버스는 저단 기어로 간다. 마치 인간처럼 엔진이 고통스러운 신음을 낸다. 바깥에서 이상한 낌새가 느껴진다. 남자 서너 명이 숲 가장자리를 따라 달린다. 그들은 버스보다 빠르다. 어디로 달리는지 보려고 나는 몸을 앞으로 숙인다. 숲에서 더 많은 사람들이 나타난다. 그들은 길 쪽을 향해 온갖 물건을 던진다. "저길 봐." 아빠가 소리친다. 그 순간 버스는 기어가 걸린 채 엔진이 멎어 덜커덩 멈춘다. 운전기사가 팔을 쳐든다. 유리 깨지는 소리가 난다. 비명이 버스를 스친다. 상황을 눈치 채자마자 목에서 무의식적으로 나오는 소리다. 아빠는 다시 자리에 앉아 앞에 있는 의자 난간을 잡는다. 눈앞에서 일어나는 일이 우리와 전혀 관계없는 쇼인 것처럼 모두 아연실색하여 앉아 있다. 운전기사의 얼굴은 피투성이다. 버스의 앞쪽에서 뒤쪽까지 한 줄로 쓰러지는 도미노처럼 사람들이 엎드려 있다. 엄마의 머리를 따라서 창문이 아름다운 형태로 깨진다. 그리고 내가 머리를 좌석 아래로 숙이지 않을 수 없게 된 순간, 한 남자가 돌덩이를 들어 우리 앞에 서 있는 버스 뒤편 유리창으로 던지는 모습이 보인다.

사람들이 버스를 움직이라고 소리친다. 그러나 운전기사가 자리에 없다. 설령 그가 자리에 있다고 하더라도 갈 곳이 없다. 앞뒤로 버스가 늘어서 있다. 버스의 측면과 지붕으로 날아드는 돌멩이 소리가 고막을 찢는다. 유리창은 음악 소리처럼 부서진다. 사람들이 소리친다. "이럴 수가." 내 위로 아빠가 소리를 지른다. "이럴 수가!"

날아드는 돌멩이와 함께, 마치 거기 실로 매단 듯 여러 말들이 곡조처럼 같이 들려온다. 사기꾼, 공산당 새끼들, 유대 공산당 새끼들, 빨갱이. 나는 귀 기울여 듣는다. 유대놈. 공산당놈. 빨갱이. 검둥이. 개새끼. 사기꾼. 검둥이 편. 빨갱이. 유대 새끼. 이런 말들을 외친다. 가르칠 목적으로 돌멩이를, 때로는 내 머리만 한 돌덩이를 던진다. "버릇을 고쳐주마!" 성난 목소리가 외친다. "이래야 버릇이 들 거야, 이 빨갱이 사기꾼 새끼들!"

엄마와 나는 우리 좌석과 앞좌석 사이에 웅크리고 있다. 무릎을 꿇고 있다. 돌멩이가 날아올 때마다 소리가 들릴 때마다 엄마는 기계적으로 나를 더욱 꼭 껴안는다. 나는 고함과 날아드는 돌과 부서지는 유리로 작동되는 도르래를 상상한다. 나는 점점 더 엄마 밑으로 꼭 묻히다가 마침내 머리가 엄마의 포갠 두 다리에 머물고, 엄마의 가슴과 팔은 내 구부린 등을 덮는다. 엄마의 손이 내 엉덩이뼈 부근을 잡는다. 나는 치마를 통해 내 입과 턱 아래에서 엄마의 허벅지가 떨리는 것을 느낀다. 왜 떠는가? 공포? 분노? 분투? 엄마는 내 등에 얼굴을 댄 채 등뼈에 대고 중얼거린다. 살인자들. 개자식들. 쓰레기들. 평소 할머니가 이디시어로 중얼거리던 말들을 영어로 내뱉는다. 파쇼 쓰레기들. 나치 돼지들. 살인자들.

나는 황홀한 두려움에 빠져든다. 할머니를 떠올리자 할머니가 내뱉는 유명한 저주가 새로운 의미로 다가온다. 미친 노인의 폭언이 아니라 우리 내부로 던지는 정확하고 강력한, 우리 삶의 종말을 뜻하는 운율. 버스가 흔들린다. 우린 모두 죽을 것이다. 가슴이 격렬하게 두근대는 한편 엄마의 치마가 어떤 천인지 깨닫는다. 그것은 거친 모직으로 내 뺨에 발진과도 같은 감수성을 남기리라.

나는 민디시가 아빠에게 엎드리라고 외치는 소리를 듣는다. "폴리!" 엄마가 내 등 위에서 울부짖는다. "무슨 짓이에요! 폴!"

아빠는 통로에 엎드려 있다가 창문을 통해 무언가를 보았다. 그리고 사람들을 타넘고 버스 앞쪽으로 힘들게 나간다. "경찰!" 그가 외친다. "경찰!"

나의 막대기 같은 아빠가 앞으로 나아간다. 전쟁터를 향해. 이건 용납할 수 없어. "이건 용납할 수 없어." 그가 설명하듯 뒤돌아보며 외친다. 그는 문 앞에서 운전기사에게 문을 열라고 명령한다. 버스가 흔들린다. 머리 위의 봉을 잡고 운전기사에게 버스 문을 열어야 한다고 말한다. 하지만 다른 사람들은 문을 닫아두라고 외친다. "이런 건 용납할 수 없어요." 그가 뒤로 돌아서서 말한다. "우린 이런 잔학행위는 용납할 수 없어요."

민디시가 앞쪽으로 아빠를 따라왔다. 덩치 큰 치과의사는 미소를 짓고 있다. "엎드리게, 폴. 무슨 짓이야! 여기로 돌아와!" 아빠는 다시 경찰을 보고 이중문을 손으로 열려고 한다. 그리고 문에 붙은 안전고무 틈 사이로 외친다. 손으로 만든 틈 사이로 외친다. "경찰! 왜 이런 일을 용납하는 거요!" 아빠는 기둥 사이에 선 삼손처럼 안간힘을 쓰면서 가느다란 팔로 문을 접으려고 버둥거린다. 그는 바깥에 서 있는 특공대의 주의를 끌었다. 그들은 아빠가 문을 여는 것을 도우려고 애쓴다. 우리는 완전히 정신이 나가 있다. 그때 아빠의 왼팔이 완전히 문 바깥으로 사라진다. 믿기 힘들 정도로 몸이 기울어진다. 매듭을 지으려고 팽팽하게 당겨진 내 신발끈처럼 된다. 내가 어떻게 이것을 알고 있을까? 좌석 뒤에 웅크리고 있었는데 어떻게 이것을 기억할까? 아빠는 침착하게 오른손으로 안경을 벗어 가슴에 대고 접은 뒤 민디시에게 건넨다. 이 행위의 의도된 신중함이 나를 공포에 휩싸이게 한다. 나는 내가 미처 인지하지 못했던 것을 본다. 부모에 대해 어린아이가 가지는 확신으로는 결코 알 수 없던 것들을 지금 본다. 나는 깜짝 놀란다. 이제 버스는 흔들리지 않는다. 애국자들은 자신들의 새로운 목표에 집중한다. 그들의 시선은 모두 버스의 앞문을 향한다. 아빠가 말없이 팔이 부러지는 고통을 겪는 동안 우리는 그것을 말없이 바라본다. 아빠의 이마에 땀이 흐른다. 얼굴이 일그러진다. "문 열어요!" 엄마가 외친다. "사람들이 폴을 둘로 찢어놓기 전에 문 열어요!" 쉬익 소리를 내며 문이 열리자 아빠가 우리 시야에서 사라진다. 환호가 치솟는다. 아빠를 붙잡고 끌려나가지 않도록 정신없이 잡아당기던

두 사람이 아빠를 따라나간다. 소시지처럼 줄줄이 문밖으로 날아가듯 굴러 떨어지는 모습이 코미디 같다. 나는 밖에서 무슨 일이 일어나는지 볼 수 없다. 무서운 소리가 들린다. "사람들을 막아요!" 통로로 뛰어나가면서 엄마가 외친다. 나는 의자에 내동댕이쳐진다. 사람들이 밖으로 나가 싸운다. 아니 달린다. 어느 쪽인지 나는 알 수 없다. 버스 앞쪽에 민디시가 사람들 머리 위로 아빠의 접은 안경을 높이 들고 있다. 그는 키가 크다. 그의 얼굴에 기묘하게 당황스러운 표정이 떠오른다. 그는 다른 사람의 처분에 맡길 수밖에 없는 이 상황이 어처구니없다고 생각했는지 미소를 짓고 있다.

우리가 어떻게 집으로 돌아왔는지 모르겠다. 경찰 사이렌 소리가 들렸고 숲 샛길에서 비명과 고함소리가 들렸다. 구급차도 왔다. 나는 아빠가 거실의 낡은 소파에 누워 있던 모습을 기억한다. 팔에는 부목을 대고 머리에는 이상한 모자를 쓴 것처럼 온통 붕대를 감고 있었다. 얼굴에도 상처가 있었다. 아빠는 부서지지 않은 안경을 쓰고 나를 바라보았다. 그리고 터지고 부은 입으로 미소를 지으려고 애썼다. 그러나 말은 하지 못했다. 나는 그 모습을 보자 겁이 났다. 아빠의 눈에 눈물이 고여 있었다. 엄마는 마루에 앉아 아빠의 곁에서 손을 잡았다. 둘의 머리가 서로 닿을 것 같았다. 그들의 모습이 처량해 보여 나는 울기 시작했다. 그전에는 운 적이 없었다. 내가 울자 엄마는 나를 끌어당겨 무릎에 앉히고는 가슴에 나를 안고 아빠의 손을 잡고 키스했다.

이렇게 그의 실패에는 한계가 있었다. 놀랍도록 순진한 어린아이 같은 이 존재가 세상을 완벽하게 바꿀 수 있다고 믿었던 때가 있었다. 로브슨 공연에 대해서는 엄마의 예측이 옳았다. 그러나 아빠는 고집을 굽히지 않았다. 나는 어른들의 어두운 교유에서 신비로움을 느끼기 시작했다. 그날 밤부터 다음 날까지 계속 전화가 울렸다. 모두 폴리가 그렇게 하지 않았다면 버스가 뒤집혀 많은 사람들이 다치고 죽었을 거라고 말했다. 버스에서 유일하게 행동을 취한 사람이 그인 건 사실이었다. 다른 사람들은 움직일 수 없었다. 나는 이 일에 대해 오래 생각했다. 그가 일어서서 행동을 취한 것은 자랑할 만한 일이었다. 그러나 그 행위는 신비하고 복잡하며 사람들의 말과는 다른 것이었다. 나는 오랫동안 이 일에 대해 생각했다. 그리고 그가 경찰이 정말로 도와줄 것으로 생각했기에 경찰의 주의를 끌려고 애썼다는 결론을 내렸다. 법이 파쇼 폭력배들을 붙잡아 넣으리라. 그래서 그는 문으로 가서 공격을 받았던 것이다.

그 일에 관해 사람들이 더이상 이야기하지 않게 된 후에도 나는 오랫동안 이 수수께끼를 해결하려고 노력했다. 한편 그가 일을 하지 않으려는 것이 로셸을 초초하게 만들었다. 그는 온종일 집 안에서 어슬렁거렸고 그녀는 그것이 불안했다. 수입이 없었다. 그는 두통이 있다고 불평했다. 병원비는 사기라고 할 만큼 비쌌다. 아빠는 팔의 깁스가 더러워졌을 때쯤에야 가게로 돌아갔다. 그러나 나는 한 손으로 안경을 가슴에 대고 접어서 민디시에게 넘겨줄 때 그의 결정이 보인 침착한 치열함을 잊을 수 없었다. 안경을 벗은 눈에 드러난 터무니없는 헌신을 잊을 수 없었다. 그리고 그 행위로 드러난 냉정할 정도로 계획적이고 노련했던 혁명적 희생을 잊을 수 없었다.

1938년 숙청재판에서 부하린은 가장 흥미로운 변호를 전개했다. 그는 유죄를 인정하고 여러 차례 자신을 주동자로 지목한 '우익과 트로츠키주의자' 진영의 피고들이 저지른 모든 범죄에 대한 책임을 의도적으로 인정했다. 그는 자신이 음모, 반역, 반혁명의 죄를 지었다는 데 열심히 동의했다. 그렇게 동의한 다음, 그는 재판 동안 자신이 받은 모든 구체적인 혐의 사실에 이의를 제기했다. 신호에 따라 증언하라는 협박을 받고 있었음에도 불구하고, 그는 스탈린 치하 소련 언론 특유의 함축성으로 자신뿐만 아니라 러시아까지 희생당하고 있음을 교묘히 암시했다. 그런데 이 사건으로 인해 소설 속에서 영웅이 되고 소련 연구가에게 비운의 귀족이라는 이미지를 심어준 것 외에 그에게 무슨 이익이 있었단 말인가. 그러나 이에 반해 스탈린은 1936년과 1938년 사이에 진행된 반혁명 재판으로 수천 건의 반대파 숙청을 해내고 히틀러와 동맹을 맺으려는 결심을 공표했다. 조지 케넌*에 따르면 스탈린은 1939년의 불가침협정으로 세상에 알려진 인기 없는 정책을 수행하기 위해서 내부에 자신을 비판하는 세력이 존재하지 않도록 확실히 조처할 필요가 있었다. 부하린을 비롯한 수많은 피고들은 반(反)파쇼주의자들이었다. 스탈린은 여러 이유로 히틀러와 동맹을 맺기를 원했다. 서구 국가의 협력으로 러시아의 이익을 증진시키는 일에 실망했을 수도 있고, 파시즘과 소련이 패권을 장악하기를 바라는 강렬한 욕망을 품었기 때문이었을 수도 있다. 혹은 그가 임박했다고 생각한 히틀러와의 전쟁을 대비하는 데 시간을 벌어야 할 필요성(그러나 이것이 사실이라면 왜 소련군의 고위 장성들까지 죽였는가?)을 느꼈을 수도 있다. 그 이유가 무엇이든 히틀러와의 불가침협정 체

* 미국의 역사학자, 외교관.

결은 위대한 사회주의의 실험이라는 1930년대 소련의 주요 정책 노선과 마찬가지로 민족국가의 수립, 마르크스주의 이상의 연기(延期), 개인의 소모품화라는 전제에 입각해 있었다. E. H. 카*는 스탈린의 천재성이 서구화되고 국제화된 레닌 아래 잠자고 있던 러시아의 민족주의를 회복시킨 데 있다고 주장한다. '일국사회주의론'**은 후진 러시아에 대한 서구의 역사적, 비극적 적대감에 직면하여 열등감에 사로잡혀 있던 국가의 치열한 자긍심을 확인시켜주는 것이었다.

"국제적인 마르크스주의와 국제적인 사회주의를 러시아의 토양에 이식한 뒤 방치해두자 1917년 근절되었다고 생각한 러시아의 민족적 전통이 국제성을 끊임없이 약화시키고 파괴했다. 10년이 지나 레닌이 사망하자 라테크, 크라신, 라콥스키 등 이진에 속한 인물은 말할 것도 없고 트로츠키, 지노비예프, 카메네프 등과 같은 국제적, 서구적 요소를 대표하던 볼셰비키주의 지도자들까지 모두 사라졌다. 온건하고 융통성 있던 부하린도 그들 뒤를 따를 터였다. 전제군주, 관료주의, 정치적 문화적 획일성 등 과거 러시아의 숨어 있던 세력이 모두 복수해오기 시작했다. 파괴하는 것이 아니라 편협한 국가의 틀 속에서 혁명을 성취하기 위해 자기 세력을 이용하는 방식으로 복수가 이루어졌다……"

카의 이러한 통찰력은 세계적인 사회주의의 고뇌의 순간들, 가령 히틀러의 권력 장악을 막았을지도 모르는 독일의 공산주의-좌익 연

---

* 영국의 정치학자, 역사학자.

** 트로츠키의 국제사회주의론에 대립하여 세계혁명 없이 러시아만으로도 사회주의 건설이 가능하다는 스탈린의 이론.

합에 대한 소련의 지원 거부, 스페인에서 소련이 공화주의 이념을 배반한 사실(숙청된 많은 희생자가 스페인 전쟁에 참전한 군인이었다), 인민전선과 집단안보를 정책의 일부로 도입한 소련의 냉소적 외교, 그리고 불가침협정 등을 이해하는 데 도움을 준다. 따라서 부하린이 말했듯이 스탈린에게서 '칭기즈칸'을 발견하거나, 오늘날 소련의 지배자들이 슬픈 일이었다고 인정하듯이 스탈린을 심한 편집증 환자로 보는 비평가들에게 우리는 다음과 같이 말할 수 있다. 혁명은 배반당하지 않는다. 다만 완성될 뿐이다.

테르미도르*

다니엘 테르미도르는 볼보의 핸들이 상당히 느슨하다는 사실을 알게 되었다.

그리고 **크론시타트****는 어떤가—우리는 크론시타트를 잊어서는 안 된다! 그리고 고리키도, 시대를 앞서나간 그의 사상도.

독자를 위한 메모

독자여, 이것은 당신에게 전하는 메모이다. 당신에게 이 이야기가 아주 쉽다면, 이렇게 시간이 지난 지금에도 쉽다고 생각한다면……

---

* 프랑스혁명력의 제11월로 혁명이 정점에 이른 뒤 온건한 반혁명적 시기를 뜻한다.

** 러시아 서북부 코틀린 섬의 항구도시. 1825년 장교들의 입헌군주제 실현을 목표로 한 봉기와 1921년 수병들의 볼셰비키 정부에 대한 반란 등 수차례에 걸친 혁명적 궐기의 중심지.

마치 찢어진 천 조각을 집어서 다시 찢는 것처럼 쉽고, 이렇게 오랜 뒤에도 애처로울 정도로 쉽다고 생각한다면…… 그렇다면 독자여, 나는 당신을 읽고 있다. 우리는 함께 애통해하며 우리의 옷을 찢어도 좋을 것이다.*

1967년 현충일에 다니엘 르윈은 수전의 검은색 볼보를 몰아 매사추세츠 턴파이크에서 보스턴을 향해 동쪽으로 달렸다. 옆자리에는 아내 필리스가 앉아 있었다. 금발의 꽃과 같은 그녀는 보는 사람의 가슴을 뛰게 만들 정도로 슬픔에 잠겨 있었다. 폴란드계의 옅은 푸른색 눈동자는 비 오는 날에는 잿빛으로 보였다. 그리고 그들 뒤에는 큰 가방과 온갖 잡동사니 사이에 어린 아들 폴이 그리 편치 않은 모습으로 누워 있었다.

다니엘은 이 차를 운전해본 적이 없었다. 그래서 처음 몇 킬로미터는 수동 사단 변속기어를 시험하면서 등받이에 등을 붙이고 팔로 핸들을 감고서 차에 익숙해지려고 애썼다.

바퀴가 떨리는 감이 있었고 시속 100킬로쯤에서 약간 튀는 듯했다. 핸들은 꽤 느슨했다. 그리고 브레이크를 밟으면 차체가 약간 왼쪽으로 쏠렸다. 전체적으로 차가 확실히 느슨했다. 잘 조율되고 정비된 차는 아니었다. 가죽 냄새 같은 것이 났다. 다니엘은 이 차가 보스턴과 케임브리지에서 어떻게 쓰였을까 상상했다. 대학생들의 차가 대부분 그렇듯 이 차도 아무렇게나 다뤄졌을 것이다. 수전은 이 차를 하버드

---

* 장례식에서 망자에게 애도를 표하기 위해 가족이 옷을 찢는 유대인의 관습.

를 그만두고 떠나는 녀석에게서 헐값에 샀다. 그 녀석은 누구한테 샀을까? 멋대로 다뤄진 차. 성격상 멋대로 다뤄진 차.

"비가 오네." 필리스가 말했다. 비가 왔다. 빗방울이 앞 유리창에 닿으며 부서졌다. 다니엘은 비가 가늘게 부서지길 바라며 유리창 표면에 집중했다. 하지만 곧 너무 힘들어서 빗방울 하나에 시선을 고정하고 어떻게 변하는지 지켜보았다. 자기가 관심을 기울이면 그 빗방울이 다른 빗방울과는 또 다른 운명을 맞을 수도 있을 것 같았다. 빗방울이 유리에 닿아 그 머리 부분이 부서지고 물 구슬 하나가 핵이 되어 주위로 예닐곱 방울이 모였다. 눈송이가 녹는 것과 비슷했다. 작은 물방울이 합쳐져 타원형을 이루었다가 무게를 이기지 못하고 아래로 흘러내렸다. 속력을 높이자 빗방울이 중심에서 떨어져나가는 비율도 높아졌다.

"와이퍼 안 켜?" 필리스가 말했다.

하늘이 빠르게 어두워졌다. 반대편에서 오는 차의 전조등이 앞 유리창 물방울에 모여들었다. 쉬익 하고 젖은 도로에 타이어 닿는 소리가 났다.

다니엘은 더듬거리며 와이퍼 스위치를 찾았다. 차가 잠깐 한쪽으로 쏠리고 뒤에서 경적이 울렸다. 곧 와이퍼가 소리를 내며 작동했다. 그런데 차가 한쪽으로 기우는 순간 필리스는 오른손으로 손잡이를 잡고 뒷좌석으로 왼손을 뻗어 아이를 보호했다.

필리스는 다니엘이 그 모습을 봤는지 살피려 그를 힐끗 보았다.

"난 비가 좋아." 다니엘이 말했다.

"난 비를 사랑해." 필리스가 말했다. "특히 천둥이나 번개 없이 여름에 따뜻하게 내리는 비가 좋아."

"그게 아니야. 내 말은 지금, 이 차 안에서 그렇다는 거야." 다니엘이 말했다. "비는 고치 같은 느낌이야. 우릴 감싸주거든."

"그래." 필리스는 앞을 보며 말했다. 그녀는 머리를 풀고 있었다. 그녀는 바로 앞에서 달리는 시아버지의 시보레에 시선을 고정하고 있었다. 앞좌석에 머리 윤곽 세 개가 보였다.

"오, 다니엘. 난 수전을 껴안고 입 맞춰주고 친구가 되고 싶어."

그는 고개를 끄덕였다.

"수전이 나오면 우리 집에 데려와서 얼마 동안 함께 지내면 어떨까? 진정으로 수전을 사랑하고 행복하게 해줄 수 있을 거야. 우리 애도 수전을 사랑할 거고. 수전도 그러겠지?"

"모르겠어."

"수전은 우리한테 오던 중이었는지도 몰라. 뉴욕으로 가고 있었지?"

"그래."

"우리한테 오던 중이었을까?"

"몰라."

"수전은 정말 예뻐." 필리스가 말했다. 그리고 한숨을 쉬었다.

나는 아내를 센트럴파크의 히피 모임에서 만났다. 쉽메도 잔디밭에서였다. 그녀는 이웃에 사는 별 볼 일 없는 친구 두 명과 함께 그곳에 왔다. 그들은 진짜 히피들을 보고 입이 떡 벌어졌다. 브루클린 고등학교 여학생들처럼 허물어지며 낄낄거렸다. 필리스는 그런 그들 때문에 당황했다. 필리스는 무척 사랑스러웠다. 누군가 그녀에게 엄숙하게 수선화를 바쳤고 그녀도 엄숙하게 그것을 받았다. 그녀는 꽃을 들고 품위 있는 미소를 지으며 엄숙하게 특유의 큰 보폭으로 조금은 어색하게 걸었다. 그녀는 정신적인 체험을 갈망했다. 나는 115번로에 있는 집으로 그녀를 데려가 바르토크의 음악을 들었다. 그녀는 수많은 책에 감명을 받았다. 나는 그녀에게 섹스가 상당히 중요한 철학적 행위라고 말했다. 그녀가 이 기회에 경의를 표하며 섹스에 응하리라는 것을 알았기 때문이다.

필리스의 부모는 젊고 최근에 꽤 돈을 벌었다. 대단한 부자는 아니지만 남부럽지 않을 정도는 여유가 있다. 아버지는 카펫 할인 매장을 운영한다. 2차 대전의 전우와 사업을 하며 브루클린과 퀸스에 상점을 두었다. 그는 브루클린 개혁 유대인 센터의 젊은 터키인 그룹 회원이다. 아내를 데리고 매년 겨울마다 2주 동안 플로리다로 여행을 간다. 오후에는 골프를 치고 저녁에는 나이트클럽에서 코미디쇼를 본다. 그들이 사는 브루클린의 새 고층 아파트에는 요정이 조각된 자기램프가 있다. 거실의 푹신한 버튼소파 위에는 허드슨 강 화파의 모사그림이 정교한 금박 액자 속에 조명을 받으며 걸려 있다.

필리스에게는 어린 남동생 스콧이 있다. 그는 나를 자기 부모보다는 덜 경멸하고 덜 증오하고 덜 무서워한다. 그들은 필리스의 결혼에 질겁했고 우리가 그들을 보는 횟수는 점점 줄어든다. 그들은 갓난아이에게 선물을 보낸다. 그래도 우리가 대화를 나누던 시절 필리스의 아버지는 자기 아내가 본 딸의 허벅지에 든 멍에 대해 내게 물어보려고 애썼다. 그는 중얼거리며 헛기침을 했지만 내가 무슨 말인지 못 알아듣는 척하자 그냥 포기했다. 그들은 낮 시간에 딸에게 전화를 걸 것이다.

오늘은 도서관에 있을 날이 아니다. 너무나 화창하고 따뜻하고 새가 지저귀는 소리도 들린다. 집으로 가서 필리스와 아이를 데리고 공원에 나가 강에 떠 있는 배나 봐야겠다.

몇 분 후 필리스는 안전벨트를 풀고 뒤척거리며 보채는 아이를 돌보려고 뒤쪽으로 몸을 돌렸다. "기저귀가 하나밖에 안 남았네." 그녀가 말했다. 기저귀를 갈아주려고 그녀는 어색하게 무릎을 꿇고 뒷좌석으로 몸을 숙였다. 팔을 움직이자 엉덩이가 씰룩거렸다. 긴 머리카락이 늘어졌다. 차 지붕을 두드리며 비가 쏟아지고 앞 유리창으로 끊임없이 빗물이 흘러내렸다. 다니엘은 백미러를 확인하고 좌측 차로로 차선을 옮겼다. 필리스가 여전히 아이에게 정신이 팔려 있는 동안 그는 아버지의 차를 추월하고 다른 차들도 계속 추월했다.

"자아." 필리스가 말했다. "이제 잠 좀 자렴. 우린 곧 할머니 할아버지 집에 도착할 거야. 자, 됐어. 눈 감고 자야지." 그녀는 몸을 돌려 다리를 꼬고 힘겹게 앉았다. "아," 그녀가 말했다. "차에서 기저귀를 가니까 어지러워." 그녀는 창문을 조금 열었다. "차 안이 답답해."

다니엘이 말했다. "부탁 하나 들어주겠어?"

"뭔데?"

"바지 벗어."

그녀는 다니엘을 보고 웃음을 터트렸다. 필리스는 그가 이런 식의 농담을 할 만큼 기분이 나아진 것이 기쁜 듯했다. 아마도 이렇게 무감각해진 날에 그가 이런 식으로 생기 있는 농담을 해줘서 고무된 듯했다. "정말 재밌어." 그녀가 고마워하며 말했다.

"농담 아니야. 진심이야."

그녀는 그의 얼굴을 살폈다.

"이봐, 필리스. 바로 지금 말이야."

"다니엘……"

"바지 벗어."

"옳은 생각이 아니야. 그러고 싶지 않아."

"하지만 난 원해, 필리스."

그녀는 시보레의 불빛을 찾았지만 앞에는 아무 차도 없었다. 그녀는 차가 빠른 속력으로 달리고 있음을 깨달았다.

"오, 다니엘. 왜 이러는 거야? 이러지 마. 이럴 이유가 전혀 없어."

"빨리해, 필리스."

"뭘 원하는지 모르겠어."

"바지를 벗으라니까."

"그런 다음엔? 운전하면서 뭘 하겠다는 거야. 사고 내고 싶어?"

다니엘은 액셀을 지그시 밟고 아무 말도 하지 않았다.

"이런 농담은 역겨워, 다니엘. 나 겁나. 아기를 차에 태우고 미친 사람처럼 운전할 권리는 없어."

다니엘은 액셀을 더 세게 밟았다. 필리스는 이제 두 발을 바닥에 대고 팔짱을 낀 채 등을 세우고 앉았다. 다니엘은 조용히 그녀에게 차의 기계적 문제에 관해 설명했다. 핸들이 상당히 멋대로 놀고 앞바퀴는 똑바르지 않고 브레이크는 닳았고 타이어가 미끄러진다고 말했다. 그리고 속도계를 힐끗 보고는 지금 시속 140킬로미터로 달리고 있다고 알려주었다.

"브루크라인에 도착하면 당신 원하는 건 뭐든지 할게." 필리스가 말했다. "당신이 날 지겨워하는 거 알아, 대니. 당신 가족들이 당신만큼 멋진 사람과 결혼하지 않았다고 생각하는 것도 알아. 하지만 내가 애쓴다는 건 인정해야 해. 안 그래?"

다니엘은 아무 말도 하지 않았다.

"당신네 가족들 모두 잘났어." 필리스가 말했다. "당신들 모두 고통받는 잘난 인간들이야."

다니엘은 이 말이 마음에 들었다. 6개월 전만 해도 그녀는 이렇게 표현할 줄 몰랐다. 다니엘은 그녀에게 찬사를 보낼까 생각했다. 그러나 그렇게 하는 대신 몸을 숙여 와이퍼를 꺼버렸다.

이제 비가 앞 유리창에 억수처럼 퍼부었다. 시야가 다소 왜곡되긴 했지만 그런대로 괜찮았다. 하지만 필리스는 직접 운전을 하지 않기에 불안해했다. 그녀는 하얀 불빛과 빨간 불빛이 커졌다 작아졌다 흔들렸다 흩어졌다 하면서 물처럼 자신의 시야에 쏟아져 들어오는 미등(尾燈)의 스크린을 뚫어지게 응시했다. 차가 어디로 가는지 알 수 없었다. 처음으로 천둥소리가 엔진 소리와 미끄러운 타이어가 물 위를 빠르게 지나가며 내는 소리를 압도하며 울렸다. 천둥은 이리저리로 후미가 가볍게 흔들리는 자동차를 희롱하는 것 같았다.

"당신, 우릴 죽이려고 그래!" 필리스가 소리쳤다.

"바지만 벗으면 돼."

"그럴게, 그렇게 할게. 하지만 속도 먼저 줄여!"

"먼저 벗어!"

필리스는 벨트를 풀고 지퍼를 내리고 몸을 숙이고 나팔바지를 내렸다. “말할 거야.” 그녀가 말했다. “당신이 나한테 한 짓을 다 말할 거야. 그러면 당신 여동생이 있는 바로 거기에 당신을 처넣을 거야. 두 사람 다!”

“완전히 벗어.”

그녀는 무릎을 올려 부츠 지퍼를 내리고 부츠를 벗어 바닥에 내려놓고는 다시 바지를 발목 쪽에서 잡아당겨 벗은 다음 부츠 위로 던졌다. 그리고 다니엘을 쳐다보며 속옷을 끌어내려 발밑 더미 위로 집어던졌다. 그러고 나서 두 손을 양쪽 귀에 갖다댄 채 눈을 감고 머리를 숙였다.

다니엘은 발을 액셀에서 떼고 와이퍼를 작동시켰다. 필리스는 울고 있었다. 그녀는 머리카락을 쥐어뜯고 귀를 잡고 울었다. 다니엘은 우측 차선으로 차를 옮겼다. 머리 바로 위에서 천둥이 쳤다. 다니엘은 필리스에게 좌석 위에서 차창을 향해, 참회자나 숭배자나 영락한 경건주의자가 무릎을 꿇고 몸을 숙이는 것처럼 가능한 한 몸을 앞으로 숙이라고 지시했다. 그녀는 울먹이면서 차 안이 좁고 자기는 몸집이 커서 그런 자세를 편하게 취할 수 없다고 불평했다. 다니엘은 한번 해보라고 부드럽게 강요했다.

“이렇게?” 머리카락 탓에 잘 들리지 않는 목소리로 그녀가 말했다.

“좋아.”

“사람들이 볼 거야.”

“아무도 못 봐.”

“애는 어쩌고?”

“잠들었어.”

"다치지 않게 해. 다치지만 않게 해, 다니엘."

그는 오른손으로 필리스의 엉덩이를 어루만졌다. 등허리에 땀이 이슬처럼 맺혀 있었다. 손이 닿자 그녀는 흠칫하며 몸을 떨었다. 그는 그녀의 갈라진 곳을 따라 아래쪽으로 손을 움직였다. 자세 때문에 삼각형이 된 그곳에서 배설물의 쉰 냄새가 약간 났다. 그는 조그만 항문의 짧은 털을 만지작거렸다. 그리고 위를 향한 발뒤꿈치 사이의 아늑한 둥우리에 포동포동하게 자리 잡은 음순을 손등으로 문질렀다.

비가 사납게 퍼부었다. 천둥이 맹렬하게 쳤다. 왼쪽으로 차들이 지나갔다. 하늘은 어두웠다. 다니엘은 몸을 숙여 자동차의 시가라이터를 눌렀다. 그의 손은 침착했다. 당신은 믿는가? 내가 계속할까? 당신은 비 오는 어두운 밤 오렌지색으로 달아오른 뜨거운 전열선의 세 줄 동심원이 소녀 같은 아내의 부드럽고 하얀 엉덩이 피부에 가할 결과를 알고 싶은가? 당신은 도대체 누구인가? 누가 이것을 읽어도 좋다고 했는가? 그 무엇도 신성하지 않단 말인가?

반면에 일어난 일을 이야기하는 것보다 유일하게 더 나쁜 짓은 상상에 맡겨놓는 것이다. 부뉴엘이 살바도르 달리와 함께 만든 고전적인 초현실주의 무성영화*가 있다. 상자에 담긴 살아 있는 손과 밧줄 끝에 소의 사체를 매달아 거실에서 끌고 가는 남자에 관한 영화이다. 그 소는 그랜드피아노로 변형된다. 그 손은 하수도에 던져지고 사람들이 모이고, 이 공포에서 벗어나려고 택시를 탄 사람은 택시 안에 있던 상자에서 그 손을 발견한다—내가 기억하는 이미지가 정확하지

* 1928년 작 〈안달루시아의 개〉.

않아도 큰 상관은 없다. 하지만 영화의 주요 사건은 이렇다. 건장하고 음울한 멋쟁이 남자가 꼭 끼는 골진 속셔츠를 입고 방에 서서 면도칼을 간다. 같은 방에 한 여자가 나무의자에 앉아 있다. 그녀도 옷을 반쯤 벗고 있다. 그녀의 표정은 억제되어 있다. 창문을 통해 달빛이 환한 밤과 달빛이 비치는 밝은 하늘에 구름이 움직이는 모습이 보인다. 남자가 여자에게 다가온다. 입이 활 모양인 그녀는 등받이가 똑바른 의자에 무표정하게 앉아 있다. 곧 그녀가 눈을 크게 뜨고 남자는 엄지와 검지로 그녀의 눈꺼풀을 가능한 한 크게 벌린다. 그러고 나서 면도칼을 그녀의 얼굴과 눈알 쪽으로 가져간다. 영화는 창문 밖 밤하늘로 장면이 바뀐다. 가는 칼처럼 생긴 구름이 밝고 둥근 달을 가로질러 지나가는 것이 보인다. 그리고 당신, 즉 관객이 여자의 눈동자를 상징적으로 절단하는 이 장면을 불만스럽지만 받아들이자마자 카메라는 원래 장면으로 돌아와 면도칼이 눈알을 자르는 모습을 클로즈업으로 보여준다.

그들은 폴과 로셸에 대해 이야기한 적이 없다. 르윈 부부와 함께 살며 성장하는 동안 그럴 필요가 없었다. 동등하게 경험을 공유했기에 그에 관해 이야기를 나누면 그들이 각자 알고 이해하는 범위가 줄어들었을 것이다. 나누어라, 함께 나누어라. 이것은 뼛속까지 각인된 어린아이들의 정의의 기본원칙이다. (때리지 마라. 이것은 수사적이지만 진실이다. 로셸의 아들만이 이 말을 할 수 있다. 우리 집에는 번개 같은 말의 안수(按手)만이 가능하다. 분배된 분노. 엄마 아빠의 입에서 나는 그슬린 냄새. 엄마는 이렇게 말했다. "우리의 죽음이 그의 바르미츠바*가 될 거예요.") 따라서 적어도 처음에는 그 원칙을 이야기할 필요가 없었다. 남매가 어딘가에 가거나 함께 무언가를 했을 때, 그가 동생의 스케이트 끈을 단단히 매주거나 숙제를 도와줬을 때, 혹은 영화관에 데려갔을 때, 고통에서 회복되면서 그들이 움직이는 방식, 몸이 움직이는 방식이 그것을 말해주었다. 차가 많은 길을 건널 때 그가 동생의 팔을 잡는 방식이 그것을 말해주었다. 특정 시간에 동생이 있어야 할 곳에 없을 때 그의 근육이 긴장했던 방식이 그것을 말해주었다.

하지만 그들은 성장했다. 그는 동생에게 카드놀이와 기타 코드를 가르쳐주었다. 두발 자전거를 어떻게 타는지, 크롤 수영을 어떻게 하는지 가르쳐주었다. 그러던 어느 날 그녀는 갑자기 더는 그의 가르침과 보살핌을 필요로 하지 않는 나이가 되어 있었다. 오빠나 여동생으로는 채울 수 없는 삶의 필요와 기대가 있었다. 그것이 정상이었다. 그리고 분명 그녀도 그와 마찬가지로 감상적인 몸짓으로 말라가던 습관적인 관계에 지겨움이나 부당한 부담감을 느꼈을 것이다. 게다가 생김새나 냄새가 비슷한 삶에 혐오감을 느끼는 것은 정상적이고 당연한 일이었다. 그것은 권태나 수치감을 느끼지 않고 하루를 지낼 수 있을 정도로 똑똑하지도, 잘생기지도, 멋지지도 않은 가족에 대한 총체적인 불만족의 경험이었다. 그런 종류의 자기연마, 독립심의 단련에 필요한 부모가 없는 상태에서 그는 그녀에게 엄마, 아빠, 오빠, 가족으로서 면도날을 세우는 숫돌의 역할을 했다. 그리고 그러한 삶은 고

* 유대교에서 남자아이가 13세에 치르는 성년식.

통스러웠으며 둘은 종종 끔찍하게 싸웠다.

당황스럽게도 다니엘과 수전은 운의 상승에 잘 적응했다. 법대 조교수가 제공하는 삶은 이전의 삶에 비하면 엄청나게 풍요로웠다. 당시에는 신탁재산에 관한 언급이 없었다. 남매는 각자 자기 방을 가졌다. 리사는 그들에게 꼭 맞는 옷을 사주었다. 그것은 중산층의 삶이었고 믿기지 않을 정도로 좋았다. 친절한 미소에 부드러운 유머 감각을 가진 로버트 르윈이 등장하여 편안하게 살면서도 명예를 유지할 수 있음을 그들에게 보여주었다. 새로운 부모는 고함을 지른 적이 없었으며 그들의 삶은 위기와 위기 대비 훈련을 오가는 리듬을 더는 만들지 않았다. 새 부모는 이데올로기와 무자비한 도덕적 감정도 품지 않았다. 그들은 새로운 이름을 얻었고 상류층이 된 것 같았다. 거리가 새로웠고 집이 새로웠다. 그곳은 조용했다. 침입자가 없었다. 학교, 놀이, 실습, 숙제로 일상이 이루어졌다. 주말에는 계획한 활동이나 야유회, 여행이 일상이었다. 한 가지 가정(假定)만이 다니엘을 끊임없이 놀라게 했고 익숙해지는 데 시간이 걸렸다. 그것은 이따금 즐거움을 향유하고 재미있게 시간을 보내도 괜찮다는 것이었다. 정말 괜찮았다.

예전에 만들었던 고무줄 공처럼 불규칙적으로 경련을 일으키며 뛰던 내 심장이 점점 나아갔다.

이렇게 수전과 다니엘 르윈은 중산층 십대의 나태한 의식 속으로 미끄러져 들어갔다. 그렇게 하기 위해서는 탈출의 변증법이 필요했다. 왜 믿음 속에서 살거나 너를 배신했던 사람을 추도하며 살아야 하는지 자문하게 되었다. 그리고 이것 또한 명백한 이유로 그들 사이에서는 언급되지 않았다. 적어도 2년 가까이, 충분히 2년 동안은 그런 일이 일어나지 않았다. 일어났다고 해도 둘 중 누구도 개의치 않았을 것이다. 그들에게는 자신의 몸이 있었고 친구들이 있었으며 자신의 삶이 있었다.

그렇지만 그건 모두 반혁명적 환상이었다. 탈출은 세상이 원하는 것이기에 쉽게 보였다. 세상은 그들이 과거에 누구였는지, 과거에 어떤 일이 있었는지 잊어버리기를 원했다. 세상은 조상의 죄를 들춰내고 싶어 하지 않았다. 거만하고 오만하고 고통스러운 사춘기에 그와 그의 여동생이 암묵적으로 폴과 로셸 아이작슨은 신뢰할 가치가 없다는 결론에 이르렀다 하더라도, 그들이 그 신뢰를 버리기 위해 할 수 있는 일은 아무것도 없었다. 그 결정은 그들의 몫이 아니었다. 그들이 무엇을 하든 어떤 견해를 가지든 그건 역사의 작동 과정일 뿐이었다. 그들 마음에 믿음이 없는 것조차, 진정으로 쓰라리게 자란 무심한 영혼조차 그것을 해결할 수 없었다. 어떻게 위장하든 그들은 여전히 아이작슨의 아이들이었다. "가여운 녀석들." 동지들은 모두 두 사람을 그렇게 부르곤 했다. 그들은 어떤 방식으로 이야기를 하든 어떤 이름을 쓰든, 동일한 운명을 겪는 영원의 관계 속에 머물러 있는 신화 속 인물 같았다. 아니면 고등학교 때 배운 실험*에서 진공 상태로 고정된 두 반구(半球)를 갈라놓으려는 두 마리 말과 같은 존재였다. 한 마리는 한쪽으로 한 마리는 반대쪽으로 잡아당기며 숨이 찰 정도로 전력을 다하지만 그 실험은 진공보다 더 강력한 것은 없음을 입증할 뿐이

* 마그데부르크의 반구 실험.

었다.

다니엘과 수전은 여전히 대화를 하지 않았다. 열여덟 살 때 그는 대학 진학 때문에 케임브리지에 아파트를 얻었다. 그 후 2, 3년간 그의 삶에 그녀는 존재하지 않는 것이나 마찬가지였다. 그리고 정신을 차렸을 때, 그러니까 꿈으로 변했던 어린 시절의 삶이 다시 현실로 다가왔을 때 그는 다시 수전과 연락하려고 애썼다. 그러나 그녀는 어느새 당당한 존재가 되어 있었다. 너무 똑똑하고 너무 목소리가 컸으며 자신에게 히스테릭하게 몰두해 있었다. 그녀는 속옷을 입은 모습을 그에게 힐끗 보여주었다. 자신이 남자와 여러 번 잤다는 것을 그가 알기를 바랐다. 그녀는 항상 분주한 삶을 살았다. 그리고 그는 어린 여동생에게 조의를 표하며 생각했다. 우리는 대화를 했어야 했는데. 우리는 늘 대화를 했어야 했는데.

빈텔 브리프*

수많은 이들의 어려움을 듣고 그들의 비참함을 함께 나눈 편집자님, 말하지 않으면 가슴이 터져버릴 것 같아 이야기합니다. 제 삶이 어떠했는지 다 말할 필요는 없겠지요. 먼저 저는 전제군주의 하수인들에게서 도망칠 때의 끔찍한 두려움을 겪었습니다. 그들은 우리가 살도록 내버려두지 않고 우리를 학살하고 유대인 젊은이들을 군대로

* '편지 묶음'이라는 뜻의 이디시어. 1897년 창간한 〈주이시 데일리 포워드〉에 연재된 독자 상담 칼럼으로 주로 유대계 이민자들의 편지가 실렸다.

끌고 가 25년이나 노예처럼 부렸습니다. 이 짐승 같은 자들의 끔찍한 압제에서 도망치려고 저는 똑같은 짐승들에게 뇌물을 바치고 누더기 쪼가리만 짊어지고 국경을 건넜습니다. 너무 나이 들어 함께 떠날 수 없다고 생각한 불쌍한 어머니와 아버지는 제 머리에 입 맞추고 축복을 빌며 저를 보호해달라고 여호와께 기원하셨습니다. 편집자님, 저는 부모님을 다시 보지 못하리라는 사실을 알고 있었습니다. 왜냐하면 그분들께 저는 곧 생명이었으니까요. 제가 미국으로 가고 나면 부모님이 그 땅에서 고통을 견디며 살아갈 유일한 이유는 코사크*의 말발굽에 죽기 전 당신들의 작은 분신인 제가 미국에서 잘 살고 있는지 확인하는 것뿐이었습니다. 저는 아직 갈색으로 바랜 부모님 사진을 간직하고 있습니다. 가축 운반선의 더러운 삼등 선실에서 우리는 말 그대로 가축이었습니다. 그리고 우리를 미국인으로 만들어줄 수도, 만들어주지 않을 수도 있는 무시무시한 이민국 관리가 있었습니다. 제 옆의 한 여자는 급성결막염에 걸려 입국하지 못하고 외딴 섬에 격리되었다가 결국 미국에 들어오지 못했습니다. 저는 그녀와 그렇게 작별을 고할 수밖에 없었습니다. 저는 운이 좋아 건강하고 젊고 힘도 있었습니다. 저와 같은 마을 출신의 청년 뒤에 서 있던 늙은 남자는 자식들이 가르쳐준, 그러니까 이민국 조사관들이 발음할 수 있는 이름을 잊어버리고 너무 당황해서 이디시어로 "잊어버렸습니다"라고 말하고는 갓난애처럼 본명을 댔습니다. 아이크 레르구손이라고 말하던 가엾은 사람. 오, 말로는 다 할 수 없는 이야기들…… 하지만 그

* 제정 러시아 시절 시위 등에 출동했던 기동대원.

청년과 저는 바로 이민 허가증을 받았고 순조롭게 결혼해 다음 날로 일자리를 구하러 나갔습니다. 스탠턴 가에 방 한 칸을 얻어 건장하고 젊은 제 보호자와 저는 바느질로 생활을 시작했습니다. 우리는 똑똑하지도 어리석지도 않았으며 희지도 검지도 않았고, 키가 크지도 작지도 않고 못생기지도 잘생기지도 않은 단지 부지런히 일하는 백성이었습니다. 수천 년간 우리 백성은 여호와를 올바르게 경외하면서 고통을 참았고 지상에서 낙원을 찾고자 애썼습니다. 이 세상 어딘가에 있을, 순리대로 평화롭고 사람답게 살 수 있는 곳을 찾으려고 애썼습니다. 그리고 제 말 좀 들어보세요, 편집자님. 우리는 이방인 코사크의 말발굽에 짓밟히고 술에 취한 차르의 관리들이 이를 드러내고 웃는 모습을 견디며 살아왔습니다. 그러니 몇 센트를 벌려고 하루에 열여섯 시간씩 어두운 불빛 아래서 바느질하고, 아이들을 부엌의 빨래통에서 씻기고, 어두운 복도 끝 냄새 나는 공동화장실에 죽은 쥐가 떠 있는 건물의 방 한 칸을 빌려서 사는 일은 참을 수 있는 것이었습니다. 매일 수백만 번씩 날렵하게 손가락 끝의 작은 근육을 써서 바늘로 천을 기워 1센트씩 삶을 바느질하는 일, 그것도 할 수 있는 것이었습니다. 희망이 있다면 견디지 못할 일이란 없으니까요. 제 큰아들은 거리로 뛰어나가 마차에 치여 죽었습니다. 1센트씩 돈을 모아 이 나라에 데려온 여동생 둘은 트라이앵글 공장 화재* 때 타죽은 착취 노동자 150명에 들어 있었습니다. 사람들에게 잭으로 불리고 싶어 하던 둘째 아들 제이콥은 이스트 강에서 수영하길 좋아하더니 1918년에

* 1911년 뉴욕의 트라이앵글 셔츠 공장 화재 사건. 회사가 노동자들이 비품을 훔친다는 이유로 비상구를 차단해 더 큰 인명 피해를 낳았다.

유행성독감에 걸려 죽었습니다. 그리고 이 땅에서 15년, 아니 20년 동안 저와 제 남편은 살았습니다. 어느 날 저는 안식일을 준비하며 몸을 씻다가 문득 깨달았습니다. 우리가 내 어머니와 아버지처럼 끔찍한 인생을 살도록 이 땅에 못 박혀 있다는 것을요. 오, 편집자님. 그렇지만 그 순간 세상은 감미로워 보였습니다. 하느님께서는 맑고 따스한 햇살로 헤스터 가를 비춰주고 계셨습니다. 그 길에서 행상들은 방물이 가득한 수레를 끌고 안식일에 쓸 생선을 팝니다. 더러운 조끼를 입고 모자를 쓴 사람들이 물건을 흥정하는 말이 노랫가락처럼 들립니다. 저는 아이들이 학교로 뛰어가 영어를 배우고 도서관에서 목마른 듯 책 읽는 모습을 떠올립니다. 지적인 강연과 모임이 곳곳에서 열리고, 무지한 저까지도 일반 노동자들의 꿈은 이 아이들을 위한 것임을 서서히 받아들이고, 그러면서도 낮이나 밤이나 여유가 있으면 마음을 수련하고 정신적인 노력에서 만족을 얻고 세상을 이해하려고 애쓰는 데서 긍지를 느낍니다. 남편이 저세상에서 시부모님과 재회하기 전에 우리가 보았던 연극, 그 연극을 보며 미국으로 건너와 갖은 고생을 하고 많은 것을 깨우친 이민자들은 모두 눈물을 흘렸습니다. 신성한 하느님이시여. 창가에서 각설탕을 물고 차를 마시고 있으면 누군가 골목에서 빨래를 널면서 부르는 노랫소리를 들을 수 있습니다. 그러나 제가 용서할 수 없는 것은, 편집자님, 바로 배은망덕한 자식입니다. 이년은 제 엄마 아빠를 창피해하며 우리 방식을 내팽개치고 요즘 미국사람이 되려고 안식일을 어기고 모독했습니다. 그리고 거리에 나가 끈끈이에 붙는 파리처럼 하느님을 부인하는 사상에 이끌려갔습니다. 우리에게 영어를 쓰라고 말하기까지 했습니다. 또 이년은 자기 아빠가, 그러니까 제 남편이 결국 힘없는 말처럼 비틀거리며 쓰러졌을 때에야 눈물을 흘렸습니다. 제 남편은 옷더미 아래, 그 하루 삯일의 무게 아래, 미국의 압력 아래 쓰러져서 기침하며 길바닥에 피를 토했습니다. 누군가 저를 불렀지요. 부인! 부인! 당신 남편이 죽어가고 있어요. 그의 친구가 결핵이라고 했습니다. 부모님이 저의 안전을 위해 국경을 건너기 전 결혼시켰던, 저와 같은 마을에서 왔던 제 남편은 폐가 다 헤져서 죽었습니다. 저를 때리려고 손을 든 적도 없고 모든 슬픔을 교회에서 견디던 내 젊은 남편은 그 순간 죽을 정도로 이미 노쇠해 있었습니다. 저는 1919년에 태어난 하나뿐인 딸 로셸과 단둘이 미국에 남게 되었습니다. 하지만 제 삶의 무서운 일들은 아직 일어나지 않았습니다.

만지면 말라서 부서질 것 같은 가늘고 작고 약한 여자,
할머니는 내게 동전을 주고 착한 아이라고 불렀다.
납작하고 오래되고 해진 가죽 지갑의
낡은 청동 고리를 탁 소리를 내고 열어
엄지와 검지로 1페니를 꺼낸다.

넌 이해할 거야. 착한 아이, 다니엘. 나는 할머니의 마음을 아프게 하지 않으려고 내가 할머니 때문에 괴로워한다는 사실을 숨기려 애썼다. 말라빠지고 미친 내 할머니한테서는 정말로 고약한 냄새가 났다. 할머니 방에 있는 주석깡통에서 향처럼 태우는 천식 약초 냄새가 났다. 냄새 나는 그림자처럼 할머니의—휴우!—손가락과 동전지갑,

검은 옷과 물결치는 흰 머리에서는 언제나 쉰내가 났다. 할머니는 내 손을 잡고 동전을 손바닥에 놓고는 내가 숨을 깊이 들이쉬고 참는 동안, 내 키까지 몸을 숙여서 목덜미를 끌어당기고 이마에 마른 입맞춤을 했다. 다니엘은 착한 아이지, 그녀가 말했다. 이건 착한 아이한테 주는 거야. 나는 할머니가 페니 동전을 말한다고 생각했다. 입맞춤은 할머니를 위한 것이었으니까. 입맞춤은 착한 아이를 손자로 둔 보상이었다. 할머니는 이런 말을 판단해서 하지 않았다. 마치 착한 아이가 존재의 한 범주인 것처럼, 자연의 한 종(種)인 것처럼 말했다. 그리고 자신이 노년에 이런 착한 아이와 한 집에 사는 복을 누리고 있는 것처럼 말했다. 이 문제를 이야기할 수 없을 정도로 우리는 세대차이가 났다.

할머니에게는 발작증이 있었다. 할머니는 엄마가 자신을 독살하려 한다고 비난했다. 엄마는 할머니가 음식을 먹기 전에 항상 식탁에 차려놓은 음식을 먼저 맛봐야 했다. 그러다 보니 심지어 내가 마실 우유 한 잔까지 모든 음식을 차려내기 전에 맛보는 습관이 생겼다. 할머니는 그야말로 동네의 미친 노인네였다. 발작증이 나타나면 할머니는 머리에 숄을 두르고 달아나곤 했다. 현관에서 발을 구르다가 끈 있는 높은 구두를 제대로 신지도 않고 집 밖으로 나갔다. 그리고 달아나기 전 인도에서 돌아서서 우리 집을 향해 주먹을 흔들며 이디시어로 콜레라, 코사크, 장티푸스, 펄펄 끓는 용광로의 벼락이 떨어지라고 저주를 퍼부었다. 누구든지 지나가는 사람이 있으면 그에게도 저주를 퍼부었다. 어린 다니엘이 유모차의 갓 난 누이동생을 돌보고 있으면 다니엘도 저주했다. 눈을 부릅뜬 채 누구도 알아보지 못했고 빗질을 안

해 산발인 흰 머리카락은 뒤집어쓴 숄 사이로 전선처럼 삐져나왔다. 할머니는 자신의 마음이 얼마나 쓰리고 괴로운지 몸짓으로 표현하면서 인도 쪽으로 달아났다. 다니엘은 할머니가 사라지면 언제나 기뻤다. 다니엘이 불안해지는 것은 할머니가 반 블록쯤 가다가 뒤를 돌아보고 주먹을 들어 이별의 저주를 퍼부으려 할 때였다. 그것은 수사학적으로 매우 복잡한 저주였으며 할머니는 가던 방향을 잊어버리고 집 쪽으로 돌아와 처음부터 다시 저주를 시작하기도 했다. 할머니는 언제나 달아났다. 클레몬트 공원으로. 언덕을 따라 뉴욕 센트럴 철도로. 검은 옷을 입고 미친 가족의 온갖 비밀을 세상에 말하고 다녔다. 가끔 할머니는 길모퉁이에 사는 유일한 친구인 비텔만 부인에게로 갔다. 이 부인도 혼자였으며 나이는 할머니보다 적은 50대 후반쯤이었다. 다니엘은 할머니를 좋아하는 사람은 불그스름한 얼굴의 친절한 비텔만 부인밖에 없다고 생각했다. 부인은 발작이 멈출 때까지 참을성 있게 할머니 입에서 나오는 끝없는 저주를 진지하게 들어주고, 함께 앉아 한숨을 내쉬거나 엄숙하게 고개를 끄덕여주기도 했다. 그런 다음 할머니를 집으로 데려다주었다. 부인이 친절하기 때문만은 아니었다. 부인은 할머니에게 공감할 충분한 이유가 있었다. 부인의 외아들 제롬이 전쟁터에서 죽었기 때문이다. 비텔만 부인의 집은 173번로 길모퉁이에 있는 아파트 1층에 있었다. 베네치아식 블라인드는 언제나 내려져 있었고 한쪽 창문에는 군복무의 별이 걸려 있었다. 전쟁중에 창문에 푸른별이 걸리면 가족 중의 한 사람이 군대에서 복무하고 있음을 뜻했다. 그리고 황금별은 전사자 가족을 뜻했다. 비텔만 부인의 별은 파란색이었지만 사실 그녀의 아들은 이미 죽었다. 하지만 부인은 그 사실을 받아들이고 싶지 않았다. 그녀 역시 할머니만큼은 아니지만 나이 든 유대인이었다. 전쟁이 끝나고 여러 해가 지났어도 빨간 테두리에 황금색 장식술이 달린, 흰 바탕천의 방패 위에 색깔이 바랜 파란별이 그려진 깃발은 깃대에 매여 창문에 걸려 있었다.

가끔 할머니는 반대쪽으로 달아났다. 그럴 때는 몇 시간 지나지 않아 전화벨이 울렸다. 때로 경찰차—경찰차!—가 집 앞에 섰다. 할머니는 녹색과 흰색의 경찰차에서 내리는 것을 도와주려는 경찰들을 무시하고 아주 품위 있게 나타났다. 녹색과 흰색의 경찰차가 멈춰 설 것이다. 여기 경찰차에서 힘들게 내리면서 브롱크스 경찰의 은인인 양하는 부축을 격하게 뿌리치는 할머니가 있다.

여러 가지 설명

다니엘로 살아오면서 나는 할머니의 정신이상에 대해 여러 가지 설명을 들었다. 열다섯 살이 된 수전이 아이비리그 여학생다운 냉담한 어조로 말했다. "난 할머니를 전혀 몰랐어. 하지만 오빠 말을 들어보니 폐경기 증상이었던 것 같네." 증상이 특히 심할 때는 아빠가 침대 위에서 발작하는 할머니를 누르고 의사가 주사를 놓기도 했다. 나는 그 모습을 문가에서 지켜보았다. 할머니는 작고 연약하지만 격렬하게 저항한다. 엄마는 침대 발치에 서서 말한다. "엄마, 그만해요. 이런 허튼짓 그만둬요. 제발 그만둬요. 엄마!" 그러고 나서 창백해진 나를 아래층으로 데려가 다섯 살에, 아니 여섯 살에, 아니 몇 살이든 왜 내가 이런 일을 겪어야 하는지 설명해준다…… 간단하다. 할머니는 삶의 고통을 더는 견딜 수 없어 미친 것이다. 엄마가 열거하는 할머니의 불행—할머니가 서랍 속에 아직 간직하고 있는 갈색 사진 속 버리고 온 부모, 길에서 죽은 첫아들, 화재로 죽은 두 여동생, 독감으로 죽은 둘째 아들, 할머니의 남편이자 살아 있었다면 나를 사랑해줬을 할아버지. "할아버지는 결핵 때문에 죽은 게 아니야. 할아버지를 죽인 건, 할아버지 같은 사람들을 죽인 건 가난과 착취였어. 그들의 노동으로 살찌고 부자가 된 사람들 때문에 그들은 가난하고 여전히 계속 가난해지고 있는 거야. 그건 옳은 일이 아니야. 그렇지?"

"그래요, 엄마."

"할머니는 평생 노예처럼 일했단다. 아무런 보람도 없이."

이 말의 반향을 무시하라. 반향을 무시하라. 그것을 무시하라. 무시하라…… 아빠는 미신을 신봉하는 삶은 광기로 끝날 수밖에 없다고 믿었다. 왜냐하면 광기는 환상의 병이며 신에 대한 환상은, 그러니까 미신은 그 자체가 광기이며 비참한 삶이 비정상적으로 표출된 모습이다. 이런 현상은 예측하기 어렵지 않다. 아빠는 볼셰비키주의자들이 직면한 가장 큰 과제는 농민들을 교육시키는 것이었다고 했다. 러시아 농민들은 오랫동안 무지와 문맹의 그늘에 갇힌 삶을 강요당했기에 짐승과 다를 바가 없었다. 신은 차르의 통치 수단이었다. 물론 할머니는 러시아 변두리의 유대인 정착촌에서 자란 유대인이었지만 동시에 러시아 농민이기도 했다. 아빠는 이렇게 언제나 기대 이상의 해답을 내놓았다.

이제 할머니 자신이 정신이 오락가락할 때의 상태에 대해 이야기한 것을 기록해보겠다. 할머니는 죽은 뒤에도 가끔 나를 찾아와 1페니짜리 동전을 손에 꼭 쥐여주며 축복을 기원하고 나를 착한 아이라고 불렀다. 나는 할머니에게 왜 그렇게 사람들이 겁을 집어먹도록 미쳐야 했는지 물어보았다. 그러자 할머니는 이렇게 말했다.

"어떤 날이라도 너는 네 존재에서 즐거움을 끌어내고 그 즐거움으로 기운을 낼 수 있단다. 더럽고 춥고 창문은 깨져 있고 너를 괴롭히는 거리의 시끄러운 소음이 가득한 방에서도 그건 가능하지. 그런데 입속의 이가 썩고 나이는 뼛속에 납처럼 무겁게 가라앉고 눈은 평생 보아온 끔찍한 일들로 망가진 채 텅 비고…… 게다가 자식들의 광기까지 더해질 때면 나는 하느님을 찾는단다. 그 자체로 아름다운 오래된 기도서가 있지만 그건 예전에 태어나서 죽은 다른 사람들도 그 기분을 안다는 걸 깨우쳐줄 뿐이지. 그래서 나는 스스로에게 저주의 언어로 찬송을 한단다. 나의 저주는 삶과 하느님의 뜻에 따라 존재하기에 저주하는 사람들에 대한 나의 사랑이며, 태어난 대가로 되돌아갈 수밖에 없는 그 흙에 대한 사랑이란다. 그리고 그들의 존재에, 내 자궁의 열매에 내가 공모한 사실이, 내가 이런 방식으로 그들을 속일 수 있었다는 사실이 나를 분노하게 한단다. 그들이 이해하지 못한 그들에 대한 내 사랑과, 그들의 불경에 대한 내 끔찍한 두려움과, 그들이 우주의 심오하고 섬세한 조화를 조작하는 데 대한 공포 때문에 나는 그들과 함께 머물 수 없었단다. 이해하겠니? 나는 늙은 여자에게 허용된 환희의 형태를 말하고 있어. 그건 숨 쉴 수 없을지 모른다는 두려움에서 시작된단다. 그들은 너와 마찬가지로 그걸 나한테서 물려받았어. 언제나 희생자의 특징인 저 열정의 과잉, 비축된 생명력에 비등

하는 충만함을 물려받았지. 우리가 가진 것, 그러니까 우리 내면에 있는 지나친 생명력은 세상이 가장 증오하는 거란다. 우리는 불쾌감을 주지. 우리는 생명력의 악취를 풍긴단다. 우리의 심장은 세상과 부드럽게 사랑을 나누지 못해. 우리는 삶에 대해 야수적이고 그 야수성을 고통이라 부르지. 절정을 느낄 때, 우리는 베개에 머리를 박고 비명을 지른단다.

넌 착한 아이야, 다니엘. 그 말은 너한테는 동정심이란 게 있고 내가 아무리 무서워도, 천식 때문에 아무리 지독한 냄새가 나도 넌 날 믿고 내가 주는 동전을 받고 널 착한 아이라고 부르도록 해줬다는 뜻이야. 어쩌면 너한테서 우리 모두를 패배에서 구할 힘과 순수함을 봤던 건지도 몰라. 그게 우리가 살아온 삶이 잘못되지 않았음을 입증하고 우리의 고통을 정당하게 만들어줄 거야."

"할머니, 그 말이 무슨 말보다 무서워요."

"네놈 말이 뒈지게 맞아, 대니. 하지만 하나만 기억하렴. 무거운 짐을 자식들에게 내려놓는 것, 그게 우리 집안의 전통이야. 그래도 네 미친 할미는 품위 있게 그걸 의례로 만들었지. 아는 걸 솜씨 있게 옮겨주는 의례 말이야. 그리고 페니 동전은 할미가 살아온 삶의 가치를 다 모아놓은 거란다."

의학 서적. 반짝이는 흰 종이에 여성의 신체 사진이 석 장 있다. 사납게 헝클어진 회색 머리카락의 작고 시든 할머니. 강인하고 가슴이 크고 땅딸막하고 입술이 새침한 로셸. 그리고 가늘고 둥근 금테 안경을 쓴 수전. 그들은 손바닥을 바깥쪽으로 펴고 발도 약간 바깥쪽으로 벌리고 아무것도 걸치지 않은 채 두 페이지에 걸쳐 나란히 서 있다. 사실 서 있다고 할 수도 있고 누워 있다고 할 수도 있다. 할머니는 원시종족의 주름살투성이 여족장처럼 보인다. 가슴은 로셸이 풍만하지만 수전의 키가 더 크고 여성스럽다. 모두에게 음부가 있지만 시선을 위쪽으로 옮겨보라. 이것은 의학 서적이다. 그 사진의 의미는 할머니의 가슴에서 시작해 네 엄마의 가슴을 관통하여 여동생의 가슴에 이르는 가는 빨간색 도해(圖解) 화살표에 있다. 그 빨간색 화살표는 심장을 통해 물려받은 광기의 진행을 뜻한다.

코티지 치즈, 질 좋은 토마토, 1파운드짜리 햄버거, 달콤한 디저트.

이미 일어난 일은 옳다는 이론에 대하여. 어떤 행동이든지 일어나기만 하면 그것은 옳다. 그 이론이 어떻단 말인가? 그게 적용되기만 한다면 말이다. 나는 이미지를 우려한다. 이미지는 사물의 의미이다. '이미지'라는 단어를 살펴보자. 이 단어는 매끄러운 거품의 무지개처럼 공기 중에 희미하게 비치는 연약하고 투명한 육체를 함축한다. 다양성이 이미지의 속성이기에 이미지는 이미지들을 함축한다. 이미지들은 작게 핑 소리를 내며 터지고, 소멸되는 것은 존재하는 것 못지않게 경이롭다. 이미지들은 본질적으로 고문 기구이다. 이미지들은 개인이 동경과 불만족과 불멸성으로 충만한, 강력하고 구분되지 않는 감정을 느낄 수 있는 능력이 무뎌졌을 때 폭발한다. 이미지들은 사회적 목적에 전혀 도움이 되지 않는다.

너는 수케닉 교수에게 정직해져야(shoot straight) 한다. 교수는 네가 원칙적으로 반체제 활동을 하지 않겠다는 충성서약에 서명하지 않아서 국가방위교육법 장학금에 지원하지 않는다고 생각한다. 왜 '똑바로 쏘는 것(shoot straight)'이 정직함의 은유가 되는가? 내가 지원하지 않는 이유는 충성서약에 백번 서명해도 나는 장학금을 받지 못하기 때문이다. 그에게 내가 누군지 밝혀야 한다. 일부러 정체를 감추려던 것은 아니지만 사소한 잡담을 나누다가 이 문제를 꺼내긴 어렵다. 수케닉 교수는 젊은이들에게 공감을 표하는 자유주의자이며 아주 예리한 사람이다. 그는 내 이야기에 흥미를 느낄 것이다. 그는 정부가 매년 한두 번씩 나를 점검한다는 사실을 믿으려 하지 않을 것이다. 그건 아버지 역시 마찬가지이다. 물론 제일 애송이 FBI 요원조차 하품을 하며 맡을 임무이다. 하지만 그럼에도 내 파일은 꾸준히 갱신된다. 나는 내 엄마 아빠를 파괴한 사회와 꾸준히 모멸적인 관계를 맺으며 살아간다. 나는 절대로 징집되지 않을 것이다. 오늘 학교를 떠나도 여전히 징병 연기(2-A) 등급을 유지할 것이며 국익에 부합되지 않는 상황을 모두 포함할 것이다. 여보세요, 교수님, 제가 징병카드를 펜타곤 계단에서 불태운다고 해도 아무 일도 없을 겁니다. 내가 하는 행동 모두는 내 파일에 항목을 하나 추가하는 데 불과할 뿐이다. 나는 정부에 저항할 기회를 박탈당했다. 그들은 내게서 더 알아낼 사실이 없다. 내가 어떤 행동을 해도 도발적이거나 파괴적이거나 모욕적이라고 생각하지 않는다. 연방수사국에 근무하는 어느 누구도 동료에게 이놈 누구야! 라고 말하지 않을 것이다. 내가 저항이나 불복종의 의도로 어떠한 정치적, 상징적 행위를 하더라도 나는 아무런 손해를 입지 않을 것이다. 나는 이 문제를 조사해보았다. 이건 사실이다. 나는 위험한 존재가 될 수 있는 권리를 빼앗겼다. 내가 대통령을 암살하면 내 가족의 범죄성향, 유전적인 범죄성향이 확립되는 것이다. 온건하든 극단적이든 그들은 내 행동에 대책을 세우지 못한 적이 없다. 아무리 사소하더라도 내가 사회적인 수혜자나 학비 면제생으로 미국 정부와 연관되지 못하도록 확실하게 조처하기만 하면 된다. 그들이 내게 강제로 제복을 입히지는 않을 것이다. 어떠한 행정 관리도 나와 관계를 맺어 의회의원의 기회주의에 취약해지는 일은 결코 원하지 않을 것이다.

반면에 내가 공식적으로 호전적인 다니엘 아이작슨이 된다면 그들의 예방조치는 모두 정당화된다. 그리고 아마도 내가 가담한다면 어떠한 운동이든 아주 쉽게 의혹을 살 것이다.

최종적인 실존의 조건은 시민권이다. 모든 사람은 자기 조국의 적이다. 모든 사람은 자기 나라의 적이다. 모든 국가는 자기 국민의 적이다. 세계에서 내가 조심하지 않아도 되는 지역은 다음과 같다. 스위스, 핀란드, 볼리비아, 우루과이, 중공, 타이완, 소련, 영국, 프랑스, 이탈리아, 독일, 오스트레일리아, 캐나다, 아프리카 전역, 남극 지역, 일본, 멕시코, 인도, 파키스탄, 베트남, 버마, 이스라엘, 이집트, 남아메리카, 쿠바, 아이티, 오클랜드, 우표 앨범에 있는 모든 우표, 섀넌 자유항. 이곳은 모두 내 나라와 관계를 맺고 있지만 나와는 아무런 관련이 없다. 나는 오직 내 조국과만 관계를 맺고 있다. 영화 〈영광의 길〉에는 1차 세계대전 중 참호에 있는 프랑스 부대가 나온다. 그들은 소총과 총검으로 무장하고 난공불락의 독일 요새인 핌플을 공격하라는 명령을 받는다. 사실 그들은 이러한 집단자살을 수행하기 위해 참호에서 뛰어나갈 수 있는 몸 상태가 아니다. 그러자 분노에 찬 장군이 전선 뒤에서 대포를 발사하라고 포병대에 명령한다. 포병대는 망설인다. 장군은 이 부대를 전선에서 후퇴시키고 제비뽑기로 병사 세 명을 뽑아 처형함으로써 부대를 처벌한다. 병사의 전우들이 총살을 집행한다. 지휘관은 전쟁중에 군인을 살해할 수 있다. 군인의 손에 소총을 쥐여주고 전선으로 내보내면서 생존이 임무라고 말하는 것은 바로 자신의 정부이다. 모든 사회는 무장한 사회이다. 모든 시민은 군인이다. 모든 정부는 각 정부의 이해관계에 따라 그 시민을 죽음으로 내몰 준비가 되어 있다.

사분형. 영국의 군주제는 이 독특한 처형 방식을 애호했다. 내부 귀족집단에게는 예외적으로 품위 유지를 위해 단순한 참수를 허용했지만 그 외 사람들은 모두 이 형을 선고받았다. 이 형은 다음과 같이 진행되었다. 죄인을 매달아 죽기 전에 배를 갈랐다. 그런 다음 죄인을 거세하고 내장을 꺼내 그가 보는 앞에서 불태웠다. 사형집행인이 자비로울 경우에는 죄인의 몸에서 심장을 꺼내주었다. 하지만 어떤 경우건 의식의 최종 단계는 그 후에 수행되었다. 최종단계란 죄인의 몸을 네 토막으로 잘라 개들에게 던져주는 것이었다. 대개 반역 죄인들이 이 형을 선고받았다. 반역죄의 정의는 왕의 법정에서 왕의 편의에 따라 결정되었다.

1954년 로버트 르윈은 매사추세츠 주 뉴턴의 예수회 학교인 보스턴 대학에 법학교수로 임명되었다. 그는 얼마 안 되는 계약금을 내고 대학과 가까운 브루크라인에 오래된 집을 구했고, 개강을 한두 주 앞둔 어느 따뜻한 9월 오후에 아내와 열네 살인 다니엘과 아홉 살인 수전과 함께 이 집으로 왔다. 회색 장식벽토에 적갈색 외장, 슬레이트 지붕의 3층 집은 윈스럽 로드에 있었다. 상점과 전차 궤도가 있는 비컨 가에서 언덕으로 굽이져 올라가는 한적한 주택가였다. 길은 좁은 구역에 붉은 벽돌집과 아파트와 육중한 옛날 집들이 겹겹이 들어서 서로 마주 보는 가운데 휘어져 있었다. 르윈 부부에게 새 집의 가장 큰 장점은 집값의 잔금을 치를 수 있는 소득이 나온다는 것이었다. 투명한 플라스틱 비늘살 정문 안쪽에는 두 개의 문과 두 개의 우편함과 두 개의 초인종으로 연결된 작은 통로가 있었다. 이웃집들처럼 67번지 건물 역시 겉보기에는 한 세대만 사는 것 같지만 실은 두 세대가 살도록 지어진 집이었다. 르윈 부부는 1층과 2층의 반을 사용했다. 임대인은 2층의 반과 3층을 차지했다. 각 세대는 복층 형태였고 두 집은 서로의 거울 모습이었다.

두 세대 주택은 르윈 아이들의 기이한 삶에서 비롯된 것이었다. 모든 소리에는 메아리가 있었고 모든 이미지는 다른 이미지를 낳았다. 집에 온 첫날, 새 가족은 짐도 풀지 않고 주위를 둘러보러 나가 언덕 뒷마당에서 윈스럽 오솔길로 향하는 나무 계단 147개(언제나 저 숫자, 매번 같은 숫자, 커다란 만족의 원천)를 달려 내려갔다. 언덕 위에 지은 브루크라인 집들의 후면은 버팀대로 받쳐져 있었다. 그들은 비컨 가에서 전차를 타고 보스턴 도심으로 갔다. 뉴욕 사람인 그들은 그곳을 탐험하다가 '자유의 길'의 표지판과 마주쳤다.

법학교수와 그의 아내는 그것에 정면으로, 그 즉시 대처할 수도 있었다. 그 즉시 대안을 제시할 수도 있었다. 그러나 두 사람을 꽤 가까이서 지켜본 인식의 범죄자에 따르면 그들은 아이들의 삶에 자리 잡은 유령의 존재에 쉽게 적응하지 못했다. 이 유령은 다락방에서 들려오는 이상한 소리도 아니고, 자정에 정원에서 신음하는 엷은 안개도 아니었다. 그 유령은 바로 아이러니였다. 입 밖으로 잘못 나온 말들이 이 유령이었다. 순수한 발언에 담긴 사나운 의미였다. 단어와 몸짓에 민감할 필요성이었다. 이 유령이 입천장에 붙었고 공포처럼 뇌 속을 돌아다녔고 신경처럼 근육 속에 살았다.

대니, 똑바로 앉아. 넌 늘 움찔거리는구나. 식탁에서 언급한 이 특별한 발언 때문에 리사는 흰 손수건을 움켜쥔 채 침대로 왔다. 나는 12년도 더 지난 어느 날 저녁을 머릿속에서 재창조한다. 내 새엄마는 정말 화가 났다. 새아빠는 파이프를 빨면서 자신의 섬세한 마음을 문제에 맞추고, 그때는 갈색이었던 머리카락을 손가락으로 빗질하듯이 만진다. 생각에 잠길 때면 늘 이 동작을 취했기 때문에 이미 머리카락은 많지 않다. 그는 아내의 울음소리를 무시하고 침대에 앉는다. 그는 문제를 곰곰이 생각하며 아이들의 감정을 지적으로 번역하는 작업에 이른다.

여보, 우리가 아이들한테는 아이러니요. 이 집도 아이러니겠지, 비가 오면 그것도 아이러니일 거야. 당신은 돌이킬 수 없는 아이들의 삶 때문에 울고 있소. 다른 사람들처럼 정상적으로 그리고 불완전하게 삽시다. 그만 잡시다. 우리가 할 수 있는 일을 해요. 밤에는 모두 자고 아침에는 모두 일어납시다. 세상 다른 사람들처럼 말이오.

나는 현재 그들의 삶만큼이나 그들에 대해 아는 것이 없다. 물론 그건 더 복잡한 문제지만 내게 떠오르는 이미지는 신문기사를 읽고 지하철을 타고 도심으로 급히 나가는 젊은 부부이다. 그 이미지 전에는 리사가 다른 유대인 아이들과 함께 나치를 피해 여러 나라와 지하실을 전전하다 마침내 영국으로 왔다는 것을 안다. 그녀가 영국에서 미국으로 어떻게 왔는지는 모른다. 누가 그녀를 돌봐줬는지도 모른다. 리사는 뉴저지의 여름 캠프에서 사람들의 식사 시중을 들다가 역시 같은 일을 하고 있던 로버트 르윈을 만났다. 또 다른 이미지는 로버트가 군복을 입고 리사와 함께 랍비 앞에 서 있는 것이다. 먼 친척이 몇 명 와 있다. 나이 든 친척 아주머니도 한두 명 있다. 이제 와서 그들이 누구이며 어디서 왔는지 알아보기에는 너무 늦었다. 사실 그럴 마음도 없다. 애셔가 그들을 선택했다. 그들은 우리에게 훌륭한 가정을 제공하고 온전하고 안정적인 삶의 모범을 보여주었다. 우리는 보통의 아이들이 친부모에게 그러듯이 그들을 형편없이 대우함으로써 그들에게 보상했다. 두 사람은 기독교 세상에서 안락하게 살아가는 유대계 자유주의자였다. 집은 그들의 개성을 반영하고 나는 그것을 소중하게 여겼다. 리사는 고풍스러운 가구를 좋아하며 특히 중부유럽의 마호가니를 선호한다. 그녀의 요리는 빈(Wien)식이다. 로버트는 몇 년 전부터 식당에서 일하는 버릇이 생겼다. 아마도 일 때문에 가족과 떨어지고 싶지 않아서일 것이다. 식당에서는 중앙 복도를 건너 거실까지 볼 수 있다. 그리고 부엌에서 일어나는 일도 들을 수 있다. 그래서 식당에는 타자기가 있고 시험 답안지와 법률 잡지와 편지가 흩어져 있다. 식사는 식탁에 있던 법률 관계의 잡동사니를 모두 테이블로 치우면서 준비되기 시작한다.

1967년 그 현충일 저녁에 다니엘은 윈스럽 로드에 있는 르윈의 집 앞에 차를 세운 뒤 시동을 껐다. 비는 그쳤다. 젖은 거리에 가로등이 빛났다. 다니엘의 아내는 즉시 차에서 내려 좌석을 앞으로 밀고 아이를 안아 올렸다. 그리고 비컨 가 방향으로 가버렸다.

르윈의 집은 완벽한 부조화였다. 2층 퇴창은 튜더풍이고 정문은 회칠한 기둥이 줄지어 선 그리스 복고풍의 열주 현관이 틀을 잡고 있었다. 오른쪽 기둥에는 67이라는 숫자가 볼록한 반사유리 위에서 빛났다. 다니엘은 전조등을 껐다.

집은 어두웠다. 부모님보다 15분쯤 먼저 왔다고 생각했지만 두버스타인을 어딘가에 내려줘야 한다면 시간이 더 걸릴지도 몰랐다. 다니엘은 차에서 나와 다리를 쭉 뻗었다. 비가 모든 것을 서늘하게 만들었다. 대기는 선선했고 부드러운 바람은 촉촉하고 서늘했다.

다니엘은 현관 옆 우편함에 우편물이 가득 찬 것을 보았다. 이것이 르윈 부부의 혼란스러움을 말해주었다. 그게 아니라면 어떻게 현충일의 우편물을 설명할 수 있겠는가. 그중에 다니엘 아이작슨 르윈이 수신인인 파란색 작은 봉투가 있었다. 여자의 필체였다. 소인의 주소는 케임브리지였다.

다니엘은 편지를 들고 차로 갔다. 그는 타고난 품위가 있는 젊은이였다. 그래서 실내용 슬리퍼를 질질 끌며 알래스카맬러뮤트를 앞세운 채 지나가던 나이 든 여인은 긴 다리의 오만해 보이는 젊은이가 한 발은 젖은 길바닥에, 다른 한 발은 차 안에 놓고 계기판 불빛에 의지해 편지를 읽는 모습을 쳐다보지 않을 수 없었다. 수전은 그가 여기에 있다고 생각하고 편지를 썼다. 다니엘은 공포에 휩싸였다. 그는 병원에 수전과 함께 있었을 때 동생이 미친 게 아니라 슬픔을 가눌 수 없었던 것이라고 믿었다. 하지만 그녀는 미쳤다.

이것이 편지의 내용이다.

다니엘에게

지난 크리스마스 일을 생각해봤어. 물론 난 계획대로 진행하고 있지만 그게 중요한 게 아니야. 네가 아이작슨 부부가 유죄라고 믿지 않았다면 그렇게 말하지 않았을 거야. 그때 난 널 이해하고 싶지 않았어. 넌 그들이 유죄라고 생각해. 그들은 목숨이 빼앗긴 걸로 충분해.

언젠가 다니엘, 넌 애처로운 악마들을 따라서 네 똥구멍 속으로 사라져버릴 거야. 그때까지 시간을 지키기 위해서 널 내 마음에서 지울 거야. 넌 이제 존재하지 않아.

S. I.

수전의 편지에 대한 주석. 1. 봉투의 주소 윈스럽 로드 67번지는 다니엘의 뉴욕 거주를 인정하지 않겠다는 뜻이거나 지난 5년간 그의 삶을 인정하지 않겠다는 뜻이다. 고의성은 있지만 악의적이진 않다. 수전은 여전히 논쟁을 시도하고 있다. 수전에게는 지켜져야 할 것이다. 다니엘의 최근 생활에 관한 일체의 언급은 별 의미가 없다. 그의 대의에 관한 방기를 확언한 것을 제외하면 말이다. 그러나 우스운 것은 편지를 보낸 곳에서 편지를 받았다는 사실이다. 그것도 특별히 지연되지도 않고.

2. 언급된 크리스마스는 지난 세상의 지난 겨울의 지난 크리스마스를 가리킨다. 평화운동이 아직 절정에 달하지 않았을 때이다. 사람들

은 행진에 참여한 이들을 '비둘기파'라고 불렀다. 지난 봄 비둘기파는 유엔 건물을 따라 대규모 행진을 계획했다. 아직 마틴 루서 킹이 살아 있었다. 아직 바비 케네디가 살아 있었다. 좌익 학생운동은 아직 『타임』의 주의를 끌지 않았다. 뉴어크와 디트로이트와 클리블랜드는 여름까지는 불타지 않을 터였다. 위대한 펜타곤 행진도 다음 10월이 되어야 일어날 것이었다. 모든 사람들이 블랙 파워를 규정했다. 기억하는가? 그때는 지난날의 단순한 슬픔을 그대로 간직한 순수한 세계였다. 비틀스는 아직 정치적이지 않았다. 그리고 월트 디즈니가 막 죽었다. 윈스럽 로드 르윈 가족의 집에서 리사는 오븐에 든 크리스마스 칠면조를 확인하느라 얼굴이 빨개졌고, 로버트는 한 사람에게만 술을 너무 많이 권했으며, 아이들은 심각하게 말다툼을 했다. 이 유대계 가정이 아이들이 집으로 돌아오는 미국의 가족 상봉일이라고 대담하게 준비한 크리스마스 파티는 전혀 즐겁지 않았다.

3. 편지의 계획이 가리키는 것은 분명 비통한 주제였다. 나이 많은 고아인 다니엘은 계획을 충분히 존중했지만 받아들이진 않았다. 혁명재단에 관한 계획은 어린 고아인 수전이 제안했다. 그녀는 래드클리프 대학 학생이었고 보스턴 저항운동의 승리에 들떠 있었다. 중산층 젊은이들이 대략 연합을 이루어 징병카드를 워싱턴으로 돌려보내고 징병위원회 앞에서 베트남전 반대 시위를 벌였다. 수전이 경찰의 곤봉 진압으로 무산된 최근의 시위에 관해 이야기할 때 다니엘은 여동생이 빛나고 용감해 보여 마음이 편치 않았다. 그녀는 '노'라고 말하는 남성에게 여성은 '예스'라고 말한다는 문구가 적힌 피켓을 들고 있었다. 수전은 맞아서 넘어졌고 경찰이 그녀의 다리 사이를 가격하려

했다. 수전은 블라우스의 소매 단추를 풀어 붓고 멍든 손목을 과시했다. 필리스는 놀라서 숨이 막힐 지경이었다. 르윈 부부는 근심으로 창백해져 서로를 바라보았다. 로버트 르윈은 그녀가 뼈가 부러지지 않았다는 사실에 놀라워했다. 수전은 찬란히 빛나 보였다. 그녀는 주름진 높은 깃에 소매가 부푼 구식 블라우스를 입고 있었다. 그리고 끈 달린 부츠 위를 덮는 짙은 색 벨벳 치마를 입고 있었다. 그녀는 중고상점에서 옷을 사 입어도 자연스럽고 세련되어 보일 만큼 날씬하고 매력적이었다. 가운데가르마를 탄 머리를 하나로 묶은 모습이 로자 룩셈부르크*처럼 보였다. 그녀는 가는 금테의 둥근 안경 너머로 마치 다른 도시의 관문에서처럼 다니엘을 힐끗 보았다. 두려움을 모르는 푸른 눈이 다니엘의 심장을 종소리처럼 강타했다. 이 상황에서 다니엘은 자신이 아내를 얼마나 형편없이 선택했는지 깨달았다. 그리고 르윈 부부가 수전의 이 급진적인 행동을 감상적으로 보는 게 아닐지 의심했다. 자유주의자들은 행동에 취약하며 자신들이 실천할 수 없는 위험한 정치적 행위에 추상적인 존경을 보낸다. 나는 공정하지 않다. 과거에 한동안 수전이 마약에 빠졌을 때 낙담했던 것처럼 그들은 그녀의 행동에 다시 불안해했다. 그때의 수전도 지금과 마찬가지로 이상주의에 빠져 열정적으로 해방을 받아들이던 솔직담백한 중독자였다.

수전은 부모의 우려를 물리쳤다. 그들의 조심스러운 태도를 비판했다. 그녀는 신념을 지키고 감옥에 가는 사람들과 캐나다로 가는 사람

* 독일 공산당을 창설한 여성 혁명가.

들 사이의 도덕적, 전술적 차이에 관해 연설을 늘어놓았다. 다니엘은 술을 마셨다. 재단은 폴과 로셸 아이작슨의 이름에서 따올 예정이었다. 폴과 로셸 아이작슨 혁명재단. 재원은 그들에게 돌아올 신탁금의 기한이 만료되면 해결될 터였다. 수전은 이미 뉴욕에서 사람들과 접촉중이었다. 그가 25세, 그녀가 21세가 되는 내년 생일에 두 사람은 12년 전 애셔가 그들 이름으로 만들어두고 지금은 양아버지가 훌륭히 관리하고 있는 신탁자금을 받을 것이었다. 반반씩. 수전은 다니엘이 재단 설립에 참여하는 것을 환영하겠다고 제안했다. 그의 돈뿐만 아니라 가족의 정서가 일치함을 보여주는 것은 부모의 유지(遺旨)를 아이작슨의 자식들이 계승한다는 적절한 표지가 될 터였다. 다니엘은 누구한테 그걸 보여준다는 것인지 알고 싶었다. 그야 세상에 보여주지. 놀란 수전이 눈썹을 치올리며 대답했다. 다니엘은 로버트 르윈에게 재단 설립에 대한 의견을 물었다. 로버트 르윈은 수전이 한동안 이 일을 생각해왔고 엄밀히 실현 가능한 일인지를 자신에게 물었으며 자신은 가능하다는 결론을 내렸다고 했다. 다니엘은 징병위원회 앞에 앉아 있거나 징집을 거부하고 감옥에 가는 것이 혁명을 일으키는 방법이라고는 생각하지 않는다고 했다. 수전은 마치 이런 주장이 나오리라 예상했다는 듯이 고개를 끄덕거렸다. 그녀는 저항은 정치적 진화의 초기 단계로서 이미 다음 단계가 진행되고 있으며, 새로운 일들이 일어나기 시작했다고 했다. 그는 컬럼비아에서 귀를 막고 다녔는가. 그녀는 케임브리지가 신좌파의 변증법을 독점하진 않았다고 했다. 그녀 자신이 매일 변화를 겪었으며, 현재의 적절한 행동은 바깥에서 비판할 것이 아니라 안으로 들어와 일을 돕는 것이라고 했다. "운동에 필요한 건 자금이야, 오빠. 그걸로 재단이 안정되면 힘을 가지는 거야. 정말 대단한 일을 할 수 있어. 다른 일이 일어나도록 중요한 역할을 하는 거야."

"수전, 네가 아이디어를 낼 때마다, 나한테 뭔가를 하라고 할 때마다 난 어쩐 일인지 맥이 빠지니 왜 그럴까?"

수전이 눈을 내리깔았다. "아마도 오빠를 맥 빠지게 하는 데는 많은 게 필요치 않으니까 그렇겠지."

"수준을 높여서 좀 이성적으로 대화를 나누렴." 로버트 르윈이 말했다.

"난 노력하고 있어요, 아빠." 수전이 말했다. "하지만 내가 무슨 말을 해도 수상쩍게 보잖아요. 그렇지, 오빠?"

"아니지, 난 왠지 그게 특권으로 들리거든. 이미 결정은 끝났고 말이야."

"하지만 아직 아무것도 시작 안 했어. 그냥 이야기를 하는 거잖아."

"누가 그냥 이야기를 하고 있는데?"

"오빠는, 말도 안 돼. 지금 얘기하고 있잖아. 오빠하고 나. 우리 둘이 말이야."

"아니, 넌 뉴욕에 있는 사람들하고 이야기한다고 했어."

"아, 그래, 그랬어. 많은 사람들과 얘기하고 있지. 난 누구든지 들을 의향이 있는 사람하고는 이야기해."

"누구?"

수전은 재빨리 소매 단추를 다시 채웠다. "그만둬. 내가 한 말은 잊어버려. 오빠 하고 싶은 대로 해." 수전은 우리의 아버지 쪽을 보았다.

"슬프네요. 정말 슬퍼요. 우린 끔찍한 제국주의와 전쟁중이고 사람들을 불태우고 있는데 논쟁거리는 고작 내가 어떻게 얘기했느냐예요."

"아니, 네 논쟁거리가 뭔지 말해줄게. 네가 그 사람들한테 돈을 줘버리고 싶으면 왜 그냥 주지 않느냐 이거야. 왜 거기에 가족의 꼬리표를 붙이는 거야? 왜 광고를 해야 하느냐고?"

"그건 우파의 질문이야. 그건 광고가 아니야. 아이작슨이라는 이름은 의미가 있어. 아이작슨 부부에게 있었던 일은 이 세대에 교훈을 준다고. 오빤 그걸 이해 못 하고 있어."

"이것 봐. 자기 객관화를 하는 염병할 가족적 재능을 좀 봐. 저 말 들으셨어요? 쟤는 자기 엄마 아빠를 아이작슨 부부라고 불러요."

"자, 두 사람 다," 로버트 르윈이 말했다. "예의를 갖춰 논의하지 않을 거라면 아예 안 하는 게 낫다."

"난 그 이름이 창피하지 않아. 난 내가 누군지 자랑스러워. 오빠하곤 달라. 오빠가 이 세상에 얼마나 엿같이 나왔는지나 알아!"

"그럴지도 모르지. 하지만 재단을 세우고 거기 아이작슨이라는 이름만 덜렁 붙인다고 좋은 아이디어라고는 생각 안 해. 그건 어떻게 운영할 건데? 누굴 위한 건데? 뭘 할 거냐고?"

"시도부터 하고 결과를 생각하지그래!" 수전이 벌떡 일어났고 양쪽으로 내린 두 손은 주먹을 불끈 쥐었다. "오빠는 가짜 냉소주의 보따리를 가지고 도망치고 있어. 아무 일도 안 해도 그게 오빠를 편리하게 구해주겠지. 자, 내가 뭘 해야 하는지 말해봐. 이 피 묻은 돈으로 뭘 해야 하는지 더 좋은 아이디어를 내보라고."

"그 피 묻은 돈으로 네가 학교에 다니고 스키 강습을 받고 레코드를 샀지."

"왜 그냥 이기적이고 비열한 놈이라고 인정하지 않는 거야!"

"오히려, 난 그 돈을 받고 싶지 않아. 부모님한테 주는 게 좋겠다고 생각했어."

로버트 르윈이 말했다. "그건 후견인으로서 내가 허락할 수 없는 대안이다."

"음, 재고해보는 게 어떠세요. 여태 참고 견뎌온 온갖 거지 같은 일들에 대한 당연한 몫이에요."

"그만둬, 재단은 잊어버려. 재단에 오빠는 필요 없어. 오빠는 정치적인 지진아야. 오빠의 삶으로 돌아가. 오빠 젖소를 데리고 집으로 가버려."

"지금 당장 그만두지 않으면," 리사가 말했다. "저녁은 준비하지 않겠다."

"도서관으로 돌아가. 이 세상은 오빠하고는 다른 대학원생을 원해."

"그래, 나라면 내 존재를 정당화하기 위해 거리로 나가 얻어맞지는 않을 거야."

"맞아, 서고 뒤에서 자위나 하겠지."

"그만두지 못하겠니." 리사가 말했다. "너희는 내가 준비한 저녁을 망치고 있어."

"수전, 네가 이 일을 잘 처리하는 것 같지가 않구나."

"오, 아니요, 재는 잘하고 있어요, 정말 잘하고 있죠. 재는 혁명가예요! 모든 답을 갖고 있어요. 바리케이드까지 갔다 온걸요!"

"오, 맙소사." 수전이 울기 시작했다. "이게 다 아빠 탓인 거 알아요?" 그녀가 로버트 르윈에게 말했다. "오빠가 엿 같은 건 모두 아빠 책임이에요."

"수전……"

"그들이 무엇을 위해 그렇게 했나요? 그들이 무엇을 위해 죽었나요? 이 엿 같은 걸 위해서요?"

"수전……"

"됐어요, 아빠. 아빠는 오빠가 저기 앉아서 내가 하는 말을 왜곡하게 그냥 내버려뒀어요. 내 엄마 아빠는 살해당했어요. 왜 저놈이 저기서 또다시 죽이게 놔두는 거예요!"

4. 넌 이제 존재하지 않아. 이것은 문학적 형식의 저주로 두 단계로 이루어져 있다. 첫번째 단계는 최종 결과, 즉 다니엘이 자기중심적 성향의 유일하고 적절한 종착지인 자신의 항문으로 사라지리라는 예언이다. 그러나 이 일이 일어나기 전에 즉시 그를 인간 공동체에서 제거하기 위해서는 또 다른 행위가 요구된다. 그는 마음속에서 '지워진다.' 이 복잡한 구조 속에서 왜 다니엘은 지금 자신의 항문으로 사라질 준비가 되지 않았나? 그가 모든 기회를 다 써버리지 않았기 때문인가? 그가 아직 구원받을 가능성이 있기 때문인가? 언젠가는 오늘이 아니다. 그럼에도 그는 숙청되어야 한다. 이것은 말하기는 쉽지만 실행하기는 어려웠을 것이다. 그녀가 결국 자신의 의식을 제거하는 극단적인 방법을 이용해 의식에서 그를 제거할 만큼 궁지에 내몰렸다는 증거가 있다.

1947

집안에 중요한 일이 생겼다. 나쁜 일은 전혀 아니었다. 오히려 흥분되는 일이었다. 그는 멋진 흰색 셔츠를 입고 클립으로 고정하는 나비넥타이를 맸다. 그리고 새 바지를 입었다. 그는 옷을 더럽히지 말라는 말을 들었다. 그를 귀찮게 하는 사람은 없었다. 부엌 식탁 위에는 환상적인 보석 같은 케이크와 사탕이 놓여 있었다. 스펀지케이크, 얇게 저민 견과류가 덮인 벌꿀케이크, 집에서 구운 분홍색 당의(糖衣)를 입힌 레이어케이크. 스펀지케이크와 벌꿀케이크는 가장자리가 약간 갈색이 된 종이용기에 담겨 있었다. 케이크 조각에서 물결 모양 종이를 벗겨내고 마지막에는 종이에 붙은 케이크까지 핥아먹는다. 흰색 마분지 상자에 담긴 쿠키가 빵집에서 배달되었다. 초콜릿이나 끈적거리는 마라스키노 체리, 혹은 녹색 알갱이를 중앙에 얹은 바스라지기 쉬운 작은 쿠키였다. 포장된 사탕 상자도 있었다. 그는 사탕 상자를 케이크 뒤에 차곡차곡 쌓았다. 그리고 상점 놀이를 했다.

난로의 작은 불 위에 유리 커피 주전자가 놓여 있었다. 테이블에는 컵과 접시가 정리되어 있었다. 이따금 누군가가, 거리의 냄새를 훅 몰고 어떤 여자가 들어와서는 그에게 한 번씩 귀엽게 거짓 미소를 짓고 멍청한 말을 한 다음 커피를 한 잔 따라 들고 집 앞쪽으로 돌아가곤 했다. 가끔 그들은 냉장고 위에 놓인 기념유리잔을 발견하고는 슬픈 표정을 지으려고 애썼다. 집 안이 거슬리는 목소리로 가득 찼다. 잡담 소리가 부엌으로 새처럼 날아들었다. 그런데도 지금이 흥분된다고 인정하지 않을 수 없었다. 흥분이 집 안을 흔들어 화음을 이루었다. 사람들로 무거워진 집 안은, 사람들의 목소리로 무거워진 공기는 모든 것을 더욱 굳건하게 지상으로 내려앉게 하는 듯했다. 예를 들어 거대한 폭풍이 몰아치더라도 너무 많은 사람이 있어 집은 날아갈 가능성이 적었다. 거센 바람이 울부짖고 긴장하고 저주하면서 그렇게 많은 사람을 운반하려면 훨씬 더 애를 써야 할 것이었다. 이 사람들은 육중한 바위처럼 집을 지상에 붙박아 놓았다. 그와 가족뿐 아니라 가족과 아무런 상관이 없는 사람들도 있었기에 아마도 거센 바람은 집을 완전히 홀로 내버려둘 것이었다. 가족과 아무런 상관이 없는 사람들.

이따금 남자들이 부엌으로 들어와 미리 따놓은 병에서 위스키를 따라 갔다. 테이블 위에는 위스키병과 아주 작은 유리잔 서너 개가 있었다. 그들은 위스키를 작은 잔에 따라 꿀꺽 삼키고 입맛을 다시거나 수도꼭지에서 물 한 잔을 받아 마셨다. 이 남자들은 이미 사용한 잔이라 해도 전혀 신경 쓰지 않았다. 그들은 유리잔을 씻지 않고 내려놓았으며 그런 식으로 계속 돌려가며 사용했다. 하지만 그들은 곧바로 취하지 않았고 그건 고무적인 일이었다. 위스키를 마시고 자리로 돌아갔고, 취하지 않았다. 다행이었다. 그래서 잠깐 동안의 독한 냄새는 참을 만했다. 커피향은 맡기 좋았고 구운 케이크에서 나는 냄새도 무척 좋았다. 따뜻하고 레몬향이 났다. 방문객들처럼 모두 새롭고 분주한 냄새였다. 그 냄새는 누군가가 죽었을 때 모든 사람이 죽는 것은 아님을 의미했다. 이 깨달음이 용기를 북돋아주었다. 아는 사람이 죽었다고 해서 그것이 너도 죽어야 함을 뜻하지는 않는다. 바로 그때가 네가 죽을 차례라는 뜻은 아니라는 것이다. 그는 이 사실에 감사했다. 그는 행복했다. 그리고 집 앞에서 들려오는 웃음과 잡담 소리가 다른 사람들도 모두 자기처럼 기분이 좋다는 뜻인지 궁금했다. 그가 문을 열어 주러 나가면 사람들은 모두 슬픈 표정으로 들어왔지만, 안으로 들어와서는 몇 분 지나지 않아 즐겁게 지껄이고 웃었다. 어쩌면 그들은 할머니가 죽어서 기뻤는지도 모른다. 그들 대신에 할머니가 죽었기 때문에. 할머니의 죽음으로 당분간 모든 죽음이 소진되어 다른 사람은 한동안 죽지 않을 테니까. 혹은 어쩌면 모두 떠들고 웃고 있긴 하지만 행복한 척하는 것인지도 몰랐다. 단지 엄마 기분을 달래주려고 말이다. 그러니까 엄마가 슬프지 않게 애쓰고 있는지도 몰랐다. 그는 엄마를 보러 복도를 따라 거실로 갔다. 이웃집 아주머니들이 엄마 주위에 앉아 즐겁게 이야기하고 있었지만 엄마는 신발도 신지 않고 작은 나무벤치에 앉아 있었다. 그는 그것이 신경 쓰였다. 엄마는 신발을 신지 않았고 머리도 단정하지 않았다. 엄마는 변기에 앉은 것처럼 팔로 무릎을 감싸고 구부린 자세로 앉아 있었다. 얼굴이 퉁퉁 부었고 눈가도 부풀어 있었다. 그는 엄마를 애처롭게 바라보았다. 엄마가 그를 보고 똑바로 앉더니 팔을 내밀었다. "내 복덩이가 왔구나." 낯선, 부은 얼굴로 미소를 지으며 엄마가 말했다.

다니엘은 다른 사람들 눈에 띄고 싶지 않았다. "저 귀염둥이 좀 봐." 한 아주머니가 말했다. "참 많이 자랐네!"

"착한 아이예요." 엄마가 말했다. "아주 착한 아이죠." 그녀는 그를 끌어다 무릎 위에 앉혔다. 안으면서 치마가 무릎 위로 올라갔다. 엄마는 그를 꼭 안았다.

"그래, 그게 중요하지." 다른 여자가 말했다. "할머니가 적어도 손자 복은 있었네."

"엄마는 아이들을 사랑했어요." 엄마는 어색하게 부드러운 목소리로 말했다. "대니가 방에 들어가면 아무리 고통이 심해도 늘 미소 짓곤 했죠. 이 아인 엄마의 보배였어요. 수전은 잘 몰랐지만 다니엘은 달랐어요. 엄마 눈에 다니엘은 나쁜 짓도 못하는 아이였죠. 다니엘을 정말 좋아했어요."

"애는 우리 필립보다 크네요." 한 여자가 말했다.

더는 그들의 말을 듣고 싶지 않았다. 다니엘은 자신을 끌어안은 엄마의 팔을 풀었고 마침내 몰래 빠져나올 수 있었다.

아빠가 거실 앞쪽에서 남자 몇 명에게 말하고 있었다. 소매를 걷어 올리고 넥타이를 살짝 풀어 내리고 옷깃은 풀어헤친 모습이었다. 그는 피우던 시가를 허공에서 움직이며 말했다. 오후의 태양이 창문으로 들어와 안경 위에서 빛났다. 시가 연기가 햇빛 속에 들어가 청백색이 되었다. 다니엘은 시가 끝에서 물결처럼 연기가 피어올라 돌연 멋진 청백색으로 변했다가 희미해지는 모습을 지켜보려고 애썼다. 연기는 넓게 퍼지면서 올라가 햇빛 위에서 사라지는 것처럼 보였다.

"난 믿을 수 없습니다." 아빠가 말했다. "미국 의회가 그런 법안을 통과시키다니요. 공산당이 등록하지 않으면 법을 어기는 셈이죠. 등록하면 미국을 전복하려는 음모를 인정하는 게 되고요. 등록해도 파멸이고 등록하지 않아도 파멸이에요. 제정신인 사람이 그런 법을 만들 수는 없어요. 정신 나간 사람이나 그 법이 법원에서 살아남으리라고 기대할 겁니다." 아빠는 놀라는 척하면서 웃었다. 얼굴이 발그스름하고 눈은 밝게 빛났다. 아빠는 무척 행복하고 들뜬 것처럼 보였다.

한 남자가 말했다. "하지만 친애하는 아이작슨 씨, 이게 당신에게는 믿을 수 없는 일이겠지요! 아직도 그렇게 놀라시면서 미국 의회를 존중하는 마음이 남아 있는 겁니까? 그자들한테 더 기대할 게 있나요? 그들 중 절반은 범죄자지요. 그리고 나머지 절반은 프티부르주아 모리배 아니겠습니까? 남부 의원은 누구나 불법적으로 의원이 된 거고, 그들 모두 반미활동위원회*의 예산을 올리기 위한 회의에만 투표한단 말입니다. 뭐가 그렇게 믿을 수 없다는 거지요?"

아빠는 다시 웃었다. 말을 마친 남자가 모서리가 튀어나온 큰 의자에 앉았다. 이 의자에 앉자 그의 옆얼굴이 보이지 않았다. 그는 가슴팍에 팔짱을 끼고 발목을 꼬고 앉았다. 다니엘은 전에는 그 남자를 본 적이 없었다.

"사실," 그가 말했다. "정치인들은 먼트-닉슨 법안**이 위헌이란 걸 충분히 인식하고 있어요. 게다가 의회 회기가 끝나기 전에 상원에서 표결되지 않으리라는 것도 알고 있어요. 그들의 의도는 단순히 미국 공산당을 불법 단체로 만드는 법안을 통과시키는 게 아니에요. 아직은 그런 의도가 없지요. 그들의 의도는 이 나라에서 진보 세력을 질식시키고 위협해서 역사의 흐름을 되돌리겠다는 거예요. 물론 헛된 짓이에요. 하지만 사태는 좋아지기 전에 더 나빠지는 법이지요. 추방, 모욕소송, 블랙리스트, 투옥 등은 모두 월 가의 음모 중 일부입니다. 썩어가는 토대를 보강하려고 애쓰는 제국주의적 자본주의의 조건반사일 뿐이지요. 그것이 이른바 '냉전'의 목적의 전부예요. 그것이 바

* 1938년 설립된 미국 내 파시스트와 공산주의자의 활동을 조사하는 임시 위원회.

** 공산주의 단체를 국가에 등록시키고 단체의 자금 출처와 회원 명단을 공개하도록 한 법안.

로 루스벨트가 죽고 난 이후 우리 대외정책의 목적의 전부이지요. 정치인들은 미국의 자본주의는 사회주의적 민주주의와의 대립 속에서만 생존 가능하다고 여기고 있어요. 그건 꽤 정확한 판단입니다. 그게 트루먼 독트린*의 진정한 의미이자 우리가 사회주의 동맹국을 포위하는 이유지요. 동유럽 전쟁에서 승리해 파시즘이 서구를 삼키는 것을 막아준 사회주의 동맹국의 국경을 군사기지로 포위하는 이유란 말입니다. 그게 우리가 우리에게 호의를 베푼 사람에게 하는 짓입니다. 은혜를 인정할 수 없으니 증오하는 방법을 찾은 것이지요. 전쟁중에는 소련이 필요했으니 소련에게 구애를 했지요. 우리는 소련을 다시 한 번 차버리고, 독립전쟁 때 차르의 독재를 복원하려고 미국 군대가 시베리아를 점령한 후로 지속된 거대한 음모를 재개한 겁니다."

"술 한잔하시겠소?" 아빠가 말했다. "커피는 어때요?"

"아니요. 고맙습니다. 하지만 냉전에 대한 국내 조치는, 그러니까 반혁명적인 핍박은 모두 그들이 원하는 것과 정반대의 결과를 낳을 뿐입니다. 그건 이 나라에서 진보운동을 단합시키고 강화시키고 확장시킬 따름입니다. 제국주의적 자본주의가 합리적이고 미국의 사회 변혁을 위해 마르크스-레닌주의보다 덜 급진적인 다른 해법이 있다고 믿었던 사람들의 눈을 뜨게 만들고 그들의 정치 인식을 발전시키겠지요."

"말 참 잘하는군." 다니엘 뒤에서 낮은 목소리가 들렸다. 그는 그 목소리에 동의하지 않았다. 그는 그 남자가 마음에 들지 않았다. 그는

---

* 1947년 트루먼 대통령이 선언한 미국의 외교정책 원칙으로 공산주의 세력의 위협에 힘으로 대항하겠다는 의사를 밝혀 냉전을 공식화했다.

자기 과시적이었다. 스스로를 거물이라 생각하고 있었다. 그러나 아빠도 그 목소리에 동의한다는 것을 알았다. 남자가 말하는 내내 아빠는 방에 있는 사람들에게 그 사람을 뽐내며 보여주는 것이 기뻐서 자랑스럽게 주위를 둘러보았다. 시가를 빨고 있는 아빠는 안경 때문에 눈이 더 커 보이고 빛났다. 무성한 턱수염으로 그늘진 얼굴이 붉었다. 아빠는 진정으로 이 자랑꾼을 좋아했다.

"당신 의견을 말해보세요, 아이작슨. 물론 당신도 다 아는 얘기겠지만요."

"그렇지요. 나도 마음속으로는 그렇게 생각했습니다. 물론 무엇이 쟁점인지도 알아요. 하지만 난 이 나라의 파쇼적 광기에 충격을 받았습니다. 난 화가 나고, 그걸 어쩔 수가 없군요. 그런 광기가 드러날 때마다 충격을 받는답니다."

"그리고 당신은 그걸 믿을 수 없어 하고…… 당신은 아직 청년이군요, 아이작슨. 아직 완전히 성숙하지 못했습니다. 마음은 훌륭하지만 그게 당신을 속이고 있어요. 당신이 반동 세력과 그 변증법적 필요성을 인식하지 못한다면 그 세력은 두 배나 위험해집니다. 혹시 그들이 계몽되리라고 기대한다면 그건 끔찍한 오산입니다. 브라우더* 이단(異端)이 그런 잘못으로 이루어져 있지요. 난 당신이 얼마나 젊은지 종종 잊어버리는군요."

아빠의 얼굴이 확 달아올랐다. "그냥 겉늙어 보일 뿐이지요." 언제나 자기가 재미있는 사람이라고 생각하는 민디시가 말했다. 모두가

---

* 미국 공산당 당수(1934~1945). 미국 민주주의의 전통을 높이 평가하여 공산주의의 미국화를 주장하고 공산당 불요론을 주장했다.

웃었다.

다니엘은 밖으로 나갔다. 그리고 좁은 현관에 서서 기선 놀이를 했다. 그는 범선의 함교에 서 있는 선장이었다. 집은 배였다. 거대한 폭풍이 불어왔다. 폭풍이 배를 공격하자 그는 현관 난간을 붙잡고 눈을 가늘게 뜨고 천천히 몸을 흔들었다. 다니엘은 입으로 효과음을 냈다. 큰 돛대가 금이 가 넘어지며 부서지고 밧줄이 엉키고 돛이 찢어져 갑판에 무너져 내렸다. 그의 귀에는 믿기지 않을 정도로 진짜처럼 들렸다.

일요일 오후였고 거리는 텅 비어 있었다. 그는 현관 계단을 걸어 내려갔다. 도로 경계석을 밟고 주차된 자동차 사이를 지나 좌우를 살피며 길을 건넌 다음 학교 운동장 펜스로 내달렸다. 윅스 가 이쪽 끝에서 학교 운동장까지는 10미터 정도 내려가야 했다. 운동장은 이스트번 가에서 윅스 가로 오르는 언덕에 있었다. 운동장 길이는 도로의 한 블록 거리였고 폭은 반 블록 거리였다. 다른 쪽 끝인 이스트번 가에서는 운동장이 도로와 높이가 같았다. 언젠가 현관에서 놀고 있을 때 그는 한 여자가 학교를 지나 집으로 가기 위해 운동장 펜스를 따라 걷는 모습을 본 적이 있었다. 그녀는 식료품 봉투 두 개를 안고 있었다. 그가 고개를 들어 그녀를 본 그때 차가 인도로 미끄러져 그녀를 치었다. 그녀는 바로 학교 운동장 펜스 뒤로 사라졌다. 차의 앞부분이 펜스에 처박혔고 바퀴는 공중에 떠 있었다. 경찰이 오고 많은 사람들이 모여들었다. 그가 구경하러 길을 건넜을 때 여자는 학교 운동장에 누워 있었다. 식료품 봉투 안에는 병우유가 들어 있었다. 그 병이 깨져서 피와 우유가 섞였고 유리조각도 보였다. 여자는 죽었고 사람들은 시체를 담요로 덮고 들것에 옮겨 이스트번 가로 운반했다. 들것 가장자리로 팔이 삐져나와 마치 살아 있는 것처럼 위아래로 움직였다.

엄마는 그녀의 딸을 안다고 했다. 아주 오래전 일이다. 사람들은 차를 끄집어내고 호스로 물을 뿌려 학교 운동장을 씻어냈다. 경찰이 구멍 난 펜스 옆에 서 있었다. 그러고 나서 며칠 후 사고 지점에 새 펜스를 쳤다. 물론 처음보다는 못하지만 지금까지도 그곳은 펜스의 다른 부분보다 더 밝고 빛나고 은빛이 돈다.

학교 운동장은 텅 비어 있었다. 오늘 아침 어른들의 소프트볼 경기가 있었지만 오후인 지금은 더워서 아무도 햇볕 아래 있고 싶어 하지 않았다. 운동장에서 학교 건물로 올라가는 긴 돌계단이 보였다. 유치원 교실에서 2학년 교실로 가는 입구였다. 학교는 보라색이고 꼭 성채처럼 보였다. 기다란 창문이 줄줄이 있고 그가 여태껏 본 건물 중에서 가장 컸다. 다니엘은 지금 서 있는 곳에서 학교 운동장이 내려다보이던 자신의 교실을 쳐다보았다. 가끔 교실의 큰 라디에이터가 뜨겁지 않으면 그 위로 몸을 내밀어 선생님이 보지 않을 때 유리창 너머로 집을 보곤 했다.

다니엘은 몸을 돌렸다. 엄마 아빠가 현관에서 그렇게 거물인 그 남자에게 작별인사를 하고 있었다. 그는 아빠와는 악수를 하고 엄마에게는 모자를 조금 들어 인사한 다음 계단을 내려갔다. 부모님은 남자가 모퉁이를 돌아 사라질 때까지 그를 지켜보았다.

다니엘은 그 남자가 어디 사는지 궁금했다. 그는 아빠와 같은 방식으로 말했지만 친구는 아니었다. 아빠의 친구들은 거창한 단어를 쓰며 이야기를 했다. 물론 다니엘은 그 이야기가 노동자의 형편을 더 낫게 만들 방법에 관한 내용임은 이해했다. 하지만 그런 이야기를 집집마다 돌아다니며 한들 무슨 소용이 있을까? 그는 그 이야기가 모든 집에 쓸모가 있기를 바랐지만 그런 적은 없었다. 집들은 변함없이 그 자리에 있었다. 이스트번 가에서 윅스 가까지 173번로를 따라서 계단처럼 서 있는 아파트. 이스트번 가에 늘어선 빨간 벽돌집. 주변의 집들이 만드는 언덕. 커다란 사각형 웅덩이처럼 학교 운동장에만 집이 없었다.

다니엘은 엄마 아빠가 자신을 발견하고 불러주기를 기다렸다. 아빠는 소매는 걷어올린 채였고 엄마는 신발을 신지 않은 스타킹 바람이었다. 아빠가 엄마 어깨에 손을 얹더니 두 사람은 돌아서서 집으로 들어갔다.

다니엘은 별로 높지 않은 펜스를 골라 올라갈 수 있는 곳까지 올라갔다. 그러나 사실 땅에서 뛰어오를 수 있는 높이만큼도 못 올라갔다. 굵은 철사를 다이아몬드 모양으로 엮은 펜스였다. 다이아몬드 모양 구멍에 신발 앞코를 걸쳐야 했다. 방법은 알고 있었지만 그렇게 하지는 못했다. 그는 펜스에 매달려 길 건너를 돌아보았다. 자신의 집이 이상했다. 거리에서 유일하게 다른 집과 붙어 있지 않았다. 한 편에는 아파트가 있고 다른 편에는 단독주택이 줄지어 있었다. 다른 집들은 모두 벽돌로 지었는데 그의 집만 암녹색 벽판자로 되어 있었다. 마치 벽돌처럼 사각형으로 만든 판자였지만 그걸 벽돌로 볼 사람은 없었다. 손가락으로 당기면 리놀륨처럼 조각이 떨어져나왔다. 모서리의 벽판자는 뒤틀려 있었다.

바람이 학교 운동장을 지나 언덕을 휩쓸고 바로 집으로 불어오기도

했고, 폭풍이 불 때는 실제로 대문 근처의 벽이 젖어 그를 깜짝 놀라게 만들기도 했다. 하늘은 아무것도 보호해주지 않았다. 하늘은 그저 펼쳐져 있었다. 그는 자신의 어깨와 목덜미가 보호받지 못한다는 느낌, 하늘에 대해 취약하다는 느낌이 들었다.

집이 보호해주지 못한다면 정말 무서운 일이었다. 다만 이제 할머니가 죽었으니 좀 나아질 터였다. 이제 할머니가 페니 동전을 주기 위해 목덜미를 꼭 붙드는 일도 없을 것이다. 발작을 일으켜 욕설을 퍼붓는 일도 없을 것이다. 오늘 하루 할머니가 나를 사랑할지 증오할지 궁금해할 필요도 없을 것이다. 수전은 이제 자기 방이 생길 것이다. 할머니가 죽던 날 그는 죽어가는 미친 여자의 나체를 보았다. 살결은 하얗고 베개 위의 머리카락은 곱게 빗겨져 있었다. 늙은 여자처럼 보이지도 않았다. 의사가 심장 소리에 귀를 기울이는 동안 할머니는 침대에 나체로 누워 있었다. 그는 자기 방으로 가는 길에 할머니의 방문을 지나면서 한순간 그것을 보았다. 하얀 살결.

그는 윌리엄스를 생각했다. 길을 건너 집 옆의 골목을 따라 윌리엄스가 사는 지하실 옆문으로 갔다. 용기를 다해 그곳으로 갔지만 사실 윌리엄스가 있으리라고는 생각하지 않았다. 문을 열었을 때 그의 눈은 어둠에 익숙하지 않았고 윌리엄스가 눈에 들어왔을 때는 이미 덩치 큰 그가 자신을 지켜보고 있었다. 너무나 깊어서 노래처럼 들리는, 위협적인 중얼거리는 목소리로 윌리엄스가 말했다. "뭐 하는 거야?"

지하실에서는 재 냄새, 먼지 냄새, 쓰레기 냄새가 풍겼다. 그리고 구석에서는 쥐와 바퀴벌레 퇴치용으로 쓰이는 녹색 독약 냄새가 났다. 섬뜩한 지하실 분위기처럼 윌리엄스의 냄새가 지하실 가득 들어차 있었다. 압도적이며 타는 듯한 그 냄새는 윌리엄스가 지하실의 지배자이며, 이 집에 다니엘 가족이 살고 있긴 하지만 지하실만은 윌리엄스의 구역임을 입증하고 있었다. 그것은 영원한 분노의 냄새였다.

나는 그가 하는 모든 일에 매료되었다. 그가 못 고치는 것은 없었다. 나는 그가 노인인지 청년인지 몰랐다. 알 수가 없었다. 키가 크고 힘이 셌지만 보풀 같은 머리카락은 회색이었다. 강했지만 천천히 힘들게 걸었다. 어쨌든 무엇을 하든 그는 대단해 보였다. 삽으로 석탄을 뜨는 일—그가 삽으로 석탄을 뜨던 모습을 기억한다. 아마 여름이었을 것이다. 그는 셔츠 없이 작업복만 입고 있었다. 사슬톱니가 달린 석탄 트럭이 집 앞 갓돌 쪽으로 후진했다. 운전기사는 화물칸을 기울이려고 시동을 켜놓은 채 트럭 위로 올라갔고 트럭이 더 위험하게 기울어지는 동안에도 비스듬히 거기 앉아 있었다. 그러고 나서는 레버를 잡아당겨 무시무시한 소리와 함께 석탄을 인도에 쏟아 부었다. 삽을 들고 기다리던 윌리엄스는 트럭이 그곳에 있는 동안 일을 시작해서 트럭이 떠난 후에도 오랫동안 그 일을 계속했다. 거대한 석탄의 산을 한 삽씩 작게 만들고 석탄 더미를 손수레에 퍼담았다. 손수레가 가득 차면 그는 삽을 석탄 더미에 꽂아두고 느릿하고 고통스러운 거인의 걸음걸이로 손수레를 골목길로 밀고 갔다. 그리고 몇 분 후 수레를 비우고 돌아와 다시 삽을 쥐었다. 스치는 소리와 덜거덕거리는 소리—그것이 그가 내는 소리였다. 인도에 삽이 스치는 소리, 석탄이 공중으로 날아갈 때의 깊은 침묵, 그리고 손수레에서 석탄이 내는 덜거덕거리는 소리. 윌리엄스는 언제나 바닥에서 삽질을 했다. 그것은 양촛불을 다른 양초에 옮겨 붙이는 일도 곤혹스러워하는 소년에게는 참으로 어려운 기술이었다.

"할머니가 죽었어요." 다니엘이 문가에 서서 말했다. 윌리엄스가 침대에서 일어났다. 그는 믿기 힘들 정도로 거구여서 천장에 설치된 파이프에 머리를 부딪지 않기 위해서는 약간 고개를 숙여야 했다. 그는 다니엘 쪽으로 무겁게 움직였고 다니엘은 긴장해서 그만 달려나갈 뻔했다. 하지만 윌리엄스는 문가의 빈 쓰레기통들을 들어 지하실의 어둠을 지나 석탄통 근처로 옮겨놓았을 따름이었다. 그러고 나서 돌아와 다시 종이컵 무게밖에 되지 않는다는 듯 쓰레기통 두 개를 더 들어올렸다. 윌리엄스가 쓰레기통을 옮길 때는 천둥소리처럼 시끄럽게 덜거덕거리는 소리가 났다. 가끔 위층 방에서 다니엘은 자신의 발밑에서 집의 기초를 들어올릴 폭풍처럼 쓰레기통들이 부딪치는 소리를 들었다. 이제 그는 손으로 양쪽 귀를 감쌌다.

윌리엄스는 시트 없는 간이침대에서 잤다. 침대 발치에 오렌지색 상자가 있었고 그 위에는 새의 가슴뼈 모양을 한 낡은 목제 라디오가 있었다. 다니엘의 아빠가 윌리엄스에게 준 것이었다. 라디오는 천장에 달린 코드에 연결되어 있었다. 전등이 켜졌다. 으레 상자 속에 옷을 보관하지만 윌리엄스는 양복만은 옷걸이에 걸어 파이프에 걸어두었다. 위스키병이 눈에 띄었다. 윌리엄스는 위스키를 마시고 취해 있었다. 다니엘은 손으로 귀를 막고 병을 보았다. 그때 윌리엄스가 그의 앞을 지나 침대에 앉더니 병째 위스키를 들이켰다.

윌리엄스가 바닥을 응시했다. "이번 여행에서는 돌아오지 못할 거야." 그가 말했다. "이번에는 정말 도망쳤어."

"할머니는 미쳤어요." 다니엘이 대담하게 말했다.

윌리엄스는 살기가 도는 충혈된 눈으로 그를 바라보았다. "더 미친 사람도 있지." 다니엘은 그가 엄마 아빠를 가리킨다는 것을 알았다. 이제 위층 방문객들의 발소리와 중얼거리는 목소리가 들렸다. "부인은 하느님한테 미쳤던 거야." 윌리엄스가 말했다. "부인처럼 믿음이 좋은 사람도 없었어. 어떤 사람도." 그는 귀 뒤에 꽂은 담배꽁초를 꺼내더니 딱성냥을 엄지손톱에 그어 불을 붙였다. 그는 이 동작을 천천히 신중하게 했다.

"넌 아무것도 몰라." 윌리엄스가 말했다. 그는 커다란 발 사이의 바닥을 보고 있었다. "미쳤으면 나보다 더 오래 살았겠지. 너, 할머니가 도망쳐서 어디 간 줄 알아? 가끔 거기 문 안쪽에 그냥 서 있었어." 윌리엄스는 바로 다니엘 쪽을 가리키며 말했다. "너희 식구들이 동네를 헤매며 찾을 때 할머니는 네가 선 바로 거기에 있었어." 그가 웃기 시작했다. 하나의 소리에서 다른 소리로 천천히 변해가며 긴 침묵 위로 도약하는 깊은 웃음이었다. "가끔은 내 주위를 쓸었어. 빗자루를 들고 흙을 쓸었지." 윌리엄스가 말했다. "가끔은 유리잔에 차를 따라 가져다주기도 했어."

다니엘은 그 모습이 그려졌다. 할머니는 차를 유리잔에 마셨다. 아무도 독을 넣지 못하도록 물을 직접 끓였다. 유리잔을, 그러니까 여러 개의 기념유리잔 중 하나를 받침접시 위에 놓았다. 할머니는 손가락으로 각설탕을 부수고(할머니는 손가락 힘이 셌다—다니엘은 그렇게 각설탕을 부수지 못했다.) 반쪽을 이에 물고 설탕 틈으로 차를 빨아 마셨다. 가끔은 젤리를 잔 바닥에 넣고 저었다. 뜨거운 차를 마실 때면 할머니의 엷은 파란색 눈이 가늘어졌다. 그럴 때 다니엘이 지켜보는 것을 알게 되면 할머니도 호기심 어린 표정으로 그를 바라보았다. 미칠 듯이 분노한 것도 사랑이 담긴 것도 아닌, 그저 기민하고 날카롭게 판단하는 표정이었다. 다니엘이 바라보듯 할머니도 그를 그저 바라볼 뿐이었다.

"넌 아주 멍청해." 윌리엄스가 말했다.

"아니에요."

"그 가엾고 늙은 유대인 부인을 무서워했어."

"아니에요."

"이 집에서 격이 있는 사람은 그녀뿐이었어." 그가 고갯짓으로 천장을 가리키며 말했다. "그럼, 부인이 직접 손님을 골랐으면 난 분명히 장례식에 초대받았을 거야."

"할머니는 죽었어요."

"내가 장례식에 오길 바랐을 거야."

"할머니는 죽었어요."

"꺼져!" 윌리엄스가 갑자기 고함을 지르더니 침대에서 일어났다. "여기서 나가!"

다니엘은 혼비백산해서 달렸다. 골목길까지 달려 올라갔다. 눈부신 햇살이 눈을 아프게 찔렀다. 그는 윌리엄스가 쫓아오는지 뒤돌아보았다. 그리고 집으로 달려갔다. 거실의 사람들을 지나 위층으로 달렸다. 그는 할머니 방 앞에서 멈췄다. 그 방은 변함이 없었다. 마호가니 침대와 그와 어울리는 경대. 삼나무 혼숫감 궤와 반쯤 타다 남은 약초가 담긴 천식 깡통. 아직도 할머니 냄새가 났다. 아래층 부엌에서는 할머니가 불을 밝히는 데 사용했던 것과 같은 기념유리잔이 깜박거렸다.

할머니가 죽었다면 왜 아직도 그녀의 냄새가 나는가? 왜 아직도 불이 타고 있는가?

다니엘은 자기 방으로 달려가 문을 쾅 닫았다.

아기가 깨어나 울기 시작했다.

나는 우리가 얼마나 미미한 존재인지 알지 못했다. 우리는 여름에는 너무 덥고 겨울에는 너무 추운 브롱크스의 가난한 가족일 따름이었다. 그러나 나는 우리가 일류라고 여겼다. 우리가 중요한 사람들이라고 생각했다. 나는 세상이 정말로 우리 가족을 중심으로 돌고 있다고 생각했다. 우리는 모든 것을 이런 식으로 이해했다. 아빠가 설명하지 못할 것은 없었다. 나쁜 일이 일어나도 우리는 언제나 무슨 일이 일어나는지 알고 있었다. 끔찍한 부담이었지만 나는 그것이 그럴 만한 가치가 있음을 이해하기 시작했다. 우리 중 누구도 겸손함이라고는 없었다. 우리에게는 깊은 자긍심이 있었다. 정말로 우리 자신을 중요시했다. 우리의 삶뿐만 아니라 우리에게 일어나는 일도 중요하게 생각했다. 우리는 일상의 사소한 계획과 의무에 몰두했다. 등교. 출근. 쇼핑. 야간 집회, 반복되는 집회 참석. 모두 엄청나게 중요했다. 그래서 아빠 엄마가 차례로 잡혀가고 그다음 텔레비전이나 신문에서 두 사람 얼굴을 보았을 때 마침내 세상이 내가 늘 알고 있었던 사실—우리가 중요한 사람들이라는 사실에 동의하는 것 같았다. 인정받는 것은 정의로웠다. 아니, 정의로운 것 이상이었다. 우리에게는 놀랍지 않은 일이었다.

하지만 우리가 살았던 곳은 항상 보잘것없음의 진수였다. 브롱크스는 블록마다 아파트가 밀집해 있었다. 육칠 층 건물이 몇 킬로미터씩 늘어서 있다. 아이들은 현관이나 현관 계단이나 안뜰에서 자란다. 어쩌면 놋쇠 엘리베이터 문과 낡은 영국식 모조품 의자가 놓인 어두컴컴한 로비의 타일 바닥에서 자라는지도 모른다. 모든 블록의 풍경이 엇비슷했다. 수킬로미터나 이어지는 아파트 건물 복도에서는 요리 냄새가 풍기고 쓰레기통이 인도와 차도 사이에 무기처럼 늘어서 있었다. 윅스 가 높은 곳의 작은 목조 집에서 나는 원형극장 같은 학교 운동장 주위로 줄지어 늘어선 아파트 건물들을 볼 수 있었다. 저 멀리 내 시야가 미치지 않는 곳에 브롱크스 언덕과 우리 학교처럼 보라색 성채 같은 학교가 있고, 열다섯 혹은 스무 블록마다 아파트 건물이 흩어져 있음을 알았다. 그것은 일종의 위안이었다. 학교 운동장 거리 가파른 곳에 자리 잡은 이 특이하고 썩어가는 목조 주택에서 당시 우리의 취약함은 그렇게 심하지 않았다. 우리는 다른 사람들과 달랐기에 보잘것없는 브롱크스 건물 때문에 고통 받지는 않았다. 오히려 그 건축물에 둘러싸여 있었기에 우리는 폭풍과 별똥별, 개미들의 행진과 홍수 같은 더 나쁜 것들로부터 보호받을 수 있었다. 이 목조 주택에서 그러한 에너지나 그러한 파괴를 받을 만한 가치가 있는 것은 아무것도 없었다. 나는 모든 것을 이해했다. 브롱크스 사람들은 패배자였다. 따라서 힘들여 그들을 파괴할 이유도, 그들 가운데 살고 있는 우리를 신경 쓸 이유도 없었다. 숨길 수 없는 얼굴 붉힐 삶이 우리의 뺨과 눈에서 드러났다. 엄마는 이러한 집들의 외관을 자신만의 방식으로 밝게 만들었다. 우리가 지나갈 때 집들은 그녀가 보내는 혐오감으로 빛이 났다. 마치 바삐 걸어가지 않으면 그 집들 내부의 삶이 우리를 오염시킬 것처럼 엄마는 내 손을 꼭 잡고 유모차를 밀면서 무덤 무더기 같은 그곳을 서둘러 지나갔다. 그녀는 그 집들을 증오와 공포심으로 견뎌냈다. 로셸은 보통 사람들을 심하게 혐오했다. 삶의 의미를 이웃 사람들과 자신을 힘들여 구별하는 데 두고 있었다. 어쩌면 그래서 우리가 그곳에 살았는지도 모른다. 아내와 남편 중에서 누가 집을 선택하겠는가? 우리 집 앞에는 아파트 건물이 없고 학교 운동장 하늘만 있었다. 이웃은 우리 집 좌우로만 있으니 말하자면 반만 사람이 사는 거리였다. 거기다 옆집은 우리와 같은 방향을 보고 있어서 서로 바라볼 필요 없는 반쪽 이웃이었다. 나는 그들 가운데 몇몇을 알았다. 우리 부모를 이웃 사람들은 알았지만 두 사람은 누구와도 친구가 아니었다. 어쩌면 할머니가 밤낮을 가리지 않고 머리를 풀어헤친 채 이디시어로 욕을 하면서 동네를 돌아다닌 것이 창피해서 그랬는지도 모른다. 하지만 나는 그렇게 생각하지 않는다. 그 공개적인 구경거리에 폴과 로셸은 그다지 신경을 쓰지 않았다. 나는 언젠가 할머니가 174번로의 상점 창문을 지나면서 폴에게 주먹을 흔들어 보이자 그가 웃음을 터뜨렸던 것을 기억한다. 상점 안에는 손님도 있었다. 게다가 당시는 전쟁 직후라 사람들은 여전히 호들갑스러운 고통에 익숙한 상태였다. 지금보다 거리에서 기이한 사람을 더 많이 볼 수 있었다. 나는 '이기' 라는 대두증 환자가 머리 무게를 이기지 못하고 비틀거리며 자신을 따라오는 아이들에게 미소 짓던 모습을 기억한다. 수학 천재라는 소문이 있었고 아무도 정확한 나이를 몰랐지만 보기보다는 많다고 했다.

사실 폴과 로셸은 의도적으로 친구를 골라서 사귀었다. 단지 이웃이라고 해서 친구로 삼지는 않았다. 내 부모는 흥미로운 사람들만 골라서 어울렸다. 이건 그녀가 한 말이다. 그녀는 흥미로운 사람에게 '존중'이라는 단어를 사용했다. 치과의사는 흥미로웠다. 모피상. 지하철 동전 교환원. 바이올린 연주자. 교사. 사회복지사. 이런 사람들은 흥미로웠다. 그들은 초라한 아파트 건물에 살아도 실패한 사람이 아니었다. 그들은 비참한 임금에 갇혀 있지 않았다. 노예 상태를 받아들이도록 길들여지지도 않았다. 그들의 정신은 자유로웠다. 그들은 의식이 있었다. 서로 만나 토론하고 미래의 꿈에 돈을 기부했다. 듣기 좋은 소리로 우는 새떼처럼 아름다웠으며 당당하게 걷고 자기 종족의 깃털을 과시하고 조상의 제의적 지혜 같은, 이 명료한 조류 집단의 핵심 단어를 소리 높여 지저귀었다. 그들은 서로를 따뜻하게 해주었다.

오, 주여. 오, 자족한 주여.

어디 보자, 데이비드 코퍼필드* 같은 쓰레기가 어디 또 있는지.

따라서 1956년 오하이오 주립대학 이사들이 1학년 강좌의 수업 교재로 『호밀밭의 파수꾼』을 선택한 영어 강사를 해고한 것은 정당했다. 그들은 교회에서 방귀 뀌는 일이 재미있다고 생각하는 아이와 체게바라 사이에 본질적인 차이가 없음을 알았다. 그때 그들은 홀든 콜필드**가 민주사회학생연합을 설립하리라는 것을 알았다.

나는 워싱턴 D. C.에서 태어났지만 브롱크스 윅스 가 이전에 살았던 집은 기억하지 못한다. 내가 네 살이던 1945년에 우리는 그곳으로

---

* 찰스 디킨스의 『데이비드 코퍼필드』의 주인공으로 갖은 역경을 이겨내고 소설가로 성공하는 인물.

** J. D. 샐린저의 『호밀밭의 파수꾼』의 주인공. 십대의 불안과 반항의 표상이다.

이사했다. 어쩌면 다섯 살이던 1944년이었는지도 모른다. 전쟁을 떠올리면 나는 폐품 수집 운동의 일환으로 통조림 깡통을 납작하게 만들던 일이 생각난다. 베이컨 기름으로 탄환을 만들 수 있다는 아이디어. 공습 대피 지도원이었던 하얀 헬멧을 쓴 늙은 남자. 건설단원들. 신문과 잡지에 인쇄된 길고 두꺼운 곡선의 화살표를 기억한다. 나는 네 가지 자유를 기억한다. 배급카드가 어떤 모양이었는지 기억하고 자동차 창문에 붙은 A, B, C 스티커를 기억한다. 나는 "1776년 하늘은 붉었어요, 폭탄이 머리 위에서 터졌어요, 조지 왕은 침대에서 잠들지 못했어요, 그 폭풍우 치던 아침, 샘 삼촌이 태어났어요."*를 기억한다. 루스벨트 대통령이 쌀쌀한 날씨에 모자도 쓰지 않고 오픈카를 타고 그랜드콩코스로 와서 군중 속에 있던 나를 보고 손을 흔들던 모습을 기억한다. 붉은 군대 합창단이 말의 구보를 흉내 내 만든 최면을 거는 씩씩한 노래 〈목초지〉를 부르던 것도 기억한다. 78rpm 레코드 선집에서 굵은 목소리의 군인들로 구성된 붉은 군대 합창단이 웃고 있던 사진도 기억한다. 투쟁적 형제애가 점점 깊어가는 가운데 멀리서 당당하게 내 마음을 두드리는 우아한 걸음걸이로 달려오던 말들도 기억한다. 그리고 내가 윅스 가의 우리 집 현관 앞에 서 있던 것도 기억한다. 따뜻한 오후였고, 나는 길에서 넘어져 무릎에 상처가 났다. 엄마가 집 밖으로 나와 일본에 원자폭탄이 투하되었다고 말했다. 나는 학교 운동장 너머를 쳐다보았지만 하늘은 맑았다. 폭탄이 터지는 소리를 들으려 했지만 하늘은 조용했다.

---

* 폴 로브슨의 〈미국인을 위한 발라드〉의 가사.

2부 핼러윈

1967년 7월~8월

나는 필리스에게 무척이나 조심스러웠다. 우리 관계는 회복기에 있었다. 매일 아침 눈을 뜨면 우리 결혼의 유대가 조금 강해졌다고 느꼈지만 여전히 포옹과 키스와 부드러운 섹스가 필요했다. 스스로 의식하면서 진지하게 이야기하는 기간은 끝나가는 듯했다. 이런 이야기를 할 때 필리스는 나를 용서할 구실을 찾았고, 나는 그녀가 구실을 발견할 수 있도록 도왔다. 내 행동에 대해 우리는 책임을 나누어 가지려고 노력했다. 우리는 나의 문제를 우리의 문제로 여겼다. 나는 수치를 모르는 인간이었다. 우리는 브로드웨이에서 쇼핑을 했고 특별히 무더운 저녁이면 난 가끔 그녀를 영화관으로 데려갔다. 잠든 폴을 무릎에 앉히고 우리는 영화를 보았다. 무더운 날에는 아파트에 있을 수가 없었다. 나는 30달러를 들여 선풍기를 샀다. 우리는 브로드웨이와 리버사이드 드라이브 사이 115번로의 방 두 칸짜리 아파트에 살았다. 시원한 바람이 부는 허드슨 강가의 아파트였지만 창밖으로 강이 보이지는 않았다. 뒤편에 붙은 우리 아파트는 다른 아파트의 뒷면을 마주 보았다. 그래서 집으로 시원한 바람이 들어오지 않았다. 벽 속에서는 쥐 소리가 났다. 이 시기에 필리스는 뉴욕을 떠나는 꿈을 꾸기 시작했다. 아침에 그녀는 폴을 안은 내 팔을 잡고 나를 도서관까지 바래다주었다. 버틀러 홀 정문에서 폴을 넘겨받고 우리는 헤어졌다. 그녀는 또 하루 동안 내 논문에 진전이 있을 것이고 그래서 내가 학위를 받으면 뉴욕에서 탈출할 수 있으리라는 행복한 상상을 하며 폴을 데리고 돌아갔다. 내가 교수로 있을 서부의 작은 대학을 상상하고 자신은 그 대학의 학생으로 등록하리라 생각했을 것이다. 그곳은 컬럼비아 같지는 않을 것이다. 잔디에 검댕은 없을 것이다. 나는 필리스의 환상을 깨지 않았다. 그녀가 도서관에 있는 나를 상상하는 것만으로도 실제로 논문을 불러내고 창작할 수 있을지 몰랐다. 그녀의 상상력이 정말로 뛰어나다면 그렇게 되지 말라는 법도 없지 않은가.

바람이 학교 운동장 펜스를 가르고 짙은 잿빛 구름이 아파트 지붕에서 흩날리던 어느 가을날, 로셸은 아들 다니엘과 딸 수전을 데리고 쇼핑을 나섰다. 다니엘은 시키는 대로 엄마가 미는 흰색 유모차를 꼭 붙잡고 있었다. 낡은 여름용 유모차였다. 바퀴는 작지만 튼튼했고 빗물받이 펜더는 1930년대 경주용 비행기에 달린 바퀴덮개처럼 날렵했으며 햇빛이 들도록 지붕을 여닫을 수도 있었다. 다니엘도 어릴 때 이 유모차를 탔었다. 이제 유모차는 수전 차지가 되었다. 로셸은 수전의 다리부터 턱밑까지 담요를 여며주었다. 외투를 입은 다니엘은 사냥꾼 모자를 쓰고 모자에 달린 귀덮개도 내렸다. 정육점과 데이치 우유가게에 들렀다가 아빠의 가게로 갈 예정이었다. 1949년 아니면 1950년이었다. 나는 일고여덟 살이었고 수전은 네 살쯤 되었을 때였다. 검푸른 성채 같은 학교 건물을 따라 내려와 174번로에서 이스트번 가를 가로질러 구둣방을 지났을 때, 갑자기 로셀이 빠른 걸음으로 우유가게를 지나쳤고 다니엘은 엄마를 따라가기 위해 달렸다.

"하느님 맙소사." 엄마가 말했다. "하느님 맙소사, 일이 터졌어." 유모차는 모리슨 가에서 인도에서 차도로 떨어지면서 덜컹거렸고 수전은 무서워 울음을 터뜨렸다. 다음 블록 중간쯤의 아이작슨 라디오 판매수리점 앞에 사람들이 서 있었다. 로셀은 품위를 찾을 겨를이 없었다. 그녀는 유모차를 번쩍 들어 인도에 거칠게 올려놓고 긴 외투자락을 펄럭이면서 남은 반 블록을 달렸다. "일이 터졌구나." 그녀가 말했다. 다니엘도 달렸다. 사냥꾼 모자가 머리 위에서 털썩거리며 왼쪽 귀로 불편하게 흘러내렸다. 수전은 두 손으로 유모차를 꽉 잡고 앞을 바라보았다. 떨리는 윗입술은 엄청나게 큰 울음을 예고하고 있었다.

174번로는 그즈음 슈퍼마켓의 충격을 막 맞이한 참이었다. 보통 가게보다 서너 배나 큰 A&P 슈퍼마켓이 문을 열었고 세이프웨이도 곧 뒤를 따를 예정이었다. 그런데도 한 여자는 여전히 고기는 정육점에서, 버터와 계란은 우유가게에서, 생선은 생선가게에서, 빵은 제과점에서 샀다. 당시만 해도 채소장수가 거리에 마차를 몰고 와서 나무상자에 채소와 과일을 진열해놓고 큰 목소리로 가격을 외쳐대곤 하던 때였다. 그는 누런 종이에 크레용으로 가격을 적어서 상자 사이 널빤지에 끼우고 채소와 과일 상자는 손님들이 잘 볼 수 있도록 비스듬히 세워 진열했다. 채소장수는 제동장치 근처에 고삐를 던져놓고 말을 몰아 차들 사이에 마차를 세웠다. 그리고 특별한 손님들을 위해 가게를 차리고 가격에 비해 채소와 과일이 얼마나 싱싱한지 말하며 손님들과 흥정을 벌였다. 그러다 손님이 사겠다고 하면 이 과일 몇 그램, 저 채소 몇 단씩을 주려고 마차 위로 올라가서는 심각하고 철학적인 생각들을 유쾌하게 나누었다. 늙어빠진 말이 끄는 덜컹거리는 마차를 몰아 우리 집 앞을 지날 때, 그는 이제 자기 같은 채소장수는 사라질 것임을 알고 있었다. 10년 전에는 가위 가는 사람, 칼 가는 사람, 등에 봇짐을 지고 "옷 사시오!"라고 외치는 행상, 여름이면 집에서 만든 아이스크림을 팔고 겨울이면 군고구마를 파는 장사치가 있었다. 이들은 모두 금세기 초 이스트사이드 남부의 북적이는 시장 거리의 유물이었다. 한때는 브롱크스가 탈출구를 제공하기도 했다. 1900년대에는 브롱크스로 옮겨오는 것이 이스트사이드 남부에서 벗어난다는 의미였다. 역사는 단지 무자비하게 따라잡을 뿐이다. 그리고 우리의 은밀한 꿈은 밝은 빛 아래 그 뿌리를 드러낸다. 마음의 비밀에 이빨 자국을 남기는 것은 저 돼지 같은 역사였다.

그해 내 학교 성적은 시원치 않았다. 3학년 때였다. 나는 책상 앞에 가만히 손이나 모으고 앉아 있고 싶지 않았다. 나는 허락도 받지 않고 화장실에 갔다. 나는 말하고 싶을 때 말했다. 학교에서는 원자폭탄 투하에 대비한 정기 훈련이 있었다. 우리는 창문 없는 복도로 줄지어 가서 무릎을 세워 팔로 감싸고 머리를 숙인 다음 벽에 기대 웅크려 앉았다. 1949년으로 기억한다. 학교마다 대대적으로 공습훈련을 했다. 소련 사람들이 원자폭탄을 터뜨렸다. 트루먼은 공산주의에 너무 나약하게 대처한다고들 했다. 중국 공산당은 장제스를 쫓아냈다. 미국의 공산주의 지도자들은 폭력에 의한 정부 전복을 옹호하고 가르치려 했다는 혐의로 재판을 받았다. 우리 학교에서도 자주 공습훈련을 했다. 여자아이들은 무릎을 세우기보다는 고개를 숙이고 꿇어앉아 목 뒤로 두 손을 깍지 끼는 자세를 좋아했다. 그렇게 하면 복도 저편에 있는 남자아이들이 치마 속을 보지 못했기 때문이다. 우리는 원자폭탄이 떨어질 경우에 대비해 훈련을 받았다. 아빠는 머리를 무릎에 대고 웅크리지 말라고 했다. 그리고 하늘에서 폭탄이 떨어지는 것처럼 가장하라는 요구에도 따르지 말라고 했다. 아빠는 전쟁이 임박했다는 생각을 학생들이 받아들이도록 가르치는 모든 선생들을 저주했다. 그해 나는 학교생활을 잘하지 못했다.

그러나 내가 이해해야 할 것은 불만-그리고-위기, 불만-그리고-위기의 생활리듬에 제대로 따르지 못했던, 헐렁한 옷을 입고 다니던 아홉 살짜리 다니엘의 감정이다. 이상하게도 그의 부모는 이 리듬에 따라 공포와 희망, 패배감와 승리감을 느꼈다. 그래서 바람이 심하게 불던 어느 가을 오후 다니엘이 아버지의 가게로 달려갔을 때, 그는 가게 앞에 사람들이 많이 모여 있긴 하지만 아무 일도 없었으며, 모두 친절한 사람들이고 근처에 경찰이나 구급차도 없다는 사실을 알아차릴 정도로 냉정했다. 긴장감은 없다. 사교적인 모임이다. 텔레비전 수상기가 174번로에 처음으로 들어온 날이다. 거대한 갈색 콘솔이 아주 작은 활동사진을 호기심에 찬 관중에게 보여주며 아이작슨 라디오 수리판매점 진열대에 놓여 있었다.

상황을 알아차린 순간 엄마의 얼굴을 분명히 확인했어야 했다. 하지만 나는 페이 에머슨*을 보려고 사람들 사이를 헤치고 나가고 있었다. 과연 그 얼굴은 안도감으로 부드러워졌을까. 아니면 불길한 예감을 떠올렸던 자신이 어리석었다며 미소를 지었을까.

아빠가 가게에서 나와 구경하는 사람들을 헤치고 우리에게로 왔다. 사람들은 아빠에게는 신경도 쓰지 않았다. 그는 셔츠 소매를 걷어올리고 공구 주머니가 달린 작업용 앞치마를 두르고 있었다. 아빠는 엄마의 팔을 잡고 모여 있는 사람들에게서 몇 미터 떨어진 곳으로 갔다. 엄마는 여전히 유모차를 밀고 있었다.

"어디서 저걸 구했어요?" 로셸이 말했다.

"주문했소. 이봐요, 로셸."

"집에 가져가면 안 돼요?" 나는 아빠에게 물었다.

"잠깐만, 다니엘. 엄마한테 할 말이 있어. 민디시가 체포됐소."

"뭐라고요!"

"목소리 낮춰요. 오늘 아침, 아침식사를 하다가 잡혀갔소. FBI가 와서 데려갔소."

"오, 하느님 맙소사……"

"아무한테도 말하지 마요. 하던 일을 계속하고 아무 일도 없다는 듯이 행동해요. 저녁 먹으러 집으로 가겠소. 그때 이야기합시다."

"어떻게 알았어요?"

"민디시 부인이 전화했소. 바보처럼. 그 사람들 머리를 이해할 수

---

* 미국의 영화배우, 텔레비전 토크쇼 진행자.

없구려. 나한테 전화해서 자기가 체포당한 걸 알리라고 민디시가 말했다는 거요."

"오, 폴리……"

나는 먼저 엄마의 얼굴을 쳐다보고 그다음 아빠의 얼굴을 쳐다보았다. 지금 생각해보니 그때 두 사람 사이에는 텔레비전의 푸른 불빛이 있었다. 그것은 내게 무거운 슬픔과 눈먼 두려움이 합쳐진 느낌을 주었다.

"아저씨가 무슨 일을 했어요?" 나는 아빠의 팔을 잡아당겼다.

"아무 말 말고 감정을 억제하도록 해요." 아빠가 말했다. 엄마는 얼굴을 찡그리고 손가락 마디를 깨물었다. 아빠는 수전을 안아 올리며 재미있는 듯 잠깐 놀아주었다. "귀여운 공주님, 어떻게 지냈어?" 그러더니 심각한 얼굴을 한 수전에게 말했다. "공주님, 기분이 어때?"

"아저씨가 왜 잡혀갔어요?"

"모르겠어, 다니엘. 민디시 아저씨가 무슨 짓을 했다고 생각한 모양이지. 사람들을 체포하는 게 아니면 FBI는 할 일이 없으니까. 그래서 그들은 누군가 어떤 일을 저질렀다고 결정하고 그 사람을 체포한단다."

"그 사람들이 아빠도 잡아가요?"

아빠는 억지웃음을 터뜨렸다. "걱정하지 마."

"일이 어떻게 될까요?" 엄마가 낮은 목소리로 말했다.

"당신한테 말한 게 내가 아는 전부요. 로셸, 부탁이 있소. 필요한 물건을 사서 집으로 가요. 여느 때와 같은 시간에 집에 가겠소. 파시스트들이 날뛰는 데 불과해요. 놀라지 마요."

나는 민디시 박사를 생각하면 치과용 석고와 의료용 페이스트 냄새가 떠올랐다. 그에게서는 윈터그린 라이프세이버 사탕 같은 톡 쏘는 듯한 약품 냄새가 났다. 단지 병원에 있을 때만 이 냄새가 나지 않았다. 빳빳한 흰 가운을 입고 각종 드릴과 도구가 들어 있는 납작한 서랍장 주위를 바쁘게 오갈 때만은 그 냄새가 나지 않았다. 또 물 분사기를 작동시키고 입에 솜을 쑤셔 넣고 배로 팔을 누르면서 그 큰 몸을 내 얼굴 위로 들이밀 때도 그 냄새가 나지 않았다. 그때는 살라미소시지 냄새가 났다.

나는 민디시를 싫어했다. 그는 항상 나를 보호하는 양 행동했다. 큰 덩치에 눈은 작았고 말투에는 외국인의 억양이 섞여 있었다. 나는 처음부터 그가 정직한 사람이 아니라는 것을 알았다. 사람들과 대화할 때의 그는 기회주의자였다. 대화를 진행시키는 의견이나 생각을 내놓은 적이 없었고, 눈치 빠르고 살진 늑대처럼 늘 대화의 부스러기나 조각을 주워 담아 늑대의 유머를 섞어 미소 지으며 말했다. 나는 내 부모가 그를 친구로 여기는 것이 슬펐다. 그는 우리 가족의 치과의사였고 치과에 갈 때마다 나를 아프게 했다. 일종의 사악하고 호색한 기운이 그의 주위를 감싸고 있었다. 그의 시선은 언제나 로셸의 가슴이나 엉덩이에 가 있었다. 로셸은 그것을 눈치 채지 못하는 것 같았다. 그는 멍청한 아이처럼 늘 어색한 농담으로 폴을 대했다. 그 태도에는 폴의 두뇌와 젊음과 활력에 대한 부러움이 담겨 있는 듯했다. 민디시는 엄마나 아빠보다 훨씬 나이가 많았다. 아마 체포됐을 당시에도 50대였을 것이다.

그래서 나는 그 체포 소식이 즐거웠다. 아빠 말대로 FBI가 달리 할 일이 없어 누군가를 잡아가야 한다면 민디시를 체포하기로 한 것은 현명한 결정이라고 생각했다. 내 직업이 누군가를 체포하는 일이라면 나도 민디시를 택했을 것이었다.

다음 날 아침 일찍 학교에 가려고 할 때 초인종이 울렸고 문을 열자 현관에 두 남자가 서 있었다. 깔끔한 옷차림이었고 이웃 사람처럼 보이지는 않았다. 갸름하고 단정한 얼굴에 코가 작고 머리는 아주 짧았다. 그들은 손에 모자를 들고 멋진 외투를 걸치고 있었다. 나는 그들이 교단 잡지를 팔기 위해 집집마다 찾아다니는 교회 사람일 거라고 생각했다.

"얘야, 엄마나 아빠 계시니?" 한 남자가 말했다.

"계세요, 두 분 다 집에 계세요." 내가 말했다.

엄마는 FBI 요원이 집에 찾아왔다고 해서 내가 학교에 늦게 가도록 하지는 않았다. 그래서 나는 그들이 처음 찾아왔을 때 무슨 일이 생겼는지 알지 못한다. 두 사람은 집 안으로 들어왔다. 내가 삐걱거리는 계단을 내려가며 집 안을 바라보니 아빠가 그들을 맞이하기 위해 부엌에서 나오는 모습이 보였다. 현관문이 닫혔다. 엄마는 문을 잡고 있었으며 아빠는 골진 천으로 만든 내의를 입고 거실에 나와 있었다. 아빠는 초인종을 누른 두 사람보다 훨씬 말라 보였다.

FBI 요원이 노크를 하고 몇 가지 물어보고 싶다고 할 때 그 요청에 응할 필요는 없다. 그들이 이야기를 나누고 싶어 한다고 해서 반드시 이야기할 필요는 없다. 사무실로 동행할 필요도 없다. 소환되거나 체포당하지 않으면 아무것도 할 필요가 없다. 하지만 법은 겪어봐야 배우는 것이다.

"그자들은 자기들이 뭘 원하는지 몰라요." 폴이 로셸에게 말한다. "관례적으로 하는 일이오. 이야기를 안 하면 그들도 더는 거짓말을 못할 거요. 서투르고 뻔한 놈들이오."

"그래도 겁이 나요." 엄마가 말한다. "경찰은 똑똑할 필요가 없잖아요."

"걱정하지 마요." 폴이 말한다. "우리 때문에 민디시가 피해를 입지는 않을 거요." 그는 손바닥을 주먹으로 치면서 부엌에서 서성거린다. "우린 잘못한 게 없소. 두려워하지 마요."

민디시를 아는 사람들은 모두 조사를 받고 있음이 드러난다. 어느 누구도 자기가 무슨 일 때문에 조사를 받는지 모른다. 라디오에서도 아무런 보도가 없고 신문에도 기사가 나지 않는다. 새디 민디시는 히스테리로 쓰러졌고 아파트는 수색을 당했다. 딸은 학교에 가지 않고 집에 있다. 그들이 변호사를 고용했는지는 아무도 모른다.

다음 날이 되자 전날 왔던 FBI 요원들이 이번에는 초저녁에 다시 온다. 모자를 손에 쥐고 무릎을 모으고 거실의 푹신한 소파에 앉는다. 말투는 부드럽고 친절하다. 낯선 그들의 이름은 톰 데이비스와 존 브래들리이다. 엄마가 아빠에게 전화하러 간 사이 그들은 미소 지으며 내게 묻는다.

"꼬마야, 너 몇 학년이니?"

나는 대답하지 않는다. 나는 이렇게 가까이서 진짜 FBI 요원을 본 적이 없다. 초인적인 힘이 있나 해서 눈여겨보지만 그런 증거는 보이지 않는다. 그들은 영화에서처럼 멋있지도 않고 아빠가 혐오스럽게 말했던 것처럼 추하지도 않다. 나는 그들이 정말로 어떤 사람인지 알려고 자세히 얼굴을 바라본다. 그러나 그 얼굴은 아무런 단서도 주지 않는다.

집에 온 폴은 매우 초조해한다.

"내 변호사가 원치 않으면 당신들과 이야기할 필요 없다고 조언해줬소." 아빠가 말했다. "당신들은 어제 이 사실을 말해주지 않았지요."

"으음, 그래요, 아이작슨 씨. 그렇지만 우리는 선생이 협조적이길 바랐어요. 우린 정보를 찾고 있을 뿐입니다. 대단한 일이 아니에요. 선생이 민디시 박사의 친구라고 생각했어요. 친구로서 그를 도울 수 있으리라고 여겼지요."

"법정에서는 무슨 질문에나 기꺼이 대답하겠소."

"지금 그를 안다는 사실을 부인하는 건 아니겠지요?"

"법정에서는 어떤 질문에도 대답하겠소."

몇 분 뒤에 두 사람은 떠난다. 그러고 나서 얼마 후 그들은 집 앞에 차를 이중으로 주차하고 10분쯤 차 안에 앉아 있다. 정확히는 모르겠지만 클립보드인지 메모장인지에 뭔가를 기록하는 것처럼 보인다. 날은 어둡고 차 안의 조명은 켜져 있다. 나는 주차위반 딱지를 끊는 순찰원을 떠올린다. 그러나 실은 심각하고 돌이킬 수 없는 서류를 작성한다는 느낌이 들어 무서워진다. 학교 운동장 너머로 어둠 속에 작은 회색 불빛이 보인다. 창문가에서 바람이 휘익 소리를 낸다.

"다니엘!" 로셸이 날카롭게 말한다. "거기 서 있지 마."

아빠가 내가 있던 창가로 온다. "기막힌 일이군." 그가 말한다. "소위 특별대우라는 걸 하는 게 분명해. 우리를 흔들어놓겠다는 거지. 하지만 저들은 우리 상대가 안 돼. 우리가 저자들 머리꼭대기에 있다고. 밤새 저러고 있어도 소용없을걸."

다음 날 상황은 더욱 좋지 않다. 점심때 아빠는 엄마에게 누군가가 분명히 가게를 수색했다고 말한다. 아침에 가게 문을 여는 순간 물건의 위치가 조금씩 바뀌었다는 느낌이 들었다. 꼬집어 말할 수는 없다. 어쩌면 쓰레기통에 있던 튜브. 어쩌면 고객표. 누군가가 물건을 건드렸다는 느낌이었다.

우리 점심은 묑스테르 치즈를 넣은 호밀빵 샌드위치와 통조림 토마토 수프이다. 그러나 아빠는 먹지 않는다. 그저 식탁에 팔꿈치를 대고 머리를 괸 채 앉아 있다. 그러더니 무언가를 결심한 듯 고개를 끄덕인다.

"바로 그거야. 그자들이 집으로 찾아와서 나한테 집으로 오라고 전화를 걸게 한 이유가 바로 그거야. 가게로 찾아올 수도 있었어. 그런데 그렇게 안 했거든. 내가 확실히 집에 있는 동안 가게를 수색한 거야."

엄마는 이 말을 무시한다. 그들이 늦은 밤까지 기다렸다가 가게를 수색했을 수도 있다고 말한다. 내가 이해하기에 엄마는 일부러 이 일을 축소시키고 있다. 엄마는 어쩌면 그들이 가게를 뒤지는 상황을 아빠가 상상했을지 모른다고 여긴다. 압박감이 커질수록 그녀는 더욱 침착해진다. 히스테리는 사라졌다. 그녀는 폴을 걱정한다. 마음은 점점 단호해진다. 그 후 3년간 엄마의 단호함은 더욱 강해지고 그로 인해 많은 사람들에게 극도의 반감을 사게 된다.

"다니엘, 시험은 봤니?"

"오늘 오후에 봐요."

"준비는 잘했고?"

"네."

그러나 엄마의 눈 밑은 그늘져 있다. 내가 학교에서 돌아왔을 때 FBI 요원들은 또다시 집 앞에 세워둔 차 안에 있다. 엄마는 수건을 머리에 얹고 소파에 누워 있다. 왼쪽 팔에는 붕대가 감겨 있다. 다리미질을 하다가 심하게 덴 것이다. 우리 존재의 가장자리가 무너지는 듯하다. 집은 춥고 윌리엄스가 지하실에서 올라와 난방로가 제대로 작동하지 않아 청소를 해야겠다고 깊고 무서운 목소리로 말한다. 그는 손볼 수 있을 때 그렇게 하겠다고 말한다. 나는 이 말을 상황이 나쁘지 않다고 느낄 때 손을 보겠다는 뜻으로 받아들인다. 내 모든 감각이 예민해진다. 나는 집 주위를 돌아다니며 햇빛이 예전 같지 않다고 느낀다. 공기를 마신다. 음식을 맛본다. 깨어 있는 순간순간이 치열해지고 나는 무슨 일이 일어나는지 정확히 알고 있다. 잠수모를 쓴 두 개의 머리, 검은 대갈못, 곤충 같은 다리를 가진 헤이든 천문관의 신비롭고 거대한 검은 기계눈이 행성의 광선을 천천히 우리 쪽으로 돌리고 있다. 그것이 어두운 하늘과 차가운 날씨를 몰고 오는 것이다. 마치 나치 강제수용소의 탐조등처럼 그 빛은 우리에게 도달해 멈춰 설 것이다. 그리고 우리는 몸에서 흐른 피가 우유와 깨진 병조각과 뒤범벅되어 학교 운동장 펜스에 낀 그 여인처럼 꼼짝달싹 못하게 될 것이다. 우리 피는 그 속에 유리조각이 든 것처럼 우리를 아프게 할 것이다. 우리 피는 광선을 받아 뜨거워지고 우리 집은 냄새를 풍기고 연기를 내며 가장자리에서부터 타들어가 결국 거대한 모든 것을 삼키는 너울거리는 불길에 휩싸일 것이다.

이것이 정확히 우리 집에 일어난 일이다.

민디시를 심문하기 전에 이미 그들에게 혐의를 두었다면 왜 그들을 체포하지 않았는가? 민디시가 거래를 하기 전에 그들이 용의자였다면 왜 그들이 달아나거나, 불리한 증거를 없애거나 혹은 그들에게 불리한 이 사건을 망칠 수 있는 4주의 시간을 주었단 말인가? 가능한 대답은 FBI가 우둔하든지 비효율적이라는 것이다. 그리고 이것은 사리에 맞는 답이기는 하지만 훌륭한 답은 아니다.

훈제형. 16세기 일본에서는 예수상이 그려진 얇은 종이를 땅에 놓고 마을 사람들 전부를 그 위로 지나가게 해서 기독교인을 가려냈다. 예수의 얼굴 밟기를 거부하는 이들은 즉시 대열에서 끌어내 서서히 타오르는 유황불 위에 거꾸로 매달았다. 이것은 역사상 가장 천천히 고통스럽게 처형하는 방식 중 하나이다. 희생자의 눈에서 피가 흐르고 살은 천천히 훈제된다. 피는 끓고 뇌는 골수 속에서 삶긴다. 길게는 2주가 되어야 죽음이 찾아오며 그때까지 희생자는 의식을 잃지 않는다.

먼저 전화의 교살. 매일 전화 오는 횟수가 줄어든다. 그러고 나서 한동안 전화벨이 한 번, 두 번 울리다가 그친다. 간혹 제때 전화를 받아도 아무런 응답이 없다. 마침내 전화는 울리기를 멈춘다. 그건 죽은 물건이다. 아빠는 전화 걸 일이 있으면 174번로 곳곳에 있는 사탕가게로 간다. 나는 내가 가진 5센트짜리 동전으로 아빠와 협상을 벌인다. 아빠는 동전이 많이 필요하고 나는 낮에 학교에서 25센트짜리 동전을 5센트짜리로 바꾸는 일을 잊지 않는다. 저녁때 아빠가 전화박스로 가는 일에 도움이 되고 싶다. 그렇다고 내게 남는 것은 없다. 단지 도움이 되고 싶을 뿐이다. 아빠는 동전을 다 써버리듯 전화박스를 다 써버리고 집에서 점점 더 먼 곳에서 전화를 건다.

그러는 동안 신문은 전 세계에서 연쇄반응처럼 이어지는 체포 소식을 보도했다. 영국의 과학자. 캐나다 이민자 여섯 명. 기밀을 도난당했다. FBI가 동일한 언론 발표문에서 이들을 찾아내고 단죄한다. 연쇄반응. 아빠는 〈노동자 일보〉 〈뉴욕 타임스〉 〈워싱턴 포스트〉를 사들고 온다. 뿐만 아니라 〈텔레그램〉 〈트리뷴〉에 심지어 〈뉴스〉 〈미러〉 〈저널 아메리칸〉까지 사들고 집으로 온다. 아빠는 모든 것을 읽는다. 종교재판관의 사형선고에 관해 이야기한다. 나는 사악한 나치 선동가 오토 더피의 파쇼 사상이 전 미국을 휩쓰는 모습을 지켜본다. 이것은 단순한 스파이 체포가 아니라 포스터와 데니스를 비롯한 공산당 지도부에 대한 정치 재판이다. 앨저 히스* 같은 뉴딜주의자에 대한 모욕이다. 할리우드 시나리오 작가에 대한 반미활동위원회의 수사이다. 법무장관의 전복 집단 명단이다. 아빠가 그린 그림은 이러하다. 우리 집은 미치광이들의 군대에 완전히 포위당해 있다.

어느 날 밤 아빠는 대학 캠퍼스에서 사실상 모든 종류의 정치적 논의가 사라졌다고 보도한 〈뉴욕 타임스〉의 기사를 큰 소리로 읽는다. 〈뉴욕 타임스〉에서 여론조사를 했다. 교수들은 모두 오해를 받을까

---

* 루스벨트 내각의 국무부 차관보로 소련의 스파이 혐의를 받았다.

두려워한다. 주립대학에서는 충성서약이 필수가 되었다.

"들었소, 로셸? 무슨 이야기 같소? 결국 어떻게 될지 뻔하지 않소, 로셸."

"쉿, 폴리. 애들 깨겠어요."

나는 자러 가는 것이 무서웠다. 기억할 수 없는 악몽에 시달렸고 두렵고 숨 막힌 상태에서 깨어났다. 잠이 들면 집이 불타서 무너지거나 부모님이 아무 말 없이 어디론가 사라져버리는 두려움에 사로잡혔다. 무슨 이유에선지 몰라도 두번째 가능성이 더 실제처럼 다가왔다. 어둠 속에 누워 잠드는 순간, 그들이 나와 수전을 버리고 여태 한 번도 말한 적 없는 곳으로 가버릴 것 같아 잠들 수 없었다. 비밀스러운 곳. 그들이 섹스하는 장면을 보는 순간 느꼈던 소외의 공포 같은 것이었다. 너를 제어하는 이 사람들이 아무런 제어 능력 없이 파닥거린다. 끙끙거리고 신음하고 숨을 몰아쉬면서 신발끈을 매고 주스를 마시라고 말한다. 민디시가 체포된 후 최악의 시나리오가 이제 우리 삶을 뒤덮었다. 대기의 기운이 신비롭게 정렬되듯 세상은 엄마와 아빠에 맞게 스스로를 정렬시켰다. 육체의 조화 속에서 몸과 물건은 모두 한 가지 감정을 뿜어냈다. 그것은 두 사람을 우리에게서 앗아갈 그들의 열정이었다.

나는 그들이 달아날 곳이 감옥이라는 생각은 하지 못했다. 나는 그곳이 조화로운 상태이리라고 생각했다. 차츰 나는 그 장소를 깨닫게 되었다. 그곳은 폴이 얻어맞았던 픽스킬 근방이었다. 그는 머리가 아프고 입술이 붓고 팔이 부러진 채 여러 날 동안 거실 소파침대에 누워 있었고 로셸이 그런 그를 돌보았다. 그녀는 야전병원의 간호사처럼 헌신적이고 능숙했다. 그녀 또한 그의 행위에 분명히 관련되어 있었다. 그들은 내게는 주의를 기울이지 않는 것 같았다. 나는 마침내 우주가 가족의 자존심과 적절한 관계를 맺은 것으로 이해했다.

오, 폴리, 오, 아빠, 괜찮아요, 정말 괜찮아요. 그런데 왜 안경을 민디시에게 건네줘야 했나요?

어느 날 아침 다니엘은 문 두드리는 소리를 들었다. 몇 시인지 시간은 알고 있었다. 그날 일어난 일을 이해하기 위해서는 먼저 집의 구조를 알아야 한다. 집 안에서 보면 문은 왼쪽에 있다. 문을 열고 안으로 들어오면 작은 복도가 나오고 복도 오른편에 거실로 통하는 입구가 있다. 이 짧고 어두운 복도 중간쯤 좁은 계단이 있고 계단을 올라가면 2층에 침실이 두 개 있다. 계단 밑에는 유모차와 오래된 신문을 쌓아 두는 장소가 있고 그 너머로 부엌 통로가 있다. 부엌은 거실 뒤편이다. 나는 미국의 좌익 역사상 가장 위대한 순간을 분명하게 기록하기 위해 당신들에게(누구?) 집의 구조를 이야기하는 것이다. 미국의 좌익은 이 위대한 순간에 폴과 로셸 아이작슨이라는 부부의 보잘것없는 음모로 교묘하게 축소된다. 부부는 거실에 놓인 접이식 소파침대에서 잔다. 그 침대는 폴의 큰누이 프리다가 남편이 죽은 다음 작은 아파트로 이사 갈 때 그녀에게서 산 것이다. 프리다 고모는 입술 바로 위에 털 한 오라기가 난 검은 점이 있다. 복도에는 리놀륨이 깔려 있고 문을 열 수 있는 공간만 남기고 작은 사이드테이블이 있고 그 테이블 위에는 전화기와 브롱크스 전화번호부가 놓여 있다.

다니엘이 문을 열자 FBI 요원 톰 데이비스와 존 브래들리가 서 있다. 두 사람 뒤쪽 길 건너편으로 학교 운동장 펜스가 보인다. 다니엘의 눈에서 빛나는 별처럼 펜스 마디에 쌓인 서리가 이른 아침 햇살에 빛난다.

"안녕, 다니엘. 아빠 집에 계시니?"

"무슨 일이야, 다니엘?" 엄마가 거실에서 물었다.

"그 두 아저씨가 왔어요." 다니엘이 대답했다.

다니엘과 FBI 요원들은 엄마가 아빠를 깨우는 소리를 들었다. 다니엘은 여전히 문손잡이를 잡고 있었다. 문을 닫으라는 말만 들으면 닫을 태세를 갖추고 있었다.

"지금 몇 시야?" 아빠가 졸린 목소리로 말했다.

"오, 하느님 맙소사, 여섯 시 반이에요." 엄마가 말했다.

엄마가 옷을 껴입으면서 현관으로 나왔다. 긴 나이트가운은 얇은 면으로 된 것이었고, 다니엘은 그녀가 가운을 입고 허리띠를 맬 때까지 젖꼭지가 비쳐 보여서 순간적으로 공포에 사로잡혔다. 그는 문 앞의 두 사람이 젖꼭지를 봤는지 알아보려고 그들을 쳐다봤지만 얼굴에는 아무런 표정이 없었다.

"안녕하세요, 아이작슨 부인. 들어가도 될까요?"

엄마는 드센 머리카락을 손가락으로 빗어 넘겼다. 그러다 문에 선 두 사람에게로 주의를 돌렸다. 이때쯤에는 그들과 이미 어느 정도 아는 사이가 되어 있었다. 그들은 우리 모두가 이 일에 관련되어 있다는 식으로 행동했다. 그리고 아빠의 모욕적인 언사와 고집을 과장되고 교활한 태도로 겪어냈다. 이 혼란스러운 상황에서 그들은 어떤 역할도 맡고 싶어 하지 않았지만 일단 이 일을 하라고 지시받은 이상 친절함과 유머를 잃지 않는 것이 양쪽 모두에게 나으리라고 생각하고 있었다. 한번은 자기들이 '상관'에게서 받는 압력을 언급하기까지 했다.

"대체 상관들이 누구요?" 아빠가 말했다.

"흠, 폴, 우리가 당신한테 질문할 상황인 것 같은데……"

"그러니까 나한테서 충분한 정보를 얻지 못하고 있단 말이군." 아빠는 자부심을 감추지 않고 말했다.

"당신은 벅찬 상대요. 그래요." 그들 중 한 사람이 말했다. "아마도 이제는 우리 생각을 바꿔놓으려고 하겠죠."

"글쎄, 내 말 좀 들어보시오. 나는 나에 대한 질문에는 대답했소. 당신들한테 나에 관해서는 소상히 말했다는 거요. 다만 다른 사람에 대한 질문에는 답하지 않았을 뿐이오."

"이를테면 민디시 박사 말이지."

"나는 진지하게 말했소. 그런데 당신들처럼 똑똑한 사람이 왜 지배층의 도구로 살기를 택했는지 궁금하오. 무슨 이유로 그랬는지 알고 싶소. 동기가 뭐요? 연방 '종교재판국'에 들어갔으면서 이 나라의 모든 가난한 사람들, 병든 사람들, 착취당하는 개인들에게 대체 무슨 말을 할 수 있겠소?"

"글쎄, 우리는 당신네 공산주의자들이 보는 방식으로 세상을 보지 않아요, 폴."

엄마가 들어와도 좋다고 고개를 끄덕였는지 아니면 그들이 그녀의 침묵을 허락으로 받아들였는지는 알 수 없다. 단 하나 그녀가 집 안으로 매서운 바람이 들어오지 못하도록 신경을 썼으리라는 것만은 확실하다. 그들이 들어오자 그 즉시 바깥에서 전기 충전 같은 활기가 느껴졌다. 그들 바로 뒤에서 한 사람이, 그리고 또 두 사람이, 또 몇 사람이 추운 가을날 아침에 걸맞게 따뜻하고 잘 맞는 옷을 입고 그들을 따라 들어왔다. FBI 요원 십여 명이 건장한 어깨에 바깥의 한기를 한껏 몰고서 삐걱거리는 작은 우리 집으로 들어가라는 말을 들은 것이다. 그들은 눈사태처럼 문으로 쏟아져 들어왔다.

"무슨 짓이에요!" 엄마가 소리쳤다.

"로셀!" 아빠가 엄마를 불렀다.

나는 바깥을 내다보았다. 세단 대여섯 대가 길가에 이중으로 주차되어 있었다. 그리고 막 한 대가 도착했다. 인도에는 FBI 요원 두 명이 더 서 있었다. 다른 한 명은 골목을 따라 지하실로 내려갔다. 경찰 무전기 소음이 귓속으로 따갑게 들어왔다.

접이식 침대에 맨발로 앉은 아빠 앞에 체포영장이 내밀어졌다. 아빠는 안경을 더듬어 찾았다. 그리고 엄마에게 갑자기 구역질이 난다고 말했고, 그녀는 아빠를 구역감이 사라질 때까지 머리를 무릎 사이에 넣고 엎드려 있게 했다. 엄마는 분노를 터뜨렸다.

"이 사람들이 여기서 뭐하는 거죠?" 엄마가 브래들리와 데이비스에게 말했다. "존 딜린저*라도 체포한다고 생각해요? 이게 무슨 짓이에요?" 그들은 책꽂이, 침대보, 마호가니 옷장을 뒤졌다. 그리고 2층으로 몰려 올라갔다.

엄마는 수전을 안고 눈물을 흘리며 서 있었다. 집 안 가구 하나하나가 그녀가 인생의 한순간 가장 관심을 기울인 것들이었다. 직접 커튼을 만들고 마루 구석구석을 빈틈없이 닦고 윤을 냈다. 우리가 살았던

* 유명한 은행강도로 1934년 FBI에게 사살되었다.

그 낡고 물이 새는 판잣집 — 재판에 관해 쓴 기자들 중에 아이작슨 집안의 가난함, 구세군에서 사온 중고 가구와 주워온 가구들로 가득한 집의 비루함, 서툰 페인트칠, 문으로 빗물이 스며들어 얼룩진 벽지에 대해 한마디라도 언급한 자가 있었던가.

"살인자들!" 엄마가 소리쳤다. "미친놈들! 그만하면 충분히 괴롭히지 않았어? 우릴 좀 내버려둘 수 없어?"

엄마는 아빠가 체포되었다는 사실을 깨닫지 못하는 것 같았다.

나는 2층으로 달려 올라갔다. 두 사람이 내 방에 있었다. 그들은 내 공룡 책과 만들던 중인 모형 비행기와 공깃돌을 담아둔 시가 상자를 조사했다. 침대 매트리스 밑을 살피고 바닥에 깐 리놀륨을 들추고 옷장을 들여다보고, 엄마가 거기 둔 담요와 침대보를 하나씩 꺼내 마루로 던지면서 뒤졌다. 그리고 아빠가 조립을 도와준 광석수신기와 내가 좋아하는 방송을 듣던 낡은 에디슨 라디오의 플러그를 뽑아 라디오 몸체에 감고서 겨드랑이에 끼었다. 수전의 방에서는 한 사람이 원숭이 인형의 배를 주머니칼로 가르고 손가락을 넣어 속을 끄집어내고 있었다. 그 방에는 할머니의 빛나는 희망의 서랍이 있었다. 그들은 갈색으로 바랜 할머니의 부모님 사진과 일용기도서, 낡은 베개 두 개, 낡은 옷가지, 술 달린 식탁보 등을 꺼내 던지면서 서랍을 조사했다. 좀약이 바닥에서 달가닥거렸다. 서랍 밑바닥에는 파란 타원형 깡통이 있었다. 할머니의 마지막 천식 약초 깡통이었다. 한 명이 그것을 집어 천천히 열어 냄새를 맡고는 다시 뚜껑을 닫고 손수건으로 싸서 호주머니에 넣었다.

다니엘은 다시 자기 방으로 달려갔다. 파란색 깡통이 열려 있고 특별한 페니 동전이 바닥에 흩어져 있었다.

아래층은 그야말로 아수라장이었다. 부엌에는 접시가 깨져 있고 계단 아래에서 꺼낸 신문이 흩어져 있었다. 그들 중 한 명이 〈노동자 일보〉 뭉치와 영국과 캐나다와 뉴저지에서 체포된 원자폭탄 스파이 기사가 실린 다른 신문을 옮기고 있었다. 닫히지 않도록 문을 고정해놓았기에 매서운 바깥바람이 집 안으로 들어왔다. 나는 밖을 내다보았다. 윌리엄스가 인도에 서 있었다. 회색 운동복 상의에 위아래가 붙은 작업복을 입고 있었다. 슬리퍼를 신고 있었다. 골목길을 보고 있었다. 내 발밑으로 지하실 근처 쓰레기통이 굴러 떨어지는 굉음이 들렸다.

이 일이 얼마동안 계속되었는지 모른다. 학교에 가기 싫은 아이들이 거리 반대편 학교 펜스를 따라 이쪽을 바라보고 서 있었다. 아이들의 수는 계속 늘어났다. 173번로의 아파트 창문으로 사람들이 머리를 내밀었다. 동네 모퉁이마다 교차로를 가로질러 경찰 순찰차가 서 있었다. FBI 무전기가 할머니의 천식 약초같이 삑삑거렸다. 선생님들도 보고 있었다. FBI 요원들이 우리 집에서 가지고 나간 귀중품들을 모두 차로 옮기고 있었다. 나는 문가에 서서 그 물건들을 바라보았다. 내 광석수신기와 라디오. 수사관들이 고른 신문 뭉치. 보험금 5천 달러를 탈 수 있는 아빠의 국제노동자단 보험증서. 공구상자. 『대중과 주류(主流)』 잡지 1년치. 그리고 다음 책들. 마이클 골드의 『가난한 유대인들』, 잭 런던의 『강철군화』, 레닌의 『국가와 혁명』, 허버트 마레스와 윌리엄 칸 공저 『유진 데브스, 투쟁하는 미국인 이야기』, 미국의 부통령 헨리 A. 윌리스의 『자유세계 승리의 대가』, 마이클 세이어스와 앨버트 E. 칸 공저 『거대한 음모』, 제임스 S. 앨런의 『누가 미국을 소유하는가』(책 표지에는 실크해트를 쓰고 배에는 달러 표시가 그려진 뚱뚱한 자본가가 공장 앞에서 '이윤'이라고 적힌 큰 가방 위에 앉아 있다. 오, 적색 만화! 오, 로버트 마이너. 그의 만화에는 성적 매력이 흘러넘치는 자유의 여신이 강간당하고 피 흘리면서 쓰러진 모습이나 건장한 팔뚝의 노동자, 손에 손을 잡은 흑백 형제들, 비굴한 자본가 사장을 향해 돌진하는 노동자 행렬 등이 등장한다. 나는 당신에게 경의를 표한다! 나는 반反 만화의 창조자인 당신에게 경의를 표한다! 당신의 목탄연필의 대담한 화법은 내 어린 시절에 영원한 전복정신을 새겨 넣었다. 오, 로버트 마이너. 오, 윌리엄 그로퍼. 연필화의 천재들, 노동자 계층의 꿈을 담는 정확한 도구, 선동가들, 상징의 창조자들, 공적인 분노를 끊임없이 야기하는 첨병 중의 첨병), 그리고 미하일 일린의 『5개년 계획 이야기』. 마지막 책은 내 방에서 가져온 것이었다. 러시아 어린이들을 위한 입문서 번역본이었다. 아빠는 이 책을 주면서 내가 나이가 들어 읽을 수 있을 때까지 가지고 있으라고 했다. 나는 이제 나이가 들었지만 1장 뒤로는 더 읽어낼 수 없었다.

거대한 강의 둑 위에 엄청난 절벽이 산산이 부서진다. 선사시대의 괴물을 닮은 사나운 기계가 산에서 베어 온 나무로 만든 커다란 사다리 위를 맹렬하게 뒤뚱거리며 올라간다…… 과거에 강이 없던 곳에 100킬로미터나 되는 강이 생긴다…… 늪이 갑자기 광활한 호수로 바뀐다…… 잡초와 목초만 자라던 평원에 수천 에이커의 밀밭이 미풍에 넘실거린다…… 자그마한 오두막에 살며 동물가죽으로 이상한 옷을 지어 입던 사팔뜨기들이 시베리아의 침엽수림 위로 비행기를 타고 날아간다…… 칼미크 초원 한복판에 유목민의 펠트 천막과 철근 콘크리트 건물이 나란히 올라간다…… 국토 곳곳에 쇠기둥이 세워진다. 기둥에는 네 발과 수많은 팔이 달려 있고 이 팔들이 철선을 잡는다…… 선을 통해 전기가 흐르고 강과 폭포, 이탄과 석탄의 힘과 기운이 흐른다. 이 모든 것을…… 5개년 계획이라 부른다.

다니엘은 거실 입구에 섰다. 아직 잠옷 바람이었다. 아침의 차가운 기운이 가슴 속으로 파고들었다. 그 한기가 가슴과 목을 가득 채웠다. 그런 다음 눈 뒤쪽을 압박했다. 그는 자신이 이것을 느끼는 방식이 두려웠다. 한기가 가슴에서 나온 얼음처럼 매달렸다. 작은 불알이 얼음에 싸였다. 무릎이 얼음 속에서 떨렸다. 그는 떨었고, 얼음이 등뼈에서 떨어졌다. 아빠는 이제 옷을 차려입었다. 넓은 깃에 실제 어깨보다 크게 각진 어깨선이 경사지게 붙은 보기 좋은 회색 체크무늬 양복을 입고, 벌써 깃이 말려 올라간 흰색 셔츠에 넓은 녹색 넥타이를 매고, 한 손으로 윗도리 단추 두 개를 잠그며 서 있었다. 그는 수염을 깎지 않았고 무엇인가를 기억하려고 애썼다. 그 기억이 마치 마루 위에 있는 것처럼 아빠는 한순간 마루 쪽으로 얼굴을 돌렸다. 기억하려고 애쓰는 이 슬픔, 이 끔찍한 슬픔. 아빠는 주름 잡힌 바짓단이 갈색 윙팁 구두*를 거의 덮을 정도로 엄청나게 큰 양복을 어울리지 않게 차려입었다. 아빠의 다른 손이 손목에서부터 힘없이 올라가고 그의 팔도 같이 올라간다. 아빠를 붙잡은 사람이 담뱃불을 붙이려고 손을 올리자

* 앞쪽에 날개 모양 장식이 있는 구두.

수갑을 찬 아빠의 손이 따라서 올라간 것이다. 아빠는 신경 쓰지 않는 것처럼 보인다. 수사관은 성냥을 두 손으로 감싼 채 담배에 불을 붙이고 아빠의 손은 다른 사람이 손을 멈춘 곳에 매달려 있다.

"저 사람들 아빠한테 왜 저래? 저 사람들 아빠한테 왜 저래?" 수전이 반복해서 울부짖던 말이 기억난다. "저 사람들이 아빠한테 왜 저렇게 해?" 그리고 엄마가 수전을 품에 꼭 껴안고 쉬, 쉬…… 하면서 부드럽게 흔들어주던 모습이 기억난다. 그러나 수전은 숨이 벅차 흐느꼈고 히스테리 상태였다. 우리는 숨 쉬는 것이 힘들었다. 나는 FBI 요원의 정강이를 걷어차고 그들의 허리를 머리로 받고 화를 내며 소리를 지르고 주먹을 휘둘렀다. 그렇게 두어 명을 아프게 만들었다. 하지만 그들은 나를 옆으로 밀쳐버렸다. 그리고 내가 돌아서자 나를 번쩍 들었다. 나는 주저앉아 뱀처럼 꿈틀거리며 소리를 질렀다. 아빠를 내버려둬! 당신들 죽여버릴 거야, 당신들 죽여버릴 거야! 나는 계단 뒤 신문을 쌓아둔 곳에 내팽개쳐졌다. 아빠는 문밖으로 끌려나갔다. 나는 내 눈물에 몸을 덥히고 분노에 몸을 녹인 채 무릎을 꿇고 있었다. 아빠가 짧은 순간 뒤돌아보며 어깨 너머로 "애셔!"라고 외쳤을 때 나는 그의 얼굴을 보았다.

그러고 나서 주위는 끔찍하게 고요해졌다. 곧 차들이 모두 가버리고 구경하던 사람들도 가버리고 문이 닫혔다. 나는 훌쩍이는 엄마를 쳐다보았고 엄마가 전화 다이얼을 돌릴 동안 대신 어린 동생을 안고 있었다. 그리고 아빠가 정말 사라졌다는 사실을 깨달았다.

아이작슨 부부는 텔레비전 기밀을 소련에 제공하기로 공모한 혐의로 체포되었다……

이리하여 애셔가 우리 삶에 들어왔다. 그는 내 첫번째 대리 아빠였다. 애셔는 좌익 변호사가 아니었다. 브롱크스에서 주로 민사소송을 다루는 변호사였다. 프리다 고모가 '유대인 신사'라고 부르는 부류의 사람이었다. 자신이 다니는 유대교 회당의 법적 문제를 수임료 없이 조용히 처리해주는 부류의 변호사였다. 처음 우리가 만났을 때 그는 60대였고 폐기종을 앓는 듯한 얼굴에 병색이 완연했다. 입은 크게 벌어져 있었고 깊은 눈은 약간 튀어나와 있었다. 곁에 애셔가 있으면 나는 비탄의 무게를 느꼈다. 의사와 마찬가지로 우리에게 문제가 없다면 그가 곁에 있을 리 없었기 때문이다. 하지만 나는 그를 싫어하지 않았다. 엄청나게 큰 그의 손과 무뚝뚝하고 오만하게 아이들을 대하는 태도가 부적절하거나 불쾌하게 생각되지 않았다.

애셔는 브롱크스 변호사계의 기둥이었다. 탁월한 변호사는 아니지만 법률 지식이 탄탄했고 인간으로서, 종교적인 인간으로서 그의 명예는 의심할 여지가 없었다. 그는 정직한 변호사였으며 의뢰인을 위해 끈질기게 노력했다. 나는 그가 속죄일에 홈부르크 모자*를 쓰고 탈리스**를 걸치고 신도석에 서 있는 모습을 상상한다. 애셔는 홈부르크 모자와 탈리스를 한번에 쓸 수 있었다.

사실 애셔는 내 부모의 첫번째 선택은 아니었다. 그들은 변호사나 회계사, 혹은 은행의 창구직원과 거래하는 일에 익숙지 않았다. 애셔

* 펠트로 만든 챙이 좁은 중절모자.

** 유대인 남자가 기도 때 머리에 쓰는 숄.

를 찾아내기 전에 아빠는 분명히 친구들의 권유에 따라 이미 대여섯 명의 변호사에게 전화를 걸었을 터였다. 그러나 그들은 FBI가 수사중인 사건을 맡고 싶어 하지 않았고 그 점은 좌익의 변호사들도 마찬가지였다. FBI의 방문을 막으면서 변호사를 물색하고 있었을 때, 명민한 변호사라면 파악할 수 있었듯이 아빠의 경우는 결과를 예측하기 힘들었다. 아마 애셔도 이 사실을 알았을 것이다. 빨갱이나 공산주의자로서 스스로를 '진보주의자'라고 부르는 사람들에게, 만약 법이 그들을 문제 삼는다면 당시는 그들에게 불리한 시대라는 것을 말이다. 1946년 이후 부당한 일들이 일어났다. 그는 로셸이 이러한 사실을 모를 거라고 생각했는지 길게 설명을 했다. 해리 트루먼 정권 시절, 민주당 의원들은 좌익에 대해 어느 편이 더 강경한지 공화당 의원들과 의회에서 경쟁했다. 사람들은 15년 전 자신이 했던 말 때문에, 또는 자신이 지지했던 탄원 때문에 직장과 미래를 잃었다. 혐의가 무엇인지, 누가 그러한 혐의를 자신들에게 두었는지도 모른 채 사람들은 기소되고 조사를 받고 직장에서 쫓겨났다. 그들은 자신이 속한 그룹에서 블랙리스트에 올랐다. 공개적으로 잘못을 고백하는 일이 러시아에서처럼 국가적 의식이 되었다. 20년 전 모임에서 본 친구와 지인 들의 이름을 대면 의원들에게 찬사를 받았다. 제보 자체가 새로운 윤리였다. 당에 대해 증언하고 참회록을 쓴 전직 공산주의자들이 큰돈을 벌었다. 그들의 성공 정도는 지은 죄의 크기를 말해주었다. 적색위협의 시대였다. 공산주의자들이 학부모회와 복지기금회를 접수할지 모른다는 공포가 평범한 소도시에 사는 보통 사람들의 삶에 영향을 끼쳤다. 과거에 공산주의자와 친분이 있던 사람들은 누구든 한통속이라

여겨졌다. 공산주의자와 관련된 것들은 무엇이든 오점을 남겼다. 원칙에 따라 시민의 자유를 옹호한 사람. 수정헌법 1조, 5조, 14조. 파리에서 개최된 공산주의 세계평화회의에 참석했으며 평화를 상징하는 비둘기를 그렸던 파블로 피카소. 비둘기. 평화. 새로운 이민통제법과 외국인추방법, 해외거주 미국시민통제법이 제정되었다. 스파이 행위의 가능성이 있는 사람들을 잡아들일 집단수용소를 설치하는 국내보안법도 제정되었다. 그리고 여권을 발급받지 못하는 사람들도 있었다. 또 일자리를 구하지 못하는 사람들도 있었다. 모욕죄로 감옥에 가는 사람들도 있었다. 마크 트웨인의 책이 도서관에서 추방되었다. 러시아인들이 마크 트웨인을 좋아했고 그가 러시아에서 베스트셀러 작가였기 때문이다.

애셔가 말했다. "소련의 핵 보유는 사태 해결에 도움이 되지 않아요. 이제 그들은 우리처럼 위험한 존재가 되었어요. 그건 용납할 수 없는 일이지요. 그리고 이제 중국에서 공산주의자들이 주도권을 잡았어요. 그것도 용납할 수 없지요. 우리 역사학자들이 우리를 자랑스럽게 여길 시대가 아닙니다. 용납할 수 없는 상황이 된 데 대하여 누군가는 대가를 치러야 한다는 분위기이죠. 부인이 로버트 태프트*가 아니라면 조심해야 할 겁니다."

그 말은 엄마에게 위안을 주지 못했다. 애셔는 요령 있는 사람이 아니었다. 그는 사람을 다루는 기술이 부족했다. 그러나 그는 정직했고 다른 선택은 없었기에 그를 받아들일 수밖에 없었다. 애셔는 정치적

* 당시 공화당 지도자로 미국의 대표적인 보수주의 정치가.

인 사람이 아니었다. 어떤 정치인이든 도덕적으로 구별할 수 있으면 속한 정당에 관계없이 투표할 사람이었다. 그는 오히려 보수적이었다. 삶에 대한 종교적 의미가 성문화되어 있다고 인식했다. 아직 끝내지는 못했지만 구약성경이 미국법 형성에 어떻게 공헌했는지 입증하는 책을 여러 해 동안 집필중이라고 했다. 애셔가 보기에 마녀사냥은 이교도적인 것이었다. 그에게 합리적이지 않은 것은 죄악이었다. 그는 추운 우리 집에 와서 코트도 홈부르크 모자도 벗지 않은 채 몇 가지 질문과 대답을 주고받았고, 고개를 끄덕이며 한숨을 쉬고 고개를 저었다. 애셔는 내 부모의 공산주의를 애처로워하면서도 동시에 용기 있는 일로 받아들였다. 한 유대계 문학비평가*는 폴과 로셸에 관한 글에서 그들이 처형당하기 전 몇 달 동안 두 사람이 동정을 잃지 않기 위해 (자신들의) 유대 신앙에 의존할 정도로 우둔하고 위선적이었다고 지적했다. 그 비평가는 애셔를 이해하지 못했다. 애셔는 인간과 권력의 실질적인 현실세계에 무지한 부적응자 유대인인 동시에 무신론자 공산주의자였던 아빠 같은 사람을 감싸 안을 수 있는 사람이었다. 그는 애셔의 그런 포용력 있는 윤리적 존엄성을 이해하지 못했다. 유대인의 전통을 부인하고 이 땅에 천국을 건설하는 완벽주의자의 꿈을 꾸면서도 여전히 자신을 유대인으로 여기는 사람을 애셔는 이해할 수 있었다.

* 비평가이자 포스트모더니즘 주창자인 레슬리 피들러.

변호사 교육

우리는 의도는 좋았지만 계급에서 압도당한 이 변호사가 지하철을 타고 시내로 가서 강력한 연방 검사부가 집행하는 법률을 배워가는 과정을 살펴보려 한다.

FBI의 수색이 끝난 후 엄마는 사람들이 수리를 맡긴 물건을 찾아가도록 가게 문을 열었다. 액수가 얼마가 됐든 라디오 수리비를 받으려는 의도였다. 우리는 한 푼이 아쉬웠다. 집세가 모자랐다. 애셔가 수임료는 염려하지 말라고 했지만 그 엄청난 비용을 걱정하지 않을 수가 없었다.

나는 엄마에게 내 파란색 페니 깡통을 내밀었다. 80센트 정도가 있었다. 내가 예상한 대로 엄마는 울음을 터뜨렸고 나를 꼭 안았다. 나는 엄마가 우는 모습을 보고 싶었다. 엄마가 나를 껴안기를 바랐다. 내가 계획한 이 순간을 엄마가 느끼기를 바랐다.

가게를 찾은 사람은 얼마 없었다. 그나마 찾아온 사람들도 엄마의 눈을 보면 우리의 불행에 감염이라도 되는 양 고개를 돌려버렸다. 나는 사람들이 로셸이 뻔뻔스럽게도 자식들과 함께 가게에 나와 수치스러운 모습을 보인다고 수군거리는 소리를 들었다. 아무도 우리 가까이 오려 하지 않았다. 이 유대인 마을에서 폴 아이작슨은 유대인 이웃에게 해를 끼치는 존재였다. 조지프 매카시가 어느 연설에서 신을 거부하는 공산주의자와 기독교도 간에 벌어지는 거대한 전쟁에 대해 말하지 않았던가? 매카시는 이 싸움에서 유대인이 어디에 속하는지 모르는 사람은 아무도 없다고 주장했다.

엄마는 이웃의 반응에 마음이 쓰라렸다. 라디오를 찾아가라고 일일이 전화를 걸까 잠시 생각했지만 곧 마음을 바꾸었다. "시골에서 살면 돼요. 이 두려움과 무지. 아무도, 심지어 우리를 동정하는 사람들조차 남편이 결백하다고는 믿지 않아요." 엄마는 애셔에게 말했다.

"교육받은 사람들도 마찬가집니다. 연방 대배심이 기소한 탓이지요. 판결도 내려지기 전에 죄인 취급을 받게 되었습니다. 그렇지만 걱정하지 마세요. 법정은 여전히 법정이고 결정은 그곳에서 내릴 겁니다. 174번로가 아니라 법정에서 판결을 내릴 거예요." 애셔가 말했다.

아빠는 셀리그 민디시와 몇몇 사람들과 함께 1917년의 간첩법을 위반하고 공모한 혐의로 기소당했다. 보석금은 10만 달러로 정해졌다. 재판 때까지 수개월 동안 감옥에서 지낼 수밖에 없었다. 애셔가 보석금이 지나치다는 탄원서를 제출했지만 거부당했다. 한국전쟁 상황이 불리하게 전개되고 있었고, 신문에서는 원자폭탄 하나가 뉴욕에 떨어지면 어느 정도 피해를 입게 될지 추측이 난무했다. 아마도 수십만 명이 사망할 것이다. 수백만 명이 방사능에 노출되어 병에 걸려 죽을 것이다. 또 수많은 거리가 폐허로 변할 것이다.

가게는 문을 닫았다.

여기에는 로셸과 두 아이, 그리고 지하실에 사는 흑인 윌리엄스가 라디오 부품과 도구, 튜브 상자 등을 가게에서 집으로 운반하는 장면이 잘 어울린다. 추운 겨울날 며칠이나 가게를 치우고 몇 톤이나 되는 잡동사니를 집으로 날랐다. 수전까지 작고 오동통한 손으로 라디오 부품을 날랐다. 윌리엄스는 큰 텔레비전을 손수레에 싣고 무겁고 느릿느릿하게 걸어갔다. 색이 바랜 파란색 작업복을 입고 텔레비전 세트를 174번로로 얼굴을 찌푸린 채 밀고 갔다. 그 뒤편으로 이제 가게는 텅 비었다. 진열창도 텅 비었다. 건물 주인은 가게 문에 자물쇠를 채우고 칠장이는 사다리 위에서 '아이작슨 라디오 수리판매점' 간판을 재빨리 페인트로 지웠다.

우리의 삶이 오그라든다. 아이작슨 일가는 이제 가정생활의 가장자리까지만 존재한다. 이후로 소중히 간직하게 된 고무 손잡이가 달린 스크루드라이버와, 내가 계층구조의 한 부분처럼 혹은 극적인 새 도시의 한 부분처럼 쌓아놓은 붉은색 텅 빈 튜브 상자가 아빠를 대신한다. 또 라디오 방송국에서 가져온 무겁고 낡은 다이아몬드형 마이크가 아빠를 대신한다. 나는 이 마이크로 비밀주파수를 이용해 감옥에 있는 아빠에게 방송을 한다. 아빠에게 오늘 밤 감옥 창문 밖에서 올빼미 우는 소리가 들리면 이렇게 하라고 낮은 목소리로 지령을 보낸다. 나는 그 소리가 아빠를 구출하기 위해 내가 보낸 특공대가 내는 소리라고 설명한다. 그리고 아빠에게 준비를 하고 다음 지시를 기다리라고 한다. 아빠는 내게 알았다고 교신을 보낸다. 알았음, 교신 끝. 나는 그렇게 대답한다.

신문에서 그의 목소리를 듣는다. 아빠는 기자들에게 자기를 기소한 것은 미친 짓이라고 말한다. 나는 수갑을 차고 폴리 광장의 FBI 본부 앞에 서 있는 그의 사진을 본다. 아빠는 영국 과학자, 캐나다 이민자, 뉴저지의 기술자를 모른다고 주장한다. 민디시는 친구일 뿐이다. 우리 삶의 테두리는 줄어들고 있지만 또 다른 존재와 다른 차원의 이미지와 목소리는 커지고 있다. 내가 간직한 엄마의 사진을 보면 엄마는 팔을 들어 얼굴을 가리고서 집 앞 계단을 내려간다. 카메라에 얼굴을 찍히지 않으려고 그런 것이다. 아니면 아래쪽에 붙은 사진설명이 주장하듯 엄마가 위협적인 몸짓을 취한 것일까? 엄마는 기자에게 남편은 결백하고 FBI가 수색영장도 없이 집 안 물건을 가져갔다고 말한다. 그 기사는 엄마의 태도가 도전적이라고 기술한다.

이 새로운 차원에서 우리의 삶은 신문의 헤드라인과 뉴스 방송으로 변형된다. 우리 군대가 포로로 잡히고 죽임을 당하고 있다. 엄마는 한국에 있는 어떤 언덕에 관한 기사를 읽고 나서 "우리한테 모든 비난이 쏟아질 거야"라고 말한다. 엄마의 얼굴은 창백하고 야위어간다. 음식은 거의 먹지 않는다. 침착하다가도 종종 갑작스럽게 나를 숨 막힐 정도로 껴안거나 수전의 얼굴을 뚫어지게 바라보거나 수전의 머리를 빗겨주면서 곧고 비단 같은 머릿결에 지나치게 즐거움을 느끼거나 머리를 감기고 나서 그 깨끗한 냄새를 탐닉한다. 나를 살펴볼 때는 내가 아빠를 얼마나 닮았는지 또 자신은 얼마나 닮았는지 따져보는 듯하다.

한두 주 동안은 애셔와 기자들만 집으로 찾아왔다. 그러던 어느 날 저녁에 문 두드리는 소리가 났다. 내가 좋아하는 벤 코언이었다. 그는 언제나 조용하고 점잖았다. 일과를 마치고 바로 우리 집으로 온 듯했다. 그의 일은 잔돈을 바꿔주는 것이며 지하에서 일하기 때문에 원자폭탄 걱정은 할 필요가 없다.

벤을 보자마자 엄마는 울음을 터뜨린다. 그는 어색하게 엄마의 어깨를 토닥거린다.

"여기 오는 건 현명한 일이 못 돼요, 벤. 현명하지 못한 일이에요.

바보처럼……" 엄마는 고마움에 어쩔 줄 몰라 하며 말한다.

벤은 얼굴을 찡그리고 고개를 젓는다. 엄마와 벤은 부엌에서 함께 차를 마신다. 그는 손가락으로 턱수염을 가다듬고 파이프 담배에 불을 붙인다. 그리고 가는 다리를 꼬고 앉아 엄마의 이야기를 듣는다.

"그 사람이 뭐에 씌어서 그런 짓을 했을까요? 나한테 말해줄 수 있어요? 그렇게 오랫동안…… 친구에게 교양 있는 행동을, 아니 단지 상식적인 신뢰를 기대할 수 없다면 대체 누구를 믿겠어요? 생각하고 또 생각해봐도 도저히 이해가 안 돼요. 어떻게 사람이 그렇게 지독한 짓을 할 수 있나요. 한 가족을 파멸시키고, 아이들 인생까지 말이에요."

벤은 말없이 고개를 젓는다.

"그리고 그 사람 아내도 용서할 수 없어요. 새디 민디시와 나는 사이가 좋지 않았죠. 둘이서 작당한 게 분명해요."

"할 수 있는 일은 뭐든 하겠어요. 변호사한테 이 말을 전해주세요. 내가 증인으로 설게요. 무슨 일이든 돕겠어요." 벤 코언이 말한다.

"그 일은 폴이 벌써 애셔하고 의논했어요. 폴은 어느 누구도 연루시키고 싶지 않다고 했어요. 그이는 우리 친구가 이 일에 엮이는 걸 원치 않아요. 지금 상황에서는 누구든 우리와 관계되면 의심받을 거예요. 그이는 그런 부담을 감당할 수 없다는 거예요. 그 책임이 무겁게 그이를 짓누르겠지요. 그건 나도 마찬가지예요, 벤. 말만으로도 충분히 고마워요."

엄마의 태도에는 고통의 위엄 같은 것이 서려 있다. 나는 그것을 놓치지 않는다. 아마도 엄마는 그렇게 말함으로써 스스로의 감정을 통제하는 것이리라.

"물질적인 도움이라도 주고 싶군요." 벤 코언이 조용한 목소리로 애원하듯 말한다.

엄마는 눈물을 흘린다. "그이가 너무 그리워요. 애셔는 폴이 잘 지낸다고 해요. 편지에도 별일 없다고 쓰여 있고요. 하지만 어떻게 아무 일도 없겠어요? 그이는 죄인처럼 갇혀 있다고요."

벤이 찾아온 뒤 며칠 지나지 않아 아빠의 친구들이 우리를 방문했다. 불그스름한 얼굴에 쉰 목소리로 말하는 모피상 네이트 실버스타인, 바이올린 연주자 헨리 버그먼, 그리고 나머지는 기억나지 않는다. 아주 적은 수였다. 사실 그들이 우리를 찾아온 것은 FBI뿐만 아니라 공산당 핵심세력에도 용감히 맞서는 일이었다. 아빠가 체포된 지 24시간이 지나지 않아 엄마와 아빠는 당에서 제명되었다. 당의 모든 기록에서 이름이 지워졌다. 당은 스파이 혐의를 받는 어느 누구와도 연관되지 않으려 했다. 신속하고 조용하게 엄마 아빠의 존재는 지워졌다.

그러나 우리를 찾아온 사람들은 몇 달러를 두고 가거나 제과점에서 사온 케이크나 쿠키, 포드햄 가에 있는 크럼 씨의 가게에서 사온 사탕 상자 등을 놓고 갔다. 수전이 내게 말했다. "아빠가 죽었어?" 나도 수전과 같은 느낌이었다. 할머니가 돌아가시고 사람들이 왔을 때와 같았다. 마치 아빠를 애도하는 기간처럼 느껴졌다.

나는 엄마에게 앞으로 무슨 일이 일어나는지 물었다. 엄마는 아빠에게 죄가 있는지 없는지 결론을 내리기 위해 재판이 열릴 것이라고 했다. 엄마는 아빠를 '네 아빠'라고 불렀다. "재판에서 네 아빠가 죄가 있는지 판결이 날 거야."

"무슨 죄?"

"간첩죄. 기밀을 넘겨준 죄지. 하지만 실제로는 결핍이 없는 새로운 사회주의 세계를 원한 죄란다."

나는 아빠에게 그 죄가 있음을 알기에 울기 시작했다. "아빠한테 무슨 일이 생겨? 우리 아빠한테 무슨 일이 생겨? 그 사람들이 아빠를 어떻게 하는 거야? 아빠를 죽여? 아빠가 죽어?"

"자, 다니엘, 이리 오렴. 이리 와. 엄마는 만날 네가 아직 어린애라는 걸 잊어버리는구나. 우습지? 안아줄까? 우리 다니엘 한번 안아볼까? 씩씩한 아이라니까. 아직 어린 걸 자꾸 엄마가 잊어버려. 아기 동생을 참 잘 돌보지. 너도 아기라는 걸 잊고 있었구나."

"난 아기가 아니야."

"우리 아기."

내 입술이 엄마의 뺨에 닿았다. "그 사람들이 엄마를 잡아갈 거야." 나는 흐느꼈다.

"그렇지 않아. 그렇지 않아. 다니엘."

"민디시 아저씨가 엄마도 죽일 거야."

"아저씨를 무서워하지 마. 불쌍하다고 생각하렴. 이 세상의 민디시 가족을 무서워하지 마. 불쌍하다고 생각해." 엄마는 내게서 떨어졌다. 엄마의 기분이 변하고 있었다. "누구도 그들이 자신을 해친 것보다 더 심하게 그들을 해칠 수는 없단다. 자신을 해친 것보다 그들한테 더 심한 해를 입힐 사람은 없는 거야. 그자는 살아 있는 한 자신의 배신에 괴로워할 거야. 자기 아이까지 괴롭게 만들 거야. 민디시는 자기가 저지른 흉악한 짓 때문에 영원히 지옥에서 살 거야. 자기 스스로 사람들 사이에서 자신을 쫓아낸 거야."

나는 흐느낌을 멈출 수 없었다.

"그만 울어, 다니엘. 뚝 그쳐. 우리를 해칠 사람은 없어. 고개 똑바로 들어. 어깨도 바로 펴고. 무서워하지 마. 아무도 너한테서 아빠를 빼앗지 못해. 아무도 우리를 너희한테서 빼앗지 못해."

로셸은 얼마 남지 않은 일상을 지키려고 애썼다. 나는 아침마다 가방을 들고 학교로 갔다. 사실은 가기가 싫었다. 내가 집에 없으면 FBI가 엄마까지 납치할 것 같았다. 그들이 다시 집으로 찾아올까 두려웠다. 나는 점심을 먹으러 집으로 달려갔고 세 시에 수업이 끝나면 또 곧장 집으로 달려갔다.

엄마에게는 말하지 않았지만 나의 학교생활은 예전 같지 않았다. 어느 날 교장선생님이 교실로 와서 칠판 앞에 선 선생님에게 무엇인가를 이야기했다. 그가 떠난 뒤 선생님은 내게 몇 분간 다른 교실에 가 있으라고 했다. 그곳은 빈 교실이었고 나는 그날 내내 거기 앉아 있었다. 다음 날은 하루 종일 학교 도서관에 있었다. 그다음 날 교실에 들어오는 일이 허락되었을 때 나는 창문가 첫째 줄 맨 앞자리에 앉게 되었다. 나는 이 변화가 무엇을 뜻하는지 궁금했다. 그리고 곧 이 새로운 자리에서 가까이 대할 수 있는 아이의 수가 최소라는 사실을 이해했다. 하지만 크게 신경 쓰이진 않았다. 내게는 차라리 잘된 일이었다. 몇 분 간격으로 집에 무슨 일이 있지 않은지 창밖을 내다보려고 라디에이터 위로 점프를 해야 했기 때문이다. 선생님은 가식적인 웃음을 지으며 지나칠 정도로 나를 친절히 대했다. 아마도 내가 부서져 버릴까 두려워하는 듯했다. 그래서 원할 때마다 밖을 내다보는 일이 내게는 허용되었다. 하지만 한편으로는 선생님과 예전처럼 지낼 수 없음에 외로움을 느꼈다. 그녀는 의도적으로 아무것도 달라지지 않았다는 듯 행동하며 우리 반 전체를 속였다. 아이들 모두 그것을 느꼈다. 사소한 질문에 대답만 해도 선생님은 마치 유치원에서처럼 나를 지나치게 칭찬했다. 아이들은 아빠에 관해 이야기하고 싶어 했지만 선생님은 허락하지 않았다.

"다니엘 아빠가 스파이예요?"

"얘들아, 우리 그런 이야기는 안 할 거야."

붉은 립스틱을 바르고 붉은 매니큐어를 칠하고 유약 바른 자기처럼 하얗게 빛나는 치아에 플라워워터 향기를 풍기던, 나를 "얘"라고 부르던 이해할 수 없는 선생님과, 이렇다 할 특징 없이 마르고 창백하고 너무 하얘서 뼈와 근육이 비칠 듯하던 엄마. 나는 그 두 사람을 비교했다.

우리 반 아이들은 내게 감옥에서는 펜치로 손톱을 뽑고 쇠사슬로 죄수를 벽에 묶어두고 언제나 깜깜하고 쥐가 물어뜯고 먹을 거라곤 물과 벌레 든 빵밖에 없다고 말했다. 또 아빠가 러시아 사람이라서 벌써 군인들에게 총살을 당했다는 이야기도 했다. 그리고 맥아더 장군이 아빠의 성기를 가위로 자르려고 일본에서 먼 거리를 날아왔다는 이야기도 했다.

나는 엄마에게 감옥이 어떤 곳인지 물었다. 엄마는 전쟁중에 헌혈 프로그램 자원봉사자로 일하면서 맨해튼 시내에 있던 감옥에서 죄수들의 피를 뽑았던 경험을 들려주었다. 어쩌면 그곳이 지금 아빠가 갇혀 있는 감옥인지도 몰랐다. 엄마는 감옥이 무척 깨끗하다고 말했다.

방마다 침대와 의자와 창문이 있었다. 문과 창문에 창살이 있는 건 사실이고 벽은 타일로 되어 있고 바닥은 시멘트였다. 아늑하다고는 할 수 없었다. 그렇지만 깨끗했다. 죄수들은 책을 읽을 수 있었다. 또 하루에 세 번씩 식당에서 밥을 먹었다. 신선한 공기를 마실 수 있는 작은 운동장도 있었다. 그리고 밤에는 담요를 덮고 따뜻하게 잘 수 있다고 했다.

"정말이야." 엄마가 나를 보며 웃음을 지었다. "그렇게 형편없진 않단다."

어느 날 아침 엄마는 대배심에서 증언하기 위해 시내로 가야 한다고 말했다. 내가 학교 갈 준비를 다 끝냈을 때 할머니의 오랜 친구인 비텔만 부인이 수전을 돌봐주러 왔다. 비텔만 부인의 생각에 비참한 사람들이 모여 사는 곳에 정치란 존재하지 않았다. 소환 통지를 받고서 엄마는 그사이 수전을 돌봐줄 사람이 없어 막막해했다. 우리 형편상 돈을 주고 사람을 부를 수는 없었다. 프리다 고모와 루스 고모는 직장에 다녔다. 게다가 고모들은 아빠가 감옥에 간 뒤로는 우리를 보러 오지도 전화를 걸지도 않았다. 내 짐작으로 고모들은 자신들이 위로를 받아야 할 사람이라고 느끼는 듯했다. 그때 엄마는 동네 모퉁이에 사는 할머니의 친구를 생각해냈다. 엄마는 비텔만 부인을 찾아갔고 친절한 할머니는 수전을 봐주겠다고 했다.

"네가 학교에서 돌아오기 전에 엄마가 먼저 와 있을 거야, 다니엘. 아니면 우유랑 쿠키 챙겨 먹어. 수전이랑 공원에 가서 놀고. 점심때 먹을 땅콩버터 샌드위치랑 사과 한 개 냉장고에 넣어뒀어."

나는 엄마가 가는 것을 원치 않았다.

"가야 해, 다니엘."

"그 사람들이 엄마도 가둘 거야."

"아니야, 안 그래. 그냥 몇 가지 물어볼 게 있대. 그게 다야. 이런 걸 대배심이라고 한단다. 사람들이 너한테 몇 가지 질문을 하면 네가 대답을 하고 그 사람들은 듣는 거야. 그리고 검사들이 아빠에 관해 묻고 싶어 해. 엄마가 가서 그 사람들이 얼마나 끔찍한 짓을 하는지 이해시킬 거야. 또 아빠가 결백하다는 사실도 말이야."

엄마는 지하철을 타고 161번로 정거장에서 애셔를 만나 시내로 갈 계획이었다. 엄마는 당시 유행하던 거의 발목까지 내려오는 검은 외투를 입고 있었다. 길이를 늘이려고 단을 낸 것이었다. 안에는 높은 흰 옷깃이 달린 파란 드레스를 입었고, 거기에 결혼하기 전에 아빠가 선물한 작은 손목시계를 차고 있었다. 그리고 필박스라고 부르는 자그마한 검은 모자를 머리 뒤쪽에 썼다.

내가 마지막 본 엄마는 단을 낸 검은 외투를 입고 검은 필박스 모자를 쓴 모습이었다. 그리고 손목에, 그러니까 손목뼈가 유난히 도드라지고 가늘고 푸른 정맥이 예쁘게 드러난 섬세하고 가는 손목에 작은 시계를 차고 있었다. 엄마는 냉장고에 땅콩버터 샌드위치와 사과를 점심으로 넣어두고 깨끗이 정돈된 집을 떠났다. 나는 오후에 우유와 쿠키를 먹었다. 그리고 엄마는 다시 집으로 돌아오지 않았다.

엄마는 길고 검은 외투를 입고 평소에는 쓰지 않던 모자를, 외투처럼 검고 숱이 많은 곱슬머리에 묻혀 거의 보이지도 않던 그 모자를 쓰고 나를 떠났다. 점심때 나는 땅콩버터 샌드위치와 사과를 냉장고에서 꺼내 먹었다. 비텔만 부인이 내게 미소를 지으며 착한 아이라고 말했다. 세 시에 나는 집으로 왔고 우유를 한 잔 마시고 설탕 쿠키를 두 개 먹었다. 엄마는 여전히 돌아오지 않았다. 나는 엄마를 기다렸다. 나는 수전과 놀았다. 비텔만 부인은 계속 현관에 나가 밖을 살폈다. 나는 엄마를 기다렸다. 날이 어두워졌다. 비텔만 부인은 저녁이 되자 만성적인 통증이 찾아온 듯 가벼운 신음소리를 내고 고개를 저었다. 부인은 발목이 좋지 않은 나이 든 여자였고 앉아 있기를 좋아했다. 저녁때가 되었고 그녀는 우리 부엌을 살펴보고는 자기 집으로 가서 수전과 내게 저녁을 준비해주려고 마음먹었다. 비텔만 부인이 우리에게 함께 가자고 했다. 그러나 나는 가지 않았다. 부인에게 집으로 돌아가라고 말하고 우리는 집에서 엄마를 기다리겠다고 했다. 부인은 집으로 돌아갔다. 수전과 나는 엄마를 기다렸다. 집은 추웠고 우리는 부엌에 앉아 있었다. 부엌만 빼고는 온 집 안이 캄캄했다. 몇 분마다 어두운 현관으로 가 문을 열고 엄마가 오는지 내다보았다. 눈이 내리기 시작하더니 점점 쌓여갔다. 나는 거실에 불을 켰다. 부엌에 앉아 수전과 놀았다. 수전이 엄마가 어디 있는지 물었다. 그렇게 까다롭게 굴다가 부엌 식탁에 머리를 얹고 잠들었다. 나는 기다렸다. 의자에 똑바로 앉았다. 고개를 똑바로 들었다. 윌리엄스가 지하실에 있는지 귀를 기울였다. 라디오가 켜져 있는 것 같았다. 목소리는 들리지 않았다. 나는 윌리엄스가 정말 집에 있는지 확인하기 위해 부엌을 떠나기가 두려웠다. 지하실에 가려면 바깥으로 돌아가거나 어두운 계단을 내려가야 했다.

그때 윌리엄스가 지하실 계단을 오르는 소리가 들렸다. 지하실 쪽 어두운 문을 두드리는 소리가 났고 현관문이 흔들렸다. 나는 문을 연다음 뛰어서 식탁으로 돌아왔다. 현관에 그가 나타났다. 나는 무서웠다. 그는 키가 거의 천장까지 닿았다. 거기에 서서 그는 무서운 분노를 뿜어내며 우리를 내려다보았다. 위스키 냄새는 위협적이고 눈은 충혈되어 있었다. "엄마가 너희들만 여기 놔뒀니?"

"아뇨, 비텔만 부인한테 부탁했어요. 부인은 저녁 지으러 집에 갔고요."

"아무 이야기 못 들었어?"

"무슨 이야기요?"

"하느님 맙소사. 라디오 들어봐."

그 순간 전화벨이 울리기 시작했다.

내 주가 다니엘을 구원하지 않았던가? — 폴 로브슨

채찍형. 채찍형은 제정 러시아 시기부터 19세기 말까지 중대 범죄를 저지른 자들에 대한 주요 처벌 수단이었다. 이는 농노에게만 적용되는 형벌이었다. 마을 사람들이 모두 광장에 모인 가운데 형을 받는 농노는 웃옷이 벗기고 팔과 목과 무릎 부분이 나무형틀에 묶였다. 채찍은 가죽끈이 달린 것으로, 건장한 형집행자가 휘두르면 살이 찢겨 나가고 뼈가 드러났다. 『스웨덴과 러시아 여행기』(런던, 1809)에서 로버트 포터 경은 주인을 죽인 혐의로 기소된 마부가 채찍형을 받는 현장을 목격하고 희생자의 무감각해진 몸을 내려치는 '피 튀기는 채찍질'에 대해 이야기했다. 이 경우에는 200번이 넘는 채찍질이 가해졌다. 그러고 나서도 그때까지 죽지 않은 죄인이 다시 살아날 경우에 대비해 고의적으로 몸을 망가뜨렸다. 집게를 콧속에 집어넣고 얼굴에서 코를 뜯어낸 것이다. 1807년 미성년자에게는 30회 미만의 채찍질만 가하는 법이 통과되었다. 이를 '개화된 법'이라고 할 수 있을까? 그러나 알렉산더 황제 시대 군무대신이었던 아라크체예프 백작 부인이 살해된 유명한 사건의 경우에는 범인인 남매가 둘 다 18세 미만이었지만 채찍질을 70번이나 당하고 죽었다. 『러시아 제국 재상 아라크체예프』(다이얼 출판사)의 저자 마이클 젠킨스에 따르면 특히 예카테리나 여제 시대인 1774년 일어난 농민항쟁 이후 농노제도는 가혹한 육체적 처벌의 원칙에 의존했다. 족쇄, 채찍, 차꼬, 자작나무 회초리, 감옥 등은 러시아 장원에서 마치 마구처럼 일상적인 도구였다. 농노의 생명에 대해 주인은 무제한적인 권리를 가졌기에 공정성은 거의, 아니 전혀 기대할 수 없었다. 이 점에서 농노는 영국 상선과 군대에서 일하던 노비와 형제라고 할 수 있다. 러시아 농노와 동일한 계급 원칙에 따라 영국의 노비도 야만적인 방식으로 시정의 기회조차 받지 못하고 채찍질을 당했다. 미국 흑인 노예 참조.

화형. 유럽 전역에서 19세기까지 널리 관행적으로 행해짐. 성직자들이 선호. 북아메리카인디언들 사이에서도 잘 알려져 있음. 20세기에는 미국 남부에서만 종종 거세와 더불어 행해짐. 하층계급의 형벌. 화형당한 잔 다르크가 농민 출신이라는 사실은 우연이 아님.

계층 구분의 수단으로써 신체형의 역사를 탐구해보라. 한 사회의 상류계층은 언제나 신체형을 면제받았다. 영국의 명문 귀족은 사분형을 당하지 않았다. 러시아에서는 농노들만 채찍질을 당했다. 동일하거나 유사한 범죄에 대해 상류계층은 비교적 고통이 적고 덜 모욕적인 처벌을 받았다. 상류계층의 처형은 신속했다. 결코 신체를 모독하지 않았다. 이러저러한 이유로 상류계층 범죄자에게 고문과 같은 형을 가할 때는 계층을 바꾸는 의식을 거행하여 처형하기 전 상류계층에서 먼저 추방시켰다. 종교적 파문(破門), 종족에서의 축출. 이단자나 적은 노예처럼 마음대로 처형할 수 있었다.

프랑스혁명에서 처음으로 범죄자의 신분이 범죄자가 받을 처벌의 종류를 결정하지 않았다. 왕에서부터 당통까지 모두가 단두대에서 사라졌다.

한 사회에서 계층 구분의 기반은 신체적 처벌이라 할 수 있다. 계층은 신체적 처벌에서 비롯하여 신체적 처벌로 유지된다. 지배자의 권력은 대중의 지지가 아니라 정부 재정을 뒷받침하고 그 이익을 나눠 가지는 상류계층과 특권 관료조직의 지지에 기반을 둔다. 상류계층, 관료조직과는 대조적으로 대중의 충성은 지속적인 신체적 위협에 의해서만 유지된다. 역사 속에 존속하면서 사회는 신체적 처벌의 복잡한 체계를 경제적 조건으로 상징화했다. 그래서 마르크스는 자본주의 제도에서 노동자 계급의 역할을 규정할 때 '노예'라는 단어를 사용했다. 노예는 신체적 처벌에 절대적으로 순응하는 상태이다. 그러나 도전을 받는 순간이 오면 지배계층은 문자 그대로, 상징으로서가 아닌 실제로 '신체적 처벌 권리'를 복원하여 법과 질서라는 미명하에 하류계층에게 그것을 적용한다. 하류계층에 속하는 개인이 저지른 범죄는 결코 다른 인간에 대한 것이 아니고, 언제나 국가 질서와 권력에 대한 것이다.

나는 그들이 체포되기 전 그들의 행동과 대화에서 기억할 수 있는 것은 모두 기록했다. 아니, 기록했다고 생각한다. 물론 내 손으로 거른 것이다. 그들이 유죄인지 무죄인지는 모른다. 어쩌면 유죄도 아니고 무죄도 아닐지 모른다. 물론 문을 두드리는 소리가 났을 때 마치 그들이 자신들에게 닥칠 일을 이미 알고 있다는 듯 반응했던 것을 떠올리면 약간 의구심이 들기는 한다. 분명 그들은 닥쳐올 일을 알았다. 그러나 그 시대를 인식하며 살았던 사람들 중 그렇지 않은 이가 어디 있겠는가. 미국의 민주주의가 허용하지 못하는 신념들이 있었다. 누군가가 가난하다면, 유대인 공산주의자라면, 반파시즘주의자라면, 양키 스타디움에서 열리는 진보당 집회에 참석해 평화를 외치고 마르칸토니오* 만세라고 환호한다면, 또는 이 모든 것에 해당된다면 그는 무슨 일이 닥칠지 알았을 것이다. 어쩌면 더이상 기다릴 필요가 없어서 안도감까지 느꼈을 것이다. 더이상 기다릴 필요가 없다고 사회에 먼저 요구했을 것이다.

도시 여행

리버사이드 공원. 토요일 아침이었다. 9월이지만 아주 더웠다. 이번 한 번만 도서관에 가지 말고 쉬자고 필리스가 졸라서 리버사이드 공원으로 아이를 데리고 갔다. 어쩌면 시원한 강바람을 쐬게 될지도 모를 일이었다. 엄청나게 더웠던 이번 여름 내내 밤마다 텔레비전에서

---

* 미국 노동당 하원의원으로 급진적인 좌익 성향 정치인을 대표했다.

는 폭동이 보도되고 사람들은 건물에 불을 질렀다. 필리스와 나는 현충일의 결별 이후 조금은 관계가 호전되었고 서로에 대한 이해도 더 깊어졌다. 하지만 오늘은 우리 모두 여름 뉴욕의 지쳐빠진 표정을 짓고 있었고 마음에 여유가 없었다. 나는 공원에서 폴을 공중으로 던졌다가 받았다. 폴이 웃었다. 필리스가 웃음을 보였고 지팡이를 짚고 걸어가던 노부인이 잠시 멈춰 서서 매력적인 젊은 가족을 바라보며 빙그레 미소 짓는 것이 곁눈으로 보였다. 나는 아들을 좀더 위로 높이 던졌고 아이를 받을 때 지르는 소리도 약간 더 커졌다. 우리는 공원을 걷고 있었다. 나는 폴을 더 높이, 더 높이 던졌다. 아이는 더이상 웃지 않고 비명을 질렀다. 하지만 나는 멈추지 않았고 더 높이 던지고 땅바닥 더 가까이에서 아이를 받았다. 필리스가 그만두라고 애원했다. 폴은 이제 입을 다물고 자신의 두려움에 집중하고 있었다. 아이의 작은 얼굴은, 아이작슨의 얼굴은 숨 막히는 공중으로의 비행과 더욱더 두려운 땅으로의 낙하로 인해 말할 수 없는 절대적인 공포에 사로잡혀 있었다. 나는 이 가학적인 감정을 참을 수 없었다. 필리스가 폴을 떨어뜨릴 위험을 무릅쓰고 내 팔을 잡아 더는 아이를 높이 던지지 못하게 막으려고 애썼다. 그때 내가 무슨 생각을 했었는지 기억나지 않는다. 폴의 무게만이 떠오른다. 그 작은 몸의 무게가 나를 흥분하게 했다. 나는 작은 몸이 내 손을 떠나는 순간이 좋았고, 팔 근육에 충격을 주면서 다시 돌아오는 순간이 싫었다. 나는 아이 엄마의 두려움을 즐겼다. 내가 마침내 멈췄을 때 필리스는 폴을 움켜잡고 벤치에 앉아 아이를 안았다. 아이를 안고 앉아 있었다. 아이는 창백했다. 나는 주위를 둘러보았다. 건너편에서 몇 사람이 나를 응시하고 있었다. 나는 그곳을 떠났다.

14번가. 다니엘 르윈은 웨스트사이드 지하철을 타고 42번로까지 내려가서 렉싱턴 가 방향의 버스로 갈아탄 다음 그 길을 따라 시내 중심가로 갔다. S. 클라인 백화점의 네온사인 불빛에 피자와 땅콩과 핫도그가 축 처져 보이는 늦은 여름 저녁, 그가 나타났다. 빨간색 애비뉴 B 버스가 눈에 들어왔지만 그냥 걷기로 했다. 레코드가게와 싸구려 물건을 파는 상점들을 지나 루초스 식당과 스페인 영화관과 열쇠가게와 포르노 서점을 지났다. 14번가는 세상에서 가장 음울한 거리였다. 그곳의 모든 것이 싸구려에 속수무책이었다. 아마도 유니언 광장에 접해 있어서 그럴 것이다. 빨간색과 노란색과 초록색 불빛 속에서 싸구려 신발가게와 옷가게가 값싼 희망의 조립라인처럼 늘어서 있었다. 그리고 1달러짜리 지폐를 신중하게 동전지갑에 접어 넣은 쇼핑객, 코 밑에 솜털이 무성한 딸과 함께 몸에 맞는 옷을 찾아 나선 아몬드 모양 눈을 가진 슬라브계 여자들, 파스텔 색조의 옷을 입고 잿불이 빛나듯 절망 속에서 광채를 발하는 흑인들, 뜨거운 인도 바깥까지 나와 부스러기를 쪼아 먹는 비둘기처럼 말하는 히스패닉들—그는 이 모든 광경을 묘지를 지날 때 그러듯 외면하면서 유니언 광장을 지나쳤다. 그는 광장에서 동쪽으로 걷고 있었다. 눈앞에 연기를 뿜는 대포처럼 바람 한 점 없는 늦은 저녁 하늘을 배경으로 콘 에디슨 전력회사의 굴뚝이 보였다. 다니엘이 애비뉴 B의 좁은 길로 꺾어 들어갔을 때 저녁은 순식간에 밤으로 변했다. 그는 이제 편안함을 느꼈다.

톰킨스 광장 공원. 공원은 사람들로 가득하다. 이곳은 14번가가 아니라 만남의 장소이다. 수백 개의 트랜지스터라디오에서 음악이 쏟아져 나온다. 몇몇 사람들은 맘보 음악에 맞춰 맘보춤을 춘다. 개들—개 놀이터에서 똥 누는 개들, 개줄에 매인 개들, 떼 지어 돌아다니는 개들이 있다. 펜스를 친 경기장에서 남녀가 핸드볼 경기를 하고 있다. 여자들이 더 잘한다. 그들이 스페인어로 소리친다. 공을 잡으려고 개들이 뛰어오른다. 공원 벤치에는 바부시카*를 두른 늙은 우크라이나 여인들이 앉아 있다. 이 나이 든 여인들은 요란하게 짖는 작은 개들의 개줄을 잡고 있다. 늙은 남자들은 돌로 만든 테이블에서 체스를 둔다. 늙은 남자들의 늙은 개들은 돌 테이블 밑에 혀를 빼물고 엎드려 있다. 공원 한복판 거대한 흙더미 위에서 아이 하나와 개 한 마리가 함께 뒹군다. 정신이 혼미한 마약쟁이가 신발도 신지 않은 채 부어오른 벌건 발을 내놓고 비틀거리며 지나간다. 개 한 마리가 그를 보고 으르렁거린다. 바부시카를 쓴 늙은 여인들이 앉은 벤치 길에 금발 여자가 파이프 울타리에 앉아 있다. 청바지를 입고 엉덩이를 울타리에 걸치고 있다. 흑인 네 명이 그녀 주위에 있다. 그중 하나가 그녀에게 진지하게 말을 건넨다. 그녀는 똑바로 앞을 응시한다. 그녀의 라디오에서 어리사 프랭클린의 노래가 나온다. 개줄에 매인 개는 자고 있다. 공원 한가운데 빈 공간에는 이동식 벤치와 철망이 쳐진 반원형의 음악당이 있다. 오늘 밤에는 공연이 없다. 의자는 뒤집어놓았고 기타 치는 사람 곁에는 히피들이 모여 있고, 개들은 무대 아래에서 지그재그로 튕기

* 머리에 둘러 턱밑에서 묶는 삼각형의 스카프.

는 핀볼처럼 이리저리 뛰어다닌다. 10번가에 경찰차 두 대가 서 있다. 맘보, 맘보. 수천 개의 라디오가 록을 연주한다.

애비뉴 B. "그래, 네 동생 알지. 동생은 어떻게 지내?"

"아파."

"그래, 흠, 나도 아파. 간염이니까, 가까이 오지 마."

방 안에는 『코즈모폴리턴』 기사를 쓰기 위해 방문한 여기자를 포함하여 모두 다섯 명이 있다. 여기자와 사진기자가 뒤로 물러난다.

"그냥 헛소리하는 거예요." 아티의 여자친구가 말한다. "퇴원한 지 2주나 됐어요."

"간이 안 좋아." 그가 매트리스에 벌렁 드러누우며 말한다. "황달이야. 내 간은 누렇다고. 난 겁쟁이야." 아티 스턴리히트의 명성 때문에 모두가 웃는다. "겁쟁이 간. 이봐, 자기, 겁쟁이 간 요리 좀 만들어 줘."

"그럴게, 자기." 그의 여자친구는 옆에 무릎을 꿇고 앉아 아티의 손을 자기 무릎 위에 놓고 꼭 쥔다. "나 때문에 간염에 걸렸어요."

"무슨 말이죠?" 여기자가 말한다.

"머리 좋은 짭새들은 아주 독창적이더라고요." 아티가 말한다. "이번 공격은 피검사였죠. 내가 그놈들한테 말했어요. '난 검사 안 받아. 내가 쉰 번은 박살났지만 아무도 피를 뽑아간 적은 없어. 그 바늘을 나한테 갖다대면 가만두지 않겠어. 친구들한테 말해뒀다고. 24시간이 지나도 아무 연락 없으면 내 친구들이 경찰서를 공격할 거야. 그다음엔 머피를 폭파시킬 거고.' 머피는 경찰들이 퇴근하고 몰려가는 술집

이름이죠. 그러니까 짭새들이 모두 웃더니만 그중 하나가 이렇게 말하더군요. '아티, 네 녀석 피를 좀 뽑을 거야. 싫다고 하면 네 여자친구를 박살내버리겠어. 마약 소지죄로 체포할 거라고. 그리고 레즈비언들이 우글거리는 여자 유치장에 처넣을 거야. 그렇게 할까?' 그래서 난 그 개자식들이 더러운 주삿바늘로 팔을 찌르는 걸 내버려뒀죠. 그게 바로 그들이 원했던 거예요. 원하는 전부였죠. 내 말은 경찰이 혈액에 대해 알아야 할 게 뭐가 있겠소? 빨간색이라는 거? 더러운 흡혈귀들, 그놈들 운이 좋으면 난 죽는 거겠죠."

"경찰이 고의적으로 간염에 걸리게 했다는 건가요?"

스턴리히트는 그 말에 대답하지 않고 고개를 돌려 나를 본다. "앉지, 친구. 자네와 얘기는 하겠네만 먼저 내가 있는 곳까지 내려와. 여기 프롤레타리아와 함께 내려와."

스턴리히트는 작업복 반바지를 입고 샌들을 신고 있다. 셔츠는 입지 않았다. 턱이 길고 여우 같으며 표정은 교활하고 유쾌하다. 아플지는 몰라도 튼튼하고 유연한 몸을 가지고 있다. 코는 낮고 뭉툭하고 입이 크고 치아가 흉하다. 어깨까지 내려오는 머리카락을 구슬 장식 머리띠로 묶은 모습이 마치 인디언 같다. 눈은 다니엘의 아내처럼 밝은 회색인데 거친 말투와는 달리 너무나 생기 있고 깨끗한 인상을 줘서 놀랄 정도이다. 마루 위에서 시트도 깔지 않은 매트리스에 몸을 뻗은 그는 손으로 머리를 받치고 옆으로 눕는다. 사진기자가 방을 돌면서 다양한 각도로 그 모습을 찍는다.

"맨해튼 이스트사이드 남부 지역의 미래는 어떤가요? 무슨 일이 벌어지고 있죠?" 기자가 말한다.

"글쎄요, 히피 현상은 변질되고 공동체 전체가 형편이 좋지 않아요. 히스패닉들은 마약쟁이를 좋아하지 않죠. 짭새를 좋아하는 사람은 없고. 잘 모르겠네요. 형편이 어떤 것 같아, 자기? 여기엔 노동운동가 W. E. B. 듀보이스* 같은 사람들이랑 지역개혁가랑 나 같은 히피랑 흑인 파괴집단이랑 그리고 상상 가능한 모든 괴물들이 다 있죠. 결국엔 우리가 이들을 한데 모을 거고, 또 우리 역량을 한데 모을 거예요. 그렇게 되면 우린 더이상 괴물이 아니죠. 그러면 우린 분명히 현재의 위협적인 존재가 되는 겁니다."

"그렇게 되면요?" 기자는 그가 말을 계속하기를 기다린다.

스턴리히트가 그녀를 바라본다. "우리가 잡으려는 첫번째 대상은 여성 잡지예요. 섹스와 데이트에 관한 글을 쓰는 여성들을 해방시킬 것. 그녀들의 바지를 벗기고 성기에 데이지 꽃을 꽂을 거랍니다."

"아, 그러세요?" 기자가 말한다. "그런 발언을 하니까 사람들이 평화운동에 당신을 받아들일 수 없다고 하는 건가요?"

"어떤 사람 말이죠? 문제의 핵심은 혁명이 평화운동을 수용할 수 있는가 하는 거예요. 거리에서 행진이나 하면서 뭔가를 바꾸고 있다고 생각하는 녀석들을 말했나요? 평화행진은 중산층의 자위행위예요. 평화운동은 전쟁의 일부분이죠. 앞면이든 뒷면이든 그건 같은 동전이에요. 인디언 쪽이 나오든 들소 쪽이 나오든 그건 그냥 엿 같은 니켈이란 말이에요. 안 그래요? 그리고 그건 모두 멸종됐지요."

"그렇게 빨리 말하지 마세요. 난 속기를 못한다고요." 여자가 말한

* 미국의 저술가, 흑인 인권운동가.

다. 그녀는 꿀빛의 금발에 깡말랐고 가짜 속눈썹을 붙이고 점프슈트를 입었다. 그녀가 엎드려 노트에 글을 쓰는 동안 아티는 창문가 마루에 앉은 친구들을 바라본다. 휘파람 소리를 내며 숨을 들이마시고는 손가락을 불에 덴 것처럼 허공에다 흔든다. 그들이 웃는다.

"이봐요." 사진기자가 말한다. "기운 있으면 좀 일어서주겠어요? 벽을 배경으로 한 장 찍고 싶은데요."

스턴리히트는 벌떡 일어나서 벽을 배경으로 예수처럼 팔을 벌리고 서서 머리를 한쪽으로 떨어뜨린다. 그리고 놀란 듯이 눈을 크게 뜨고 혀를 길게 빼문다.

"좋아요." 사진기자가 셔터를 누르기 시작한다.

"벽을 등지고 서서!" 친구 하나가 소리친다. 아티는 머리띠로 눈을 가리고 팔을 옆구리에 붙이고 뻣뻣하게 선다. 여자친구가 그의 입술 사이에 담배를 물린다.

"좋아요." 사진기자가 무릎을 꿇고 서고, 가까이에서 방 건너편에서 사진을 찍는다.

벽의 풍경이 흥미롭다. 벽은 사진과 영화스틸, 포스터와 실제 물건의 콜라주로 완전히 덮여 있다. 베이스를 도는 베이브 루스, 오토바이에 탄 말런 브랜도, 댄싱슈즈를 신은 셜리 템플, 프랭클린 D. 루스벨트, 금색 페인트를 뿌린 비키니, 달력 속의 메릴린 먼로, 미키 마우스, 길버트 스튜어트가 연필로 콧수염을 그려 넣은 조지 워싱턴, 재향군인회 모자, 마이크 앞에 선 프레드 앨런, 입을 내밀고 있는 수전 B. 앤서니, 폴 로브슨, 점프패스를 하는 새미 보, 인디언 깃털을 꽂은 캘빈 쿨리지, 1차 세계대전의 치열한 전투, 사슬에 묶인 채 길에서 일하는 죄수들, 골동품 인형, 당나귀와 붙은 여자, 『바람과 함께 사라지다』와 웬들 윌키의 『하나의 세계』, 은색 페인트를 뿌린 페서리*, 담배꽁초 무더기, 〈세일즈맨의 죽음〉 포스터, 젊은 엘비스, 나무에 목 매달린 흑인 남자, 5센트 사과를 파는 백인 남자……

"이거 굉장한데요!" 기자가 말한다.

"들었어?" 스턴리히트가 여자친구에게 말한다. 그녀가 예술가임이 밝혀진다.

기자는 진심으로 감명을 받았다. "당신 정말 환상적이네요! 만드는 데 얼마나 걸렸어요?"

스턴리히트의 여자친구가 말한다. "음, 사실 아직 못 끝냈어요. 계속 작업하는 중이에요. 있잖아요, 물건들을 모으고 많이 모이면 그걸 저기다 붙여요. 이젠 안 보이지만 저 밑에도 많이 있어요. 모든 걸, 그러니까 집 전체를, 있잖아요, 덮어버리려고 하고 있어요. 알겠죠?" 그녀는 구석의 테이블 위에 놓인 기사쪼가리와 사진을 한 움큼 집는다. 그다음 손가락 사이로 떨어뜨리자 그것들은 펄럭이며 방 여기저기로 떨어진다. 모두가 웃는다.

"당신 작품을 대수롭지 않게 생각하는군요." 기자가 말한다. "하지만 여기서는 엄청난 재능이 엿보여요. 정식으로 공부한 적이 있나요?"

"어," 그녀는 스턴리히트를 바라보며 웃는다. "사실 내 작품으로 찬사를 받을 사람이 있다면 그건 매그루더 씨예요."

---

* 반구 모양의 여성용 피임 기구.

스턴리히트가 웃음을 터뜨린다.

"매그루더 씨는 집주인이에요. 내가, 있잖아요, 그러니까 어떻게 시작했느냐 하면 벽에 난 구멍들을 막으려고 했을 뿐이거든요. 종이는 훌륭한 단열재니까요."

스턴리히트가 매트리스에 풀썩 앉더니 여자친구를 끌어당겨 무릎에 앉히고 둘은 웃으며 서로 껴안는다. 사진기자가 셔터를 누른다.

"농담 아니에요." 스턴리히트가 말한다. "겨울에 여기가 얼마나 추운지 알죠? 혁명은 세든 사람들이 모두 일으켰어요. 모든 혁명은 겨울에 몸이 얼어 죽을 것 같은 세입자들이 시작한 거죠."

"이건 굉장하다고요." 벽을 쳐다보며 기자가 강조한다. "제목이 있어야겠죠. 이걸 뭐라고 불러요?"

아티 스턴리히트와 여자친구는 서로의 눈을 빤히 바라본다. 그들이 제창하자 친구들이 가락을 맞춘다. "과거의 것은 모두 같다!"

기자는 사진기자를 바라본다. 그녀는 이제 주제를 잡았고 기사는 저절로 써진다. 모두가 행복을 느낀다.

연기하며 지껄이는 스턴리히트

빠르게 말하며 결정타를 때리고는 효과적으로 잠시 말을 끊는다. 그는 제스처를 하고 자기 말을 연기하며 방방 뛰어다닌다.

"당신 말대로 평화운동은 우릴 못 받아들여. 맞아. 내가 내년 대회를 계획하고 준비하는 모임에 참석하러 업타운으로 가지 않았겠어?

그런데 이 꼬맹이들이 착해요. 신좌파 녀석들은 상황이 안 좋은 걸 알지. 그런데 이 녀석들이 쏟아내는 말도 안 되는 소리 한번 들어보라고. 참여민주주의. 동화. 개혁. 반제도주의. 이것들은 그냥 단어가 아니야. 생존의 대체물이지. 나는 일어나서 말해. '대체 무슨 엿 같은 소리야? 이게 결의안이랑 위원회랑 무슨 상관인데? 이게 무슨 개 같은 소리냐고? 내 말은 당신들을 흡수하는 데 기존 체제는 필요 없어. 당신들 스스로 흡수되는 거야. 이 의자 보여? 이건 의자야, 그렇지?' 그리고 난 그 엿 같은 의자를 박살냈어. 마루에 내동댕이쳐서 밟아버렸지, 정말이지 염병할 의자를 작살냈어. 그러면서 소리 질렀어. '스턴리히트가 의자 부수는 걸 봐라! 난 이 의자를 부수고 있다!' 그러고는 부서진 조각을 집어 들었어. '박살내자! 싸우자! 펜타곤을 날려버리자! 혁명가는 혁명을 일으키는 사람이다. 여기 앉아서 딸딸이나 치려면, 좋아, 하지만 그걸 혁명이라고 부르진 마.' 이런, 난 폭동을 일으켰던 거야! 그게 휘발유였어! 모두 지옥에 있는 것처럼 완전히 미쳐버려서 모임이 활기차게 살아났지. 혁명 이하인 건 뭐가 됐든 그만둬야 해. 혁명을 이론화하는 것, 혁명을 꿈꾸는 것, 혁명을 기다리는 것, 혁명을 준비하는 것, 혁명을 위해 시위하는 것, 이런 건 그만둬. 혁명에 미치지 못하는 것, 그래서 혁명이 아닌 것, 그래서 혁명이 되지 않을 것들은 다 집어치워야 해. 혁명은 일어나는 거야. 일어나는 거라고! 혁명은 세상을 변화시키는 거야. 새로운 짐승이야. 새로운 의식이야. 그게 나야! 내가 바로 혁명이야!"

"하지만 피델 카스트로조차 계획은 있었어요." 기자가 말한다. 이 말에 완벽한 침묵이 흐른다. 스턴리히트는 구석에 앉은 친구들을 바라본다. 그중 턱수염이 덥수룩한 뚱뚱한 녀석이 말한다. "맞는 말이지, 스턴리히트 씨, 뭐라고 대답할 건가?" 모두 웃는다. 기자가 얼굴을 붉힌다.

"아니, 들어봐요." 아티가 두 손을 들고 말한다. "타당한 질문이에요. 좋아요. 그자들은 쿠바에서처럼 혁명이 어떤 건지 시도해본 다음에야 자기들 혁명이 어떤 건지 알았죠. 미친 스픽* 녀석들이 그걸 시험하고서야 혁명이 뭔지 알게 된 겁니다. 그게 효과가 없으면 바꾸는 거죠. 피델이 계획이 있었다고 칩시다. 그 교훈은 우리 혁명이 피델의 혁명과 같아야 한다는 게 아니에요. 그 교훈은 우리 혁명은 우리의 것이어야 한다는 것이죠. 알겠어요? 당신 질문에 대답하죠. 당신 질문은 전술적인 거예요. 피델은 자신의 혁명을 시작해서 저급한 스픽 갱들과 유나이티드 프루트 회사**를 쫓아냈어요. 하지만 우리는 이런……" 그는 콜라주를 가리킨다. "법인자유주의, 조지 워싱턴과 나약한 평화운동, 거대자본과 하드웨어 시스템, 그리고 우주비행사로부터의 혁명을 수행하는 중이죠. 우리는 그 자체로 꽤 상당히 탄력이 붙은 것들로부터 혁명을 수행하는 중이에요. 소총 몇 자루 들고 산으로 들어간다고 타도될 게 아니에요. 알겠어요? 미국에서 자기가 노예라는 걸 아는 사람은 흑인밖에 없어요. 오늘날 흑인 아이들은 조직할 필요가 없어요. 흑인들은 태어나기를 개소리는 절대 못 참게 태어났으니까요. 그들은 태어날 때부터 죽을 각오가 되어 있어요. 그리고 중간

---

* 히스패닉을 경멸조로 부르는 말.

** 중앙아메리카에서 플랜테이션 방식으로 열대과일을 재배해 수출한 미국 기업. 노동력 착취로 악명이 높았다.

에 학교를 때려치운 백인 아이들, 낙오된 아이들, 히피 현상 전반, 자유상점*은 바로 탈출노예 운동이에요. 정말 그래요. 아마 그들도 그 사실을 알 겁니다. 하지만 나머지는 출세하려고 학교 다니는 놈들과, 배신한 노동자들과, 속임수의 체재를 만들고 그걸 등에 업고 자신들은 체재의 수혜자라고 생각하는 교외에 거주하는 사기꾼들이죠. 내 말은, 이게 이중사고 체제라는 거예요. 보통 억압이 아니죠. 국가가 무릎으로 당신 목을 걷어차는데도 당신은 여전히 똑바로 서 있다고 생각해요. 국가가 당신 얼굴을 진창에 처박는데도 당신은 여전히 하늘을 보고 있다고 생각하죠. 당신은 자신이 하는 일과 당신이 칠레에서 증오의 대상이 되는 현실 사이에 무슨 관련이 있는지 이해하지 못해요. 당신은 정체성의 위기에 처해 있어요. 당신은 자신을 선한 사람이라고 생각하죠. 당신은 편견을 가지고 있지 않아요. 정직한 방식으로 돈을 벌 수 있다고 믿지요. 당신은 언론의 자유를 믿어요. 알레르기가 있고, 뇌졸중을 일으키고, 모기지를 받지요. 당신 허파는 쓰레기통이고, 건축물에 눈이 멀었어요. 당신은 백인들이 뭔가를 배우고 있다고 생각해요. 흑인들은 스스로 향상되고 있다고 생각하고요. 당신은 진보가 이루어지고 있다고 생각하죠. 당신은 당신 아이들이 더 나아질 거라고 생각해요. 당신은 당신이 자식들을 위해 일하고 있다고 생각하죠!"

"어이, 스턴리히트, 입 닥쳐!"

"이봐, 아티, 엿 같은 소리 집어치워!"

---

* 1960년대 본격적으로 등장한 무료 물품 상점으로 자본주의 교환방식의 대안으로 시작되어 다양한 형태로 발전했다.

"스턴리히트, 엿 같아!"

이런 목소리가 거리에서 들려온다. 스턴리히트는 창문으로 달려가 화재탈출구로 나간다. 그리고 주먹을 쥐고 난간으로 뛰어오른다. "이 블록에 있는 사람들 모두 체포한다!" 밖에서 웃음이 터진다. 방 안에 있던 사람들이 화재탈출구로 몰려간다. 탈출구 위쪽의 친구들과 길에서 있던 친구들 사이의 농담. 애비뉴 B가 왁자지껄해진다. 차들이 좁은 거리를 지나고 사람들은 더운 밤 바깥으로 나온다. 두 블록 너머 톰킨스 광장 공원에서는 음악과 사람들의 외침과 열기가 합쳐진 에너지의 진동이 발산된다. 애비뉴 B를 따라 세계가 아메리카로 왔다. 거리 건너편 술집은 사람들로 가득 차고 다니엘은 창문을 통해 반질반질한 나무 바닥과 흐릿한 거울, 텔레비전 불빛을 본다. 그는 별안간 스턴리히트의 눈으로 맨해튼 이스트사이드 남부를 본다. 그곳은 부화장이다. 물고기와 야생 동식물 보호지구이다. 그곳은 그를 위해 창조된 듯하다. 나는 이 땅의 가난한 사람들과 운명을 같이하고 싶다.

나는 가까이 혹은 멀리 있는 라디오나 전축의 소리를 구별해보려고 노력했다. 하지만 불가능했다. 모든 곳에서 음악이 들려왔다. 그것은 대기의 감전, 대기의 산화(散花)와도 같았다.

놀라운 은혜, 놀라운 은혜, 이 밤 애비뉴 B 상공을 덮고 있는 냉혹한 어둠처럼 마리화나 연기 속 화재탈출구에서 자신이 말하고 행하는 것이 중요하다고, 그의 삶 혹은 자아가 중요하다고 생각하는 사람이 있다. 순간 주위가 밝아지고 그 목소리는 커져 수백만의 사람들이 그 소리를 듣는다. 녹슨 화재탈출구의 말라 부스러진 페인트, 그 독특한 모양과 흔적이 정말이지 중요하다.

친구들이 떠나고 아티는 9월의 더운 밤, 화재탈출구 난간에 서서 다시 지껄이기 시작한다. "따라서 이처럼 강력한 것을 어떻게 변화시킬 것인가. 어떻게 혁명을 일으킬 것인가. 깡마르고 몸집 작은 유도 도사가 자기보다 세 배나 큰 맹수를 집어던지는 것 같은 방식. 설교는 아니지. 빈곤과 불의와 제국주의와 인종주의에 관한 이야기는 안 돼. 그건 사람들한테 셰익스피어를 읽히려고 애쓰는 거나 같다고. 불가능하단 말이야. 저길 봐. 뭐가 보여? 창문마다 작고 푸른 직사각형이 있네. 그렇지? 광고를 이해 못하는 사람은 없어. 그게 오늘날의 학교야. 1분도 안 돼서 텔레비전 광고는 평생을 경험하게 해줘. 당신에게 데이트에서 결혼까지의 이야기를 해. 당신에게 아기, 집, 차, 졸업식을 보여줘. 당신을 웃게 만들고 당신 눈에 향수의 눈물이 흐르게 만들어. 여태까지 본 어떤 여자보다 아름다운 여자를 볼 수 있어. 거인, 난쟁이, 오픈카의 아가씨, 기사와 귀부인, 해변의 사랑, 하늘을 가르는 제트기, 식탁에 차려진 따뜻하고 맛있는 음식, 당신이 얼마나 멋지고 멋져질 수 있는지 말해주는 생기 넘치는 멋진 목소리. 광고는 학습의 단원이야. 형제들이 볼티모어 징병위원회로 가서 모병 기록에 피를 끼얹어버리는 것, 그게 교훈이야. 그리고 증권거래소에 돈을 내버리는 이피*들. 그리고 국기(國旗)의 날** 퍼레이드에서 행진하면서 재향군인회 회원들이 당신을 쫓게 만들고 짭새들한테 추격당하고 국기를, 성조기를 찢어버리는 거야! 알겠어? 사회는 속임수고, 우리는 속임수를 속일 거야. 권위는 힘이야. 그 힘을 부숴버려. 정당성이 전혀 정당

* 히피와 신좌파의 중간 그룹.

** 미국의 국기 제정 기념일.

하지 않아. 그것의 치부를 폭로하는 거야. 치고 빠지는 거지. 당신이 가진 시간은 단 40초야. 미디어는 자료를 원해. 그들한테 자료를 줘. 애비*가 말하듯이 이 나라에서 뭔가를 하는 사람은 누구나 유명인사가 돼. 다음 달에 워싱턴으로 가서 펜타곤의 악마를 퇴치할 거야. 기도와 주문과 경적을 울려서 눈에 보이지 않는 마술을 펜타곤 벽에 던지고, 펜타곤을 공중으로 들어올릴 거야. 펜타곤을 들었다 내려놓을 거야. 꽃으로 펜타곤을 죽일 작정이야. 거기 오라고. 텔레비전에 우리가 나올 거야. 우리는 미국을 이미지로 전복할 거야!"

내게 기사가 될 만한 이야기가 있다. 아마도 쓰기만 하면 기사로 팔아서 내 이름이 인쇄되는 걸 볼 수 있을 것이다. 주제는 급진적 사고의 역학이다. 급진적 사고에는 주기가 있고 그 주기에는 창조적인 흥분의 단계가 있고 그 기간 동안 관계가 만들어진다. 급진주의자는 획득 가능한 데이터와 근본적인 책임 사이에 연관성을 발견한다. 그리고 마침내 모든 것을 연결한다. 이 지점에서 그는 추종자를 잃기 시작한다. 모든 것을 잘못 연결했기 때문이 아니라 모든 것을 연결했기 때문이다. 그 연결망 외부에 버려둔 것은 없다. 이 국면에 이르면 사회는 급진주의자에게 지겨움을 느낀다. 사회는 급진주의자의 형상화 내에서 완전히 연결되기 때문에 사회는 반란에 반대하는 근거를 획득하게 되고, 그로 말미암아 그는 사회에 의해 파괴된다. 급진주의자에게는 마지막 발견, 사회와 자신의 죽음을 연결할 수 있는 기회가 주어진

---

* 1956년부터 여러 신문에 연재된 인생 상담 칼럼 〈디어 애비〉를 말한다.

다. 그리고 급진주의자가 죽은 후 그의 초기 음악이 처형자들을 사로잡는다. 그리고 자유주의자는 이것을 이용하여 권력을 잡는다. 나는 급진적 해석이 적용되지 않는 역사상의 사례를 찾고 또 찾아보았다. 사례를 찾는 일은 생각보다 어려웠다. 쉬울 것 같으면 당신도 한번 시도해보기 바란다. 여기 『비행에 관한 미국 유산의 역사』에서 발견한 예가 있다. 오늘 이것을 찾았고, 아마 급진적 해석에 버틸 수는 있을 것이다. 1897년 세 명의 스웨덴인은 북극에 가는 방법은 동력 없이 움직이는 자유로운 기구(氣球) 비행이라는 결론을 내렸다. 그들은 스피츠베르겐에서 출발하여 북쪽으로 움직였고, 이후로 다시는 그들의 소식을 들을 수 없었다. 그러다 33년 후인 1930년 노르웨이 탐험대가 얼어붙은 북극 벌판에서 그들의 캠프를 발견했다. 기구를 타고 간 스웨덴인 세 명은 그곳에서 냉동 케이크가 되어 있었다. 캠프에는 또한 카메라가 있었고 그 카메라에는 필름이 들어 있었다. 33년이나 된 필름을 현상해보니 기구를 탄 사람들이 마지막 캠프에서 사냥한 곰 위에 서서 국기를 들고 서 있는 사진 등등이 있었다.

애셔의 홈부르크 모자는 카우보이모자처럼 머리 뒤쪽으로 밀려나고 코트는 벌어져 있었다. 그는 코트 속에서 등 뒤로 두 손을 마주 잡았다. 그리고 발뒤꿈치를 축으로 몸을 앞뒤로 움직였다. 프리다 고모는 소파에 앉아 눈물을 흘리고 있었다.

"난 과부예요. 내 곁엔 아무도 없어요." 프리다 고모가 말했다. "너무 큰 부담이에요. 우리 집엔 방이 세 개밖에 없어요. 애들을 어디다 두죠? 난 하루에 열두 시간씩 서 있어야 해요. 매일 아침 여섯 시 반에 일어나죠. 쉬는 날에는 일어날 기운조차 없어요. 당신이 말하는 걸

감당할 수 없어요!"

"코언 부인, 무리한 부탁을 하는 게 아닙니다. 폴은 당신 동생이지 내 동생이 아니에요. 난 변호사입니다. 당신이 어떻게 결정하건 난 거기 따라 행동할 뿐이에요."

"내 동생 루스는 뭐라던가요?"

"전화 통화만 했습니다."

"내 말 좀 들어보세요. 그건 시간 낭비예요. 이기적이라고요? 그건 루시가 태어나면서 생긴 말이에요." 프리다 고모는 손을 흔들어 여동생에 관한 말을 일축했다. 그 몸짓이 다니엘의 시선을 끌었다. 프리다 고모는 끈 달린 통굽 구두를 신은 발을 마루에 심은 듯 앉아 있었다. 그는 고모의 스타킹 위쪽 무릎을 보고는 재빨리 텔레비전으로 시선을 돌렸다. 자신이 보고 싶은 것 이상을 본 것이었다. 그는 고모에게 혐오감을 느꼈다. 고모는 입가에 털이 난 검은 점이 있었다. 턱과 입 주위는 아빠와 비슷했다. 고모는 두꺼운 뿔테 안경을 썼다.

"부인의 동생분은 남편이 위중한 당뇨병 환자라고 들었습니다. 어쨌든 부인이 동생보다는 상황을 잘 처리하리라는 생각이 드는군요."

프리다 고모는 고개를 끄덕였다. "하느님, 도와주세요. 책임은 늘 내가 졌어요. 어릴 때부터 그랬어요. 폴은 누가 돌봐주지 않으면 자신을 파멸시킬 아이였어요. 길을 어떻게 건너는지도 몰랐어요. 밥도 바로 앞에 갖다주지 않으면 먹지 못했고요. 돈도 안 챙겨주면 잃어버리든지 아니면 다른 사람한테 빼앗겼어요. 루시는 기대도 안 했죠. 언제나 게으른 아이였으니까요. 문제를 해결하는 건 늘 저 프리다였어요. 그 애들이 곤경에 빠지면 구하는 건 언제나 마음 착한 얼간이 프리다

였어요."

"부인이 장녀인가요?"

"여덟 살 터울이에요. 내가 스무 살 때 아버지가 어머니를 따라 무덤으로 갔죠. 그리고 난 그 애들의 엄마 아빠가 되었고요. 그렇게 내 인생을 망쳤어요. 당신한테 말하지만 애셔 씨, 내 인생이 내 것인 적은 한 번도 없었어요."

그녀는 눈물을 흘렸다. 애셔는 구석에서 빛나는 텔레비전으로 주의를 돌렸다. 아이들이 마루에 있었다. 너무 가까이에 있다고 그는 생각했다. 너무 가까워. 애셔는 아이들을 방해하지 않으려 가만히 있었다. 아이들이 텔레비전으로 들어갈 수 있다면 그편이 훨씬 나을 거야. 화면에는 호파롱 캐시디*가 공중으로 올가미 밧줄을 던지고 있었다. 호파롱의 말이 뒷발로 서며 멈췄다. 올가미 밧줄이 악당을 말에서 끌어내렸다. 바닥에 떨어진 악당은 두 팔이 밧줄에 묶인 채 골난 얼굴로 위쪽을 쳐다보았다. 백마 위에서 호파롱이 악당을 내려다보며 비웃었다. 애셔는 생각했다. 우린 원시적인 국민이야.

"아이들이 텔레비전을 좋아하는 것 같군요." 애셔가 말했다. "예외를 둬야 될 것 같습니다. 코언 부인, 집에 텔레비전이 있나요?"

"뭐라고요? 아뇨, 없어요. 내가 텔레비전을 살 형편인가요?"

"텔레비전은 비싼 물건이죠." 애셔가 말했다. "곧 사람이 와서 재산을 감정할 겁니다. 내가 그 사람한테 텔레비전은 빼달라고 하겠어요."

아이들의 고모 프리다는 지갑을 열고 손수건을 꺼냈다. 그리고 안

---

* 1904년 창작된 이후 영화와 TV 시리즈 등으로 인기를 얻은 카우보이 캐릭터.

경을 벗고 눈을 닦았다. 코도 훔쳤다. “미안해요.” 그녀가 말했다. “난 항상 운이 지지리도 없었어요. 남편은, 하느님께서 영혼에 안식을 주시기를, 오래 살지 못했고요. 루시는, 가엾은 루시는 환자 수발로 정신이 없지요. 폴이 빨갱이가 되다니. 이보다 더 큰 비극이 있나요? 우리 폴리가 공산주의자라니! 우리 아버지보다 더 종교적인 사람은 없었을 거예요. 당신은 종교가 있나요, 애셔 씨?”

애셔가 어깨를 으쓱했다. “유대교 회당에 나갑니다.”

“아버지가 무덤 속에서 몸을 뒤척일 거예요. 아들이 빨갱이가 되었으니까요. 게다가 더 끔찍한 건!”

“더 끔찍한 일이라니요?”

“누가 알겠어요. 가게를 지킬 수 있다면 운이 좋은 거죠. 누가 내 처녀 때 성이랑 연관을 지으면요? 이웃들이 눈치를 채면요?”

“무슨 소릴 하는 겁니까?”

“아니에요. 아무것도 아니에요. 하지만 아이들을 누구라고 하죠? 아이들 부모가 어디 있는지 뭐라고 설명하면 되죠?”

“아이들 부모는 감옥에 있어요. 그 이유는 보석금이 엄청나기 때문이죠. 보석금이 엄청난 이유는 지금 분위기로는 그렇게 해야만 그들의 죄가 얼마나 크고, 그들이 얼마나 위험한 인물인지 입증하는 데 도움이 되기 때문이고요. 이 사실이 당신에게 그렇게 수치스럽다면 거짓말을 하세요. 아이들 부모가 플로리다에 있다면 되지 않습니까. 유럽 여행중이라고 해도 되고요. 아이작슨은 흔한 성이니까요.”

프리다 고모는 손수건을 지갑에 넣고 딱 소리와 함께 닫았다. “난 폴은 원망하지 않아요. 그 앤 어쩔 수 없었어요. 전부 그 여자 탓이에요. 바로 그 여자 때문이라고요. 그 여자가 폴을 파멸시켰어요. 처음부터 그 여자 손에 놀아난 거예요. 전쟁 동안 폴이 군대에 있을 때 그 여자가 워싱턴으로 가서 폴이랑 살았어요. 둘이 결혼하기도 전에 같이 살았어요! 둘이서 동거를 했다고요. 폴은 A학점 아니면 받지도 않았어요. 고등학교에 다니는 내내 99점, 100점만 받았어요. 똑똑한 아이들만 다니는 타운센드 해리스 고등학교에서도 평균 96점을 받았어요. 그러다가 그런 미친 사상에 빠졌죠. 그래요, 대학에서 동아리에 가입하고, 그런 건 해야 되죠. 그래도 폴은 그 광기에서 벗어났을 거예요. 하지만 같은 사상을 가진 그 여자가 옆에 있었어요. 그리고 폴이 그렇게 되도록 몰아갔어요. 그 여자가 이 모든 일을 저질렀다고요!"

"코언 부인……"

"그 여자가 우리 폴리한테 한 짓을 절대 용서하지 않을 거예요. 우리한테 한 짓을 절대 용서하지 않을 거라고요. 우리 모두의 인생에 말이에요. 그 여자 탓이에요. 다른 사람은 잘못 없어요."

"코언 부인, 정말 아이들이 이런 이야기를 듣길 바라십니까?"

"걱정 마세요. 쟤들은 내가 어떻게 생각하는지 알아요. 게다가 듣고 있지도 않잖아요. 으음, 아이들이 어떻게 될까요." 프리다 고모는 치통을 앓는 듯 손으로 뺨을 쥐었다.

"그러니까 당신 대답을 내가 어떻게 이해해야 하죠?"

"모르겠어요." 프리다 고모가 말했다. "나도 몰라요."

"아이들이 여기 있을 순 없어요." 애셔가 말했다. "저 흑인이 아이들을 돌볼 순 없어요. 이웃 여자가 돌봐줄 수도 없고요. 내가 돌봐줄 수도 없어요. 집세를 낼 돈도, 이 집을 살 돈도 없어요. 이해하겠어요, 코언 부인?"

프리다 고모가 얼굴을 감싸고 신음했다.

"사람이 와서 가구 가격을 제시할 겁니다. 잘 받아야 100달러나 150달러겠죠. 내일 법원에 남동생의 극빈자 선서*를 제출할 겁니다. 그게 뭘 의미하는지 아시겠어요?"

"그게 무슨, 그게 무슨……"

"그건 법원이 나를 변호사로 선임하고 내게 수임료를 지불해서 당신 남동생과 아내를 계속 변호할 수 있게 해준다는 의미예요. 이해하겠어요? 또 이 아이들은 빈민층 아이들이고 갈 곳이 없다는 의미이기도 하죠. 당신이 애들을 받아들이지 않으면, 코언 부인, 당신 혈육인 이 아이들은 길거리에 나앉게 돼요. 알아듣겠어요? 국가가 아이들을 돌볼 겁니다."

"아이들!" 프리다 고모가 소리 내어 울었다. "아이들을 어떻게 해야 할지 모르겠어요!"

"자, 내가 하라는 대로 하세요. 아이들 물건을 챙겨서 떠날 준비를 하세요. 조카가 부인을 도와줄 거예요."

"지금요? 지금 당장 말인가요?"

"어쩔 수 없어요." 애셔가 시계를 보았다. "가구 가격을 알려주기 위해 곧 사람이 올 겁니다. 아이들이 그걸 보는 건 좋지 않아요. 자기들 집이 허물어지는 모습을 지켜보는 건 원치 않아요."

---

* 재산이 없는 사람이 국가의 사회복지 혜택을 받기 위해 하는 선서.

"브루클린까지 가방을 끌고 가야 하나요? 짐을 들 힘이 없어요."

"염려 마세요. 아이들 짐은 얼마 없어요. 택시를 잡아줄게요."

"애들을 어디다 두죠? 뭘 먹이죠?"

"부인." 애셔가 외쳤다. "이 아이들은 당신 동생 아이들입니다. 동물원에서 데리고 온 게 아니라고요. 당신은 어찌 된 사람이죠? 머리가 어떻게 된 겁니까? 당신한테는 동정심도 없어요? 문제가 뭔지 모르겠어요? 이들이 얼마나 끔찍한 곤경에 처했는지 모르겠단 말입니까?"

애셔는 털썩 주저앉았다. 마치 왕처럼 두 팔을 의자 팔걸이에 놓고 앉았다. 프리다 고모가 그의 화를 달래려는 듯 애써 미소를 지으며 훌쩍이는 동안 애셔는 분노를 삭였다.

고모의 아파트에서는 설명하기 힘든 냄새가 났다. 그것은 시들어가는, 사랑받지 못하는 몸에서 나는 냄새였다. 먼지의 냄새였고 브루클린의 어두운 통풍구 냄새였다. 가구 덮개와 이중 자물쇠의 냄새였다. 전기료를 아끼려고 꺼둔 전등의 냄새였다. 거실이나 옷장 어디를 둘러보아도 발견할 수 없는 즐거움의 부재가 풍기는 냄새였다. 내가 속하지 않은 이방인의 누추한 집이 내는 냄새였다. 누구에게도 중요하지 않은 인생의 냄새였다.

"다니엘." 애셔가 말했다. "너한테 할 말이 있다. 이리 와봐."

다니엘은 마루에서 일어나 변호사를 따라 부엌으로 갔다. 애셔는 부엌 식탁에 앉아 그를 바라보았다. 애셔는 수전이 문간에 서 있는 것을 보았다. "아니야, 아니야, 아가씨, 널 방해하려는 게 아니야. 넌 가서 텔레비전이나 봐."

그의 말에 수전은 벽에 등을 붙이고 문 안쪽으로 살짝 움직였다. 그러고는 진지하게 애셔를 응시했다.

"좋아." 변호사가 말했다. "너도 들으렴. 얘들아, 프리다 고모가 엄마 아빠가 다시 자유로워질 때까지 너희를 돌봐주기로 하셨어. 한 달이 될 수도, 두 달이 될 수도 있어. 어쩌면 석 달이 될지도 몰라. 하지만 내가 엄마 아빠한테 말해놓았단다. 엄마 아빠도 현재 상황에선 그게 최선의 선택이라고 하셨어. 그동안 여기 이 집은 폐쇄될 거야."

"아저씨가 하는 말 들었어요." 다니엘이 말했다. "알겠어요."

"그래. 이걸 행복한 모험인 척할 수는 없구나. 하지만 엄마 아빠는 너희를 제일 염려하고, 떨어져 있는 동안 너희들을 잘 돌보고 너희가 방치되지 않길 바라셔. 고모네 집 1층이 사탕가게인 거 알지?"

"네." 다니엘이 말했다. "하지만 고모는 아무것도 못 만지게 해요. 멍청한 여자예요."

"쉿." 애셔는 입술에 손가락을 갖다댔다. "고모를 이해하긴 힘들 거야. 겁에 질린 사람들은 가끔 그렇거든. 겁이 나면 사람들은 마음에도 없는 말을 한단다. 이해할 수 있겠니?"

"아마도요."

"고모는 어떻게 해야 좋은 사람이 되는지 너한테서 배울 거야, 다니엘. 고모는 비열한 사람이 아니야. 너라는 모범을 보고 강한 사람이 되는 법을 배울 거야. 넌 대단한 녀석이란다. 너희 둘 다 훌륭한 아이들이야." 애셔가 눈을 수전에게로 돌리며 말했다.

"엄마는 어디 있어요?" 수전이 말했다.

애셔는 한숨을 쉬었다. "감옥에 있단다. 엄마는 감옥에 있어."

"감옥이 뭐예요?"

"감옥은 사람들이 집 대신에 머무는 곳이야. 호텔 같은 거란다. 학교 같은 거지. 집 말고도 머물 수 있는 곳이 많단다."

"감옥은 다른 곳보다 나빠." 다니엘이 수전에게 말했다. "네가 오고 싶다고 해도 집에 못 와."

"됐다." 애셔가 말했다. "됐어."

"그 사람들이 나도 감옥에 넣어요?" 수전이 말했다.

"아니, 걱정 마."

"엄마가 집으로 오나요?"

"다니엘, 내가 수전한테 다 설명할 수는 없구나."

"엄마가 죽었나요?"

애셔는 일어나서 화를 내며 팔을 들어올렸다. "제발, 얘야! 됐어. 엄마는 안 죽었어!" 그의 몸짓이 수전을 놀라게 했다. 수전이 울음을 터뜨렸다. 다니엘이 다가가 동생을 안았다. "수전은 엄마 아빠가 보고 싶은 거예요." 다니엘이 어깨 너머로 설명했다.

"뭐가 잘못됐어, 뭐가 문제야?" 프리다 고모가 2층에서 외쳤다.

"아무 일도 아닙니다." 애셔가 소리쳤다. "아무 문제 없어요. 자, 얘들아." 그가 목소리를 낮추고 말했다. "자, 할 일이 있단다. 쉬이, 울지 마 수전. 고모가 너희 옷을 챙기고 있어. 가서 고모한테 무슨 옷을 가지고 갈지 알려주렴. 장난감 중에서 너희가 좋아하는 걸 고모한테 보여줘. 그리고 너희 둘 다 깨끗하진 않구나. 혼자 씻을 수 있지? 깨끗이 할 수 있지?"

"제가 수전을 씻길게요." 다니엘이 말했다. "칫솔 같은 것도 있어요. 그런 것도 가져가야죠."

"맞아."

다니엘은 수전이 울음을 그칠 때까지 토닥여주었다. 수전의 몸이 딸꾹질을 할 때처럼 흐느낌으로 떨렸다. 그가 애셔에게 물었다. "왜 엄마 아빠를 못 보러 가요? 교도관은 저도 수전도 뒤져볼 수 있잖아요. 그러면 우리가 총 같은 건 안 가지고 있다는 걸 알잖아요."

"음, 이건 교도관의 문제가 아니란다, 다니엘. 엄마 아빠는 너희가 감옥에서 자신들을 보면 혼란스러워할 거라고 생각해."

"왜요?"

"너희가 거기서 떠날 시간이 되면 엄마 아빠는 같이 갈 수 없기 때문이야. 너하고 특히, 네 동생은 이해를 못하고 화를 낼 거야."

"아마 엄마 아빠도 화가 나겠지요." 다니엘은 곰곰이 생각했다.

"그렇지. 그러니 아예 안 보는 게 좋아."

"그럼 우리가 어디 있는지 어떻게 알아요?" 다니엘이 말했다.

"두 사람이 나한테 고모가 너희랑 지낼 수 있을지 물어봐달라고 한 거야. 고모하고 살 거라고 말해둘게."

"엄마 아빠가 고모 집 주소를 아나요?"

"알고 있어."

"우리가 거기서 편지를 쓰면 받을 수 있을까요?"

"내가 일러뒀으니 그럴 거야."

"엄마 아빠한테 받은 편지를 가지고 있어요." 다니엘이 말했다. "두 분을 만나면 편지를 좀더 자주 보내라고 말해주세요."

"하지만 말했잖니, 다니엘. 일주일에 한 번만 편지를 쓸 수 있다고.

그래서 네가 매주 한 번만 편지를 받는 거란다. 또 엄마 아빠는 서로에게도 편지를 보내야 해."

"같이 있지 않나요?"

"아빠가 있는 감옥하고 엄마가 있는 감옥은 달라. 엄마 감옥에는 여자들만 있어. 아빠가 체포된 다음부터 두 사람은 한 번도 못 만났단다."

하느님이 맺어주신 짝을 사람이 갈라놓아서는 안 된다. — 스펜서 트레이시, 엘리자베스 테일러 주연 〈신부의 아버지〉 중에서.

자기 침대에 누워 죽어가는 러시아 남자 이야기, 작가가 누구더라? 이사크 바벨이던가 유리 올레샤던가. 아무튼 이 남자의 죽음은 점차 악화되는 가능성, 체계적으로 그를 압박해오는 가능한 선택들이라고 기술된다. 처음에 그는 방을 떠날 수 없어서, 예를 들면 기차표 같은 것은 그의 삶에 더이상 의미가 없다. 다음에는 침대에서 나갈 수 없게 된다. 다음에는 자기 머리를 들어올릴 수 없다. 다음에는 창밖을 내다볼 수 없다. 다음에는 앞에 있는 자기 손을 볼 수 없다. 삶은 내부로 이동하며 감각은 포위망을 좁혀오고 지평선은 영점으로 축소된다. 그리고 그것이 그의 죽음이다. 죽음에 대한 일종의 감옥 개념, 점점 더 작은 감옥에 갇히는 인간, 감각이 사라진 그의 의식은 최후의 가장 작은 감옥이 된다. 그것은 한 점 빛이다. 이것이 죽음의 진실이라면 실제 감옥은 죽음의 은유이다. 당신이 한 사람을 감옥에 가두면 당신은 그의 생명이 끝나기 전에 가능한 죽음의 단계를 그에게 제시하는 것이 된다. 그에게 죽어가는 과정을 시작하라고 강요하는 것이다. 투옥의 처벌은 삶에 죽음의 부패를 안겨준다.

"엄마 아빠가 떨어져 있다고요?"

"그렇단다."

"혼자 있어요?"

"그래."

"불행한가요?"

"그렇게 행복하다고는 못하지."

"무서워하고 있나요?"

"아니, 엄마 아빠는 무서워하지 않아. 결백하기 때문에 무서울 게 하나도 없어. 재판이 끝나면 석방될 거야. 우리가 무죄인 걸 증명할 거야. 그러고 나면 모두 다시 함께 지내는 거야. 너도 들었지, 수전? 엄마랑 아빠가 수전한테 돌아와서 안아주고 뽀뽀해주고 다시 함께 살게 될 거야." (그러니까 착한 애가 돼서 오빠 말 잘 들어야 해. 자, 이제 둘 다 가서 고모를 도와드려야지.)

애셔는 커다란 손수건을 꺼내 접어서 코로 가져갔다. 우리는 서서 그를 지켜보았다. 그는 등을 돌리더니 큰 소리로 코를 풀었다. 마치 내 부모가 감옥에서 나올 날을 색다르게 축하하는 것 같은 익살스러운 소리였다.

이 기간 동안 우리 삶은 두세 개의 이미지로 남아 있다. 애셔가 준 5달러짜리 지폐 한 장과 1달러짜리 지폐 두 장을 동전지갑에 반으로 접고, 또 반으로 접어 넣고 딸각 소리를 내며 닫은 다음, 또 그 동전지갑을 손가방에 넣고 딸깍 닫던 프리다 고모의 길고 딱딱한 손가락. 운전석에 앉아 하품하던 택시기사. 계기반 위에 놓인 뚜껑 없는 납작한 시가 상자에 담긴 고무줄로 묶은 몽당연필 다발. 위기의 순간에 나는 늘 주변 사람들에게 민감했다. 택시기사의 이름은 헨리 리히텐슈타인이었고 번호는 45930이었다. 머리에는 180도 각도로 황갈색 베레모를 쓰고 있었다. 칫솔 같은 콧수염을 길렀고 하품할 때마다 금니 하나가 백미러에 비쳐 번쩍거렸다.

"난 아무것도 약속 못 해요." 프리다 고모는 창문을 내다보며 애셔에게 말했다. "하는 데까지 해보겠지만 그게 전부예요."

하는 데까지 해보겠지만 그게 전부예요.

그 당시 택시는 리무진이었고 뒷자리에는 접이식 보조의자도 있었다. 우리가 탄 택시는 크라이슬러의 노란색 데소토였다. 짐 보따리는 차 바닥에 놓아두었다. 수전은 나와 고모 사이에 앉았다. 애셔가 작별 인사를 하고 차창에서 멀어졌다. 택시기사가 클립보드를 내려놓고 데소토에 기어를 넣어 우리가 집에서 멀어지기 전, 나는 애셔를 마지막으로 8초쯤 바라보았다. 골목에서 재받이 깡통을 안은 윌리엄스가 나타났다. 거대하고 넓적한 발로 독수리처럼 우아하게 걸으며 몸은 마치 노랫소리처럼 공중에 떠 있는 듯했다. 그는 멈춰 서서 안았던 것을 내려놓는다. 나는 그의 숨결이 김이 되어 나오는 모습을 지켜본다. 그는 택시를 바라본다. 나는 충혈되고 위협적인 그의 눈을 응시한다. 그는 머리를 숙이고 손으로 나를 가리키고, 택시가 흔들리고 그가 사라진다. 다른 쪽에 앉은 프리다 고모 머리 앞으로 학교 운동장 펜스의 다이아몬드 모양 구멍이 희미하게 보인다. 나는 한 번도 학교 문제를 애셔나 고모에게 언급하지 않았다. 학교를 그만두거나 전학 가는 문제에 대해선 말도 꺼내지 않았다. 아마도 두 사람은 잊어버렸거나 아니면 신경을 쓰지 않은 것이다. 하지만 나는 학교에 안 가는 것을 프리다 고모 집에 살러 가야 하기 때문이라고 정당화했다. 그 정도 구실로는 충분하지 않겠지만 말이다. 브롱크스 어딘가에서 고모는 택시기사에게 전철역으로 가달라고 한다. 손가방과 보따리 등을 들고 계단을 올라 전철을 타고 브루클린에 도착할 때까지 내내 서서 가는 대신 고모는 7달러를 아낄 것이다.

그들이—친구들, 『코즈모폴리턴』 여기자, 사진기자—모두 떠났다. 아티 스턴리히트는 두 손으로 머리를 받치고 매트리스에 드러누워 있다. "기운이 없어." 그가 말한다. 이제는 목소리가 부드럽다. "난 환자야. 도저히 못 일어나겠어."

다니엘은 떠나고 싶지만 아티와 여자친구가 저녁을 먹고 가라고 고집을 부린다. 그녀는 현관 안쪽의 작은 부엌에 있다. 욕조 위에 널빤지를 놓아 만든 테이블이 있고 허리를 굽혀 열어야 하는 작은 냉장고가 있다. 버너가 둘인 새카매진 스토브는 다리가 휘었다. 아파트에 있는 건 벽감을 개조한 부엌, 물탱크와 물 내리는 사슬이 달린 욕실, 그리고 매트리스와 테이블과 컬러텔레비전과 콜라주 벽이 있는 침실이 전부이다.

"자네 여동생은 자네를 딱 한 번 언급했지." 아티가 말한다. "정치적으로 미성숙한 오빠가 있다고 했어. 마치 불알 없는 놈씨인 양 말했는데."

일본식 등롱 속에 매달린 전구가 방을 밝힌다.

"여동생이 정말 예뻤어요." 부엌에서 아티의 여자친구가 한마디 거든다. "정말 마음에 들었는데. 그렇게 될 줄 몰랐네요. 그런 타입이 아니잖아요."

"여기로 오려던 것 같아요. 여기 오던 길이었다고 생각해요." 내가 말한다. "당신의 콜라주에 쓸 자료를 가져오던 중이었을 거예요."

아티의 여자친구가 문간에 서 있다. "아이작슨 부부를 구하자." 그녀가 말한다. "그 포스터 말이죠?"

나는 고개를 끄덕인다. 아티가 일어나 무릎을 세우고 앉는다. "오, 맙소사." 그가 팔짱을 낀다.

"자네 그 문제에 관해 수전이랑 의논했었나?"

"아, 젠장. 와인 마시고 싶다. 취하고 싶어. 우리 언제 먹는 거야, 자기?"

"통밀 스파게티를 만들고 있어."

"더럽게 덥네." 아티가 말한다. "이 엿 같은 도시가 찜통 같아." 그는 일어서서 서성거리기 시작한다. "옛날 미국 공산주의자들의 문제가 뭔지 아나? 기존 체제를 받아들였다는 거야. 넥타이를 맸지. 직장에도 다니고. 대통령 후보도 내놓고. 정치를 집회에서 하는 걸로 생각했어. 박살이 나니까 독재라고 주장했지. 그자들은 러시아의 젖을 빨았던 거라고. 러시아! 러시아에 자유로운 이가 어디 있나? 러시아인들이 원하는 건 사람들을 몰아붙이는 것밖에 없어. 러시아에 혁명이 어디 있어?"

아티는 정말 내 대답을 기대하는 듯 나를 바라본다. 그러곤 왔다 갔다 한다. "미국 공산당은 좌익을 50년은 후퇴시켰어. 분명 FBI를 위해 일했을 거야. 그게 아니면 설명할 길이 없어. 그자들은 항상 음모를 꾸몄어. 분명히 J. 에드거 후버의 작품이야. 후버의 가장 위대한 작품이었다고."

"자넨 수전을 어떻게 알게 됐지?"

"자기, 우리가 수전을 어떻게 알았지? 내가 보스턴에서 한바탕할 때 거기서 만났을 거야."

"그때가 맞아." 아티의 자기가 거든다.

"수전은 자네 부모님에 관한 이 일에 관심이 있었어." 스턴리히트가 말한다.

"그래."

"자, 이봐. 자네한테 솔직히 이야기할까? 내가 입을 여는 순간 화낼 것 같은데?"

"계속해봐."

"자네 부모는 좆도 몰랐어. 그 처신이 애처로울 정도야. 그들의 규칙에 따라 놀아났다고. 정부가 정한 규칙 말이야. 무슨 말인지 알겠어? 당당하게 일어나서 엿 먹어, 네놈들 하고 싶은 대로 해, 네놈들한테 공정한 재판은 기대하지도 않아, 이렇게 말하지 않았다고. 그 대신 제안하고 결백을 호소하고 질문에 대답만 하고 게임을 했지. 알겠나? 그들은 재판을 받는 피고처럼 행동했어. 그렇게 행동의 틀 전체가 자네 부모를 파멸시켰던 거지. 이해가 되나?"

"그래."

"무슨 말인가 하면, 언젠가 FBI는 정말 나를 없애버릴 거야. FBI가 정신 차려서 내가 그냥 정신 나간 마약쟁이가 아니란 걸 알게 되면 말이야. 괴짜들이 모여서 일을 벌여 대성공이든 대실패든 혹은 둘 다든 크게 한 방 날릴 준비가 됐다는 걸 알게 되면 말이야. 한 방 크게 날리고 박살나도 난 괜찮아. 왜냐하면 혁명에 관여하면 죽을 수밖에 없고, 죽을 각오가 돼 있지 않으면 혁명가가 아니니까. 난 죽는 건 눈곱만큼도 신경 안 써. 하지만 이봐, 만약 나를 법정에 세운다면 법정에서 그 놈들이 얼마나 타락한 개새끼들인지 폭로할 거야. 재판은 나한텐 좋은 기회야. 난 법정을 미쳐버리게 할 거고 내 말과 행동은 전선과 전파를 타고 퍼져나갈 거야. 세상사람 모두 재판을 보면서 이렇게 말하겠지. '와, 저놈 좀 봐, 저놈 하는 짓 좀 봐! 굉장해!' 그리고 그들이 유죄 판결을 내리면 나도 그들을 유죄로 판결할 거고, 그들이 무죄 판결을 내려도 난 그들을 유죄라고 할 거야. 그래서 난 바로 그들의 심판자로, 새로운 삶의 법칙을 가진 새로운 인간으로 등극하는 거지. 내가 아니라 그들이 재판을 받는 거야. 알겠어? 자네 부모는 그 기막힌 기회를 날려버렸어!"

"그런데 수전은 동의하지 않았겠지."

"그래."

"그렇다고 해도 수전은 그들이 순교자라고 했어요." 부엌에서 아티의 여자친구가 말한다.

"분명히, 그들은 순교자였어. 하지만 혁명에는 순교자가 필요 이상으로 너무 많아. 자다가 살해당하거나 전 세계 감옥에서 살해당한 듣도 보도 못한 깜둥이들처럼, 또 학교에서 살해당한 수백만 아이들처럼, 그리고 베트남에서 굶어 죽거나 총 맞아 죽거나 불타 죽은 사람들처럼 말이야. 우리에겐 순교자가 너무 많아."

"아티 말을 반박할 순 없을 거예요." 그의 여자친구가 말한다. 스턴리히트는 다시 매트리스에 눕는다. "병문안 가봐야겠네." 그가 말한다.

"좋은 생각인진 모르겠네. 수전 상태가 아주 안 좋아. 아무하고 말하려고 안 해."

저녁을 먹을 때 방 안에는 침묵이 흐른다. 우리는 마루를 식탁으로 사용한다. 커튼도 없이 먼지 때문에 불투명한 높은 창문에 애비뉴 B의 불빛이 비친다. 애비뉴 B의 소음이 열기처럼 방으로 흘러 들어온다. 만약 필리스가 스턴리히트를 만났다면 그와 함께 떠나 올바른 선택을 했으리라. 그녀의 모든 리듬이 해방되고, 이 혁명적인 호색한과 섹스를 나누고, 섹스를 마친 두 사람은 즐거워 웃을 것이다. 그리고 그녀는, 어린아이처럼 외피뿐이고 속은 비어 있는 그녀는 자신의 자연스러운 욕망과 행동에 의미를 부여하지 않고, 자신을 채워주지 않으며, 자신의 욕망을 실현시켜주지 않는 남자에게 빠지지 않았을 것이다. 난 아내가 스턴리히트를 만나지 않아서 다행이라고 생각한다. 아마도 그는 섹스의 챔피언일 것이다. 그는 여자를 속박하지 않는다.

나는 홀터 상의에 짧은 반바지를 입고 긴 머리를 포니테일로 묶어 늘어뜨린 그의 여자친구를 본다. 마른 체구에 예쁘지는 않지만 성적 매력이 풍긴다. 매력적인 마른 몸에는 섹시한 생명력이 들어 있다. 그녀가 포크로 스파게티를 벌린 입 속으로 밀어 넣을 때 나는 스턴리히트가 그녀에게 끌리는 이유를 알았다.

"자네 여동생이 그 사진을 가져왔으면 좋았을 거야." 스턴리히트가 말한다. "그랬더라면 본인한테도 도움이 됐을 텐데. 저 벽에 사진을 붙였겠지. 안 그래, 자기? 그랬으면 그걸로 끝났을 거야. 모든 일에는 의미가 있어. 사소한 행동이 세상을 바꾼다고."

"동생이 자네한테 신탁에 관해 말한 적 있나?"

"그래."

"혁명재단은?"

"말했어."

"그 아이디어를 어떻게 생각하나?"

스턴리히트의 얼굴에 미소가 흐른다. 그는 우유 한 잔을 마셔버리고, 잔이 있던 마루에는 둥근 테가 남는다. 그가 입가를 닦는다. "그 돈을 전부 보석금 기금이나 자유 대학이나, 뭐 그런 종류의 유익한 곳에 기부하면 아이작슨 부부에 대한 내 의견을 모조리 수정하겠다고 말했어. 그리고 기쁜 마음으로 그 재단의 수혜자가 되겠다고 했지. 내가 일관성이 없다고? 개수작하지 마. 수전한테 이렇게 말했어. 그 운동을 위한 돈이라면 로널드 레이건 이름이 쓰여 있어도 상관없다고 말이야. 가난한 사람들의 냄비에 3만 5천 달러어치 고기수프를 담아 줄 수 있다면 뉴욕 시 짭새들 엉덩이에 몽땅 키스라도 할 거라고 했어. 그렇게 말했다네. 내 대답에 만족하나?"

"괜찮군."

"자네가 했던 질문 중에," 아티가 말한다. "이건 묻지 말았어야 했어."

"그럴지도 모르지." 나는 인정한다.

"그리고 난 자네한테 꽤 친절하게 대했어."

"알고 있네."

"여긴 왜 왔나? 어떻게 이곳과 관련된 걸 알았지?"

"그 포스터가 든 통에 자네 이름이 있었거든."

그들은 여전히 우리를 엿 먹이고 있어. 수전이 말한 그들이란 폴과 로셀이 아니었다. 나라면 그랬을 것이다. 그녀가 의미한 것은 처음에는 모든 사람들이었고 지금은 좌익이었다. 좌익에게 아이작슨 부부는 아무것도 아니었다. 만약 두 사람이 그들에게 아무런 의미가 없다면, 다른 누구에게 의미가 있겠는가? 이제 알겠지. 안녕. 다니엘.

나중에 스턴리히트와 그의 자기는 바람을 쐬라며 나를 지붕으로 데려갔다. 우리는 마리화나를 피웠다. 그들은 그 위에서, 죽은 공기와 타르 냄새가 나는 그을음투성이 지붕 위에서 나에게 노래를 불러주었다. 무덥고 별이 없는 밤, 거리의 불빛이 올라와서 나는 마치 스토브 위에 서 있는 듯했다. 노래의 제목은 〈넌 어느 편인가?〉*였다.

사람들이 말하길 할런 카운티에는
거기에는 중립이 없다고 하네.
넌 노동조합 편에 서거나
J. H. 블레어 패거리 편에 서야 한다네.

오, 노동자여 그걸 견딜 수 있는가.
오, 어떻게 견딜 수 있는지 말해다오.
비열한 배신자가 되겠는가.

---

* 사회운동가이자 시인인 플로렌스 리스가 가사를 쓴 곡으로 1931년 할런 카운티에서 있었던 석탄 광부들의 파업을 소재로 했다.

아니면 인간으로 남겠는가.

넌 어느 편인가?
넌 어느 편인가?
넌 어느 편인가?
넌 어느 편인가?

그들은 내 얼굴을 바라보며 합창을 마쳤다. 그리고 배꼽이 빠져라 웃어댔다. 나는 비정한 급진주의자의 괴팍함을 또다시 겪고 집으로 돌아왔다.

1967년 9월, 다니엘 I. 르윈은 법학교수인 양아버지 로버트 르윈에게 편지를 썼다. 편지 사본은 가지고 있지 않으며 양아버지가 그 편지를 보관해두지 않았기를 바란다. 창피스러운 편지였다. 아티 스턴리히트 때문이었다고 변명해두자.

아버지가 답장으로 보낸 편지를 여기 옮긴다.

1967년 10월 4일

대니에게

답장이 늦어서 미안하구나. 넌 내게 흥미로운 과제를 던졌단다. 널 위해 판례를 인용하지는 않겠지만 수전이 정신질환 치료를 받는 동안 신탁의 종료를 신청하더라도 법원이 승인할 가능성은 적어 보이는구나. 수전은 올해로 성년이 되지만 회복할 때까지는 리사와 내가 후견인으로 남을 생각이다.

하지만 알다시피 너는 스물다섯번째 생일 이후로 네 몫의 신탁자금을 받을 자격이 있어. 수전이 아프다고 해서 그게 달라지진 않아. 우리 대신 네가 수전의 후견인이 되고, 가족으로서 수전 몫을 적절하게 처리해줄 거라고 수전이 인정한다면 법원에 신청해서 동의를 얻을 수도 있어. 물론 난 그 신청에 이의를 제기하지 않을 거고.

한 가지 예외인 경우는 있단다. 제삼자가 수전이 신탁자금의 자기 몫을 차지하면 정신질환이 나을 거라고 주장하며 소를 제기하는 거지. 그 시도가 성공할지는 예측할 수 없어. 하지만 '아이작슨 재단'에 신탁자금이 가는 것이 수전의 건강에 도움이 된다고 가정한다면, 법원이 이 주장에 일리가 있다고 판단할 수도 있겠지.

말할 것도 없이 나는 네 의문점에 흥미를 느꼈다. 네가 수전과 관련된 무엇을 발견했는지 궁금하구나. 난 수전이 아티 스턴리히트라는 인물을 언급하는 건 들은 기억이 없고 그건 네 엄마도 마찬가지야. 물론 수전이 한 달에서 6주 정도 학교에 가지 않았고, 그동안 뭘 했고 어디에 갔는지, 누구를 만났는지는 알 수 없어. 어떻게 됐든 네 생각이 달라질 수 있다고 생각하니 힘이 난다. 네 몫의 신탁자금에 대한 책임에서 나를 면제해주지 않겠다는 입장을 재고할지 모르니까 말이다. 네 생각이 어떤지 알려주려무나.

우리 두 사람의 사랑을 보내며
아버지가

이것으로 이 부분의 이야기는 끝난다. 다른 무엇보다도 로버트 르윈의 편지에서 작동하는 아버지로서의 중압감이 흥미롭다. 그는 나를 안정시켜야 한다는 책임감을 느꼈다. 그것이야말로 진정한 보수적인 미국 청교도의 생각이다. 그 생각 안에는 유대와 미국이 모두 섞여 있다. 유대와 미국은 모두 고대 해상 항해자들의 후손이다. 그러니까 선체 바닥 용골(龍骨)에 납을 넣어야 배가 가장 잘 달린다는 것이다. 내 변호사 아버지는 우연이 아니고, 미국의 법 제도가 한결같이 제대로 작동하지 않음에도 불구하고 그가 그것을 한결같이 사랑하는 것도 우연이 아니다. 언젠가 제대로 책임감을 느끼며 안정된 삶으로 돌아올 엇나간 자식을 한결같이 사랑하는 것처럼 말이다.

내 부모가 감옥에서 재판을 기다리는 동안 군사령관이 본국으로 소환되었다. 더글러스 맥아더 장군은 파이프를 물고 비행기 조종사용 선글라스를 쓰고 장교모를 비스듬하게 쓴 멋진 모습이었다. 그는 워싱턴의 결정에 반하는 정책을 시도했으며 총사령부에 맞서는 발언을 했다. 그는 불복종과 우매한 자존심, 그리고 아마추어 포병대위 출신 대통령의 명령에 현명하게 처신하지 못했다는 전반적인 실패의 대가로 최고사령관직에서 해임되고 본국으로 소환되어 떠들썩한 환영을 받았다. 미국은 자신의 영웅을 잊지 않았다. 워싱턴과 뉴욕의 거리에는 함성과 비명을 지르는 숭배자들이 모였다. 퍼레이드가 있었다. 상하원 합동회의에서 몹시도 감상적인 연설이 있었다. 대통령 탄핵에 관한 언급이 있었다. 맥아더를 대통령으로 선출하자는 말이 나왔다. 나는 이러한 외설적인 발언과 행위 들을 프리다 고모가 아래층 가게에 있어서 전기를 낭비하지 말라고 잔소리할 수 없는 오후 시간에 그녀의 새 마법 텔레비전으로 보았다. 맥아더는 현대의 어떤 인물보다도 미국 정부를 전복 직전까지 몰고 갔다. 그는 온 나라에서 환호를 받았다. 하지만 나는 그가 대머리를 감추려고 머리카락을 비스듬히 빗어 넘긴 것을 발견했다. 그렇게 애처로운 허영심을 가진 사람을 국가가 어떻게 믿을 수 있겠는가? 나는 그가 그렇게 훌륭한 장군인지 의심하기 시작했다. 도대체 훌륭한 장군이란 무엇인가? 그 기준이 무엇인가? 수전과 나는 프리다 고모 침대에서 자고, 고모는 거실 소파에서 잤다. 그건 좋은 조처가 아니었다. 침대 시트 아래에는 고무 시트가 또 깔려 있었다. 수전은 퇴행하고 있어서 밤중에 화장실에 가지를 못했다. 한밤중에 넘치는 오줌이 내 잠옷을 부드럽게 적셨다. 나는 새벽의 오줌 안개 속에서 잠이 깼다.

나는 허망했다. 가슴속 깊이 공허했다. 나는 양쪽으로 엄마 아빠 손을 잡고 지하철을 타고 시내로 향하던 기쁨을 떠올렸다. 우리는 록시에서 만나 뉴욕 필하모니 연주를 들으러 갔다. 컬러영화도 보러 갔다. 한번은 42번로 근처 8번가의 스탠리 극장에서 〈알렉산드르 넵스키〉를 보기도 했다. 그런데 이제 나는 오줌싸개 여동생과 함께 브루클린에 있는 프리다 고모의 퀴퀴한 침대, 사랑 없는 침대에 누워서 다음날 있을 굉장한 장군의 또 다른 감상적인 연설을 기대하고 있었다. 내 삶은 어디로 가고 있었을까.

연대기를 작성하면서 나는 프리다 고모 집에서의 이 시기가 계속 그 내용이 수정되던 정부의 기소 중에서 첫번째 기소 시점과 일치함을 알게 되었다. 미국 법무부와 FBI는 시나리오를 완성해가면서 모두 세 번의 기소를 했다. 처음에는 여덟 번의 외부적 행위*로 기소되었다. 그러고 나서 아홉 번의 외부적 행위로 수정되었고 또 다음에는 열 번의 외부적 행위로 바뀌었다.

부풀리기, 열 번의 외부적 행위로 이루어진 연극.

5일 월요일

안녕, 사랑하는 대니. 브루클린은 어때? 재미있니? 친구는 좀 사귀었고? 학교에 못 가서 심심하겠지만 사랑하는 아들, 이 모든 게—우리가 함께 있지 못하고 일상이 파괴된 것 말이야—금방 끝날 거야. 그동안 프리다 고모한테 도서관에 데려다달라고 부탁하고 읽을 책도 많이 빌려오는 게 좋겠다. 애셔 씨는, 그러니까 '제이콥 아저씨'는 네가 그곳 공립학교에 다닐 수 있도록 애쓰고 있단다. 하지만 그러려면 며칠은 기다려야 할 거야. 사랑하는 우리 귀염둥이 수전은 유치원에 가야겠지.

자, 사랑하는 아들, 너를 위해 깜짝 선물을 보낼게. '제이콥 아저씨'가 너랑 수전한테 우리가 보내는 선물을 전해줄 거야. 마음에 들면 좋겠구나. 아빠하고 엄마는 너희한테 무엇을 사줄지 편지로 의논했고 가게에서 그걸 사다주라고 아저씨한테 부탁했단다. 선물을 받고 너희가 조금이라도 외로움을 덜 느꼈으면 좋겠구나. 그리고 가능한 한 즐겁게 지내렴!

천사 같은 우리 아들, 엄마한테 또 편지 써줘. 네 편지를 받고 얼마나 즐거웠던지. 네가 무슨 생각을 하는지 엄마한테 이야기해줘.

---

* 공모의 목적을 달성하거나 이를 진행시키기 위한 행위를 뜻하는 법률 용어.

네가 있어서 얼마나 위로가 되는지 모르겠구나!

그리고 우리 걱정은 하지 마라! 물론 우리 모두 서로가 보고 싶겠지. 그래도 너는 고모 말 잘 듣고 동생 잘 돌보며 지내렴. 이렇게 부탁하지 않아도 네가 잘하리라는 걸 알아, 우리 아들. 어느 순간이면 우리 모두 다시 함께 살고 있을 거야.

한없는 사랑을 담아

엄마가

두 개의 선물. 하나는 별 재미없는 조립완구 세트였고 다른 하나는 스케치북과 색연필이었다. 나는 편지의 어투에 깜짝 놀랐다. 그리고 아무런 정보가 없어서 마음이 상했다. 수전은 주석으로 만든 장난감 찻잔 세트와 색칠 그림책과 크레용을 받았다. 나는 어쩔 수 없이 수전과 소꿉놀이를 해야 했다. 장난감 찻잔 앞에 앉아 아침밥을 먹는 것부터 시작하는 끝없이 산만한 놀이였다. 수전은 엄마였고 나는 아빠였다. 그렇게 아침을 먹은 다음 우리는 그림을 그렸다. 나는 프리다 고모의 아파트에서 점점 숨쉬기가 어려워지는 것을 깨달았다. 고모는 언제나 창문을 닫아놓았다. 선물을 가져온 애셔가 거실 창문을 열려고 했지만 결국 열 수가 없었다. 아파트는 어둡고 공기가 통하지 않았다. 나는 점점 잠들기가 힘들었다. 텔레비전에서 1930년대 감옥영화가 나왔다. 한 남자가 자신이 무죄라고 외치며 감방 쇠창살을 흔들었다. 난 무죄란 말이야! 난 무죄야! 아무도 그 말을 들어주지 않자 그는 마침내 창살을 붙잡고 흐느껴 울다가 바닥에 힘없이 쓰러졌다. 엄마 아빠 역시 밤새 창살을 잡고 일어섰다 쓰러졌다 할지도 모른다. 마치 회전목마처럼 손으로 창살을 붙잡고 일어섰다가 쓰러지기를 반복할지도 모른다.

수전은 프리다 고모의 소파쿠션을 이용해 벽을 만들었다. 네번째 벽은 나와 함께 안락의자를 움직여 만들었다. 그러다 크레용을 밟았고 부서진 크레용 때문에 카펫이 더러워졌다. 프리다 고모는 어두운 거실에서 조립완구의 나사를 밟아 미끄러질 뻔했고 마루에 흠집이 생겼다.

고모는 끔찍이도 깔끔을 떨었지만 실상 깨끗하지는 않았다. 고모는 먼지 덮인 아파트에서 어떤 물건도 움직이기를 원하지 않았다. 내가 사탕가게 가판대에서 신문을 한 부 집어 들면 고모는 기겁을 했다. 신문이 더러워지면 어떻게 팔겠니? 나는 엄마 아빠의 기사를 보기 위해 몰래 신문 훔치는 법을 터득했다. 동네 아이들은 사탕가게에서 고모가 등을 돌릴 때나 불빛이 고모의 안경에 비칠 때 물건을 훔쳤다. 고모를 도와줄 수도 있었지만 그녀는 내게 도움을 청하지 않았다. 나는 가게 선반에서 수전이 받은 것과 똑같은 색칠 그림책을 보았다. 또 내가 받았던 것과 같은 종류의 스케치북과 색연필도 보았다. 나는 우리가 받은 선물이 사실은 애셔의 선물이라는 것, 그리고 애셔가 그 선물을 프리다 고모의 가게에서 샀다는 것을 알았다. 나는 훔친 신문을 읽고 나면 쓰레기통에 던져버렸다. 그리고 종종 나는 호흡곤란을 겪었다. 그래서 두려웠다. 뛰어다니면서 팔을 풍차처럼 흔들면 잠시 숨쉬기가 편해졌다. 전등에 부딪혀 전등을 망가뜨린 적도 있었다. 나는 아이들을 싫어했고 아이들에게 인기 없는 프리다 고모와 살았기에 동네 친구를 사귈 수 없었다. 고모는 자신의 조카라는 사실 말고는 사람들에게 나에 대해 말하지 말라고 경고했다. 그런데 수전이 어느 날 한 어린 여자아이에게 엄마 아빠가 감옥에 있다고 말했다. 이곳은 중하층 연립주택이 늘어선 동네였다. 가난하지만 똑똑한 사람들이 많았다. 한번은 누군가의 형이 한국에서 행방불명되었다는 소문이 돌았다. 그런 사고가 종종 있었다.

숨쉬기가 어려우면 나는 미친 듯이 활발해졌다. 말하는 대신 소리를 질렀다. 걷는 대신 달렸다. 가만히 있을 수가 없었다. 나는 프리다 고모를 상대로 스파이 놀이를 했다. 욕실에 있는 고모를 살피기 위해 열쇠구멍으로 그녀를 보았다. 고모가 일하러 가려고 세 층의 계단을 내려갈 때 한 층 뒤에서 그녀를 따라갔다. 가게 카운터에서 사탕을 훔쳤다. 전화번호를 기억했다가 아파트 전화로 가게에 전화를 걸었다. 고모가 전화를 받으면 끊어버렸다. 수전과 나는 침대에서 곡예놀이를 했다. 나는 드러누워 팔을 끝까지 뻗어 머리 위로 수전을 들어올렸다. 다리를 잡고 침대 옆으로 거꾸로 들었다. 수전은 즐거운 비명을 질렀다. 우리는 침대를 트램펄린으로 사용했다.

이 시기에 내게 소중한 것은 아무것도 없었다. 지금 나는 단지 한 인간일 따름이었던 프리다 고모에게 미안함을 느낀다. 그녀는 동생 폴로 인해 힘든 시련을 겪었고, 그녀를 고문하는 똥 싸고 오줌 싸는 아이들로 인해 힘든 시련을 겪었으며, 그녀가 살아내야 했던 삶으로 인해 힘든 시련을 겪었다. 그녀가 비열하거나 신경쇠약이거나 이기적이거나 둔감하거나 인색한 것이 아니었다. 그저 한계가 있는 한 인간일 따름이었다. 우리는, 아니 고모는 그렇게 5주를 견뎠다. 우리는 브루클린의 학교에 다니지 못했다. 이 5주 동안에는 아무런 단서가 없다. 고모가 지금까지 살아 있다고 해도 나는 찾아가지 않을 것이다. 고모는 내게 들려줄 이야기가 하나도 없기 때문이다.

매일 저녁 우리는 코티지 치즈를 섞은 L자형 마카로니를 먹었다. 애셔가 우리를 아동보호소로 옮겼을 때 프리다 고모는 자신은 우리를 데리고 있을 여유가 없으며 우리를 신체적으로 감당할 수 없다고 진술했다. 이것은 단지 절반의 진실이었다. 어느 날 나는 욕실에 있는 고모를 염탐하다가 발각되었다. 고모는 눈을 감은 채 머리를 뒤로 젖히고 이빨을 보이고 있었다. 속옷을 무릎까지 내린 그녀는 배설의 황홀감에 취해 등을 굽히고 변기에 앉아 있었다. 바위가 물에 떨어지는 소리를 내면서 무언가가 고모 아래로 떨어졌다. 잠시 후 나는 손잡이와 문에 머리를 부딪쳤고 완전히 닫히지 않았던 문이 서서히 활짝 열렸다. 프리다 고모는 결코 나를 용서하지 않으려고 했다.

나는 브롱크스 아동보호소에 어떻게 갔는지 조금도 기억나지 않는다. 아마도 애셔가 우리를 데려갔을 것이다. 프리다 고모도 일의 마무리를 돕기 위해 따라갔을 것이다. 어쩌면 앞서 면담 차 방문했을 수도 있으니 고모는 두번째로 간 것이었는지도 모른다. 나는 면담 비슷한 것을 했던 일이 기억난다. 이상한 경험이었다. 신문은 법무부의 발표문을 게재하면서 내 부모를 끊임없이 재판하고 있었다. J. 에드거 후버의 어떤 발표에도 무죄추정의 원칙은 흔적도 보이지 않았다. 아빠에게는 스파이 수괴의 이미지가 쌓여갔다. 스파이 수괴이자 스파이망의 우두머리. 몇 주 지나지 않아 아빠는 체포된 여러 스파이 중에서도 가장 두드러진 인물로 기사에 부각되었다. 민디시 박사는 아빠의 명령을 수행한 자들 가운데 한 명이었다. 나는 혼란을 느끼기 시작했다. 아빠가 스파이망의 우두머리라면 나는 그의 망 속에 있었을까? 내가 신문에서 스파이망을 읽기 전까지 그것에 관해 전혀 몰랐다면 내가 어떻게 그 스파이망 속에 있었단 말인가? 내 아빠 폴 아이작슨이 신문 속의 이 사람이었나? 그게 아니라면 내 아빠는 어디 있는가? 어려운 단어가 많아서 모든 걸 이해하기는 힘들었다. 나는 신문과 라디오와 텔레비전의 거짓말을 분석하는, 끊임없이 분석하고 폭로하는 아빠의 목소리가 그리웠다. 나는 그의 진리가 그리웠다. 내 앞에 놓인 것의 진정한 의미를 말해줄 그의 힘이 그리웠다. 아빠가 보낸 편지를 받았을 때 그것은 엄마의 편지와 마찬가지로 아무런 정보가 없었고 무언가가 이상했다. 아빠의 말처럼 들리지 않았다. 나는 그의 방식대로 사물을 이해하려 했지만 그렇게 할 수 없었다. 나는 그 힘을 불러낼 수 없었다. 내 눈앞에서 아빠는 변형되고 있었고 그는 그 일이 일어나는 것을 막지 못했다. 아빠가 감옥에 있다면 아마도 원자폭탄 스파이단의 우두머리였을 것이다. 내 마음은 나의 삶과 아빠와 나의 관계를 신문 기사에 맞추기 위해 애쓰고 있었다.

나를 언제나 현실로 돌아오게 하는 것은 애셔의 심각한 얼굴이었다. 내 부모의 운명에 더욱 과중한 책임을 지게 된 이 사람을 보면 이것이 바로 재앙임이 분명했다. 그들은 우리를 엿 먹이고 있었다. 대배심을 거쳐 내려오는 각각의 새로운 기소는 음모를 더욱 완벽하게 만들고 그것을 확대시키고 그것에 외부적 행위를 더하고 그것을 수렁으로 몰고 가고 있었다.

나는 죄의식을 느꼈다. 트루먼은 과학자들에게 슈퍼폭탄을 개발하도록 명령해야 했다. J. 로버트 오펜하이머는 원자폭탄 개발에 참여했지만 슈퍼폭탄의 개발은 반대했고, 따라서 위험인물로 분류되었다. 그는 원자폭탄을 좋아했지만 수소폭탄은 좋아하지 않아서 반역자로 간주되었다.

프래니와 주이*와 함께 냉전중에 홀로

모든 소년은 매일 아침 정리해야 하는 카키색 담요가 놓인 군대식 이층침대, 침대 옆의 작은 사물함, 침대 발치의 트렁크를 배정받았다. 세탁물 가방은 침대 끝에 매달아두었다. 벽에는 아무것도 붙일 수 없었다. 갈색의 타일 벽이었다. 마룻바닥은 플라스틱 타일로 역시 갈색이었다. 창문은 철조망 펜스처럼 다이아몬드 모양으로 빗금무늬가 새겨진 안전창이었다. 모든 표면이 단단했고 종종 소음은 상상을 초월했다. 우리를 조용히 만들려고 그는 호루라기를 불었고 그 소리가 내 귀에 고통을 남겼다. 그는 아침에 우리를 깨우기 위해 또 호루라기를 불었다. 방에는 다섯 살에서 열두 살까지의 소년들이 늘 삼사십 명 정도 있었다. 그들은 작은 아이를 큰 아이에게 할당하는 일종의 형제 제도를 만들어 적용했지만 늘 효과가 있는 것은 아니었다. 거기 있던 아이들 중 몇 명은 분명 환자였다. 보통은 그들을 지진아라고 여겼지만 지금의 나는, 적어도 그중 두 명은 확실히 자폐증 환자였음을 알고 있

* J. D. 샐린저의 작품집. 신경쇠약에 걸린 여동생 프래니와 그녀를 돌보는 오빠 주이의 이야기가 그 내용이다.

다. 한 아이는 자신의 자유의지로 침대에서 내려온 적이 없었다. 자기 침대 옆에 서게 되었을 때 그 아이는 누군가가 움직이게 만들 때까지 계속 거기에 서 있었다. 아이들은 그를 무력증 소년이라고 불렀다. 누군가는 무력증 소년이 있어야 할 위치에 있도록 늘 조처를 해줘야 했다. 또 다른 소년은 가무잡잡하고 몸집이 작은 히스테리 환자였는데, 항상 알아들을 수 없는 문장을 구사했고 지금 벌어지는 일에 관한 어떤 감정도 표현하지 않았다. 그는 경기를 하러 체육관에 갈 때마다 그 곳 가장자리를 따라 걷는 버릇이 있었다. 바깥의 운동장에서도 마찬가지였다. 그는 우리를 둘러싼 것이 무엇이든 그 주위를 돌면서 달렸고, 아이들은 그런 모습을 몇 번 본 후에는 더이상 관심을 두지 않았다. 그는 항상 혼자 중얼거렸고 어느 장소에서나 그 가장자리를 따라 걸었다. 이런 별난 녀석들은 방 안쪽 자리를 배정받았다. 방의 다른 쪽 끝인 문 근처에는 잠깐 동안 머물다 가는 아이들의 침대가 있었다. 단 며칠이나 한두 주 정도 보호소에서 지낼 소년들은 문 근처에서 잠을 잤다. 따라서 이 보호소는 핵심 거주자들이 중앙에 있고 양쪽으로 별종과 임시 거주자들이 그 경계를 허무는 공간으로 파악할 수 있었다. 한 달이 지나자 나는 임시 거주자에서 핵심 거주자로 그 지위가 바뀌었다.

우리는 보호소의 3층에 있었다. 소녀 층은 2층이었다. 밤이 되면 가끔 나는 침대에서 소등 후의 고요한 어둠 속에서 벽을 뚫고 들려오는 내 여동생의 분노에 찬 비명소리를 들었다.

매주 한 번씩 우리는 소방훈련을 했다. 매주 한 번씩 우리는 공습훈련을 했다. 소방훈련 때는 인도로 나가야 했다. 공습훈련 때는 실내에 있어야 했다.

1층에는 직원 사무실과 식당과 부엌이 있었다. 4층과 5층은 온전히 실내체육관을 위한 공간이었다. 이곳의 이름은 뉴욕 시 (윌리엄 오두와이어 시장과 브롱크스 자치구 에드워드 J. 플린 청장) 이스트브롱크스 아동 복지보호소였다. 보호소는 트레몬트 가에서 벗어나 시립 건물이 밀집된 크로토나 공원 근처에 있었다.

매일 버스가 와서 핵심 아동들을 학교로 태우고 갔다. 우리가 왜 특정 공립학교에 다녀야 했는지 나는 모른다. 보호소에서 걸어갈 수 있는 거리에 공립학교가 있었지만 우리는 그곳에 다니지 않았다. 우리가 다니던 큰 보라색 학교는 방향은 다르지만 내 진정한 보라색 학교였던 P.S. 70만큼이나 멀리 떨어져 있었다. 그 학교는 내게 아무런 감명을 주지 않았고 지금은 학교 주소도 기억하지 못한다. 아무도 학생들이 공부를 하든 말든 관심이 없었다. 그곳은 지친 엄한 교사와 수많은 흑인 아이들이 다니는 오래된 학교였다.

보호소에서 인기 있는 놀이는 소프트볼이었다. 경기 수준이 꽤 높았다. 아이들은 치열하게 경기에 임했고 모두 운동을 잘했다. 최고의 경기는 일요일에 치러졌다. 아이들은 모두 아침부터 제일 좋은 옷을 입고 침대에 앉아 친척이든 후견인이든 자신을 하루 동안 데리고 나갈 사람을 기다렸다. 정오쯤 되면 누가 외출을 못하는지 가려졌다. 운동장에서, 혹은 추운 날이면 체육관에서 팀을 나눠 경기를 벌였고 아무도 우리를 감시하지 않았다. 일요일의 경기는 맹렬했다. 모든 아이들이 사력을 다해 지독하게 경기를 치렀다. 나는 일요일마다 경기를 했다. 언제나 누군가는 콘크리트 바닥에 미끄러져서 가장 아끼는 바지를 찢거나 신발 밑창이 떨어져나갔다. 여자아이들은 우리를 비웃으며 경기를 구경했다. 그곳은 완벽하게 독립적인 사회였으며 필요한 역할은 모두 채워진, 있어야 할 사람은 모두 있는 사회였다.

아이들은 대부분 몸에 맞지 않는 옷을 입었다. 양말은 발목까지 흘러내렸다. 언니들의 꽃무늬 치마. 허리 부분을 접어 벨트 안으로 넣어 입어야 하는 자선상점에서 헐값에 산 바지.

점심시간에 그들은 커다란 냄비에 담긴 황갈색 기름이 둥둥 뜬 국물에서 미지근한 소시지를 건져주었다. 그리고 우유 반병을 주었다. 크림옥수수와 으깬 감자를 내놓았다. 나는 구내식당의 냄새를 결코 잊지 못한다. 그것은 음식보다 훨씬 나은 따뜻하고 좋은 냄새였다. 아마도 야채수프 냄새였다고 생각한다. 그 냄새는 결국 다른 모든 음식 냄새를 압도했다. 나는 그 냄새를 가난과 연결 짓는다. 나는 야채수프를 권리의 박탈로 간주한다. 필리스는 야채수프를 만들 때면 그 냄새를 다시 되찾기를 바라면서 나를 위해 계속 여러 가지를 첨가했다. 하지만 그녀는 절대 그 수프에 손대지 않았다. 그것을 먹기 위해서는 타일 벽이 필요하다. 전등이 사슬에 매달린 높은 천장과 구내식당의 적갈색 식판이 필요하다.

그곳의 또 다른 특징적인 냄새는 토사물 냄새였다. 보호소는 언제나 토사물로 넘쳤다. 아이들은 항상 병에 걸렸고 토해댔다. 청소부는 손수레와 큰 빗자루와 삽과 톱밥이 든 들통을 가지고 돌아다녔다. 그는 토사물을 톱밥으로 덮고 물기가 흡수되면 질척거리는 그것을 빗자루와 삽으로 치웠다. 그러고 나서 암모니아수로 걸레질했다. 암모니아 냄새는 오륙 분쯤 토사물 냄새를 압도했다. 하지만 그날 내내 그 부근에는 토사물 냄새가 희미하게 풍겼다. 희미해져가는 그 냄새는 본질적으로 기이하고 무서웠다. 그것은 몸 내부의 냄새였다.

어쩌면 야채수프를 맛있게 한 것은 토사물 냄새였는지도 모른다.

나이 든 소년들 가운데 몇몇은 사춘기에 접어들었고 털이 나기 시작했다. 소년들은 자주 몸을 부딪치며 레슬링을 했다. 한 아이는 다른 아이들이 다 볼 수 있는 방 한가운데서 자위를 즐겼다. 한번은 남색을 시도한 일도 있었다. 언제나 폭력적인 대결이 있었고 몇몇은 금지 품목인 칼을 지녔다가 발각되기도 했다. 이에 대한 처벌은 그 자리에서 세게 머리를 얻어맞는 것이었다. 소년들의 감독인 레빈슨 씨는 결코 허튼짓을 용납하지 않았다. 밤이 되면 그의 조수 클랜시가 방으로 들어왔다. 나이 들고 기력 없고 말라빠진 데다 이빨 하나 남지 않은 알코올 중독자 클랜시에게 조수 일은 곧 갱생이었다. 우리가 잠들 때는 클랜시도 함께 잠들었다.

보통 내가 수전을 보게 되는 때는 일정에 따라 소년들과 소녀들이 어딘가로 이동하는 도중이었다. 수전은 언제나 내게 매달렸다. 어느 날 나는 그날이 수전의 생일이라는 것을 깨닫고 레빈슨 씨에게 말했다. 그는 소녀들의 감독에게 쪽지를 썼다. 저녁때 그들은 수전의 테이블에 촛불이 켜진 컵케이크를 놓았고 소녀들은 생일 축하노래를 불렀다. 하지만 선물은 하나도 받지 못했다. 이틀 뒤에 감옥에서 카드가 왔다. 엄마 아빠의 서명이 있었다. 카드에는 엄마 글씨로 '사랑하는 귀여운 딸에게 행복한 생일을. 다음 생일 때는 이번 일을 다 보상해줄게. 사랑을 보내며, 엄마 아빠가'라고 쓰여 있었다. 수전은 그렇게 다섯 살이 되었다. 어쩌면 당신은 수전이 어렸기에 모든 사람들의 귀염둥이였으리라 생각할지 모르겠다. 하지만 수전은 환심을 사려고 들지 않았다. 수전은 귀엽지 않았다. 겁에 질려 있었다. 머리는 검고 더러웠으며 푸른 눈은 퀭했다. 마치 난민처럼 보였다. 하루는 수전이 감독의 손을 물었고 그녀는 뺨을 맞았다. 그러자 감독을 발로 찼다. 아래층에서 수전은 문제아였다. 만날 때마다 내게 매달렸다.

어느 날 레빈슨 씨가 내게 아래층 상담실로 가보라고 했다. 상담의사는 굴리엘미 씨였다. 그는 레빈슨 씨보다 젊었고 보호소에서 시간제로 일했다. 레빈슨 씨는 셔츠만 입었는데 그는 재킷을 입고 넥타이까지 맸다. 그리고 밑창이 두꺼운 반짝거리는 갈색 구두를 신었다. 그는 매달 한 번씩 모든 아이들과 10분에서 15분 정도 개별면담을 했다.

"들어와, 대니. 앉아."

상담의사는 담배에 불을 붙이고 삐걱거리는 회전의자에 기대앉았다. "다니엘." 그가 말했다. "네 도움이 필요해."

다니엘은 그를 응시했다.

"네 여동생을 어떻게 해야 할지 모르겠다. 우린 그 애가 편안하게 지낼 수 있도록 노력하고 있어. 그 애와 친구가 되려고 애쓰지. 하지만 네 동생이 우릴 아주 힘들게 하는구나. 하나 물어보자. 집에서도 그렇게 화를 잘 냈니?"

다니엘은 머리를 흔들었다.

"동생은 제대로 먹지를 않아. 그리고 다른 아이들을 계속 깨워. 누가 마음에 안 드는 말을 하면, 심지어 쳐다보기만 해도 비명을 지르기 시작해. 아무에게도 협조를 안 하는구나."

다니엘은 미소를 지었다. 그러지 않을 수 없었다.

굴리엘미 씨가 말했다. "우리가 어떻게 하면 될까?"

"동생은 이곳을 감옥이라고 여겨요." 다니엘이 말했다.

상담의사는 무언가를 적었다. 그러고 나서 앞으로 몸을 숙였다. "하지만 그건 어리석은 생각이야." 그가 부드럽게 말했다. "창문에 창살이 없잖아. 문에 자물쇠도 없고. 노는 시간에는 운동장에 나가서 놀 수도 있고."

"동생이 저랑 같은 침대에서 자는 건 허락되지 않죠." 다니엘이 말했다.

상담의사가 무언가를 적었다. 그러고 나서 그가 말했다. "그래서 그 애가 감옥에 있다고 생각하는 거니?"

"감옥에서 사람들은 분리되어 있죠. 그다음에는 죽게 되고요." 다니엘은 미소를 짓지 않을 수 없었다.

"오, 잠깐만. 감옥에서 그런 일은 없어. 사람들은 잘못을 하고 재판을 받아. 죄가 있다는 게 밝혀지면 일정 기간 감옥에 갇혔다가 풀려나지. 죽임을 당하진 않아. 그 정도로 심각한 일을 저지르는 사람은 얼마 없단다."

"우리 엄마 아빠는 감옥에 있고 재판은 받지 않았어요."

"글쎄, 그건 사소한 절차상의 문제야. 두 사람은 재판을 기다리는 중이지."

"왜 우리랑 함께 집에서 재판을 기다리면 안 되나요?"

"모르겠어, 다니엘. 난 변호사가 아니야. 어쩌면 정부는 엄마 아빠가 달아나지나 않을까 우려하는 모양이지."

"글쎄요, 정부가 두 분을 죽이려고 하지 않으면 그런 우려도 않겠지요."

상담의사가 머리를 흔들었다. 그는 담배를 껐다. "이 문제를 수전하고 얘기했니?"

"아뇨, 그런 이야기 하면 동생이 울어요."

"너도 동생이랑 같이 자고 싶어?"

"아뇨, 수전은 침대에 오줌을 싸요."

상담의사는 무언가를 적었다. 그가 말했다. "자, 우리가 어떻게 하면 될까? 너한테 낮에 동생이랑 함께 지낼 시간을 더 많이 주면? 그게 도움이 될까?"

다니엘은 어깨를 으쓱했다.

"자, 이곳에는 규정이 있어. 우린 그 방식대로 일을 하는 거야. 소년들은 한쪽 공간에 있고 소녀들은 다른 쪽에 있지. 그런 게 규정이야."

"그러니 감옥이나 마찬가지죠." 다니엘이 미소를 지으며 말했다.

"다니엘, 여기는 이스트브롱크스 아동보호소야. 감옥이 아니야! 이봐, 내가 말할 때는 날 봐. 내가 너한테 이곳으로 와야 된다고 했어?"

"아니요."

"아니지. 내가 수전한테 이곳으로 와야 된다고 말했어?"

"아니요."

"아니지! 그래, 그런데 어떻게 이곳이 감옥일 수 있지? 네 부모가 시 당국에 너희들이 이곳에 머물 수 없는지 문의했어. 두 사람이 자기들 변호사한테 신청서에 너희들 이름을 써 넣도록 부탁했어. 넌 네 부모가 직접 널 감옥에 넣었다고 말하는 거니?"

다니엘은 어깨를 으쓱했다. "몰라요."

"모른다고! 부모들은 그렇게 안 해. 넌 그걸 알고 있어."

다니엘은 책상 가장자리를 따라 손가락을 달렸다. 엄마 아빠에게서 받은 편지가 사실은 FBI가 필적을 흉내 내 쓴 것이라면. 혹은 FBI가 두 사람에게 아이들을 보호소에 보내길 원한다고 말하라고 시켰다면. 다니엘은 정말로 이렇게 믿지는 않았지만 만약 사실이라면 그는 경계를 늦추지 말아야 했다. 그들이 자신과 수전을 이곳에 집어넣었다면 그럴 만한 이유가 있을 것이다. 어쩌면 자신들의 부모를 증오하게 만들고 그러고 나서 그들에 관해 거짓말을 지어내게 하기 위함인지도 모른다.

갈색은둔거미*들

굴리엘미 씨는 책상 앞으로 돌아와서 한쪽 다리로 걸터앉았다. "게다가," 그가 말했다. "여기가 감옥이라면 너한테 재미있는 건 허용이 안 될 거야. 그런데 넌 재미있는 시간을 보내잖아, 다니엘?"

다니엘을 어깨를 으쓱했다. "네."

"친구 있니?"

다니엘은 어깨를 으쓱했다. 그는 머리를 끄덕였다.

"그래. 나한테 하고 싶은 말 있어? 마음에 안 드는 일 있니?"

"아니요."

"좋아. 우린 수전이 너하고 같이 밥을 먹을 수 있도록 해줄 생각이야. 그리고 어쩌면 취침시간에 수전이 잠들 때까지 네가 동생 침대에 잠시 앉는 걸 허락해줄지도 몰라. 그렇게 해볼까? 괜찮겠지?"

"괜찮아요." 다니엘이 말했다.

---

* 맹독을 가진 북미산 독거미.

"만약에 우리에게 규정이 없다면, 다니엘," 상담의사가 말했다. "그렇게 되면 우린 일을 할 수 없을 거야. 이해하지? 그렇잖아. 규정이 없다면 너무나 많은 사람들이 제대로 살아갈 수 없을 거야."

(우리가 처음 그곳에 도착해서 우리 물건을 가지고 아래층 사무실에 앉았을 때 직원들 모두가 우리를 보러 나왔었다. 물론 은밀하게. 대단한 법석이었다. 유명인사. 이렇게 빨리 우린 그 흥분을 가라앉혔어. 그렇잖아, 수지. 우린 그 사람들이 그날을 원망하게 만들었어.)

반역. 헌법에 규정된 유일한 범죄. 스튜어드 왕정과 튜더 왕정 치하에서 볼 수 있듯이 반역에 관한 법으로 정치적 저항을 제거하는 것이 전제정치의 특징이다. 반역에 관한 법규는 수도 없고 끝도 없으며 군주가 반대파를 제거하고 부를 축적하는 수단이었다. 처형당한 반역자의 재산은 범죄의 혐오스러움을 핑계로 상속자에게서 몰수되었다. 반역자의 처형은 마녀사냥처럼 하나의 산업이었다. 미국 헌법 제정자들은 애매한 반역법 규정으로 인해 이 나라에 독재체제가 확립될 가능성에 극도로 민감했다. 영국법의 관점에서 보면 그들 자신이 반역자였다. 그들이 규정한 바로는 반역죄는 지배자 개인이나 정당에 대해서가 아니라 오로지 국가에 대해서만 성립할 수 있었다. 반역은 사상이나 발언이 아니라 행동으로 규정되었다. "미국에 대한 반역죄는 미국에 대하여 전쟁을 일으키거나 또는 적에게 가담하여 원조 및 지원을 할 경우에만 성립한다. (……) 누구라도 명백한 상기 행동에 대하여 증인 두 명의 증언이 있거나 또는 공개 법정에서 자백하는 경우 이외에는 반역죄를 선고받지 아니한다."* 헌법 제정회의 의원들이 규정한 이 정의는 반역에 대한 정의가 헌법을 개정하지 않고는 다르게 해석될 수 없도록 의도한 것이었다. 1950년 출간된 『반역: 미국 역사상 불충행위와 배신행위』에서 너대니얼 웨일은 이렇게 말했다. "반역 기소에 대해 헌법적 보호책을 부과한 결정은 미국 자유주의 전통의 광범위한 출현의 일부분이었다. (……) 국가에 대한 반역으로 처형당한 미국인은 단 한 명도 없었다." 나는 이렇게 말하리라. 만약 이것이 반역이라면 그것을 최대한 이용하라!

만약 이 벌이 트리스탄테라면 그것을 수없이 이용하라
만약 이것이 이유라면 그것을 나무뿌리덮개로 이용하라
만약 브리 치즈가 한창이라면 그것과 함께 우유를 마셔라
만약 이 화냥년이 약을 올린다면 그년한테 글을 쓰게 하라
이 소년이 숨 쉬고 있다면 그를 유령으로 만들어라
(If this bee is tristante make the mort of it
If this be the reason make a mulch of it
If this brie is in season drink some milk with it
If this bitch is teasing make her post on it
If this boy is breathing make a ghost of him)**

내가 몸살을 앓고 있을 때 아내가 돌아왔고 나를 돌봐주었다. 현관

---

* 미국헌법 3조 3절 1항.

** 다니엘은 난센스 게임처럼 If this be treason make the most of it(만약 이것이 반역이라면 그것을 최대한 이용하라)이라는 문장의 단어를 자유롭게 바꾸어 의미 없는 문장을 만들어냄으로써 자신의 부모를 실질적으로 반역자로 규정한 재판의 정당성을 희화화하고 비판한다.

문이 열리는 소리를 들었을 때 나는 울고 싶었다. 나는 고마움을 표하고 싶은 충동을 어렵게 눌렀다. 소설가들이 흔히 말하듯이 내 비참한 처지가 그녀의 가장 부드러운 열정을 해방시켰다. 모든 능력을 상실한 나를 그녀와 아기가 두려워할 이유가 없었다. 고약한 냄새가 나고 기운이 빠지고 면도를 안 해 덥수룩하고 약해져 누렇게 뜬 나는 그녀가 침실을 이리저리 치우는 동안 침대에 누워 그 모습을 바라보았다. 나는 그녀가 내게 사과를 요구하거나 애정 표현을 바랄 거라고 생각했다. 하지만 그녀는 그런 어리석은 행동 대신 내게 먹을 것을 챙겨주고 침구를 갈아주었다.

아내가 적절한 시점에 돌아왔기 때문에 우리는 지루한 화해의 의식을 치르지 않아도 되었다. 나를 용서하는 일이 그녀를 기쁘게 한다는 것 외에는 나는 그녀가 계속 돌아오는 이유를 설명할 재간이 없었다. 필리스는 나를 용서하는 일을 좋아했다. 그녀의 눈가에 나이보다 이른 주름이 희미하게 나타났다. 얼굴은 여위고 허벅지는 가늘어졌다. 고통은 그 끝으로 멋진 작품을 탄생시킨다. 나는 그녀의 훌륭함을 느끼고 그로 인해 혼란스러워한다.

오늘 나는 2주 만에 처음으로 아파트 밖으로 나가면서 그녀가 우울해하는 것을 알아차렸다. 필리스에게는 긴 금발을 매만지는 독특한 습관이 있었다. 뺨으로 흘러내린 흐트러진 머리카락을 귀 뒤쪽으로 감아올리는 것. 오늘 아침에는 아기에게 우유를 먹이면서 필리스가 너무나 신중하게 이 동작을 취해서 나는 그녀가 머리를 마무리하려면 집중할 필요가 있다고 생각했다. 내가 서 있는 곳에서 그녀의 머리가 부엌 벽에 붙여놓은 아이작슨 부부 포스터 바로 아래로 보였다는 것이 모든 상황을 완벽하게 만들었다. 필리스가 돌아온 이후 나는 그녀와 잠자리를 하지 않았다. 그리고 우리의 삶은 우호적이었다.

우리가 지난번 화해했을 때 나는 하지 말았어야 할 행동을 했다. 나는 교육이 어떻게 작동하는지 알기를 원했다. 영혼 속에서 교육이 어떻게 은밀히 작동하는지 그 방식이 알고 싶었다. 내 짐작으로 그것은 시간과는 아무런 관계가 없었다. 작고 비밀스러운 화학적 스위치가 어둠 속에서 내려간다. 아주 미세한 경로가 우리 신경계 안에 존재한다. 교육은 그 경로를 자극할 때 작동한다. 자기 인식 외에는 아무런 속성도 없는 원자들이 비단처럼 매끄럽게 연결된다.

무슨 일이 있었는가 하면, 화해하는 사람들이 흔히 그러듯 우리는 그렇게 침대로 갔다. 마침 필리스는 막 생리를 마친 때였는데 이때의 그녀는 아주 정열적이다. 그녀는 나보다 먼저 흥분했다. 그녀만큼의 흥분에 이르지 못한 나는 그것을 자신에 대한 관심, 나를 제외시킨 그녀 내면의 집중으로 파악했다. 하지만 그녀는 내 이름을 불렀다. 손가락이 정신없이 내 등을 파고들었다. 더 작게 더 빠르게 움직이며 그녀는 점점 더 꽉 조여들었다. 나는 내 리듬을 깨지 않고 오만하게 천천히 움직였다. 그녀의 심장 박동이 강하게 전해졌고 그녀의 가슴이 내 가슴과 함께 젖었으며 그녀의 숨결이 내 귀를 좇았다. 그리고 그녀가 입술을 오므렸다. 마치 고통스러워서 혹은 즐거워서 반쯤은 휘파람을 부는 것 같았다. 그녀는 잇달아 오르가슴을 느끼며 몸을 바르르 떨었다. 그 느낌은 갈수록 강력해졌다. 그녀가 내 입술을 깨물었다. 그녀는 대폭발을 향해 가고 있었다. 그리고 그 순간 나는 잔인한 짓을 했다. 나는 뒤로 물러났다. 그러자 그녀도 어쩔 수 없이 나를 따라 몸을 일으켰다. 나는 그녀의 성기 주변에 핀 거품을 문질렀다. 그녀는 내 목에 매달려 내 입 속으로 신음을 토해냈다. 그녀가 완전히 방심했을 때 나는 천천히 다시 들어갔고 이는 그녀로 하여금 인격과 온전한 육체적 한계를 넘어서게 만드는 것이었다.

나중에 그녀는 이렇게 좋았던 적은 없었다고 말했다. 그녀는 한 시간을 움직이지 못했다. 그러나 졸린 듯이 미소 짓는 눈을 내려다보았을 때 나는 그 눈에서 교육이 남긴 것도, 잔인한 행위의 흔적도, 잔인한 행위 자체도 찾을 수 없었다. 우리 눈의 눈물과 우리 폐의 숨결과 우리 절정의 분비액을 섞는 것은 언제나 잔인한 행위이다……

침대에 누워 있을 때 보호소에서 겪었던 일이 떠올랐다. 몸에 열이 오를 때나 이런 일이 기억나는 법이다. 그때 나는 핵심 집단에 속했던 다른 교화되지 않은 아이들에게 스스로를 입증해 보여야 한다는 일종의 강박관념에 사로잡혔다. 나는 철저하게 보호소 아이가 되어 지도자가 되어야겠다는 충동을 느꼈다. 지도자만이 언제나 편안함을 느끼기 때문이었다. 나머지는 지도자에게 인정받으려는 조바심 때문에 결국 추방당했다. 나는 최고의 선수는 아니었다. 괜찮은 편에는 들었지만 몇몇 아이들은 믿을 수 없을 정도로 운동 능력이 탁월했다. 로이라는 흑인 아이는 덩치 큰 아이들보다 모든 경기에서 더 뛰어났다. 경기 때마다 자기 차례에서 바람처럼 달렸고 더 높이 점프했고 더 잘 붙잡고 불가능한 슛을 쏘았다. 그는 낡고 바람 빠진 찌그러진 배구공조차 연처럼 하늘로 솟아오르게 했다. 그는 모든 종목에 재능이 있었다. 간단히 말해 최고의 운동선수였다. 그 말고도 다른 특기를 가진 아이들이 많았다. 따라서 운동선수로서 내 전망은 밝지 않았다. 하지만 나는 거기 있는 어느 아이 못지않은 뛰어난 머리와 혀를 가지고 있었다. 아이들의 세계에서는 어려운 길이지만 나는 내 머리로 자신을 입증할 수 있다고 생각했다. 하지만 그 상황에서 적절한 태도와 말투가 배제된 머리는 재앙이었다. 자칫 잘난척하는 똑똑이로 찍혀 추방당할 수 있었다. 나의 시도는 그래서 도전이었다. 나는 지금 내가 무력증 소년을 흉내 내기로 마음먹었던 추론—그 당시 추론이란 게 있었다면—을 설명하려 노력하는 중이다. 아마도 지성이 최고조에 이르면 광대놀이가 될 것이다. 무력증 소년은 어깨를 구부정하게 구부리고 목뼈가 하나 빠진 것처럼 고개를 떨어뜨리고 앉아 있었다. 혀를 빼문 채 눈은 아무것도 보지 않았다. 손은 손목이 부러진 것처럼 늘어졌고 한쪽 손의 엄지손가락을 다른 손의 손바닥에 대고 있었다. 생각할 필요도 없이 나는 그를 완벽하게 흉내 냈다. 안짱다리 잰걸음을 흉내 냈다. 항상 눈을 뜨고 자는 모습을 흉내 냈다. 그는 잘 때 절대 눈을 감지 않았다. 호흡만 변했다. 나는 이러한 그의 일상적인 행동을 모두 흉내 내면서 순식간에 인기를 얻었고 그 집단의 새로운 존재, 재치꾼, 고통의 무언극 배우, 사제가 되었다. 나는 무력증 소년을 제대로 의식하며 관찰하지 않아도 그의 일련의 몸짓을 따라할 수 있었다. 사실 나는 그를 보는 것이 힘들었다.

이것이 내 삶에서 연기를 해본 유일한 경험이다. 나에게는 배우 기질이 없다. 연기에 심취한 사람들은 연기가 자신의 전부가 되기 때문에 자신이 소멸되는 위험을 감수하거나 아니면 연기를 그만두어야 한다. 나는 보는 사람이 없는데도 내가 무력증 소년을 흉내 내고 있음을 깨달았다. 그 소년처럼 움직이기 위해서는 심장의 근육을 떼어놓고 심장을 포기하고 그 심장의 부담을 내려놓아야 했다. 또 바퀴에서 고무 밴드를 풀고 조율 핀을 느슨히 한 다음 연결이 끊어진 눈과 분리된 혀와 늘어진 줄처럼 매달린 팔다리와 함께 그 심장을 몸속에 넣어두어야 했다. 심지어 나는 입가에 침을 흘릴 수도 있었다. 며칠 동안 지속적으로 꾸준히 요청이 있었고 일련의 몸짓은 더욱더 길어졌으며, 무력증 소년에 대한 내 관찰의 잔인함은 곧 한계를 넘어서 다른 아이들의 경이로움을 위해 그 자체로 매력적인 여정을 떠났다. 그리고 그 연기는 매번 멈추기가 점점 더 어려워졌다.

오, 귀여운 형제여, 그만해, 그만해, 내 공군 중령은 최고 조종사가 환하게 미소 지으며 곡예비행을 지나치자 소리친다. 그 소리가 땅으로 곤두박질치기 전에 그만둬. 그리고 한순간 고요함이 감돈다. 나는 숨 쉬는 것조차 잊었다. 나는 심장이 멈추는 소리를 들으려고 귀를 기울인다. 어떻게 숨 쉬는지 기억해내려 애쓰는 동안 내 몸은 공기를 찾기 위해 노력한다. 나는 한 줄기 빛을 잡으려 애쓰면서 의식을 잃어간다.

왜 우리는 그것이 필요한가? 당신은 그것으로 무엇을 하려는가? 당신은 그것을 무엇을 위해 사용하려는가? 결국 무엇이 그렇게 소중한가? 욕구할 가치가 있는 것은 무엇인가?

토대. 나는 재단을 원한다.

“집에 가고 싶어?”

“응.”

“집에 데려가면 아기처럼 투정 안 부리고 말 잘 들을 거지?”

"응."

"아무한테도 들키면 안 돼. 그러니까 내 말 잘 듣고 시키는 대로 해. 알았지?"

"그래."

"좋아. 자, 약속해."

"응."

"약속해, 다니엘이라고 말해."

"약속해, 다니엘."

"좋아. 자, 오늘은 목요일이야. 우린 토요일에 탈출할 거야. 토요일은 오늘도 아니고 내일도 아니고, 그다음 날이야."

"난 지금 탈출하고 싶어."

"수전, 너 방금 약속했지. 내 말 안 들으면 아예 시도도 안 할 거야. 토요일 전에 탈출하면 사람들이 쉽게 우릴 잡을 수 있어. 너 잡히기 싫지?"

"싫어."

"좋아. 그동안 네가 할 일은 시키는 대로 하는 거야. 자라는 시간에 자고 먹으라면 먹고. 네가 피곤해해도 난 널 기다려주지 않을 거야. 그러니까 피곤해지지 않도록 해. 많이 먹어둬야 갈 때 배고프지 않을 거야. 일단 탈출하면 언제 먹을 수 있을지 몰라. 그러니 나오는 음식은 전부 먹고 잘 자야 해. 알겠지?"

"응."

"자, 토요일에 간다."

"응."

"그리고 아무한테도 이야기하면 안 돼."

"안 해. 난 그 사람들 싫어."

토요일이 되면 규율이 완화되었다. 몇몇 아이들은 주말이라 집으로 갔고 학교 수업도 없었다. 자유 시간도 더 많이 주어졌다. 아침식사 후에는 운동장에서 놀 수도 있었다. 수많은 아이들이 운동장에서 뛰어다녔다. 토요일이니까 거리를 지나는 사람들이 왜 학교에 가지 않는지 묻지도 않을 것이다.

쌀쌀한 아침이었다. 잿빛 하늘에 구름이 빠르게 흘러가는 모습을 보자 심장이 뒤집힐 듯이 뛰었다. 나는 두꺼운 반코트를 입고 가죽으로 된 사냥꾼 모자를 썼다. 수전은 모자가 달린 방설복(防雪服)을 입었다. 나는 운동화를 신었지만 수전은 발목에 끈이 달린 반짝거리는 검은 구두밖에 없었다. "자, 지금이야. 여기 울타리 앞에 앉아. 그래 그렇게. 이제 내가 엎드리라고 할 거야. 그리고 울타리를 들어올리면 그 아래로 굴러서 나가."

"알았어."

"네가 나가고 나서 내가 기어나갈 거야. 그리고 달리는 거야. 힘껏 빨리 달려야 해."

나는 우리가 윌리엄스가 있는 집으로 가면 엄마 아빠도 집으로 돌아오리라고 생각했다. 우리가 보호소에 있는 한 두 사람은 계속 감옥에 있을 것만 같았다. 우리가 집에 있지 않으면 엄마 아빠도 집으로 올 수 없을 것만 같았다. 나는 모든 일을 되돌리기를 원했다. 그때는 나의 추론이 논리적이라고 생각했다. 신앙이나 믿음은 없었다. 수전과 내가 집으로 가면 모든 것이 회복되리라는 생각이 논리적이라고 여겨졌을 뿐이다. 심지어 폴과 로셸이 우리보다 먼저 와 있을지도 몰랐다. 우리는 그들을 만날 것이다.

"자, 준비해. 화장실 가고 싶어?"

"아니."

"나가면 화장실이 어디 있을지 몰라. 가고 싶으면 갔다 와. 기다릴게."

"안 가."

냉전중에 홀로, 다니엘과 수전은 트레몬트 가를 달려간다. 그 번잡하고 구불구불한 도로에는 상점과 음식점과 영화관, 자동차 진열 매장과 술집과 중국 음식점이 늘어서 있다. 이 길은 서쪽에서 동쪽으로 브롱크스 언덕까지 굽이쳐 올라가는 간선도로이다. 더는 사용하지 않는 전차 철로가 도로 가운데 깔려 있다. 거리는 차 소리로 시끄럽다. 다니엘은 어디로 가야 하는지 어렴풋이 알고 있다. 보호소는 이스트브롱크스에 있고 집은 웨스트브롱크스에 있다. 하지만 어느 쪽이 서쪽인지 모른다. 그는 지나가는 버스에서 표지판을 찾는다. 태양을 찾지만 태양은 나와 있지 않다. 그들은 종종걸음을 친다. 작은 소녀는 오빠한테 이끌려 상점 앞을 서둘러 지나고, 가게 입구를 쏜살같이 달려 지나치고, 걷고 쇼핑하고 신호등이 바뀌기를 기다리는 사람들 사이를 이리저리 헤치고 걸어간다. 다니엘은 허리가 아프다. 한 걸음씩 내디딜 때마다 고통스럽다. 땀이 흐른다. "너무 빨리 가지 마." 여동생이 징징거린다. "넘어지잖아."

몇 분마다 수전은 걸음을 멈추고 양말을 발꿈치에서 올리기를 반복했다. 흰 면양말이 신발까지 내려가서 계속 다시 끌어올려야 했다.

앞쪽으로 3번가의 고가철도가 트레몬트 가를 가로지르고 그 아래 그늘진 터널이 보인다. 아직 갈 길이 한참 멀었다는 나쁜 징조이다. 위쪽에서 기차가 굉음을 내며 달리자 검은 철골이 흔들리고 그 아래 어둠 속에서 녹색 신호등이 서늘하고 밝게 반짝거린다. 신문 가판대가 기차역으로 올라가는 계단 아래 아늑하게 자리 잡고 있다. 핫도그와 과일향 껌과 팝콘 냄새. 그것은 시내에서 길을 잃었다는 뜻이다.

길 잃은 아이보다 더 동정심을 유발하는 경우가 없기 때문에 길을 물어볼 수도 없다. 사람들은 그런 일은 잊어버리지 않는다. 그것은 빵 부스러기를 흘려놓는 것과 마찬가지이다. 사람들이 너를 돌보는 더욱 좋지 않은 사태가 발생하면 너는 붙잡히게 된다. 따라서 말도 못 하고 두려움에 사로잡힌 채 제대로 가고 있기만을 바라면서 간판을 살피고 직감을 발휘해 어디로 가는지 아는 것처럼 걷는 수밖에 없다. 단호하게 길을 건너 왼쪽으로 돈다.

"얼마나 더 가? 우리 집에 다 왔어?"

"조용히 해."

"다 왔어?"

"다 왔어. 그냥 가만히 있어."

내 손 안에 있는 작고 따뜻한 손. 그 흔적은 영원하다. 내 손 안에 있는 작고 따뜻한 손. 그 손은 내게 맡겨졌고 빠져나가지 않는다. 내 손 안에 있는 작고 따뜻한 손. 몇 걸음 걸을 때마다 차들의 행렬과 도시의 움직임 속에서 나는 우리 집 현관에서 나는 신호처럼, 비밀 라디오의 잡음처럼 쉬쉬 하는 낮은 소리를 듣는다. 나는 비밀 신호에 신경을 집중한다. 하지만 그것은 수전이 내 귀에만 들리게 훌쩍거리는 소리이며, 우리가 얼마나 전진했는가는 수전이 흐르는 콧물을 얼마나 빨아 마셨는지로 잴 수 있다. 가끔 수전은 소매로 얼굴을 문지른다.

"왜 울어?"

"안 울었어."

"내가 너무 빨라?"

"응."

나는 따라오는 사람이 없는지 확인한다. 우리는 번잡한 거리에서 벗어나 이스트브롱크스 빈민가의 연립주택이 늘어선 거리를 따라 걷는다. 이곳은 가난한 동네이다. 가끔 우리 집처럼 작은 현관과 아스팔트 지붕널이 덮인 집들을 지나친다. 아무도 따라오지 않는 것 같다. 나는 걸음을 늦추지만 멈추지는 않을 것이다. 아이들이 입구 계단과 현관에서 우리를 쳐다본다. 나는 괜찮은 척 지나갈 수밖에 없다. 보호소를 그리워하는 마음이 솟구친다. 점심시간을 떠올리고 토요일 정오의 소시지를 생각한다. 향수. 가슴속에 보호소를 그리는 작은 얼룩이 생긴다. 이게 가능한 일인가? 이처럼 감정이 무분별할 수 있는 것인가?

침대에 누워 있던 무력증 소년의 모습이 떠오른다. 그를 흉내 낸 것이 미안하다. 그건 실패였다. 그는 내가 자신을 조롱한다는 사실을 알았다. 그는 내가 하는 짓을 알았다. 끔찍하다. 나는 배반자의 역겨움을 느낀다. 이따금 그의 표정에서 백치기가 순간적으로 지워지는 때가 있었다. 그의 얼굴은 잘생겼다. 나는 그가 잘생기고 슬기롭다는 것을 알았다. 나는 겁이 나서 그를 바라보지 않았다. 나는 그를 아주 좋아했다. 보호소에서 계속 지냈다면 그를 돌보고 다른 아이들이 그를 흉내 내지 못하도록 보호했을 것이다. 그가 로이처럼 공을 치고 높이 점프할 수 있었을까?

오후에 다니엘과 수전은 173번로와 클레몬트 공원길 사이의 배스게이트 가에 도착했다. 그곳은 과일과 채소 노점상과 행상인의 수레가 가득 찬 시장 거리였다. 인도에는 물건을 사려는 사람들과 팔려는 상인들로 붐볐고 상인들은 외투 위로 발까지 내려오는 흰 앞치마를 두르고 행인들에게 물건값을 소리 높여 외쳤다. 사과와 검푸른 포도, 오렌지와 호박이 선반 위에 피라미드처럼 높게 쌓여 있었다. 가격은 판자 조각에 붙인 누런 종이봉투에 적혀 있었다. 1킬로그램에 19센트! 여섯 개에 33센트! 싱싱합니다! 달아요! 과즙 좀 보세요! 피망 더미. 상자에 담긴 홍당무 다발. 홍당무를 팔면 푸른 잎을 비틀어 떼어준다. 봉투에 국자로 퍼 담아주는 대추. 잣. 얼음사탕. 두 사람은 훈제 연어와 피클과 쟁반에 놓인 견과류와 크림청어에 이끌려 유대 음식점 앞에 섰다. 다음 손님! 얼마나 드릴까요, 아주머니! 장바구니를 꽉 채우고 여자들이 밀치고 지나간다. 갓 구운 따뜻한 빵 냄새가 흰색으로 칠한 빵집에서 풍겨 나온다. 정육점의 냉동고 문이 큰 소리를 내며 닫혔다. 그리고 생선들이 칼에 머리가 잘리기 전 밀방망이가 머리에 가할 충격을 기다리는, 어빙의 생선가게와 꼭 같은 활어가 수조에서 헤엄치고 바닥에 톱밥이 깔린 가게가 있다. 얼마나 드릴까요, 아주머니! 연석을 따라 방물과 단추와 실을 파는 수레들, 다양한 여성용 팬티를 파는 수레들, 공장에서 바로 나왔지만 불량인 신발과 운동화를 파는 수레들, 그리고 바나나, 바나나가 쌓여 있는, 오직 바나나만 파는 바나나 행상의 수레. 저렇게 바나나가 많으니 옆 수레보다 싸게 팔아야 할 것이다. 얼마나 드릴까요, 아주머니! 상했어, 한 여자가 친구에게 말한다. 어디에나 삶과 장사의 목청 큰 외침, 오렌지와 따뜻한 빵과 생선과 싸구려 새 신발 냄새가 있었다. 좁은 길로 차들이 조금씩 움직였다. 엄마들과 아이들이 거리와 비상계단 너머로 서로를 불렀다. 수전을 끌고 다니엘은 물건 사는 사람들의 소용돌이치는 흐름 속에서 천천히 표류했다. 물건이 가득 찬 쇼핑백이 그에게 부딪쳐왔다. 노인들이 그를 길에서 밀쳤다. 위험한 길이었지만 그의 가슴은 뛰었다. 그곳이 배스게이트 가임을 알아차렸으며 아는 길이었기 때문이다. 엄마와 아빠는 배스게이트 가가 매일 장을 보러 가기에는 먼 편이라 아쉽지만 꽤 괜찮은 곳이라고 했다. 식료품 질이 최고였고 가격은 가장 저렴했다. 민디시가 낡은 크라이슬러로 태워다주는 특별한 날에는 엄마 아빠는 풍요로운 배스게이트 시장에서 장을 산더미같이 보았다. 배스게이트에서 물건을 사기 위해서는 요령이 필요했다. 사람들은 저마다의 판단으로 구입한 물건들에 만족해했다. 클레몬트 가에 이르자 다니엘은 곧 클레몬트 공원 언덕이 보일 것이고, 웹스터 로에서 클레몬트 공원 쪽 계단을 올라가면 집에서 두 블록도 채 안 떨어진 윅스 가에 도착할 것임을 알았다.

"다 왔어, 수전."

다니엘은 동생이 배가 고프다는 것을 알았다. 그는 먹을 것을 훔칠까 생각했다. 이미 다른 아이 두 명이 과일을 슬쩍하는 걸 보긴 했지만 무서웠다. 다니엘은 자신이 보이지 않는 것처럼 느껴졌으므로 거리에서 사람들과 부딪히고 떠밀려도 신경 쓰지 않았다. 그와 수전이 바로 앞이나 바로 뒤에서 걸어가는 사람들과 일행이 아니라는 사실을 누가 알겠는가? 그러나 다니엘이 뭔가를 훔치다 붙잡히면 더이상 보이지 않는 존재가 아니었다. "금방 집에 도착할 거야." 그가 어깨 너머로 말했다.

그럼 이제 가장 무섭고 위험한 여정의 마지막 구간에 대해 말해보자. 클레몬트 가는 교통량이 많은 넓고 위험한 거리였다. 이곳을 지나면 전차 궤도에 버스와 승용차가 다니는 2차선 도로가 있어서 건너갈 기회가 좀처럼 없는 넓은 웹스터 로를 지나야 했다. 웹스터 로는 꽤 건너기가 힘들 듯했다. 길 건너편의 가파른 담벼락이 있는 공원에는 하늘을 향해 탁 트인 공터가 있었다. 도시의 이 트인 공간에서 우리의 머리와 어깨는 너무나 연약하게 느껴졌다. 웹스터 로를 건너고 공원에 이르는 가파른 돌계단을 올라가면서 나는 우리가 정말이지 위험한 행동을 하고 있다는 사실을 깨달았다. 우리는 기진맥진한 상태였다. 또 이스트브롱크스 중심지를 벗어나 클레몬트 언덕을 향하고 있었기에 브루키들이 떠올랐다. 그들은 이스트브롱크스에서 활동하는 무서운 갱단으로 브루크 가에서 바람처럼 나타나 이 공원 주위의 조금 더 쾌적하긴 하지만 별로 더 잘살지도 않는 동네를 습격하고 작은 아이들을 때려 상처를 입히고 돈을 빼앗았다. 집 근처로 갈수록 우리는 더 겁이 났다. 수전이 울기 시작했다. 눈물이 흐르고 콧물이 흘렀다. 수전은 벤치에 앉아 쉬고 싶어 했다. 그리고 신발 속으로 사라진 양말을 끌어올리고 싶어 했다. 발뒤꿈치에 물집이 잡혔다.

공원은 텅 비어 있었다. 매서운 바람이 발가벗은 나무 사이로 불었고 낙엽 더미가 우리 발 근처를 감돌다 무릎에 들러붙었다. 눈 속으로 티끌이 들어왔다. 우리는 바람이 부는 쪽에서 등을 돌리고 손으로 눈을 가린 채 빙빙 돌고 방향을 바꿔가며 집을 향해 질주했다.

반역자의 이름을 몇 명 들겠다. 당연히 베네딕트 아널드*와 그의 아내 페기. 워싱턴의 신임을 받았던 부관 찰스 리 장군**. 버***와 버의 딸과 사위. 그리고 이중 반역자 윌커슨****. 또한 너무 유명하기 때문에 언급할 수 없는 연방주의자들의 이름. 그들은 은밀하게 영국군을 원조하고 지원했고 영국이 승리한 후 연방주의자들의 쿠데타를 기대했던 자들과 협상을 벌였다. 로버트 E. 리*****는 반역자의 정의에 꼭 들어맞으며, 미국 정부에 맞서 전쟁을 벌인 모르몬교도들도 마찬가지였다. 하지만 초기 미국의 역사학자들은 반역자의 원형(原形)이자 최고의 전복자인 에드거 앨런 포를 제대로 언급하지 않았다. 포는 양피지에 구멍을 내 어둠이 뚫고 들어오게 만들었다. 이런 방법이었다. 먼저 헌법 전문 바로 밑에 위스키를 몇 방울 흘려 넣었다. 거기에 이후에 심하게 피를 토하게 되는 자신의 부인이자 열세 살 사촌인 버지니아의 피를 더했다. 그는 죽은 리지아******의 이빨로 무엇인가 생략된 것을 강조하듯 작은 원을 그리며 이 액체를 저었다. 그런 다음 거기에 까마귀의 배설물을 조금 집어넣었다. 헌법에서 독한 냄새가

---

* 독립전쟁에서 활약한 장군으로 국왕파에 동조하던 페기 시펀과 결혼하면서 영국 측으로 돌아섰다. 이후 미국에서 그의 이름은 곧 '반역자'를 뜻했다.

** 독립전쟁 당시 조지 워싱턴 휘하의 장군으로서 퇴각하는 적군을 공격하라는 명령에 항명한 죄로 군법회의에 회부되었다.

*** 미국의 제3대 부통령. 친구 제임스 윌킨슨 장군과 함께 스페인의 멕시코 속령을 정복하여 독립정부를 구성하려는 야망을 가졌으나 윌킨스의 밀고로 체포당했다.

**** 군인으로 애런 버 음모 사건에서 스페인과 미국의 이중 스파이 혐의를 받았다.

***** 남북전쟁 당시 남군 사령관으로 1865년 그의 항복 선언으로 남북전쟁이 종결되었다.

****** 포의 단편소설 『리지아』의 주인공.

올라왔다. 한 줄기 강한 연기가 피어오르다 바로 겨자색으로 바뀌었다. 포가 양피지에 생긴 틈으로 그것을 불어넣자 심연의 어둠이 솟아올랐고, 그것은 암흑의 지옥처럼 소름끼치는 가스를 그을음처럼, 스모그처럼, 연소기관의 유독한 광채처럼 근면과 미덕과 이성과 자연법과 인권에 끊임없이 퍼부어대면서 그 작은 구멍에서 여태까지 끊임없이 솟아오르고 있다. 다른 여러 인물이 아니라 포가 바로 그 어둠이다. 그 홀로 반역자이다. 우리를 파멸시킨 것은, 아메리카의 미소 짓는 얼굴에 비명이 터져 나오게 한 것은 바로 포였다.

우리는 현관에서 창문을 통해 집 안을 보았다. 은빛이 우리 얼굴을 환하게 비추고 그 빛이 학교 운동장 위로 질주하는 은색 하늘도 환하게 만들었다. 은색 하늘은 우리 눈에 반사되고 집에도 햇빛을 비추었다. 바람이 불어와 우리를 창문 쪽으로 밀었다. 차츰 바람은 서쪽에 있는 그을음 언덕 같은 아파트 건물에서 학교 운동장 위로 얼마 남지 않은 부서진 알갱이 같은 마지막 햇빛을 운반해 와 유리창과 방을 연결시켰다. 거실은 텅 비어 있었다. 벽은 부서진 회색 불빛으로 얼룩져 있었다. 마룻바닥은 판자가 드러나 있었다. 방이 텅 비어 있었다. 창문에 커튼이 없었다. 집이 텅 비어 있었다. 나는 현관의 다른 쪽 창문으로 갔다. 방에는 아무것도 없었다. 벽에 아무것도 없었고 바닥에 아무것도 없었다. 나는 문을 열려고 했다. 잠겨 있었다. 나는 골목을 돌아 현관 계단을 달려 내려갔다. 나는 윌리엄스의 지하실 문을 두드렸다. 문에 귀를 갖다 댔다. 발끝으로 서서 지하실 문의 창을 통해 안쪽을 보려고 했다. 어둠 속에 내 눈빛만이 보였다. 문은 잠겨 있었다. 나는 집 뒤쪽으로 달려갔다. 거기서 현관 창문을 통해 보았다. 집에서는 아무런 소리도 나지 않았다. 바람 소리만 들렸다. 수전은 현관 가운데 A자처럼 서 있었고 발밑에는 짙어가는 얼룩이 퍼지고 있었다. 나는 추위로 얼어붙었다. 가시에 찔린 것처럼 얼굴이 얼얼했고 손이 얼얼했다. 우리는 현관의 나무 바닥에 서 있는 수전의 신발 주위로 얼룩이 사방으로 퍼져나가는 것을 지켜보았다.

에번스*에 따르면 뉴질랜드의 관측자들은, 모기가 떠다니는 암컷 번데기에 착륙해 생식기로 번데기를 열고 성장하기 전의 암컷과 교미한다고 보고했다고 한다.

애셔는 거대한 손으로 우리 둘을 안아서 두터운 외투 자락 속으로 끌어들였다. 우리는 트레몬트 가를 걷고 있었다. 귀마개가 달린 내 가죽 사냥꾼 모자는 애셔의 외투에 걸려 비스듬하게 머리에 얹혀 있었다. 그는 자신이 얼마나 힘이 센지 전혀 몰랐다. 수전의 얼굴은 추위로 빨갰다. 우리는 애셔의 허리 양쪽에서 서로를 바라보았다. "힘들구나." 애셔가 말했다. 그는 한숨을 내쉬었다. "너희가 나한테 무슨 짓을 하고 있는지 알기나 하니. 너희 엄마 아빠한테도 말을 못 하겠구나. 하지만 어떻게 말을 안 하겠니? 어쩌면 좋을까? 어쩌면? 난 오래 살 것 같지가 않구나."

그날은 일요일이었다. 트레몬트 가에는 차가 별로 없었다. 아래쪽에 있는 폴로 그라운즈 구장에서는 뉴욕 자이언츠가 피츠버그 스틸러

---

* 미국의 곤충학자.

스와 경기를 하고 있었다. 보호소의 한 아이는 삼촌과 함께 경기장으로 갔지만 애셔는 우리를 데리러 왔을 뿐이었다. 자이언츠에는 찰리 코너리가 있었다. 스틸러스에는 바비 레인이 있었다.

우리는 손에 애셔의 선물을 들고 있었다. 플라스틱으로 만든 오렌지색 호박 초롱과 검은색 마분지로 만든 해골, 그리고 무릎과 엉덩이와 어깨를 쇠고리로 연결한 하얀 뼈.

"내가 너희한테 무슨 말을 하겠니." 애셔가 말했다. "어떤 사람들은 특별히 지목을 당한단다. 세상에 문명이 사라졌어. 사람들은 하느님을 믿지 않아. 너희는 어린아이에 불과하고 이해하지 못하겠지. 그게 당연해. 나 같아도 도망갈 거야. 하느님 맙소사, 어떻게 해야 할까. 오, 얘들아. 너희한테 무슨 말을 하겠니? 우린 곧 법정에 도착할 거야. 재판이 있단다."

3부 불가사리

선택된 침묵이여, 내게 노래하라*

교도관은 그가 감방에서 서성대는 모습을 본다. 그는 팔을 올려 손가락으로 무엇인가를 가리킨다. 가끔 알아들을 수 없는 탄식 같은 소리를 낸다.

그는 빅 빌 헤이우드와 데브스, 무니와 빌링스**와 사귀었다. 모든 이러한 투사들. 스코츠버러의 청년들. 그들의 별이 벽을 밝히고 굴욕감을 태워 없앤다. 데브스의 감방은 거대했다. 그야말로 세상만큼 컸다. 지배자들은 이 사실을 결코 알지 못한다. 쇠와 돌의 속성은 도덕

---

* 19세기 영국 시인 제라드 맨리 홉킨스의 시 「완벽의 습관」의 첫 행.

** 모두 미국의 노동운동가이자 세계산업노동자연맹 조직원.

법칙에 의존한다.

죽음도 표면적으로 드러난 모습과 같지 않다. 지배계층이 자신들이 두려워하는 자들에게 죽음을 내릴 때 그들은 죽음 자체가 생명력을 지닐 수 있음을 알게 된다. 그것은 역설이다. 러들로의 어머니*는 여전히 살아 있다. 조 힐은 여전히 살아 있다. 크리스퍼스 애턱스**는 여전히 살아 있다. 레오 프랭크***조차 살아 있다. 왜 나는 조지아에서 나무에 목매달려 춤추듯이 흔들리는 프랭크를 생각하는 걸까. 하지만 괜찮다. 프랭크도 포함시키자. 두 명의 이탈리아 사람****이 역사 속에서 발언하고 움직이고 미소 짓고 주먹을 들어올린다. 나는 그들의 동지이고 그들은 나에게 말한다. 사코의 진술은 나를 향한 것이다.

소크라테스는 재판을 받았다. 유죄 판결을 받았다. 그는 독약을 마셨다. 이 일로 소크라테스의 박해자들은 그를 영생의 지위에 올려놓고 자신들은 진짜 죽음을 맞았으며 세상의 모든 박해자들처럼 그렇게 완전히 잊혔다.

예수는 재판을 받았다. 유죄 판결을 받았다. 그는 고문당하고 처형되었다. 예수가 재판을 받지 않았다면 예수가 처형되지 않았다면 어떻게 그의 가르침이 지속되었겠는가? 기독교인들은 부활이라는 개념

---

* 1914년 콜로라도 주 러들로 광산에서 민병대가 농성중이던 광부들을 무력 진압했고 열한 명의 아이들과 그들을 보호하던 두 어머니가 결국 타죽은 시체로 발견되었다.

** 독립전쟁의 불씨가 된 보스턴 학살사건의 첫번째 희생자이자 저항운동 지도자.

*** 1913년 유대계 미국인 레오 프랭크는 한 소녀를 살해한 혐의로 체포되어 증거불충분으로 무기징역형을 선고받았으나 반유대주의자들에 의해 감옥에서 끌려나와 목매달려 죽었다.

**** 사코와 반제티를 말한다.

으로 이 사실을 찬미한다. 그는 부활하여 수백 세대 이후 사람들의 마음속에서, 사람들과 함께 살고 있다. 물론 이것은 완전히 유대적인 그의 사상이 그의 이름을 내세우는 제도에 의해 어떻게 왜곡되었는지는 문제 삼지 않는다.

소크라테스와 예수의 차이는 어느 누구도 소크라테스의 이름으로는 처형되지 않았다는 것이다. 그리고 이로 인해 소크라테스의 사상은 결코 법이 되지 않았다.

법을 어떻게 부르든 그것은 특권을 보호한다. 나는 비사회주의 국가의 법에 대해 말하는 것이다. 법의 유일한 권위는 집행 능력에 있다. 그 능력은 재판에서 표현된다. 재판이 없는 법은 있을 수 없다. 재판은 법의 핵심이다. 그리고 재판의 핵심은 처벌이다—만약 처벌할 힘이 없다면 재판할 수 없다. 법의 타락과 위선적인 자기 봉사는 법정의 판결에서 첨예하게 드러난다. 그것은 날카롭다. 믿을 수 없을 정도로 날카롭다. 그러나 사형선고를 받은 자의 고뇌에는 투쟁에 대한 매력이 있다. 그것은 지배자가 결코 극복하지 못하는 법, 진정한 법이다. 그것은 물리학의 법칙처럼 고정되어 있으며 변하지 않는다.

따라서 만약 급진주의자가 재판의 쟁점을 심각하게 고려한다면 그는 자신의 기회를 허비하는 것이다. 그가 유죄 판결을 받는다면 지배 권력은 그를 포용할 수 없다고 결정한 것이다. 그가 무죄 판결을 받는다면 지배 권력이 그를 두려워할 필요가 없다고 결정한 것이다. 급진주의자는 자신의 결백을 주장해서는 안 된다. 재판은 그가 행하는 것이 아니기 때문이다. 그는 자신의 생각을 주장해야 한다.

급진주의자의 재판은 크고 어두운 홀에서 진행된다. 목소리가 울린다. 몸짓은 엄숙하고 웅변적이다. 전 세계 역사 속에서 죽어간 모든 좌익의 영웅들이 참석했다.

그는 지하 감방에서 작은 엘리베이터를 타고 올라와 교도관 한 명은 그의 앞에서, 다른 한 명은 그의 팔을 잡은 채 문을 통과해 법정으로 들어선다. 오른편에 높은 판사석이 보인다. 그는 사각형의 큰 방을 본다. 그곳은 방이지 홀이 아니다. 배심원석에는 녹색의 가죽 의자가 있다. 벽은 나무 패널이고 방청석과 재판석을 구분하는 난간처럼 짙은 색이다. 바닥에는 대리석이 깔려 있다. 뒤편의 문은 완충재를 댄 듯하고 작은 창문이 나 있다. 그가 들어온 것을 아무도 모르는 듯하다. 그는 앉아서 기다린다. 애셔가 그의 팔을 잡고 조용히 귀에 대고 이야기한다. 애셔의 반대편에서 로셀이 메모지에 무엇인가 쓰고 있다. 그는 당황스러워한다. 시력이 그를 취약하게 만든다. 일반인들이 별것 아닌 일로 방에서 어지럽게 움직인다. 방청객은 얼마 없다. 그는 의자 뒤로 돌아보지만 누가 기자인지 알 수 없다. 모두가 똑같아 보인다. 햇빛과 약한 백열등 불빛이 섞인 법정에서 모든 사람들은 희미하게 보인다. 한편 목소리는 금속성으로 들린다. 방의 음향 상태가 좋지 않다. 도서관, 커튼이 있는 정통 극장, 진료실, 실내 수영장 등이 연상된다. 그는 조금 메스꺼움을 느낀다. 그는 마음속에서 동굴을, 두려움의 동굴을 느낀다. 눈을 감고 그 동굴의 어둠을 내려다보고는 바닥이 보이지 않음을 깨닫는다.

법정 반대편에서 재판관이 문으로 들어와 자리에 앉자 폴은 서 있기가 조금 힘들어 깊은숨을 들이마신다. 구토를 일으키는 두려움의 동굴을 막기 위해서이다. 사람들이 자리에 앉고, 재판관은 하루를 시작하는 사업가처럼 효율적으로 조용하게 대화를 나누는 듯한 목소리로 재판을 시작한다. 그는 폴을 보지 않는다. 변호사에게만 이야기한다. 그는 허시 판사이다. 몇 달 전만 하더라도 폴은 그의 존재조차 몰랐지만 이제 허시 판사의 가장 내밀한 직업상의 비밀인 그가 대법원 판사로 임명되길 원한다는 사실까지 포함해 그에 대해 상당히 많은 것을 알고 있다. 변호인 측과 검사 측 모두 이 사실을 알고 있다. 허시 판사는 전복활동에 관한 분야에서 정부가 기소한 사건을 어느 판사보다 많이 담당했다. 그는 유대계이다. 줄무늬 아이비리그 넥타이를 매고 있고 법의 속에 그 매듭이 보인다.

폴은 지금의 이 현실에 적응해야 함을 깨닫는다. 정부 측 수석검사인 하워드 '레드' 포이어먼은 말라깽이 소년처럼 보인다. 얼굴에는 주근깨가 나 있고 가는 머리카락은 옅은 적갈색이며 목소리 톤이 높다. 그는 예상보다 젊다. 폴과 비슷한 나이로 보인다. 그도 갈색 체크무늬 양복을 입고 있다. 하지만 폴보다 몸에 더 잘 맞다. 포이어먼은 전쟁 영웅이다. 구축함을 지휘했다. 경력이 화려하다. 세인트존스 대학을 졸업하고 아일랜드 여자와 결혼해 자식을 일곱 두었다. 폴은 빗질하듯 손으로 머리를 쓸어 올린다. 옷깃의 매듭을 급하게 조여 맨다. 이 순간 그는 자신도 믿을 수 없을 정도로, 그리고 정말 수치스럽게도 감방으로 되돌아갈 수 있기를 원한다. 창살 아래 창턱에 둔 신발상자에는 로셸과 아이들이 보낸 편지와 빗, 그리고 여러 가지 화장실용품, 자신이 모은 시가 상자가 들어 있다. 그는 여분의 담요를 침대 발치에 보기 좋게 개어놓는 방법을 알고 있다. 지금 시간이면 주간 교도관인 도일과 잡담을 나누고 있었을 것이다. 도일은 아주 점잖은 사람으로 살면서 슬픈 일을 많이 겪었다.

하지만 당신은 이것 역시 계획의 한 부분임을 알 수 있다. 강제된 격리와 자신감의 약화로 인해 창살 없는 방에 다른 사람들과 함께 있게 되면 갑작스러운 두려움을 느끼게 된다. 그들은 지금 내가 느끼는 바로 이 감정에 의존하고 있다. 그들이 의존할 것은 아무것도 없음을 보여주겠다.

그럼에도 그는 이곳으로 나온 지 몇 분 지나지 않아 자신이 무엇인가를 상실했다고 느낀다. 다른 팀에게 가산해준 점수. 애셔는 지금 판사석에 포이어먼과 함께 있다. 그는 왼쪽으로 애셔의 빈 의자 너머를 바라본다. 로셸이 근심스러운 표정으로 자신을 보고 있다. 그들 뒤쪽 법정 후문으로 사람들이 들어온다. 그중에서 배심원이 선정될 것이다. 물론 그들 중 공산주의자가 한 명이라도 있으리라고 생각하는 건 어리석은 일이다. 손을 뻗어 로셸의 손을 잡고 싶다. 그는 충동을 억누른다. 그들은 침착하게 품위를 유지하며 어떤 경우에도 보도진에게 기삿거리를 제공하지 말자고 다짐했다. 아무런 감정을 보이지 않고 누구에게도 만족감을 느끼게 하지 말고 누구에게도 그들을 비웃거나 동정할 기회를 주지 말자고 다짐했다. 그들이 얻으려는 것은 동정심이 아니라 정의이며, 굴복함으로써가 아니라 요구해서 획득할 것이다. 그들은 모든 대책을 세웠다. 로셸은 특히 이 점에 대해 단호했다.

그는 머리를 맑게 하고 냉정함을 유지해야 한다. 중요한 것은 정신의 기능을 유지하는 것이다. 상황을 분석하고 정확하게 평가하고 그 평가를 바탕으로 해야 할 일을 한다. 재판은 귀에 익은 뉴욕 억양으로 진행될 것임을 알고 있다. 그의 적은 달성해야 할 임무를 가진 사람들이다. 그들은 자신들이 정의를 존중한다고 느끼면서 임무를 수행할 것이다. 성조기가, 가장자리에 금테를 두른 아름다운 국기가 판사석 뒤쪽 깃대에 매달렸다. 나는 이 국기의 적으로 지목될 것이다. 하지만 4학년 때 담임선생님이었던 골드스타인 부인은 반에서 내가 가장 똑바르고 보기 좋게 경례를 한다고 말했다. 그리고 다른 아이들의 모범으로 칭찬받았다. "여러분, 폴이 서 있는 자세를 보세요. 저게 똑바로 서는 거예요. 저렇게 멋지고 늠름하게 가슴을 펴고 국기에 충성을 맹세하도록 해요." 훌륭한 골드스타인 선생님. 비 오는 날이면 비옷과 장화로 가득 찬 교실의 기막힌 냄새. 옷장의 젖은 비옷과 젖은 장화로 김이 나던 비 내린 날의 교실. 김 서린 유리창과 창문 바깥에서 떨어지던 빗물. 따뜻한 점심 급식. 따뜻한 수프. 선생님들은 이디시어로 대화를 나눴다. 그들은 어이없게도 아이들 대부분이 유대계여서 부모와 할아버지에게서 이디시어를 배워 그 말을 알아들을 수 있다는 사실을 몰랐다. 차양처럼 드리운 지도들. 벽 높이 걸려 있던 유리액자 속에 그림물감으로 그린 워싱턴과 링컨과 쿨리지 대통령.

모든 사회는 아이들에게 그 사회의 규범을 주입한다. 훌륭한 골드스타인 부인은 순진하게도 우리에게 우리나라가 용감하게 서부를 개척했던 영광스러운 역사를 가르쳤다. 야만적인 인디언을 길들이고 알라모에서 용감하게 저항하고 강력한 철도가 대평원을 정복한 과정을 가르쳤다. 따라서 나는 내게 가해진 음모의 근본적인 성격을 이해해야 한다. 그것은 골드스타인 부인의 가르침을 받은 학생들이 절대적으로 옳다는 신념을 품고 행하는 것이다.

그는 기분이 나아지기 시작한다. 속이 가라앉는다. 배심원을 선정하는 길고 지루한 과정이 시작되었다. 그는 탁자 가장자리를 두 손으로 잡고 앉아 있다. 자신의 운명을 결정할지 모르는 이 사람들 개개인을 뚫어져라 쳐다보지 않는다. 그의 태도가 누군가의 비위에 거슬려서는 안 된다. 두뇌가 움직이기 시작하고 더는 놀라지 않는다. 그는 전투에 필요한 모든 준비를 끝낸 군인의 만족감을 느낀다. 그것은 명료하고 유쾌한 순간이다.

여보, 누구든 나를 보면 내가 애셔에게 줄 법적인 문제를 메모한다고 생각할 거예요. 이걸 애셔에게 주면 그가 당신한테 건넬 거예요. 당신 너무 창백해요, 여보. 두려워하지 마요. 한없는 사랑으로 내가 당신을 원한다는 사실을 알잖아요. 고개를 들고 나를 봐요. 웃고 있을 거예요.

R.

그녀가 말한 대로다. 그는 미소 짓는다. 그 순간 온갖 두려움이 다시 엄습하고 미소를 짓는 근육이 그를 배반하려고 들며 그는 소리를 지르고 싶은 충동을 느낀다. 그는 이 두려움의 감정을 삼키고 공포를 삼키고 맛보고 꿀꺽 넘긴다. 오, 로셸! 오, 여보. 무슨 일이 일어나는지 알겠소? 우리 편은 아무도 없소. 내가 확인해보았소. 우리가 아는 얼굴은 한 사람도 없소. 프리다와 루스도 오지 않았소. 콩코스 제퍼슨 클럽에서도 아무도 오지 않았소. 우리는 완전히 홀로인 거요.

권위가 높은 자가 누구인가? 누구에게 연락할까? 누가 날 구할 수 있나? 나를 풀어달라고 말하는 근육. 나에게 이런 일이 일어날 수 없다고 느끼는 근육. 감방문이 처음 닫혔을 때 나는 노력하면 그 문이 다시 열릴 것이라고 생각했다. 그들은 정말 나를 감방에 감금했다. 그들은 정말 그렇게 한다. 누군가를 어떤 장소에 집어넣고 나올 수 없도록 한다. 그렇게 되었다. 그리고 날 이곳에 가둔 바로 그자들이 나를 심판한다. 나를 체포하고 감옥에 가둔 자들이 행하는 재판에서 뭘 기대할 수 있을까. 빠져나가고 싶은 욕망. 그것은 팔의 근육과 괄약근과 생식관을 경직시키는 공포이다. 네 몸은 긴장하고 경직되고 무엇에도 연결되지 않은 엄청난 무서운 에너지를 뿜기 시작한다. 너는 감방의 전자(電子)를 더럽힌다. 쇠창살에 손바닥을 녹인다. 네가 여기 이 새장에 갇혀 있어야 한다는 사실에 미쳐가고, 분노하고 터무니없다고 생각할수록 그것은 진실이 된다. 시간이 흐를수록 더욱 끔찍하게 미쳐갈수록 그것은 진실이 된다. 그리고 마침내 네가 바로 너 자신의 적인 이 상황을 깨닫는 순간이 온다. 풀어달라는 근육 때문에 너는 파괴될 것이다. 너는 그 근육을 풀고, 목구멍의 분노에서 그 근육을 풀고, 마음에서 근육을 느슨하게 만들어야 한다. 네 밧줄을 느슨하게 하라. 밧줄을 느슨히 하고 숨 쉬기 시작하는 순간 넌 '시간을 때우기' 시작한 것이다. 감방에서 적응하는 과정을 죄수 사회는 '시간을 때운다'라고 부른다. 시간 때우기. 널 거기 집어넣은 자들에 대한 적대감을 이겨내는 과정을 시작하는 것이다. 너는 네 삶에서 시간을, 분과 시를 파괴하고 너 자신에게 무관심한 채 시간을 불태우고, 시간이 널 가치 없는 존재로 만들기 전에 네가 먼저 시간을 가치 없는 것으로 만든다. 붉은 군대가 히틀러의 군대 앞에서 후퇴하기 전에 자신들의 땅과 자신들의 식량과 자신들의 수확물을 그들에게 넘기지 않도록 태워버렸듯이 말이다.

오늘 아침 그들이 나를 법정에 데려가려고 왔을 때 감방의 모든 사람들이 내게 행운을 빌어주었다.

외출하신 사이에

포이어먼 검사 측의 A가 전화를 걸었음. 전화번호나 메모는 남기지 않았음. 단지 서로의 관심사를 의논하고 싶다고 전함. 다른 사람은 상대하지 않겠다고 함. 안녕히.

조앤, 오후 5시 15분

"제이크, 난 이해할 수 없어요. 그들한테 지금도 중지할 수 있는 힘이 있단 말입니까?"

"여러 가지 방법이 있어요. 그자의 가정은 당신이 무엇이든 고백하면 그건 새로운 법률적 상황을 초래하게 되고, 그 상황을 고려해야 한다는 거요."

"지금 무슨 말을 하는지 알아요? 당신은 지금 그자가 이 재판으로 우리를 처벌하고 있다고 말하고 있어요."

"제발, 폴, 시간이 얼마 없어요. 나는 포이어먼이 이야기한 내용을 전해줄 뿐이오. 이런 일은 흔히 있어요. 잊어버리고 계속합시다."

"하느님 맙소사, 그자가 뭘 암시하는지 알지 않습니까!" 폴이 웃는다. 얼굴이 상기된다. "당신이 소중하게 여기는 법이 어떻게 이용되는지 보세요, 제이크!"

"제발…… 부탁이오. 분석할 때가 아니오."

"그래서 그들이 로셸을 체포했군요. 내 입을 열게 하려고 말이죠. 내가 무슨 말을 하길 원하는 건가요? 그게 뭐든 내 아내를 체포해서 나를 위협해도 굴복하지 않으리라는 걸 이젠 그들도 분명히 알았을 겁니다. 내가 지금 마음을 바꿀 이유가 어디 있죠? 로셸, 당신은 어떻게 생각하오?"

그녀는 말없이 두 손으로 그의 손을 꼭 쥔다. 그들은 애셔의 맞은편에 앉아 있다. 그녀의 어깨가 그의 어깨에 닿는다. 탁자 밑으로 그녀의 허벅지가 그의 허벅지에 닿는다.

"로셸, 당신은 어떻게 생각하오? 이건 그들이 자신들이 이길 수 없음을 암묵적으로 인정한 게 아니오? 그렇지 않소? 그들은 우리가 마지막 베팅을 하기 전에 엄포를 놓으려는 거요. 그렇지 않소?"

"그자들이 이 재판에서 사용할 자원이 없는 게 아니오." 애셔가 말한다.

"그자한테…… 포이어먼에게 뭐라고 했나요?"

"오, 여보, 제발. 애셔가 뭐라고 했을 것 같아요?" 로셸이 말한다.

"그게 아니오. 제이크, 정말 뭐라고 말했죠?"

"거래는 없다고 했습니다. 우린 거래는 하지 않겠다고 말이오."

"셀리그 민디시한테 물어보라고 하지그랬어요!" 폴이 깔깔댄다. 그가 웃는다. "민디시는 이 그럴듯한 모든 이야기를 알고 있죠! 어쩌면 새로운, 더 그럴듯한 이야기를 자백할지도 몰라요. 치과의사한테 물어보라고 하세요."

그녀는 공포의 외침을 듣는다. 그가 걱정스럽다. 이렇게 그들이 함께 있으면 그는 흥분하고 쉽게 얼굴을 붉힌다. 강한 척하지만 그의 그런 태도가 그녀를 두렵게 한다. 너무나 히스테릭하다. 너무나 야위었다! 그녀는 그가 먹지 않는다는 것을 안다. 그는 감옥 음식은 가능한 한 영양분이 적도록 특별히 준비된 것이라고 말한다. 그들의 사기를 꺾고 정신력과 정력을 억누르기 위해서 말이다. 그는 매점에서 사온 캔디바를 먹고 버티며 그녀에게도 그렇게 하라고 말한다. 시가가 없어 그는 캐멀 담배를 피운다. 너무 자주 담배를 피우고 너무 야위었다. 오, 하느님 정말 그가 정의를 추구하고 있나요? 하느님, 그에게 예지를 내리소서. 끔찍한 나의 짐을 가벼이 해주소서.

걱정하지 마시오, 애셔는 계속해서 말한다. 모든 게 잘될 거요. 이렇게 말할 때 그는 가끔 크고 무거운 손을 내 어깨에 얹는다. 그는 자기 손이 얼마나 무거운지 모르며 내가 그 무게를 통해 느끼는 것은 그가 말하는 내용의 정반대임을 이해하지 못한다. 제이크, 친애하는 제이크, 당신은 알 수 없어요. 당신은 맹렬하게 자신의 정당성을 주장하는 내 남편을 당신과 구별 짓고 있어요. 그렇지만 당신을 보세요, 많은 교육을 받고 지혜가 넘치는 유대인 신사분. 당신은 변호사의 신념으로 빛나지요. 하지만 그는 내게 이 재판에서 뭘 기대할 수 있는지 말해줬어요. 정상적인 증거의 원칙이란 우리 혐의에 대해서는 유보되고 있어요. 우리에게 그런 건 존재하지 않아요. 우리는 스파이 활동을 했다고 기소된 게 아니라 스파이 활동을 하기로 불법으로 공모했다는 혐의로 기소되었어요. 스파이 활동 자체를 입증할 필요가 없기 때문에 우리가 어떤 행위를 했다는 증거는 필요하지 않아요. 우리가 어떤 일을 의도했다는 증거만 있으면 충분해요. 그리고 도대체 이 증거란 게 어떤 거죠? 우연하게도 법률에 따르면 소위 우리 공범자의 증언은 충분히 증거로 간주될 수 있어요. 이게 뭘 의미하는지 모를 정도로 내가 바보일까요? 그래서 그들이 민디시 박사를 증언대에 세우려고 하는 걸 내가 변호사가 아니라서 이해를 못할까요? 제이크, 당신이 소중하게 여기는 법에 따르면 민디시 입에서 나오는 우리에게 불리한 말들은 무엇이든 중요한 증거가 돼요. 총이 살인자의 범죄를 분명하게 입증하는 것과 마찬가지예요.

그녀는 회계 직원의 본능적인 지식에 따라 승산을 생각한다. 법정에서 그녀의 얼굴에는 표정이 없다. 그녀는 마음을 가라앉히고 엄격한 품위를 유지한다. 그녀는 남편을 생각한다. 그에게 말할 것들을 생각한다. 남편의 환상을 믿는 척하는 것—이것이 그녀가 환상 없이 시련을 이겨낼 수 있는 한 방법이다. 그녀가 자신의 운명론을 드러내 보이면 그는 상처를 입을 것이다. 하지만 이것은 감정적인 횡령행위이다. 그녀가 옳다면, 어떻게 옳지 않겠는가, 뿌린 대로 거둘 것이다—그러면 그때는 무엇이라 말할 수 있을까? 그리고 그때 그를 보호하기 위해 그녀가 무엇을 할 수 있을까?

이 재판에서는 증거의 원칙에 따라 그 판결이 이미 내려져 있다. 민디시의 증언을 정당하다고 인정하면 공모는 입증된다. 공모가 존재했다는 전제가 없다면 그것은 인정되지 않을 것이다. 그녀는 미소를 짓는다. 그녀가 태어난 이 나라에서는 피고로 법정에 서게 된 죄만으로도 유죄가 될 수 있다.

나는 이 감방에 누워 있다. 엄마의 저주하는 목소리가 복도를 따라 나에게 다가온다. 콜레라, 코사크. 기다려, 내 새끼. 충분히 기다리면 내가 가진 걸 너도 갖게 될 거야. 네 죄로 인해 자궁은 먼지처럼 말라

붙고 너의 기적 같은 생명의 샘은 재로, 용광로의 먼지로 화할 것이다. 너는 그 먼지를 너의 혀로 맛볼 것이다. 감히 하느님께 도전하고 하느님께 의무를 수행하라고 요구하다니. 기다려, 기다려, 내 새끼.

법정에 나오기 전날 밤 그녀는 이런 편지를 썼다.

사랑하는 폴리

내가 우리 재판을 기대한다는 걸 말할 필요가 있을까요? 우리의 결백이 입증되고 아이들은(※) 우리에게로 돌아올 거예요. 법정에서는 '쥐구멍에도 볕들 날'이 있을 거예요. 그뿐만 아니라 법정에 가는 건 가장 낮은 차원에서 너무나 야만적인 이 감금생활로부터 일시적으로나마 풀려나는 일이지요.

사랑하는 소중한 당신, 재판이 진행되는 동안 우리는 같은 자리에 앉게 될 거예요. 내가 법적인 절차에 집중하는 일이 얼마나 힘들지 당신이 이해할 수 있을까요! 마치 우리가 제이크를 만날 때처럼 나는 당신에 대한 생각에서 나를 떼어내어야 해요. 당신을 생각하는 건 오랜 목마름 끝에 마시는 물과 같아요. 하지만 오, 여보, 내가 너무 대담한가요? 그 물은 날 더 목마르게 할 뿐이에요!

언제나 당신을 사랑하는

로젤

※ 이 편지가 출간되었을 때 편집자는 이 부분을 그녀가 누구의 아이들을 가리키는지 모든 사람이 알 수 있도록 '우리의 사랑하는 아이들'이라고 바꾸었음. 이때쯤 공산당에는 글쓰기가 무엇인지

조금이라도 아는 사람은 거의 사라짐.

나는 수커닉 교수에게 질문을 던진다. 어떤 상황에서 우리는 비판을 유보하는가? 지난 세대에 형성된 문학적 감수성의 역설이 여기서 어떻게 분명히 드러나는지 주목하라. 그렇지만 애셔와의 이러한 만남에서 모두에게 고통스러운 순간이 있었다. 나이 든 변호사는 그들을 위해 안전 유리창 앞에 서서 눈을 감고 고개를 숙이고 신문을 펼쳐들어 그들을 위해 1분을 훔쳐주었다. 그러나 땀을 삼키는 소리, 땀을 핥는 소리, 키스와 애무하는 소리, 옷 속으로 손이 빠르게 들어가는 소리를 안 들을 수 없었다. 이 마지막 소리도 듣고 싶지 않을 때 나는 소리이다. 우리 몸은 물리학의 법칙에 따르고 무생물의 속성을 공유하기 때문에 너무나 당혹스럽게도 성기는 큰 소리를 내고 마개를 열어 오줌이 수도꼭지 물처럼 쏟아져 나오고 항문은 악기가 된다. 흥분한 상태에서 서로의 몸을 빠르게 더듬고 체취를 맡으며 갑자기 날카롭게 달아오른 성적 감흥이 해소되지 못하는 상황이 너무 고통스러웠기에 그들은 모두를 위해—애셔가 한숨을 쉰다—통제 속에서 만날 때는 자제하는 것이 덜 고통스러울 거라는 데 동의한다. 그리고 이것은 잘 수 있다면 잘 것이라고 서로 이해하면서 바라보던 처음의 순결했던 시절을 떠올리게 했다. 당시에는 그것으로 충분했고, 그것과 집회의 흥분으로도 충분했다. "모든 사람들이 우리가 고백하기를 기다린다"고 그녀는 후일 편지에 썼다. "내가 남편을 사랑한다고 고백한다면, 첫 데이트였던 컨벤트 가의 반프랑코주의자들의 집회에서 어떻게 그를 사랑하게 되었는지 고백한다면!"

빠지다

언덕, 긴 언덕이 125번가의 계곡에서 올라간다. 뉴욕 하늘에 떠 있는 힌덴부르크 비행선처럼 어둡고 차가운 구름이 다가온다. 이 구름은 부르주아 만화가들이 그린 전쟁 구름이다. 이 구름은 죽음과 불을 담고 있어 네빌 체임벌린*의 얇고 팽팽한 우산에는 너무 무겁다. 전차가 언덕 궤도 위로 전선에서 나오는 전류를 집전기로 빨아들여 경사진 언덕을 덜커덩거리며 힘겹게 올라간다. 이 전차 행렬이 어둠을 통과해 야간 수업을 들으러 가는 뉴욕 시립대학 학생들을 직장에서부터 운반한다. 뾰족한 쇠꼬챙이를 꽂은 담에 회색 돌과 검은색 돌로 지은 건물. 예일대는 아니지만 학비가 무료이고 학문의 수준이 높다. 만약 당신이 낭만적인 부르주아라면 눈을 희미하게 뜨고 이 대학을 유대계 이민자나 극빈자의 자식들이 다니는 보잘것없는 시 건물이 아니라 미시간 대학이나 브라운 대학 같은 진짜 대학 캠퍼스라고 가장할 수 있을 것이다. 루이손 스타디움에서는 실제 축구팀이 어둠 속에서 연습을 한다. 물론 선수들이 입은 연보라색 유니폼 상의는 각기 다른 것이고 하의도 누구는 검은색 바지를, 누구는 갈색 바지를 입고 있다. 노트르담 대학팀이나 토미 하먼**이 이 뉴욕 시립대학팀을 신경 쓰지는 않을 것이다. 하지만 당신이 우리 중 하나라면 루이손은 집회 장소이며 또 필하모니 교향악단의 여름 연주회가 열리는 곳이다. 존 바비롤

* 영국 총리(1937~1940). 유럽에 퍼진 파시즘에 대해 유화정책을 펴고 뮌헨회담에서 히틀러의 요구를 받아들이며 비난을 받았다.

** 미식축구 선수.

리의 연주회는 돌로 된 좌석이 35센트이고 그곳에 축구팀과는 별 관련 없는 야간대학 학생 두 명이 앉아 있다. 서로 알게 된 지 1년이 되지 않았고 두 사람 모두에게 35센트는 적지 않은 투자이다. 이상하게 쌀쌀한 여름으로 열병이 유행하던 때다. 그는 믿음을 공유하는 동지애를 느끼면서 그녀에게 구애한다. 물론 결혼은 힘들다. 그는 6번가의 라디오 레코드 가게에서 시간제로 일해서 매주 6달러를 벌며 이스트사이드 남부에서 누나들과 살고 있다. 그는 마른 체구이고 운이 좋아 보인다. 그녀는 더 운이 좋아서 회계 직원으로 일하고 14달러 50센트를 벌어 유일한 혈육인 브롱크스에 사는 엄마에게 그 돈을 가져다준다. 그러나 두 사람 모두 수입의 일부는 스코츠버러의 젊은이들을 위해서 혹은 톰 무니의 석방을 위해서 혹은 반프랑코주의자들을 위해서 경건하게 바친다. 무기 금수(禁輸) 조치를 해제하라! 그리고 전찻삯으로 5센트를 쓰고 종이봉투에 점심을 싸서 다니고, 점심을 먹고 나서는 봉투를 말아서 가지고 있다가 다시 재활용한다. 이런 그들에게 루이손 스타디움에 가는 일은 실로 엄청난 사치로, 이곳에서 두 사람은 서로의 취향이 닮아 있다는 사실을 확인한다. 베니 굿맨의 노래는 그들의 발을 움직이게 하지 못한다. 과거에 곡마단이 있었고 현재는 그가 일하고 있는 6번가 가게에서 틀고 또 트는 '러키 스트라이크 히트 퍼레이드'의 톱텐 히트곡은 물론이고 당시 유행하던 어떤 노래도 그와 별반 다를 바 없다. 〈내겐 날 따뜻하게 해주는 애인이 있어〉* 같은 노래는 남부 흑인의 리듬을 훔쳐 민중의 음악을 싸구려로 만든

* 1937년 어빙 벌린이 발표한 밀리언셀러 곡.

부르주아의 문화적 타락을 보여준다. 그러나 베토벤, 브람스, 라흐마니노프를 들을 때면 이들의 가슴은 떨린다. 시내의 유니언 광장에서 중요한 집회가 열리고 뉴욕 최고의 코사크 경관들이 군중 가운데로 말을 타고 들어가 곤봉을 휘두른다. 폴은 입구에서 등사한 항의전단을 나눠준다. 무엇에 항의하느냐고? 에티오피아 침략, 체코슬로바키아 포기, 사슬에 매인 조지아의 죄수들, 미국혁명의 딸들*, 미국노동자연합. 뉴욕 시립대학 총장 로빈슨이 무솔리니를 지지한다고 한다. 로빈슨을 몰아내라! 로셸은 자기 사무실에서 노조를 결성하느라 바쁘다. 민중이 단결해 파시즘의 확산에 공동전선을 펼친다. 공산주의는 20세기의 미국정신이다. 우리는 집회로 간다. 우리는 제퍼슨과 링컨과 앤드루 잭슨**과 토머스 페인의 혁명의 후예이다. 철학자들은 이 세상을 해석할 따름이다. 중요한 것은 세상을 변화시키는 일이다. 구내식당의 짙은 색 테이블에 앉아 벌이는 끝없는 논의. 전차는 경적을 울리며 힘들게 언덕을 돌아가고 바람이 불어 전차 위의 전선이 소리를 낸다. 전차 불빛이 깜빡거린다. 그는 한 손에 쥐고 있던 책과 종이봉투를 다른 손으로 옮긴다. 그녀가 그에게 미소를 보낸다. 그녀의 손은 천장의 가죽 손잡이에 닿지 않는다. 그녀는 컨벤트 가의 반프랑코주의자 집회에서 그를 사랑하게 되었다. 그때는 아직까지 길모퉁이에서 사과를 팔고 겨울에는 풍로에 밤을 굽거나 3센트에 군고구마를 팔던 시절이다. 사람들은 할렘 곳곳에서 현관 입구에서 잠을 잔다. 새벽 3시 지하철은 사람들로 가득하다. 엄마, 그이를 저녁식사에 초대하고 싶

---

* 미국 독립전쟁 정신을 계승하는 여성 단체.

** 미국 제7대 대통령으로 노동자와 농민에게 많은 지지를 받았다.

어요. 그런데 넌 네가 누구라고 생각하니? 자선사업가? 그는 1년 동안 별생각 없이 그녀를 더듬는다. 하지만 공원이나 광장에서 달리 할 수 있는 일이 없다. 그는 여자와 자본 적이 없고 그녀도 남자와 자본 적이 없다. 그들은 자신들의 복잡하고 세련된 언어와 현실 간의 괴리를 인식한다. 낡은 외투자락을 끌며 손을 잡고 전차를 타러 길모퉁이로 달려가는 모습, 리듬에 맞춰 경쾌하게 걷는 모습, 세상에 대한 선망, 새로운 삶의 방식, 바람이 불면 맑은 눈에서 눈물을 흘리는 젊은 공산주의 투사들, 붉은 뺨들, 그녀가 코를 훔친 똘똘 말린 손수건, 훌쩍이는 소리, 그의 논평, 그들의 웃음, 헌책방에서 산 책, 가장자리에 새까맣게 뭔가를 적어놓은 페이지 — 전차(어서 서둘러, 서둘러)의 불빛이 밝혀주는 어둠 속을 미끄러지듯 가는 그들의 이런 모습과, 자유롭지 못하고 옷을 껴입고 수줍어하고 겁을 집어먹고 어쩔 수 없이 고상해진 스스로에 대한 인식 간의 괴리를 그들은 깨닫고 있다. 가난하면 모험을 하지 않는 법이다. 거기다 섹스를 할 장소도 없다. 진실을 말하자면, 할 수 있었다면 했을 것이다. 너는 신비로운 동반자 의식과 팔짱을 끼는 것의 중요한 의미를 알게 된다. 그리고 어느 즐거운 순간에 너를 바라보는 그녀의 시선과 그 시선으로 인한 성적 흥분을 알게 된다. 어떤 생각이 떠오르면 그것을 그녀에게 어떻게 이야기할지 생각한다. 그녀의 작고 예쁜 입술, 얼마 안 되는 그녀의 옷도 이젠 익숙하다. 그리고 그다지 좋지 않은 순간에 이 여인, 이 부드러운 혁명가 여인의 가운데 부분을 생각하는 자신을 꾸짖고 욕하면서 귀가 빨갛게 달아오른 채, 어떻게 이런 생각들을 쓸모없고 타락한 마음에서 떨쳐버릴까 궁리하고는 굳은 의지로써 이 에너지를 혁명으로 전환하자고 다짐한다. 너는 그녀의 힘은 생각하지 않고 부드러움만 생각한다. 혹은 그의 빳빳한 머리카락, 그의 어린아이 같은 여윈 몸, 그의 순수함, 정의와 가난한 자들의 해방을 향한 열정에 가득 차 지칠 줄 모르고 끝없이 이 세계와 씨름하는 그의 마음, 뒤꿈치가 다 닳은 그의 구두, 잉여가치설과 자본주의에서 사회주의로의 전환, 프롤레타리아 독재, 국가가 어떻게 소멸할 것인가 등에 관해 열정을 품고 가운뎃손가락으로 안경을 고쳐 쓰는 모습. 그리고 코린 신부* 문제. 그를 헨리 포드나 광산 소유주들과 다른 부류로 볼 것인가, 아니면 그들 간의 차이는 단지 정도의 문제인가 하는 것. 한 주에 6달러를 버는 점원의 입에서 나오는 거창한 말들, 이 깡마른 남자친구가 가진 오만함과 열정의 암시, 너무나 순진하고 아름답고 강렬한 열정적인 천성. 그녀는 이 모든 열정의 힘을, 그리고 지성과 오만함과 순수함을 자신의 품에, 자신의 몸으로 껴안는다는 생각에 전율을 느낀다.

그녀는 그에게 빠졌다. 아마 그녀는 그가 혁명 사업에서 찬란한 업적을 이루지 못할 것임을 알았으리라. 그리고 아마 그것은 그녀에게 중요하지 않았으리라. 그는 실천적인 인물이 아니었고, 일상에서의 혁명적인 삶의 필요성에 대한 그의 실천 정치의 이해는 너무나 큰 믿음의 열기에 용해되어 있었다. 결국 그들은 당원이었다. 결국 러시아가 세계 유일의 사회주의 국가였다. 다음 해 여름 코네티컷 주에서 그들은 모닥불 주위에 둘러앉아 폴란드와 라트비아와 에스토니아가 사회주의화되었고 독일과의 불가침협정은 시간을 벌기 위한 전략이며

* 극단적인 반유대주의자로 라디오 설교로 큰 인기를 얻으며 대중적으로 영향력을 행사했다.

스탈린은 자기가 무슨 일을 하는지 잘 알고 있으며 인민전선은 끝났다는 사실을 알게 되었다. 하지만 모닥불을 쬐며 앉아 있던 폴은 자신의 순수한 반파시즘에 의해 화학적으로 변형되어 이런 이야기는 귀에 들어오지도 않는 듯했다. 일상적인 복잡한 전술과 전략은 그의 관심사가 아니었다. 그의 관심사는 쟁점이었다. 미래의 목적이 그의 관심사였다. 그들은 꽤 나이가 있는 셀리그 민디시라는 사람과 그의 아내를 만났다. 그들은 이 진보파 모임에서 흥미로운 사람들을 많이 만났다. 훌륭한 연설을 들었고 스퀘어댄스를 추었다. 식사를 거드는 그들의 모습은 빛이 났다. 그들은 대학생이었고 모인 어른들 중 가장 젊었으며 부러움의 대상이었다. 어느 감미로운 밤, 별이 빛나는 블랙베리 숲에서 풀벌레가 노래하고 개구리들이 우는 가운데 그들은 서로를 알게 되었다. 좋은 일이었다.

일요일

사랑하는 로셸

목요일에 휴정하는 동안 우리가 아래층에 갔을 때 집행관이 새로 개봉한 말런 브랜도의 영화평 기사를 접어놓은 〈데일리 뉴스〉를 얼핏 보게 되었소. 그 영화는 동료들의 범죄가 부정했음을 알게 된 갱단원이 그들의 분노에 용기 있게 맞서 불리한 증언을 하기로 결심했다는 이야기요. 이런 방식으로 수백만 사람들에게 밀고자의 윤리가 전파되는 거요! 검사 측이 사적으로 애셔에게 한 말을 고려해보면 떠오르는 게 있지 않소?

P.

몇 안 되는 인간적인 제작자들이 숙청된 할리우드에서 달리 무엇을 기대할 수 있겠소? 타락한 문화에서 지극히 편파적으로 선정된 배심원들에게서 무엇을 기대하겠소? 실로 소름끼치는 일이오.

8일째

로셸, 놀랍게도 허시 판사와 포이어먼 검사는 마치 한 팀처럼 일한다는 생각이 강하게 드는구려. 이건 내 상상력의 소산이 아니오. 허시는 자기가 어느 쪽에 공감하는지 감추려고 들지도 않소. 두 사람의 공모는 가히 파렴치하다 할 만하오. 그들은 벽돌공처럼 체계적으로 우리를 봉쇄하고 있소. 그러나 그 오만은 결국 자신들을 파멸시킬 것이오. 포이어먼의 부검사는 내가 여태까지 본 중에서 가장 반질반질한 개자식이라오. 그놈 같은 종류의 인간을 군대에서 많이 보았소.

여보, 이 자본주의 연극에 등장하는 인물들 중에 몇 명이 유대인인지 알겠소? 피고, 피고 측 변호인, 검사, 검사 측 증인, 그리고 판사라오. 우리는 우리의 지배자인 기독교인들을 위해서 작은 그리스도 수난극을 상연하고 있소. 집단수용소에서 나치는 몇몇 유대인들을 감시인으로 만들고 그들에게 채찍을 주었소. 흑인들이 차별당하는 할렘에서 가장 지독한 경찰은 바로 흑인이었소. 타는 듯한 붉은 머리에 주근깨투성이의 이 세인트존스 대학 출신 동화주의자(同化主義者)는 자신이 전화회사에 취직하지 못했다는 사실을 이겨내려 하고 있소. 포이어먼은 자기혐오에 사로잡혀 마음을 굳게 먹고 우리를 정화시킬 작정이오. 제국주의의 위장 방식은 다양하지만 그 모든 것이 제국주의가 얼마나 필사적인지 드러내고 있다오.

P.

라디오에 관한 증언은 웃지 않을 수 없구려.

(날짜 없음)

바닥에는 대리석이 깔렸고 문이란 문은 모두 경호원이 지키고 있소…… 마치 은행처럼 말이오. 판사를 위한 제단이 있고 그 아래로는 변호인을 위한 제단이 있소. 무슨 교회 같은 느낌이오. 은행과 교회와 법정은 모두 극장 장치에 의존하고 있소. 환상에 의존하는 것이오. 은행은 안정성과 명예로운 거래의 환상에 의존하여 썩고 타락한 자본주의의 착취를 숨기고 있소. 교회는 사회적인 불만을 진정시키기 위해 신성한 성소라는 환상에 의존하오. 물론 법정은 엄정한 정의라는 환상을 드높이려고 계획된 것이오. 진정한 정의가 존재한다면 이러한 장식 도구는 필요치 않을 거요. 탁자와 의자와 평범한 방만 있으면 마찬가지 목적을 달성하지 않겠소? 저 위에서 저들이 무슨 말을 소곤거리고 있소? 권태에 의한 재판, 바로 그것이오. 오, 로젤, 왜 이렇게 감정이 고양되는지 모르겠소. 내가 이 모든 것은 그 자체의 불합리한 무게로 무너질 것이고 우리는 이 법정에서 걸어나가 집으로 돌아갈 것이라고 믿는 것이 가능하겠소? 여보, 함께 뮤지컬코미디를 써서 폴리 스퀘어라고 제목을 붙이면 어떻겠소!

그녀는 물결치는 드센 머리를 관자놀이에서부터 깨끗이 빗어 넘겨 이 감방에서 까다로울 정도로 원래의 모습을 유지한다. 그녀에게는 샤워 규칙이 가장 큰 고통이다. 샤워는 일주일에 두 번만 허용된다. 그로 인해 느끼는 모욕감은 참기 힘들 정도이다. 그녀는 머리카락을 깨끗이, 머리 가죽이 화끈거릴 정도로 빗고 감방의 개수대에서 목욕하는 법을 터득한다. 그녀는 자신의 처지를 동정하는 여교도관과 친구가 된다. 교도관은 깔끔하고 품위 있으며 그녀처럼 아이들이 있고, 빌려온 빨래집게로 담요를 집어 철창을 가리고 아침마다 몇 분씩 개수대 앞에서 목욕을 하게 해준다. 그녀는 옷을 벗고 비누와 차가운 물로 몸을 씻고 얇고 풀을 먹여 뻣뻣한 감방 수건으로 몸을 닦고 개수대를 씻고 속옷을 빨고 다시 개수대를 씻는다. 그녀는 차가움이 주는 긴장을 즐긴다. 피부가 팽팽해지고 소름이 돋고 차가움이 신경을 자극해 그 전율로 피가 따뜻해진다. 맨발로 감방의 돌바닥을 걷는다.

그녀와 같은 동에서 지내는 여자들은 그녀에게 대단한 존경심을 품고 있다. 자기들끼리는 이름을 부르지만 그녀에게는 아이작슨 부인이라는 호칭을 쓴다. 그리고 그녀에게 조언을 구한다. 그들은 소매치기, 마약중독자, 좀도둑이며 재판을 기다리고 있다. 그녀는 자신이 존경받는 이유 중 하나가 심각한 기소 내용 때문임을 안다. 속으로 웃음이 난다. 그렇지만 푸른 새싹이 움트듯 그들에게 관심이 생기고, 운동장에서 한 여자에게 자신이 알고 있는 심리요법의 효용성을 설명해주고 시청의 어느 부서로 가면 그 치료를 무료로 받을 수 있다고 일러준다. 또 어떤 여자에게는 소변볼 때의 따끔거리는 느낌은 방광염 때문인 것 같다고 이야기해주고, 방광염은 요로가 감기에 걸린 것과 같아서 쉽게 치료할 수 있으니까 감옥 의사도 상관없으니 의사를 찾아가라고 권한다. 또 그들은 그녀가 잘하지는 못하지만 강한 승부욕으로 함께 배구 경기 하는 것을 좋아한다. 재판 날짜가 다가오자 이곳 전통에 따라 그녀는 판사 앞에 가장 보기 좋은 모습으로 설 수 있도록 다른 감방에서 보내온 옷들을 받는다. 그날 밤 침대에 홀로 있게 되자 그녀는 울음을 운다. 울음소리가 다른 사람들에게 들릴지도 모르지만 이 시간이면 많은 여자들이 잠들기 전에 울기 때문에 특별한 일은 아니다. 그녀가 다른 수감자들의 호의에 감동해 우는 것은 아니다. 그 이유만으로 울지는 않을 것이다. 그녀는 너무나 분명히 자신이 이들과 같은 집단에 속해 있고, 의심할 여지없이 감방이 자신의 집이 되었다는 사실을 깨닫고 운다.

애셔와 르윈
사내 메모

1953년 12월 14일

미치, 아이작슨 부인 말에 따르면 셀리그 민디시는 폴란드에서 태어나서 언제인지 분명하지는 않지만 1차 세계대전 후에 젊은 나이로 여기 미국으로 왔다고 하네. 그러니까 1920년대에 귀화했으리라고 추측할 수 있지. 귀화 과정에서 이름을 바꾸지 않았다면 이 사실은 쉽게 확인할 수 있을 걸세.

JA

1954년 1월 28일

파일명: 아이작슨 사건

오늘 마침내 내가 요구하던 정부 측 증인 명단을 받았다. 첨부 파일 참조. 야비하게도 거의 100명에 가까운 이름이 있다. 내가 그 정도 수의 사람들은 대질심문을 준비할 수 없다는 것을 알기 때문이다. 포이어먼은 명단을 건네주면서 미소를 지었다. 나는 이 명단 어딘가에 그가 소환하면 실제 증인으로 나올 사람이 깊숙이 숨겨져 있음을 이해해야 한다.

JA

그녀가 생각하기에 그것은 제의적인 변호이며 의식이다. 언젠가 폴은 그녀를 맨해튼 구석 휴스턴 가에 있는 워크숍 극장으로 데려갔다. 커튼 없는 무대에 학생들이 서 있었다. 그리스극이었다. 토가를 입은 소녀들이 느리게 팔을 저으며 일어날 일이 일어나지 않기를 바라는 그들의 공포와 소원을 표현하는 춤을 추었다. 그리고 끔찍한 행위로부터 자신들을 밀어내고 의식적으로 손을 얼굴에 대며 공기를 밀어냈다. 그럼에도 불구하고 그들이 무서워하고 두려워하던 일은 일어났다.

그녀는 재판의 결과는 추호도 의심하지 않았다. 그렇지만 형량은 알 수 없는 것이다. 그녀는 증언을 듣고 형량을 헤아리기 위해 증인들의 얼굴을 보고 그 말에 귀를 기울인다. 그러나 그녀가 형량을 짐작하는 방식은 그녀 자신도 예상하지 못한 것이다. 그녀는 법정에서 일어나는 일에 근거해서가 아니라 자신이 이 법정에 있는 사람들에게 느끼는 증오심의 강도로 형량을 짐작한다. 날이 갈수록 증오심은 강렬해지고 그녀는 자신의 증오심에 비례해 형량이 결정되리라고 생각한다. 또한 자신이 품은 그들을 향한 강렬한 증오심은 날카롭고 통렬하게 반사되어 결국 자신에게 되돌아오리라고 느낀다.

바로 그때 그녀는 본능적으로 어떻게 이 형량이 정당화될지 이해한다. 치밀하게 짜인 이 재판에서 정당한 형량이란 사실 중요하지 않다. 크게 중요하지 않은 증언에 대해서도 심문이 늘어지고 오전 내내 법적 공방이 이어진다. 그리고 휴정이 선고되고 그녀는 엘리베이터로 갔다가 다시 돌아온다. 이 모든 과정에 집중하는 일이 육체적으로 너무나 벅차서 그녀는 매일 재판 일정이 끝나면 기진맥진한다.

애셔와 단둘이 이야기할 수 있는 순간에 그녀는 반역의 정확한 의미가 무엇인지 물어본다.

반역이란 국가에 맞서 전쟁을 일으키거나 국가와 교전중인 적에게 원조와 지원을 제공하는 행위라고 그는 말한다. 반역에 대한 정의는 헌법에 규정되어 있다.

그녀는 애셔에게 단어 몇 개를 적은 쪽지를 건넨다. 각각의 단어 뒤에 세로줄이 그어져 있고 다섯번째 줄은 네 개의 세로줄 위에 사선으로 그어져 있다.

반역자들

반역의

반역적인

반역죄의

배반

반역행위

"정말 빈틈없는 사람이네요, 로셀. 법률적으로 사고하는군요."

"왜 배심원들한테 포이어먼이 하는 짓을, 검사 측이 하는 짓을 모두 말하지 않죠?"

"한 번 이의를 제기했지만 기각당했어요. 내 생각에 지금 배심원석에 앉아 있는 이들의 이해 수준으로는 그런 구분을 할 것 같지가 않아요. 하지만 상급법원에서는 포이어먼이 그런 단어를 남용한다는 사실을 이해할 겁니다."

일단 재판의 틀이 파악되자 그 틀은 그녀의 마음속에서, 원인이 무엇이든 질서의 행사에 의해 충족되어 완성되어간다. 반역에 대한 암시는 마치 각설탕을 던져주듯 법적정의라는 머리 열둘 달린 짐승*을 만족시키고 있다. 포이어먼의 공소발언에서. 심문하는 방식에서. 심문 과정중에 반역죄 판례가 인용되고 판사가 그 인용이 적절하다고 인정하는 방식에서. 애셔는 법률적으로 사고하는 사람이 충분히 시간을 들여 재판 기록을 검토해보면 로셀과 폴이 공모죄로 기소되었음에도 마치 다른 법을 어긴 것처럼 재판을 받고 있으며 정당한 법적 절차가 지켜지지 않았음을 깨달으리라 믿는다.

언론에서 그들은 반역자로 낙인찍혔다. 불법공모죄로 기소되었기에 일반적인 증거로는 보호받을 수 없다. 동시에 국가에 맞서는 최악

---

* 열두 명의 배심원을 뜻한다.

의 범죄를 저지른 자들에게 가해지는 처벌로부터도 보호받을 수 없다. 로셸과 폴은 스파이 활동을 불법공모한 죄목으로 유죄판결을 받겠지만 실제로는 반역죄로 형이 선고될 것이다.

나는 이런 생각을 모두 그녀의 것으로 돌린다. 이는 적색 이상주의자의 근본적인 분석이 아니다. 장부에 수납과 지출을 기록하는 회계 직원의 분석이다.

이제 남은 질문은 하나뿐이고 그녀는 대답을 얻기 위해 민디시가 필요하다. 답은 이미 나와 있지만 그자의 얼굴을 보고 확인하기를 원한다. 그녀는 폴과 애셔가 세운 변호 전략에 동의한다. 성적인 동기까지 끌어들이자는 데 동의한다. 마음에는 들지 않는다. 과장이며 진실이 아니다. 진실을 지나치게 이용하는 것이기에 진실이 아니다. 하지만 그녀는 개의치 않는다. 그건 하나의 의식일 뿐이다. 그녀는 민디시의 증언을 기대한다. 그가 증언석에 올라갈 때 자기를 볼지 보지 않을지 기대에 부풀어 기다린다. 그는 명령에 따라 짖고 가리키고 냄새 맡는 훌륭한 사냥개처럼 그녀가 유죄임을 증언할 것이다. 그녀의 관심사는 오직 민디시의 모습에 자신이 어떤 본능적인 반응을 보일지 하는 것이다. 그녀는 더는 그를 저주하지 않는다. 지난 7개월간 우리 모두는 변했다. 뇌세포가 전부 변하고 우리 존재는 과거와 다르다. 어떤 이상하고 예기치 못한 자비로 인해 우리의 무고함이 밝혀져 풀려난다 해도 우리는 삶을 다시 시작해야 한다. 그 일이 가능한지는 알 수 없다. 우리 아이들은 예전과는 다른 아이가 되었을 것이다. 나는 아이들의 얼굴을 더는 기억하지 못한다. 남편 옆에 눕는 것이 어떤 느낌인지 더는 기억하지 못한다. 거듭 재판을 받으면서 나는 내가 고통을 겪을 필요가 없으리라는 자기 인식에 도달한다. 나는 돌로 만들어졌다.

그렇지만 여러 달 동안 한때 우리 가족의 치과 주치의였던 남자에 관해 생각했다. 솜씨가 형편없어서 치료비가 쌌는데도 환자들이 떠났다. 손끝이 워낙 무뎌 크라운이 맞지 않았고 때운 이는 떨어지기 일쑤였다. 마치 권투장갑을 끼고 치료하는 양 섬세하지 못했다. 그 치과에 다녀오면 며칠씩 턱이 아팠다. 그는 위생관념도 없었다. 민디시 박사에게 치료를 받으면 언제나 입속에 염증이나 궤양이 생겼다. 그러나 그는 우리의 친구였다. 솜씨를 비웃으면서도 우리는 그에게 갔다. 그는 치료비를 거의 받지 않았다. 동지를 위한 할인. 병원을 개업했다는 사실을 고려하면 그가 스파이망의 중심에 있었다고 가정할 수 있다. 그는 우리 모두의 치아를 치료했다. 가능한 가정이다. 그는 폴과 내가 페인 로지에서 식사를 돕던 그 여름에 이미 당에 가입해 있었다. 치과의사는 공적인 생활을 하며 개인적으로 많은 사람을 만난다. 그는 페인 로지에서 아버지처럼 우리를 간섭했다. 우리는 그 태도를 대륙적인 매력이라 생각했다. 아버지처럼 우리의 젊음과 마음, 특히 폴의 마음을 흐뭇하게 생각했으며 예고 없이 우리 집에 자유로이 드나들었다. 그리고 한두 번 손으로, 대개는 눈으로 내 몸매를 찬사하는 작은 특권을 누렸다. 해를 끼치는 행동은 아니었다. 최악의 경우에도 비위에 거슬리지는 않았다. 그는 단지 가련했다. 그는 그렇게 우리를 보며 즐거움을 얻었다. 그리고 호의를 베풀었다. 우리를 해변으로 데려갔고 차를 태워주기도 했다. 언제나 가까이에 있었다. 우리 삶에서 나오는 불꽃 이상을 바라지 않는 충실하고 지루한 사람. 가엾은 그의 아내는 품위 없는 순박한 여자였다. 섬세함을 이해 못하는 거친 마음의 소유자였다. 그는 우리를 통해 교양을 쌓았고 우리 모임에서 생각을 얻었다. 그렇지만, 그렇지만 그는 우리와 우정을 나누며 친구의 아내에게 한 번도 용기 있게 마음을 표현하지 못했다. 단지 내밀하게 그녀를 탐하면서 자신이 한 가지 특권을 더 누릴 자격이 있다고 생각했다. 그의 사고는 본질적으로 음험했다. 그는 싼 치료비와 동지애의 대가로 한 가지 자유를 더 취했다. 그는 우리의 목숨을 취했다.

하느님 맙소사, 내가 얼마나 그들 모두를 증오하는가. 그들의 보잘것없고 거만한 자아를 얼마나 멸시하고, 그들이 벌이는 논의와 결의와 가슴을 치면서 호소하는 모습을 얼마나 경멸하는가. 매주 우리에게 진리를 전하면서, 11번가의 용어로 복음을 전하면서 그들이 얼마나 잘난 척했던가. 그들은 언제나 폴을 어린아이처럼 대했다. 폴의 마음을 말이다! 자족적이고 지저분한 당의 정치 문제를 제외하고는 그렇게 섬세하고 그들보다 뛰어난 마음을 가진 그를 어린아이처럼 대했다. 폴은 언제나 검열을 받았고 결코 당의 노선을 실질적으로 따르지 못했다. 폴은 그들을 위한 노예가 되어 그들을 믿고 따랐다. 공산주의자들은 사람을 존중하지 않고 그 입장만 존중한다. 마치 우리는 존재하지 않는 것 같다. 민디시는 머리가 텅 빈 사람이니 민디시 말고 누군가가 그에게 명령한 것이 분명하다. 다른 것도 그렇지만 이 일 역시 이해하기 힘들다. 몇 년 지나지 않아 그는 빽빽한 폴란드 방식으로 뻔뻔스러움을 배워 당의 이름으로 자신의 목적을 위해 다른 사람들을 이용하게 되었다. 이상으로 사람들을 눈멀게 하고 그들이 위를 쳐다볼 때 이상을 위해 배를 칼로 찔렀다.

하지만 그는 너무 어리석고 그들은 너무 어리석어서 그는 결코 제대로 시민이 되지 못했다. 그는 법률적으로 취약하고 성적으로 좌절한, 동료에게 죄를 뒤집어씌워 목숨을 구걸하려는 스파이일 뿐이다. 애셔는 이렇게 이야기할 것이다. 어쩌면 이게 사실인지 모른다. 그 오랫동안 치과의 엑스레이로 밀정 노릇을 한 그가 여태껏 제대로 치료를 하지 못하는 건 애초에 그가 의사가 아니라 스파이이기 때문인지 모른다. 이중생활을 하는 사나이. 긴급 상황에 이용할 만한 친구를 가진 사나이. 가능한 이야기이다. 법정으로 걸어 들어올 때 그의 눈을 보면 알 수 있을 것이다.

베스 데이비드 유대교 회당

뉴욕 그랜드콩코스 175번로 브롱크스 57번지

1954년 2월 4일

친애하는 로버트

사무실에서 편지를 쓰는 건 아니지만 바로 본론으로 들어가겠네. 자네가 뉴욕에 와도 별 도움이 될 것 같진 않네. 이 재판에서 변호는 불가능하네. 허시 판사는 내 의뢰인들이 기소된 범죄의 동기를 밝힌다는 근거로 검사가 그들의 정치적 연계에 관해 심문할 수 있도록 허락했다네. 그러니 내가 이 시대의 논리를 뒤집어 어떤 전략을 세워도 결국 그들을 유죄로 만드는 결론이 도출될 걸세. 스스로 공산주의자라고 선언하든 수정헌법 제5조에 의거해 묵비권을 행사

하든 결국 그들은 공산주의자로 밝혀질 것이네. 그리고 그들이 공산주의자라면 그들이 하는 말은 모두 거짓이 되네. 그리고 그들이 거짓말쟁이라면 검사 측 증인인 민디시의 증언은 분명한 진실이 되네. 민디시 역시 공산주의자이지만 미국 정부를 위한 증인이기 때문이네. 내가 아이작슨 부부에게 할 수 있는 말은 민디시의 증언을 부인하라는 것밖에는 없네. 그러나 민디시가 그 유명한 토머스 플레밍을 만났다고 증언하면 두 사람이 만난 장소에 있지도 않았던 내 의뢰인들이 어떻게 그 사실을 부인하겠나? 플레밍은 정부 측 증인으로 이미 세 번이나 재판에 나와서 일부에서는 수다쟁이 톰으로 불리고 있다네. 자기 감방에서 법정으로 불려 나와서는 소련 정부의 쿠즈네초프에게 명령을 받았다고 증언하는 자야. 그런데 내 의뢰인들이 그 둘의 만남에 책임을 질 형편이네. 그들이 소련을 책임져야 할 형편이네. 그들이 현재의 세계정세를 책임질 판국이라네. 기소장을 아무리 들여다봐도 그들은 자기 집 부엌에서 민디시를 만났다는 이야기밖에 없다네.

자네가 강의를 빠지고 이곳에 오는 건 권할 만한 일이 아니네. 그러지 말게. 자네가 도울 일이 생기면 연락하겠네. 이번 재판에서는 지겠지만 상소에서 승리를 기대하고 있네. 자네 부친에게 축복을 보내고 싶군. 어쩌면 새뮤얼이 지상에 없어서 다행이라고 말해도 하늘은 날 용서할 걸세. 자신이 아끼던 법이 때로 끔찍한 힘을 가지고 있다는 걸 이 사건에서 보지 않아도 되니 말일세.

자네와 자네의 아름다운 신부에게 진심어린 안부를 전하네.

제이크 애셔

평결

아이작슨 부부는 소련에 원자폭탄 제조 기밀을 넘기기로 불법 공모한 죄로 유죄선고를 받는다. 아니, 수소탄 제조 기밀이지. 아니, 코발트탄인가? 아니 중성자탄인가. 아니, 네이팜탄. 그 비슷한 것.

비가 온 다음 날, 한 젊은이가 머릿속의 끔찍한 상상을 해석하고 분석하려고 노력하면서 요양원에 있는 여동생을 찾아간다. 올해 가을은 정말 대단하다. 그는 그녀의 창문 앞에 서 있다. 싸구려 구두가 젖은 잔디 위에서 검게 변한다. 그는 젖은 한 발을 먼저 디딘 다음 다른 한 발을 마저 디디며 그녀를 찾는다. 그녀는 침대에 없고 의자에 없고 문가 구석에 없다. 방에 있다면 창문 벽을 따라 그의 시야가 닿지 않는 어딘가에 있을 것이다. 방문의 안전 유리창에 얼굴 하나가 나타난다. 문이 열리고 그는 고개를 숙인다. 명랑하고 선심을 쓰는 듯한 세심한 목소리가 들린다. 그건 애완동물에게 말하는 목소리이다.

요양원은 각 동이 연결된 정원 딸린 아파트처럼 보였다. 보스턴 대학에서 멀지 않은 뉴턴의 조용한 주거 지역에 있었다. 요양원 뒤편 건물도 정원 아파트처럼 보였는데, 일반의와 치과의사를 위한 전문빌딩이었다. 빌딩과 요양원은 주차장을 공동으로 사용했다. 지난주 어느 날, 이 젊은이는 정원 아파트 그늘에 쪼그리고 앉아 있다가 높이 쳐든 손에 양털 안감을 댄 재킷을 전투깃발처럼 휘날리며 요양원에서 튀어나와 주차장을 가로질러 달려갔다. 그는 분노에 찬 거칠고 쉰 목소리로 알아들을 수 없는 고함을 지르고 있었다. 정말 딱한 모습이었다.

젊은이의 양아버지가 요양원 밖으로 나와 그의 뒤에서 책임감 있게 행동하라고 말했지만 허사였다. 그는 빌딩 안으로 사라졌다. 양아버지의 뒤를 양어머니가 따라왔다. 양어머니의 뒤를 간호사가 따라왔다. 모두 꽤 당황한 모습이었다. 젊은이는 요양원이 환자인 여동생에게 충격요법을 고려하고 있다고 생각했다. 충격요법이란 머리, 귓불, 어깨, 젖꼭지, 배꼽, 성기, 항문, 무릎, 발가락, 발뒤꿈치에 전극봉을 고정시키고 강력한 전류를 환자의 신경계통에 흐르게 하는 치료법이다. 그러면 환자는 경직된 춤을 추게 된다. 전류가 멈추면 환자는 이완된다. 다시 전류가 흐르면 환자는 춤추기 시작한다. 다시 전류가 이완된다. 젊은이의 목표는 전문빌딩에 사무실을 둔 두버스타인이라는 이름의 정신과의사였다. 그는 이 두버스타인 박사를 죽이려고 했다. 흥분한 그는 로비 안내판을 무시하고 바로 복도를 따라 대기실과 치료실과 엑스레이실 문을 활짝 열어젖혀서 엄마와 어린아이들과 파킨슨병 걸린 노인들과 여드름투성이 소년들을 겁먹게 했다. 누군가를 죽이러 가는 중이라면 조용히 움직이는 편이 나았으리라. 하지만 충격의 여파가 그를 앞서갔고, 그는 소위 그의 희생자에게 제의적 성격을 띤 분노의 신호를 보내 경고했다. 두버스타인이 그 신호를 수신한 것은 아니었다. 하지만 그의 의자는 따뜻했고 종이폴더가 책상 위에 펼쳐져 있었으며 파이프 담배연기가 공중에 떠다녔다. 그가 사라졌다! 이놈은 운도 좋구나. 내가 이놈을 죽여버렸을 텐데.

하지만 당신도 알다시피 나는 배우고 있었다. 나는 아이작슨가의 일원이 되는 법을 배우는 중이었다. 아이작슨은 자기파괴적인 결과가 따르도록 계산된 일을 대담하게 행한다. 그것은 세상이 당신 명령을 따르게 만드는 방법이다. 내 얼굴은 이제 수염투성이이고 머리카락은 어느 때보다 길며 나는 점점 더 빨리 변모한다. 내리막길을 지나치게 빨리 달려가는 기분이다. 하지만 그러면 안 될 이유가 있는가? 도대체 그러면 안 될 무슨 염병할 이유가 있는가?

내가 사무실을 습격한 일로 인해 두버스타인은 르윈 부부에게 수전에게서 나를 떼어놓는다고 보장해주지 않으면 치료를 중단하겠다고 말했다. 나는 그들에게 두버스타인이 치료를 중단한다고 보장해주면 수전에게 가지 않겠다고 말했다. 변호사로서 중재에 노련한 아버지는 이런 절충안을 제시했다. 두버스타인의 끔찍한 손이 전압계에서 떨어지도록 할 테니 나도 병원과 두버스타인의 신변에서 떨어져 있으라는 것이었다.

동시에 나는 수전의 유일한 법적후견인이 되리라는 생각으로 르윈 부부와 논의를 시작했다. 나는 맑은 날에는 이 생각이 흐뭇하고 비오는 날에는 냉정하게 느껴졌다. 오늘은 쌀쌀하다. 발이 축축하다. 나는 창턱 위로 얼굴을 올리고 노련한 간호사가 수전을 침대에 다시 눕히는 모습을 본다. 문이 막 닫힌다. 나는 여동생을 바라본다. 다리가 천천히 벌어지고 발이 매트리스 가장자리로 미끄러져 움직이더니 매트리스와 스프링 사이의 틈에 발가락을 건다. 팔도 바깥쪽으로 뻗는다. 손이 매트리스의 모서리를 넘어가더니 같은 식으로 잡을 곳을 찾는다. 그녀는 손과 발목으로 침대를 잡고 있다. 환자복이 무릎 위로 올라간다. 털을 깎지 않은 가는 다리가 드러난다. 얼굴은 몹시 수척하다. 그녀는 누워서 수생생물처럼 흐느적거리고 난민 같은 눈으로 천장을 뚫어지게 쳐다보며 부드럽게 몸부림친다. 결국 베개가 바닥으로 떨어진다. 그녀는 머리로 매트리스를 누르고 침대 머리판 바로 위, 천장과 벽이 연결된 지점을 응시한다. 그리고 이제 침대에 단단히 붙어 움직이지 않는다.

오늘 수전은 불가사리다. 오늘 그녀는 불가사리의 침묵을 실천한다. 불가사리의 침묵처럼 깊은 침묵은 흔치 않다. 무생물에 이를 때까지 불가사리보다 하등한 생물은 많지 않다.

다니엘은 창문을 올리고 창턱을 넘는다. 그는 가지고 있던 서류를 그녀의 침대 협탁 서랍 속 다른 서류와 함께 둔다. 하지만 그건 오늘의 중요한 일이 아니다.

그는 침대 발치에 서 있다. 객관적으로 말하자면 그녀는 의존의 수단으로 디자인된 것에 의존하는 법을 배우고 있다. 그리고 나는 요양원에서 속옷을 요구하지 않는다는 사실을 알게 된다. 저걸 봐. 뜨거운 죄책감의 파도가 다니엘의 귀로 몰린다. 그는 그녀의 아랫도리가 보이지 않는 옆으로 이동한다. 저기는 절대 가지 말아야 할 곳이다. 나는 여러 차례 여동생과 자고 싶은지 자문했었다. 나 자신에게 질문했다는 의미가 아니다. 그게 내가 원했던 것인지 자신을 돌아보았다는 뜻이다. 하지만 그것을 원한 적은 없었다. 나와 수전과의 관계에는 분노가 개입되어 있고, 그런 분노는 부자연스러운 열정과 혼동되기 쉽다. 내가 관심을 가지는 것은, 내가 맹렬하게 관심을 가지는 것은 보다 높은 곳에, 가슴속 계곡 어딘가에 있고 그 분명한 메아리는 목구멍에서 터져 나온다. 내 어린 여동생은 말할 필요도 없이 누구라도 내 행동의 특징을 기술할 수 있다는 것이, 내 행위와 내 방식에서 확실하게 도덕적 판단을 내릴 수 있을 만큼 나에게서 일관성과 패턴을 발견할 수 있다는 것이 나를 분노하게 한다.

한쪽 가슴에 인공보형물을 넣은 매지 그린 부인이 뷰익 리비에라를 몰고 S&H 쿠폰 교환 센터로 간다. 그녀의 폰티악 보너빌 자동차. 레오폴드 블룸 씨*는 짐승과 새의 내장을 맛있게 먹었다. 수전이 바보짓을 하고 저기 누워 있는 모습을 보라. 어리석은 게임을 어떻게 하는지 그녀에게 가르쳐줘라. 저 여배우 같은 수전을 보라. 전혀 다른 사람이 아닌가! 한마디도 하지 않고, 꼼짝도 하지 않고 저기 욕창을 깔고 누워 있으면서도 여전히 도덕적으로 우월한 위치를 점한 저 모습을 보라. 대단한 인물이 아닌가! 진실을 말하자면 수전, 난 네가 죽어도 살아갈 수 있어. 난 법석을 떨 거야. 나한테 그걸 기대할 테니까. 하지만 네가 죽어도 난 살 수 있어. 어떻게 살아야 하는지 알아. 슬프지 않을 거라는 말은 아니야. 하지만 밥 먹을 때가 되면 배가 고플 거야, 그렇지? 속을 꽉 채운 햄버거가 먹고 싶을 거야.

넌 이게 헛소리가 아니란 걸 알아. 난 나 말고는 누가 죽어도 잘 살 수 있어. 너도 알 거야. 평생 내 주위 사람들은 죽으려고 애를 썼고 개중에 많은 이들이 성공했어. 사실 난 널 위해 지나치게 많은 걸 했어—무엇을 위해? 넌 사람들이 널 어떻게 인식하든 내버려두고 있어. 그들에겐 내 말이 전부야. 난 네 목소리를 기억해. 하지만 그들도 네 목소리를 기억하리라곤 기대하지 않아. 목소리를 기록할 순 없어. 네 목소리에 대해 말할 수 있는 건, 그건 나한테 너무나 익숙해서 세상을 인식할 때마다 그 목소리가 내 상상의 틀을 만든다는 거야. 네

* 제임스 조이스의 『율리시스』의 주인공.

목소리는 아득히 먼 곳에 있지만 동시에 내 발밑에도 있어. 세상은 언제나 수전의 목소리에 휩쓸렸다. 맹세를 하거나 늦게 잠들 때나 사랑하는 순간에도—더 완벽하게 자신을 드러내려고 그녀의 목소리가 부서질 때 세상도 함께 부서진다. 확고하게 존재론적 거울을 관통하는 여인의 목소리. 사물의 심장에, 실재의 핵심에, 문제의 중심에, 정중앙에, 과녁의 중앙에, 딱 한복판에 놓여 있다. 우리는 잔 다르크를 이해한다. 그녀와 섹스하고 싶지만, 그러면 핵심을 놓치게 된다.

수전, 전날 밤에 난 가리비 모양의 바가지 같은 무거운 내 얼굴을 들어서 머리에다 붙였어. 그런 날 누군가 지켜보고 있었어. 재미없는 꿈이었지. 눈은 감겨 있었고 1톤은 되는 것 같았지만 머리통 전체도 아니고 단지 얼굴뿐이었어. 링컨이 있는 1센트 동전이나 루스벨트가 있는 10센트 동전, 50센트 동전에 있는 케네디 얼굴같이 납작한 동전을 구부려서 수박처럼 만든 얼굴이었어. 난 손가락으로 얼굴을 만져봤어. 손끝으로 관자놀이와 뺨을 더듬어가니 죽은 살처럼 느껴지더라. 이 피부, 이게 얼마나 불완전한지 알아차렸어. 진흙처럼 차가웠어. 그러니까 아주 차지는 않지만 온기가 없었어. 잠든 그 입술에 살짝 미소가 떠올랐어. 혹시 꿈에서 날 지켜본 게 너였니?

객관적으로 말하자면 수전의 신호가 약해질수록 내 신호는 강해진다. 우리는 그 방식을 안다. 하지만 현재 일어나는 일은 내 신호가 강해짐에 따라 수전은 그것을 수신하기 위해 더욱 멀리 이동해야 할 형편이다. 그녀는 조심스레 '무'의 상태로 물러설 것이다.

객관적으로 말해 수전은 죽어가고 있다.

객관적으로 말해 그들은 아직도 우리를, 한 사람씩 돌보고 있다.

썰물이 빠져나가듯 삶이 뒤로 물러난다. 삶의 파도가 잦아들고 그녀의 이마에서 눈까지 메마름이, 삶의 상실이 나타난다. 그리고 그녀는 너무나 창백하다. 맙소사, 그녀는 죽어가고 있으며 다니엘이 할 수 있는 일은 없다. 그녀는 해변에서 씻겨가고 마지막 물기가 스며들어 모래가 햇볕에 마르면 그녀는 죽을 것이다. 내 유일한 가족이 죽을 것이다.

그녀를 안아 올렸을 때 그 몸은 무게가 느껴지지 않았다. 대양의 풍요로움과 소금 언덕의 부드러움, 해저의 움직임이 없었다. 팔은 어깨에서 축 늘어지고 여윈 다리는 무릎에서 축 늘어졌다. 그녀를 안은 팔에 등뼈와 허벅지뼈가 느껴졌다. 목이 부러진 것처럼 머리가 뒤로 떨어졌다. 수전, 수전, 수전, 수전! 그녀의 귀에 낮은 소리로, 그녀의 뼈와 말라서 무게가 느껴지지 않는 몸을 안고, 그녀의 눈에 키스하면서 나는 그녀의 이름을 불렀다. 뼈에서 전해지는 온기만이 아직 그녀가 죽지 않았음을 말해주었다.

그녀를 도로 침대에 눕히자 그 충격이 그녀의 몸에 전달되었다. 손이 경련을 일으키고 발이 경련을 일으켰다. 머리가 좌우로 흔들리고 눈은 감았다 떴다를 반복했다. 떨림은 서서히 가라앉았다. 다시 그녀의 팔이 천천히 바깥쪽으로 뻗어나갔고 발이 다시 매트리스를 꽉 붙들었다. 그녀는 침대에 자신을 고정시키고 수축하는 진공의 골수 구멍들로 침대를 흡입하고, 다시 천장을 응시하고 바다의 느린 썰물 소리를 들었다.

우리는 잔 다르크가 군대를 이끌고 전쟁터에 나갔을 때 어떤 병사도 그녀의 엉덩이가 어떻게 움직이는지 쳐다보지 않았다는 것을 안다. 우리는 처칠이 어린 시절 장난감 군인을 가지고 논 것을 엄청나게 대단한 일로 생각했다는 사실을 안다. 헨리 제임스의 소설은 모든 문장에 대가를 지불했다. 제임스는 그것을 알았고 그 도덕적 부담을 기꺼이 받아들였다. 우리는 우리 속옷만 깨끗하다면 도덕적 부담을 받아들일 수 있다. 그것이 우리가 장난감 군인을 가지고 노는 이유이다. 수전은 이 모든 것을 이해한다. 불가사리는 분노하지 않는다. 에너지가 감소할지라도 진정한 목표를 향하는 한 우리는 그 에너지를 보존해야 한다. 그리고 에너지의 일정 부분은 에너지를 재생하는 데 사용해야 한다. 이런 방식으로 우리는 그냥 죽는 것이 아니라, 떨어지는 새나 가라앉는 돌처럼 포물선을 그리며 죽는다. 공격하는 과정에서 죽는 것이다. 수전은 이것을 알고 있다. 혁명가가 되기 위해서는 무기를 들고 돌진만 하면 된다. 그것은 음속 장벽과 같은 것으로 돌파할 때 공간의 진동, 공간 내용물의 압축에 의해 쿵 소리가 난다. 그 반향은 평온한 붉은 황혼을 넘어서 대양 위까지 튀어 날아간다.

우리는 처칠이 어린 시절 장난감 군인을 가지고 논 것을 훗날 엄청나게 대단한 일로 여겼다는 사실을 안다. 우리는 트루먼이 젊은 시절 포병대를 지휘한 사실을 훗날 엄청나게 대단한 일로 여겼다는 사실을 안다.

다니엘이 재킷에서 마분지통을 꺼낸다. 통에서 포스터를 꺼내 반듯하게 편다. 그리고 의자에 올라서서 포스터를 침대 맞은편 벽에 가능한 한 높이 테이프로 붙인다. 천장에 붙이는 게 나을지 모르지만 의자에 올라가도 손이 닿지 않는다. 흐릿한 흑백사진 속의 다니엘은 꾀죄죄하고 호전적이다. 수염이 덥수룩하고 눈이 맑게 빛난다. 손을 들어

손가락으로 평화의 사인을 만들었다. 그건 4달러 95센트를 주고 찍은 사진이다.

잭 P. 페인

〈뉴욕 타임스〉

웨스트 43번로 229번지

페인은 그들의 처형 10주기를 맞아 〈뉴욕 타임스〉에 재평가 기사를 썼던 기자이다. 건장한 체구에 머리는 대머리이고 잿빛 구레나룻을 길렀다.

"자네 재판을 기억하나?" 그가 묻는다.

"우린 갈 수 없었죠."

"정말 엉망진창이었다네. 유죄를 뒷받침할 근거는 하나도 없었어. 기결수 스파이인 수다쟁이 톰의 증언은 개똥만큼도 가치가 없었고. 정부가 제시할 거라곤 공범자 민디시의 증언뿐이었지. 그런데 그걸 믿으려면 라디오 수리공이 훈련을 받아서 복잡한 도면을 그릴 수 있어야 하고, 그걸 치과 엑스레이 필름에 맞게 축소도 할 수 있어야 했거든. 도대체 왜 그런 짓을 했는지 아직도 이해할 수 없다네. 해도 너무 했던 거야. 그리고 그게 러시아인들한테 중요한 정보라고? 정신 나간 소리! 러시아인들은 필요한 걸 전부 갖고 있었어. 이미 가지고 있었단 말이지. 자국에 전문가들이 있었고 바로 현장에 자기 사람들이 있었다네. 어쨌든 〈뉴욕 타임스〉에 기사가 나간 다음 날 내가 시내

레스토랑에서 점심을 먹고 일어나려는데 레드 포이어먼이, 검사 쪽 대장 말이야, 뒤에서 다가왔어. 지금은 남부 지구 판사라네. 그 사건이 경력에 도움이 된 거지. 모든 사람들한테 도움이 됐어. 어쨌든 포이어먼이 내 팔꿈치를 잡더니, 이렇게 말이야. 자네 알지, 팔꿈치가 젓꼭지라도 되는 양 그렇게 잡는 친구들 있잖아. 그러곤 이렇게 말하는 거야. '잭, 당신 나쁜 친구들에게 매수된 것 같군. 어떻게 그자들 이야기를 믿는지 도저히 이해가 안 돼.' '무슨 이야기 말인가, 레드? 그렇게 서서 증거가 있다고 진지하게 말하려는 건 아니겠지?' '시간 되면 언제 내 사무실로 오게. 당신한테 보여줄 게 있으니.' 그렇게 말하더군."

나는 그게 뭐냐고 물었다.

"아, 그냥 헛소리한 거야. 그자들은 늘 그런 식으로 말하지. 사형 집행 전에 감형 얘기로 분분할 때 자기들한테 증거가 있지만 국익 때문에 내놓을 수 없다는 암시를 퍼트리고 다녔지. 법무부에 대단한 보고서가 있지만 안보 때문에 공표할 수 없고, 아무도 볼 수 없는 그 보고서에 명백한 증거가 있는 듯이 말이야. 하지만 법무부에 근무하는 내 친구 말로는 그자들이 주장하듯이 증거가 포함된 보고서가 있다면 공표하지 않을 이유가 없다는 거야. 좋아, 그 보고서가 있다고 치자고. 그런데 그걸 기밀로 분류한 이유가 피고 측에 유리하기 때문이다? 말도 안 돼. FBI와 공산당 사이에서 자네 부모한테는 전혀 기회가 없었다네."

잭 페인은 골초다. 그가 담뱃갑에서 캐멀 담배를 꺼내더니 마치 탄띠처럼 식탁 위에 늘어놓는다. 그는 블랙커피를 마셨다. 카메라나 공책은 갖고 다니지 않는다. 우리는 간이식당에 있었다. 식당 안은 따뜻했지만 그는 코트를 입은 채 소매를 펄럭이며 식탁 위로 몸을 숙였다.

"자넨 터프한 친구야." 그가 말했다. "좋은 거지. 자네가 버티는 걸 보니 기분이 좋군. 재단 명칭은 뭔가?"

"폴과 로셀 아이작슨 혁명재단입니다."

"어떤 일을 할 거지?"

"우린, 음, 혁명 의식을 고취하는 출판물을 지원할 생각입니다. 단체 활동, 음, 프로그램에 자금을 지원할 거예요. 급진적 대안을 주장하려고 합니다."

"훌륭하군. 재단 자금은 어디서 나오는지 말해줄 수 있나?"

"물론입니다, 비밀로 할 이유가 없죠. 그건 저랑 제 여동생의 신탁자금입니다. 큰 금액이지요."

"늙은 변호사 애셔가 모은 자금이군. 그 위원회에서 말이야."

"그렇습니다."

"지금 금액은 얼마나 되나?"

"글쎄요, 음, 계산해보지 않았습니다."

"멋져. 자넨 멋진 친구야. 자네 민주사회학생연합에 가입했나?"

"아니요."

"진보노동당에는?"

"아니요."

"지금 어디서 살고 있나?"

나는 말한다.

"자네 여동생은 어떤가?"

"음, 지금은 아무도 만나고 싶어 하지 않습니다. 재판 후유증에서 회복중이죠."

악의가 있다.

"그렇군." 그는 피우던 캐멀 담배로 새 담배에 불을 붙인다. "그래, 그 비슷한 이야기를 들었네. 그래, 동생은 나이가 몇이지?"

"수전은 스무 살입니다."

"지금 어디 있나?"

"이 주(州)는 아닙니다. 그 이상은 말할 수 없네요."

"자네 양부모는? 내가 그들을 만나볼 수 있을까?"

"이봐요, 제 정체를 드러내는 건 괜찮습니다. 이젠 아무것도 신경 쓰지 않으니까요. 우리한테 관심 있는 사람은 누구나 우릴 추적해서 보스턴까지 올 수 있었겠지요. 하지만 나 혼자 행동해서는 안 되는, 가족들이 함께 해결해야 하는 문제란 게 있습니다. 우리는 서로에게 책임이 있으니까요."

"이해하네. 염려하지 말게. 파헤치고 돌아다니진 않을 테니."

상황이 갑작스레 동정적으로 변한 것이 마음에 들지 않는다. 나는 그에게 재단에 대해 설명하고 있는데 그는 책임감 있는 어른과 이야기를 하고 싶어 한다. 문득 내가 전문가를 상대하고 있다는 생각이 든다. 국가에 맞서는 범죄를 저지르고 12년 전 사형당한 폴 아이작슨과 로셸 아이작슨의 아들이 부모의 결백을 밝히기 위해 재단을 설립했다.

"물론 그건 불가능하네." 페인이 내게 확언한다.

"그게 목적은 아닙니다." 내가 말한다.

"이봐, 젊은 친구, 급진주의자는 자신의 급진적인 분석보다 나을

게 없어. 자네도 그걸 알아. 자네 부모는 덫에 걸렸어. 하지만 그렇다고 그들이 무고한 시민이란 뜻은 아니야. 난 자네 부모가 안보상의 기밀을 넘기려는 위험한 음모를 꾸몄다고는 믿지 않아. 하지만 말이야, 미국 법무장관과 판사와 법무부와 대통령이 그들에 대해 불리한 음모를 꾸몄다고도 믿지 않아."

"당신도 증거가 가짜라고 하지 않았나요?"

"맞아. 그 사람들은 유죄 판결을 받아내야 했네. 그게 그 사람들 직업이니까. 그렇지만 자네 부모한테 뭔가 있을 거라고 생각했으니 지목을 한 거야. 이 나라에서는 추첨으로 누군가를 골라서 그 사람 생명이 걸린 재판을 열진 않거든. 모르긴 몰라도 자네 부모하고 민디시는 어떤 빌어먹을 일에 관련됐던 게 분명해. 그들은 죄가 있는 것처럼 행동했어. 아마도 시시껄렁한 작전에 연루된 조무래기 동네 빨갱이쯤 됐을 거야. 그 작전에 투입돼서 어쩌면 자긍심도 품었겠지만 아무 소용없는 일이었지. 어쩌면 그 작전이란 건 5년 형 정도 가치 있는 일이었을지도 몰라. 어쩌면 말이야. 하지만 그건 시대가 좋을 때 이야기야. 시대가 좋았으면 아무도 신경을 안 썼겠지. 아무도 증거를 조작할 만큼 신경 쓰진 않았을 거야. 아무도 전기 스위치를 누를 정도로 겁먹진 않았을 거라고."

패니 애셔

웨스트 72번로 570번지

패니 애셔는 내가 어떻게 자랐는지 보고 싶어 했다. 그것이 그녀가 나를 만나는 이유였다. 또 나에 대한, 내 가족에 대한, 내 이름에 대한 혐오와 공포도 나를 만나는 다른 이유였다. 그래서 그녀는 발목을 꼬고 턱을 높이 들고 방심하지 않는 미망인답게 소파 끝에 앉아 있었다. 아주 흰 피부에는 가는 주름이 잡혔고, 마른 체구에 보석이 박힌 회색 안경을 쓰고 머리카락은 파랗게 염색한 모습이었다. 네번째 손가락 하나에 다이아몬드 반지와 결혼반지를 끼고 깍지까지 끼는 건 힘든 일이다. 그 부자연스러운 모습이 신경을 건드렸다. 뒤틀어진 손은 관절염에 걸린 듯했다.

"아직 학생인가?"

"네."

나는 너희가 머리를 기르고 괴상한 옷을 입고서 하는 짓들을 이해하려고 애썼다. 나는 계몽된 여성이며 젊은이들을 좋아한다. 그럼에도 불구하고 지금 네 모습은 실망스럽다. 신뢰가 가지 않는 모습이다.

"결혼은 했고? 아이도 있고?"

"네."

그녀는 고개를 젓는다.

"여동생은?"

"좋아지고 있어요."

"아직도?"

"네."

여자의 머리가 좌우로 좌우로 좌우로 흔들린다. 하지만 눈은 내게 고정되어 있다.

"시간을 많이 뺏고 싶진 않아요."

"시간이라고? 내가 시간이 있으면 뭘 한다고 생각하니?"

"글쎄요, 전 그냥 남아 있는 문서나 편지 같은 것들에 관해 아시는지 여쭤보러 왔어요. 어떤 서류든지 말이에요."

"아무것도 없어. 서류란 서류는 모두 로버트한테 있어. 내가 발견한 건 모두 그 사람한테 줬지. 로버트는 어떻게 지내니?"

"잘 지내요."

"한번씩 들르니?"

"네, 시간 있으면요."

"바쁜 사람들이지."

"네."

"매년 대제일(大祭日)마다 그 사람들 소식을 듣는단다. 카드로 말이야."

"네."

소형 그랜드피아노 위에 놓인 애셔의 사진. 가죽 사진틀에 연초점(軟焦點)으로 찍은, 미소 짓고 있는 내 기억보다 젊은 남자.

"저, 제가 묻고 싶은 건 이게 전부예요."

"제이콥은 모든 걸 모아뒀었어. 1년 넘게 매일 사무실에 가서 그이 서류를 샅샅이 살폈지. 청구서, 편지, 메모…… 그인 아무것도 버리지 않았어. 사무실을 팔고 문을 닫았을 때 난 35년간 쌓인 쓰레기를 치워야 했지. 하지만 모든 건 철이 돼 있었어. 정리 안 된 건 하나도 없었지. 꼼꼼한 사람이었어."

"네."

"내겐 힘든 일이었어. 병도 얻었고."

"네."

"로버트는 개업을 원하지 않았어." 우린 잠시 그 문제를 생각했다. 다니엘은 자기 부츠가 카펫을 더럽히지 않을까 염려했다. 장밋빛이 도는 베이지 색깔 카펫으로 72번로 바닥에는 다 깔려 있는 것이었다.

"뭘 좀 마실래? 우유 줄까? 한번은 제이콥이랑 같이 너희들 입양을 심각하게 고민한 적이 있었다."

"그건 몰랐어요."

"그래, 그랬어. 우리 나이에 어떻게 감당했을지 말하긴 어렵다만. 물론 그건 그이 생각이지 내 생각은 아니었어. 난 숨을 죽였고 그인 결국 단념했지. 솔직히 말하면 깜짝 놀랐어. 그이가 죽은 다음에야 어쩌면 자신이 살날이 얼마 남지 않은 걸 알고 입양을 단념했는지 모른다고 생각했지. 안 그랬으면 누가 알겠니. 제이콥이 결정을 내렸지. 그이는 그런 사람이었어. 다른 사람들을 위하는 일을 언제 그만둘지 몰랐어. 아주 가난한 의뢰인들 말이야. 세심한 사람이었지."

"네."

"그 점에서 우린 같지 않았단다. 그는 단점이라고 해도 될 만큼 아낌없이 나눠주는 사람이었어."

"저희한테 정말 친절하셨어요."

"네 부모가 그렇게 친절했어야 했는데." 그녀는 자신의 발언에 깜짝 놀란다. 막 사과하려는 듯했지만 마음을 다잡는다. "친절한 사람들은 아니었어…… 누구에게도 말이야. 서류는 왜 찾는 거니."

"잘 모르겠어요. 그냥 제가 가지고 있어야 할 것 같아서요."

"그래. 내가 줄 게 없어서 미안하구나. 로버트한테 이야기해봐."

나는 일어나서 가려고 했다.

"어떻게 말해야 할지 모르겠다만," 그녀가 말했다. "너희 부모를 떠올리고 싶지 않구나. 두 사람은 공산주의자였고 그들이 손댄 건 모두 파괴되었어."

"두 분이 결백하다고 생각하시지 않는군요?"

"다른 사람이 자신들을 이용할 수 있도록 한 점에서 결백하지 않지. 그리고 광신주의에 사로잡혀 다른 사람들을 이용한 것도 마찬가지야. 결백이라. 그 사건이 제이콥의 건강을 망쳤어."

그녀는 소파에서 일어났다. "상대하기 아주 어려운 사람들이었어. 둘 다 정말 고집이 셌지. 그인 종종 몹시 화가 나서 집으로 돌아왔어. 그이가 어떤 조처를 하고 싶어도 두 사람이 그걸 받아들이지 않는다는 거야. 그들을 위해 조처하고 싶어도 받아주지 않았다는 거지."

"예를 들면요?"

"그이가 어떤 사람들을 증인으로 부르려고 했는데 두 사람이 허락하지 않았지. 그런 종류의 일들을 말하는 거야."

"그게 누구죠?"

그녀는 조심스럽게 걷는다. 그녀는 나를 문까지 바래다주고 있다.

"뭐라고?

"누굴 증인으로 부르고 싶어 하셨죠?"

"그걸 어떻게 알겠니? 제이콥은 뛰어난 변호사였어. 그런데 요즘 사람들이 그 사건에 관해 글을 쓰거나 이야기할 때 비판하는 건 늘 제이콥이야. 그가 이렇게 해야 했다는 둥, 그렇게 하지 말았어야 했다는 둥. 그가 어떤 일을 견뎌야 했는지 그 사람들이 알까?"

그녀의 손이 손잡이에 닿아 있다. 반지 주위에 자라는 뼈, 그 손가락의 고통.

재단을 위해

다니엘이 인터뷰함

로버트 르윈

브루크라인 윈스럽 로드 67번지

다니엘이 집 앞에 차를 세운다. 이제 그들은 다니엘이 갑자기 나타났다가 아무 말 없이 사라지는 데 익숙하다. 그가 브레이크를 밟는 방식에서 그들은 그의 분노를 듣는다. 그는 브루크라인 언덕에 바퀴자국을 남긴다.

싸늘한 바람이 거리를 메마르게 한다. 길모퉁이에 불이 켜진다.

이제 그들은 전문가에게 의존한다. 대단한 신뢰. 그녀를 진찰하기 위해 전문가를 불러들인다. 몇 가지 테스트를 한다. 그는 다른 전문가와 상의하고 싶어 한다. 전문가들만 충분하면 사람은 불멸할 수 있다. 토요일 밤 이곳에서 전문가들은 무슨 일을 하는가? 그들은 수전을 대대적으로 진찰하기 위해 온다.

"어디 있었니?" 리사가 말한다. "왜 연락을 안 했어?"

그들은 이상하게 변했다. 두 사람 모두 눈에 띄게 쪼그라들었다. 전문가들을 부른 다음부터 그들은 늙은 유대인이 되어간다. 학생들이 사랑하는 자유주의자 투사에게 무슨 일이 생겼나? 아버지는 손을 떨면서 파이프 담배에 불을 붙인다. 어머니는 밤새 머리가 세었다. 그들의 삶이 너무 비탄에 잠겨 섹스도 못한다는 직감이 갑작스럽게 든다. "너, 마지막으로 제대로 된 식사를 한 게 언제니?"

나는 2층을 치운다. 과거에 내가 쓰던 뒤쪽 침실을 지난다. 여동생은 열두 살인가 열세 살 때 피어오르는 여성성을 내게 종종 과시하며 교태를 부리고, 여러 시간 빗질을 하고 아랫입술을 내밀고 짙은 눈두덩에 검은 뭔가를 칠하고, 우연히 작은 가슴을 내 팔에 스치기도 했다. 그리고 냉랭하게 행동했다. 가장 즐거운 한때였으며 나는 웃음을 참을 수 없었다. 수전도 재미있어했다. 어느 날 이 문간에서 수전은 내가 보는 것을 알아차리고는 동작을 멈추고 멋지게 팔을 올리더니 엉덩이에 반동을 주며 내게 경례했다.

이제 그 방은 손님용 침실로 꾸며져 있다. 깔끔한 텅 빈 손님용 침실이다. 창문을 통해 동쪽으로 15킬로미터쯤 떨어진 보스턴의 불빛이 보인다. 내가 느끼는 것은 무엇인가? 무엇이 절박하게 필요한가? 오후 늦게 누군가가 거울로 신호를 보내는 것처럼 태양이 보스턴 시내의 창문을 불태웠다. 이것은 내 창문이었다. 그 신호는 나에게 온 듯했다. 신호가 왔다는 사실만으로 충분했기 때문에 굳이 그것을 해독할 필요는 없었다. 내게 엄청난 만족감을 준 것은 그 신호를 중간에서 가로채 해독하려는 자는 누구든지 실패하리라는 생각이었다. 누구든지, FBI든 나치든, 바로 여기 이 창문에 서 있지 않은 사람은 그 신호를 정확하게 읽을 수 없고 그 의도도 이해하지 못할 터였다.

다니엘은 창가를 떠나려 했다. 그는 저녁 하늘을 쳐다보았다. 보스턴의 불빛이 용광로 불처럼 무거운 대기에서 타오른다. 바닥이 없는, 뿌리가 없는, 근원이 없는 느낌. 자신에게서 나와서, 자신의 모든 부분에서 한꺼번에 나와서 라디오 전파처럼 고동친다. 그리고 원한다. 그 느낌은 전파되고 발산된다. 한순간 그는 그것이 자신의 심장이 완전해지기를 원하는 무엇이라 생각하고, 다음 순간에는 자신이 안고 싶은 것, 그리고 또 다음 순간에는 자신의 성기가 들어가고 싶은 것이라고 생각한다. 그러나 그가 자기 몸의 어느 부분이든 받아들일 수 있다면 그 느낌은 떠나지 않을 것이며, 그의 모든 부분에 여전히 머물며 세포 하나하나에서 그 열정적인 욕구를 발산시킬 것이다.

하지만 여기서 최악의 문제는 그가 그 느낌을 과거 언제 느꼈는지 기억하지 못한다는 점이다.

"아버지, 드릴 말씀이 있어요."

아버지는 한숨을 쉰다. 우리는 전에도 대화를 했다. 그는 주방 식탁에 앉아 있고 앞에는 파란색 시험 답안지가 쌓여 있다. 그가 구독하는 『뉴요커』는 아직 포장도 뜯지 않은 채 여기저기 흩어져 있다.

"제 부모님이 애셔 아저씨가 어렵게 준비한 걸 수포로 만든 적이 있나요?"

"그게 무슨 말이냐?"

"증언이든 증거든 애셔 아저씨가 채택하려던 걸 승인하지 않은 게 있는지 말이에요."

"누가 그런 얘길 했니?" 어머니가 말한다.

"누가 말했는가 상관있나요?"

"패니 애셔니?"

"네."

리사가 코웃음 친다. "물론이야. 감자 요리를 만들었는데, 고기찜이나 스테이크가 낫겠니?"

"상관없어요. 배 안 고파요."

"다니엘, 어쨌든 난 저녁 준비를 하잖아."

"아무거나 괜찮아요. 그게 중요한 게 아니에요."

"언제는 중요한 게 있었니……"

"맙소사." 다니엘이 소리친다. "아무거나 괜찮다고 하잖아요!"

"아니, 네가 식탁에 앉으면 그게 중요해!"

"쉬, 자, 진정해, 다들." 아버지가 말한다. "우리 고기찜으로 하자. 괜찮니, 다니엘?"

"네, 괜찮아요."

"고맙구나." 리사는 이렇게 말하고 냉랭하게 나간다.

아버지는 목을 가다듬는다. "거실로 가자. 너도 알다시피 패니 애셔의 기분은 다들 잘 알고 있어. 그러는 것도 당연하지. 제이크의 죽음에 크게 애통해했으니까."

다니엘이 앉는다. 많이 진정된 상태다. "그 문제에 관해 아는 게 있으면 그냥 말씀해주세요."

"제이크가 그런 얘기를 나한테 한 적은 없었다. 우리가 날마다 함께 사건을 처리한 건 아니야. 내가 버지니아에서 교수 자리를 얻었을 때니까 난 나중에 항소 과정에서 개입했을 뿐이란다. 내가 제이크를 조금 돕기는 도왔지. 하지만 그때는 많은 변호사들이 관련돼 있었다. 이미 사건이 많이 알려진 때였지."

"그게 무슨 뜻인가요?"

"내가 말한 대로야. 나도 네가 아는 정도밖에 모른다. 서류는 다 훑어봤니?"

별 도움이 안 되는 답변이다. 그들은 마음이 상했고 분노로 가득 차 있었다. 〈뉴욕 타임스〉에 실린 잭 페인의 기사에 대해 나를 용서하지 못했다. 두버스타인을 죽이겠다고 위협했던 일도 생생하게 마음속에 남아 있었다. 수전에 대한 권리와 나에 대한 권리를 거부당하는 패턴. 외모의 변화에 대해서도 난 그들과 상의하지 않았다. 턱수염과 길게 늘어뜨린 머리, 안색이 변하고 눈이 퀭해진 앞뒤 가리지 않는 태도. 아무런 결과 없이 삶을 살았다는 회의.

집 자체가 움츠러들고 빛을 잃은 듯하다. 가구는 구식이며 조잡하다. 벽은 누렇게 바랬다. 자신감 넘치는 삶과는 다른 냄새가 집 안에서 풍긴다. 아버지가 안락의자에 앉아 팔걸이에 팔을 놓는 방식에서 그가 과거에 어떤 성공을 거두었든 이제는 그것이 실패로 받아들여지는 인생의 선을 넘었다는 느낌이 든다.

"아버지, 전 서류를 외울 수도 있어요."

"너 술 마시니?"

"네?"

"저녁 먹기 전에 한잔하려고 한다. 스카치 마시겠니?"

그는 잔과 얼음을 가지러 주방으로 간다. "물론 남편은 아내한테 다른 사람에게라면 결코 말하지 않았을 것들을 얘기하겠지. 누가 알겠니? 네 부모는 당원이었고 아마도 당의 입장을 고려하면서 자신들을 변호해야 한다고 느꼈을 거야. 어쩌면 거기에 뭔가 있었을지도 모르지. 모르겠구나. 물론 당은 그들을 돕기 위해 아무 일도 하지 않았어. 나중에야 판결이 나고 그들의 선전 가치가 확실해진 후에야 개입했지."

"그런데 그게 중요한 것이었을까요? 뭔가가 달라질 정도로 중요했을까요?"

"그들의 증언에 대해 말하는 거니?"

"네."

"난 회의적이다. 패니를 이해해야 해. 그녀는 남편을 잃었고 그걸 모두 그 사건 탓이라고 여겼어. 말하자면 아이작슨 가족 탓이라고 생각하지. 설상가상으로 그녀의 마음속에 제이크는 희생자로 기억되고 있어. 그가 재판을 끌어나간 방식을 비난하는 사람들 때문에 남편이 희생되었다는 거야. 패니는 그 문제에 아주 민감해. 남편에 대한 비판에 분노하지. 당연한 거야."

"아저씨는 폐기종을 앓고 있었어요. 심장도 안 좋으셨고요."

"맞아. 건강한 사람은 아니었어. 하지만 그 사건으로 더 악화된 데는 의심의 여지가 없지. 제이크는 내 부친과 비슷했어. 먹고 잘 때를 제외하고는 늘 일만 했지. 둘은 그런 종류의 사람이었어."

그는 잔에 얼음을 넣는다. "훌륭한 동업자였지."

"부인은 아버지가 변호사 사무실을 인수하길 바라셨어요."

"그래." 잔잔한 미소. 그는 고급 식기를 보관하는 찬장에 스카치를 둔다.

"패니는 로버트의 이상(理想)을 이해하지 못했어." 어머니가 말한다.

"마시렴." 내게 잔을 건네준다. "이건 우리 노인네들이 마시는 거야. 그래, 내가 변호사 사무실을 원치 않는 걸 알고 패니는 충격을 받았어. 늘 뭔가가 그녀에게 충격을 줬지."

"두 사람에겐 아이가 없었죠." 리사가 말한다.

"애셔 부부는 우리 부모님과 아주 친했지. 내 생일 때면 언제나 나한테 선물을 가져다줬어. 어머니가 돌아가시자 패니는 조언을 하기 시작했어. 여러 해 동안 아버지를 재혼시키려고 애썼지. 남편을 잃은 하닷사* 여자들을 소개시켜주기도 했어. 하지만 샘은 변호사 일에만 관심이 있었어. 늘 시간이 없다고 했지."

"패니는 자기 충고를 듣지 않는 사람은 싫어하죠." 어머니가 말한다.

"건배." 아버지가 잔을 들며 말한다.

"오늘날의 사법부는 보다 섬세해. 재판의 공정성을 엄격하게 보장하려고 하지. 그들이 지금 재판을 받았다면 당시에 정부가 유죄 판결을 받아내려고 취했던 방식은 절대 시도하지 못할 거야. 재판 동안 FBI는 스파이망 조직원이라는 한 남자를 체포하고는 그 남자가 민디시의 자백을 입증하는 증언을 할 거라고 했어. 하지만 그들은 그를 법정에 세우지 못했고 그는 재판도 받지 않았지. 그가 재판을 받기 전에 아이작슨 부부가 먼저 재판을 받았고 신문이 유죄 판결을 내렸지. 그리고 내 견해로는, 배심원한테 허시 판사가 내린 것 같은 훈령은 요즘 같으면 편파적이라고 판결이 났을 거야. 오늘날 판사들은 자신의 행

* 유대 여성 시온주의 단체.

동에 보다 섬세해. 그러지 않을 수가 없거든."

"부모님이 처벌을 면했으리라는 얘긴가요?"

"음, 아니야, 반드시 그렇지는 않아. 재판이 진행되는 방식이 달라졌을 거라는 말이야. 유죄를 선고하기가 더욱 힘들 테지. 불법공모죄에 관한 법 규정이 과거와 같은 한은 마찬가지로 기소되겠지. 그건 변하지 않았어. 어떤 행위를 했는지 입증할 수 없는 자를 유죄로 간주하는 방식은 여전해."

"너 수전한테 갔었니?" 어머니가 말한다.

"네."

"오늘 그 아이 머리를 감겼단다. 예쁜 옷을 샀는데 너무 커. 더 작은 치수를 사야겠어."

"재판이 시작됐을 때 FBI는 자기들에게 승산이 얼마나 있을지 재판 결과가 어떻게 될지 몰랐다고 생각해. 그들은 제대로 된 증거를 제시해야 한다는 걸 알고 있었지. 당시에는 스푸트니크 사건이 있기 여러 해 전이어서 소련의 과학 수준을 폄하하는 시각이 일반적이었어. 이런 사실을 알고 있던 사람들은 실수를 범하지 않았지. 하지만 『타임』지 정도 수준에서는 러시아인들이 어떻게 모든 걸 베낀 다음 그게 자기네들 것이라고 우기는지 농담을 주고받는 일이 흔했어. 말하자면 그런 생각의 필연적인 결론은, 그들이 가진 건 우리 폭탄이고 그게 의미하는 바는 우리가 배신당했다는 것이었어. 전쟁이 끝난 다음 우리의 대외정책은 우리는 원자폭탄을 가지고 있고 소련은 가지지 못했다는 데 전적으로 의존했지. 지독한 오판이었어. 그 사실이 세계를 무장시켰지. 그리고 소련이 핵을 가지게 되자 우리의 지도력과 국가적 전망이 파탄 났다는 사실을 인정하지 않는 유일한 대안은 불법공모를 색출하는 것뿐이었고. 양자택일의 문제였지."

"가끔 전 그 가능성이 얼마나 낮은지 생각해요."

"무슨 말이니?"

"왜 하필 우리에게 그 일이 일어났을까. 수백만 가족이 사는 나라에서 왜 특별히 우리에게."

"자, 네가 FBI라면 어떻게 하겠니? 넌 수중에 참고할 만한 파일을 많이 가지고 있어. 특히 잘 알려진 좌익 활동가들 파일 말이야. 그걸로, 네가 가진 파일을 가지고 시작하는 거야. 그건 지방 경찰들도 마찬가지야. 특정 범죄가 발생하면, 예컨대 성범죄가 발생하면 네가 알고 있는 성범죄자들부터 조사를 시작하지. 그리고 불려온 성범죄자는 자신이 취약하다는 사실을 이미 알고 있어. 그는 자신의 결백함을 증명하려고 애쓰거나 자신을 죄가 있는 사람들과 분리시키려고 노력하지. 하지만 어떤 범죄가 발생했는지 모르는 상태에서 그가 체포된다면, 그렇게 되면 그의 차별화 시도는 오히려 자신이 취약하다고 생각하는 점을 스스로 경찰에게 밝히게 돼. 그러면 경찰들은 그 부분에 집중하지. 처음부터 그를 심문하기로 결정한 걸 정당하게 느끼고 그 사실을 파헤치는 거야."

"민디시를 말하는 건가요?"

"FBI는 민디시를 몇 주간 심문한 다음에야 체포했어. 체포 후에도 계속 심문을 했지. 그렇게 민디시는 FBI의 주요 사건이 되었어."

"로버트, 난 이 문제에 관해선 이야기 안 했으면 좋겠어요."

"민디시는 네 부모님 이름을 댔기 때문에 FBI의 주요 사건이 되었던 거야."

"그래요, 처음에는 폴이 체포됐죠."

"그래."

"그러고 몇 주 지나지 않아 로셀이 체포되었고요."

"그래."

"그렇다면 그가 엄마에 대해 다시 생각하게 된 건가요?

"글쎄, 아마도 로셀을 체포한 건 네 아빠한테 자백을 받기 위해서였을 거야. 폴은 민디시처럼 협조적이지 않았던 거지. 그건 그들의 절차였어, 심문 절차였지. 그리고 로셀을 체포한 다음에 네 아빠가 다른 사람들 이름을 댔다면, 그들도 민디시처럼 검사 측 증인이 될 수 있었을 거야. 하지만 두 사람은 그러지 않았어. 그래서 그 사건의 피고가 되었지. 정부는 가능한 한 수사 범위를 넓히려고 했어. 그게 그들의 관심사였어. 하지만 폴과 로셀에서 멈춰버렸어. 재판을 받고 판결이 난 다음에도 정부는 만약 두 사람이 자백하면 형을 집행하지 않을 거라고 그들에게 알렸지. 이 말은 곧 FBI가 사형 판결까지 받아내긴 했지만 자신들이 체포한 사람이 범죄 주모자인지는 끝까지 몰랐다는 뜻이야. 자백하라는 의미는 네 부모를 회개시키거나 미국의 사법체제가 무고하다는 걸 밝히자는 게 아니었어. 그건 두 사람한테 다른 사람들 이름을 대게 만들려던 거였어. 그러니까 사형선고 자체가 수사상의 절차였다는 말이지."

"처벌에 대한 이 가족의 끊임없는 욕망은 도대체 뭘까?" 어머니가 말한다. "난 이해가 안 돼." 그녀는 나이프와 포크를 내려놓는다.

"리사, 이 애가 내게 질문을 했지 않소."

"다니엘이 왜 그런 이야기를 들어야 하나요? 얘가 그걸 몰라서요?"

"난 제이크가 왜 그렇게 변호해야 했는지 설명하는 거요."

"당신은 아이작슨 부부가 무덤에 묻힌 지 12년이 지난 지금 다니엘한테 당신이라면 어떻게 변호했을지 얘기하려는 거예요. 그게 무슨 위안이 되는지 모르겠군요."

"이런, 엄마, 내가 위안을 구했나요? 내가 위안이 필요하다고 말했어요?"

"리사, 용서하구려. 수전한테 그 사건을 이야기하는 게 좋겠다고 느낀 적은 없었소."

이 말이 우리를 맺어준다. 분위기가 밝아진다. 모두의 뺨에 홍조가 떠오른다. 순식간에 식탁에서 아들과 부모가 함께 저녁식사를 하는 것이 가능해진다.

"그렇게 민디시가 그들의 사건이 되었어. 애셔는 민디시의 신뢰도를 떨어뜨리는 것으로 그들을 변호하려고 했어. 그게 그의 변호 전략이었지. 그때는 그 방법뿐이었어. 단언컨대 나라고 해도 더 나은 방법을 제시할 순 없었을 거야. 압박이 엄청났지. 애셔는 민디시의 이해관계에, 이기심에 집중했어. 공범자의 확인되지 않는 증언을 인정하는 이론에 따르면 공모는 그 속성상 비밀리에 진행되며 관련된 자들만이 그 공모가 있었는지 알 수 있지. 하지만 실제로 공모자의 범죄는 그가 피고를 유죄로 만들 수 있는 정도에 따라 수정이 돼. 민디시는 자백했고 재판에서 분리됐어. 그는 네 엄마 아빠가 선고를 받을 때까지 자신이 받을 형을 알 수 없었어. 동일한 범죄에 대해 그들은 사형을 받았고 민디시는 10년 형을 받았지. 애셔는 동기의 문제를 확대시켰어. 질투 말이야. 너도 기억할 거야. 그리고 민디시가 정식으로 귀화한 적이 없으며 시민권도 확실하지 않다고 폭로했어. 의문의 여지는 있었지만 민디시가 추방의 위협을 느꼈고, 따라서 정부가 원하는 어떤 증언이라도 했을 가능성은 충분해 보였지. 민디시가 자백한 이상의 범죄를 저질렀음을 보여주려고 애셔는 다른 시나리오를 만들어냈어. 추방에 대한 공포, 그의 악의, 억눌린 색욕 등. 변론에서 그 진술 기억나지? 여기 여러분의 스파이가 있습니다. 저 사람, 저 사람 홀로 책임이 있습니다."

"기억해요."

"자, 이 주장의 끔찍한 잘못을 알겠지? 그건 범죄가 있었음을 인정한 거야."

"뭐라고요?"

"이런 식의 주장으로 애셔는 절대 인정하지 말아야 했을 한 가지 전제를 정부 측에 부여했어. 즉, 결국 어떤 형태로든 범죄가 행해졌다는 전제 말이야."

"하지만 민디시가 자백했잖아요!"

"맞아. 그런데 애셔의 유일한 기회는 자백의 신뢰성을 떨어뜨리는 데 있었어. 난 이 문제에 대해 오래 생각해봤어. 그건 보통 말하는 일반적인 절차는 아니야. 하지만 모든 상황이 그들에게 불리하게 작용했고 어떤 특별한 것이 필요했어. 가능성은 지극히 희박했지. 당시의 그 대단한 의분(義憤)과 공포, 그리고 연방정부의 가차 없는 조치에도 불구하고 다른 평결을 받을 길은 여전히 있었어. 그건 민디시의 결백을 입증함으로써 아이작슨 부부의 결백을 입증하는 거야."

기술이란 자연계에서 은유를 만드는 일이다. 비행은 대기의 은유이며 바퀴는 물의 은유이고 음식은 땅의 은유이다. 불의 은유는 전기다.

"나도 알지, 알아. 기존의 믿음과 달라서 받아들이기 어려울 거야. 하지만 애셔가 셀리그 민디시를 강하게 공격하면 할수록 그는 정부 입장을 강화시키는 쪽으로 갔어. 결국 핵심은 배심원이 누구의 증언을 신뢰할 것인가로 귀착돼. 변호인단이 실제로 스파이 범죄가 행해졌다고 검사 측에 암묵적으로 동의한다면 누가 개입되었고 누가 개입되지 않았는지를 어떻게 구별할까? 너라면 범죄를 자백한 검사 측 증인과 범죄를 부인하는 피고 중에서 누구를 믿을까? 자, 이러한 관점에서 보면 민디시의 의심스러운 시민권처럼 피고 측이 제시한 증거조차 검사 측에 유리하게 작용해. 시민이 아니라면 그는 외국인이고 그의 충성심은 미국이 아닌 다른 곳에 있게 되지. 그의 증언이 대체로 뒷받침되는 거야. 내 말의 핵심을 알겠지? 애셔는 미국의 배심원단에게 15년이나 된 무고한 친구들을 지목할 정도로 사악한 남자가 실제로 그들에게 아버지나 마찬가지였다는 걸 믿으라고 요구했던 거야. 애셔는 그 관계를 가족보다 더 가까웠다고 표현했지. 그들은 가족보다 가까웠어. 그러니 국가에 반하는 범죄를 믿는 게 더 쉬워."

"하지만 민디시가 결백하다면 왜 자백했을까요? 동기가 뭘까요?"

"글쎄, 지금 있는 민디시 박사에 관한 일부 기록으로는 모든 걸 기억해내기가 힘들어. 하지만 그는 무지한 사람이었어. 영어도 제대로 못했지. 치과가 완전히 전문의학 분야로 편입되기 전에 이류 치과대학에서 학위를 받았어. 민디시는 단순한 기능공이야. 대륙의 세련됨을 지닌 척했지만 5분만 이야기해보면 바닥이 드러났지. 내가 느끼기에 정치적인 열정에 빠질 사람은 아니었어. 아주 평범한, 아주 투박한 사람으로 단지 자신의 사회적 위치에 만족감을 느끼려고 공산당에 입당했을 사람이야. 그러니까 중하층 브롱크스 치과의사를 위한 일종의 클럽 활동이라고 여겼을 거야. 그러면 결백한 사람이 그렇게 행동할 동기가 무엇일지 한번 생각해봐. 자, 한 가지 동기는 자신의 유죄를 믿거나, 또는 믿도록 설득당했겠지. 그러고 나서 그 결과에 엄청난 두려움을 느끼며 사는 거야. 또 다른 동기는 자신의 결백은 믿지만 친구들의 유죄를 믿거나 믿도록 설득당했을 수 있어. 그리고 그 결과에 엄청나게 두려워하며 사는 거지."

옴 옴 옴 옴 옴므 옴 옴 옴므므므므므

옴* 오옴므 오옴 오옴 오옴 오옴므 오옴 오옴므므므므므

볼 수 없지만 느낄 수 있는 건 무엇인가.

맛볼 수 없고 냄새 맡을 수 없고 만질 수 없지만 느낄 수 있는 건 무엇인가.

오옴 오옴 오옴 오옴 오옴

느낄 수 없지만 오옴 하듯 바라보는 건 무엇인가.

그 길에 무엇인가 놓지 않으면 움직이지 못하는 건 무엇인가.

다른 것을 뚫고 나아가고 하늘에서 오며 보이지 않고 사라진 후에야 탐지할 수 있는 건 무엇인가—신이 아니며 론 레인저**가 아닌 것.

오옴 오옴 오옴 오옴

* ohm, 전기저항의 단위.

만지면 냄새를 맡을 수 있고 느낄 때는 검어지며 맛을 보면 죽게 되는 것.

오옴

인간의 삶을 밝히고 겨울을 안락하게 하고 인간이 우주의 주인이라고 노래하는 것. 인간이 그 속에 앉기 전까지는.

오옴

버지니아 대학 근처 한 선술집에서 1954년 4월 혹은 사건이 종결되기 약 두 달 전 법학 대학원 학생들이 재판 기록을 재검토하며 행한 논평에 흥미로운 발견이 있다. 당시 학생들의 지도교수는 다름 아닌 조교수였던 르윈이다. 학생들은 재심의 근거로 정당한 법 절차가 오용된 사례를 열일곱 건 발견한다. 원래 재판이 예외적일 정도로 부적절했다는 가정이다. 구조적으로는 아니어도 말이다. 그러나 학생들이 정당한 법 절차를 위반한 사례를 발견할 수 있었다면, 우리는 어떻게 미국 사법부의 최고 단계까지 포함하여 3년간의 법 절차가 진행되는 동안 사법부의 어느 누구도 이러한 최소한의 인식을 하지 못했는가 하는 의문을 제기할 수 있다. 또는 쟁점을 다르게 표현한다면 만약 사회적 히스테리라는 최악의 상황에서 사법 정의가 제대로 작동하지 못한다면 다른 어느 시기에 사법 정의가 어떻게 작동하든 그게 뭐가 중요한가?

로버트 르윈은 여전히 평결을 뒤집을 방법을 연구중이다. 나는 개혁가들을 용납하지 못하게 된다. 항소심 법원에 의존한 애서. 나는 선

** 동명의 라디오, TV 서부극 시리즈의 영웅 캐릭터.

의를 가진 사람들에게 구역질을 느끼게 된다. 우리는 여기서 연결 짓는 데 실패한 문제를 다루고 있다. 연결 짓는 데 실패한 것은 공모를 하는 것이다. 개혁은 공모하는 것이다.

체제의 도덕적 구조에 질겁하는 것은 체제와 공모하는 것이다.

앞에 있는 테이블 위에는 내 부모의 재판에 관해 쓴 책 여섯 권이 놓여 있다. 두 권은 평결과 형벌 모두를 지지하고, 두 권은 평결은 지지하지만 형벌은 가혹했다고 보며, 두 권은 평결과 형벌 모두 정당성을 잃었다고 본다. 허스트의 유명한 철학자 시드니 P. 마골리스(『재판정의 스파이』)에서 시작하여 지독한 자유주의자 맥스 크리거(『아이작슨가의 비극』)까지 가능한 의견은 모두 개진된다. 다음은 각 책에서 인용한 진술이다. "빨갱이들, 빨갱이 동조자들, 얼치기들이 선동한 엄청난 히스테리에도 불구하고 아이작슨 부부는 공정한 재판을 받았다…… 우리의 민주적 생활양식을 전복하려 애쓰는 독선적 이념주의자를 제외하고는 정당한 법 절차 하에서 피고가 동원한 온갖 법적 수단을 고려했을 때 감히 누가 정의가 이루어지지 않았다고 주장하겠는가?"—마골리스. "역사는 무단횡단 정도의 죄밖에 짓지 않은 미국 시민 두 명, 남편과 아내, 두 어린아이의 엄마 아빠를 그들이 자랑스럽게 품었던 좌익 견해 때문에 박해하고 치욕적으로 처형한 사실을 수치스럽게 기록한다."—크리거. 이러한 입장에는 본질적인 차이가 없다. 그들의 산문체는 말할 것도 없고 말이다.

나는 애셔가 냉전의 전제를 도입했다는 점에서 잘못을 범했다는 견해를 수용할 준비가 되어 있다. 나는 셀리그 민디시가 결백하다는 견해를 수용할 준비가 되어 있다. 하지만 그 견해는 그들 자신은 포용할 준비가 되어 있지 않다. 나는 재판이 열리기 오래전부터 민디시를 싫어했다. 그의 냄새와 능글맞은 웃음을 싫어했다. 영어 억양과 흐리멍덩한 눈에 비치는 죽음을 즐기는 듯한 기운을 싫어했다. 그럼에도 불구하고 난 민디시도 결백했다는 의견을 수용할 준비가 되어 있다. 그러나 그건 단지 당시에 그가 더욱 고통 받았으리라 여기기 때문이다. 그건 단지 그날 이후로 그가 더욱 고통 받았으리라 여기기 때문이다.

결백은 공모하는 것이다.

그들에게 형을 선고한 다음 성대한 파티가 열렸다. 그 파티에는, 샴페인을 터트린 그 파티에는 판사 바넷 허시, 변호사 제이콥 애셔, 애셔의 전 법률사무소 동업자 아들인 로버트 르윈, 작가 마골리스, (술김에 〈인터내셔널가〉를 부른) 크리거, 유대계 검사 하워드 '레드' 포이어먼, 브네이 브리스* 회장, 네 번의 스파이 관련 재판에서 정부 측 증인으로 참석해 '수다쟁이 톰'으로 알려진 토머스 플레밍, 유명한 반공전문가 보리스 브릴, 민디시, 그리고 내 부모가 참석했다. 경의를 표하기 위해 온 V. 몰로토프**는 파티에 늦게 도착했다.

판사는 애셔를 판사석으로 불렀다. 그는 의자에서 일어나 팔로 몸을 지탱한 채 애셔와 상의를 시작했다. 검은 깃털에서 발톱이 삐어 나오듯 검은 법의에서 두 손이 나와 책상 가장자리를 잡았다. 그는 늙은 변호사의 뺨을 쪼는 거대한 새처럼 몸을 숙이고 애셔의 귀에 속삭였다. 애셔는 격렬하게 머리를 끄덕였다. 그런 다음 다시 머리를 흔들고

* 히브리어로 '언약의 아들'이라는 뜻. 1843년 설립된 유대문화 교육추진협회.
** 소련 인민위원회 의장, 외무장관을 역임한 인물로 스탈린의 오른팔이었다.

위를 쳐다보며 방금 자신이 들은 말을 반박했다.

판사석은 의자와 방청석과 마찬가지로 니스를 칠한 밝은색 오크였다. 그건 학교 가구였다. 커다란 검은 바늘이 벽에서 재깍거리는 학교의 원형 벽시계. 먼지로 잿빛이 된 국기가 법정 구석 깃대에 꽂혀 있었다. 판사석 뒤에는 대통령 사진이 걸렸고 뉴욕 주 깃발이 다른 구석에 서 있었다.

법정은 거의 비어 있었다. 경관 한 명이 팔짱을 끼고 창문 아래 서 있었다. 무장도 안 했고 모자도 쓰고 있지 않았다. 그가 하품을 했다. 굽 낮은 신발에 경관과 같은 파란색 옷을 입은 다리 굵은 여자가 아이작슨 부부 바로 뒤에 앉아 있었다. 이 중요한 순간에 기자는 한 명도 오지 않았다. 방청석에 앉은 몇 명은 판사와 다른 볼일이 있어 온 사람들이었다. 그들은 서로 어색하고 날카로웠다. 다급하게 소곤거리고 서로에게 조용히 하라고 말했다.

애셔는 판사석에서 돌아와 그의 두 의뢰인에게 말했다. "일어나. 이리 와. 판사님이 너희들한테 몇 가지 질문을 하고 싶대. 이리 와, 와 봐, 너희들을 해치려는 게 아냐."

다니엘과 여동생 수전은 자리에서 일어나 통로로 나왔다. 수전은 다니엘의 손을 꼭 잡고 있었다. "네가 다니엘이냐?"

그는 고개를 끄덕였다.

"그리고 네가 수전?"

수전은 아무 말도 듣지 못한 것처럼 그를 뚫어지게 바라보고만 있었다.

"네가 수전 아니야? 수전 아이작슨, 맞지?"

"판사님께 대답해야지." 애셔가 말했다.

수전은 긴장해서 침을 꿀꺽 삼켰다. 그는 수전의 그런 모습을 보았다. 그는 풀로 붙은 듯 그에게 붙어 있는 수전의 손을 흔들었고, 또 한 번 흔들자 수전이 고개를 끄덕였다.

"아주 잘했어. 자, 내가 너희들한테 질문을 할 테니 각자 대답해주면 좋겠다. 아주 간단한 질문이야. 학교에서 받는 질문하고는 비교도 안 될 만큼 쉬워. 알겠니?"

"네." 다니엘이 대답했다.

"내 질문은 이거야. 너희들 보호소에서 살고 싶니? 애셔 씨는 보지 마. 이 질문엔 혼자 답해야 해."

소년은 겁에 질렸다. 뭐라고 대답해야 할지 몰랐다. 어린 소녀는 계속 판사를 응시했다. 말이 나오지 않았다.

"그래, 너희 스스로 보호소를 좋아하는지 아닌지 분명히 말할 수 있을 거다. 거기서 잘해주니? 행복해? 아니면 다른 곳에 가고 싶어?"

"다른 곳에요." 다니엘이 말했다. "우린 집에 가고 싶어요."

애셔가 고개를 흔들었다. 이디시어로 무슨 말을 중얼거렸고 다시 판사와 의견을 나누기 시작했다. 판사의 눈은 갈색이고 눈동자 주위에 연청색 테가 둘려 있었다. 눈꺼풀이 두건처럼 그의 눈을 덮었다. 그는 애셔에게 말한 다음 아이들을 보았고, 아이들은 판사를 쳐다보았다.

갑자기 판사가 사라졌다.

"방으로 가자." 애셔가 우리를 문 쪽으로 데리고 가면서 말했다.

우리는 사무실로 들어갔다. 부드러운 회색 카펫이 깔려 있고 큰 책상과 검은 가죽 의자와 검은 가죽 소파가 있었다. 유리문이 달린 서가에는 책이 꽂혀 있었다. 우리는 큰 가죽 소파에 앉고 애셔는 맞은편 의자에 앉고 판사는 다른 의자에 앉았다. 검은 법복을 벗은 판사는 한결 왜소해 보였다. 분홍색 대머리 양쪽으로 흰 머리가 한 움큼씩 남아 있었다. 조끼 위에 옅은 색 트위드 양복을 입고 있었는데, 조끼가 꼭 끼는 탓에 단추 사이사이 타원형의 틈이 생겼고 그 틈으로 흰색 셔츠가 보였다. 그는 몸집이 작은 사람이었고 다리를 꼴 때 손을 사용했다. 손으로 한 다리를 무릎 뒤쪽을 잡고 들어올려 다른 쪽 무릎 위에 올려놓았다.

"아, 어디 보자." 판사가 말했다.

머리가 회색인 부인이 손에 탄산수 두 병을 들고 들어왔다. 끈 달린 안경이 목에 걸려 있었다. 그녀는 우리에게 병을 건네주고 판사의 손에 동전 몇 개를 놓았다. 그런 다음 방을 떠났다. 판사는 동전을 호주머니에 넣기 위해 꼰 다리를 다시 풀어야 했다.

코카콜라였다. 언젠가 아빠는 코카콜라가 이를 썩게 한다고 말했다. 이빨을 코카콜라에 담가두면 녹아서 없어진다고 했다. 우리는 집에서 콜라를 마신 적이 없었다.

"자, 이제 좀 낫지? 바깥보다 이렇게 함께 얘기할 수 있으니까. 그런데 애셔 씨가 내 이름을 말해줬니?"

"그린블라트 판사님이시다." 애셔가 중얼거렸다.

"맞아, 그린블라트 판사란다." 그는 마치 우리가 그 이름을 말했다는 듯 말했다. "난 주(州)로부터 아동법원 판사로 임명받았단다. 여러 가지 이유로 어려운 처지에 있는 아이들이 가능한 한 최선의 기회를 얻도록 하는 게 내 일이야. 너희도 알고 있지?"

"알고 있습니다." 애셔가 말했다. "둘 다 똑똑한 아이들입니다."

"그렇게 보이는군요." 판사가 말했다. "아주 분명하게 그렇게 보여요."

수전의 허벅지 아래쪽이 가죽 쿠션에 붙었다. 계속 다리를 들어올리자 접착테이프 떨어지는 것 같은 소리가 났다.

"우리 문제는 이거란다." 판사가 말했다. "현재 상황에서 너희가 보호소 시설에 머무는 것이 나을지, 아니면 개인 가정에 가서 보통 아이들처럼 한 가족과 사는 게 나을지 하는 거야. 가능한 한 공정하게 판단하기 위해 난 너희가 이 문제를 어떻게 생각하는지 알고 싶구나."

"실례지만," 애셔가 말했다. "판사님, 아이들한테 이 문제에 관한 아이들 부모의 의견을 알려주시면 좋겠습니다."

"우린 아이들을 유도하지 않을 겁니다. 애셔 씨." 판사가 꼰 다리 사이로 손을 집어넣고 나를 보며 말했다.

"저도 그렇게 생각합니다." 애셔가 말했다. "아이들한테 어떻게 사는 게 나을지 다른 사람의 의견을 들려주지 않는다는 데 동의합니다. 연방법원 판사들의 의견 역시 안 됩니다." 그는 잠시 생각한 다음 덧붙였다.

"자, 얘들아, 난 대답을 기다리고 있단다." 판사가 말했다. "당신은," 그는 애셔에게 고개를 돌리고 다시 말했다. "당신은 이 방에서 내 유일한 관심사가 무엇인지 이해하고 있지요. 그런데 당신 태도는 내가 연방법원의 특정 판사와 한통속이라고 생각하는 것 같군요."

"오, 아닙니다, 그렇지 않아요." 애셔가 말했다. 정말 깜짝 놀란 듯이 보였다.

"난 그 사람 때문에 사법부를 옹호할 의무가 있다고 느끼진 않습니다." 판사가 말했다. "그리고 당신한테서 느껴지는 압력도 싫군요."

"좌절로 가득한 긴 재판이었습니다." 애셔가 말했다. "난 건강이 좋지 않아요. 수많은 판결 가운데 피고 측 제안에 호의적인 판결을 하나라도 듣고 싶었을 뿐입니다."

"이보십시오, 애셔 씨, 이 아이들은 재판을 받는 게 아니에요!"

"분명히 재판을 받고 있지요." 애셔가 벌떡 일어서며 말했다. 그는 방 안을 왔다 갔다 하기 시작했다. "아이들 부모는 아직 살아 있습니다. 그들은 희망을 품고 있어요. 가족이 다시 함께 살게 될 희망을 품고 있다고요."

"난 단지 질문만 할 따름입니다."

"그 질문에는 벌써 답을 했지요. 하느님 저를 용서하소서. 이 아이들한테 엄마 아빠를 돌려줄 순 없어도 다른 엄마 다른 아빠를 강요하진 마십시오."

"당신 말에 따르면 열두 가족이 가정을 제공하겠다고 했습니다. 아마도 모두들 동정하고 있겠지요?"

애셔는 한숨을 내쉬고 팔로 자신의 옆구리를 때렸다.

"공공시설에서의 삶이 어떤지 아십니까?" 판사가 말했다. "몇 달이 아니라 어쩌면 몇 년간 시설에서 사는 게 아이들한테 좋을 거라고 생각하십니까? 그게 최선이라고 생각해요? 그리고 두 아이는 보호소에서 도망친 전력이 있습니다."

"딱 한 번이죠."

"그걸로 충분해요. 안 됩니다, 당신은 통속극을 찍고 있어요."

"부모는……"

"난 부모들한테는 관심 없습니다. 그들의 정신건강은 내 법정에 속한 영역이 아니에요. 내가 고려할 대상은 아이들이고, 나는 아이들의 복지를 위해 결정을 내려야 합니다. 당신도 그걸 그들에게 분명히 하셔야 해요."

판사는 눈을 감고 콧등을 잡으며 말했다. "지나친 희망이란 게 있어요."

냉전의 참역사: 라가*

냉전은 버나드 바루크가 처음 사용한 말이다. 그는 공직을 갖지 않은 대통령 고문이었으며 원자력의 국제적 관리를 위해 만든 바루크 안(案)의 제안자 중 한 명이었다. 1946년 6월 유엔에 제출된 이 안은 내부적으로 소련을 포함하여 전 세계가 만족할 수 있는 확실한 국제 사찰 및 관리 체제를 확립할 때까지 유일한 원자폭탄 보유국인 미국이 인류를 위해 지속적으로 그 비축량을 늘리고 기술을 보다 정교하게 발전시키겠다는 내용이었다. 바루크 안이 논의중일 때 미국은 남태평양 비키니 섬에서 또 한 번 원자폭탄을 터트렸다. 우리는 잠정적으로 냉전을 소련 정부를 붕괴시키고 볼셰비키 세력이 괴멸되도록 미

* 인도 전통 음악의 선율 양식.

국이 소련에 압력을 가한, 폭탄을 투하하는 정도의 적대성을 드러낸 초기 상황이라 정의할 수 있다. (미스터 X라고도 알려진) 케넌*, 애치슨**, 덜레스***의 언급에서도 이를 확인할 수 있다.

■

주지하다시피 내각의 원로였던 헨리 스팀슨****은 소련의 상황을 궁극적으로 변화시키기 위해 일시적 핵 독점을 외교적으로 이용하는 것은 재앙을 불러일으킬 수 있는 끔찍한 오판이라고 생각했다. 스팀슨에 대해 살펴보자. 오랫동안 조국의 이익에 헌신한 삶. 애국주의와 한두 가지 어리석은 잘못이 없지 않은 전문가의 삶. 흔히 말하는 지배계급의 일원. 하지만 거의 40년에 걸친 공직 생활 경험으로 갈고닦인 머리는 동양의 그것과도 같은 명료한 지혜를 얻게 된다. 국제 관계라는 차원에서 삶은 전혀 복잡하지 않으며, 자국의 이익이라는 크고 단순한 사실에 품위 있게 포장되어 소박한 아름다움 속에서 빛날 수 있다. (동양의 현인들이 지적하듯 진리는 단순하고 아름다우며, 심지어 명확하게 표현할 필요조차 없는 것이다.) 아마 스팀슨은 방사능이 유

---

* 외교관이자 역사학자. 1947년 『포린 어페어스』에 X라는 필명으로 발표한 논문을 통해 대 소련 봉쇄정책을 주장했다.

** 미국의 국무장관(1949~1953). 2차 세계대전 후 주요 외교정책을 입안한 인물로 공산국가들에 대항하여 서방세계를 동맹관계로 묶는 데 기여했다.

*** 애치슨 이후 국무장관에 취임해 반공주의자로서 집단안전보장체제 강화에 노력했다.

**** 1911년 태프트 대통령에서 트루먼 대통령까지 다섯 번의 내각에서 국방장관, 국무장관을 역임했다. 2차 세계대전 당시 원자폭탄 제조계획의 최고 책임자로 일본의 군사요충지에 폭탄을 투하할 것을 권고했다.

발한 유전적 변이처럼 이 파삭파삭한 원자력의 독점이 우리 국민성을 변화시킨다고—어쩌면 완성시킨다고—느낀 듯하다. 어떻든 간에 그는 곧 죽을 늙은이의 빛나는 눈으로 바라본다. 우리는 인류의 역사를 바꿔놓거나, 아니면 궁극적으로 인류가 고대의 끔찍한 전철을 밟도록 하는 것이 가능한 힘을 가진 순간에 살고 있다. 그는 1945년 9월 11일 해리 트루먼 대통령에게 쪽지를 쓴다. 노자 정도는 아니어도 외교관치고는 나쁘지 않았다. 그리고 정신이 꽃피는 젊음이 마지막으로 분출되는, 오직 죽음 직전의 늙은이만이 제안할 수 있는 개념이라는 점에서도 그리 나쁘지 않았다. "지금 우리가 그들에게 다가가는 데 실패하고 이 무기를 눈에 띄게 옆구리에 찬 채 협상만 계속한다면, 그들로 하여금 우리의 목적과 동기를 의심하게 만들고 불신만 증폭시킬 것입니다. (……) 자발적으로 소련을 협력과 신뢰의 기초 위에서 동반자 관계로 초대하지 않는다면 이 무기의 소유라는 측면에서 소련 대 앵글로색슨 진영 간의 대립은 계속될 것입니다. 또한 그 상황은 분명 이 무기를 열심히 개발하도록 소련을 자극하는 일일 것이며 실제로 필사적이고 비밀스러운 군비 경쟁이 초래될 것입니다. 이미 이 같은 경쟁이 시작되었음을 암시하는 증거가 있습니다." 해리, 내 말 좀 들어보시오. 이건 세계를 재편하는 움직임이오.

■

새벽 시간에 해리는 백악관 구내를 활기차게 산책한다. 누군가가, 번스*가 그에게 미국이 세계에서 가장 강력한 국가인 이 시점에 러시아는 형편없는 처지에 놓여 있다고 말했다. 스팀슨은 기력이 다했다. 그는 러시아(와 영국이)가 우리와 동일한 조치를 취한다면 우리가 원자폭탄을 회수하고 개발을 중단하길 바라고 있다. 그리고 세 국가가 공동의 합의 없이는 핵무기 사용을 금지하는 조약을 러시아와 직접 협상하기를 원한다. 아마 지켜질 가능성이 있고(5년이나 20년이 아니라 영구히) 문명을 구할 가능성도 있는 이 국제 조약을 체결하기 위해, 그의 판단으로는 임시적인 우리의 군사적 우위를 양보하자는 것이다. 새벽 시간에 해리는 백악관 구내를 활기차게 산책한다. 스팀슨은 끔찍하게 오랫동안 권력 주변에 있었어. 그 대통령도, 프랭클린 말이야, 지나치게 오래 권좌에 있었지.** 두 사람 모두 그래. 스팀슨은 이제 무용지물이라는 회의론이 일잖아. 그 사람은 우리 이익이 아니라 인류를 걱정해. 스탈린한테나 가서 인류를 생각하라고 그래.

스팀슨이 얼마나 잘못 생각했는지 확인이라도 시켜주듯 러시아인들은 그의 구상과 유사한 제안을 유엔에 제출한다. 9월 11일의 쪽지는 파일 속에 보관된다. 장관 각하는 파일 속에 보관된다. 해리와 그의 국무장관인 사우스캐롤라이나 출신 번스는 그 폭탄을 용도에 맞게 사용할 것이다. 전쟁으로 약해지고 국민들은 가난한 러시아는 무릎 꿇릴 수 있는 비틀거리는 곰이다. 러시아가 기댈 만한 것은 아예 주지 않는 게 상책이다. 루스벨트가 사망한 지 한 달 뒤에 무기대여법***에

---

* 미국의 국무장관(1945~1947).

** 프랭클린 루스벨트는 미국 최초의 4선 대통령이었다.

*** 1941년 제정되었으며 2차 세계대전 당시 미국이 동맹국들에게 군수품과 전쟁물자를 보급할 수 있도록 만든 법.

의한 동맹국 러시아로의 선적과 재정 지원이 갑자기, 아무런 예고 없이 취소된다. 해리의 대외경제 담당관인 레오 크롤리는 의원들에게 이러한 조치의 배후 이론을 설명한다. "외국에 좋은 정부를 만들면 자동으로 우리에겐 더 나은 시장이 형성됩니다." 여인의 달콤한 성기가 바로 눈앞에 다가오니 어찌할 바를 모르는 것이다

■

독일과 일본과의 전쟁이 종결되기 전에도 러시아와의 공존정책은 시험은커녕 심각하게 고려된 적도 없었다. 얄타회담에 대한 잘못된 일반적 견해, 유화외교에 대한 심각한 혼란, 트루먼과 번스, 밴던버그* 가 표명한 외교는 전후 소련과의 평화적 데탕트의 수단이 아니라 미국 주도의 세계를 러시아의 목구멍에 쑤셔 넣는 것이었다. 역사학자 W. A. 윌리엄스의 분석에 따르면 미국의 지도자들은 대공황을 떠올리며 전후 경제불황을 우려한다. 해결책은 미국 상품을 팔 수 있는 해외시장의 확보이다. 이는 미국의 번영을 보장하기 위한 전통적인 해결 방안이다. 많은 사람들이 이 해결 방안을 다양한 이름으로 불렀지만, 국방부는 그것을 문호개방정책이라고 불렀다.

■

우리는 보다 원시적인 분석을 선호할지 모른다. 적을 패배시킨 다

* 공화당 상원의원으로 유엔 창설에 참여하고 소련에 대한 강경외교를 주장했다.

음에는 적의 심장을 먹어야 한다. 이런 방식으로 승리는 신들과 함께 기록된다. 이런 방식으로 또한 신들은 즐거움이 지속되리라 보장한다. 적의 심장을 먹어버림으로써 적에 대하여 적의 존재를 더이상 얘기할 수 없다. 단 우리 안에 존재하는 적을 제외하고는.

■

데이비드 호로위츠는 『자유 진영의 거인』에서 또 다른 냉전역사가인 블래킷을 인용하면서 소련이 우리의 지상군 병력에 필적할 만한 병력감축을 했음을 증명한다. 유럽, 중동, 극동에 잠재적으로 위협적인 국경을 면한 소련은 1945년 전체의 25퍼센트까지 병력을 감축한다. 폭탄을 보유하고 위협적인 국경이 없는 우리는 1945년 13퍼센트까지 병력을 감축한다.

■

포츠담에서 러시아는 미국인들에게 이렇게 말한다. 독일은 이제 러시아가 병적으로 의심하고 치명적으로 두려워할 역사적 이유가 있는 나라가 되었으므로 러시아의 붕괴된 경제를 재건하고 또한 미래 독일의 침공 가능성을 줄이기 위해 독일로부터 가급적이면 중공업 장비라는 형태로 손해배상이 필요하다고 말이다. 미국인들은 불가능하다고 대답한다. 곰은 아무것도 얻지 못한다. 하지만 여기서 핵심은 적에게 아무것도 주지 않는 데 있지 않다. 왜냐하면 아무것도 얻지 못하면 전쟁을 일으킬 때 잃을 것이 아무것도 없기 때문이다. 핵심은 우리가 적에게 무엇인가 주고 있다고 적이 생각하도록 하면서 아무것도 주지 않는 데 있다. 사우스캐롤라이나 출신 제임스 번스는 이 점을 잘 알았다. 다음은 국제 관계에서 중요한 순간들 중 하나이다. 몰로토프와 스탈린이 조악한 양복을 입고 무표정하게 앉아 있다. 그들은 스스로에게 분노라는 사치를 허용하지 않는다. 그들은 얼음으로 둘러싸인 광대하고 폭력이 난무하는 다민족 국가의 지배자이며, 이 국가의 주요 산업은 죽음이고, 이 국가에 유일하게 풍부한 것은 끔찍한 죽음이다. 번스가 여행가방을 연다. 그는 테이블 주변의 보좌관, 통역관, 경호원, 마이크, 헤드세트, 수많은 협상자 들이 아무것도 아님을 이해하고 있다. 그는 협상장의 석탄불이 식어감을 안다. 그의 곁에서 해리가 안경에 불꽃과 연기구름을 반짝이며 포탄 사격을 재현하듯 손가락으로 테이블을 두드리는 동안, 그는 정다운 손으로 이 야만인들이 볼 수 있도록 가방에서 번쩍이는 천 견본을 끄집어낸다. 번쩍거리는, 안목 없이 디자인된 물건—이것이 언제나 야만인들과 거래를 맺는 방식이다. 그가 남부의 귀족적인 목을 숙이고 질감을 느껴보라고 하자 이게 뭡니까, 그들이 묻는다.

몰로토프: 번스 장관, 내가 이해하기에 당신은 각국이 각자의 (점령) 지역에서 배상을 받아야 한다고 생각하지요.

장관: 그렇습니다.

몰로토프: 그 제안은 미소 양국이 각자의 지역에서는 자유재량권을 가지고 전적으로 독립적으로 행동하자는 의미지요.

장관: 본질적으로 맞는 말씀입니다.

번스가 가방을 닫는다. 우리가 이자들을 보호 구역에 가뒀어. 이제는 우리가 그 구역의 주인이라는 걸 깨닫게 해야지. 하지만 문제는 러시아인들은 다르게 생각한다는 것이다. 우리가 엄밀하게 자유재량권을 의도했는가, 그렇지 않은가? 소련은 독일의 배상에 대한 빈약한 대안으로서 번스의 제안을 마지못해 받아들이고는 그것을 최대한 이용하기로 다짐한다. 이는 미국의 계획과는 다른 것이다. 1946년 3월 처칠은 트루먼이 격렬하게 갈채를 보내는 가운데 미주리 주 풀턴에서 연설을 한다. 처칠은 소련이 동유럽 앞에 친 '철의 장막'에서 도발적인 위협을 알아차린다.

▪

포로수용소에 갇혀 있는 그리스 형제여, 그리고 아이티 형제와 니카라과 형제와 브라질 형제와 도미니카공화국 형제와 스페인 형제와 남부 베트남 형제들에게 보내는 위로의 메세지: 당신들은 자유진영에서 살고 있다!

▪

러시아인들은 공격적이고 솔직하지 않고 신뢰하기 힘든 굉장한 외골수로 묘사된다. 하지만 윌리엄스가 쓴 『미국 외교의 비극』에 따르면 1946년까지 러시아는 전후 정책을 결정짓지 않았다. 여러 사안에서 기존 입장을 철회했고 많은 문제들에 우유부단한 모습을 보였다. 모스크바에서는 미국과의 우호 관계를 지지하는 자들과 그렇지 않은 자들 사이에 갈등이 있었다. 그리고 스탈린은 전자의 견해를 지지했다는 증거가 있다. 그는 경제학자 유진 바르가의 주장과 마찬가지로 러시아는 팽창정책에 의해서가 아니라 내부적으로 국내 문제에 집중함으로써 전쟁에서 회복할 수 있다는 견해에 손을 들어주었다. 바르가와 온건파가 사라진 1947년에 이르러서야 몰로토프 휘하의 강경파가 득세한다. 이는 헨리 월리스*가 다음과 같은 발언으로 트루먼 내각에서 목이 날아간 시점과 일치한다. "우리는 우리 자신과 영국이 각국의 안전에 필수적이라고 주장한 것에 비추어 러시아의 요구를 판단할 준비를 해야 한다."

■

1947년 한 의회 위원회는 미국 정부가 행한 전례 없는 규모의 반소련 선전에 대해 보고한다. 그리고 그 행위는 절대적으로 필요했다고 판명된다. 미국은 스스로를 세계 최강국, 최초의 유일한 핵보유국, 세계에서 가장 부유하고 가장 강력한 국가라고 생각한다. 다른 한편으로 미국은 러시아에 대한 공포 속에 살아야 한다. 국무장관 애치슨은 트루먼 내각 고문들 가운데 누구도—심지어 그들이 핵무기를 보유한 다음에도—러시아를 심각한 군사적 위협으로 여기지 않았다고 몇 년 후 증언할 것이다. 무당파적 상원의원이자 정치가인 밴던버그는 이러한 속임수가 어떻게 행해졌는지 들려준다. "우린 미국인들을 겁에 질

* 루스벨트 대통령 임기 시 부통령을 역임했고 이후 소련에 대한 트루먼 행정부의 강경한 냉전정책을 비판했다.

리게 만들어야 해." 그가 말한다.

■

트루먼 독트린은 우리의 투자를 수용한 외국 정부에 군사적 안보를 제공하는 것이 아니라 공산주의로부터 '자유애호국'을 보호하는 정책으로 선언되었다. 마셜 플랜은 미국 상품을 위한 해외시장 확보가 아니라 전쟁 후 유럽 국가의 재건을 돕는 수단으로 광고되었다. 러시아는 뻔뻔스럽게도 붕괴되지 않았다. 우리는 사악하기 그지없는 무신론을 신봉하는 공산주의의 국제적 음모에 직면해 있다. 당신은 어느 편인가? 러시아는 루마니아, 불가리아, 동독으로 뻗어나간다. 러시아는 체코슬로바키아를 전복시킨다. 여기 북대서양조약기구가 있다. 여기 베를린 봉쇄가 있다. 자, 보라, 우리가 이야기하던 바로 그런 세계가 도래했다……

나는 누가 차를 운전했는지 기억하지 못한다. 애셔는 아니다. 애셔는 뒷좌석 내 옆에 앉아 있었다. 나는 가운데 자리에 앉았다. 수전은 내 오른쪽에 있었다. 나는 동생에게 창가 자리를 양보했다. 나는 그녀의 머리 너머로 바깥을 볼 수 있었다. 우리는 소밀리버 파크웨이를 올라갔다. 마른 길이었지만 가장자리 둑에는 눈이 남아 있었다. 그을음과 흙이 덮인 오래된 눈이었다. 나는 이 길이 픽스킬로 갔을 때의 그 길임을 알아차렸다. 길에서 바퀴 소리가 났다. 언덕은 초록색으로 물들고 있었다.

"뭐라고?" 애셔가 말했다. "무슨 일이야?"

"휘발유 냄새가 나요. 창문 열고 싶어요."

"휘발유 냄새라고? 아무 냄새도 안 나는데."

"약간 나는걸요." 나는 숨쉬기가 어려웠다.

나는 누가 운전했는지 기억하지 못한다. 애셔는 우리와 함께 뒷좌석에 앉아 있었다. 나는 애셔와 수전 사이에 있었다. 배가 아팠다. 손가락이 아팠다. 나는 아빠에게 선물로 주려고 갈색종이로 포장한 상자를 들고 있었다. 학교 목공실에서 북엔드 한 쌍을 만들었다. 나무판자를 사포질하고 모서리를 경사면으로 깎은 다음 직각으로 못을 박아 연결한 것이었다. 그러고 나서 나무인두로 무늬를 그려 넣고 다갈색으로 색을 입혔다. 나는 북엔드 한쪽에 크게 'I'를 새겼다.

엄마에게 줄 선물은 수전이 크레용으로 그린 그림들을 말아 나비매듭으로 묶은 것이었다.

수전은 계속 뒤척이고 꿈틀거렸다. 내가 상냥하게 그러지 말라고 했지만 멈추지 않았다. 나는 결국 수전의 팔을 쳤고 수전은 내 얼굴을 할퀴려 했다.

"얘들아." 애셔가 말했다. "제발, 얘들아, 어리석은 짓 좀 하지 마."

긴 여행이었다. 점심을 먹고 바로 떠난 길이었다. 사람을 만나러 가는 여정에는 그들에 대한 생각과 느낌으로 마음이 가득 차게 마련이다. 그들의 목소리와 태도. 하지만 내게는 그 모습이 뚜렷하게 떠오르지 않았다. 단지 그들의 그림자만 떠올랐다. 마음이 편치 않았다. 그들을 보러 가는 일이 무서웠다. 긴 여행이었다. 나는 그들이 뭐라고 말할지 몰랐다. 나를 보고 반가워할지 확신이 서지 않았다.

"오늘 날짜가 맞나요?" 나는 애셔에게 물었다. 처음 물은 것이 아니었다.

"그래, 다니엘."

"우리가 가는 거 엄마 아빠가 아나요?"

"그렇다고 했잖니."

"바로 오늘 오후에 우릴 기다리는 게 맞아요?"

"그래."

"엄마 아빠는 죽었어." 수전이 말했다.

"아니야, 아가씨야. 사실이 아냐. 엄마 아빠는 살아 있어."

"이제 살아 있지 않아요. 죽었어요." 수전이 말했다. "신문에 났어요."

"네가 어떻게 알아. 읽지도 못하잖아." 다니엘이 말했다.

"읽을 수 있어. 읽는 거 배웠단 말이야."

"거짓말쟁이." 다니엘이 말했다.

"제발." 애셔가 말했다.

"나 글 잘 읽어." 수전이 말했다. "아무거나 다 읽을 수 있어."

"무슨 신문이었는데?"

"교실에 있던 거."

"뭐라고 했는데?"

"우리 엄마 아빠가 죽었다고 했어. 벌레들이 죽였어."

"제발, 애들아, 그만해."

"무슨 벌레?"

"죽음 벌레."

"넌 멍청이야." 다니엘이 말했다. 하지만 수전의 목소리에서 느껴지는 확신은 나를 불편하게 했다.

우리는 서너 시쯤 교도소에 도착했다. 햇살이 있지만 추웠다. 나는 차에서 내린 것이 기뻤다. 우리는 노란 벽돌담 옆에 차를 세웠다. 벽에 달린 창문이 엄청났다. 성당 창문처럼 아치형이었지만 창살이 있었다. 나는 창문을 제대로 보려고 뒤로 물러났다. 거대한 건물이었다. 건물 한쪽에 등대처럼 유리로 덮인 육각형 탑이 중국 모자 같은 지붕을 얹고 있었다. 건물의 다른 쪽 끝에도 탑이 있었다.

우리는 학교 운동장에 있던 것과 같은 종류의 펜스를 따라 걸었다. 다른 점이 있다면 이 펜스 끝에는 철조망이 세 줄 쳐져 있었다.

윙윙거리는 소리가 들려 돌아보니 한 남자가 영화카메라로 나를 찍고 있었다. 그리고 또 다른 남자가 나타나더니 뒷걸음질치며 우리 바로 앞에서 플래시를 터트렸다. 우리는 두 손을 치켜들었다. 나는 이것을 묘사하지 못하겠다. 이제는 뭔가를 묘사하는 데 싫증이 난다. 우리는 볼트, 암페어, 옴*이라는 새로운 법률회사의 의뢰인이다. 교도소는 한 곳을 보면 전부를 본 것이나 다름없다. 애셔가 항의했지만 우리는 가지고 온 상자를 내줘야 했다. 우리는 사무실에 있었고 그 남자는 경관처럼 옷을 입었다. 애셔가 북엔드를 잡고 포장지를 뜯었다. "아이들이 엄마 아빠한테 주는 선물입니다!"

"가져갈 수 없어요." 남자가 말했다.

"아이들 물건입니다!"

"미안합니다, 변호사님."

---

* 각각 전압, 전류, 전기저항 단위.

애셔는 격렬하게 항의하다 갑자기 멈추더니 우리를 보고는 별일 아닌 척했다. 그는 비밀스럽게 말했다. "괜찮아. 다른 사람한테 얘기해 볼게."

우리는 사형수동으로 갔다. 교도소의 다른 곳과 달리 아무 소리도 들리지 않았다. 다른 곳에서는 누군가의 목소리나 혹은 발밑으로 우르릉거리는 기계 소리가 들렸다. 여기는 말 그대로 고요했다. 우리는 나무 탁자와 의자 몇 개 외에는 아무것도 없는 황량한 방에 있었다. 벽의 아래쪽 반은 갈색 페인트가 칠해져 있었다. 위쪽 반은 노란색이 칠해져 있었다. 방에는 아무도 없었다. 모든 것이 조용했다.

"이제 데리고 올 거야." 애셔는 목소리를 낮춰 말했다. "처음에는 엄마, 다음에는 아빠가 들어올 거야."

우리는 기다렸다. 아무도 오지 않았다. 코트를 입고 서서 기다렸다. 나는 창문으로 가서 창살 틈으로 바깥을 내다보았다. 높은 곳이었다. 허드슨 강이 보였다. 애셔는 테이블 끝에 앉아 홈부르크 모자를 다시 쓰고 무릎에 손을 얹고 한숨을 내쉬었다. 문이 열리는 소리가 들렸다. 나는 돌아섰지만, 들어온 사람은 교도관이었다. 그는 조용히 문을 닫고 팔짱을 끼고 벽을 등지고 섰다. 나는 그에게 다가가 손을 들어올렸다.

"뭐하니, 다니엘?"

"수색받아야 하잖아요." 나는 손을 내리지 않고 설명했다.

"괜찮다, 얘야." 교도관이 말했다. 그가 헛기침을 했다. 얼굴에 여드름이 끔찍하게 많았다. 온통 붉은 뾰루지가 돋아 있었다.

"아니요, 하세요. 수색하세요. 제가 총을 가졌을지도 모르니까요."

교도관은 애셔를 바라보았다. 그가 다시 헛기침을 했다.

"괜찮다, 너한테는 총이 없으니까 문제없어." 그가 말했다.

"수색도 안 하고 어떻게 알아요?"

"나도 수색하세요." 수전이 말했다.

"됐어, 애들아." 애셔가 말했다. "애들은 엄마 아빠를 1년이나 보지 못했소." 그가 교도관에게 설명했다.

"네, 이제 만나겠군요." 교도관이 말했다.

"수색해요." 다니엘이 이제 더 큰 목소리로 우겼다.

"됐다, 애들아, 됐다고 하잖아." 교도관이 말했다. 마치 내가 누군가를 깨울까봐 두려워하는 듯했다.

"수색해요!" 나는 고함을 질렀다. 얼굴이 붉어진 걸 느낄 수 있었다.

교도관이 내 뒤에서 서성대는 애셔를 바라보았다. 그가 바로 몸을 숙이고 내 모직코트의 주머니를 툭툭 치는 걸 보니 애셔가 고개를 끄덕였음에 틀림없다.

"자, 동생도요."

그는 수전의 코트 자락을 가볍게 만진 다음 다시 벽을 등지고 똑바로 서서 팔짱을 끼더니 더이상 우리를 못 본 척했다.

아직 아무도 오지 않았다. 수전은 발폭으로 벽의 길이를 재면서 방 가장자리를 따라 걷기 시작했다. 그러다 교도관과 마주치자 벽의 한 부분인 양 그를 돌아서 갔다. 나는 다시 창밖을 내다보았다. 강이 보이는 곳에 교도소를 지으면 죄수들이 탈출하고 싶어질 텐데 왜 이런 곳에 교도소를 지었는지 궁금했다. 내가 여기 오래 갇혀 있으면 긴 밧줄을 구하거나 만들어서 몰래 창살을 자르고 펜스를 넘을 방법을 찾아낼 것이다. 시간만 충분하면 이 모든 것을 알아낼 것이다. 벽을 따라 내려가서 철조망이 쳐진 펜스를 넘어 강으로 달릴 것이다. 일단 강에 도착하면 절대 붙잡지 못할 것이다. 달리면서 나는 내 숨소리를 들을 수 있을 것이다. 강으로 걸어 들어가면 차가운 물이 차오르는 것을 느끼겠지만 더 세게 팔을 휘저어 하류로 수영해 가면 곧 몸은 따뜻해질 것이다. 늦은 오후의 싸늘함이 언덕을 감쌌다. 나는 뉴욕까지 수영해 갈 것이다. 강이 검은색으로 변해갔다. 창살이 쳐진 이 창문을 통해 보이는 풍경은 완벽하게 고요했다. 아무것도 움직이지 않았다. 풍경은 더러운 창문의 완벽한 정적 속에 얼어붙었다.

얼마 동안 나는 방으로 조용히 들어온 엄마에게 관찰당하고 있었다. 엄마는 사형수동의 돌처럼 아무 소리도 내지 않았다. 아무 말도 하지 않고 수전이 걷는 모습과 생각에 잠긴 내 모습을 지켜보았다. 나는 그들이 매주 어떻게 방문을 예상하고 서로 편지를 주고받으며 어떻게 행동하는 것이 적절한지 궁리한 편지를 가지고 있다. 그들은 조용하고 침착하고 명랑하고 아무렇지도 않게 행동할 것이다. 그들은 우리 질문에 솔직하게 담담하게 대답할 것이다. 그들은 모범을 보임으로써 어떻게 사형수동에서 사는지 우리에게 가르쳐줄 것이다.

어떤 일이 일어났는가 하면 수전이 달려와 내 손을 잡았다. 그래서 나도 그녀를 보았다. 우리는 창문 근처에 서서 우리의 엄마를 보았다.

그녀는 예전보다 작았다. 그녀는 헐렁한 회색 옷에 실내화를 신고 있었다. 머리는 짧아진 듯했다. 마르고 너무 창백해서 밀랍 같았다. 그녀는 얼굴에 기쁨인지 끔찍한 고통인지 알 수 없는 표정을 떠올리며 우리를 응시했고, 그 시선이 너무나 강렬해 눈을 마주볼 수 없었다. 나는 눈을 감았고 다시 눈을 떴을 때 그녀가 관자놀이에 손가락을 대고 눈가가 처질 정도로 누르는 모습을 보았다.

수전은 아플 정도로 내 손가락을 꼭 쥐고 있었다.

"둘 좀 봐." 엄마가 말했다. "너무 자라서 못 알아보겠구나."

"사진 보냈잖아요." 내가 말했다.

"알아, 알아. 사진 보고 얼마나 기뻤는데. 언제나 볼 수 있는 벽에 테이프로 붙여놨어. 내가 잠들 때까지 볼 수 있는 곳에."

"엄마 감방에?"

"그래."

"우리 거기 가볼 수 있어요?"

그녀는 아무것도 보고 듣지 않는 것처럼 서 있는 교도관을 힐끗 쳐다보았다. 그녀가 미소를 지었다. "허락 안 해줄 것 같아." 하지만 나는 그녀가 이 장소를 지배하는 듯했으며 교도관은 그녀를 돌보는 하인 같다고 느꼈다.

"엄마 안아주지 않을래?" 내 엄마가 말했다.

수전과 나는 서로 바라보았다. 우리는 발을 질질 끌며 방을 가로질러가 엄마 앞에 힘들게 섰고, 그녀는 무릎을 꿇은 채 한 사람씩 우리를 안았다. 우리는 판자처럼 딱딱했다. 그녀에게 안겼지만 예전의 엄마 느낌이 아니었다. 엄마 냄새가 나지 않았다.

"정말 많이 컸구나. 훌륭해. 너희는 훌륭한 내 자식들이야." 붉은 립스틱을 바른 그녀의 얼굴은 끔찍이도 창백해 보였다. 움푹 들어간 눈이 얼굴 깊숙한 심연에서 환하게 불타올랐다.

"그 사람들이 언제 엄마를 죽여요?"

"오, 안 그래. 그건 그냥 그 사람들 말하는 방식이야. 제이크 아저씨가 항소에 대해서, 증거를 재조사해야 하는 다른 판사들에 대해서 이야기했을 거야. 그 일엔 시간이 걸려. 당장 그럴 위험은 없단다."

"하지만 결국 그 사람들이 엄마를 죽이면?" 수전이 말했다. "어떻게 죽여?"

"그건 얘야, 그렇게 하는 걸 전기처형이라고 부른단다. 하나도 안 아파. 아주 빠르고 아프지도 않지. 하지만 그 얘긴 하지 말자. 안 덥니? 코트 벗으렴. 어디 한번 보자. 아주 근사하게 차려입었네. 정말정말 사랑스럽구나. 자, 너희들한테 줄 게 있다."

그녀는 주머니에서 밀키웨이 캔디바를 두 개 꺼내 하나씩 나눠준다. 엄마가 수전과 나 사이의 의자에 앉아 우리 머리와 다리와 어깨를 만지는 동안 우리는 테이블에 앉아서 밀키웨이를 먹는다. "넌 어깨가 떡 벌어지기 시작했네." 그녀가 내게 말했다. 이제 그녀는 아주 행복해 보였다.

나는 그녀에게 말할 것들을, 엄마의 기분이 좋아질 수 있는 것들을 생각해내려 애썼다. 나는 학교생활이 즐겁다고 했다. 수학이 재미있다고 했다. 친구가 많다고 했다. 이것들은 내가 편지에 썼던 거짓말이었고 실망스럽게도 그녀는 이 모든 이야기를 믿는 듯했다. 중병에 걸린 환자나 노인들에게 거짓말로 기분을 좋게 만들고, 그들의 고통이 적어도 세상에는 일종의 질서를 가져왔다고 믿도록 하는 일과 비슷했다. 하지만 그들이 내가 하는 말을 믿는다면, 그것은 엄마 아빠와 나 사이에 좁힐 수 없는 거리가 어느 정도인지를 보여주는 것이다.

"아빠는 어디 있어?" 수전이 궁금해한다.

"음, 금방 올 거야. 먼저 내가 너희를 만나고 그다음에 아빠가 너희를 만날 거란다."

"왜 같이 안 만나?"

"엄마도 몰라. 그 사람들 규칙이 그래."

"왜?"

"엄마도 모르지. 우리 귀염둥이 딸. 머리 긴 것 봐. 아주 예쁘구나."

"아빠는 어디 있어?"

"여기서 가까운 데 있어. 다른 독방 동에 있단다. 멀지 않아."

"엄마는 아빠를 봐?"

"오, 그럼. 철망을 사이에 두고 매주 한 번씩 얘길 한단다."

"우리 집에 갔었어." 수전이 말했다.

"그래, 기억하고 있어."

"그런데 집이 없어졌어." 수전이 말했다.

동생이 하는 이야기가 나와는 아무런 상관이 없음을 밝혀야 할 듯했다. 나는 엄마에게 엄마를 자유롭게 해주려고 변호사가 될 생각이라고 말했다.

"그래?" 애셔가 테이블 다른 쪽 끝에서 말했다. "그 얘긴 처음 듣는구나."

"넌 훌륭한 변호사가 될 거야. 그렇지 않나요, 제이크?"

"물론이죠."

"그들이 엄마를 죽이도록 내버려두지 않겠어요." 나는 맹세했다. "내가 먼저 그들을 죽일 거예요."

"오, 안 돼." 그녀가 꾸짖었다. "그런 말은 어디서 배웠니?"

엄마는 주머니에서 화장지를 꺼내 수전의 입가에 묻은 초콜릿을 닦아주었다. 수전은 밀키웨이를 다 먹지 못하고 이제 불안하게 서서 팔을 뻗고는 의자, 내 등, 애셔 등, 엄마 등까지 손가락이 닿는 것이면 무엇이든 쓰다듬으며 테이블 주위를 걷기 시작했다. 나는 엄마가 병에 걸렸다는 끔찍한 느낌이 들었다. 그건 여기서 엄마가 죄수라기보다는 환자 같다는 느낌이었다. 그건 엄마가 이미 죽어 있다는 느낌이었다. 너무나도 엄마답지 않아서 나는 그녀와의 대화를 단념해버렸다.

나는 엄마가 반쯤 슬픈 미소를 지으며 나를 바라보는 것을 알아차렸다. "잃어버린 시간을 전부 보상하는 건 조금 어렵겠다. 묘한 기분이야, 그렇지?"

"네." 나는 엉겁결에 죄지은 마음속에 있는 것을 말해버렸다. "웨스트체스터에 있는 가족이랑 지내기로 했어요."

"알아."

"뉴로셸에 있어요. 안 멀어요. 여기 오기엔 보호소보다 가깝죠."

"알고 있어. 그분들하고 편지를 주고받았단다. 좋은 분들이야. 피셔 부부 말이야. 걱정하지 마. 모두 알고 있어."

"판사가 우릴 그렇게 만들었어요. 학기가 끝났을 때요."

"다니엘, 오해하지 마. 엄마 아빠도 동의한 거야. 너희한테 그게 좋겠다고 생각했어. 우리가 그 많은 사람들 중에서 그분들을 택했단다. 당분간 거기서 지내렴. 보호소에서 살기엔 너무 긴 시간이거든."

수전이 다시 벽을 따라 걸었다. 엄마는 고개를 돌려 수전을 지켜보았다. 수전에게서 눈을 떼지 못했고 나는 엄마의 표정에 당황했다. 그녀는 더이상 예뻐 보이지 않았다.

몇 분이 지나고 교도관이 시계를 들여다보았다. 그리고 그와 동시에 파란 제복을 입은 여자 교도관이 문을 열고는 엄마에게 시간이 다 되었다고 말했다.

우리는 작별인사를 했다. 엄마는 다시 우리를 안았다. "금방 또 올 거지?"

"네."

"사랑해, 내 귀여운 천사들. 엄마는 너희 편지가 정말 좋구나. 얼굴은 또 어쩜 이리 사랑스럽니. 곧 모든 게 끝나고 평화로워질 거야. 사람한테는 못할 끔찍한 짓이야, 그렇지? 하지만 걱정하지 마. 우린 여기서 나갈 거란다. 다시 재미있게 살 거야. 알겠지?"

"네."

수전과 나는 우리 허리를 잡은 엄마의 손에 기대서 있고, 엄마는 우리 허리에 얼굴을 파묻고 싶은 듯 무릎을 꿇고 있었다.

"이 일이 일어나는 동안 엄마는 너희를 한순간도 잊은 적이 없어. 너희가 정말 대견하구나. 알고 있지?"

"네."

엄마는 우리에게 입 맞추고, 일어나서, 우리를 남겨둔 채 떠났다.

가장 기괴한 것은 순서이다. 왜 우리는 거기에 있다가 물러나서 다시 되돌아가야만 하는가? 우리를 거기 붙박이게 할 좋은 것이 없나? 그녀가 진정 섹스할 만한 여자라면 왜 나는 다시 그녀와 섹스해야 하나? 그 꽃이 예쁘다면 왜 내 어린 아들은 영원히 그 꽃을 바라보지 않나? 폴은 꽃을 꺾어서 계속 달리고 그 꽃은 신발 끈에서 달랑거린다. 폴은 하늘을 배경으로, 하늘을 향해 눈에 대고, 꽃을 들기 시작해, 들고, 듣기를 그만둔다. 나는 폴 엄마의 자궁 입구를 내 버섯머리로 흥분하게 한다. 절정에 이르렀을 때 왜 우리는 영원히 그 상태에 머무르지 않나? 한 단어에서 다음 단어로 옮겨가는 괴물 같은 독자. 한 단어씩 한 단어씩 늘어놓는 괴물 같은 작가. 괴물 같은 음악가.

아빠는 기분 좋은 것처럼 흥분했지만 긴장하고 있었다. 큰 목소리로 우리를 맞았고 과장된 몸짓을 했다. 평소와는 달리 색깔 없는 플라스틱 테 안경을 끼고 있었다. 머리는 많이 짧았다. 귀가 두드러져 보였다. 몸에 맞지 않는 헐렁한 회색 바지와 회색 셔츠를 입고 있었다. 슬리퍼를 신었고 허리띠는 매지 않았다. 아빠는 무척 젊어 보였다. 내 기억보다 작았다. 붉은 얼굴. 광기.

나중에 나는 그들이 회색 수의를 입고 있었다는 사실을 떠올리고 너무나 고통스러웠다. 그들은 왜 그런 옷을 입는 데 동의했을까?

"세상에서 제일 착한 두 녀석이로구나! 내가 세상에서 제일 사랑하는 애들이 어떻게 지냈을까. 제이크, 애들 좀 봐요. 백만불짜리 보배들 아니오. 백만불짜리. 아빠가 감옥에서 뭘 했는지 모르지? 그치? 이 상자에 뭐가 들었는지 알겠니?"

"아니요."

"음, 내가 보여주마. 잘 봐."

그는 접힌 부분이 찢어진, 고무줄로 묶은 시가 상자를 꺼냈다. 무대 위 마술사처럼 아주 화려하게 상자를 탁자 위에 놓고는 고무줄을 빼고 천천히 뚜껑을 열었다.

"자, 봐. 아빠가 수집한 거야."

상자 속에는 죽은 나방, 바퀴벌레, 거미, 풍뎅이, 파리가 있었고 그

밑에는 자잘한 발이 달린 거대한 갈색 물진드기가 깔려 있었다. "곤충의 세계는 참 신비롭지. 잘 보기만 하면 놀라운 발견을 할 수 있어."

"어떻게 이런 벌레를 잡았어요?" 내가 말했다.

"종이컵이야. 오로지 그거로만 잡았어. 종이컵으로 벌레를 덮고 질식할 때까지 기다려. 그렇게 하면 벌레들이 다치질 않지. 물론 마르는 건 어쩔 수 없고 제대로 고정도 못 시켜. 여기서 핀이나 면이나 독극물을 쓸 수는 없으니까. 그래도 아빠는 그것들을 달라고 청원하고 또 청원하고 있단다. 나방 몇 마리는 정말 예뻐. 이놈 좀 봐."

아빠는 종이 위에 갈색과 검은색이 어우러진 나방을 올려놓았다. 그의 손이 떨렸고 그 모습은 마치 죽은 나방이 날아가려고 애쓰며 떨고 있는 것처럼 보였다.

"난 싫어. 죽은 벌레 싫어." 수전이 말했다.

"자, 이건 아빠의 바퀴벌레야. 내가 원하는 종류는 대개 다 찾을 수 있지." 그가 웃었다. "그런데 바퀴벌레는 아주 잡기 힘들어. 속임수를 써서 함정에 빠뜨려야 해. 어떤 때는 몇 시간씩 걸리기도 하고."

아빠는 수전의 반응에 충격을 받았다. 말을 채 끝내지도 않고 상자를 닫았다. 그는 일어서서 서성거렸다. 당황해했다. 갑자기 무슨 말을 해야 할지 몰라 했다. 그는 앉아서 머리를 손에 묻고 바닥을 내려다보았다.

고개를 들었을 때 아빠는 침착함을 되찾았다. "너희도 알다시피 엄마랑 내가 궁리를 했단다. 우리는 직선거리로 6미터도 채 안 떨어져 있어. 아빠 방은 엄마 방 아래층인데 한 구역 차이야. 물론 그 사이엔 돌이랑 철근이 있어. 그래도 우리는 그렇게 가깝단다. 불쌍한 너희 엄

마. 너희도 알지. 엄마가 있는 층에는 엄마밖에 없어. 아빤 그래도 이야기 상대가 있단다. 살인자이긴 하지만." 그가 웃었다.

아빠는 처음으로 우리를 제대로 바라보는 듯했다. "넌 날 닮는구나." 그가 아들에게 말했다.

"나는?" 수전이 알고 싶어 했다.

"아, 수전은 운이 더 좋아." 그가 미소를 띠며 말했다. 아빠는 팔을 뻗어 수전을 끌어당겼다. "넌 엄마를 그대로 닮았어. 엄마처럼 예뻐. 제이크!" 그가 어깨 너머로 불렀다. "이상적인 상황 아닌가요? 아들은 아빠를 닮고 딸은 엄마를 닮았으니 더이상 바랄 게 없잖아요. 이상적이죠?"

"그렇고말고." 애셔가 말했다.

"우린 이상적인 가족이야." 아빠가 외쳤다.

아빠는 주머니에게 베이비 루스 캔디바를 꺼내 우리 손에 쥐여주었다. "방금 먹었어요." 내가 말했다.

"그럼 나중에 먹어. 가다가 먹어."

나는 아빠에게 감방 밖으로 나갈 수 있는지 물었다.

"오, 그럼, 그럼. 하루에 15분씩 마당에서 운동을 한단다. 교도관들하고 공받기를 하지. 뛰어다닐 때도 있어. 벌레도 잡고. 예쁜 나방도 거기서 잡았지. 넌 이제 이런 게 궁금하구나, 그렇지?" 그는 웃으며 내 머리를 쓰다듬었다. 만난 후 처음으로 나를 만졌다.

"그리고 다른 수감자들하고 체스를 두기도 해. 체스판을 만들고 종이에 그림으로 체스말을 만들지. 그리고 소리를 지르면서 말을 옮겨. 체스판에 어떻게 표시하는지 가르쳐준 거 기억나니?"

"네."

"항상 체스는 시간 낭비라고 생각했어. 뭐 사실 그렇지! 끔찍한 시간 낭비야. 야구 시즌을 기대하고 있단다. 다저스하고 자이언츠 시범경기는 벌써 방송해줬어. 확성기로 말이야. 아직도 야구팬이니?"

나는 어깨를 으쓱해 보였다. 나는 내가 야구를 좋아하는 것에 죄책감을 느꼈다. 아빠는 모든 스포츠가 사람을 종속시키는 수단이라고 생각했다. 어떤 야구팀을 좋아하는 것은 쉽게 믿어버리는 노동자 계층 최악의 속성이었다.

"흠, 아빤 아직까진 아니야." 그가 웃으면서 말했다. 나는 그 얼굴을 똑바로 바라보았다. 안경 때문에 눈이 더 크고 거칠어 보였다. 아빠는 한숨을 쉬더니 우리를 밀어내고 일어서서 방 안을 서성였다. 그러곤 셔츠 주머니에서 담뱃갑을 꺼내 툭툭 쳐서 한 개비를 꺼냈다. 담배를 물고 불을 붙이고, 성냥과 담배를 도로 셔츠 주머니에 집어넣었다. 익숙한 몸짓으로 군더더기가 없었다. 나는 그때까지 아빠가 담배 피우는 모습을 본 적이 없었다.

"시간." 그가 말했다. "책 읽을 시간이 아주 많아. 운동할 시간도. 시간을 흘려보낼 방법을 찾아야 해. 시간을 메울 방법. 무슨 말인지 이해하니? 그렇게 소중한 시간을 감옥에서는 죽여야 해. 그렇지만 난 책을 쓰고 있어. 지금은 메모하는 단계야. 레닌도 감옥에서 책을 썼지. 모두가 그랬어. 그들은 어떻게 시간을 쓰는 게 최선인지 알았어. 모든 경우에 해당하는 말이지만 대가들을 모범으로 삼도록 해."

아빠가 앉으며 내 어깨를 잡았다. 손가락에 담배를 끼고 있어서 연기가 내 눈을 지나 굽이쳐 올라갔다. 재가 떨어지려고 했다. 내 어깨로 떨어질 것이다.

"몸은 감옥에 가둘 수 있지만 정신은 가둘 수 없는 거야."

나는 움찔하며 물러섰다. 어깨를 털었다.

"왜 그래? 재가 떨어졌어? 아니야, 여기 봐. 아직 안 떨어졌어. 재는 아직 여기 그대로 있어. 보이지?" 그가 웃었다.

"나를 가둔 사람들 마음이 사실은 감옥에 있는 거야. 그래도 걱정하지 마. 걱정할 건 없어. 이미 많은 일들이 벌어지고 있으니까. 그런 불법행위는 일어나지 않을 거야. 정의가 우리 편이야. 여론이 우릴 지지할 거야. 이 나라에서 무고한 사람을 사형에 처할 순 없단다. 그런 일은 절대 없어. 진리가 우리를 살려줄 거야. 두고 봐. 두고 봐, 이제 다 큰, 잘생긴 내 아들. 내 말이 맞죠, 제이크?"

"물론이오. 하지만 냉정해야 해요."

"재판이 열리기도 전에 어용 신문의 사주를 받은 하수인들이 우리를 유죄라고 규정했어. 그것만 봐도 공정한 재판을 받을 가능성은 없었지."

"폴." 애셔가 일어났다. 그는 교도관을 보았다. "지금은 그 문제를 논할 때가 아닌 것 같소." 그가 말했다.

"괜찮아요. 전 제 아들이 알았으면 해요. 우리를 석방하려고 투쟁하는 조직이 생겼단다. 사람들한테 진실을 알리기 위해서지. 이 아인 사실을 알아야 해요. 다니엘은 우리가, 아이작슨 가족이, 혼자가 아니라는 사실을 알아야 해요. 곧 전 세계가 자유를 찾으려는 우리 투쟁을 지지할 거예요. 그리고 이 아이도 도울 수 있어요! 너도 돕고 싶지?"

"그러고 싶어요." 내가 말했다.

"역시 내 아들이구나. 내 훌륭한 아들이야." 그는 내 얼굴을 잡고 끌어당겨 머리에 입을 맞추었다.

왜 엄마는 이 이야기를 하지 않았을까? 엄마의 확인이 없으면 나는 그것이 사실인지 알 수 없다. 그런데도 뉴욕으로 돌아오면서 내 마음 속에 들리는 것은 아빠의 목소리였다. 나는 엄마 아빠를 그곳에 두고 떠난다는 사실이 굴욕스러웠다. 그렇지만 다시 생각하니 갇혀 있다는 사실은 엄마보다는 아빠에게 덜 굴욕적이리라 생각되었다. 감옥 밖에서, 차 안에서, 뉴욕으로 돌아오는 길 내내 아빠의 목소리가 귓전을 울렸다.

어쩌면 이 모든 게 사실이 아닐지도 모른다. 내가 기억할 수 없는 일이 훨씬 더 많다. 어쨌든 첫 면회가 가장 힘들었다. 이후로는 쉬웠다. 우리에겐 들려줄 이야깃거리가 있었다. 우리는 놀이를 했다. 그림을 그렸다. 우리는 규칙적인 일상에 익숙해졌다. 여러 번의 사형 집행 중지 명령에 함께 기쁨을 나누었다. 나중에는 엄마 아빠가 함께 우리를 만나는 일도 허락되었다. 우리 네 사람은 사형수동의 그 방에서 마침내 다시 함께하게 되었다. 우리 가족, 우리 네 사람은 그 방에 함께 있었다. 우리는 다시 하나가 되었다. 우리는 마침내 하나가 되었다.

이집트인들이 고대 칼데아력을 수정하기 전 기원전 4천 년경에 점성술은 황도대에서 대략 27도 간격으로 13개의 별자리를 제시했다. 13번째 별자리는 불가사리 자리였다. 지금의 황도대에서 불가사리 자리가 어디 있는지는 알 수 없다. 지구축이 조금씩 변하면서 불가사리 자리가 있던 밤하늘의 한 부분이 사라졌기 때문이다. 그러나 그때까지 불가사리 자리는 13개의 별자리 중에서 가장 좋은 것으로 여겨졌다. 중천으로 올라가는 불가사리는 우주와의 평화와 조화를 뜻했기에 따라서 큰 행복을 의미했다. 이 별자리의 다섯 끝은 일반적으로 생각하듯 바깥쪽에 있는 것이 아니라 안쪽 중심을 향해 있었다. 그것은 여러 가지 정신작용의 결합과 신체작용의 통합을 암시했다. 그것은 오감의 중심에서의 결합을 의미했다. 그것은 모든 감정의 합일을 의미했다. 믿음과 지성이 결합하고, 언어와 진리가 결합하고, 삶이 정의와 결합하는 것이었다. 마르스와 반대로 불가사리 자리는 보통 게니우스* 를 가리켰다. 비너스의 영향 아래 있을 때 불가사리 자리는 평화를 의미했다. 하지만 무슨 이유에선지 오늘날의 점성가들은 불가사리 자리를 언급하지 않으며 세속의 미신에 따르면 그것은 불운을 뜻한다. 이러한 현상은 분명 현대인들이 아름다운 불가사리의 존재가 가진 자기완결성보다 더 두려운 것을 생각해낼 수 없기 때문이다. 현대인들은 자기완결성을 죽음으로 오인한다.

스턴리히트를 찾아서

나는 필리스를 데려가고 싶지 않았다. 그곳에는 군중이나 대치상황 같은 위험요소가 있었다. 게다가 나는 원래부터 다른 사람들이 하는 일을 하기 위해 가는 것이었으므로 어쩌면 우아하지 못하게, 어쩌면

* 로마신화에서 출생과 죽음을 돕는 신.

나약한 의지로, 어쩌면 의지도 없이, 어쩌면 형편없이 할 것이기에 나는 그녀가 거기 있지 않기를 바랐다. 하지만 필리스는 과거의 고통을 떠올렸다. 내가 자신을 따돌린다고 생각했다. 사실은 아니지만 나는 그녀가 그런 식으로 느끼지 않기를 바랐다. 그리고 국경을 지나 검문소를 지나 암흑의 핵심으로 홀로 운전해 들어가는 내 모습을 떠올렸다. 그러자 그녀와 이야기하며 가는 것도 나쁘지 않게 생각되었다. 우리는 싱그럽고 맑은 1967년 10월의 어느 날 차를 타고 떠났다. 이 여행에는 180달러가 들었다. 브레이크, 프론트엔드, 타이어 두 개, 플러그, 엔진 튠업. 볼보는 이제 튼튼하고 산뜻해졌다. 도로에는 알 만한 사람들이 탄 차가 달리고 있었다. 한 차에 대여섯 명씩 타고 있었고 고속도로에서 경적을 울려댔다. 트레일러 옆을 빠르게 지나치는 소형차에 탄 사람들이 차창으로 손가락 두 개를 들어 보였다. 그럼에도 불구하고 국경을 넘어 운전한다는 느낌. 검문소를 지나서. 암흑의 핵심으로 달려간다는 느낌.

넓은 도로와 흰 대리석 기념관과 공원이 있는 수도에서 나는 외국에 온 듯한 느낌을 받는다.

"나만 그런가?" 내가 말했다.

"주말에 오는 사람들은 다 그렇게 느낄 거야." 필리스가 말했다.

각별히 조심해야 한다. 천천히 운전하고 핸들을 꼭 잡아야 한다. 어느 공공건물에 유명한 범죄 박물관이 있다. 그 유명한 박물관에는 수갑을 찬 아이작슨 부부의 사진이 있다. 아이작슨 라디오 수리판매점에서 가져다놓은 단파라디오. 밝은 스크린에 코다크롬*처럼 전시한 치과 엑스레이 필름. 관광객들이 어슬렁거리며 지나간다. 또 다른 공공건물에는 지금까지 공개되지 않았던 서류가 있다.

우리는 지정된 교회에 차를 주차하고 다른 사람들과 합류한다. 펜타곤 주말의 금요일 오후가 조용히 시작된다. 단 몇 백 명이 교회 지하실에서 법무부 건물을 향해 행진한다. 400미터 정도 행렬이 이어진다. 영화카메라를 든 남자가 뒷걸음질치며 우리 얼굴을 찍는다. 스턴리히트는 보이지 않는다. 따뜻한 햇볕을 받으며 사이드카 오토바이를 탄 워싱턴 경찰이 부릉거리면서 우리를 따라온다. 마치 학회 모임 같다. 여러 대학에서 온 많은 시인들. 트위드 양복을 입은 중년의 출판업자들. 학자의 아내들과 납작한 구두를 신은 관능적인 교회 부인들. 청바지 차림에 머리를 길게 기르고 우리는 절대 가지 않겠다고 반복해 외치는 대학생들. 평화롭고 질서 있는 행진이다. 해가 나와 있다. 나는 폴을 안고 간다. 필리스는 미소 지으며 내 팔을 끌어안는다. 중요한 일을 하고 있다는 의식이 행진 참가자들에게 생기와 활력을 더해준다. 오랜 친구들이 잡담을 한다. 행렬이 이어진다.

우리는 수케닉 교수와 함께 구호를 외친다. 그도 이곳으로 왔다. 그는 행진의 민감한 의미에 사로잡혀 내 논문이 어떻게 되어가는지 묻지 않는다. 우리는 법무부까지 걸어간다. 그곳 계단에 연설을 위한 마이크가 설치되어 있다. 경찰이 우리의 집회권을 지킨다. 그들은 우리가 건물로 들어가지 못하도록 문 앞에 서 있다. 사진기자들이 우리 얼굴을 찍는다. 나치 완장을 두른 미국 나치주의자 청년 네 명이 거기에 모욕적인 언사를 던진다. 모두 선수들이다. 연설이 시작되고, 나는 우

---

* 코닥 사에서 나온 최초의 컬러 슬라이드 필름.

리가 앉을 자리를 찾는다. 필리스는 아기에게 우유를 먹인다. 나는 사람들이 모인 가장자리를 따라 양지에서 그늘로, 그늘에서 양지로 서성인다. 스폭 박사*가 있다. 예일 대학 교목(校牧)도 왔다. 오늘 시위는 시민불복종 행위다. 젊은이들은 징병카드를 반납하고 나이 든 사람들은 그들을 돕고 부추긴다. 모두 체포당할 것이다. 노먼 메일러**가 계단에 앉아 연설을 듣고 있다. 짙은 색 양복에 조끼를 입었다. 왼팔을 왼쪽 무릎에 대고 주먹 쥔 오른손은 오른쪽 무릎에 얹은 채 구부정하게 앉아 있다. 그 뒤로는 법무부 건물 1층 깊숙한 창문턱에 로버트 로웰***이 꽃 장식처럼 서 있다. 천사처럼 서 있다. 나는 로웰이 담배를 피우고 안경을 추어올리는 모습을 본다. 그가 시(詩)를 구상하는 모습을 본다.

이때 극적인 순간이 펼쳐진다. 대학생 대표들이 전국 수백 명 대학생들의 징병카드를 자루 안으로 떨어뜨린다. 환호가 울린다. 모여 있는 사람들에게도 영장을 반납하라고 말한다. 많은 젊은이들이 그 말에 따른다. 나는 군중을 헤치고 가 영장을 자루에 넣는다. 그리고 내 이름을 마이크에 대고 말한다. 다니엘 아이작슨. 물론 영장에 적힌 이름은 다니엘 르윈이다. 옳은 일을 한다는 생각과 두려움이 내 안에서 솟구쳐 귓가가 뜨거워진다. 이 무슨 속임수인가. 그러나 나는 다른 사람들이 하고 있는 일을, 그것이 무엇이든 간에 하기 위해 이곳에

---

* 유명한 소아과 의사로. 베트남전 참전에 반대하는 시민운동을 펼쳤고 징병기피를 권유했다.

** 미국의 소설가. 1967년 10월의 워싱턴 평화시위 참여 경험을 바탕으로 『밤의 군대들』을 썼다.

*** 미국의 시인. 2차 세계대전 당시 징병 거부로 투옥되었다.

왔다.

법무부로 자루가 전달되고 시위는 끝난다. 시위 말고는 아무 일도 없었던 것처럼 보인다.

그날 밤 돌격 위원회는 '운동'에 동조하는 어느 부인의 집에 우리를 묵게 했다. 그 부인은 '운동'을 위해 자신의 집을 개방했다. 관리가 잘된 고택으로 조용한 곳에 있었다. 부인은 우리에게 방을 안내해주었다. "제가 직접 시위에 참여할 수는 없어요. 그렇지만 시위하는 사람들을 도울 수는 있지요." 가녀린 체구에 품위 있는 부인이었다. 가벼운 중풍으로 떨리는 손이 그녀의 부드럽게 떨리는 목소리를 전하는 듯했다. 집은 무척 조용했다. 침묵이 넘쳐흘렀다. 창문에는 얇은 흰색 커튼이 쳐져 있었다. 커다란 침대는 거대한 마호가니 머리판이 달린 지나치게 푹신푹신한 것이었다. 우리는 아기를 나무로 된 흔들요람에 눕혔다. 바닥에는 널찍한 나무 널판이 깔려 있었다. 오래되고 깔쭉깔쭉한 혼숫감 궤 위에는 흰색 세면기가 있었고 그 안에는 유약을 칠한, 표면에 미세한 금이 간 큰 주전자가 있었다. 필리스는 그 방에 매료되었다. 창문 커튼을 만지작거리고 오래된 주전자와 세면기를 유심히 들여다보았다. 그녀는 요람을 흔들어 폴을 재운 다음 옷을 벗고 푹신푹신한 침대 가운데 다리를 꼬고 앉아 긴 머리를 빗었다. 그녀는 이 집의 완벽한 정적 속에서 이 조용한 방에 길게 누워 고요히 행복해했다.

지난번 워싱턴 D. C.에 왔을 때는 백악관에서 밤을 새웠다. 수전과 나는 손에 촛불을 들고 이마를 백악관 울타리에 기대고 있었다. 그 모습이 신문에 실려 유명해졌다. 사진에서 우리는 마치 감옥 철창 사이로 내다보는 것처럼 보인다. 워싱턴은 우리의 수도였고 어렸을 때 나는 워싱턴 역을 맡았었다.

다음 날 토요일에는 큰 사건이 일어난다. 우리는 링컨 기념관 잔디밭에 앉아 몇 시간이고 연설을 듣는다. 주의 사람들은 구호가 적힌 플래카드나 피켓을 들고 있다. 젊은 남녀 기독교도들, 퇴역군인들, 장발의 급진주의자들. 남의 시선을 의식하는 교수들, 운동화를 신은 나이 든 여인들과 코가 벌게진 당돌한 참가자들. 기타 연주자들. 덕지덕지 화장을 하고 망토를 두르고 꽃과 조앤 바에즈와 밥 딜런과 앨런 긴즈버그의 사진으로 장식된 상자를 빗자루 손잡이에 씌워 흔드는 별종들. 흰색 물감으로 검은 잠수복에 뼈다귀를 그린 스쿠버다이버들. 성직자들. 손으로 칠한 깃발을 든 각종 단체 회원들. 아름다운 날이다. 자기 나름대로 유명한, 냉전의 모든 행복한 별종들이 전세버스에서 쏟아져 나오고 침낭에서 기어나와 펜타곤으로 행진하기 위해 모여들었다. 엄청난 수의 사람들이다. 링컨 기념관 계단에서 연사들이 쉰 목소리로 마이크를 향해 외친다. 군중들이 동의를 표하는 진동이 느껴진다. 나는 여기 있는 각각의 사람들이 나보다 더 큰 권리를 가지고 있다는 끔찍한 확신에 내리눌린다. 나는 소외감을 느낀다. 실제로 이곳의 모든 이들이, 심지어 필리스조차 끝없이 계속되는 맥 빠진 연설을 비정상적일 정도로 집중해 듣고 있으며, 나로서는 이해할 수 없는 방식으로 이 이벤트를 자신들의 것으로 만들고 있다. 나는 돈을 내지 않고 몰래 입장한 것 같은 느낌이 든다. 아니면 다른 사람들은 모두 아는 것을 나만 모른다는 느낌이 든다. 어쩌면 아직까지 이런 일이 가능한가라는 생각. 혹은 이 정도면 충분하다는 생각. 한낮의 열기 속에서 갑자기 사람들이 일어나 대형을 갖추고 행진을 시작한다. 햇빛이 카메라 렌즈를 들여다보는 눈을 찌른다. 사람들이 일어난다. 열기가 고조된다. 깃발을 세우고 펄럭이며 소풍 나온 무리의 장비들이 덜거덕거리고 삐걱거리는 소리가 가득하다.

붐비는 군중 속에서 나는 질식하는 죽음의 첫 속삭임을 듣는다.

"이곳이 격렬해질 것 같아." 나는 필리스에게 말한다.

그녀가 놀라서 나를 바라본다. 나는 필리스의 팔을 잡고 나와 녹지를 따라 반대편으로 걸어간다.

"하지만 이게 우리가 뉴욕에서 여기까지 온 이유잖아."

"당신을 걱정하고 싶지 않아, 필리스. 부인 집으로 가서 내가 끝날 때까지 기다려."

그녀는 불행해했다.

"필리스, 당신 아기를 안고 거기까지 갈 생각은 아니겠지. 총검을 휘두르는 군인들. 최루탄 가스. 아기를 그런 곳으로 데려가야겠어? 무슨 일이 일어날지 몰라."

"하지만 가고 싶어."

"좋아, 당신이 가도록 해. 나한테 폴을 맡기고 당신이 가." 그녀는 그렇게 하기를 원치 않았고, 나는 그녀가 내 논리—여기서 이루어지고 있는 일을 하러 갈 권리와 그 필요성에 대한 논리—에 묵묵히 따를 것임을 안다. 갑자기 그녀의 팔이 저항을 멈춘다. 우리는 워싱턴으로 향하는 택시를 잡으러 간다. 그녀의 서두르는 발걸음에서 나는 동의의 뜻을 읽는다.

나는 하루 종일 만족감을 찾아 헤맸다. 링컨 기념관에서 강을 건너는 다리 위의 사람들 틈에 있을 때 나는 얼핏 교황 모자처럼 보이는 것을 쓴 스터리히트를 본 듯했다. 그렇지만 그와는 달리 나는 선두에서 상당히 떨어진 뒤편에 있었다. 펜타곤 아래쪽 고속도로 건너편 주차장에서 다시 연설이 있었다. 그 후에 나는 부서진 울타리 쪽으로 달려가는 사람들 뒤를 쫓았다. 둑을 넘고 고속도로를 가로질러 바로 펜타곤 입구의 쇼핑몰로 갔다.

여전히 어떤 일이 일어날지 분명치 않았다. 축제 같은 분위기였다. 쇼핑몰 점거는 행사 조직자들과 국방부 관리들이 합의하여 허용한 것이기에 아무런 의미도 없다는 소문이 나돌았다. 날이 어두워지자 많은 사람들이 떠나기 시작했다. 헌병과 보안관 들이 정문 입구 계단에 횡대로 서 있었고 그 사이로 공간이 있었다. 앞으로 나갈 수 있는 공간이었다. 그리고 고위 관료들의 얼굴이 보였다. 신은 그들 편에 서 있었다. 무슨 일이든 그것에 자신들의 목숨을 거는 사람들이 있다. 군인들은 즉시 대형을 갖춰 그것을 지키기 위해 죽을 각오를 할 것이다. 과학자들은 기꺼이 그쪽으로 연구 방향을 맞출 것이다. 명민한 학자들은 모든 합리적인 이유를 동원해 그것의 진실을 만들어낼 것이다. 시인들은 그에 대한 사사로운 감정을 선언하기 위해 자신만의 목소리를 찾을 것이다. 집집마다 열띠게 그것을 아는 척 뽐낼 것이다. 사람들은 계속 그것으로 생계를 이어나갈 것이며, 종교인은 그저 만족스러운 조건으로 그것이 마무리되기만을 기도할 것이다.

이제 날이 어두워지고 추워졌다. 나는 모닥불을 발견하고 다른 사람들과 어울렸다. 마약이 널려 있었고 나는 기분이 좋았다. 여기저기서 징병카드를 태우는 의식이 거행되었다. 군대에 대한 끊임없는 야유와 노래. 빵과 볼로냐 소시지와 맥주와 펩시를 들고 돌아다니는 장사꾼들. 나는 여전히 이 투쟁으로 기진맥진해 있다. 아무도 나를 모르지만 내 존재가, 내가 참여했다는 사실이 이날의 진정한 의미를 앗아가는 듯하다.

그러나 이 쌀쌀한 밤에 여기 남은 얼마 안 되는 사람들은 거대하게 드리워오는 펜타곤 벽의 밤그늘 안에서 자신들의 존재를 주장하기 시작한다. 그들은 점점 강해지는 고집스러움 속에서 더 젊어진다. 그들은 당돌하며 그중 여럿은 별로 친절하지 않다. 바람의 방향이 바뀌어 최루가스가 위협해오자 눈에 보이지 않는 충돌이 일어나고 멀리서 고함소리가 들려온다. 예의 바른 방식은 아니지만 그들은 자신들뿐 아니라 군인들에게도 이 시위의 진정한 성격을, 참된 가치를 보여주려고 한다. 그러기 위해서는 멋지기는 고사하고 몇 단계의 야만적인 행위를 거쳐야 한다. 그렇다, 나의 형제들이여, 전쟁은 구역질나고 미국의 제국주의도 구역질난다. 나는 만족하기 시작한다. 나이 든 사람들은 돌아가버렸고 기자들도 돌아가버렸고 카메라도 돌아가버렸고 늦은 밤 남아 있는 것은—아마 벌써 자정일 거다—열성 퀘이커교도들, 급진주의자들, 새로운 생활양식을 따르는 신세대 젊은이들, 그리고 현재 이루어지고 있는 일을 하기 위하여 논쟁의 맨 앞줄로 기어가는 한 소심한 모험가로 우연히 이루어진 공동체이다. 그리고 갑자기 그가 이곳에 나타난다. 그는 진정한 현실의 사람들과 단단히 팔짱을 끼고 소심하게 열을 지어 앉아 있다. 번쩍이는 군화가 다가오고 번쩍이는 곤봉과 번쩍이는 놋쇠가 그 연결고리를 뚫고 들어온다. 바로 내 나라의 철모를 쓴 짐승들이 몰려와 군화와 곤봉과 개머리판으로 우리의 살을, 우리의 아프고 병든 완고함을 뚫고 들어와 우리를 피 흘리게 한다. 나의 나라. 후려치고 짓밟고, 또 발로 차고 곤봉을 내리친다—곤봉을 높이 들어 내리치고, 팔을 끝까지 휘둘러, 계속 머리를 숙인 채, 손목의 스냅을 잊지 말고, 스윙을 완성하고, 높이 올리고 아래로 내리고, 허공에 홈 하나를 떠올리고, 그 안에 홈을 만들고, 공에 시선을 떼지 말고, 공에 시선을, 음부에 시선을, 골통 끝에 시선을, 위아래로, 온힘을 다해, 스윙에 모든 것을 담아서, 발가락부터 머리끝까지, 위에서 아래로, 돌아서며, 높이 올리고 아래로 강하게, 최대로 강하게, 최대로 강하게, 더 강하게, 더 강하게. 끝까지 휘둘러라.

다니엘은 자신의 피를 마셨다. 펜타곤의 토요일 밤이었다. 그는 이빨 조각을 삼켰다. 누군가가 그의 사지를 들어올렸고 그는 펜타곤의 토요일 밤에 부서져버렸다.

그리고 나는 이제 어떻게 한 청년이 커다란 감방에서 거대한 형제애의 공동체 속에 부서져 있는지, 어떻게 이 청년이 쾌활한 멍든 동료애를 공유할 수 없는지, 어떻게 아티 스턴리히트가 병원에 실려 가면서 모든 이들을 압도했다는 이야기에 관심을 가질 수 없는지, 어떻게 이빨이 빠지고 머리에 두른 일흔여섯 장의 손수건이 진홍색으로 말라버린 데 대한 노래를 함께 부를 마음이 들지 않는지 이야기할 것이다. 그는 몸을 뻗지 못할 정도로 척추에 피로가 몰려와 손가락을 손바닥에 대고, 무릎을 가슴에 대고, 머리를 무릎에 대고 구석에 앉아 있다. 그는 이곳을 즐길 수 없다. 그에겐 너무나 익숙한 곳이다. 그는 자신이 집에서 얼마나 멀리 있는지 알고 있다. 그는 다른 이들처럼 호기를 부려 이곳을 이겨내지 못한다. 그는 피부에 닿는 갇힌 공기에 민감하고 이곳의 밤은 그의 귀를 파고든다. 그는 이루어지고 있는 일을 하는 것이 무엇을 뜻하는지 이제 알기에, 일어날 가능성이 있는 일들을 생각하며 오한 속에 땀을 흘리고, 단 하룻밤 단 하룻밤 매분 매초 땀을 흘린다. 열흘 25달러 중단된 여행. 무죄, 난 무죄란 말이야. 시선이 파리처럼 벽 위아래로 미끄러지고 창살 사이의 공간을 해석한다. 다니엘은 이 시간 매순간의 끝없는 반향을 논한다. 매순간 형기를 치른다. 매순간 그녀와 불가사리와 내 침묵하는 불가사리 여동생과 그 주제, 구조, 용어와 은유를 논한다.

다음 날 아침 나는 벌금을 내고 풀려났다. 어제와 마찬가지로 아름다운 날이었다. 나는 워싱턴으로 돌아가 차를 찾아 오래된 미국의 집들이 모여 있는 동네로 몰고 가 조용한 미국 주택의 조용한 흰 방에 있는 아내를 발견했다. 나를 보자마자 필리스는 울기 시작했다. 내 오른쪽 눈은 감겨 있었다. 딱지 앉은 입술은 부어올랐고 음식을 먹을 만큼도 입을 벌릴 수 없었다. 숨 쉬는 것이 고통스러웠지만 팔로 갈비뼈를 누르면 고통이 조금 가라앉았다. 셔츠를 온통 적셨던 피는 말라 있었다.

나는 그녀가 계속 울지 않았으면 했다. "이봐," 나는 이 사이로 휘파람 소리를 내지 않으려 애쓰면서 말했다. "보기보단 괜찮아. 별거 아냐. 요즘 혁명가가 되는 건 옛날보다 훨씬 쉬워."

4부 크리스마스

12월 초

다니엘 아이작슨은 로스앤젤레스행 아메리카 항공사 707 여객기에 올랐다. 그는 양털 안감 재킷을 걸치고 감옥에서 입는 듯한 셔츠와 바지에 샌들을 신고 있었다. 얼굴에는 수염이 무성하고 길게 자란 머리카락은 붉은 천 머리띠로 묶은 모습이었다. 철로 된 안경테가 빛났다. 크고 하얀 이가 반짝였고 샌들을 신은 탓인지 약간 큰 발가락이 엄청나게 커 보였다. 마디가 굵고 못생긴 발가락에 두껍고 누런 발톱이 그다지 깨끗해 보이지는 않았다. 그는 넋이 빠진 채 자신을 보고 있던 통로 건너편 좌석에 앉은 부인을 향해 차가워진 큰 발가락을 꼼지락거렸다. 부인이 그를 바라보더니 얼굴을 붉히고 고개를 돌렸다.

꽤 많은 승객들이 다니엘이 비행기를 납치할지도 모른다고 생각했다. 그는 그 가능성도 고려해보았다. 사업가처럼 보이는 두 사람은 그의 머리 길이를 두고 수군거렸다. 스튜어디스는 그에게 점심 메뉴를 건네주며 힘겹게 미소를 지었다. 사실 그녀는 다니엘에게 화가 난 듯 보였다. 하지만 다른 승객들에게 하듯 다니엘에게도 숙련된 윙크를 보냈다.

다니엘은 점심으로 스테이크와 작은 완두콩, 사과 파이를 먹은 다음 스튜어디스에게 청진기처럼 생긴 이어폰이 든 비닐봉지를 받았다. 재단은 이 물건에 1달러를 지불했다. 그것으로 다니엘은 환상적인 영화를 들었다. 리처드 버턴이 나오는 〈추운 나라에서 온 스파이〉였다. 영국의 첩보원, 아니 스파이인 버턴은 동독에서 활동하는 이중첩보원을 보호하기 위해 상관들이 짜놓은 복잡한 음모에 조종되고 배신당한다. 버턴의 순진한 애인 클레어 블룸은 베를린 장벽에서 죽게 되고 버턴은 그녀와 함께 죽음을 택하며 장벽 위로 몸을 일으켜 총에 맞는다. 삶이 이렇게 짜임새 있을 리는 없지만 어쨌든 영화는 사실감 넘치게 이야기를 재현해낸다. 그리고 일종의 진지함을 표상한다고 할 수 있는 흑백영화로 만들어졌다. 영화에서 버턴은 마치 바지에 똥을 넣고 다니는 사람처럼 걸어 다닌다. 장벽 자체는 감시초소와 줄무늬 차단기, 탐조등으로 묘사된다. 그러나 베를린 장벽을 벽으로 보여주는 것이 과연 사실적인가? 베를린 장벽은 벽이 아니다. 봉합선이다. 그것은 세계를 박음질해놓은 봉합선이다. 지구는 거대한 철퇴처럼 납에 싸여 못이 박히고 볼트로 조이고 페인트칠이 벗겨져 있다. 또 전선이 엉키고 단단히 봉인되어 있으며 사슬톱니처럼 대못이 박혀 있다. 그 속은 텅 비어 있다. 그리고 가끔 납과 쇠로 된 뜨거운 표피가 태양열에 팽창하여 봉합선을 따라 균열이 생긴다. 이런 봉합선 중 하나가 베를린 장벽인데 꼭 한 사람이 추락할 정도의 큰 공간이나 틈이 잠시 나타난다. 둘로 갈라진 세계에서 급진주의자는 자유로이 이쪽이나 저쪽을 선택한다. 그것이 급진주의자의 선택이다. 세계의 반쪽은 각각 마그데부르크의 두 반구와 유사하다. 나의 엄마 아빠는 어느 날 터진 봉합선 속으로 떨어졌고 그러고 나서 두 반구는 굳게 닫혔다.

다니엘은 로스앤젤레스 국제공항에서 로달러(Low Dollar) 렌터카를 기다리며 서 있었다. 앙상한 야자나무의 늘어진 잎이 차량 행렬을 내려다보았다. 다니엘은 지금 남부 캘리포니아에 있다. 공기는 향기로운 독약을 마신 것같이 야릇한 느낌이다. 머리 위 하늘은 흐릿하게 푸르고 지평선 쪽은 짙은 누런색이다.

다니엘은 로달러 렌터카에서 차를 빌리길 잘했다고 생각했다. 지붕에 '경제적인 렌터카'라는 광고판을 단 차가 다가왔다. 흑인 청년이 차에서 내리더니 인도 쪽으로 걸어와 고객을 찾았다.

"납니다." 다니엘이 그에게 말했다. "내가 전화했소."

"혼자신가요?"

"그런 것 같소이다."

흑인 청년이 모자를 벗었다가 다시 썼다. "흠, 기분 나쁠 수도 있겠지만 아마 당신에게 차를 빌려줄 것 같진 않군요."

"젠장." 다니엘이 수염을 긁었다.

"내 말이 맞을 겁니다. 일단 태워줄게요. 나한테는 어차피 마찬가지 일이니까. 단지 사실을 말해주는 겁니다."

"좋소. 고마워요."

"짐작하겠지만 성가시게 할 거요. 왜 그러는지 당신이 알아차릴 때까지 말이죠."

"알았소. 그러면 차를 얻어 탈 수 있는 곳까지 데려다주는 건 괜찮소?"

"물론이죠. 어디로 가시나요?"

다니엘은 샌디에이고 고속도로로 진입하기 직전에 센추리 대로에서 내렸다. 그는 다리 사이에 가방을 끼우고 엄지손가락을 들어 지나가는 차를 세웠다. 가슴이 쓰렸다. 마침내 폭스바겐 캠핑카가 섰다. 콧수염을 길게 기르고 셔츠를 입지 않은 금발 젊은이가 운전하는 차였다. 캠핑카에는 매트리스와 침낭이 깔린 침대가 있었다. 창문에는 커튼이 쳐져 있고 책이 꽂힌 책꽂이도 있었다.

"어디로 가시죠?"

다니엘은 지도를 보았다. 잿빛 태양 아래 차는 고속도로를 달렸다. 정유공장을 지나고 광고판과 발전소, 산업공단과 용광로, 트레일러 주차장과 고물집적소를 지나서 달려갔다. 그리고 저장탱크와 경사로, 입체교차로와 쇼핑센터, 규격주택의 펄럭이는 깃발 등을 지나 남쪽으로 내려갔다.

이 책의 온도 변화를 어떻게 설명해야 할지 모르겠다. 일단은 코트를 벗는 게 좋겠다. 이곳은 따뜻하니까. 두통이 눈앞을 스친다. 두통은 대기, 빛과 관계가 있다. 빛이 당신을 태운다. 태양은 당신을 따뜻하게 하고 그을리게 하지만 태우지는 않는다. 빛은 당신을 태우고 시야 뒤편 자리까지 숯으로 만들어버린다. 태양은 책의 이 부분에서 나와야 한다. 그것은 화학적으로 만들어진 태양이다. 태양은 흐릿한 회색빛 대기를 뚫고 빛난다. 태양은 자연의 향기가 사라진 대기의 부드러운 정적을 뚫고 빛난다. 생각해보니 여기엔 한때 오렌지 농장밖에 없었다.

너무나 자연스럽고 또 완벽하게 스스로에게 충실해서 나는 그곳을 한껏 즐겼다. 나는 정말로 즐거웠고 향기로운 공기를 깊숙이 들이마셨다. 전깃줄이 하늘을 가로질렀다. 유황 연기가 땅에서 피어올랐다. 강철 도시가 땅을 진동케 했다. 그곳은 스트론튬* 아이들의 나라였다.

사랑하라, 그렇지 않으면 떠나라.

다니엘은 5천 킬로미터를 날아와 이곳에 도착했다. 처음 와본 곳이지만 편안하게 느껴졌다. 그게 바로 이곳의 방식이었다. 여기 거주하는 이들은 모두 막 도착한 사람들이다. 바로 알아보기 쉬운 장소이다. 고속도로에 군 수송트럭이 지나간다. 헬리콥터가 고속도로 상공을 날아간다. 모기떼 같은 제트기들이 바다 위 하늘 높이 태양 속에서 둥근 원을 그린다. 전자제품 공장들이 서로 어울려 자리 잡고 있다. 너무나 눈에 잘 띄는 군산복합체. 이 모두가 캘리포니아의 넓은 공간과 밝은 빛 속에 활짝 열려 있다.

나는 언덕으로 둘러싸인 광활한 평원의 트레일러 집에 앉아 있다. 남쪽 언덕 아래로 암녹색 헬리콥터가 하늘을 가로질러 트레일러 위를 지나간다. 프로펠러가 흰색 하늘을 때려 대기가 탁해진다. 북쪽 언덕으로 낮게 날아간 헬리콥터는 거기 광활한 평원에 착륙한다. 해병대

---

* 핵폭발로 인한 방사성 낙진에 존재하는 성분 중 가장 위험한 금속 원소.

의 헬리콥터다. 밤낮으로 광활한 평원에서 뜨고 날고 내리는 소리가 들린다. 누구도 왜 그러는지 모른다. 이곳 학생들은 모두 행색이 후줄근하다. 다 해진 바지를 끈으로 잡아매고 다 떨어진 셔츠에 신발도 신지 않고 노동자들이 쓰는 짚모자를 턱밑에서 끈으로 묶어 쓴다. 물이 평원을 채우기 시작한다. 우리는 차를 버리고 자전거를 탄다.

이 트레일러 주택은 나를 태워주었던 청년의 집이다. 그는 대학원생 조교로 다른 조교 세 명과 함께 살고 있다. 서부 사람 특유의 조용한 자기집중력을 가진 청년이다. 새로운 생활양식에서는 자기 자신과 자신의 감정이 중요하다. 질문을 하지 않고 스스로 말하지 않으면 다른 사람 이름도 묻지 않는다. 그건 중요하지 않기 때문이다. 우리 모두 대항해야 하는 다른 세계가 있다. 그에게 우리 연구실을 쓸 수 있게 해주자. 이곳은 오렌지카운티 어바인에 있는 새로운 캘리포니아 대학이다. 지붕에 오렌지색 타일을 입혀 스페인을 떠올리게 만드는 거대한 콘크리트 달걀상자 같은 건물들이 모여 있다. 아직은 공사중이다. 신임 교수들은 트레일러에서 지낸다.

"여보세요." 여성스러운 목소리.

"필리스?"

"다니엘?"

"공항에서 차 얻어 탔어."

"몸은 괜찮아?"

"응. 여기 지독하게 더워."

"재밌네. 여긴 막 눈이 내리기 시작했는데."

"수전은 어때?"

"버티고 있어."

"이봐. 거짓말하지 마."

"거짓말 아냐. 내가 직접 봤어. 예전이랑 똑같아."

"부모님은 아직 거기 계셔?"

"아버님만. 난 저녁 지으러 집에 왔고. 어머님이 아버님 모시러 병원에 가셨어."

"애는 괜찮아?"

"응. 우린 좋아."

"그런데?"

"그런데라니?"

"문제가 있는 것처럼 들리는데."

"어머님이 당신이 뭘 하는지 계속 물어보셔. 왜 여기 없는지 알고 싶어 하셔."

"그래서 말했어?"

"쉽지 않네."

"당신도 이상하다고 생각하지? 그렇지?"

"안 그래. 당신도 알잖아."

"이상하긴 이상하지. 이번 여행은 정신 나간 짓이야. 내가 원하는 걸 얻어도 그게 무슨 소용일지 모르겠어. 하지만 달리 방법이 없는 것 같아. 무슨 다른 방도가 있으면 말해주겠어?"

"비난하는 게 아냐, 여보."

"엄마가 뭐라고 했어?"

"진실이 폐렴 환자한테 주는 약 같은 거냐고 하셨어."

"아, 벌어먹을. 아니야. 진실은 그런 게 아니지. 젠장, 도대체 엄마가 원하는 게 뭐야? 수전이 죽어가는 걸 함께 지켜보자는 건가?"

"어머님이랑 얘기하고 싶어? 지금 주방에 계셔."

"아냐, 내가 전화했었다고 하고 가능한 한 빨리 돌아가겠다고 해줘. 두 분한텐 많이 힘든 시기야. 당신이 능력껏 잘 말씀드려줘."

"나도 힘든데."

"당신까지 부모님이 시중들게 하진 마."

"노력하고 있어. 그런데 어머님은 계속 바쁘고 싶으신가봐. 나한테는 속 이야기를 안 하셔, 다니엘. 아버님도 거의 말씀을 안 하시고. 애한테도 별로 신경을 안 쓰셔."

"자식이 죽어가고 있잖아, 필리스."

"말 안 해도 알아."

"됐어, 그럼. 미안해. 침착하게 있어. 울어?"

"아니. 그런데 나도 최선을 다하고 있어."

"알아. 아마 내일 오후엔 돌아갈 거야. 전화할게. 별일 없지? 필리스, 별일 없지?"

"괜찮아."

두번째 전화—수신자 부담 아님

"여보세요?" 여성스러운 목소리.

"민디시 씨 댁인가요?" 침묵. "여보세요."

"뭐라고요?"

"거기, 린다니?"

다시 침묵.

"전화 잘못하신 것 같은데요."

"아니야. 이봐, 왜 그래. 나 다니엘 아이작슨이야. 너 린다 맞지. 그렇지? 윅스 가에서 살던 린다 민디시 말이야."

전화기를 손으로 막았다는 느낌. 침묵. 전화기를 손으로 감싸고 누군가와 함께 듣고 있다는 느낌. 갑작스러운 연결. 이 소리의 구멍. 그녀가 그 속으로 추락한다.

"여보세요? 듣고 있어? 거기 린다 아니야?"

"민디시라는 사람 집 아니에요. 전화 잘못 거셨어요."

다니엘은 미소를 지었다. "그럼 누구 집이지?"

"미안하지만 말할 수 없어요." 그녀는 전화를 끊으려고 한다.

"잠깐만. 주소도 가지고 있어. 포인세티아 1099번지, 맞지? 전화번호도 알아. 나랑 통화하는 게 좋을걸."

"아무 일도 아냐." 전화기를 손으로 감싸고 그녀가 누군가에게 대답하는 소리가 들린다.

"린다?"

"당신 누구야? 원하는 게 뭐야?"

"이봐, 린다. 너 내 옆구리 쿡쿡 찔러대던 거 기억해? 서로 상대방 손가락을 꺾던 거 기억나? 보통은 네가 이겼지. 나보다 나이가 많았으니까. 힘이 좋았어. 여자아이치고 손힘이 셌지."

"전화 끊겠어."

"어이, 끊으면 다시 걸 거야. 문을 두드릴 수도 있지. 그러니 끊어봤자야."

"다른 사람을 귀찮게 못하는 법이 있다는 걸 모르는 모양이지."

"하지만 우린 아는 사이잖아. 잠시만 얘기할 수 없을까? 그러면 네 마음이 다칠까?"

"너하고 할 얘기 없어. 가까이 오지 마. 우릴 그냥 내버려둬."

"어쩌다보니 지금 너희 집 근처에 와 있어."

부드럽게 전화기를 가리는 소리. "아무 일도 아니에요. 그냥 친구예요." 그녀의 낮은 목소리가 들린다.

"린다?"

"왜 그래?"

"어쩌다보니 지금 너희 집 근처야. 해 끼칠 생각은 조금도 없어. 정말이야. 너랑 네 아빠가 사는 곳은 오래전부터 알고 있었어. 음, 어바인에 있는 캘리포니아 대학에서 친구들을 만났다가 너한테 전화할 마음이 들었어. 이게 그렇게 끔찍한 일인가?"

"신문에서 네 기사 읽었어. 무슨 짓을 하려는지 알아. 내가 널 두려워한다고 생각하면 오산이야."

"날 두려워할 이유가 없지. 신문기사는 과장된 거야. 기자가 재단의 목적을 잘못 이해했어."

"여긴 내 친구들도 있어. 우리 본명까지 아는 가까운 친구들이야. 우린 아무것도 감출 게 없어. 그러니 날 겁줄 수 있다고 생각하지 마."

"난 그냥 네 아빠랑 얘기하고 싶을 뿐이야."

"어쩌지, 아빠는 너하고 얘기하고 싶어 하시지 않는데."

"그는 날 좋아했어."

"이제 끊어야겠어. 더이상 귀찮게 굴면 경찰을 부르겠어."

"린다, 우리 세련되게 행동하자. 이야기하자는 게 무슨 문제가 되지?"

"아빤 늙었고 편찮으셔. 평화롭게 지내고 싶어 하신다고. 알겠지?"

"그럼, 물론이지. 잠깐 들러서 인사만 드릴게. 몇 분이면 될 거야."

"완전히 미쳤구나."

"그 일이 있었을 때 난 꼬마였어, 린다. 내가 지금까지 원한을 품고 있다고 생각해? 그건 낭비야. 나도 나름대로 할 일이 있다고."

"오, 하느님. 그럴 줄 알았어, 히피지. 그 말은 믿어."

"우린 모두 상처받았어. 그렇지? 끔찍했어. 그런데 그건 우리 모두한테 일어난 일이야. 우리 누구도 그 일을 못 잊어. 그리고 너희 가족이랑 우리 가족은 아주 가까웠잖아. 난 너랑 네 아빠를 만나야만 해. 그게 그렇게 이해하기 힘들어?"

그녀가 울기 시작했다. "우리가 사는 덴 어떻게 알았어?"

"몰라. 누가 오래전에 얘기해줬어."

"누가?"

"누군지는 기억 못해. 그게 중요한 게 아니야. 아무한테도 말 안 했어. 심지어 동생한테도 안 했어. 난 묻지도 않았는데 그 사람이 그냥 말해준 거야. 나도 그때가 유감스러워. 하지만 린다, 모든 건 변해. 지금 분명해 보이는 것도 시간이 조금만 지나면 그다지 분명하지 않게 돼. 옳고 그른 것도 마찬가지야."

"알았어." 다시 침묵. 그녀는 훌쩍거린다. "너한테 아빠를 용서할 특권이 있다고 생각하지? 네가 지금 하는 말이 그거지?"

"그건 아니야."

"그건 오만이야. 그래. 그건 아이작슨가의 오만이야. 아주 높고 대단한……"

"이봐, 그런 게 아냐. 그리고 이건 전화로 할 수 있는 얘기가 아닌 것 같아."

"네가 어떻게 감히 우리한테 전화를 할 수 있어! 어떻게 감히!"

이번에는 내가 침묵했다. 내가 스스로 일을 망쳤다고 여긴다고 그녀가 생각하게끔 하라. 그녀는 화장지로 콧물을 닦고 눈물을 훔친다. 그리고 전화기 너머로 반응을 살핀다. 그녀는 기다린다.

"물론 원한도 이견도 있을 수 있어. 그걸 어떻게 부인하겠어. 나도 왜 전화했는지 잘 모르겠어. 내 전화가 너한테 충격을 줄 수 있다는 생각은 못한 것 같아. 미안해. 한 번 더 생각해야 했는데. 하지만 여기 오게 되면서 너한테 전화를 해야 한다는 생각이 갑자기 든 거야. 네 아빠를 만나고 싶어. 그게 전부야. 어떻게 지내시니?"

"어떻게 지내느냐고? 잘 지내시지. 네가 기대하는 대로 잘 지내."

"다행이군, 다행이야. 어머니는?"

"역시 잘 지내."

"그 말 들으니 기쁘네. 우리 어떻게 약속을 잡을 수 있을까? 난 내일이면 여길 떠나."

"모르겠어."

"동부로 돌아갈 거야. 일자리 때문에 면접 보러 왔는데 잘 안 될 것 같아."

"너 가르치는 일 하니?"

"그래. 얼마 전에 박사학위 받았어."

"그렇구나. 축하해."

"글쎄, 발버둥을 쳤지."

나는 스스로를 비하하듯 쓴웃음을 지었다. 나는 내 이미지를 그대로 잡아나갔다. 잭 페인은 확실히 약속을 지켰다. 내가 고맙다고 하자 그는 더는 문제를 만들지 말라고 했다. 그런 다음 전화를 끊었다.

1949년 소련이 원자폭탄을 보유하게 되자 카를 융은 동전 세 개를 돌려 고대 중국의 예언서 『주역』을 앞에 두고 미국이 이 책을 어떻게 받아들일지 물었다. 미국에서 막 『주역』이 출간되려는 참이었고 융과 일부 중국 전문가를 제외한 미국인들은 이 책에 대해 별로 아는 바가 없었다. 『주역』은 아주 잘 팔릴 것이라고 대답했다.

나는 린다 민디시의 마음을 기쁘게 했음을 느끼며 전화 통화를 마쳤다. 이런 식으로 기술할 수 있으리라. 넌 분명 오랫동안, 네가 기억할 수 있는 한 오랫동안 마무리되지 않은 어떤 일로 위협을 받고 있었다. 전화가 울린다. 넌 자신이 두려움에 친숙하다는 사실을 깨닫는다. 혹은 이런 식으로 기술할 수도 있으리라. 나한테 끔찍하게 당한 녀석이 전화를 걸어와 하는 부탁이 다시 그렇게 해달라는 것이다. 새로운 삶이 눈앞에 그려진다. 어떤 일을 마침내 마무리 짓는다고 생각했을 때 뒤따르는 기분 좋은 성적 자극에 나는 흥분한다.

그 집은 통나무집처럼 아담한 주택이 늘어선 거리에 야자나무가 무성한 곳에 자리 잡고 있었다. 장식벽토를 바른 아담한 분홍색 집이었다. 서부의 보스턴 포스트로드 정도 되는 퍼시픽 해안고속도로에서 반 블록 떨어져 있었다. 거기에서 주유소, 부동산 중개업소, 사진관,

슈퍼마켓, 드라이브인 타코 식당, 상아색의 시체안치소 등이 늘어선 거리를 지났다. 나는 초인종을 눌렀다. 나만의 은밀한 소설.

린다는 희미하게 억지웃음을 지으며 나는 맞는다. 소매와 목까지 주름장식이 달린 블라우스를 입고 있다. 치마는 무릎 위까지 올라온다. 마른 몸에 옅은 색의 머리카락은 짧고 가볍게 손질되어 있다. 감정에 따라 색이 변하는 흰 피부에 아빠를 닮은 회색 눈 사이가 좁고 코가 크고 얼굴은 길다. 가슴은 빈약하지만 다리는 놀랄 만큼 멋지다. 내가 생각했던 만큼 키가 크지는 않다. 그러나 전화로 짐작했던 것보다 어른스럽고 성숙해 보인다.

나는 작은 거실로 안내된다. 너무나 깔끔하고 소박하고 잘 정돈되어 있다. 시어스의 미국단풍나무 시리즈가 다른 가게에서 고른 골동품들과 잘 어울린다. 내 방과는 전혀 다르다. 짙은 색 양복을 입고 넥타이를 맨 남자가 소파에서 일어선다. 솔처럼 짧게 자른 머리 윗부분이 납작하다. 우리는 서로 소개를 받고 악수를 한다. 그가 명함을 준다. 이름은 데일 아무개이고 변호사다.

사실 사람들은 계시를 경험하지 않는다. 린다는 오랜 세월 자신의 삶을 아버지의 이력이 요구하는 대로 조정하고 적응시켜야 했다. 그는 1959년에 석방되었다. 가족들은 그를 오렌지카운티로 데려갔다. 엄마인 새디는 무지했다. 열여덟 살이던 린다가 이사할 곳을 택하고 가족의 성(姓)을 다시 정하고 변호사들과 상의했다. 그녀는 일했고 학교를 다녔고 치과대학에서 학위를 받고 뉴포트의 쇼핑센터에서 개업을 했다. 나는 이 이야기를 잭 페인에게 들었다. 그녀는 늙은 부모를 부양했다. 그녀가 둥지를 돌봤다. 가족이란 쉽게 포기할 수 있는 것이 아니다.

"린다의 행동은 옳았어요." 변호사가 나에게 말한다. "당신이 전화를 했다고 해서 린다 같은 상황에 있는 사람이 만나줄 거라 기대해선 안 되오. 당신이 정말 다니엘인지 확신할 수도 없고요."

"아니, 그가 맞아요." 린다가 말한다. "이 사람이 다니엘 아이작슨이에요."

"그러니까 네 아빠는 여기 없단 말이지." 다니엘이 말했다.

"그래."

"내가 전화한 건 알고 계셔?"

"물어볼 게 있소." 변호사가 말했다. "원하는 게 뭐요? 여긴 왜 왔소?"

다니엘은 한숨을 쉬었다. "알고 계셔?"

"아빠가 널 만나야 하는지 내가 결정한 후에 얘기할 거야. 그러니까 잠시라도 아빠가 널 두려워할 거라고 생각하면 오산이야."

"난 아무도 두렵게 만들고 싶지 않아." 다니엘은 기분이 상한 듯했다. 그는 트위드 천 소파에 기대 다리를 쭉 뻗고 발목을 포갰다. 그는 이마를 문질렀다. 나는 린다 민디시를 쳐다보았다. 입가와 눈밑에 나이보다 이르게 찾아온 중년의 흔적이 보였다. 그녀는 나보다 다섯 살 위다. 수전보다는 열 살이 많다. 그녀는 열심히 일했다. 그녀는 나를 보며 기다린다. 어쩌면 린다의 눈은 가슴을 찌르고 밀치고 만지던—생리를 시작한 열세 살 소녀와 여덟 살 소년의 이상한 관계를 회상하는지도 모른다. 언제나 어린 다니엘의 손을 다치게 하고 손가락을 비틀고 팔에 손톱자국을 내던 린다. 왜? 아빠인 셀리그가 노크도 하지 않고 다니엘 집으로 그녀를 데리고 들어와 냉장고에 뭐가 들었나 뒤졌으니까. 민디시가 웃으며 폴란드 억양으로 농담을 했으니까. 그가 젊은 폴의 보호자인 척했으니까. 폴의 아내를 오랫동안 천박하게 탐냈으니까. 린다와 나의 관계는 어떻게 시작되었을까? 지금 이 순간 그녀의 얼굴에는 엄청난 불행을 당한 열세 살 소녀의 표정이 떠올랐고 나는 그 얼굴에서 그녀의 아버지를 보았다. 꺼져. 린다가 즐겨 쓰던 표현이었다. 다니엘, 부탁 좀 들어줄래? 뭔데? 꺼져. 그런 다음 이빨만 반짝이며 즐거움 없는 거짓 미소가 생겨났다 사라졌고 내 지혜는 한 단계 더 나아갈 수 있었다. 하지만 그것은 그녀와의 거리를 더욱 멀어지게 했을 뿐이었다. 린다는 당시 브롱크스에서 큰 인기를 끌었던 어떤 연극인지 영화인지를 보고 그 대사를 알았다. 다니엘, 부탁이 있어. 뭔데? 꺼져. 짐작만 할 수 있을 뿐인 고학년 여학생 사회에서 매일매일 생겨나는 그 거지 같은 욕설들을 그녀는 내게 써먹었다.

"린다, 바로 본론으로 들어가야 할 것 같아요. 오전에 진료 예약이 있잖아요." 변호사가 말했다. 이미지. 흰 가운을 입고 주머니에 손을 넣은 여자 치과의사. 하루나 이틀 정도는 반대쪽으로 씹으세요. 사무실에서 최고가 되는 종류의 여자.

"네게서 같은 표정이 보여. 내가 거울에서 보는 표정 말이야. 나한텐 무척 익숙한 거야."

"무슨 말인지 모르겠군."

"같은 기억의 표정이지. 우린 같은 기억 속을 걷고 있어. 그건 공동체 같은 거야."

그녀는 소파에 변호사와 나란히 앉아 있고 둘의 손이 닿았다. 두 사람은 손을 잡고 맞은편에 앉은 나를 바라보았다.

"린다는 성인이고 난 린다에게 조언만 할 뿐이오." 변호사가 말했다. "당신의 목적이 뭔지 말하시오. 린다나 그 부친이 당신을 두려워할 이유는 없소. 여기에 법률적인 쟁점은 없소. 우리가 그 사건을 당신과 얘기할 의무는 없소." 그는 '그 사건'이라는 말을 마치 더러운 속바지를 얼굴에 대고 흔드는 것처럼 말했다. "돈이 필요하시오? 뭐가 문제요?"

내가 말했다. "당신 이름이 뭐라고 했소? 데일? 잠시만 입 닥치고 있는 게 어떻겠소, 데일. 난 지금 린다한테 중요한 이야기를 하려는 중이오. 당신은 거기 없었잖소. 있었소? 난 당신 본 기억이 없는데."

변호사는 린다를 보더니 일어서려고 했다. 얼굴이 창백해졌다. "변호사로서 당신에게 충고하겠소. 당신은 캘리포니아 주에서 위협적인 협박 혹은 암시적인 협박 그리고 공격 혹은 공격의 위협 조항에 저촉되는 행동을 하고 있소. 난 이상의 사실을 경고할 수 있는 위치에 있소." 그는 부들부들 떨리는 손가락으로 다니엘을 가리켰다.

다니엘은 연설자처럼 조용해지기를 기다렸다. 그는 눈을 감고 있었다. 변호사는 신물이 날 정도로 보았다. 그는 린다의 변호사를 통해 그녀를 더 많이 이해할 수 있었다. 반짝이는 갈색 눈동자, 디즈니 동물 같은 속눈썹, 단정한 옷차림, 짧게 깎은 머리. 이 작자는 친절하게 말하자면 수동성을 내뿜고 있었다. 아마도 몇 년만 지나면 턱도 완전히 사라져버릴 것이다. 별 특징 없는 잘생긴 얼굴이었다. 서른일고여덟쯤 되었을 것이다. 위태로울 정도로 엉덩이가 펑퍼짐한 백인 놈이다.

다니엘은 눈을 떴다. 변호사는 다시 소파에 앉아 있었다. 그는 린다에게 인정받을 만한 행동을 보여주고 싶었을 뿐이다. 다니엘이 말했다. "내 말은 우리 둘 다 우리한테 책임 없는 사건을 받아들이며 살았다는 거야. 너도 동의하지? 이건 상당히 공정한 진술인가?"

린다가 그를 뚫어지게 바라보았다. 그리고 동의한다는 뜻으로 거의 알아차릴 수 없을 만큼 작게 고개를 끄덕였다. 마치 그들이 함께 설 수 있는 공간이 얼마나 좁은지 알려주고 싶은 듯했다. 그러나 그조차 그녀는 번복했다. "하지만 네가 그 문제를 끄집어냈잖아? 바로 네가 그 문제를 다시 들춰내려고 여기 왔잖아."

"네 아빠가 몇 가지 의문을 푸는 걸 도와줬으면 해."

"무슨 의문? 아직 뭐가 남았어? 내가 아는 한 의문은 모두 오래전에 해결됐어."

"너 정말 이 친구 앞에서 얘기하길 원해?"

"데일하고 난 결혼할 거야." 맞잡은 손이 그들 사이 소파 위에 놓여 있다. 두 사람은 바닥에 발을 대고 무릎을 모으고서 전과 마찬가지 자세로 붙어 앉아 나를 바라본다. 치과의사와 그 약혼자, 전문직 한 쌍. 내 마음은 그들의 편협함이 드러내는 멍한 시선에 가라앉는다. 내가 어떤 의도로 행동하든 나는 그들이 필요하고 그들에게 의존해야 하고 그들을 만나러 5천 킬로미터를 날아왔다고 생각하자 분노가 끓어오른다.

그러나 내가 꽤 확신하는 것들이 있다. 린다 민디시와 그 부모는 아직 신원을 밝힐 준비가 되어 있지 않다. 그녀가 전화에서 언급한 충실한 친구들이란 이자 하나뿐이라고 가정할 수 있다. 그는 민디시 가족에게 엄청난 돌파구이다. 따라서 여전히 나는 위협적이다. 나는 그들 누구도 지금 당장에는 밝혀지길 원치 않는 사실을 공적으로 폭로할 수 있다. 반면에 나로부터 보호할 것이 있기는 하지만 적어도 그는 법 지식과 자신이 사는 이곳에서 개업했다는 사실로 말미암아 자신들이 유리하다고 느낄 것이다. 나는 스쳐 지나가는 사람이다. 그는 나를 쉽게 처리할 수 있다고 그녀를 설득할 것이다.

그렇지만 지금 린다가 나보다 더 교활하게 행동하는 것을 보면 전화를 받고 나서 내 접근방식이 다분히 의도적이라 생각했을 수도 있다. 물론 내가 폭력을 휘두르는 등의 어리석은 행동을 하리라고 예상했을 수도 있지만 그런 건 아닌 듯하다. 내가 원하는 것이 무엇인지 알기 위해 긴장된 순간을 연출할 필요가 있다고 생각했을지도 모른다. 그게 어떤 상황이든 나를 속일 수 있다고 생각했을지도 모른다. 그리고 마지막 가능한 연결고리를 끊어버리자는 생각. 그들에게는 자식이 있었다. 언젠가는 그 아이들을 처리해야 할 것이다. 나는 거래에 능하다. 내 부모는 겨울을 견디지 않아도 된다. 친한 친구는 없지만 그 점에서는 모든 사람들이 마찬가지다. 이곳에 사는 사람들은 모두 다른 곳에서 온 사람들이다. 이웃들은 아침이면 서로 인사를 한다. 일주일에 한 번씩 일본인 정원사가 작은 정원을 돌본다. 나는 개업을 했다. 내게는 데일이 있다. 현재 민디시가에는 아빠가 꿈도 꿔보지 못한 큰돈이 있다. 수염도 깎지 않은 이 괴물이 아빠가 체포된 다음 내 삶이 겪었던 시련보다 더한 시련이겠는가?

"네 아빠가 수감된 뒤에 엄마랑 네가 어떻게 살았는지 알고 싶어."

"뭐?"

"린다, 이건 저자가 관여할 문제가 아니에요."

"넌 열네 살 아니면 열다섯 살이었을 거야. 네 엄마가 나가서 일자리를 구할 사람도 아니고. 저금해놓은 돈도 육칠 년이면 다 떨어졌겠지. 아빠하고 이곳으로 이사했을 때도 다시 개업할 수는 없었을 거야. 그렇지? 내가 알기론 출옥한 다음에는 개업을 안 했단 말이지. 그런데 넌 치과 대학을 다니고 졸업도 했어."

"린다, 설명해줄 의무가 없어……"

"알아요. 괜찮아요, 데일. 그가 무슨 말을 하고 싶은지 알았어요. 첫째로 이곳에 거주하면 대학등록금을 낼 필요가 없어." 그녀가 내게 말했다. "거기다 난 장학금을 받았어. 추가로 강의를 들었고 계속 일을 했어. 두번째로 아빠는 몇 년 전까지도 실험실에서 일했어."

그녀는 두 손을 무릎에 포개고 발목을 단정하게 붙이고서 소파 끝에 앉았다. "네 말이 맞아, 다니엘. 너하고 난 그 일에 아무런 책임이 없어. 하지만 눈앞에서 그걸 겪어야 했지. 아빠가 감옥에 간 뒤에 엄마하고 난 끔찍하게 고생을 했어. 한편으론 좋은 경험이었어. 내가 가진 잠재력은 모두 발견했거든. 그 사건이 아니었다면 내 능력을 아직 몰랐을 거야. 내가 보고 들은 바로는 너나 네 동생은 별로 운이 좋지 않았지.

하지만 여러모로 내 운은 더 나빴어. 네 부모님은 적어도 누군가에게는 영웅이었어. 너도 알다시피 이젠 동유럽 어디에 가도 아이작슨 거리를 찾을 수 있어. 하지만 셀리그 민디시는 어떻게 얘기해도 어느 누구의 영웅도 아니야. 우리 아빠가 한 일은 당신 자신에게도 가족들에게도 아무런 명예를 안겨주지 못했어. 아빠처럼 행동하면 친구를 잃게 돼. 감옥에서는 건강을 해치고 말이야. 감옥에서 나와서도 새로운 친구를 사귀지 못해. 그래서 내 상황은 여러모로 더 나빴어. 한 가지 더 말해줄까? 난 정말로, 정말 간절히 우리 아빠가 처형됐더라면 하고 바랐던 적이 있었어. 그리고 아이작슨가와 민디시가의 입장이 바뀌었으면 하고 바랐던 적도 있었어. 처지를 바꿀 수만 있었다면 난 기꺼이 네가 됐을 거야. 데일, 손수건 좀 줘요."

다니엘은 그녀를 바라보았다. 그는 두 손으로 턱을 괴고 팔꿈치를 소파 팔걸이에 기댔다. 린다는 코를 풀면서 놀라울 정도로 냉정하고 객관적인 눈으로 그를 응시했다.

"넌 히피의 엉터리 겸손을 떨면서 나한테 전화했지만 이 집에 들어서자마자 야비함을 드러냈어."

"그래도 변호사는 안 데려왔지." 다니엘이 말했다.

"데려오는 편이 좋았을 거야."

"내 아빠를 어딘가에 숨기지도 않았어."

"날 바보로 아니? 왜 널 믿어야 하는데? 난 너한테 빚진 거 하나도 없어. 너희 가족은 언제나 거짓말만 했지. 모두 고상한 이상으로 가득 차 있었어. 그런데 다른 사람이 관련될 때는 그렇지 않았어. 친구들의 삶을 망칠 때는 그렇지 않았다고."

"무슨 뜻이야?"

"네 부모가 아빠를 속였어. 아빠와 만난 바로 그날부터. 아빠한테는 너무 과분한 상대였지. 그래도 자신들이 원하는 대로 운전사로 부려먹거나 심부름을 시키거나 이빨을 고치게 하거나 스파이로 만들어도 좋을 만큼 과분하지는 않았어. 아빠는 똑똑한 사람이 아니었어. 어렸던 나조차도 알 수 있었어. 네 부모가 얼마나 아빠를 존중하지 않았는지, 어떻게 이용했는지 말이야."

"린다, 자기, 진정해요." 데일이 말했다.

그러나 그녀는 그보다 침착했다. 관중이 배우의 감정을 가슴으로 받아들일 때 배우가 침착한 것처럼. 한순간 나는 상황의 진실을 악의 형평성으로 경험했다. 이것이 우리에게, 재판정의 아이들에게 일어나고 있다. 우리 가슴은 교활하고 우리 마음은 독수리 발톱처럼 날카롭다. 그러한 교활함은 그 눈의 영혼에 새겨져야 하며 불 속에서만 만들어진다. 우리 중 누구도 우리의 비참한 삶을 이 세상에서 이용하지 않을 길이 없다. 우리의 고통으로 불가능한 배반이 없으며 우리 유산을 천박하게 쓸 길이 없다. 수전의 몫이 적기라도 했다면! 하지만 수전은 어떤 행동을 해도 순수함을 잃지 않았다. 아무리 큰 소리로 외치고 아무리 요구하고 어리석고 자기파괴적으로 굴어도 수전의 행위에는 순수함이 있었다. 하지만 이 암캐는 그렇지 않았다. 나는 침대에 누운 린다를 상상했다. 그녀가 거부하지 않으리라는 데는 의심의 여지가 없었다. 그래서 약혼자를 부른 것이다. 나의 폭력에서 자신을 보호하기 위해서가 아니라 린다 민디시의 삶에서 회복하려는 계획을 망치지 않기 위해서. 그녀는 아주 빨리 뒤를 받아들일 수 있으리라. 그냥 약간 자극만 해도 충분하리라. 피와 죽음의 근친상간, 내가 수전과 할 수 있는 어떤 근친상간보다 더욱 타락한 피와 죽음과 정액과 난자의 근친상간. 결함 없이 주조된 인식의 범죄자들인 린다 민디시와 나의 내면은 충분히 명백하게 타락했기에 태양의 화염도 소진시킬 수 있을 것이다.

그리고 그 순간이 지난 다음, 나는 우리가 우리 가족의 진리에 감금됐듯이 그녀도 그녀 가족의 진리에 감금됐음을 깨달았다. 그녀가 만든 것일까, 아니면 엄마인 새디가 만든 것일까? 새디와 그 남편이 수년 동안 면회를 하면서 가족의 진리를 만들지 않았을까? 그들이 그렇게 하지 않았을까? 나는 내가 린다에게 그녀의 가족이 지난 15년간 연습해온 정당한 불평을 크게 소리 내어 말할 수 있는 기회를 주었음을 깨달았다.

"그런데, 린다, 그 끔찍한 아이작슨 부부는 죽었어. 네가 걱정할 상대는 나밖에 없어. 그런데 내가 무슨 일을 하겠어? 캘리포니아 오렌지카운티에 살고 있는 친구와 이웃들한테 네 정체를 폭로할까? 네가 여길 택한 데는 그만한 이유가 있겠지. 이곳에 자리 잡은 건 현명한 결정이었어. 네 정체가 드러나도 오렌지카운티에는 언제나 전직 공산주의자들을 위한 공간이 있으니까. 안 그래? 결국 네 아빠는 악명 높은 스파이망을 부수는 데 공헌했으니까. 수치스러운 아이작슨 부부를 처형하는 데 그의 역할이 미미했다고 할 순 없겠지."

린다는 단호해 보였다. 변호사가 말했다. "그의 증언은 기록에 남아 있지 않소."

"그럼, 물론이오. 하지만 여전히 의문은 남아 있소." 다니엘은 잠시 생각했다. "예를 들면 민디시가 왜 자백했는지 이야기해본 적 있소? 당신은 변호사잖소, 데일. 직업적인 흥미가 일지 않았소? 대단한 사건이었는데."

"순진한 질문이군."

"왜 그렇죠? 그가 잡혔기 때문에? 그리고 속죄하고 고백하고 진실을 말했기 때문에? 참회하기 위해서 그렇게 했다는 거요? 자신이 붙잡혔고 다른 방법이 없었기 때문에, 그래서 참회한 거요? 아니면 자기를 구하기 위해, 자기 목숨을 구하기 위해 그렇게 한 거요? 내 부모는 그렇다고 생각했소. 그들을 끌어들인 이유가 자기 목숨을 구하기 위해서라고 생각했소. 부모님은 그가 스파이라고 생각했소. 아니면 그런 척했을 수도 있고. 모든 게 너무나 혼란스럽군."

"도대체 무슨 말을 하는 거야?" 린다가 말했다.

"제기랄, 나도 모르겠어. 난 네 아빠한테 당신은 죄가 없다고 말해주고 싶었어. 그걸 말하고 싶었다고."

그들은 마치 내가 도착하기 전에 내가 미쳤으리라고 자신들이 예상했던 것이 맞았다는 듯 잠깐 서로를 바라보았다. 린다는 다리를 꼬고 치마를 매만졌다. 그리고 소파 옆 작은 테이블에 놓인 상자에서 담배를 꺼내 여자들이 흔히 그렇게 하듯 손가락을 빳빳이 펴고 담배를 집었다. 데일이 라이터를 꺼냈다.

"날 아주 슬프게 만드는구나."

"그래, 극복하기 어려운 건 알아. 나도 힘들었어. 하지만 스파이망이 있었고 그가 법정에서 증언한 대로 모든 일이 일어났다고 가정하고 생각해봐. 왜 그랬을지 생각해봐. 자백 외에는 아무런 증거가 없었어. 그가 자백하지 않았다면 자신을 포함해서 아무도 재판을 안 받았을 거야. 내 아버지는, 양아버지 말이야, 셀리그가 FBI한테 시달렸기 때문에 그랬다고 생각해. 셀리그가 심문을 버티지 못했다는 거야. 그들은 오랫동안 그를 심문했지. 그리고 그의 약점을 잡았어. 어쩌면 시민권이 문제가 됐을지도 몰라. 그는, 음, 복잡한 사람은 아니었고 그래서 그들이 할 수 있는 것과 할 수 없는 것을 구분하지 못했어. 하지만 난 그렇게 생각 안 해."

"그래?"

"그래. 그가 상황의 모든 측면을 탁월하게 파악했을 수는 있어. 하지만 그 해석은 구좌익을 모르고 하는 소리야. 당시 투쟁 태세를 갖춘 공산당원의 삶이 어땠는지 그는 몰라. 양아버지의 분석에는 그게 빠져 있어. 브롱크스 지부에 당적을 둔 또 다른 부부가 있었어. 모든 사람들이 그 부부를 알았지. 그 둘은 사건이 터지기 몇 년 전에 당의 업무에서 완전히 손을 뗐어. 그 사람들 얘기 들어본 적 있어? 우리 가족이나 친구들은 졸때기에 불과해서 알 수 없었지만 고위 당직자들 사이에서는 이 부부가 지하로 잠입했다는, 그러니까 스파이 활동을 시작했다는 소문이 널리 퍼져 있었어. 일종의 영웅적인 신비로움에 싸여 있었지, 그 또 다른 부부 말이야. 그 사람들 이름 들어본 적 없어? 네 아빠가 그 부부에 대해 언급하지 않았어? 이 일에 대해 얘기한 적 없어?"

"아니, 다니엘."

"그래, 어쨌든 그 부부한테도 아이가 둘 있었어. 우리 부모님이랑 나이가 비슷했지. 두 사람을 둘러싸고 많은 신화가 생겨났어. 그들 이야기를 할 때는 항상 목소리를 낮춰야 했지. 아이가 몇 있었는지 정확히 누가 알겠어? 나이도 마찬가지야. 하지만 모두가 그들이 꽤 젊고 아이가 있다고 믿었고 몇 블록밖에 안 떨어진 콩코스에 살고 있다고 했어."

잠시라도 생각해봐. 날 바라봐.

"할 이야기 다 했소?" 변호사가 말한다.

"음, 핵심을 요약하면 그렇소."

그는 고개를 젓고 애처로운 듯이 미소를 지었다. "그건 좋게 말하더라도 지나치게 사변적이군요."

"맞아요. 그래서 난 셀리그와 이야기하고 싶은 거요."

"아빠를 셀리그라고 부르지 마." 린다가 말했다.

"그때 때운 이가 아직 여기 있어." 다니엘이 손을 내저으며 말했다.

"내가 이 문제를 제대로 이해했는지 한번 확인해보겠소."

"오, 데일, 정신 나간 짓이에요."

"그렇지 않아요, 린다. 잠깐만 있어봐요. 당신 이론을 요약하면, 민디시 박사가 당신 부모를 닮은 또 다른 부부를 위해서 당신 부모에 관해 위증했다는 말이지요?"

"우리 부모님과 닮았는지는 모르겠소. 어쨌든 모든 사람들이 생각하기에 정체를 숨기고 활동하는 이 또 다른 부부를, 이 소중한 사람들을 FBI로부터 보호해야 했어요. 포위망이 좁혀왔고 FBI의 주의를 분산시킬 필요가 있었소. FBI를 따돌려야 했지요."

"그래서 민디시 박사가 결백한데도 자신과 당신 부모에 관한 이야기를 꾸며냈다는 말이오?"

"음, 이 이론이 성립되기 위해 셀리그가 반드시 결백할 필요는 없소. 그는 사소하게 일에 연루되었을 수도 있소. 그렇게 하라고 지시를 받았을 수도 있고. 하지만 좋소, 그는 결백하다고 합시다."

"그런데 그 신비에 싸인 부부가, 그 사람들이 실제로 기밀을 훔친 거요?"

"으음, 반드시 그렇지는 않겠지요. 어떤 기밀을 도난당했다는 것이 입증된 적은 없으니까. 그건 실제 일어났거나 일어났을 일이 아니오. 그건 셸리그 혼자서, 어쩌면 다른 사람들도 그와 마찬가지로 일어났다고 혹은 일어났을 것이라고 생각했던 일이오. 그건 FBI가 사건의 진상이라고 생각했던 것만큼이나 공상의 산물이었소."

"알겠소. 그런데 이걸 뒷받침할 수 있는 사실이나 정보가 있는 거요?"

"이봐요, 이건 그저 이론일 뿐이오." 다니엘은 미소를 띠며 말했다. "이건 또 다른 부부에 대한 내 이론이오."

또 다른 부부설

데이비드 섀넌의 『미국 공산주의의 몰락』을 보면 미국공산당이 2차 세계대전 후 몇 년 동안 스스로의 몰락에 얼마나 크게 기여했는지 알 수 있다. 그들은 자살에 성공할 수 있는 온갖 오만하고 교활한 본성을 가지고 있었다. 노동자 계급, 스스로 시복된 순교자들, 스탈린주의 추종자들, 감상주의자들, 예지자들, 사회부적응자들, 히스테리 환자들, 몽상가들, 그리고 정의를 꿈꾸는 자들로 이루어진 이데올로기 신봉자 집단에서 진실로 강력한 인간에 대한 그들의 경외심이 신화를 만들어낸 것은 놀라운 일이 아니다. 다만 그러한 신화가 그들이 노력해 이끌어낸 집단의 공상적 자아로부터 어떤 계획이나 의도 없이 생겨났다는 점은 아이로니컬하다. 그러나 그들은 그 신화 앞에서 어쩔 도리가 없었다. 우리에게도 저돌적인 용사가 있다. 우리에게도 날쌘 밤도둑과 호탕하게 웃는 기사(騎士)가 있다. 동전을 튕기는 조지 래프트*가 있다. 복면을 쓰고 대평원을 달리는 사나이가 있다. 우리에게도 이런 인물들이 있다.

어느 일요일 수수께끼의 부부 한 쌍과 두 아이는 마치 소풍을 가듯 그들이 사는 그랜드콩코스의 아파트에서 걸어 나왔다. 그들은 가방도 들고 있지 않았다. 남자는 어깨에 카메라를 메고 여자는 큰 핸드백을 손에 들고 있었다. 그들은 개수대에 접시를 놓아둔 채 그대로 아파트를 떠나 사라진 후 다시는 모습을 보이지 않았다. 이 일은 아빠가 체포된 직후에 일어났다. 그들은 그 후 이름을 바꾸고 뉴질랜드에서 살고 있다고 했다. 호주 여권으로 영국 전역을 여행한다고 했다. 영국 여권으로 프랑스 전역을 여행한다고 했다. 그들은 서베를린에서 체포되어 재판도 받지 않고 6개월간 갇혀 있다가 러시아인들에 의해 모스크바에 억류중이던 영국인 두 명과 교환되었다고 했다. 그들이 레닌그라드에 살고 있다는 것이 그들에 관한 마지막 소문이었다.

셀리그 민디시가 증언석에 앉았을 때 엄마는 의자에 앉아 팔짱을 끼고 고개를 들었다. 저기 그자가 있어. 그는 쪼그라든 것처럼 보였다. 원래 몸집이 큰 그였는데 엄마는 그의 변한 모습에 충격을 받았다. 움직일 때마다 양복이 흘러내릴 듯했고 옷깃 사이로 목뼈가 튀어나왔다. 그는 완전히 무너지고 정신이 나간 듯했다. 그러나 그 코는 여전히 뭉툭했고 그는 작은 진줏빛 회색 눈을 총명한 사냥개처럼 반짝이면서 포이어먼의 매끈하게 생긴 부검사를 쳐다보고 그가 유도하는 대로 증언하기 시작했다.

그 순간 그녀는 처음으로 재판정에서 침착함을 잃었다. 제이크가

---

* 갱스터 역할 전문 영화배우로 손으로 동전을 튕기는 것이 트레이드마크였다.

그들에게 무슨 일이 일어날지 누차 말해주었다. 하지만 자신들의 오랜 친구가 힘주어 고개를 끄덕이며 익숙한 어조로 배신의 증언을 하는 것을 듣자 차마 견딜 수가 없었다. 그녀는 팔짱을 끼고 자신을 억제하려고 애썼다. 눈에 가득 고였던 눈물이 목으로 흘러내렸다. 그녀는 꼼짝도 하지 않았다. 온몸에 분노의 전류가 흘렀다. 그녀는 의자를 박차고 뛰어나가 민디시의 목을 쥐고 혀를 뽑아버리고 싶었다.

그리고 민디시는 그들을 보려고 하지 않았다. 손가락으로 가리켜보라는 말을 들었을 때도 눈은 검사에게 고정한 채 손가락으로만 그들의 자리를 가리켰다. 그는 그들이 앉은 쪽을 보려고 하지 않았다. 제이크는 노트에 무엇인가 열심히 쓰다가 연필심을 부러뜨렸다. 민디시는 이름과 날짜를 대고 대화 내용을 기억해내면서 이야기를 계속했다. 그녀는 시선을 고정시키고 그를 뚫어지게 바라보았다. 눈물이 사라졌다. 분노도 사라졌다. 그녀는 팔짱을 끼고 주의를 집중하고 증인석의 증인을 응시했다. 이 법정에서 그녀의 존재를 셀리그 민디시에게 인식시키는 일이 자신의 생명을 지키는 것보다 더 중요하게 느껴졌다. 그녀는 그렇게 하겠다고 결심했다. 저 비참한 사자(死者)의 얼굴에 자신의 진정한 존재를 인식시키고 싶었다. 그녀는 자신의 처형, 죽음을 받아들일 수는 있었지만 자기 삶의 진실을 부정할 정도로 터무니없는 사기는 받아들일 수 없었다. 날 바라봐, 이 돼지 같은 놈! 여길 봐! 그러면 당신이 왜 이런 짓을 하는지 내가 알겠지. 감히 날 무시할 수는 없어. 이 살인자 코사크, 당신은 썩어가는 비겁한 영혼을 나한테 보여줄 의무가 있어! 이 돼지 같은 인간! 날 바라봐. 날 보란 말이야.

그 시점에 치과의사는 자기 사무실 벽장에 암실을 만들어놓고 어떤 도면을 거기 쌓아두었는지 진술하고 있었다. 도면은 치과에서 사용하는 엑스레이 필름에 축소되어 저장되었다. 환자들의 서류와 사포와 석고로 만든 턱뼈 들과 함께. 체구가 작은 부검사는 자기 자리로 가서 치과 엑스레이 슬라이드 필름 한 장을 집어 들고 왔다.

"이게 증인이 말하는 건가요?"

"그렇습니다."

"살펴본 다음 이것이 무엇인지 법정에 증언해주겠습니까?"

실제로 셀리그 민디시는 필름을 받아 불빛에 비추어보고는 미소를 지었다. 그것은 비밀이 드러나려고 할 때 아이들이 뺨을 부풀리고 콧김을 내뿜을 때의 미소였다. 그는 백치였다. 그러나 그들을 무덤에 이르게 할 말을 하기 전에 그는 고개를 돌려 잠깐 로셸을 보았다. 1초도 안 되는 순간 그는 천치 같은 미소를 띠고 터무니없이 중요해져버린 치과 엑스레이 슬라이드를 주걱처럼 생긴 손에 쥐고 그녀의 눈을 바라보았다. 그리고 그의 돼지처럼 작은 회색 눈에는 그녀가 갈망하던, 그녀의 존재를 인식하는 눈빛이 담겨 있었다. 그들의 삶에서, 이 법정에서, 이 순간에 대한 왜곡된 인식의 의미는 무엇인가. 그녀는 그의 눈빛에서 배반자의 것이 아닌 다른 메시지를 읽고 충격을 받았다.

일련의 분석으로서의 소설. 그런데 사형집행인은 어떻게 되었나? 말이 없고 점잖은 사람. 지금은 은퇴했다. 용커스 지역 전화번호부에 그의 이름이 있다.

아니, 용서를 구걸하는 배신자가 아니었다. 용서를 호소하는 기색은 어디에도 없었으며 또한 증오심을 일으켜 이런 증언을 하는 자신을 합리화하고 정당화하지도 않았다. 세뇌당한 기억상실자의 최면에 걸린 응시나 동료 공모자에게 법정이 온정을 베풀기를 바라는 배우의 시선도 아니었다. 이런 것들이 아니었다. 그가 전한 메시지는 동지들만이 공유하는, 자기희생을 결심한 동반자들끼리 주고받는 내밀한 개인적인 신념이었다. 그리고 나는 이 이상은 전달할 수 없으며, 지금쯤 당신들은 왜, 무슨 일이 일어나고 있는지 분명히 알 것이다. 그녀는 엄청난 후회와 슬픈 결의로 가득 찬 동지의 삶과, 마치 성적인 결합처럼 그들이 함께 어떤 사실을 알고 있다는 시선을 거기에서 보았다. 그때 그녀는 고개를 돌려 남편을 보았다. 애셔는 테이블에 몸을 숙인 채 맹렬하게 무엇인가를 쓰고 있었다. 애셔의 어깨 너머로 인간의 짐을 짊어진 조각상처럼 남편 폴이 고통으로 입을 꽉 다문 채 눈을 감고 꼿꼿이 앉아 있었다. 그들은 이미 법정이 아니라 페인 로지의 여름 캠프로 돌아가 있었다. 민디시와 폴과 로셸은 풀벌레가 노래하고 개구리가 우는 블랙베리 같은 밤에 서로 맞잡은 손을 하늘 높이 쳐들고 정교한 패턴으로 맴돌고 함께 아치를 만들어 넘나들고 한없이 아름답고 영원히 우아한 포크댄스로 형제들을 감탄시켰다. 그리고 지금 그녀는 폴이 민디시의 그런 표정에 답해줄 필요가 없다고 무섭도록 확신했다. 그녀가 자신이 품은 공포를 그가 느끼지 않도록 그를 보호하는 동안, 폴은 자기가 인식한 결정적인 한 가지 사실을 그녀에게 알리지 않았던 것이다. 그리고 순간 그녀를 압도했던 것을 그는 이미 알고 있었던 것이다.

그녀가 폴에게 보낸 마지막 편지들 가운데 다음과 같은 구절이 있다. 도박사에겐 아무런 권리가 없어요. 불합리한 추론이다. 이 구절을 다르게 해석할 수는 없다. 이 말은 감옥에서 허락하는 대로 그들이 일주일에 한 번씩 철망을 사이에 두고 나눈 비참한 대화에서 연유한다. 그들은 낮은 목소리로 절박하게 열기와 모욕감과 역겨움에 가득 차서 소위 부부싸움을 했다. 폴은 자신이 홀로 행한 일에 대해, 그가 자신들에게 강요한 공모에 대해, 자신들이 제안한 변호에 대해, 그녀의 생명과 그의 생명을 건 도박에 대해 그녀의 동의를 구하려 애썼다. 그녀는 세번째 항소가 실패로 돌아가자 그와의 모든 소통을 중단했다. 법원에서 치료를 위해 그녀에게 일주일에 한 번씩 심리학자를 보냈기에 사람들은 이 행동을 익히 알려진 그녀의 정신상의 문제 때문이라고 생각한다. **그들은 내가 죽는다는 사실을 받아들이길 원하죠.** 그녀는 애셔에게 보낸 편지에 이렇게 썼다. 그러나 인생의 마지막 한 달 동안 폴에게는 편지를 쓰지 않았다. 그리고 사람들은 흔히 처형 전날 밤 그들이 만났으리라고 생각하지만 사실 여부는 분명하지 않다. 아마도 죽기 전에 열기와 사랑과 공포의 춤을 추기 위해 만났을지 모르겠다. 교도관들이 복도를 떠나고 돌들이 신음소리를 내고 철창이 흔들렸을 것이다. 마치 전기처형이 사람들이 함께하는 무엇인 양 파문을 일으키고 경련하고 흔들리고 부들부들 떨었을 것이다.

"넌 제정신이 아냐." 린다 민디시가 말했다. 그녀는 화가 난 듯 재떨이에 담배를 거칠게 비벼 껐다. "참 딱하구나. 그게 아빠를 만나고 싶은 이유니?" 그녀가 웃었다. "오, 하느님 맙소사. 오, 하느님 맙소사." 그녀는 일어서서 블라우스와 치마를 매만졌다.

"내 말을 안 믿는군."

"넌 고통에 빠진 불쌍한 꼬마야. 그가 뭘 원하는지 난 이미 알고 있었어요. 꿈틀꿈틀 빠져나오려는 거예요. 당신, 상상할 수 있어요?" 그녀는 데일에게 고개를 돌린다. "이렇게 근거도 없고 말도 안 되는 헛소리를 들어본 적 있어요? 하느님 맙소사. 이봐, 다니엘. 넌 아빠를 만나도 아무 소용이 없어. 하느님 맙소사. 그 일을 생각만 해도 화가 치밀어! 나가봐야 하니까 그전에 한마디만 해줄게. 더는 시간 낭비 못해. 내가 널 조금도 무서워하지 않는다는 걸 알아둬. 무슨 짓을 해도 상관없어. 우린 이곳에 이미 자리를 잡았어. 네가 무슨 짓을 벌여도 결국 후회하게 되는 건 너야. 아빠는 재판에서 절반도 이야기하지 않았어. 그들은 말이야, 재판에서 거론조차 안 된 우주탐사, 미사일, 세균전 등등 모든 분야에 다 손을 대고 있었어. 네 부모는 전체 스파이망의 책임자였어. 두 사람이 모든 걸 관리한 거야. 계획을 세우고 사람들에게 대가를 지불했어. 레이저 쪽도 손을 댔지. 사람들이 레이저라는 말을 들어보기도 전에 말이야. 그들이 관여하지 않은 건 없어. 그러니 제대로 알지도 못하고 나한테 와서 아빠가 그들을 희생시켰다는 따위의 터무니없는 소리는 그만둬. 아빠가 다른 사람을 희생시킬 수 있는 위치에 있었다는 소리도 하지 마. 네가 그렇게 쉽게 빠져나갈 수 있는 일이 아니야. 네 부모에 대해 밝혀진 건 모두 사실이야. 그건 네가 무슨 짓을 해도 바뀌지 않아. 또 다른 부부라니. 웃기지 마. 맙소사, 애처롭구나."

"린다, 난 방금 5천 킬로미터를 날아왔어. 네 가족의 진리를 듣자고 여기까지 온 게 아니야. 그 이상을 원해. 그게 내가 찾아온 이유야. 물 한잔 마실 수 있을까?" 나는 일어났다. "주방이 어딘지만 알려줘. 내가 꺼내 마시지."

"여기 가만히 있어." 그녀가 말했다. "내가 갖다줄 테니까. 물 마시고 네 볼일 보러 가."

린다가 방에서 나간 후 나는 변호사에게 물었다. "셀리그는 어디 있소?"

그는 그녀의 손이 등 뒤에 있지 않으면 나무토막에 불과한 듯 나를 보기만 할 뿐 아무 말도 하지 않았다. "셀리그!" 나는 소리를 질렀다. "셀리그 민디시, 여기 있어요?"

린다가 녹색 플라스틱 컵에 물을 따라 왔다. "쓸데없는 짓 하지 마시오." 변호사가 일어났고 두 사람은 내가 물을 마시는 모습을 지켜보았다.

"아, 린다." 나는 우리가 사람들이 많이 모인 파티에 서 있는 것 같다고 느끼며 말했다. "대체 너한테 무슨 일이 있었던 거니. 넌 내가 알던 말괄량이 린다가 아니야. 러시아인들이 원자폭탄을 가지게 되었을 때 어떤 일이 있었지? 많은 변화가 있었어, 그렇지? 상황이 안정되고 초강국들이 냉정해지자 우리는 여유를 갖게 됐어. 그리고 원자폭탄은 러시아를 혁명에서 끌어냈어. 러시아는 혁명을 타락시켰어. 혁명을 버리고 있었지. 그러니 이 점에서도 원자폭탄은 좋은 거였어. 게릴라, 게릴라전 같은 완전히 새로운 가능성이 생겨났어. 고대의 혁명적 가능성이 복원된 거야. 바로 그런 일이 일어났어. 혁명은 민중에게로 되돌아갔어. 그리고 오늘날의 세계를 봐. 세계가 흥분해서 스스로를 교육하고 있어. 세계가 흥분해 있어. 전 세계가 발기된 성기처럼 서 있다고. 내 부모가 자기 시대에 자신들이 해야 할 일을 했다면, 그리고 내가 말한 것들이 그들이 한 행동의 결과라면, 넌 정말 내가 거기에서 빠져나가려고 애쓴다고 생각해?"

그녀는 머리를 가로저었다. "넌 문제가 심각해."

"아니야, 린다. 역사에서 등을 돌리지 마. 이걸 봐." 나는 팔을 벌려 방을 가리켰다. "이건 내가 알던 네 모습이 아니야. 놀라서 기가 막혔어, 정말 놀랐어. 이게 위장이라고 해도 취향이 좋지 않아. 네 아빠가 정말 이 형편없는 집에 개의치 않으셔?"

"데일, 이 사람 여기서 쫓아내줘요."

"너 정말 치과의사야? 그러니까 정말 치과 의자도 있고 다른 기구도 있는 거야?"

"그런 걸 속임수라고 하지. 그게 바로 그들이 속임수라고 불렀던 거야."

"제발, 데일, 이 사람 미쳤어요."

"이제 나가시오." 데일이 말했다. "이 집에서 안 나가면 경찰을 부르겠소."

"그러지 말고, 데일. 영감이 어디 있는지만 말해주시오. 해치려는 게 아니오. 정말 여기 없소?"

"없소."

"이봐, 린다. 데일을 봐. 근사하고 비싼 옷에 넥타이를 좀 봐. 머리도 아주 단정해. 만약 그들이 그의 부모라면 데일도 또 다른 부부가 존재하기를 바랄 거야. 하지만 그들은 내 부모야. 그리고 내가 데일처럼 보여? 날 봐. 이제 알겠어? 방금 네가 한 말을 셀리그의 입을 통해 들어야겠어. 그가 손가락으로 가리킨 그 사람들이 정말 그 일을 했는지 알고 싶어. 그에게 직접 그 말을 듣고 싶어. 그게 전부야."

아마 그 순간 린다는 내가 정말로 위험한 존재라고 생각했을 것이다. 나는 미소를 지으며 그들에게 물컵으로 건배했다. 그녀가 애처롭다고 했던 다니엘은 그녀의 다니엘이었다. 그녀 자신의 가정(假定)이 그녀를 배반했다면 나는 도대체 누구인가? 내가 진정으로 원했던 것은 무엇인가? 삶을 바꾸면 연결고리를 상실한다. 입장을 취하면 현실감각을 상실한다. 그녀는 겁을 집어먹었다. 우리가 그녀에게 두려움을 좇아 행동하라고 요구하지 않는다면 그녀에 대해 이렇게 말할 수 있으리라. 그녀가 성취한 모든 것이 그녀의 두려움을 강화시킨다. 손가락으로 쿡 찌르면 그 강화된 요새는 무너질 것이다.

나는 현상을 이해하는 데 익숙하다—수전, 그녀에게 도서관에서 사는 네 오빠가 이 순간 셀리그 민디시의 딸이 어떤 과정을 겪는 중인지 알고 있다고 말해주려무나. 그녀는 지금 자신의 판단에 확신이 서지 않으면 최악의 상황을 가정하는 편이 안전했다. 그리고 나는 린다의 얼굴에서 그 인식을 읽을 수 있었다. 마침내 내가 자신의 가족을 쓸어버리러 이곳에 왔다는 것을.

"나도 권리가 있어, 안 그래, 린다? 내 권리를 생각해봐. 난 아무 권리도 없어? 네 아빠하고 1분간 이야기할 권리도 없나? 한번 생각해봐."

"다니엘, 맹세컨대 아빠를 만나봐야 아무 소용 없어."

"적어도 마음은 편해질 거야. 네 아빠를 만난 다음에는 여길 떠날 거고 다시는 날 볼 일이 없을 거야. 오늘 오후 비행기를 예약해뒀어."

"아빠는 노인이야. 옛날하고 달라. 솔직히 말해서 아빠는 널 도울 수 없어."

"그 문제는 내가 결정할게."

린다는 나를 바라보았다. 그녀가 무슨 생각을 하는지는 짐작만 할 따름이다. 어쩌면 나는 무모한 행동을 저지하는 퓨즈를 끊어버렸는지 모른다. 어쩌면 우리 모두는 파괴의 욕망과 함께 사는지 모른다. 나와 수전뿐 아니라 린다도 이 점에서 우리보다 덜하지 않을지 모른다. 어쩌면 그녀는 자기 아빠를 사랑하는 만큼 증오했을지 모른다. 그리고 개인적인 위험을 갑자기 날카롭게 인식하고서 알 수 없는 기이한 방식으로 서로의 이익을 생각했을지 모른다. 내가 이성을 잃고 셀리그 민디시를 죽이면 그녀는 상속받은 모든 죄의식으로부터 영원히 자유로워지지 않을까? 그녀는, 이 린다는 너무나 자제력이 강했다. 될 대로 되라는 식의 충동에서 그런 자제력이 나오는 것일까? 혹은 어쩌면 내 이야기가 사실이길 바랐는지도 모른다. 내 말이 사실이라면 그녀는 치욕스러운 밀고자의 딸이 아니라 오만한 아이작슨 부부를 교묘하게 처리하고 세계에서 가장 강력한 정부의 눈을 속인 기획자의 딸이 되는 것이다.

혹은 어쩌면 단지 내 과격하고 급진적인 성향의 취약성을 알아차리고 최후의 잔혹함은 자기 차지라고 생각했을지도 모른다.

그녀는 병원에 전화를 걸어 진료 약속을 취소하고 데일과 함께 그의 올즈모빌 98을 탔다. 린다가 가운데 앉고 나는 그녀 곁에 앉아서 허벅지와 허벅지가 맞닿았다. 그들은 나를 부헨발트와 벨젠* 사이 어딘가에 있는 애너하임으로 데리고 갔다. 셀리그 민디시 부부는 이곳

---

* 나치의 유대인 강제수용소가 있던 도시들.

에 있는 디즈니랜드에서 하루를 보내고 있었다.

크리스마스의 디즈니랜드

이 유명한 놀이동산은 자궁 같은 모양을 하고 있다. 모텔, 레스토랑, 주유소, 볼링장과 다른 오락시설들이 들어선 평지에 자리 잡고 있으며 거대한 주차장이 붙어 있다. 공원 주변을 도는 모노레일 열차가 사람들을 디즈니랜드 호텔로 인도한다. 산타페-디즈니랜드 선은 19세기 철도를 복제한 것으로 정거장, 차장, 증기기관차, 2석 4인승 객차 등을 완벽하게 갖추고 공원 외곽을 돈다. 공원은 주제별로 다섯 개의 주요 오락 구역으로 나뉜다. 미국의 서부를 주제로 한 프런티어 랜드, 현대 과학기술을 주제로 한 터마로 랜드, 동화의 세계인 판타지 랜드, 큰 짐승들과 원주민 마을이 있는 험한 밀림을 탐험하는 식민주의자들의 어드벤처 랜드. 관람객들은 기분에 따라 각 구역이 제공하는 즐거움을 탐색하면 된다. 모든 구역들이 한데 모이는 공원 중심에는 광장이 있고 이 광장에서 공원 입구까지 '메인 스트리트 USA'라는 이름의 거리가 산도(產道)처럼 뻗어 있다. 이곳이 다섯번째 오락 구역이며 이 거리를 따라 세기별로 작은 마을의 생활상이 낭만적으로 재현되어 있다.

다른 놀이동산과 마찬가지로 이곳의 주된 체험도 탈것 또는 여행이다. 디즈니랜드의 특징은 이 단순한 즐거움을 다양한 형태로 교묘하게 변형시킨 것이다. 평범한 롤러코스터나 대관람차가 플라스틱 마터

흐른 산에서 봅슬레이 타기나 '인간기관차'로 위장된다. 진짜 뚜껑이 달린 장난감 잠수함에서 관람객들은 둥근 창밖으로 물거품과 꼬리 치는 고무 물고기를 보면서 잠수함을 타는 경험을 한다. 그 잠수함을 핵잠수함이라고 하며 잠수함에는 미 해군 핵잠수함 이름이 붙어 있다. 디즈니랜드는 각종 광란의 탈것의 통제된 전율을 경험하게 하고 문화의 신화적 제식에 참여하도록 관람객들을 초대한다. 당신이 타는 기선은 미시시피 강의 외륜증기선이다. 당신이 타는 조랑말은 금을 찾아 산속을 헤매는 노새다. 체험의 가치는 타는 행위 자체에 있는 것이 아니라 그 행위의 대리성에 있다.

관람객들이 디즈니랜드의 기대를 충족시키려고 노력할 경우 두 가지 문제가 생겨난다. 첫번째 문제는 기구 시설은 감동적일 만큼 기술적으로 완벽하고 역사적으로도 정확한 데 비해 주변을 꾸미는 식물과 동물과 지리적인 환경은 진짜와 거리가 멀다는 것이다. 밀림의 강 탐험을 선택하면 강가의 동식물이 플라스틱에다 전자장치로 작동된다는 것을 알 수 있다. 정말 단순한 관람객들조차 오색사막이나 그랜드캐니언 암석이 진짜 같으리라는 환상은 품지 않는다. 두번째 문제는 디즈니랜드가 대체로 사람들로 꽉 차 있다는 것이다. 디즈니랜드에는 곳곳에 사람이 많다. 그래서 마크 트웨인의 미시시피 증기선을 탄 관람객들이 언덕을 쳐다보면 노새 행렬을 선택한 관람객들이 자신들을 내려다보는 모습이 보인다. 수많은 사람들이 끊임없이 다른 관람객의 피드백을 받기 때문에 대리 참여의 노력은 다른 사람의 눈에 비친 자신의 모습에 의해 계속적으로 위협받는다.

디즈니랜드의 주제상의 통일성 안에서 미국의 문학작품이나 등장

인물에 대한 언급은 흔히 탈것과 전시 또는 상품의 형태로 많이 나타난다. 몇 가지 예를 들어보면 이상한 나라의 앨리스(매드 해터의 찻잔 타기), 피터 팬(피터 팬 탈출), 미시시피 강의 생활(마크 트웨인 증기선), 버드나무에 부는 바람(토드 씨의 와일드 라이드), 스위스의 로빈슨 가족(로빈슨 가족 나무집), 톰 소여(톰 소여의 섬 뗏목) 등이 있다. 게다가 아서왕, 잠자는 숲속의 미녀, 백설공주, 케이시 존스, 마이크 핑크, 진 래피티, 에이브러햄 링컨 같은 역사, 신화, 전설 속의 인물들과는 독점 계약을 맺은 듯하다. 어떻게 이런 특정 인물을 선택했는지 기준은 찾기 힘들다. 이 인물들 대부분은 이미 영화나 만화영화로 만들어졌으며 디즈니가 서구문화에 대해 가진 선매 능력을 상기시켜준다. 그렇지만 이 점을 제외하면 명백한 선택의 기준을 찾기는 힘들다. 그런데 흥미롭게도 월트 디즈니가 초창기에 이룬 성취는 자신의 분야인 만화영화에서 직접 고안해낸 동물 캐릭터였다. 디즈니가 이후 공공 영역의 문학에서 존중받는 위치로 부상한 것을 논외로 하면 만화영화는 소박한 미국 사회의 집단 무의식을 표현했다. 오늘날 1920년대와 30년대, 40년대의 만화영화 산업이 생산한 작품들을 연구해보면 다음과 같은 신학 체계가 도출된다. 1. 사람은 동물이다. 2. 육체는 죽기 마련이고 믿기 힘들 정도로 고통 받고 있다. 3. 삶은 살아 있는 자들에게 적대적이다. 4. 육체는 톱질되고 부서지고 얼려지고 잡아 늘여지고 태워지고 폭파되고 뜯겨 연주될 수 있다. 5. 멍청한 사람은 영리한 사람에게 이용당하고 영리한 사람은 자기 꾀에 넘어간다. 6. 몸집이 작은 존재는 몸집 큰 존재에게 괴롭힘 당하고 몸집이 큰 존재는 자기 추진력에 끝장이 난다. 7. 우리 환상이 지탱만 해준다면 우리는 공중을 걸을 수도 있다. 문학과 신화와 전설을 무자비하게 각색하는 디즈니의 프로그램은 만화영화라는 장르의 어둡고 난폭한 결론에서 탈피하기 위한 시도로 해석될 수 있다. 마치 이스트사이드 남부 하층민 공동주택에 살던 소년이 자라면서 5번가에 대저택을 짓겠다는 야심을 품는 것과 같다. 그렇지만 역설적이게도 디즈니가 문화적으로 점잖다고 선택한 많은 이야기와 등장인물들은 여전히 어둡고 난폭하다. 원작 『이상한 나라의 앨리스』는 상냥하고 비뚤어진 천재가 쓴 상징적이고 초현실적인 작품이다. 마크 트웨인은 무신론자이자 포르노 작가였으며 그의 위대한 작품인 『허클베리 핀의 모험』은 미국의 사회 현실에 직면한 유년기의 악몽에 관한 이야기이다. 이런 점에 비추어 보면 만화영화 각색의 미학은 사실상 그 본성이 전체주의적이라 할 수 있다.

매드 해터의 찻잔을 타는 아이들 대부분이 마크 트웨인은 말할 것도 없고 『앨리스』도 읽지 않았거나 읽지 않을 것임이 분명하다. 그들은 앨리스의 이야기를 디즈니 영화로 알게 될 것이다. 그리고 이것은 방문객이 디즈니랜드를 찾아와 마음에 새기고자 기대하는 문화적 창조물과 자신 사이가 존재론적으로 두 단계 떨어져 있음을 의미한다. 매드 해터의 찻잔 타기는 영어라는 언어로 창조된 섬세한 꿈의 세계를, 그 형식과 내용을 과감하게 각색한 디즈니 만화영화를 다시 상징적으로 나타낸 것이다. 그래서 원작 『앨리스』를 읽은 사실을 희미하게나마 기억하고, 이 강력하고 상징적인 작품에 복잡하게 반응하면서 자신의 영적인 공간을 형성했던 성인들마저도 찻잔 타기가 제공하는 것에서는 원작의 반향조차 느끼지 못한다. 찻잔 타기는 그 자체로 이미 거짓인 것을 감상적으로 압축해놓았을 뿐이다.

이런 급진적인 변형 과정은 역사 현실에서도 드러난다. 19세기 미시시피 강에서 노예무역을 하던 미국의 삶과 생활양식은 실물 크기 87분의 1로 축소된 강에서 5분에서 10분간 기술적으로 잘 만들어진 증기선을 타는 것으로 압축된다. 우리와 실제 역사 경험과의 매개체인 『미시시피 강의 생활』의 작가 마크 트웨인은 이제는 증기선의 이름일 뿐이다. 공해상의 해적 행위, 그러니까 150년에 걸친 유럽 중상주의의 탐험과 무역은 1930년대와 40년대 할리우드가 만든 해적 영화의 모든 장면과 상황을 모아놓은 디오라마로 변형된다. 그런 다음 관람객은 공원 내에 있는 수많은 잡동사니 가게에서 해적모자 같은 물건을 살 것을 권유받으면서 최종적인 소비자로 상징적으로 전이되는 조건반사 과정이 완성된다.

디즈니랜드의 이상적인 고객이란 상품을 구매하는 순간 자신들이 제공한 핵심적인 감상의 정점에 이르는, 상징적인 조작 과정에 제대로 반응하는 사람이라고 할 수 있다.

다음과 같은 기업들이 디즈니랜드에서 볼거리와 전시물을 제공한다. 몬산토 화학, 벨 텔레콤, 제너럴 일렉트릭, 코카콜라. 그밖에 눈에 띄는 기업으로는 맥도넬 항공, 굿이어, 카네이션 밀크, 선키스트, 이스트먼 코닥, 업존 제약, 노스아메리카 보험회사, 유나이티드 항공사, 뱅크 오브 아메리카 등이 있다.

정치적인 함의가 있는 것은 명백하다. 디즈니랜드는 축약된 속기(速記) 문화 기법으로써 전기 충격처럼 머리 쓸 필요 없는 흥분을 대중에게 제안한다. 동시에 자국의 역사와 언어와 문학에 대해 수용자가 맺고 있는 깊은 심적 관계를 강조한다. 인구 과포화 상태에서 고도로 대중을 제어해야 할 다가올 시대에 이러한 방식은 교육을 대체할 뿐만 아니라 궁극적으로 경험을 대체할 수단으로써 극히 유용할 것이다. 오늘날 디즈니랜드에 가보면 진정 그들이 성취한 업적에 주목하지 않을 수 없다. 그것은 다름 아닌 고객을 다루는 기술이다. 관람열차가 관람객을 주차장에서 실어다가 공원 입구에 내려놓는다. 공원은 사람들의 마음을 끄는 수많은 흥밋거리를 한꺼번에 제공하며 제한된 공간 안에 무한한 수의 관람객을 수용할 수 있도록 설계되었다. 그곳에는 고정식 놀이기구와 전시물, 레스토랑과 가게가 있고 특별한 퍼레이드와 국기 게양식과 하강식, 밴드 연주 같은 다양한 볼거리가 있다. (크리스마스 때는 고풍스러운 옷을 입은 메인 스트리트의 주민들이 뾰족한 고무 잎이 달린 향기 없는 거대한 침엽수 밑에서 크리스마스캐럴을 부른다.) 많은 사람들에게 인기가 있는 올라탈 것이나 입장할 곳 앞에는 기다리는 수많은 사람들을 줄 세우기 위해 동물 우리처럼 보이는 미로가 설치되어 있다. 디즈니 캐릭터 옷을 입은 인형에서부터 경비원과 안내원 등 많은 인원들이 거기 서 있다. 사람들이 많이 모인 장소에는 평상복을 입은 안전요원이 무전기를 들고 나타난다. 이곳에서는 대규모 입장과 퇴장 문제가 나치 친위대 수송 장교들이 감탄할 정도로 쉽게 해결되었다.

디즈니랜드에는 의외로 아이를 동반하지 않은 성인 관람객이 많다. 또 흑인과 히스패닉계가 균형이 맞지 않게 적다. 아마도 디즈니랜드에서 하루를 보내는 데 많은 비용이 들기 때문이리라. 디즈니랜드는 외모가 마음에 안 들면 들여보내지 않는다는 누군가의 말이 믿길 정도로 장발의 젊은이나 마약중독자, 히피와 미니스커트를 입은 여자들, 집시와 오토바이를 타는 사람 들이 거의 눈에 띄지 않는다. 데일이 주차장으로 차를 몰고 갔을 때 린다 민디시는 문득 이런 사실이 머리에 떠올랐다. 날이 흐렸고 스모그에 태양의 윤곽이 드러났다. 차를 세우고 관람열차에 올라타자 미끈한 여자 차장이 유감이라는 듯 나를 쳐다보았다. 그녀는 내가 입장하지 못하리라고 생각했을 것이며 또 그 생각은 어깨까지 내려오는 내 머리와 아무하고나 뒹굴 것처럼 보이는 내 인상에 끌리는 감정 사이에서 갈등했을 것이다. 분명 린다는 내가 입장을 못 하게 되면 자신이 기뻐할지 실망할지 모르고 있었다. 다만 내가 그냥 조용히 물러나지는 않으리라고 생각했을 것이다.

나는 만약 나를 못살게 굴면 줄에서 벗어나 회전문을 뛰어넘으리라고 마음먹었다. 데일이 표를 샀고 나는 경비원과 검표원이 의미심장한 눈길을 주고받는 것을 보았다. 한 남자가 내게 다가왔다. 데일이 그를 막아섰고 잠시 이야기를 나누었다. 데일은 내가 히피임을 시인하고 자기가 모든 책임을 지겠다고 한 모양이었다. 우리는 표를 내밀고 나는 세관을 통과하는 외국인처럼 디즈니랜드로 들어갔다.

린다와 나와 데일은 메인 스트리트 USA를 따라 빠르게 걸었다. 우리는 마차를 지나고 예스러운 2층 버스를 지났다. 영사기가 찰리 채플린 영화를 한 장면씩 비춰주는 오락 아케이드를 지났다. 거대한 뮤직박스가 밴드 음악을 연주했다. 우리는 약국을 지났다. 빨간색과 흰색 줄무늬로 장식된 아이스크림 가게를 지났다. 사람들이 맥주 없는 비어 가든에 앉아 웃고 있었다. 사람들이 인도와 거리에 넘쳐났다. 사람들이 퇴창 달린 가게 앞을 지나갔다. 사람들이 나를 빤히 쳐다보았다.

"어떻게 찾아야 하지?" 나는 린다에게 물었다.

"엄마 아빤 터마로 랜드에 있을 거야." 그녀가 말했다. "아빠가 제일 좋아하는 곳이지." 메인 스트리트가 끝나는 지점의 광장에서 우리는 터마로 랜드로 가는 문을 지난다. 눈앞의 세계가 화려하고 현대적으로 변한다. 린다는 우리를 리치필드 오토피아로 인도한다.

사람들이 리치필드 오토피아의 작은 가스 자동차를 타기 위해 기다리고 있다. 궤도가 깔려 있어서 핸들을 잡은 사람이 직접 운전하는 환상을 준다. 작은 오토피아 오픈카들이 윙윙대며 고속도로 정류장으로 밀려오고, 번호판이 붙은 장소에서 순서를 기다리던 사람들이 차에 뛰어 올라탄다. 차들이 미끄러져 나가자 주변은 장난감 엔진 소리로 뒤덮인다. 린다가 울타리 너머를 가리킨다. 그곳에 그가 있다. 그 옆에는 새디가 꼿꼿하고 자랑스럽게 앉아 있다. 장난감 차 안에서 말이다. 새디는 티켓북을 통째로 가지고 있다. 그녀는 표 한 장을 더 직원에게 건네주고 차에서 내리지 않는다. 셀리그는 핸들을 꼭 잡고 다시 차가 움직이길 기다리고 있다. 팔이 드러나는 하와이언 셔츠를 입고 있었다. 그리고 믿을 수 없을 정도로 늙었다. 턱이 위아래로 움직이고 입술이 부딪치고 입이 반복적으로 열리고 닫힌다. 교대성 신경마비 때문에 놀라는 얼굴, 공격적인 얼굴, 놀람, 공격이 번갈아 휙휙 나타난다. 머리는 백발이 되었다. 핸들을 잡은 손이 떨린다. 어떤 차가 뒤쪽에서 그들의 차를 받고 아이가 깔깔거리고 회색 머리가 하늘을 쳐다본 다음 그들은 휘청거리며 오토피아로의 여행을 시작한다.

심장이 터질듯이 뛰었다. 지금보다 산소가 더 필요했다. 나는 데일과 린다가 내 양옆에 있고 그들이 나를 주의 깊게 살피는 것을 깨달았다.

"그와 얘기하고 싶어, 린다."

"아직도?"

"그래."

그녀는 얼굴을 잔뜩 찌푸렸다. 몇 분 후 셀리그와 새디가 나타나 다시 차를 세웠다. 새디는 직원에게 표 한 장을 또 건넬 채비를 하느라 딸이 부르는 소리를 듣지 못했다.

"엄마! 엄마!"

차는 다시 떠나버렸고 새디는 누가 자신을 불렀는지 어깨 너머로 돌아보았다.

데일과 나는 코카콜라 터마로 랜드 테라스로 가서 기다리고, 린다는 자기 부모가 차에서 내리기를 기다렸다가 데리고 오기로 했다. 나는 우리가 장례식 준비를 하는 것처럼 느껴졌다. 코카콜라 테라스에서 방금 록밴드가 연주를 마쳤다. 록밴드 연주자들이 머리가 짧았다. 그들이 손을 흔들자 관객들의 환호에 무대가 보이지 않았다.

"그는 치매 환자요." 앉아서 기다리는 동안 데일이 내게 말했다. "린다는 당신한테 그 사실을 말하려고 했소. 여기 남은 게 아무것도 없소." 그가 자기 관자놀이를 가볍게 두드리며 말했다.

사람들이 햄버거와 코카콜라를 사려고 줄을 섰다. 내 시선 끝에 공중으로 치솟는 놀이기구와 로켓 회전, 가라앉는 잠수함과 뱅뱅 도는 차, 출발했다 멈췄다 하는 유모차와 위태롭게 뛰어가는 아이들의 난폭한 행로가 새겨졌다. 나는 플라스틱 카페 테이블에 팔짱을 끼고 앉아 있었다. 내 시선 중앙에 햇빛 속에 민디시 일가가 모습을 드러냈다. 린다가 손짓을 했고 데일이 그들을 맞으러 나갔다.

새디 민디시는 완강했다. 내게 조금 더 가까이 다가가면 자기가 끔찍하게 오염되거나 갑작스럽게 죽게 되리라 믿는 듯했다. 그녀는 계속 내 쪽을 바라보았고 린다에게 야단법석을 떨었다. 린다가 데일에게 뭔가를 이야기했고 데일이 새디의 손을 잡고 또 뭔가를 이야기했다. 새디는 손을 뿌리치고 내 쪽으로 팔을 흔들었다. 변호사가 앞에 서서 그녀가 내 모습을 보지 않도록 막았다.

린다가 자기 아빠의 팔꿈치를 잡고 테라스로 데려왔다.

나는 오렌지색 플라스틱 카페 테이블을 사이에 두고 셀리그 민디시와 마주 앉았다. 그의 딸이 곁에서 무릎을 굽히고 초콜릿 밀크셰이크를 마실 것인지 물었다. 얇은 스타킹 속 그녀의 무릎이 창백했다.

"아빠는 초콜릿 밀크셰이크를 제일 좋아해." 그녀가 내게 설명했다. 그러고 나서 더 큰 목소리로 자기 아빠에게 다시 밀크셰이크를 마시고 싶은지 물었다.

그가 나를 보지 않을 수 없도록 나는 두 손을 무릎에 놓고 몸을 앞으로 기울였다. 그의 눈은 흰자위가 변색되어 있었다. 면도는 하지 않았다. 피부에는 검버섯이 올라왔다. 백발이 듬성듬성했다. 눈은 지방과 피부가죽으로 된 눈구멍 속으로 움푹 꺼져 있었다. 턱은 위아래로 움직였고 입술은 붙었다 떨어졌다 반복하면서 물이 뚝뚝 떨어지는 수도꼭지 소리를 냈다. 그러나 나는 그에게서 내가 여전히 기억하고 있는 힘의 흔적을 찾을 수 있었다.

"민디시 아저씨, 안녕하세요? 저 다니엘 아이작슨이에요. 폴과 로셸의 아들 다니엘이에요." 내가 말했다.

린다가 곁에서 무릎을 꿇고 앉아 그의 손을 쥐고 있었다. 그는 내가 누군지 알아보려고 애를 썼다. 그리고 거북 머리가 껍질에서 나오듯 그가 머리를 끄떡였다. 그는 미소를 짓고 고개를 끄덕였다. 그러다가 내 눈을 바라보고 점점 조용해졌다. 얼굴의 마비가 사라지고 그는 더 이상 미소 짓지 않았다. 나는 눈곱이 끼고 빨갛게 충혈된 눈에서 눈물이 솟는 모습에 구역질이 났다. 그의 얼굴에 눈물이 흘러내렸다.

"다니엘?"

"괜찮아요, 아빠." 린다가 말했다. 그녀가 손을 어루만졌다. 그리고 울기 시작했다. "괜찮아요, 아빠."

"너 다니엘이니?"

나를 알아본 짧은 순간 그는 생명력을 회복했다. 놀라움에 가득 차 크고 투박한 손을 들어 내 얼굴을 만졌다. 그는 목덜미를 잡아 나를 자기 쪽으로 끌어당기고 몸을 굽혀 내 머리 위에 마비된 입술을 댔다.

최근 텍사스 휴스턴에서 의사들이 심장병으로 죽어가던 쉰네 살의 자동차 판매원에게 새로운 심장을 이식해주었다. 수술한 지 2주가 지났을 때 그는 자신의 새로운 심장을 거부했다. 브루클린에서 심각한 심장병을 앓던 일흔 살의 이혼한 할머니는 몇 시간 전에 교통사고로 사망한 17세 소녀의 심장을 이식받았다. 이 할머니는 겨우 사흘을 살고 그 심장을 거부했다. 심장 거부 반응은 여전히 문제가 크다. 신체는 이물질을 공격하듯이 자신의 새로운 심장을 공격한다. 심장은 신체의 항체에 의해 공격받는다. 심장은 파괴된다. 로스앤젤레스에 사는 한 젊은 여인은 파리한 안색으로 여러 해 동안 침상에서 괴로워하다가 뇌출혈로 겨우 몇 분전에 죽은 18세 농구선수의 심장을 받았다. 이 여인은 이틀 후에 사랑스러운 분홍빛 얼굴로 미소를 지으며 사진 기자들에게 포즈를 취했다. 일주일이 지났을 때는 걸어 다니기 시작했고 6개월 후에는 자신이 입원한 층에서 인턴으로 일하던 젊은 의사와 결혼했다. 그녀는 1년이 되기 전에 심장 거부 반응으로 죽었다. 우리가 우리의 심장을 거부하는 이유에 대해 의사들은 아직 배워야 할 것이 많다. 그렇고말고, 의사들은 배워야 할 것이 많다. 델란시 거리의 늙은 행상인이 시나이 산에서 심장을 받았다가 의식을 회복한 후 몇 분도 지나지 않아 다시 심장을 뱉어냈다. 우리는 이것을 심장 방출이라고 부른다. 오하이오 주의 피츠버그에 사는 흑인 우편배달부는 술집에서 벌어진 싸움으로 죽은 백인 철강노동자의 심장을 이식받았다. 이 흑인은 곧바로 죽었다. 우리는 이것을 심장 배설이라고 부른다. 의학은 아직 배워야 할 것이 많다.

뉴저지 주의 애틀랜틱시티에서 의사들이 피를 펌프질하는 기계에 새로운 밸브를 달았다. 이 기계는 새 밸브를 거부했고 기계에 연결되어 있던 사람은 죽었다.

포스터에 관한 질문이 있었다. 사람들은 혼란스러워했다. 모두 떼지어 몰려다녔고 우리는 누군가의 낡은 책상에 앉아 무엇을 해야 할지 지시를 기다리고 있었다. 피셔 씨가 우리를 내려놓고 돌아오겠다고 말했다. 사람들은 마루에 꿇어앉아서 페인트 붓으로 포스터를 그렸다. 비어 있는 가게였다. 한 남자가 긴 목재를 톱으로 잘라 벽에 세웠다. 그때 문가에 흥분의 동요가 일었고 누군가 환호를 지르고 두 사람이 웃으면서 들어와 마루 한복판에 엄마 아빠의 사진이 있는 커다란 판지 포스터 더미를 내려놓았다. 수전과 나는 책상 위에 다리를 꼬고 앉아 서로를 바라보며 이 상황에 거리를 두려고 애썼다. 이따금 누군가가 들어왔고 우리는 고개를 돌리지 않고도 우리가 평가당하고 있다는 사실을 알았다. 그 시끄러운 속에서도 아주 분명한 몇 마디 말이 들려왔다. 얘들이 걔들이야? 가엾은 것들.

우리는 이런 말을 하는 사람들은 모두 핵심 멤버가 아님을 알았다. 우리를 아는 사람들은 우리를 별나고 까다로운 아이들로 여겼다. 행사에 나서기 직전 우리는 갑자기 맥아우유나 햄버거를 먹고 싶다고 했다. 한번은 수전이 닭고기 볶음국수를 먹고 싶다고 떼를 쓰기도 했다. 우리는 우리와 친해지려는 잘못을 범하는 사람은 누구에게나 협박을 했다. 우리는 언제나 위협적이었다. 우리가 협조하지 않으면 최고의 계획도 망칠 수 있었다. 집회에 등장한 우리의 모습을 보면 사람들은 심장이 멎었다. 그것은 착하고 훌륭한 두 아이의 이미지였다. 우리와 가까운 사람들은 진상을 알았다.

피셔 부부는 우리를 너무나 싫어했다. 그들은 시위나 집회에 언제나 우리를 끌고 다녔으며 밥을 빨리 먹으라고 재촉했다. 우리는 그들을 증오했다. 그들은 큰 저택에 살았고 우리는 3층 방 두 개를 사용했다. 우리가 바닥을 깨끗이 청소하도록 피셔 부인은 3층에 낡은 진공청소기를 두었다. 우리는 빨래 주머니에 더러워진 옷을 담았다. 주머니가 가득 차면 지하실로 가져갔다. 가끔 알렉산더 백화점*에서 산 새 옷이 우리 침대에 놓여 있었다. 부엌의 게시판에는 우리 일정이 적혀

* 중저가 상품을 파는 백화점.

있었다. 그 집은 음울한 튜더양식의 대저택으로 거리에서 상당히 떨어져 키 큰 울타리에 둘러싸여 있었다. 우리는 종종 울타리 사이로 바깥을 내다보았지만 보이는 것은 또 다른 튜더양식 저택들뿐이었다. 우리는 스테이션 왜건을 타고 사립학교에 갔다가 그 차를 타고 집으로 돌아왔다. 우리는 친구가 없었다.

어느 날 수전과 나는 지하실에 있는 석유버너 뒤로 숨었다. 온종일 그곳에 숨어 있었고 집회에 빠졌다. 내 성기 주위에 털이 나기 시작했고 나는 그걸 수전에게 보여주었다. 얼마 동안은 그것에 대해 이야기했다. 수전은 『마법에 걸린 정원』을 읽었다. 나는 낮잠을 잤다. 위층에서 몇 분마다 전화벨 울리는 소리가 들렸다. 그러다 결국 우리는 배가 고파서 위층으로 올라갔다. 밤 열 시였다. 피셔 씨는 넥타이를 풀어헤치고 와이셔츠는 깃이 선 채로 벌어져 있었다. 그가 우리에게 소리를 질렀다. 피셔 부인은 창백한 얼굴로 계속 담배에 불을 붙였다가 바로 재떨이에 비벼 껐다. 그녀는 금발에 눈이 튀어나온 마른 여인이었다. "너희는 우리가 우릴 위해 이 짓을 한다고 생각하니!" "이 못된 녀석들! 너희 부모를 위해서라고! 형편없는 놈들 같으니!" 그렇지만 어느 주엔가 교도소에 방문할 때가 되었을 때 우리를 그곳에 데려가 주는 사람은 없었다.

그런 일이 있고 나서 제이콥 애셔가 그 집으로 왔다. 그때까지 오랫동안 그를 만나지 못했었다. 애셔는 우리를 차에 태워 그린블라트 판사의 아동법원으로 데려갔고, 판사는 우리를 피셔 부부의 보호에서 해방시켰다. "이제 이 짓은 그만두세요." 판사가 손가락으로 애셔를 가리키며 말했다. 나이 든 변호사는 씁쓸하게 웃으며 고개를 저었다.

더 이상 할 말이 있는가? 전기에 관한 너의 이력. 전기는 에너지의 한 형태이다. 그것은 물, 증기 혹은 핵분열 같은 다양한 동력원에서 생성된다. 미합중국(매년 987,432,000kwh)과 소비에트 연방공화국(매년 379,096,000kwh)이 주요 전력 생산국이다. 원자는 전자를 잃거나 얻으며 그에 따라 양이온이나 음이온의 전하를 띠는 것이 전기 이론이다. 전하를 띠는 원자를 이온이라고 부른다.

당신은 내가 전기처형은 못해낼 거라고 생각하겠지. 나는 당신이 거기 있는 것을 안다. 언제나 당신이 있었다. 당신. 당신에게 내가 전기처형을 할 수 있음을 보여주겠다.

그들은 먼저 아빠를 끌고 왔다. 그들은 엄마가 더 강하다는 것을 잘 알고 있었다. 모든 요인을 고려할 필요가 있었다. 그들은 가능한 한 소동 없이 그 일을 끝내고 싶었다. 그 일을 순조롭게 처리하고 싶었다. 그것은, 사람을 처형하는 일은 즐거운 작업이 아니며 신속하게 마무리 짓고 싶었다. 그는 다리에 힘이 풀려 있었다. 사람들의 부축을 받아야 했다. 울어서 충혈된 눈은 이제 물기가 말라 있었다. 슬리퍼에 회색 바지와 소매를 말아 올린 헐렁한 셔츠 차림이었다. 정수리는 둥글게 면도되어 있었다. 오른쪽 바짓자락은 가위로 잘려 있었다.

방에는 그 말고도 많은 사람들이 있었다. 교도소장, 사형집행인, 교도관 세 명, 랍비, 의사 두 명, 추첨으로 뽑힌 취재진 대표 기자 세 명. 한 명은 〈헤럴드 트리뷴〉, 한 명은 AP, 마지막 한 명은 〈뉴스〉 소속이었다. 아빠의 손이 떨리고 호흡은 가쁘고 얕았다. 그는 사형집행실에 워싱턴과 바로 연결되는 전화가 있음을 통보받았다. 하지만 사형집행실에 들어섰을 때 그는 전화를 찾지 않았다. 구경꾼의 존재도 전혀 알아차리지 못했다. 그는 환자처럼 도움을 받고서 겨우 의자에 앉았다. 의자에 앉자 호흡이 더 빨라졌다. 그는 눈을 감고 두 손을 무릎 위에서 꼭 쥐었다.

제대로 진행된 일이 없었다. 어떤 대의도 단합을 이루어내지 못했다. 세상이 혁명의 불꽃으로 타오르지도 않았다. 감형의 문제가, 구명의 기회가 그들을 위해 투쟁하는 사람들의 사람됨과 품위와 예의에 달려 있는 듯했다. 그들의 감형과 구명의 대의는 정치적 공작으로 의심받았다. 마치 연상에 의한 거대한 유죄의 융합이 존재하는 것처럼—아이작슨 부부는 자신들의 자유를 위해 운동하는 사람들의 면면으로 말미암아 유죄가 확인되었고, 그들의 지지자들은 아이작슨 부부를 위해 운동했다는 이유로 의혹을 샀다. 진실은 교정할 수 있는 범위를 넘어섰다. 아이작슨 부부의 사면 탄원에 관한 결정을 공표하기 직전 미국의 대통령은 법무장관을 불러들였다. 법무장관은 대통령에게 "대통령 각하, 이자들을 프라이로 만들어버려야 합니다"라고 말했다고 한다.

그들은 아빠의 마주 잡은 손을 떼어내고 팔을 의자 팔걸이에 벨트로 고정시켰다. 전기의자는 팔걸이와 뼈대가 나무로 되어 있었다. 그러나 등받이에 철제 버팀대가 있었고 콘크리트 바닥에 의자를 고정시킨 부분도 철제였다. 발목이 의자에 벨트로 고정되었다. 벨트는 가죽이었다. 무릎과 가슴이 가죽벨트로 고정되었으며 머리를 고정시킨 가죽벨트는 마치 부적처럼 보였다. 교도관이 부드럽게 아빠의 안경을 벗기더니 접어서 한쪽에 놓아두었다. 그리고 다시 다가와 손가락을 항아리에 담그더니 면도한 머리에 접착성의 전도 연고를 둥글게 문질러 바르고 나서 무릎을 꿇고 역시 면도한 종아리 부분에 같은 동작을 반복했다. 그런 다음 전극봉을 그곳에 붙였다.

전기는 회로에 흘러 들어간다. 회로가 열려 있거나 불완전하면 전기는 흐를 수 없다. 전기처형을 할 때 회로는 닫히거나 사람의 몸에 의해 완성된다. 얼굴에 두건이 씌워지자 아빠는 입술을 깨물고 마지막 남은 힘까지 끌어 모아 비명을 지르지 않기 위해 초인적으로 노력했다. 두건은 검은 가죽이고 죽음의 순간 프라이버시를 존중하는 의미로 주어진다. 그러나 또한 2,500볼트의 전기에 의한 얼굴 근육조직의 변색과 혀와 눈에 가해지는 효과를 입회인들에게 보이지 않기 위해 씌운다고도 할 수 있다. 아빠는 나무 팔걸이를 톱밥으로 만들 것처럼 세게 잡았다. 그 의자는 그를 죽게 하겠지만 이순간만은 유일하게 그를 지탱해주는 수단이었다. 사형집행인은 보호벽 뒤에 있는 아치형 공간에 자리를 잡았다. 이 공간 벽에 포크처럼 생긴 커다란 손잡이 스위치가 있었다. 그 스위치를 위에서 아래로 내리면 작동이 시작되었다. 집행인은 유리판 너머로 아빠를 지켜보던 교도소장을 쳐다보았다. 교도소장은 순간 한참을 기다리다가 유리판 쪽으로 얼굴을 돌리고 고개를 까딱했다. 집행인이 스위치를 내렸다. 아빠는 마치 기차에 받힌 것처럼 가죽 벨트에 몸을 세게 부딪쳤다. 채찍질당할 때처럼 소리를 내며 앞뒤 위아래로 퍼덕거렸다. 가죽벨트가 신음소리를 내고 삐걱거렸다. 아빠의 머리에서 연기가 피어올랐다. 살이 타고 똥과 오줌이 뒤섞인 끔찍한 냄새가 사형집행실을 채웠다. 입회인들은 대부분 고개를 돌렸다. 의자 아래 콘크리트 바닥에 오줌이 고였다.

전류가 끊기자 아빠의 경직된 몸이 갑자기 의자에 주저앉았다. 시간이 얼마나 흘렀는지 모르지만 입회인들은 자신들이 몸서리치는 생명의 경련이라고 여겼던 것이 어쩌면 보이지 않는 저항계를 통해 움직이는 전류의 작용이었으리라 생각했을 것이다.

들것에 아빠의 시체가 실려 나가고 바닥을 걸레질하고 죽음의 냄새가 세척제의 암모니아 향기로 가려지고 난 몇 분 후, 엄마가 사형집행실로 끌려왔다. 엄마는 볼품없는 회색 죄수복을 입고 타월 천 슬리퍼를 신고 있었다. 엄마는 아빠가 죽은 것을 알았다. 그녀의 얼굴에는 신중하고 역설적인 미소가 떠올랐다. 그녀는 입회인들이 고개를 돌릴 때까지 조용히 그들 한 명 한 명을 응시했다. 몇몇은 눈길이 다가오는 것을 알고 아예 그녀와 눈을 맞추지 않으려고 했다. 마침내 엄마의 시선이 교도소 랍비에게 머물렀다. 최후의 48시간 동안 그녀가 도움을 거부한 바로 그 랍비였다. "저 사람이이 여기 있는 걸 원치 않아요." 그녀가 말했다. 탈리스를 걸치고 야물커*를 쓴 랍비가 문 쪽으로 걸어 나갔다. 랍비가 사라지기 전에 그녀는 그의 등 뒤에 대고 말했다. "오늘 내 아들은 성년식을 치를 거예요. 우리의 죽음이 그의 바르미츠바가 될 거예요." 후일 랍비는 이 순간 그녀의 목소리가 그리 크지 않아서 이 말을 듣지 못했다고 했다.

엄마는 도움의 손길을 모두 무시하고 의자로 몸을 돌렸다. 그녀는 2년 동안 여성 사형수동에서 자신을 홀로 감시한 여교도관을 껴안았

* 유대인 남자가 정수리 부분에 쓰는 동글납작한 모자.

다. 그들은 가까운 친구가 되었다. 교도관은 흐느껴 울다가 집행실 밖으로 뛰어나갔다. 엄마는 여전히 기이한 미소를 띠며 전기의자에 앉아 비행기 여행을 준비하는 승객처럼 자신을 고정시키는 과정을 지켜보았다. 두건이 눈 위로 내려왔을 때 그녀는 눈을 떴다. 스위치를 넣자 엄마는 아빠와 같은 윙윙거리고 지글지글 끓는 원호(圓弧)의 춤을 추었다. 전류가 끊겼다. 의사가 무너진 몸으로 다가가 청진기로 심장이 뛰는지 확인했다. 그가 놀라는 표정을 지었다. 교도소장은 크게 동요했다. 세 명의 기자들이 절박하게 속삭이며 말을 주고받았다. 사형집행인이 벽 뒤로 되돌아가 다시 신호를 받고 다시 전기를 흘려보냈다. 후일 그는 처음 '분량'이 내 엄마 로셸 아이작슨을 죽이는 데 충분치 않았다고 했다.

세 가지 결말

1. 집. 다니엘은 설명하기 힘든 이유로 일주일 후 뉴욕으로 와서 브롱크스의 옛 동네로 돌아온다. 그곳은 변했다. 옛날 174번로 자리에는 깊은 참호처럼 크로스 브롱크스 고속도로가 지나간다. 거리마다 낡은 아파트가 먼지 덮인 폐허의 도시처럼 검게 변한 채 줄지어 서 있다. 그러나 여전히 사람들은 살고 있다. 건물 주변에는 거대한 쓰레기 봉지가 모래 포대처럼 쌓여 있다. 청소부들이 파업중이다. 인도에 쓰레기가 넘쳐흐른다. 거리에 빈 우유곽이 바람에 나뒹군다. 흩날리는 신문지가 다리를 스친다. 사막을 가로질러 모래가 날리듯이 커피 찌

꺼기가 학교 운동장에 날린다. 낡은 보라색 학교는 아직도 있다. 내가 기억하는 것만큼 크지는 않다. 나는 이마를 펜스에 대고 팔을 머리 위로 올려 펜스를 잡는다. 내 뒤로 길 건너편에 우리 집이 있다. 낡은 현관 계단에 흑인 아이 두 명이 앉아 카지노 놀이를 하고 있다. 흑인 여자가 문을 열고 아이들에게 집으로 들어오라고 말한다. 밤이 다가온다. 바람이 운동장 위로 분다. 나는 돌아서서 그 여자에게 집 안을 둘러봐도 될지 묻고 싶다. 그러나 아이들이 카드를 모아서 집으로 들어가고 아이들 엄마는 문을 닫는다. 나는 아무런 시도도 하지 않을 것이다. 이 집은 이제 그들의 집이다.

2. 장례식. 성대한 장례식이었다. 버스, 승용차, 택시 등 장례 행렬이 수 킬로미터나 이어졌다. 경찰이 교통을 정리했다. 경찰이 장례 행렬을 정리했다. 경찰이 공동묘지 입구에 서 있었다. 모두가 입장이 허용되지는 않았다. 그렇게 되면 다른 묘지가 짓밟힐 것이었다. 지루하고 숨 막힐 듯한 날이었지만 사교적인 측면도 없지 않았다. 영안실에서 제이콥 애셔는 우리를 여러 사람에게 소개했고, 그중에는 우리의 부모로 지명될 젊은 르윈 부부도 있었다. 여름이라고 해도 지나치게 더운 날씨였다. 수전과 나는 영구차 바로 뒤를 따르는 검은 리무진에 타고 있었다. 귀족처럼. 뒷좌석에는 우리 둘만 타고 있었다. 그렇지만 우리는 다른 사람들 사이에 끼어 앉은 것처럼 다리를 맞대고 가까이 붙어 앉아 손을 잡고 있었다. 차 안을 응시하는 얼굴들.

우리는 검은 캐딜락을 타고 영구차를 따라간다. 봄이 물속의 기름처럼, 우유 속의 피처럼 쉬 소리를 내며 새어나와 겨울을 탈출한 듯한 이상스럽게 따뜻한 그런 날이다. 크로커스가 노란색과 흰색의 섬세한 색조의 꽃잎을, 향기와 몸을 봄에게 드러내고 희롱당하는 그런 날이다. 그리고 그건 너무 이르다. 그건 오산이다. 크로커스, 첫번째 꽃, 죽은 꽃, 혁명가들의 꽃.

우리는 무덤가에 선다. 엄청난 군중이 뒤에서 우리를 압박한다. 기도가 주문처럼 들린다. 모두가 검은 옷을 입고 있다. 나는 수전을 바라본다. 수전은 더할 나위 없이 침착하다. 소매 없는 검은 옷을 입은 수전은 산뜻하고 단정해 보인다. 검은 레이스 손수건이 수전의 머리에 얹혀 있다. 수전은 예뻐 보이고 나는 엄청나게 동생이 자랑스럽다. 어른들이 하듯이 가운데 가르마를 탄 머리를 귀 뒤로 묶은 수전은 꽤 숙녀가 되어가고 있다. 나는 수전의 따뜻한 손을 내 손에서 느끼고, 그녀가 사랑스러운 눈으로 발치의 파놓은 땅을 내려다보는 모습을 본다. 그 순간 표현할 수 없는 사랑의 감정이 내 목을 채우고 무릎에 힘이 풀린다. 앞으로 평생 내 여동생을 사랑할 수만 있다면 나는 아무것도 필요하지 않다고 생각한다.

르윈 부부가 뒷좌석에 타고 필리스와 나는 그들의 무릎께 보조좌석에 앉았다. 어머니는 베일로 얼굴을 가리는 검은 모자를 썼다. 눈이 붓고 붉게 충혈되었으며 흉한 괴로움 탓에 입꼬리가 아래쪽을 향하고 있다. 아버지는 짙은 색 양복에 넥타이를 맸다. 아버지는 허물어졌다. 면도도 제대로 하지 않았다. 턱 밑과 입가에 채 깎이지 않은 짧은 회색 수염이 반점처럼 보인다. 필리스의 얼굴은 창백하고 일그러져 있다. 화창한 날이고 흐느끼는 그녀의 눈은 푸르다. 그녀는 두꺼운 모직 재킷과 올이 굵은 무명 바지를 입었다.

공동묘지에서 운전사들이 인도에서 담배를 피우며 이야기하고 장의사가 사무실로 올라가 묘지 관리인들과 일을 처리하는 동안 우리는 영구차 뒤에서 기다린다. 이 장례식은 조촐하게 치러질 것이고 장의사에게는 오늘 또 다른 장례식이 기다리고 있다.

내 여동생이 죽었다. 그녀는 분석이 실패하여 죽었다.

지난가을의 낙엽이 묘소 여기저기에 굴러다닌다. 각각의 묘소는 울타리나 나무로 구분된다. 우리는 공동묘지의 곧고 좁은 길을 따라 달린다. 공동묘지에 거리 이름이 있다는 사실과 특정 장소가 한 사람이 묻힌 곳에 지정된다는 사실이 우습다. 그들의 눈에 그곳은 죽은 사람들을 위한 도시이며 죽은 자들을 위한 성스러운 안식처이다. 도시 격자망의 건물들처럼 비석과 표식이 있고, 상류층의 멋진 지하묘가 있는가 하면, 이 지부나 저 지부의 이름으로 지은 조합아파트식 묘가 있다. 묘비 일부는 너무 오래되어 갈색으로 변했고 게토처럼 서로 가까이 붙어 있다. 묘비도 유행이 있다. 새로운 스타일은 커다란 묘비에 성(姓)을 꾸며 쓰지 않고 이름을 대석(臺石)에 밝히는 것이다. 시와 성경 구절을 인용하는 것은 유행이 지난 듯하다. 가끔 일정한 양식에 맞춰 히브리어로 짧고 신비스러운 구절이 쓰여 있다. 새로 만든 묘비는 회백색이며 앞은 부드럽게 연마되어 있고 옆은 거칠게 마구 잘려 있다.

수전의 무덤은 엄마 아빠의 무덤 아주 가까운 곳 나무 아래에 있다. 내가 모든 것을 처리했다. 녹색의 카펫이 구덩이를 덮고 있다. 우리가 차에서 내리자 무덤 파는 인부 세 명이 물러서서 꽤 떨어진 거리에서 우리를 기다린다. 젊은이들로 나보다 그리 나이가 들어 보이지 않는다. 그들은 자신들이 목격하는 다양한 고통에 결코 호기심을 잃지 않을 것이다. 묘지 길 모퉁이에서 한 동양인이 참호를 파고 있다. 수전의 관이 무덤에 안치되고 장의사가 나를 바라본다. 나는 그 회사의 랍비를 거부했고 이제 기도를 하고 수전의 관 위로 흙 한 삽을 떨어뜨릴 차례다. 나는 장의사에게 잠깐만 기다리라고 말한다. 그리고 묘지를 이리저리 뛰어다니며 몸집이 작은 늙은 유대인들을 고용한다. 이들은 보수를 받고 젊은 유대인들은 알지 못하는 기도를 대신 해주는 사람들이다. 공동묘지에서 생계를 이어가는 수염 난 작은 사람들. 그들은 파수꾼, 학자, 떠돌이, 고문관 들로서 방금 죽은 사람들, 최근에 죽은 사람들, 죽은 지 이미 오래된 사람들을 위해 기도하며 살아간다. 보통 그들은 꾀죄죄하고 신발 뒤꿈치가 닳아 있다. 그중 몇몇은 주정뱅이이다. 나는 공동묘지를 뛰어다니며 계속해서 이 사람들을 고용하고 어디로 가야 하는지 알려준다. 내가 수전의 무덤으로 돌아왔을 때는 이미 예닐곱 명이 거기에 서서 서로를 무시하며 경쟁하듯 수전을 위한 기도를 읊조리고 있었다. 그들은 눈을 감고 몸을 앞뒤로 까닥까닥하면서 콧소리로 노래를 부르는 듯 기도했다. 뜻밖의 대성황이다. 다른 이들도 사람들이 모여 있는 것을 보자 비둘기처럼 달려든다. 나는 각각의 축복받은 자들을 모두 받아들인다. 주머니에는 지폐가 한 다발이다. 나는 은행처럼 자금을 대준다. 어머니와 아버지는 차로 돌아간다. 장의사가 번쩍이는 영구차 곁에서 조급하게 기다린다. 그러나 나는 기도하는 이들을 격려하고 한 사람이 끝나자 이번에는 어머니와 아버지를 위하여 다시라고 말한다. 아이작슨을 위하여. 핀카스. 라헬, 수젤.* 그들 모두를 위하여. 나는 아내의 손을 잡는다. 그리고 내가 울

수 있을 것이라고 생각한다.

3. 도서관. 세번째 결말로써 나는 이 서술이 제기한 문제점 가운데 몇 가지를 논하고자 했다. 그러나 바로 조금 전에 내가 여기서 마지막 페이지를 쓰고 있을 때 누군가가 나에게 와서 도서관이 폐쇄되었다고 알려주었다. "이봐, 떠날 시간이야. 학교를 폐쇄하고 있어. 커크가 그만둬야 해! 우리가 그렇게 할 거야. 이 빌어먹을 대학 전체가 무릎 꿇게 만드는 거야!"**

"여기서 나가야 한다는 말이야?"

"그래, 이 사람아. 움직여. 이 건물은 공식적으로 폐쇄됐어."

"기다려……"

"기다릴 것 없어. 이제 때가 온 거야. 수도도 끊기고 전기도 끊길 거야. 이봐, 책 덮어. 왜 그래, 아직도 자네가 해방됐다는 사실을 못 깨닫는 거야?"

나는 미소 지을 수밖에 없다. 예상치 못한 일이 아니다. 나는 선다이얼 광장으로 걸어가서 무슨 일이 일어나는지 볼 것이다.

다니엘서: 사회생물학, 역겨운 곤충학, 여성해부학, 아동 소음, 대(大)악마학, 종말론 및 열(熱)공해 박사학위 취득을 위한 요건을 부분적으로 만족시키기 위하여 제출된 삶.

---

* 폴, 로셸, 수전의 유대식 이름.

** 1968년 4월의 컬럼비아 대학 학생운동 사건 상황을 암시한다. 민주사회학생연합 학생들이 대학 건물을 점거하고 반전시위를 벌였고 8일째 되던 날 그레이슨 커크 총장의 요청으로 경찰이 학교로 진입해 시위 학생뿐 아니라 일반 학생과 교직원들에게까지 폭력을 휘둘러 700여 명이 연행된 최대 규모의 학생 시위였다.

그리고 나라가 생긴 뒤로 그때까지 없던 어려운 때가 올 것이다. 그러나 그때 그 책에 기록된 너의 백성은 모두 피하게 될 것이다. 그리고 땅속 티끌 가운데서 잠자는 사람 가운데서도 많은 사람이 깨어날 것이다. 그들 가운데서 어떤 사람은 영원한 생명을 얻을 것이며, 또 어떤 사람은 수치와 함께 영원히 모욕을 받을 것이다. 지혜 있는 사람은 하늘의 밝은 빛처럼 빛날 것이요, 많은 사람을 옳은 길로 인도한 사람은 별처럼 영원히 빛날 것이다. 그러나 너 다니엘아, 너는 마지막 때까지 이 말씀을 은밀히 간직하고, 이 책을 봉하여 두어라. 많은 사람이 이러한 지식을 얻으려고 왔다 갔다 할 것이다. (……) 그가 말하였다. 다니엘아, 가거라. 이 말씀은 마지막이 올 때까지 은밀하게 간직되고 감추어질 것이다.*

* 「다니엘서」 12:1~4, 9.

역사의 재기술과 인식의 민주주의

격동의 1960대와 작가들

1960년 케네디의 대통령 당선은 불안과 순응, 대량소비의 시대였던 1950년대에 분명한 종지부를 찍었다. 케네디는 젊음과 지성, 희망을 상징했고 그가 제창한 '뉴프런티어' 구호는 당시 미국 사회에 새로운 비전을 제시하는 듯했다. 사상과 예술에 관심이 깊었던 그는 짧은 재임 기간 동안 작가와 지식인 들을 백악관 주위로 모여들게 했다. 그러나 새로운 미국 사회에 대한 기대와 희망은 오래가지 못했다. 1962년 쿠바 미사일 위기에 이어 1963년 댈러스에서 일어난 케네디 암살 사건은 격동의 1960년대를 여는 서곡에 불과했다. 존슨 행정부가 들어서면서 미국은 베트남전에 더욱 깊이 관여하게 되었고 대학 안팎에서 민권운동과 반전운동, 언론자유운동이 활발하게 일어났으며 아메리칸인디언운동, 흑인민족주의운동, 여성해방운동, 신좌익을 중심으로 한 급진적이고 혁명적인 운동은 미국의 기존질서와 가치에 정면으로 도전했다. 미국문화의 충실한 기록자인 노먼 메일러는 『왜 우리는 베트남에 있는가?』에서 당시 미국 사회를 사로잡은 핵심적인 물음을 던졌으며, 『밤의 군대들』에서는 베트남전에 저항하는 펜타곤에서의 시위를, 『마이애미와 시카고 포위 점령』에서는 공화당과 민주당 전당대회에서 발생한 폭력과 혼란에 대한 체험을 기록하여 당대의 사회적, 정신적 혼란상을 전달했다.

1960년대의 혼돈과 격변은 미국 사회 전반에 대한 근본적인 반성과 비판에서 비롯된 것이었다. 이 과정에서 많은 젊은이들이 기성세대의 생활양식과 가치관, 윤리관을 거부하고 새로운 존재방식을 모색하기 시작했다. 이들의 문화는 1969년 우드스탁에서 열린 음악축제에서 절정에 달했다. 록 콘서트, 행위예술, 신흑인예술 등 새로운 표현양식들은 반문화를 형성하는 데 공헌했고, 우연성과 임시성, 순간적 경험과 급진적인 공동체주의, 세대갈등과 인종적 분노 등 당시의 분위기를 생생하게 표현했다. 1960년대 예술은 정치와 역사에 대한 문제의식을 표명했지만 1960년대의 예술가들은 1930년대 마르크스주의 지식인들과는 달리 자신들의 성향을 사회주의 리얼리즘이나 프롤레타리아 리얼리즘 등 분명한 이념의 형태로 표현하지 않았다. 그들은 모든 형태의 공식적인 권력 구조를 불신하고 그에 도전하면서 동시에 예술적인 아방가르드 정신을 부활시키려 했다. 따라서 기존의 형식과 장르, 정전을 거부했고 기존의 것을 혼합해 새로운 양식을 모색하는 등 진지한 예술적 실험이 가능한 생동적인 환경이 조성되었다.

이러한 시대 분위기는 새로운 글쓰기 형식을 고무했다. 1950년대 후반에 이미 50년대 전반의 신사실주의 정신과 실존주의적 경향은 블랙유머와 부조리주의의 새로운 분위기로 바뀌었고 소설은 사실주의에서 멀어져갔다. 현실이 꿈과 같은 속성을 지녔다는 인식 자체가 꿈일 수 있다는 인식을 60년대의 많은 작가들이 할 수 있었던 것은 베케트나 보르헤스, 나보코프의 영향 때문이기도 했지만 역사의 부조리와 비현실성에 대한 인식의 확산에서 비롯된 것이기도 했다. 많은 작가들이 이 세계의 참된 모습을 제시하지 못한다고 믿게 되었고, 현실을 정확하게 재현하는 가능성에 회의를 품게 되었다. 그들은 맬컴 브래드버리가 『개방된 형식: 소설과 현실』에서 지적한 바와 같이 현실에 대한 허구적인 환상을 창조하는 능력이 작가에게 있는 것이 아니라 사회문화적 현실에 있다고 여겼다. 로널드 수커닉이 『소설의 죽음』에서 "매일매일 미국 전역의 도시에서, 엄청난 비행기 납치 사건에서, 달 표면에서, 베트남에서, (닉슨이 만리장성에 서 있는) 중국에서, 그리고 (뉴스 시간 동안) 텔레비전에서 진정한 허구가 발생한다"고 기술했듯이 현실은 작가가 창조한 허구보다 더 놀라운 허구를 만들어내는 듯했다. 따라서 많은 작가들이 필립 로스가 1961년 『미국소설 쓰기』에서 이미 선언했듯이 현실이 자신들의 재능을 능가한다고 느끼게 되었다. 즉 불합리하고 믿을 수 없는 현실이 작가의 상상력을 마비시키고 상상력의 빈곤함을 절감하도록 했다. 실제 세계가 허구의 세계보다 훨씬 더 허구적이고 환상적으로 보이는 상황에 대한 작가들의 반응은 크게 세 가지 방식으로 분류할 수 있다. 존 호크스, 조지프 헬러, 커트 보니것, 토머스 버거, 스탠리 엘킨 등 소위 부조리파 작가의 희극적 허무주의, 또는 블랙유머가 60년대 초반의 특징이었다. 그리고 중반 이후에는 트루먼 커포티, 톰 울프, 메일러 등 일군의 작가들이 저널리즘의 소재와 보도기법을 도입하여 비허구소설, 팩션, 뉴저널리즘 등으로 불리는 혼성장르를 창조하면서 의식적으로 사실과 허구, 실제의 세계와 상상의 세계 간의 경계를 규정짓는 관례에 도전했다. 반면 존 바스, 로버트 쿠버, 도널드 바셀미, 윌리엄 가스 등은 흔히 초소설(surfiction), 우화소설, 메타픽션 등으로 불리는 장르를 통해 그 자체를 작품의 주제로 다루며 허구성을 탐구하거나, 환상의 세계나 초현실 세계에 관심을 보였다. 물론 이것은 편의를 위한 구분에 불과하며 실제로는 세 가지 요소가 이들 작가의 한 작품 속에 유기적으로 연관되어 있거나, 개별 작가의 경우에도 혼재하거나 시기별로 다르게 나타나는 경우가 많다.

닥터로의 작품세계

닥터로는 오늘날의 미국 문단에서 독특한 존재이다. 비평가들의 찬사를 받을 뿐만 아니라 대중적으로도 인기를 누리고 있다. 사회와 정치 문제에 지대한 관심을 보이면서 동시에 스타일 면에서 실험적이다. 소설의 전통과 한계를 인식하고 그 한계에 도전하지만, 다른 실험작가와 달리 난해하지 않고 정치와 역사 현실에 관해 강력하게 발언한다. 그의 작품에는 정치적 열정, 사회적 비전, 그리고 정치 외적인 예술성이 함께 어우러져 있기에 폴 러바인은 그를 '놀라운 현상'이라고 불렀다.

닥터로의 작품 대부분은 미국의 역사에서 중요한 순간이나 주제를 다루고 있다. 『하드 타임스에 온 것을 환영합니다』에서는 프런티어 신화의 허구성을 탐구하고 『다니엘서』에서는 냉전시대 로젠버그 사건을 통해 구좌파와 신좌파 간의 갈등을 분석한다. 혁신주의 시대를 배경으로 한 『래그타임』에서는 인종주의와 급진주의를 다루었고 『룬 호수』에서는 대공황을 배경으로 미국의 꿈에 대한 신화를 살펴보았다. 이 주제는 『세계 박람회』와 『빌리 배스게이트』에서 다시 다루어진다. 『수도』는 소위 도금시대의 뉴욕을 배경으로 다양한 사회계층의 갈등을 다루었다. 또 새로운 세기가 시작된 2000년에 출간된 『신의 도시』에서는 아인슈타인과 비트겐슈타인의 이론과 프랭크 시나트라의 전기, 기독교와 유대교의 교리가 어지럽게 뒤섞인 20세기 문명 전체에 관한 개관과 복잡한 사변이 제시된다. 『행군』에서는 북군의 셔먼 장군이 남부를 초토화시키며 행군하는 모습을 추적하면서 남북전쟁에 관한 어떤 낭만적 신화화도 거부한다. 2009년 발표한 『호머와 랭글리』는 맨해튼 5번가 맨션에 은둔자로 살아가는 호머와 랭글리 형제의 삶의 궤적을 통해 도금시대부터 1980년에 이르는 한 세기의 모습을 『신의 도시』와는 다른 방식으로 보여준다.

닥터로의 작품들은 남북전쟁 시대부터 미국에서 프런티어가 사라진 19세기 말과 격동의 1960년대를 거쳐 세기말에 이르기까지 미국 사회의 몽타주를 형성한다. 닥터로는 미국의 과거를 재구성하는 작업을 해왔으며 그것은 모든 역사는 '만들어진' 것이라는 그의 믿음에 바탕을 두고 있다. 역사란 일종의 허구이며 역사가가 기록한 것으로는 충분치 않다고 생각하는 그는 자신의 작품에서 공식적인 역사상과는 다른 역사상을 제시한다. 그는 미국인의 마음속에 소중하게 각인된 과거의 이미지나 신화를 해체하고 역사에서 이상과 현실 간의 괴리를 부각시킨다.

『다니엘서』의 서술전략

『다니엘서』는 핵폭탄 기밀을 소련에 넘기려 모의했다는 죄목으로 처형당한 로젠버그 부부 사건을 소재로 삼았다. 『다니엘서』에 등장하는 모든 인물은 대개 실제 인물에 바탕을 두고 있다. 줄리어스 로젠버그와 아내 에설 로젠버그는 폴 아이작슨과 로셸 아이작슨이라는 이름으로 변형되고 부부의 두 아들인 마이클과 로버트는 다니엘과 수전 남매로 변형된다. 로젠버그 부부에 대한 검사 측 증인은 에설의 남동생인 그린글래스였지만 소설에서는 완전히 허구적인 인물, 치과의사 셀리그 민디시로 변형된다. 재판을 담당했던 판사는 코프먼에서 허시로, 피고 측 변호사 애셔는 실제 변호사 블록과는 달리 좌익이 아니라 보수 성향의 인물로 변형된다. 아이작슨 부부, 검사, 판사, 검사 측 증인, 변호사 모두 실제와 마찬가지로 유대인이며, 허시 판사는 실제 코프먼 판사처럼 연방대법원 판사가 되려는 야심을 품고 있다. 로셸이 이 사건을 다음과 같이 요약할 때 소설과 실제 사건의 대응관계는 명백해진다.

정상적인 증거의 원칙이란 우리 혐의에 대해서는 유보되고 있어요. 우리에게 그런 건 존재하지 않아요. 우리는 스파이 활동을 했다고 기소된 게 아니라 스파이 활동을 하기로 불법으로 공모했다는 혐의로 기소되었어요. 스파이 활동 자체를 입증할 필요가 없기 때문에 우리가 어떤 행위를 했다는 증거는 필요하지 않아요. 우리가 어떤 일을 의도했다는 증거만 있으면 충분해요.

『다니엘서』는 아이작슨의 재판, 정치적 선동, 부부의 처형 등을 다루고 있지만 이 소설은 로젠버그 사건에 대한 허구적 재구성에 불과한 것이 아니다. 닥터로의 주된 관심사는 이 사건에 관한 다양한 관점과 해석, 그리고 역사적 사건이 담론으로 변형되는 과정에 있다. 유죄 여부보다는 그들이 자신들도 이해할 수 없이 이용당하는 일종의 문화적, 사회적 의식이라는 측면이 부각되며 미국 사회가 아이작슨 부부를 어떻게 했는지 그 방식에 초점이 맞추어져 있다.

이 소설의 화자는 다니엘 르윈 아이작슨이다. 3인칭 화자의 서술로 시작하지만 곧 1인칭으로 바뀌고 다시 3인칭으로 돌아온다. 이러한 변화는 화자가 자신의 경험을 한편으로는 직접적으로, 또 한편으로는 어느 정도 거리를 두고 객관적으로 인식하려는 노력을 나타낸다. 처음부터 닥터로의 주된 관심사 중 하나는 서술 과정이었다. 닥터로는 6개월에 걸쳐 전지적 작가 시점에서 이 작품을 150페이지가량 쓰다가 마음에 들지 않아 다시 처음부터 쓰기 시작했다고 한다. 소설의 목소리가 반드시 '다니엘의 목소리'여야 함을 깨달았기 때문이다. 다니엘은 자신의 목소리를 바꿀 뿐만 아니라 화자로서 이야기에 개입한다. 가끔 다니엘은 독자에게 말을 걸기도 하고 이야기를 전개하다 갑작스럽게 역사에 관한 담론을 삽입하기도 한다. 또한 실제 사건을 기억하고 기록할 가능성에 관해 자기성찰적인 언급을 자주 한다. 그는 어렸을 때 가족이 함께 폴 로브슨의 공연을 보고 돌아오는 길에 극우주의자들의 공격을 받자 아버지 폴이 버스에서 보여준 영웅적인 행위에 대해 매우 구체적으로 기술한다. 그러고 나서 1인칭의 화자는 "내가 어떻게 이것을 알고 있을까? 좌석 뒤에 웅크리고 있었는데 어떻게 이것을 기억할까?"라고 의문을 품는다. 부모의 결백을 확인할 단서를 찾기 위해 폴이 체포당하기 전의 상황을 회상하던 다니엘은 "나는 그들이 체포되기 전 그들의 행동과 대화에서 기억할 수 있는 것은 모두 기록했다. 아니, 기록했다고 생각한다. 물론 내 손으로 거른 것이다. 그들이 유죄인지 무죄인지는 모른다. 어쩌면 유죄도 아니고 무죄도 아닐지 모른다"라고 말한다.

이처럼 다니엘은 어떤 사건을 기록하는 작업이 얼마나 어려운지를 깨달으며 가족과 자신에게 일어났던 일을 계속 써내려나간다. 그러나 그는 단순한 기록자가 아니다. 목소리는 다양하며 그의 서술은 담론과 혼합되어 있다. 그뿐만 아니라 다니엘은 스타일을 변화시켜 상반된 음조를 병치시킨다. 아이작슨 부부의 석방을 위해 뉴욕 시에서 열렸던 군중집회를 기술하고 나서 다니엘은 서술의 톤과 용어를 바꾸고 감정적으로 이야기에 개입한다. 독자들은 다니엘이 갑자기 분노와 공격성향을 드러내 당혹스러울 수도 있다. 하지만 그는 다시 톤을 바꾸어 초연하게 '많은 역사가들이 지적한' 2차 세계대전 이후 미국의 분위기를 분석한다. 그는 "수많은 역사학자들이 이 현상을 지적했다"는 문장을 반복함으로써 객관적이고 냉정한 톤에 아이러니를 부여한다.

다니엘이 채택한 다양한 서술전략은 일련의 사건으로부터 일관성 있는 이야기를 만들어내는 과정의 복잡함과 어려움을 부각시키기 위한 것이다. 그는 복잡한 현실을 솎아내고 체로 쳐낼 필요성에 압도당해 있으며 그의 서술에서 드러나는 파편적인 성격은 자신을 벗어나는 것처럼 보이는 진실을 추구하는 과정에 따른 당혹감과 좌절감을 드러낸다. 그의 서술전략은 이야기의 주제와 밀접하게 관련되어 있다. 독자가 복잡한 현실을 제대로 파악할 수 있도록 도와주려는 의도로 채택된 것이다.

다니엘의 자아성찰성

다니엘은 장기적인 역사적 맥락 속에서 부모의 처형을 파악한다. '흥미로운 현상'이라는 제목의 역사에 관한 일종의 논문을 통해 다니엘은 1919년 파업에 대한 보복, 1920년의 파머 공격, 사코와 반제티 재판 등 1차대전 이후의 '적색위협' 시대와 2차대전 이후의 매카시 시대 간의 유사성을 지적한다. 다니엘의 분석에 따르면 2차대전이 끝나고 "정부의 각종 회의에서는 격렬한 파당주의가 전시에 필수적이었던 정치적 제휴를 대신한다. 재계, 노동계, 지역사회 등 사회관계가 형성되는 큰 무대에서 폭력이 증가하고 공포와 비난이 공적인 논의를 지배하며 열정이 이성을 압도한다." 따라서 다니엘은 부모의 희생이 미국 역사에서 결코 특이한 현상이 아님을 강조한다.

다니엘은 냉전의 원인에 대해 허구적인 인물과 실제 역사가 들의 견해를 병치시킨다. '냉전의 참역사: 라가'라는 제하의 일종의 역사 논문에서 다니엘은 2차대전이 종결되기 전에도 미국은 소련과의 평화적인 공존정책을 진지하게 고려한 적이 없었다고 주장한다. '참역사'라는 제목은 역설적인 의도를 지닌다. 다니엘은 이 논문이 냉전의 역사에 관한 한 견해일 뿐임을 알기 때문이다. 이는 참역사를 '라가'라고 부르는 데서 명백해진다. 라가는 힌두교 예배 음악의 한 형태로서 여러 라가의 연속성을 강조하는 것이 특징이다. 각각의 라가는 '분명한 윤리적 혹은 정서적 의미'를 지니므로 참역사란 수많은 라가 중의 하나에 해당한다. 따라서 다니엘은 그것을 전지적 작가 관점에서가 아니라 가능한 여러 관점 중 하나로 제시하고 있다. 이 '참역사'는 수정주의 역사가 윌리엄 애플먼 윌리엄스의 냉전의 역사에 관한 견해를 다니엘이 차용한 것이다. 이것에 따르면 미국의 과학자들은 2차대전 이후 미국의 핵무기 독점이 사오 년을 넘기지 못하리라고 예측했지만 이러한 견해는 무시되었다. 일시적인 핵 우위가 "미국 주도의 세계를 러시아의 목구멍에 쑤셔 넣는" 수단으로 사용되었다고 다니엘은 주장한다. 미국은 2차대전 이후 마니교적인 심리상태에 사로잡혀 있었다. 미국은 소련을 "공격적이고 솔직하지 않고 신뢰하기 힘든 광장한 외골수"라고 인식했지만, 윌리엄스에 따르면 1946년까지도 소련의 대외정책은 결정되지 않았다고 다니엘은 지적한다. 다니엘은 또한 헨리 스팀슨이 트루먼 행정부에 대해 소련에 대해 합리적인 정책을 취할 필요성을 역설했지만 실패한 사실을 강조한다. 양아버지 로버트 르윈도 다니엘과 같은 견해를 가지고 있으며 다음과 같이 자신의 견해를 밝힌다.

> 전쟁이 끝난 다음 우리의 대외정책은 우리는 원자폭탄을 가지고 있고 소련은 가지지 못했다는 데 전적으로 의존했지. 지독한 오판이었어. 그 사실이 세계를 무장시켰지. 그리고 소련이 핵을 가지게 되자 우리의 지도력과 국가적 전망이 파탄 났다는 사실을 인정하지 않는 유일한 대안은 불법공모를 색출하는 것뿐이었고. 양자택일의 문제였지.

다니엘은 자신의 부모가 범했다는 죄의 경중을 생각하다가 당시 국무장관 애치슨이 그들이 처형되고 나서 수년 후 "트루먼 내각 고문들 가운데 누구도—심지어 그들이 핵무기를 보유한 다음에도—러시아를 심각한 군사적 위협으로 여기지 않았다"라고 증언한 사실을 알게 된다. 그럼에도 아이작슨 부부는 당시 세계정세에 책임을 지고 반역죄로 처형당했다. 다니엘은 "아이작슨 부부는 텔레비전 기밀을 소련에 제공하기로 공모한 혐의로 체포되었다……"라고 풍자적으로 기술한다. 그리고 정권의 하수인인 FBI가 아이작슨 부부의 행위에 관한 시나리오를 점차 완성해나갔다고 생각한다. 르윈은 그의 부모가 판결 후에도 정부로부터 자신들의 목숨을 구할 기회를 제안받았으므로 사형선고 자체가 수사상의 절차로 사용되었다고 말한다.

냉전과 부모의 재판을 비판적으로 분석하면서 다니엘은 일반적으로 자신의 견해를 좌익의 입장과 동일시한다. 그러나 그는 종종 좌익을 비판적이고 아이로니컬한 관점에서 파악한다. 다니엘은 폴과 로셸의 특성이 좌익의 일반적인 특징이라고 생각한다. 그들이 가진 자긍심은 엄청난 것이었다. 그들은 자신들이 역사의 법칙과 사회의 운영 방식을 알고 있기에 도덕적이고 지적인 엘리트라고 믿었다. 다니엘은 그들의 자긍심이 자기기만의 요소를 포함하고 있음을 알게 된다. 폴은 자신의 믿음과 미국의 현실을 '연결'하지 못하지만 그의 머릿속에서 설명할 수 없는 현실은 없었다. 폴은 다소 '무책임한 아이'와도 같았다. 반면에 로셸은 결핍의 정치학과 좌절당한 욕망 때문에 공산주의자가 된 '실용주의자'였다. 다니엘은 그녀가 궁핍하지 않았다면 공산주의자가 되지 않았을 것이라고 생각한다. 그들의 정치적인 무력함과 내적인 허약함이 그들의 이상주의와 증오심을 고취했다.

다니엘은 미국 좌익의 가장 위대한 순간들 중 한순간을 생생히 떠올릴 수 있도록 풍자적으로 독자들의 주의를 폴이 FBI에 체포되는 장면에 집중시킨다. 폴과 로셸이 급진주의자로서 갖는 자긍심과 실제 현실 사이의 괴리는 너무나 명백하다. 다니엘은 "미국의 좌익은 이 위대한 순간에 폴과 로셸 아이작슨이라는 부부의 보잘것없는 음모로 교묘하게 축소된다"라고 말한다. 그는 폴이 체포되자마자 자신의 부모가 공산당에서 제명된 사실을 알았다. 그리고 로셸이 재판을 받으면서 자신들이 당의 목적을 위해 이용당하고 있음과 당은 인간에 대한 존중이 없고 오직 지위만을 존중한다는 사실을 깨달았을 것이라고 상상한다. 그렇다면 적어도 부분적으로 그들은 자신들의 환상으로 인해 자기파멸에 이른 셈이다. 애셔의 아내는 다니엘에게 그들이 "다른 사람이 자신들을 이용할 수 있도록 한 점에서 결백하지 않지. 그리고 광신주의에 사로잡혀 다른 사람들을 이용한 것도 마찬가지야"라는 원망 섞인 말을 내뱉는다. 다니엘은 폴과 로셸에 대해 FBI와 공산당 중간에서 전혀 기회가 없었다는 『뉴욕 타임스』 기자의 견해에 공감한다.

다니엘은 이상으로서의 미국에 대한 폴의 믿음이 그들을 파멸로 인도했다고 믿는다. 미국의 민주주의가 "더 순수하고 자유롭고 훌륭하고 이상적이지 않아서" 폴이 끊임없이 충격 받고 모욕감과 분노를 느끼던 모습을 다니엘은 기억한다. 다니엘은 폴이 미국의 체제에 그토록 많은 것을 기대하는 점이 이상했다. 왜냐하면 그 체제는 폴이 가진 정의 기준을 결코 만족시킬 수 없다고 그가 이미 규정한 체제이기 때문이다. 마지막 순간까지 폴은 미국에 대한 믿음을 버리지 않는다. 부모가 처형당하기 전 다니엘과 수전이 교도소로 면회를 갔을 때는 "이 나라에서 무고한 사람을 사형에 처할 순 없단다. 그런 일은 절대 없어"라고 한다. 미국에 대한 폴의 믿음은 내면화되어 있기에 처형당하는 순간까지 이상으로서의 미국의 이미지를 버리지 못한다.

재판 과정을 다루면서 다니엘은 부모를 변호하지 않는다. 조사한 결과 그의 부모가 받았던 재판이 미국의 사법 정의와는 거리가 멀었음을 보여주는 증거가 드러나지만 그는 그들이 유죄일 가능성까지 수용할 준비가 되어 있다. 그는 부모의 결백을 증명하기 위하여 재판 과정의 의심스러운 부분을 선별적으로 강조하지 않는다. 다니엘은 과정을 재구성함에 있어 그들의 가족인 자신이 재판에 대한 해석에 연루되지 않을 수 없음을 깨닫는다. 그는 어린 시절의 기억과 상상력으로 재구성한 사실들이 부모의 결백을 입증하는 데 별 도움이 되지 못함을 깨닫는다. 그리고 자신이 사건에 심리적으로 깊이 연루된 사람의 입장에서만 그 사건을 바라볼 수 있음을 인식한다. 따라서 부모와 관련된 진실을 추구하면서 다니엘은 자신이 설정한 역사적 맥락만이 유일하게 옳다고 여기지 않으며 자신이 공감하는 좌익의 견해도 비판적으로 파악한다.

이러한 자아성찰적 태도는 다니엘이 재판에 관한 책 여섯 권을 언급할 때도 분명하게 드러난다. 두 저자는 배심원의 평결과 판사의 판결 모두가 옳았다고 주장하며 두 저자는 평결은 지지하지만, 판결은 반대하고 두 저자는 평결과 판결을 모두 거부한다. 다니엘은 냉전시대의 논리와 수사로 가득 찬 정부의 주장을 혐오하는 듯이 부모에 대한 재판이 마녀사냥이라는 공산당의 선전도 공허하다고 거부한다. 그는 정부의 판단을 전적으로 받아들이는 '우익 철학자'와, 좌익 이상주의자가 유죄일 수도 있다는 사실을 상상하지 못하는 '지독한 자유주의자' 간에 본질적인 차이가 없다고 본다. 다니엘의 입장은 『뉴욕 타임스』 기자의 말에 가장 분명하게 요약되어 있다.

자네 부모는 덫에 걸렸어. 하지만 그렇다고 그들이 무고한 시민이란 뜻은 아니야. 난 자네 부모가 안보상의 기밀을 넘기려는 위험한 음모를 꾸몄다고는 믿지 않아. 하지만 말이야, 미국 법무장관과 판사와 법무부와 대통령이 그들에 대해 불리한 음모를 꾸몄다고도 믿지 않아.

이 기자는 이렇게 덧붙인다.

모르긴 몰라도 자네 부모하고 민디시는 어떤 빌어먹을 일에 관련됐던 게 분명해. 그들은 죄가 있는 것처럼 행동했어. 아마도 시시껄렁한 작전에 연루된 조무래기 동네 빨갱이쯤 됐을 거야. 그 작전에 투입돼서 어쩌면 자긍심도 품었겠지만 아무 소용없는 일이었지. 어쩌면 그 작전이란 건 5년 형 정도 가치 있는 일이었을지도 몰라.

인식의 범죄자 다니엘

과거가 부과한 짐에 반응하는 방식에서 다니엘의 역설적인 회의주의는 여동생 수전과 신좌파 혁명가인 아티 스턴리히트와 구별된다. 수전은 낭만적으로 과거를 인식한다. 그녀는 자기 부모가 완전히 결백하지 않을 가능성은 상상조차 할 수 없다. 그들의 결백에 대한 다니엘의 의구심은 그녀를 분노하게 한다. 다니엘이 과거를 확신하지 못하고 그에 따라 현재의 의미를 제대로 인식하지 못하는 것은 그가 이기적이고 허약하며 혁명적인 분석에 실패했기 때문이라고 수전은 생각한다. 수전은 부모의 결백을 입증하는 데 온힘을 쏟는다. 그들의 이름으로 혁명재단을 설립하려 하고 그들을 적어도 순교자로 만들고자 애쓴다. 그녀는 부모의 혐의가 FBI 국장 에드거 후버에 의해 날조되었다는 신좌파의 입장에 동조한다. 그러나 그녀는 신좌파가 자신들의 투쟁을 위해서는 누구의 자금이든, 심지어 로널드 레이건의 자금이라도 해도 받을 용의가 있음을 알게 된다. 더욱이 그런 신좌파에게 아이작슨 부부는 아무런 의미도 없음을 깨닫는다. 분노와 절망감에 싸인 수전은 "그들은 여전히 우리를 엿 먹이고 있어"라고 말한다. 여기서 '그들'이란 주위 모든 사람을 가리킬 수 있지만 특히 신좌파를 의미한다. 이 사실을 깨닫고 나서 수전은 자신을 괴롭히는 세상을 떠나 자신의 내부로 들어간다. 과거에 대한 열정과 현재에 대한 분노는 그녀를 정신이상으로 몰고 간다. 그녀는 인간을 둘러싼 상황이 복잡하고 애매하다는 사실을 수용하지 않고 자신의 절박한 내적 요구에만 매달린다. 결국 수전은 자신의 욕구와 현실을 연결시키는 데 실패했고 다니엘은 그녀가 "분석의 실패"로 말미암아 죽었다고 결론을 내린다.

스턴리히트는 수전과 상반되는 인물이다. 1960년대 말의 전형적인 급진주의자 스턴리히트는 구좌파를 부정한다. 그에 의하면 미국 공산당은 기존 체제의 규범에 따라 행동했으며 아무것도 성취한 것이 없다. 스턴리히트는 아이작슨 부부가 재판을 체제 자체를 심판하는 기회로 이용하지 못했다고 비판한다. 즉 기존 체제가 그들을 유죄라고 규정했다면 그들은 체제가 유죄라고 주장했어야 하며, 체제가 그들이 결백하다고 판결을 내렸다고 하더라도 그들은 여전히 체제가 유죄라고 주장했어야 한다는 것이다. 그는 다니엘에게 다음과 같이 말한다.

> 자네 부모는 좆도 몰랐어. 그 처신이 애처로울 정도야. 그들의 규칙에 따라 놀아났다고. 정부가 정한 규칙 말이야. 무슨 말인지 알겠어? 당당하게 일어나서 엿 먹어, 네놈들 하고 싶은 대로 해, 네놈들한테 공정한 재판은 기대하지도 않아, 이렇게 말하지 않았다고. 그 대신 제안하고 결백을 호소하고 질문에 대답만 하고 게임을 했지. 알겠나? 그들은 재판을 받는 피고처럼 행동했어. 그렇게 행동의 틀 전체가 자네 부모를 파멸시켰던 거지. 이해가 되나?

스턴리히트는 아이작슨 부부와 구좌파뿐만 아니라 과거의 모든 것을 거부하며, 미래가 구원받기 전에 과거가 부인되어야 한다고 믿는다. 그의 아파트 벽면에 만들어놓은 그림과 영화스틸, 포스터, 그리고 실제 물건들의 콜라주의 제목이 가리키듯이 그에게 "과거의 것은 모두 같다." 그러나 과거를 전적으로 부인함으로써 스턴리히트는 자신의 한계를 드러낸다. 그가 국가를 '이미지'로써 전복할 것이라고 말할 때 다니엘은 스턴리히트가 국가의 억압적인 힘을 과소평가하고 있다는 사실을 깨닫는다. 다니엘은 경험을 통해 국가가 원할 때는 개인을 처형할 수도 있음을 알고 있다. 이것은 다니엘이 펜타곤 앞에서 국가권력과 대치하다가 경찰에게 맞아 피투성이가 될 때 다시 확인된다. 그는 군화와 곤봉과 개머리판으로 자신의 살 속으로 들어오는 "철모를 쓴 짐승"과 대면한다. 스턴리히트처럼 이미지를 통해 국가의 치부를 드러낼 수 있겠지만, 다니엘은 "요즘 혁명가가 되는 건, 과거보다 훨씬 쉬운 일"이라고 결론 내린다. 스턴리히트는 재치 넘치고 아이러니를 이해하지만, 자신의 반진보적 명제에서 논리적인 결론을 이끌어내지 못한다. 그는 자신의 통찰력을 자기 자신의 생각에는 적용하지 못하고 모든 의미가 자신으로부터 시작한다고 믿는다. 그는 자신의 무정부적인 통찰력 이전에 존재했던 모든 것을 동일한 것으로 취급한다. 그에게는 자기성찰적인 성향이 없다.

다니엘은 수전처럼 과거에 갇혀 있지도 않고 스턴리히트처럼 과거를 묻어버리려고도 하지 않는다. 그는 '인식의 범죄자'로서 과거를 분석하여 현재와의 관계를 맺는다. 동시에 그는 일련의 분석이 허구임을 인식하고 있다. 따라서 그는 냉전에 관해 최종적인 결론을 제공했다고 여기지 않으며 부모의 결백을 입증하려고도 하지 않는다. 그의 서술은 미결정적이고 다성적이다. 그러나 다니엘이 확신하는 한 가지 명제가 있다: "모든 것은 포착하기 어렵다. 신도 포착하기 어렵다. 혁명의 도덕성도 포착하기 어렵다. 정의도 그렇다. 인간성도. 담배 자판기에 쓸 25센트짜리 동전도."

이러한 확신을 가지고 다니엘은 셀리그 민디시를 만나 과거와 최종적인 연결을 맺으려고 시도한다. 과거와 직면하려는 그의 시도에 민디시의 딸 린다가 방해물로 등장한다. 민디시를 만날 수 있도록 해달라고 린다를 설득하다가 다니엘은 그녀도 그와 마찬가지로 주위 사람들에게 부당한 대우를 받았다는 생각을 하고 있음을 알아차리고 놀란다. 그는 자신과 수전만이 진정한 희생자라고 생각해왔다. 그러나 린다 역시 과거에 대해 그녀 나름의 견해를 가지고 있으며 "우리가 우리 가족의 진리에 감금됐듯이 그녀도 그녀 가족의 진리에 감금됐음"을 깨닫는다.

다니엘이 역사적 진실을 대면하는 장소가 디즈니랜드라는 사실은 의미심장하다. 그곳에서 역사는 본질적으로 모조품을 다시 모방한 모습으로 제시되기 때문이다. 디즈니랜드의 독립적 세계는 미국의 과거와 현재, 그리고 미래를 상징하고 있다. 미국 문화의 모든 양상이 미국 서부를 주제로 한 프런티어 랜드, 현대 과학기술을 주제로 한 터마로 랜드, 동화의 세계인 판타지 랜드, 식민주의자들의 어드벤처 랜드라는 다섯 개의 놀이동산에 요약되어 있다. 그것들은 관람객에게 미국 문화의 신화적 의식에 참여하도록 유도한다. 그러나 디즈니랜드가 제공하는 것은 신화와 전설과 역사의 간접적인 각색물이다. 이러한 값싼 문화적, 역사적 작품의 궁극적인 목적은 최종적으로 물건의 구매를 통해 이루어지는 데 이 순간 현실은 복제품의 가면을 쓰고 역사는 무해하게 된다. 그랜드캐니언은 플라스틱으로 만든 모조품이며 150년간의 상업적인 약탈 행위가 카리브 해의 해적으로 미화된다. 마크 트웨인의 이름을 딴 기선을 타고 축소된 미시시피 강을 따라 이루어지는 항해는 트웨인의 소설에 나타나는 사회비평을 전적으로 무시한다. 놀이공원에 존재하는 참된 현실은 수많은 고객을 처리하는 효율성이 전부이며, 디즈니랜드에서 볼 수 있는 효율성은 "나치 친위대 수송 장교들이 감탄할 정도로"라고 다니엘은 생각한다.

다니엘이 보기에 디즈니랜드의 정치적 함의는 명백하다. 디즈니랜드의 미학은 속성이 전체주의적이며 그 기법은 교육과 경험의 대체물로써 극도로 유용하다. 따라서 디즈니랜드는 다니엘이 펜타곤 앞에서 경험했던 국가의 힘과는 다른 형태의 힘을 상징한다. 개인의 생각과 사회를 통제하는 더욱 세련되고 교묘한 수단으로써의 디즈니랜드는 문화를 동질화시키고 재미와 오락이라는 가면을 쓰고 사람들을 조종하여 자아와 역사를 망각하고 순간적인 쾌락에 빠지도록 한다.

디즈니랜드는 역사에 대한 망각을 상징하는 환상적인 기념비이다. 역사를 회복하려는 다니엘의 시도가 이미 역사가 폐기된 곳에서 벌어진다는 것은 아이러니하다. 다니엘이 자신의 응보인 붙잡을 수 없는 진리와 최종적으로 대면하기에 디즈니랜드보다 나은 장소는 없을 것이다. 터마로 랜드의 장난감 자동차를 타는 곳에서 다니엘은 디즈니랜드의 이상적인 고객이 된 민디시를 만난다. 그러나 민디시는 다니엘에게 줄 수 있는 것이 아무것도 없다. 그는 과거로부터 해방되어 치매의 영원한 망각으로 들어갔다. 다니엘은 그에게 핵심적인 질문을 할 수 없으며 실제로 일어난 일에 대한 자신의 의문을 확인할 길이 없어진다. 민디시는 한순간 다니엘을 알아본 듯 그에게 입 맞춘다. 그것이 다니엘이 얻을 수 있는 전부이다. 최대의 노력을 해도 진리를 회복할 수 없다는 것을 다니엘은 깨닫는다.

다니엘은 자신의 책을 세 가지 방식으로 끝맺는다. 첫번째 결말에서 다니엘은 설명할 수 없는 이유로 브롱크스의 옛집을 찾아가 그곳에 살고 있는 흑인 가족을 본다. 그리고 침입자인 자신이 그들의 눈에 수상스럽게 보일 뿐이고, 다시 그곳으로 돌아갈 수 없음을 깨닫는다. 옛집은 이제 그 흑인 가족의 집이기에 이 부분의 역사는 끝난 것이다. 두번째 결말은 아이작슨 부부와 수전의 장례식을 동시에 기술한다. 다니엘은 유대교의 전통에 따라 젊은 유대인들은 알지 못하는 기도를 대신 해주는 사람들을 사서 부모와 여동생을 위해 기도하게 하며 묻힌 과거와 화해를 이룬다. 세번째 결말에서 다니엘은 자신의 서술에서 제기된 몇 가지 문제점을 논의하고자 한다. 그러나 그는 이 부분을 쓰지 못하고 도서관에서 쫓겨난다. 급진적인 학생들이 베트남전에 항의하여 컬럼비아 대학의 도서관을 폐쇄했기 때문이다. "이봐, 책 덮어. 왜 그래, 아직도 자네가 해방됐다는 사실을 못 깨닫는 거야?"라는 말을 듣고 다니엘은 도서관에서 나온다.

다니엘은 자신이 해방되었다고 믿는다. 그는 세번째 결말을 종결짓지 못하지만 미소 지을 수 있다. 그는 책을 덮고 '무슨 일이 일어나고 있는지' 보려고 현실 세계로 돌아온다. 그는 부모의 결백 여부를 확인할 수 없지만 세상과 자신을, 과거와 현재를 연결하는 방식을 발견했다. 그는 자아가 마비되지 않고서도 인간사가 애매하다는 사실을 받아들일 수 있게 되었다. 세 가지 결말로 끝을 맺는 것은 다니엘의 인식론적 회의주의와 궤를 같이한다. 불연속적이며 다성적인 이야기, 해결의 연기(延期), 담론과 이야기의 혼합 등 다니엘의 서술전략은 그를 창조해낸 작가가 관심 있는 주제, 즉 역사란 만들어진 허구로서 그 진정한 속성을 붙잡기 어렵다는 생각과 일치한다. 『다니엘서』에서 닥터로는 소설의 형식에 대한 다양한 실험과 치열한 정치의식과 역사의식, 그리고 인간과 세상을 바라보는 성숙하고 현명한 시각을 유감없이 보여준다.

인식의 민주주의와 작가

닥터로는 일련의 에세이와 인터뷰에서 역사 기술이 매우 창조적인 행위라고 주장했다. 그는 역사가들이 역사가 비허구적인 작업이라는 입장에 가장 먼저 회의를 표시했다는 사실을 상기시킨다. 역사는 허구와 마찬가지로 '문화적인 권위'에 기대어 '사실에 빛을 비추어' 의미를 이끌어낸다. 역사 기술에서 서술자의 목소리는 객관적으로 보이지만 실제 서술자의 속성에 관해서 역사 기술은 사실주의 소설처럼 아무런 암시도 주지 않는다. 역사와 허구는 모두 상상력을 매개로 한 산물이기 때문에 "역사는 일종의 허구로서 우리는 그 속에서 살아가고 앞으로 생존하기 바라며, 허구는 일종의 사색적인 역사 혹은 초역사로서 그것을 구성하는 데 사용할 수 있는 자료는 역사가가 생각하는 것보다 훨씬 그 출처가 많고 다양하다"라고 닥터로는 주장한다.

닥터로는 역사뿐만 아니라 저널리즘, 사회학, 심리학 등과 같은 비허구적 담론도 모두 "이야기하기(storytelling)"라고 생각한다. 이러한 담론은 모두 그 자체의 인습에 따라 사실을 구성한다. 심리학자와 사회학자는 "인간의 속성을 민족적 배경, 성, 나이, 경제적인 계층의 작용으로 이해하거나 규정하려고 하며 혼성 인물을 생산해낸다." 저널리스트들은 보도할 대상과 보도하지 않을 대상을 결정한다. 미국의 역사가들은 흑인과 인디언과 여성의 존재를 역사에서 지워버렸다. 이것은 모두 존재할 것과 존재하지 않을 것을 결정하는 행위이며, 그것은 창작과 관련된 결정이다. 닥터로가 보기에 이들은 모두 형편없는 예술작품을 만들어내고 있다. 그는 소설가들이 구성하는 "거짓 문서가 정치가나 저널리스트나 심리학자의 '참된' 문서보다 더 타당하고 참되다"라고 믿는다. 물론 그는 참된 문서의 생산자에 역사가를 포함시킬 것이다. 닥터로는 소설가가 유일하게 정직한 거짓말쟁이라고 믿는다. 소설가는 최소한 자신이 거짓말을 한다는 사실을 인정하며 어떤 제도의 수호와 관계없는 "독립적인 증인"이기 때문이다. 역사가의 저술은 역사소설과 마찬가지로 과거에 관한 수많은 역사상들 가운데 하나일 따름이다.

닥터로는 대부분의 사람에게 역사란 이미지의 집합체로 존재한다고 생각한다. "사실은 역사의 이미지이며 이미지는 허구의 자료"이다. 그는 공식적으로 인정된 미국의 과거에 대한 이미지를 전복하고 그것을 다른 이미지로 교체하려고 한다. 그는 서부극, 공상과학소설, 추리소설, 그리고 갱 영화 등 "평판이 낮은 장르"를 차용하여 대중문화가 많은 사람에게 갖는 견고한 지배력을 붕괴시키려고 한다.

미국의 역사에 대한 닥터로의 비판적인 재조명 때문에 일부 비평가들은 그에게 '정치적 작가'라는 딱지를 붙인다. 한 비평가는 "닥터로는 뼛속까지 반문화가 스며든 작가로 그가 품은 조국에 대한 불신은 증오심으로까지 발전했다"고 공격한다. 그러나 역사에 대한 닥터로의 재조명은 특정한 사회적, 정치적 신념을 극적으로 표현하려는 의도에서 나온 것이 아니다. 그에 의하면 권력은 세상에 실제로 영향력을 가진 담론에 있다. 그는 작가로서 "자유의 힘"으로 "체제의 힘"에 도전하려고 한다. 자유의 힘은 상상력의 세계를 주장하며 체제의 힘은 검증할 수 있는 사실의 세계를 주장한다. 닥터로는 이러한 분리 체계가 사실에 근거한 주장을 우월하게 여기는 방향으로 나아갔다고 본다. 사실에 근거한 주장은 "우리가 좋아해도 되는 것과 싫어해도 되는 것, 믿어도 되는 것과 믿지 않아도 되는 것을 규정할 뿐만 아니라 우리가 보아도 괜찮은 것과 보아서는 안 되는 것을 규정한다." 그의 목적은 제도화된 체제의 힘이 가진 패권을 폭로하고 이에 도전하는 것이다. 이러한 폭로와 도전의 행위가 이루어지는 중요한 무대 가운데 하나가 역사이다.

역사는 전쟁터이다. 과거가 현재를 제어하기 때문에 역사는 항상 투쟁의 대상이 된다. 역사는 현재이다. 각 세대가 역사를 새롭게 기술하는 이유가 여기에 있다. 그러나 대부분의 사람이 역사라고 생각하는 것은 역사의 최종적인 산물인 신화이다. 따라서 신화에 불경하고 신화를 놀이의 대상으로 삼고 신화에 빛과 숨을 불어넣고 신화를 태우고 역사에 되돌려 보내려고 시도하는 것은 진리를 왜곡하는 사람으로 간주되는 위험을 감수하는 행위이다.

닥터로는 역사의 구성을 독점하려는 경향에 저항한다. 그는 훌륭한 소설이란 아무리 사회적인 의도가 강할지라도 보통 그 속성상 다루고 있는 대상이나 주제의 "애매함을 인정하는 것"으로 끝맺게 된다고 믿는다. 이러한 입장은 로젠버그 사건을 다루는 그의 태도에서 두드러지게 나타난다. 그는 로젠버그 부부가 유죄인지 무죄인지를 명확하게 선언하지 않는다. 그에게 로젠버그 사건은 참된 소설의 특징인 "당혹스러운 애매함"으로 가물거린다. 닥터로는 구성된 역사 이외에는 역사가 없다고 믿기 때문에 "가능한 한 많은 사람들이 그 구성에 참여하기"를 원한다. 그는 이것을 "일종의 인식의 민주주의"라고 부른다.

> 단지 하나의 눈이 아니라 수천의 눈, 그리고 우리가 이야기하는 것은 역사만이 아니라 리얼리티에 대한 것이므로 내가 보기에 현상 뒤의 진리를 꿰뚫어보려는 이상에서 수많은 증인을 공동체에 부여하는 것은 인간 공동체의 고귀한 열망으로 여겨진다.

이렇게 "수많은 증인"을 옹호하는 것은 역사적 사건을 재구성하는 작업의 어려움을 있는 그대로 인정하는 것이다. "민주적인" 마음은 로젠버그 사건처럼 규정하기 어렵고 복잡하여 어떠한 최종적인 해석도 거부하는 사건을 재현하는 데 필수적이다. 사실의 신봉자들과 닥터로를 구별 짓는 것은 그들이 자신들의 행위의 속성에 별다른 관심을 기울이지 않는다는 점이다. 허구 창조 과정에 대한 자기성찰의 부족으로 인해 그들은 역사적 사건을 둘러싼 해결할 수 없는 애매함을 용납할 수 없다. 그들은 로젠버그 부부가 무죄 혹은 유죄라는 모든 설명에 대해 이와 마찬가지로 그럴듯한 반대의 설명이 있다는 것을 인정하지 못하고, 역사적 진리를 추구함에 있어 양자택일의 해답을 원한다. 증거가 부족한데도 신봉자들은 다른 견해를 거부하고 자신의 견해만 고집하며 서로 자료를 오용하고 사실을 왜곡했다고 비난한다. 이들과는 대조적으로 닥터로는 자신이 역사의 재현 과정에 개입해 있음을 지속적으로 독자들에게 상기시킨다. 그의 다양한 서술전략과 주제에 대한 관심, 그리고 허구 제조 과정에 대한 끊임없는 자기성찰은 많은 사람이 실제 발생한 일로 받아들이는 공식적인 역사의 허구성을 드러낸다. '인식의 민주주의'는 적어도 개인적인 차원에서 권력 체제의 제도화된 관행이 부과한 공적인 신화에 대한 믿음으로부터 자유롭게 해준다. 각 사회는 "자신의 초상을 그리는 데 필요한 팔레트를 채색할 (……) 절대다수의 소설가"가 필요하며, 작가는 한 시대의 증인으로서 인식의 민주주의를 이루는 데 필수적인 존재이다.

로젠버그 부부가 1953년 처형된 이후 수십 년간 논란이 끊이지 않던 이 사건은 지난 10여 년 동안 실상이 하나씩 밝혀지기 시작했다. 1997년 줄리어스 로젠버그를 담당했던 전 KGB 요원 알렉산데르 페클리소프가 줄리어스가 소련의 스파이였음을 폭로하고, 줄리어스와 함께 재판을 받고 18년간 수감 생활 후 굳게 침묵을 지키던 친구 모턴 소벨이 2008년 자신과 줄리어스가 소련의 스파이였다는 사실을 고백했다. 그리고 기밀로 분류되었던 서류들이 공개되기 시작했다. 그동안 부모의 완벽한 결백을 입증하기 위해 노력하던 로젠버그 부부의 아들 형제도 소벨의 고백 이후 어떤 형태로든 자신들의 부모가 스파이 활동에 연루되었을 가능성이 있다는 점을 인정했다. 앞으로도 이 사건을 둘러싼 논란은 계속되겠지만, 로젠버그 부부가 완전히 무죄라는 주장은 더는 불가능해졌다. 하지만 수사 및 재판 과정에서의 위법과 형량의 적절성에 관해서는 철저한 비판과 반성이 계속되어야 한다는 점은 두말할 필요가 없다. 이처럼 로젠버그 사건의 실체가 부분적으로나마 드러나면서 닥터로의 유연한 사고가 더욱 돋보이며, 로젠버그 부부의 유무죄 여부보다 미국 사회가 이들 두 사람과 그 가족을 대우한 방식에 더욱 관심을 보인 닥터로의 성숙함과 현명함이 더욱 빛을 발한다.

정상준

본 번역은 2007년 정부(교육과학기술부)의 재원으로 한국학술진흥재단의 지원을 받아 수행되었음(KRF-2007-361-AL0016).

E. L. 닥터로 연보

1931년 에드거 로런스 닥터로는 1월 6일 뉴욕 브롱크스에서 러시아 유대계 이민 2세대인 데이비드 닥터로와 로즈 닥터로 사이에서 태어남. '에드거'라는 이름은 브롱크스에 거주했던 작가 에드거 앨런 포의 이름에서 따온 것임.

1948년 브롱크스 과학고등학교 졸업. 시인이자 비평가인 존 랜섬의 지도 아래 캐니언 칼리지에서 수학함.

1952년 철학 전공으로 캐니언 칼리지를 우등으로 졸업함.
컬럼비아 대학에 입학해 희곡을 공부함. 독일 낭만주의 극작가 하인리히 폰 클라이스트의 작품을 이 시기에 처음 접하고 큰 영향을 받음.

1953~1955년 독일 프랑크푸르트에서 군복무를 함. 1954년 헬렌 에스더 세처와 결혼.

1959~1964년 〈뉴 아메리칸 라이브러리〉에서 편집자로 재직함.

1960년 첫 소설 『하드 타임스에 온 것을 환영합니다*Welcome to Hard Times*』 출간. 이후 1967년 헨리 폰다 주연의 영화로 제작됨.

1964~1969년 〈다이얼 프레스〉에서 편집장으로 재직함.

1966년 『삶만큼 거대한*Big as Life*』 출간. 『하드 타임스에 온 것을 환영합니다』와 달리 비평가들에게 혹평을 받음. 이에 실망한 닥터로는 출간본을 회수함.

1968~ 〈다이얼 프레스〉의 부사장이 됨. 노먼 메일러, 제임스 볼드

1969년	윈, 리처드 컨던 등 당대 재능 있는 작가들과 함께 일함.
1969~1970년	어바인 소재 캘리포니아 주립대학교의 초빙 작가로 집필에 몰두함.
1971년	『다니엘서*The Book of Daniel*』 출간. 이 소설로 비평가들의 절대적인 찬사를 받으며 작가로서의 위치를 굳건히 다짐. 1983년 영화로 제작됨.
1971~1978년	뉴욕 사라 로런스 칼리지에서 교수로 재직함.
1973년	매년 예술 분야에서 뛰어난 창의력을 보여준 이들에게 수여되는 구겐하임 펠로십을 받음.
1974~1975년	예일 드라마 스쿨의 창작 펠로십을 받음.
1975년	『래그타임*Ragtime*』 출간. 출간 첫해에만 20만 부 이상이 판매되었고 전미도서비평가협회상을 받음. 1981년 영화로 제작되며 1998년에는 뮤지컬로 만들어짐.
1979년	『저녁식사 전의 한잔*Drinks before Dinner*』 출간.
1980년	『룬 호수*Loon Lake*』 출간.
1980~1981년	프린스턴 대학에서 방문교수로 재직.
1982년	『미국 국가*American Anthem*』 출간.
1982~1987년	뉴욕 대학교 교수로 재직.
1984년	단편집 『시인들의 삶*Lives of the Poets*』 출간.
1985년	『세계 박람회*World's Fair*』 출간. 제20회 국제 펜클럽 회의에 참석하여 작가들에게 정치적 견해를 자유롭게 개진하도록 촉구. 이 논의는 그 후 『우리 직업의 열정*The Passion of Our Calling*』이라는 제목의 에세이집으로 출판됨.

1986년 『세계 박람회』로 전미도서상을 받음.

1989년 『빌리 배스게이트*Billy Bathgate*』 출간. 『래그타임』에 이어 전미도서비평가협회상을 두번째로 수상함. 1991년 영화로 제작됨.

1990년 『빌리 배스게이트』로 펜포크너 상을 받음.

1993년 문학비평, 정치적 견해, 역사적 고찰 등으로 구성되어 있는 첫 에세이집 『잭 런던, 헤밍웨이 그리고 헌법*Jack London, Hemingway and the Constitution*』 출간.

1994년 『수도*The Waterworks*』 출간.

1998년 국가인문학훈장을 받음.

2000년 『신의 도시*City of God*』 출간. 존 맥거번 상을 받음.

2003년 에세이집 『세계를 전하다*Reporting the Universe*』 출간.

2004년 단편집 『비옥한 땅 이야기*Sweet Land Stories*』 출간.

2005년 『행군*The March*』 출간. 이 작품으로 세번째 전미도서비평가협회상과 두번째 펜포크너 상을 받음.

2006년 에세이집 『창조주의자들*Creationists*』 출간.

2009년 『호머와 랭글리*Hormer & Langley*』 출간.

문학동네 세계문학전집 발간에 부쳐

세계문학은 국민문학 혹은 지역문학을 떠나 존재하는 문학이 아니지만 그것들의 총합도 아니다. 세계문학이라는 용어에는 그 나름의 언어와 전통을 갖고 있는 국민문학이나 지역문학의 존재를 인정하면서 그것을 넘어서는 문학의 보편적 질서에 대한 관념이 새겨져 있다. 그 용어를 처음 고안한 19세기 유럽인들은 유럽문학을 중심으로 그 질서를 구축했지만 풍부한 국민문학의 전통을 가지고 있는 현대의 문학 강국들은 나름의 방식으로 세계문학을 이해하면서 정전(正典)의 목록을 작성하고 또 수정한다.

한국에서도 세계문학 관념은 우리 사회와 문화의 변화 속에서 거듭 수정돼왔다. 어느 시기에는 제국 일본의 교양주의를 반영한 세계문학 관념이, 어느 시기에는 제3세계 민족주의에 동조한 세계문학 관념이 출현했고, 그러한 관념을 실천한 전집물이 출판됐다. 21세기 한국에 새로운 세계문학전집이 필요하다는 것은 명백하다. 우리의 지성과 감성의 기준에 부합하는 세계문학을 다시 구상할 때가 되었다.

문학동네 세계문학전집은 범세계적으로 통용되는 고전에 대한 상식을 존중하면서도 지난 반세기 동안 해외 주요 언어권에서 창작과 연구의 진전에 따라 일어난 정전의 변동을 고려하여 편성되었다. 그래서 불멸의 명작은 물론 동시대 세계의 중요한 정치·문화적 실천에 영감을 준 새로운 작품들을 두루 포함시켰다.

창립 이후 지금까지 한국문학 및 번역문학 출판에서 가장 전문적이고 생산적인 그룹을 대표해온 문학동네가 그간 축적한 문학 출판 경험을 바탕으로 새로운 세계문학전집을 펴낸다. 인류가 무지와 몽매의 어둠 속을 방황하면서도 끝내 길을 잃지 않은 것은 세계문학사의 하늘에 떠 있는 빛나는 별들이 길잡이가 되어 주었기 때문이다. 우리가 자부심과 사명감 속에서 그리게 될 이 새로운 별자리가 독자들의 관심과 애정에 힘입어 우리 모두의 뿌듯한 자산이 되기를 소망한다.

문학동네 세계문학전집 편집위원

민은경, 박유하, 변현태, 송병선, 이재룡, 홍길표, 남진우, 황종연

지은이 **E. L. 닥터로**

1931년 뉴욕에서 태어났다. 캐니언 칼리지와 컬럼비아 대학에서 철학과 희곡을 공부했다. 대표작으로 『다니엘서』와 『래그타임』이 있고 2005년 발표한 『행군』으로 생애 세번째 전미도서비평가협회상과 두번째 펜포크너 상을 수상했다.

옮긴이 **정상준**

서울대학교 영어영문학과를 졸업하고, 텍사스 주립대(오스틴)에서 미국학 석사학위, 하와이 주립대에서 미국학 박사학위를 받았다. 현재 서울대학교 영어영문학과 교수로 재직하고 있으며 저서로 『Representing the Rosenberg Case: Coover, Doctorow, and the Consequences of Postmodernism』이 있고, 역서로 『나사의 회전』『아들과 연인』『테러리스트』『미국역사의 순환』(공역) 등이 있다.

세계문학전집 054

다니엘서

양장본 초판 인쇄 2010년 12월 3일
양장본 초판 발행 2010년 12월 10일

지은이 E. L. 닥터로 | 옮긴이 정상준 | 펴낸이 강병선
책임편집 손은주 | 편집 김지은 임선영 | 독자모니터 양은희 윤영석
디자인 랄랄라디자인 송윤형 한충현 김민하 | 저작권 김미정 한문숙
마케팅 정민호 김도윤 장선아 박보람 | 온라인 마케팅 이상혁 한민아 정진아
제작 안정숙 서동관 정구현 김애진 | 제작처 영신사

펴낸곳 (주)문학동네
출판등록 1993년 10월 22일 제406-2003-000045호
주소 413-756 경기도 파주시 교하읍 문발리 파주출판도시 513-8
전자우편 editor@munhak.com | 대표전화 031) 955-8888 | 팩스 031) 955-8855
문의전화 031) 955-3576(마케팅), 031) 955-2687(편집)
문학동네카페 http://cafe.naver.com/mhdn

ISBN 978-89-546-1324-8 04840
978-89-546-1020-9 (세트)

www.munhak.com

문학동네 세계문학전집

1, 2, 3 안나 카레니나 레프 톨스토이 | 박형규 옮김

4 판탈레온과 특별봉사대 마리오 바르가스 요사 | 송병선 옮김

5 황금 물고기 르 클레지오 | 최수철 옮김

6 템페스트 윌리엄 셰익스피어 | 이경식 옮김

7 위대한 개츠비 F. 스콧 피츠제럴드 | 김영하 옮김

8 아름다운 애너벨 리 싸늘하게 죽다 오에 겐자부로 | 박유하 옮김

9, 10 파우스트 요한 볼프강 폰 괴테 | 이인웅 옮김

11 가면의 고백 미시마 유키오 | 양윤옥 옮김

12 킴 러디어드 키플링 | 하창수 옮김

13 나귀 가죽 오노레 드 발자크 | 이철의 옮김

14 피아노 치는 여자 엘프리데 옐리네크 | 이병애 옮김

15 1984 조지 오웰 | 김기혁 옮김

16 벤야멘타 하인학교-야콥 폰 군텐 이야기 로베르트 발저 | 홍길표 옮김

17, 18 적과 흑 스탕달 | 이규식 옮김

19, 20 휴먼 스테인 필립 로스 | 박범수 옮김

21 체스 이야기·낯선 여인의 편지 슈테판 츠바이크 | 김연수 옮김

22 왼손잡이 니콜라이 레스코프 | 이상훈 옮김

23 소송 프란츠 카프카 | 권혁준 옮김

24 마크롤 가비에로의 모험 알바로 무티스 | 송병선 옮김

25 파계 시마자키 도손 | 노영희 옮김

26 내 생명 앗아가주오 앙헬레스 마스트레타 | 강성식 옮김

27 여명 시도니가브리엘 콜레트 | 송기정 옮김

28 한때 흑인이었던 남자의 자서전 제임스 웰든 존슨 | 천승걸 옮김

29 슬픈 짐승 모니카 마론 | 김미선 옮김

30 피로 물든 방 앤절라 카터 | 이귀우 옮김

31 숨그네 헤르타 뮐러 | 박경희 옮김

32 우리 시대의 영웅 미하일 레르몬토프 | 김연경 옮김

33, 34 실낙원 존 밀턴 | 조신권 옮김

35 복낙원 존 밀턴 | 조신권 옮김

36 포로기 오오카 쇼헤이 | 허호 옮김

37 동물농장·파리와 런던의 따라지 인생 조지 오웰 | 김기혁 옮김

38 루이 랑베르 오노레 드 발자크 | 송기정 옮김

39 코틀로반 안드레이 플라토노프 | 김철균 옮김

40 어두운 상점들의 거리 파트릭 모디아노 | 김화영 옮김

41 순교자 김은국 | 도정일 옮김

42 젊은 베르테르의 슬픔 요한 볼프강 폰 괴테 | 안장혁 옮김

43 더블린 사람들 제임스 조이스 | 진선주 옮김

44 설득 제인 오스틴 | 원영선, 전신화 옮김

45 인공호흡 리카르도 피글리아 | 엄지영 옮김

46 정글북 러디어드 키플링 | 손향숙 옮김

47 외로운 남자 외젠 이오네스코 | 이재룡 옮김

48 에피 브리스트 테오도어 폰타네 | 한미희 옮김

49 둔황 이노우에 야스시 | 임용택 옮김

50 미크로메가스·캉디드 혹은 낙관주의 볼테르 | 이병애 옮김

51, 52 염소의 축제 마리오 바르가스 요사 | 송병선 옮김

53 고야산 스님·초롱불 노래 이즈미 교카 | 임태균 옮김

54 다니엘서 E. L. 닥터로 | 정상준 옮김

55 이날을 위한 우산 빌헬름 게나치노 | 박교진 옮김

56 톰 소여의 모험 마크 트웨인 | 강미경 옮김

57 카사노바의 귀향·꿈의 노벨레 아르투어 슈니츨러 | 모명숙 옮김

58 바보들을 위한 학교 사샤 소콜로프 | 권정임 옮김

59 어느 어릿광대의 견해 하인리히 뵐 | 신동도 옮김

60 웃는 늑대 쓰시마 유코 | 김훈아 옮김

● 문학동네 세계문학전집은 계속 출간됩니다